IM GARTEN DER VENUS

Erotische Erzählungen von
Emmanuelle Arsan
Charles Bukowski
Erica Jong · Henry Miller
Alberto Moravia · Anaïs Nin
Anne-Marie Villefranche
U.V.A.

Herausgegeben von
Carolin Keiser

Orbis Verlag

Ungekürzte Ausgabe

Alle Rechte der Verbreitung der einzelnen Erzählungen, auch durch
Funk, Fernsehen, fotomechanische Wiedergabe, Tonträger jeder Art
und jegliche Form von Nachdruck, liegen bei den im Quellenverzeichnis angegebenen Inhabern

Lizenzausgabe mit Genehmigung des Scherz Verlag
Bern und München
Copyright © an dieser Auswahl beim
Scherz Verlag, Bern, München, Wien
Druck: Elsnerdruck Berlin
Made in Germany
ISBN 3-572-00959-6

Inhalt

Charles Bukowski · *Eine Künstlerin*	7
Erica Jong · *Hereingeschlittert*	15
Honoré de Balzac · *Seltsame Litanei*	32
Henry Miller · *Lotus*	39
Penelope Ashe · *Marvin der Große*	49
Anonymus · *Umarmungen*	63
Giovanni Giacomo Casanova · *Die keusche Lia*	72
Xaviera Hollander · *Schnappschüsse*	89
Walter · *Eine rätselhafte Frau*	94
Susanna Kubelka · *Feuerwerk*	118
Anaïs Nin · *Die verschleierte Frau*	125
Henry Miller · *Mademoiselle Claude*	133
Lynn Keefe · *Party in Hollywood*	142
Johann Christoph Spielnagel · *Das tapfere Schneiderlein*	159
Anne-Marie Villefranche · *Marie-Claires Spiegelkabinett*	165
Emmanuelle Arsan · *Die Freuden des Mädchens Miette*	182
Charles Bukowski · *Morgengrauen*	193
Anonyma · *Feigen in Venedig*	199
D. H. Lawrence · *John Thomas und Lady Jane*	215
Erica Jong · *Adrian*	228
Alberto Moravia · *Verkauft und gekauft*	246

Anaïs Nin · *Die schlafende Maja* 255

Edward Limonow · *Das Mädchen aus der Provinz* 260

Junichiro Tanizaki · *Der Schlüssel* 272

Elula Perrin · *Eine Perle aus dem Orient* 280

Paul Virdell · *Palazzo Fignoli* 288

Gerhard Zwerenz · *Großer Gott Eifersucht* 298

Kōbō Abe · *Im Sandloch* 318

Brigitte Blobel · *Kätzchen* 323

Patricia Clapton · *Toy* 339

Carol Conn · *Der dreißigste Geburtstag* 354

Thomas H. Burton · *Mrs. Nichols und ihre Nichten* 364

Quellenverzeichnis 379

Charles Bukowski

Eine Künstlerin

Miriam und ich hatten eine Art Gartenhaus gemietet, was ganz praktisch war – Miriam ging arbeiten, und ich kümmerte mich um die Tulpen und Bohnen und führte den Hund aus. Das war alles, was ich tat; wenigstens nach außen hin. Die Miete war minimal, und die Nachbarn ließen einen in Ruhe, sogar wenn man im Suff randalierte. Wenn die Miete fällig war, mußte man dem Hausbesitzer geradezu damit nachlaufen. Er war Autohändler und schwamm im Geld. Wenn man ihm dezent andeutete, daß man mit der nächsten Miete vielleicht ein oder zwei Wochen in Verzug geraten würde, sagte er nur: «Schon gut. Nur, tun Sie mir den Gefallen und geben Sie das Geld nicht meiner Frau. Sie säuft mir in letzter Zeit zu viel, und ich möchte nicht, daß das ins Kraut schießt...»

Es war ein gemütliches Arrangement. Miriam arbeitete als Stenotypistin in einem großen Möbelgeschäft. Morgens war ich meistens zu verkatert, um sie an den Bus zu bringen; aber abends holte ich sie immer mit dem Hund an der Haltestelle ab. Wir hatten zwar einen Wagen, aber der blieb mir allein vorbehalten, da sie unfähig war, das Ding anzulassen. Gewöhnlich wachte ich gegen halb elf auf, ließ mir Zeit mit dem Aufstehen, sah nach den Blumen, trank einen Kaffee und ein Bier und ging dann raus in die Sonne und rieb mir den Bauch. Dann spielte ich mit dem Hund, was ziemlich ermüdend war, denn er war ein riesiges Tier, größer als ich selbst. Deshalb verzog ich mich bald wieder ins Haus, räumte ein bißchen auf, machte das Bett, sammelte die leeren Flaschen auf und spülte das Geschirr. Noch ein Bier, ein kurzer Blick in den Kühlschrank, um mich zu vergewissern, daß noch etwas zu essen für sie da war, und dann wurde es Zeit für den Rennplatz. Nach dem letzten Rennen konnte ich es gerade noch bequem schaffen, sie rechtzeitig an der Haltestelle abzuholen.

Es war ein schönes Leben. Es war zwar nicht gerade wie Monte Carlo, aber ich fühlte mich doch ganz wohl dabei. Schließlich war ich nicht besonders verwöhnt. Ich schlief besser, sah besser aus und fickte besser als zuvor. Es war wirklich nicht schlecht. Trotzdem, ich spürte, daß es auf die Dauer nicht gutgehen würde...

Es fing an, als ich die Dame kennenlernte, die in dem Haus vorne an der Straße wohnte. Zuerst war es ganz harmlos. Ich saß auf der Veranda, trank mein Bier und warf den Ball für den Hund. Und sie kam heraus, breitete ein Badetuch auf dem Rasen aus und nahm ein Sonnenbad. Man mußte sehr genau hinsehen, um zu bemerken, daß sie einen Bikini anhatte. Er bestand nur aus ein paar dünnen Fäden. Und einen KÖRPER hatte die Dame... Während der ersten paar Tage beschränkten wir uns auf einen flüchtigen Gruß. Sie sagte «Hi» und ich sagte «Hi», und viel mehr wurde nicht gesprochen. Ich mußte vorsichtig sein. Miriam kannte schließlich die ganze Nachbarschaft.

Aber dieser KÖRPER... Hin und wieder schafft die Natur einen Körper, an dem alles stimmt, sogar der Hintern. Gewöhnlich ist es der Hintern, der aus der Reihe tanzt – er ist entweder zu groß oder zu platt oder zu rund oder nicht rund genug, oder er hängt einfach völlig beziehungslos da, als sei er im letzten Augenblick grad noch so drangeklatscht worden. Aber bei der hier stimmte sogar der Hintern. Allmählich fand ich heraus, daß sie Renie hieß und daß sie in einem der kleinen Klubs an der Western Avenue als Stripperin arbeitete. Sie hatte ein paar harte Linien im Gesicht. Ein typisches Los-Angeles-Gesicht. Man ahnte, daß sie einiges mitgemacht hatte, als sie noch jünger war; und jetzt war sie vorsichtig geworden und behielt ihre Deckung oben, als wolle sie sagen: Fuck you, Brother... jetzt bestimme ich, wie die Schläge verteilt werden.

Eines Morgens sagte sie zu mir: «Ich muß jetzt immer hier hinten hin zum Sonnenbaden. Kürzlich ist mir da vorne der alte Dreckskerl von nebenan auf die Pelle gerückt und hat versucht mich abzufummeln.»

«Tatsächlich?»

«Ja. Die alte Sau. Bestimmt schon an die 70, aber seine dreckigen Griffel kann er immer noch nicht weglassen. Da ist ein Kerl, der kommt jeden Tag und bringt seine Frau zu dem Alten. Und der Alte steigt mit ihr in die Federn, und sie liegen den ganzen Tag in der Falle und saufen und vögeln. Und abends kommt der Mann wieder und holt seine Frau ab. Die denken wahrscheinlich, wenn der Alte abkratzt, vermacht er ihnen sein Geld. Steinreich, der Alte. Solche Leute machen mich einfach krank. Da unten in dem Klub, wo ich arbeite, der Kerl, dem der Laden gehört, so'n großer fetter Itaker, Gregorio heißt er, der sagt also eines Tages zu mir: ‹Baby›, sagt er, ‹wenn du für mich arbeiten willst, dann mußt du immer für mich da sein und nicht nur, wenn du auf der Bühne stehst.› Und ich hab zu ihm gesagt: ‹Schau her, George, ich bin eine Künstlerin. Wenn dir mein Akt so, wie er ist, nicht paßt, dann steig ich aus!› Ich hab einen Freund von mir angerufen, und wir haben meine ganzen Sachen da rausgeholt, und kaum waren wir bei mir zu Hause, da hat schon das Telefon geklingelt. Gregorio natürlich. ‹Schau, Honey›, sagt er, ‹du mußt zurückkommen! Der Laden läuft einfach nicht, wenn du nicht hier bist. Alle fragen sie nach dir. Bitte, komm zurück, Baby. Ich respektiere dich als Künstlerin und als Frau. Du bist ne großartige Frau...›»

«Ham Sie Lust auf ein Bier?» fragte ich sie.

«Klar.»

Ich ging ins Haus und holte ein paar Flaschen aus dem Kühlschrank. Renie setzte sich zu mir auf die Veranda, und wir fingen an zu trinken.

«Was machst du so den ganzen Tag?» fragte sie.

«Zur Zeit gar nichts.»

«Du hast ne nette Freundin.»

«Ja, die is O. K.»

«Und was hast du früher gemacht?»

«Alles mögliche. Lauter miese Jobs. Nichts Besonderes.»

«Ich hab mich mal mit Miriam unterhalten. Sie sagt, du malst und schreibst Gedichte. Du bist ein Künstler.»

«In ganz seltenen Augenblicken bin ich ein Künstler, in der übrigen Zeit bin ich nichts.»

«Ich möchte gern, daß du mal meinen Akt siehst.»

«Ich geh nicht gern in diese Klubs.»

«Ich hab ne Bühne in meinem Schlafzimmer.»

«Was??»

«Komm, ich zeig's dir.»

Wir gingen rüber in ihr Apartment. Tatsächlich, sie hatte eine Bühne im Schlafzimmer. Sie nahm fast den ganzen Raum ein. Auf der Seite war ein Teil durch einen Vorhang abgetrennt. Sie brachte mir einen Whisky. Dann ging sie auf die Bühne und verschwand hinter dem Vorhang. Ich hockte auf dem Bett und nippte an meinem Drink. Dann hörte ich Musik. ‹Slaughter on Tenth Avenue.› Dann teilte sich der Vorhang, und sie schlängelte sich heraus.

Ich goß den Rest meines Drinks hinunter.

Nach und nach fielen die Hüllen. Sie fing an zu stoßen und sich zu winden. Sie hatte mir die Flasche neben das Bett gestellt; ich langte rüber und goß mir einen kräftigen Schuß ein. Inzwischen hatte sie nur noch die dünne Schnur mit dem kleinen Perlenvorhang an. Wenn sie den Unterleib nach vorne stieß, sah man die magische Büchse. Dann war die Platte zu Ende. Sie war wirklich gut.

«Bravo, bravo!» applaudierte ich.

Sie kam herunter und steckte sich eine Zigarette an.

«Hat es dir wirklich gefallen?»

«Klar. Jetzt weiß ich, was Gregorio meint, wenn er sagt, du hast Klasse.»

«All right, was meint er denn?»

«Erst brauch ich noch'n Drink.»

«Schön. Ich nehm auch einen.»

«Also, Klasse ist etwas, das sieht man, das fühlt man. Das kann man nicht erklären. Auch bei Männern kann man es sehen. Und bei Tieren. Trapezkünstler, zum Beispiel, wenn sie in die Arena kommen. Sie haben so etwas in ihrem Gang, in ihrer ganzen Haltung. Etwas, das von INNEN heraus durchscheint. Das hast du auch, wenn du tanzt. Dein ganzer Tanz lebt von dem, was du in dir hast.»

«Ja, so empfinde ich es auch. Für mich ist es nicht nur so 'n mechanisches Sex-Gehupfe. Es ist ein Gefühl. Innerlich spreche ich und singe ich, wenn ich tanze.»

»Weiß Gott, das tust du, das hab ich gemerkt.»

«Aber weißt du, ich möchte gern, daß du mich kritisierst. Ich möchte, daß du mir Anregungen gibst. Ich möchte noch besser werden. Deshalb hab ich auch diese Bühne hier, zum Üben. Sprich zu mir, während ich tanze. Du mußt dich nicht genieren, was zu sagen.»

«O. K. Noch 'n paar Drinks und ich schätze, ich werd auftauen.»

«Klar. Bedien dich nur.»

Sie verschwand wieder hinter dem Vorhang. Als sie wieder herauskam, hatte sie ein anderes Kostüm an. Und sie hatte eine neue Platte aufgelegt.

Die Musik war so laut, daß ich geradezu brüllen mußte. Ich kam mir vor wie ein abnormaler fettarschiger Hollywoodregisseur.

«Du darfst nicht lächeln, wenn du rauskommst. Das ist vulgär. Denk dran, du bist eine Lady. Du läßt dich herab, vor diesen Mackern zu erscheinen. Wenn Gott ne Möse hätte, dann wärst du Gott! Du mußt nur noch etwas gelöster werden. Du bist eine Heilige, du bist einsame Klasse! Zeig's ihnen!»

Ich goß mir Whisky nach. Ich fand eine Packung Zigaretten auf dem Bett und rauchte eine nach der anderen.

«Ja! Genaus so! Du mußt dir vorstellen, du bist ganz allein. Kein Publikum. Und du sehnst dich nach Liebe, nach der Liebe hinter all dem Sex, hinter all der Qual!»

Ihr Kostüm begann sich aufzulösen.

«Jetzt sag etwas, ganz unverhofft! Zisch etwas ins Publikum, über die Schulter, während du dich von der Rampe wegdrehst! Was dir grad einfällt! Sag irgendwas! So was wie ‹Potatoes hurl midnight onions›!»

«Potatoes hurl midnight onions!» zischte sie.

«Nein! Nein! Du sollst selber was sagen!»

«Chippy chippy suck nuts!» zischte sie.

Ich verschluckte beinahe die Eiswürfel. Ich goß mir schnell einen neuen Whisky nach.

«Und jetzt Tempo, aufs Ganze gehen! Runter mit den Fähnchen! Zeig mir die ewige Möse!»

Sie tat es. Das ganze Schlafzimmer stand in Flammen.

«Und jetzt schneller! Schneller! Als ob du den Verstand verloren hättest! Als ob du alles um dich herum vergißt!»

Und sie legte los. Ich war sprachlos. Die Zigarette versengte mir die Finger.

«Und jetzt werd rot!»

Sie errötete tatsächlich.

«Und jetzt langsamer! Langsam, ganz langsam! Auf mich zu! Langsam, langsam...! Ja! Die ganze türkische Armee hat einen Steifen! Näher! Auf mich zu! Jaaa!...»

Ich wollte gerade auf die Bühne springen, als sie wieder zischte: «Chippy chippy suck nuts!» Und da war es zu spät. Es ging mir in die Hose.

Ich goß noch ein Glas runter, sagte ihr good bye, ging wieder rüber zu mir, nahm ein Bad, rasierte mich, spülte das Geschirr, nahm den Hund an die Leine und kam gerade noch zurecht, um Miriam an der Haltestelle in Empfang zu nehmen. Sie war müde und abgespannt.

«War das mal wieder ein Tag», sagte sie. «Eins von diesen blöden Mädchen ist rumgegangen und hat sämtliche Schreibmaschinen geölt. Die Dinger haben überhaupt nicht mehr funktioniert. Wir mußten einen aus der Reparaturwerkstatt holen. Der hat uns angebrüllt: ‹Verdammt, wer hat die ganzen Dinger geölt!› Und dann ist uns Connors ins Kreuz getreten, damit wir die verlorene Zeit wieder aufholen und diese blöden Rechnungen fertig kriegen. Ich hab so auf die Tasten gehämmert, daß ich ganz taube Finger hab.»

«Du siehst trotzdem blendend aus, Baby», sagte ich. «Du wirst jetzt ein schönes heißes Bad nehmen, und nach ein paar Drinks fühlst du dich wieder ganz prächtig. Ich hab Pommes frites im Ofen, und wir haben Steaks und Tomaten, und dazu ein frisches heißes Knoblauchbrot.»

Zu Hause hockte sie sich auf einen Stuhl, kickte ihre Schuhe in eine Ecke und sagte: «Ich bin einfach hundemüde.» Ich brachte ihr einen Drink. Sie nippte daran und sah aus dem Fenster. «Wie schön doch unsere Stangenbohnen sind, wenn abends die Sonne so durchkommt», sagte sie seufzend.

Sie war eben nur ein nettes kleines Mädchen aus New Mexico.

Well, ich sah Renie noch ein paar Mal wieder, aber es war nie mehr so wie beim ersten Mal, und wir hatten nie was miteinander. Erstens mußte ich wegen Miriam vorsichtig sein, und zweitens hatte ich mich so in die Vorstellung von Renie als Künstlerin und Lady hineingesteigert, daß ich es fast selber glaubte. Und jede Intimität hätte unser striktes Künstler-Kritiker-Verhältnis gestört. So wie es war, machte es eigentlich auch viel mehr Spaß.

Als die Geschichte schließlich platzte, war es nicht Renie, die mich verpfiff, sondern die kleine fette Frau des Garagenwarts im Hinterhaus. Sie kam eines Morgens gegen 10 rüber, um sich etwas Kaffee oder Zucker zu borgen. Sie hatte nur so einen dünnen losen Morgenmantel an, und als sie sich vorbeugte, um ihren Kaffee oder was weiß ich in Empfang zu nehmen, fielen ihr die Titten raus.

Es war richtig gewöhnlich. Sie wurde rot und richtete sich schnell auf. Ich spürte, wie alles heiß wurde. Wie wenn ich von einer tonnenschweren Masse purer Energie eingeschlossen sei, die mich ständig bearbeitete. Im nächsten Augenblick hatte ich sie an mich gerissen. Ich dachte daran, daß ihr Mann vermutlich gerade auf seinem kleinen Rollschlitten unter einem Wagen lag und fluchend mit einem schmierigen Schraubenschlüssel hantierte. Ich bugsierte sie ins Schlafzimmer. Sie war eine fette kleine Butterpuppe. Es war gut. Dann ging sie. Wir hatten die ganze Zeit kein Wort gesagt.

An einem der nächsten Abende, wir saßen gerade gemütlich bei einem Drink, sagte Miriam: «Ich höre, du hast die kleine Dicke von da hinten gebimst.»

«Na», sagte ich, «so dick ist sie eigentlich gar nicht.»

«Das spielt jetzt auch keine Rolle. Jedenfalls kann ich so was nicht haben. Wenigstens solange ich hier für das Geld sorge. Mit uns zwei ist Schluß.»

«Kann ich nicht wenigstens heute nacht noch bleiben?»

«Nein.»

«Aber wo soll ich denn hin?»

«Von mir aus geh zum Teufel.»

«Nach all der Zeit, die wir zusammen waren?»

«Nach all der Zeit, ja.»

Ich versuchte sie umzustimmen. Es nützte nichts. Es wurde nur noch schlimmer.

Ich hatte schnell gepackt. Meine paar alten Klamotten füllten den kleinen Pappkoffer nicht einmal zur Hälfte. Glücklicherweise hatte ich noch etwas Geld. Ich fand ein hübsches billiges Apartment am Kingsley Drive. Zuerst begriff ich nicht recht, wieso Miriam das mit der kleinen Dicken herausgekriegt hatte, ohne gleichzeitig auch der Sache mit Renie auf die Spur zu kommen. Aber wahrscheinlich wußte sie auch davon. Vermutlich steckten sie alle unter einer Decke. Frauen haben so eine Art, sich untereinander zu verständigen.

Manchmal, wenn ich die Western Avenue hinunterfuhr, sah ich auf den Aushang am Klub. Da stand ihr Name: Renie Fox. Aber sie war nicht die Hauptattraktion. Das war eine andere. Ihr Name leuchtete in dicken Neonbuchstaben. Renies Name stand auf einem Pappkarton. Ich ging nie rein.

Miriam sah ich noch einmal wieder, vor einem Thrifty Drugstore. Sie hatte den Hund dabei. Er sprang mich an und wedelte. Ich tätschelte ihn.

«Na ja», sagte ich, «wenigstens der Hund vermißt mich.»

«Das merk ich auch», sagte sie. «Deshalb hab ich ihn mal genommen und bin rüber zu dir, aber bevor ich auf die Klingel gedrückt habe, hat da drin bei dir so 'n Flittchen gekichert. Ich wollte nicht stören und bin wieder gegangen.»

«Das mußt du dir eingebildet haben. Bei mir ist noch nie jemand gewesen.»

«Ich hab mir's aber nicht eingebildet.»

«Hör zu», sagte ich. «Ich sollte vielleicht mal abends bei dir vorbeischauen...»

«Nee, das solltest du nicht. Ich hab jetzt einen sehr netten Freund. Er hat einen guten Job. Er ARBEITET, verstehst du? Er geniert sich nicht, was zu arbeiten!»

Und damit drehte sie sich um, und damit verschwanden Frau und Hund aus meinem Leben. Ich sah ihnen nach, wie sie weggingen und ihre Hinterteile schlenkerten. Ich stieg in den Wagen. Ich stand an der Kreuzung und wartete, bis es grün wurde. Dann gab ich Gas und fuhr weg. In die andere Richtung.

Erica Jong

Hereingeschlittert

Er kam in ihr Leben geschlittert, pflegte sie nach dieser Nacht zu sagen, und so war es auch. Wenn Mel ihr Geld nicht bei Lotus Ltd. investiert hätte und plötzlich tot umgefallen wäre, wenn Alva Libbey nicht den Weg aller Nannys gegangen wäre, wenn es nicht *wieder* geschneit hätte, wenn sie nicht erschöpft, ausgelaugt und blutend heimgekommen, gleichzeitig aber merkwürdig erheitert gewesen wäre angesichts der Vorstellung, völlig mittellos ein neues Leben beginnen zu müssen – hätte sie dann je ein so explosives Element wie Berkeley Sproul in ihr Leben gelassen? Wahrscheinlich nicht.

Er kam in einem bunten Lieferwagen, der seinem Temperament entsprechend rot, violett, gelb und leuchtend orange gestrichen war – jeder Kotflügel in einer anderen Farbe. Auf den Seitenflächen prangten wilde Spraybilder, die an einen schlechten LSD-Trip erinnerten. Der Fahrer dieses Unikums wirkte wie ein fröhlicher Schelm oder Hofnarr mit seinen funkelnden blauen Augen, dem ungebändigten aschblonden Haar und diesem Lächeln, vor dem sie dahinschmolz. Er hatte verschiedenfarbige Socken an: einen roten und einen grauen. Er war überhaupt nachlässig angezogen, und seine Kleider rochen schwach nach Mottenpulver. Er trug einen weiten, weißen Seemannspullover, der sich unter den Achseln auftrennte (sprengte ihn soviel geballte Lebenskraft?), einen langen Wollschal (rot), aber keinen Mantel. Er sah wirklich aus wie ein Vagabund. Als er Isadora eine weiße Orchidee in einer schlanken Silbervase überreichte, fragte sie: «Orchideen – zu dieser Jahreszeit! Wo haben Sie die her?»

«Meine Mutter züchtet sie in ihrem Gewächshaus in Darien»,

sagte er. «Da-rien: ‹ja› auf russisch und ‹nichts› auf französisch. ‹Ja, nichts!› Das charakterisiert das Nest ganz prima! Es ist die Heimat der unnützen angelsächsisch-protestantischen Geldaristokraten, der weidwunden Gewinner.»

Isadora lachte. Es kam ihr vor, als habe sie ihn in einem Buch erfunden und als werde sie nun Zeuge einer erstaunlichen Verwandlung, die ihn zum Leben erweckte.

«Was hatten Sie denn hier in der Nähe zu tun?»

Bean sah sie verständnislos an. «Ich war nicht hier in der Nähe», sagte er. «Ich war bei meinen Eltern in Darien. Ich hatte Angst, Sie nie wiederzusehen, wenn ich nicht schnell handelte. Als ich Sie im Fitneßklub traf und Sie so schön, so frisch aussahen, in Ihren Augen aber dieser gequälte Blick lag, so als fühlten Sie sich verletzt, betrogen, verfolgt, da wußte ich, daß ich Sie wiedersehen *mußte*.»

«Ritter Galahad, der tapfere Befreier! Gehören Sie etwa zu den Männern, die sich nur in bedrängte Damen verlieben?»

«Nein. Normalerweise verliebe ich mich überhaupt nicht. Da vögle ich mir das Hirn aus dem Kopf und gehe heim, ohne irgend etwas zu fühlen. Aber bei Ihnen spüre ich, daß jede Begegnung zwischen uns mein Herz erfüllen wird, selbst wenn ich nie mit Ihnen schlafen sollte.»

Isadora konnte nur mit Mühe die Tränen zurückhalten. Sie war sich nicht sicher, ob er es ehrlich meinte oder ihr nur schmeicheln wollte. Es war ihr Fluch, daß sie eine Schwäche für wortgewandte Männer hatte, gleichgültig, wie blumig sie daherredeten. Ob ihre große Verwundbarkeit einen Fluch oder eher einen Segen darstellte, darüber war sie sich nicht im klaren. Sie wappnete sich. Sie würde nicht mit Bean schlafen, egal, wie charmant er sie rumzukriegen versuchte, und wenn sie noch so sehr auf seinen Charme abfuhr. Seine Offenheit und seine Empfindsamkeit waren ihrer verletzlichen Psyche entweder wahlverwandt – oder er war tatsächlich ein guter Schauspieler und ein klein wenig auch ein Hochstapler.

«In letzter Zeit hab’ ich auch ziemlich oft bis zum Gehtnichtmehr gefickt und bin leer und ohne etwas zu empfinden heimgefahren», sagte Isadora. «Das wird schnell langweilig. Ich hab’ es früher nie oft genug praktiziert, um das rauszufinden – wenn man das bei meinem Ruf auch nicht glauben würde. Aber ich habe fest vor, mit diesem Leben Schluß zu machen und nicht mehr wahllos herumzuschlafen.»

Bean schnippte mit den Fingern. «Was für ein Pech, daß ich Ihnen ausgerechnet *jetzt* begegnet bin, wo Sie es sich anders überlegt haben.»

Wieder mußte Isadora lachen. Bean war ohne Zweifel einer der charmantesten Menschen, denen sie je begegnet war. Er hätte mit seinem Charme die Vögel von den Bäumen locken oder den Kindern ihre Lutscher und Geizhälsen das Geld abschmeicheln können. Aber sie war entschlossen, nicht zuzulassen, daß er sich mit seinem Charme in ihr Bett schlich.

«Sie reißen den Mund eigentlich weiter auf als alle Männer, denen ich je begegnet bin. Aber abgesehen davon müssen Sie jetzt nach Hause fahren.»

Bean wirkte äußerst niedergeschlagen. Seine struppigen Augenbrauen rutschten nach unten. Der Funke in seinen blauen Augen erlosch mit einem Schlag. Sogar die für seine Herkunft typische leichte Stupsnase (die ein romantischer Autor als *retroussé* bezeichnet hätte) schien sich der Oberlippe zu nähern, als wolle sie auf einmal semitisch aussehen.

«Aber wir müssen doch noch über so vieles reden», sagte er. «Wir müssen über Nietzsche diskutieren, über Schopenhauer und über Sex.»

«Den Sex haben wir schon abgehakt. Nietzsche und Schopenhauer können warten.»

«Aber brauchen Sie denn den Sex nicht, um Ihre Kreativität anzufachen?»

«Heute abend nicht. Mein Manager ist gerade ganz unerwartet gestorben, und ich stehe mit grauenhaften Steuerproblemen da. Zudem habe ich meine Tage, und ich bin total erschossen. Ich werde jetzt aufstehen, falls ich das noch schaffe nach all dem Wein, und werde Sie bitten zu gehen.»

«Wie kann ich Sie davon abbringen?»

«Überhaupt nicht.» Sie schwankte ein bißchen, als sie aufstand. «Ich schwöre Ihnen, überhaupt nicht.»

Bean sah auf einmal aus wie ein sehr großer Holden Caulfield. Er wirkte wie fünfzehn und nicht wie fünfundzwanzig. Seine Oberlippe zitterte, als wolle er gleich anfangen zu weinen. Seine unwahrscheinlich blauen Augen füllten sich mit Tränen. Plötzlich konnte sich Isadora vorstellen, daß er sich umbringen wollte. Er hatte ihr erzählt, daß er eine Pistole besaß und auch mit ihr umgehen konnte. Er hatte ihr außerdem anvertraut, daß er sein Auto als Todeswaffe benutzte – und die Straßenverhältnisse waren heute nacht tückisch genug. Sollte sie ihm anbieten, im Gästezimmer zu übernachten?

Nein. Unmöglich. Unmöglich, mit einer solchen Ladung von geballtem Sex unter einem Dach zu schlafen und nicht mit dem Typ zu vögeln. Wenn er diese selbstzerstörerischen Anwandlungen hat, dann ist das sein Problem, dachte sie. Sie war es leid, sich um alle Welt zu kümmern.

«Sie sollten jetzt nach Hause gehen.» Isadora hielt sich an der Stuhllehne fest. Sie hatte wieder Krämpfe im Unterleib und konnte sich nur mühsam aufrechthalten.

«Ich habe den Abend sehr genossen», sagte Isadora. «Aber ich bin wirklich der Ansicht, Sie sollten nach Hause gehen.»

Sie wußte selbst nicht recht, weshalb sie so entschieden dagegen war, mit ihm zu schlafen. Schließlich war sie schon mit vielen Männern ins Bett gegangen, die ihr weit weniger gefielen als er. Vielleicht spürte sie, welche Macht er über sie gewinnen könnte; vielleicht wußte sie sogar, welch ungeheure Rolle er dann in ihrem Leben spielen würde. Wenn eine Frau sich besonders stark zu einem Mann hingezogen fühlt, rennt sie manchmal gerade vor dieser Anziehungskraft davon. Kommt aber ein hohler Typ daher, dann kann sie mit ihm ins Bett steigen und hernach ganz cool ihrer Wege gehen.

«Ich werde Ihnen wenigstens noch ein signiertes Buch mitgeben», sagte Isadora mit einem Blick in Beans verschleierte Augen. Es war das alte Lied: Bücher statt Bett. Oder Bücher als Vorspiel zum Bett? Sie war sich nicht ganz sicher. Mit fünfzehn hatte sie Männern Gedichte geschrieben, statt mit ihnen ins Bett zu gehen. Mit fünfundzwanzig hatte sie immer noch das gleiche gemacht. Mit achtundzwanzig hatte sie einen ganzen Roman geschrieben wegen eines Mannes, den sie nicht haben konnte. (Er war nämlich boshafterweise gerade bei ihr impotent.) Als sie einunddreißig war, erschien dann dieser Roman, und plötzlich lag ihr die Welt zu Füßen, jener Mann allerdings nicht. Mit neununddreißig hatte sie die Bücher durchs Bett ersetzt und war von jedem Abenteuer mit trockenen Augen und einsamem Herzen heimgekehrt. Was war die endgültige Lösung dieses Buch-Bett-Dilemmas? Gab es die überhaupt? Liebte sie nur den unerreichbaren Mann, den Mann unterm Bett, das unmögliche Objekt ihrer Begierde – letztlich den Vater?

«Kommen Sie mit!» sagte sie und führte Bean hinauf in ihr Baumhausstudio.

Sie stiegen die Wendeltreppe zu ihrem Studio hinauf. Dort oben in ihrem Heiligtum mit dem perlgrauen Teppichboden und den bis zur Decke reichenden Regalen zeigte er sich erstaunt über die vielen Ausgaben, die es von ihren Büchern gab. Er sah sie als Frau, nicht als Buchmaschine, aber sie war augenscheinlich das eine wie das andere. Es hatte in den Wäldern etlicher Kontinente eines Kahlschlags bedurft, damit ihre Worte sich in vielen Sprachen fortpflanzen konnten.

«Französisch, Spanisch, Deutsch, Italienisch – und was noch?» fragte er beeindruckt.

«Japanisch, Hebräisch, Holländisch, Schwedisch, Finnisch, Norwegisch und sogar Serbokroatisch und Mazedonisch – aber Suaheli nicht.» Man merkte ihrer Stimme an, daß sie betrunken war. Warum war sie so stolz auf ihre fremdsprachlichen Ausgaben? Sie hatte keinen blassen Schimmer, ob die Übersetzungen auch nur entfernt das wiedergaben, was sie geschrieben hatte.

«Hier.» Sie nahm eine Leinenausgabe von ‹Tintorettos Tochter› vom Regal und schrieb eine Widmung für Bean hinein: Für Berkeley Sproul III. Möge er den IV. und V. und hoffentlich den VI. erleben. Und möge er sich eines Tages in Venedig verlieben wie Marietta Robusti – aber ohne dafür sein Leben zu lassen. In aufrichtiger Zuneigung, Isadora Wing.

Sie gab ihm das Buch. Als er die Widmung las, verschleierten sich seine Augen noch mehr. Dann zog er sie plötzlich an sich und hielt sie fest umschlungen. Sie spürte seinen steifen Schwanz durch die Jeans, während seine großen, unvorstellbar sanften Hände ihr Gesäß umspannten. Dann wanderten die Hände ihren Rücken hinauf, und er streichelte sie, als wolle er ihren Körper in den seinen hineindrücken. Aber was sie wirklich verblüffte, war die Art, wie er ihren Hals und ihr Haar berührte. Seine Finger fanden genau den Punkt im Nacken, der ihr immer am meisten weh tat, wenn sie diese gräßlichen Kopfschmerzen hatte. Unendlich behutsam massierte er die Stelle. Woher wußten seine Finger so genau, wo sie ansetzen mußten? Es war unheimlich. Eine Hand blieb auf ihrem Nacken, die andere strich ihr über den Kopf und streichelte sie mit solcher Zärtlichkeit und Liebe, daß sie sich in ihre Kindheit zurückversetzt fühlte, als ihr Großvater ihr vor dem Einschlafen übers Haar gefahren war.

Panischer Schrecken ergriff sie. Kein Mann (außer ihrem Großvater) hatte je diese empfindlichen Punkte gefunden; kein Mann hatte es verstanden, ihren Nacken und Kopf so zu streicheln. Wenn er das konnte, was mochte er sonst noch von ihrem Körper wissen? Sie fürchtete sich davor, es herauszufinden.

«Du mußt jetzt gehen.» Sie machte sich von ihm los. «Es ist wirklich Zeit.»

Er nickte traurig. Sie nahm ihn bei der Hand und führte ihn die Wendeltreppe hinunter. War sie verrückt, daß sie ihn gehen ließ, oder war gerade das vernünftig? Schluß mit der Liebe! hatte sie sich versprochen. Schluß mit den verführerischen jungen Männern, deren Herzen «wie Wachs sind, bis sie ihr Ziel erreichen, doch dann zu Marmor erstarren» (wie Byron es formulierte).

«Recht so! Wirf mich wieder in die Gosse. Da gehören Vagabunden ja auch hin», klagte Bean theatralisch.

Unten in der Halle reichte Isadora ihm seinen langen roten Schal und seinen Seemannspullover. Sie bot ihm sogar eine alte Skimütze von Josh an, aber er lehnte ab. «Nein, danke. Wenn ich dich nicht haben kann, dann will ich gern erfrieren. Ich sterbe freiwillig in der Gosse.»

«In der Gosse sind wir alle. Aber einige von uns schauen hinauf zu den Sternen.» Isadora öffnete die schwere Eingangstüre, und Schneeflocken wirbelten herein.

«Das ist aus ‹Lady Windermeres Fächer›», sagte Bean. «Aber

jetzt werde ich dir ein Zitat aus ‹Bunbury› vortragen, das zutreffender ist.» Er trat auf den verschneiten Gehweg, drapierte sich den roten Schal malerisch um die Schultern und deklamierte: «‹Hoffentlich haben Sie kein Doppelleben geführt und vorgegeben, schlecht zu sein, während Sie in Wirklichkeit die ganze Zeit über gut waren. Das wäre geheuchelt.›»

«Touché», rief Isadora. «Und nun ab mit dir!»

Obwohl sie nur in Jeans und Pullover war, begleitete sie ihn zu seinem Lieferwagen. Sie genoß die rosafarbene Schneenacht und fand, es sei eigentlich gar nicht sehr kalt.

«Gib acht, daß du nicht ausrutschst.» Er nahm sie behutsam beim Arm. Als er die Tür des Wagens (dessen grelle Farben unter einer dünnen Schneedecke verschwunden waren) öffnete, sah er sie traurig an.

«Fahr nach Haus!» Sie umarmte ihn flüchtig. Er beugte sich über sie, nahm sie in die Arme und küßte sie auf den Mund. Seine Zunge kannte ihr innerstes Wesen. Es hätte sie kaum mehr erregen können, wenn er statt ihres Mundes ihre Möse geküßt hätte. Seine Zunge wußte alles über ihren Mund, so, wie seine Finger den empfindsamen Punkt in ihrem Nacken gekannt hatten. Sie spürte, daß er sie mit einem bloßen Kuß zum Orgasmus bringen konnte.

«Fahr nach Haus!» wiederholte sie und löste sich aus seiner Umarmung. Ihr war nicht klar, weshalb sie ihn so unbedingt loswerden wollte. Wir alle wünschen uns nichts sehnlicher, als erkannt zu werden, und Bean hatte sie erkannt, das stand fest. Mußte er deshalb gehen? Sie stellte sich auf die Zehenspitzen und fuhr ihm ausgelassen mit der Zunge ins Ohr. «Fahr nach Haus!» sagte sie noch einmal.

Wortlos stieg er ein, ließ den Motor an und setzte zurück. Sie winkte und ging wieder ins Haus. Ihr war, als habe sie knapp ihr Leben, ihre Freiheit und ihre Seele gerettet.

Göttin sei Dank! dachte sie erleichtert, als sie den Wagen mit dröhnendem Motor die Einfahrt hinunterfahren hörte.

Gut, daß sie Bean heimgeschickt hatte. Er stellte eine Bedrohung ihres Vorsatzes dar, frei zu bleiben, eine echte Bedrohung.

Isadora machte Licht im Schlafzimmer und beschloß, sich mit

einem Buch ins Bett zu verziehen. Sie würde sich einen Klassiker aussuchen, statt die lästigen Fahnensätze zu lesen, die sich auf ihrem Nachttisch türmten und auf ein Kollegenurteil warteten.

Die amerikanische Literatur stand in dem Zimmer unterm Dach. Isadora zog ihre lustigen roten Eddie-Bauer-Pantoffeln an (die hinten runtergetreten waren und in denen sie aussah, als habe sie Clownfüße) und tappte zur Treppe, um unterm Dach nach Thoreau zu suchen. Als sie an der Haustür vorbeikam, hörte sie ein hartnäckiges Klopfen.

«Isadora!» Es war Beans Stimme. «Isadora!»

«Scheiße!» murmelte sie. «Ich muß ja zum Kotzen aussehen.» Sie riß die Tür auf.

Bean stand draußen und klapperte mit den Zähnen. Sein Haar war voller Schneeflocken. Seine Nase war gerötet und tropfte.

«Was ist passiert?» fragte Isadora.

«Ich bin auf der Einfahrt ins Rutschen gekommen, und der Wagen ist in einer Schneewehe steckengeblieben. Ich krieg' die verdammte Karre nicht wieder auf die Straße.»

«Eine glaubhafte Geschichte», sagte sie ironisch.

«Sie ist wahr», versicherte Bean. «Der Wagen ist geschlittert und wäre ums Haar gegen einen Baum gekracht.»

Isadora musterte ihn spöttisch. «Du bist absichtlich ins Schlittern gekommen.» Sie war riesig erleichtert, daß er nicht tot und daß er zurückgekommen war.

«Ich schwöre, ich hab's nicht vorsätzlich getan. Der Wagen kam in der vereisten Kurve ins Schleudern und rutschte nach hinten weg.»

«Aber sicher.» Isadora lachte. «Wer so scharf drauf ist, aufs Kreuz gelegt zu werden, der muß schon eine Wucht im Bett sein.» Damit nahm sie ihn bei der Hand und führte ihn in ihr Schlafzimmer. Sie rissen sich die Kleider vom Leib – Pullover, Schal, Großmutternachthemd, Jeans – und fielen sich in die Arme, als sei ihr ganzes Leben nur eine Vorbereitung auf diesen Augenblick gewesen.

Was heißt da Spontanfick! Was heißt Erfüllung eines unmöglichen Traums! Bean war im Bett in seinem Element wie ein Fisch im Wasser, wie ein Eisbär am Nordpol oder wie ein Verhungernder, wenn er ein Stück Fleisch bekommt. Er machte sich über Isadoras Körper her, daß man hätte denken können, er habe sein Leben lang vergeblich nach einer Frau gelechzt – doch das war offensichtlich nicht der Fall. Er war so hungrig, so geil (und doch so seltsam rein in seinem Hunger und seiner Brunft, daß sie versucht war, ihn zu beschwichtigen: «Ruhig, nur ruhig! Es nimmt dir ja niemand was weg!» Aber sie hielt sich zurück, aus Angst, seiner unglaublichen Sexualität nicht gerecht zu werden). Auch Riechen und Schmecken gehörte zu seinem Repertoire, und er genoß Gerüche, Säfte, Schweiß und Blut. Ganz hingerissen tauchte er seine Finger in ihre Muschi, spielte einen lustvollen Walzer auf ihrer Klitoris und stieß den Finger gekonnt so weit in ihre Möse, daß er den süßesten Punkt an der Vorderwand traf. Er rieb ihn mit wunderbarem Geschick, während seine Zunge weiter auf ihrem Kitzler trillerte. Die andere Hand hielt er auf ihren Bauch gepreßt, und Isadora erlebte den berauschendsten Orgasmus ihres Lebens.

Sie wollte die Beine schließen und ein wenig ausruhen, doch er spreizte sie mit Gewalt (ohne sich um ihren Protest zu kümmern) und stieß seinen Schwanz in ihre Möse. Er wiegte sie in seinen Armen und berührte Stellen im Innern ihres Körpers, von denen sie hätte schwören können, daß noch keiner sie berührt hatte. Unvermittelt glitt er heraus, rammte sie aber gleich darauf wieder. Schonungslos stieß er wieder und wieder in sie hinein. Er stützte sich auf die Arme und räumte mit seinem harten Schwanz in ihrer Fotze auf, als wolle er jede Spur ihrer früheren Liebhaber auslöschen. «Für Josh», keuchte er, «für Bennet, für Brian, für alle.» Er stieß so heftig zu, daß sie fast schon wieder gekommen wäre, doch da wich er zurück. «Noch nicht, Baby, noch nicht», sagte er, warf sie auf den Bauch, schlug ihr mit der flachen Hand auf den Hintern und drang von hinten in sie ein. Er zog sie hoch, so daß sie im Bett kniete, und dann fickte er sie, bis ihre Sicherungen durchbrannten, während seine Finger ihre Klitoris rieben. Sie war noch nie jemandem begegnet (sie selbst vielleicht ausgenommen), der sich so rückhaltlos hinzugeben vermochte. Gewöhnlich versucht der andere beim Sex, einen Teil von sich zurückzuhalten, sucht einen gewissen Abstand, Ironie, Bewußtheit – alles, nur keine vollkommene Vereinigung mit dem Partner. Aber Bean bedurfte keiner solchen Distanz. Er lieferte sich der Sexualität völlig unerschrocken aus, er vertraute auf seine Männlichkeit mit einer Sicherheit, von der die Isadora glaubte, sie sei mit den Wikingern ausgestorben. Auf seinem Gesicht spiegelte sich äußerste Spannung: Er wäre gegen einen Baum gerast und hätte sich umgebracht, wenn er sie nicht hätte ficken können, und nun fickte er sie, als sei dies eine Sache auf Leben und Tod.

Er spreizte ihre Beine, klemmte ihre Füße in seinem Nacken fest und fickte sie wie besessen. Sie konnte weder die Position bestimmen noch kontrollieren. Sie konnte diesen Partner nicht führen, aber merkwürdigerweise erregte sie das mehr als alles andere je zuvor, und sie kam wiederholt in Stellungen, von denen sie bisher geglaubt hatte, sie seien für sie nicht vorteilhaft.

Er jubelte und lachte jedesmal, wenn sie kam. Er fühlte ihren zuckenden Orgasmus mit seinem Schwanz – so perfekt harmonierten ihre Körper miteinander.

«Du paßt genau zu mir, wir sind *das Paar*», sagte er, und seine Augen funkelten vor Lust. «Gönn dir noch einen auf meine Kosten!»

Er kniete über ihr und hielt ihr seinen Penis entgegen wie eine todbringende Waffe. Vor ihren Augen reckte sich sein Schwanz in einer aufreizenden, leicht geknickten Kurve.

«Ich will dich ficken, bis du alles andere vergißt.» Wieder stieß er in sie hinein. «Ich will alle Liebhaber und alle Gatten auslöschen. Ich will dein *Mann* sein», keuchte er und stieß zu. «Dein Mann, dein Mann.»

Isadora stöhnte unter seinen wilden Stößen. Sie stöhnte vor Lust und Staunen. Beans Augen funkelten wild.

Sie war außer sich vor Verlangen, Erschöpfung und Verlangen. Sie wollte dagegen ankämpfen und ihm mit keinem weiteren Orgasmus mehr Freude machen. Sie hatte es aufgegeben mitzuzählen, wie oft sie schon gekommen war – aber sie war sicher, daß der nächste Höhepunkt sie auf immer an ihn binden und ihr Ego und ihre Freiheit auslöschen würde. Sie war entschlossen, nicht noch einmal zu kommen. Sie bemühte sich, an Josh zu denken oder an Kevin; sie versuchte sogar, die Kopfschmerzen heraufzubeschwören – doch es war umsonst. Schon bebte sie auf der Klippe zum nächsten Orgasmus, einem Orgasmus, der die Kundalini zu wecken schien, ihre Beine sich konvulsivisch bewegen und ihre Hände sich in Beans Nacken festkrallen ließ, bis er vor Schmerz schrie. Und dann machte er sich wieder über sie und vögelte sie noch leidenschaftlicher als zuvor. Er wandte den Kopf zur Seite, und sein Gesicht verzog sich wie im Schmerz. Er stützte sich auf die Arme und schlüpfte, glitt, nein flog in sie hinein und wieder heraus, als schösse er geradewegs ins All.

«Flieg, Liebster, flieg!» jubelte sie.

«Baby, Baby, Baby, Baby!» Er stieß in sie hinein und schrie vor Lust. Sein Becken und seine Schenkel zuckten wie im Fieberkrampf, als er endlich kam. In seiner Leiste pochte wild eine Ader. Dann brach er auf ihr zusammen.

«Mein Liebling.» Er streichelte ihren Kopf und ihren Nacken und murmelte immerzu: «Mein Liebling, Liebling, Liebling, Liebling.»

Überwältigt von der Gewalt ihrer Vereinigung, überwältigt auch von dem geheimnisvollen dritten Geschöpf, das ihre beiden Körper gebildet hatten, hielten sie einander in den Armen.

«Daß du ein harter Brocken bist, wußte ich gleich», sagte Isadora. »Aber ich hatte keine Ahnung, *wie* hart.» Sie kam sich vor wie Venus, die Adonis in den Armen hält, wie Ischtar mit Anu, ihrem Gemahl, wie Kleopatra mit Marcus Antonius. Ihr war eine unvergleichliche erotische Erfahrung zuteil geworden, das wußte sie: die Vereinigung einer voll erblühten Frau mit einem jungen Mann, dessen Lebenssäfte noch ungehemmt fließen. Die Männer opfern ihrer gesellschaftlichen Macht und Position so viel Energie, daß ihre Lebenskraft, ihre sexuelle Kraft eher versiegt als die der Frauen. Frauen werden mit jedem Jahr, mit jedem Kind und jedem Schicksalsschlag stärker, Männer dagegen wirken mit zunehmendem Alter erschöpft und ausgelaugt. Eine Neunundreißigjährige und ein Mann von fünfundzwanzig sind einander sexuell ebenbürtig. Die französischen Romanciers entdeckten diese große Wahrheit, doch die Amerikaner wollen sie nicht anerkennen. Colette kannte sie, als sie mit einundfünfzig zu Maurice ins Bett stieg. Sie wußte, warum sie ihn, den Fünfunddreißigjährigen, mit einundsechzig heiratete; sie nannte ihn damals ihren besten Freund. Kluge Frauen kennen und hüten das Geheimnis, daß ihr Lebensfaden länger ist als der des Mannes.

Das Klingeln des Telefons schreckte Isadora aus ihren Gedanken. «Das ist mein Manager – im Himmel», witzelte sie. «Hallo?»

Es war Kevin.

«Oh...» Sie war verlegen, als könne er sehen, wie sie dalag mit ihrem verschmierten Bauch. «Wie geht's dir?»

Bean kicherte.

«Scht!» Isadora schirmte mit der Hand die Sprechmuschel ab. «Du, Kevin, hör mal, ich schlaf' schon halb... Kann ich dich morgen früh zurückrufen?»

«Ist was nicht in Ordnung?» fragte Kevin. «Fehlt dir *wirklich* nichts?»

«Ich fühle mich großartig.»

«Du wirkst so matt, richtig kraftlos.»

«Das ist nur, weil ich schon fast eingeschlafen war, bestimmt!» Sie verstellte ihre Stimme und bemühte sich, schläfrig zu klingen statt halb totgefickt.

«Schwindelst du auch nicht?»

«Ganz ehrlich», gurrte sie ins Telefon und sah Bean dabei an. Wer außer einem Wahnsinnigen könnte sich den dunklen Göttern so rückhaltlos ausliefern? Aber dann wäre ja sie auch verrückt. Kevin dagegen war es nicht: Kevin, der Meister des netten kleinen *flüchertjes* zum Nachtisch. Kevin würde nie ihre Seele fordern, aber er würde auch nicht die Bacchantin in ihr erwecken oder ihre Verrücktheit, den schier animalischen Wahnsinn.

«Ich rufe dich morgen früh an», sagte sie zu Kevin mit einem Blick auf Bean. «Schlaf gut! Küßchen!» Sie legte auf.

«Wer war das?» fragte Bean.

«Meine Nummer eins.»

«Deine was?»

«Meine Nummer eins. Willst du mir etwa deswegen eine Szene machen?»

«*Ich* möchte deine Nummer eins sein.»

«Du bist zu jung für mich», erwiderte Isadora, doch ihr Herz sagte ihr, daß das nicht stimmte.

«Ich habe das Gefühl, bei dir werde ich schnell altern. Ach, da fällt mir ein – ich hab ja was für dich.»

Er führte ihre Hand an seinen steifen Schwanz. «Komm!» Er half ihr aus dem Wasserbett, türmte die Kissen vor ihr auf, damit sie sich darauf stützen konnte, umspannte ihre Brüste mit den Händen und nahm sie von hinten. Er stieß noch härter in sie hinein als zuvor. Ihre Möse pochte, schmerzte, prickelte. Sie flehte ihn an, sie noch fester zu rammen, sie zu schlagen, zu zermalmen – mehr, ja, mehr. Wenn Bean in sie eindrang, war es, als nehme ein *dybuk* von ihr Besitz. Bei jedem Stoß feuerte sie ihn an mit einer Stimme, die gar nicht ihr zu gehören schien – als sei sie wirklich zur Bacchantin geworden, als habe die Grenze zwischen Schmerz und Lust sich aufgelöst. Er war ihr Gebieter, ihr Priapus, der nicht nur in ihren Körper, sondern auch in ihre Seele stieß.

Ah, sie gab vor, der Großen Mutter zu huldigen, aber in Wirklichkeit war sie dem Phallus hörig, sie war schwanzabhängig, schwanzbeherrscht, schwanzverunsichert. Sie hatte schon immer gewußt, daß Männer diese latente Macht über sie besaßen, doch noch nie hatte sie so hundertprozentig den ihr sexuell ebenbürtigen Partner gefunden: einen Mann, der des Fickens nicht müde wurde, der wild darauf war, sich bis zur Erschöpfung wund zu vögeln, einen Mann, der gleich ihr nicht vor Schweiß, Gerüchen und Blut zurückschreckte, einen erdgebundenen Mann, der wußte, daß der Mensch nur durchs Irdische zum Göttlichen emporsteigen kann.

«Ich will dein *Mann* sein», stöhnte er und fickte sie wie ein Rasender von hinten. Sein Mittelfinger stieß in ihren Hintern, sein harter, gekrümmter Schwanz füllte ihre Möse, sein Verlangen, seine Glut, seine Sicherheit, seine Lust füllten ihre Seele.

Sie war noch nie in dieser Stellung gekommen, aber diesmal war es, als würden die Orgasmen von neununddreißig Jahren auf einmal explodieren, und sie stöhnte und winselte wie ein Tier. Das erregte ihn so sehr, daß er vor Leidenschaft fast den Verstand verlor. Er spritzte mit einem wilden Aufschrei. Sein Becken zitterte, bebte, sein Schwanz stieß heftig in ihre Möse und füllte sie mit seiner Ladung, bis sie beide keuchend vor Erschöpfung vornüber aufs Bett fielen.

«Komm her zu mir», flüsterte er, legte sich aufs Bett und reichte ihr die Hand. Er schlang den Arm um sie, sie kuschelte sich in die Mulde, die sein Körper bildete, und er streichelte ihren Kopf. Selbst im Liegen fügten sich ihre Körper wunderbar zusammen. Obwohl sie nur einszweiundsechzig, er dagegen fast einsneunzig war, lagen sie aneinandergeschmiegt, als gehörten sie zusammen, ja, als hätten sie schon immer zusammengehört. Erstaunlich, wie selten es das gibt: zwei Körper, die ideal zusammenpassen. Es ist wohl das einzig Gute an der Promiskuität, daß sie uns diese Lektion erteilt, und zwar gründlich.

«Du und ich, wir passen zusammen. Du gehörst zu mir», sagte er. «Jetzt, wo ich dich gefunden habe, lass' ich dich nie mehr fort.»

«Mein Liebling.» Isadora kämpfte gegen den Wunsch an, seinen Worten Glauben zu schenken. Nach dieser Nacht werde ich ihn nie wiedersehen, dachte sie. Er ist ein Wunder, ein Traum, ein Zauberer aus einer Geschichte von I. B. Singer, er ist der Leibhaftige in der Gestalt eines Engels. An eine solche Leidenschaft darf man sich nicht klammern, sie kann nicht dauern, nicht bewahrt werden. Ein Mann wie er könnte sich mit seinen romantischen Einfällen glatt die Liebe einer Frau erschleichen und sie dann mit gebrochenem Herzen zurücklassen. Sie war zu einem solchen Abenteuer nicht bereit, nicht so kurz, nachdem Josh ihr Herz gebrochen hatte. Vielleicht würde sie nie mehr bereit sein, sich so bedingungslos auf einen Mann einzulassen.

«Woran denkst du?» fragte er.

«An nichts.»

«Du bist eine Frau, die in ihrem ganzen Leben keine Sekunde lang an nichts gedacht hat», sagte Bean. «*Davon* bin ich überzeugt.»

«Ich habe bloß gedacht, daß du ein harter Brocken bist, ein sehr harter.»

«Nur ein ungestümer junger Mann. Genau dein Fall: der Feld-Wald-und-Wiesen-Wüstling.»

«Der Spender irdischer Freuden. Aus bekehrten Wüstlingen werden übrigens die besten Ehemänner – jedenfalls glaubte man das im achtzehnten Jahrhundert, siehe ‹Tom Jones›.»

«Frauenzimmerchen, macht Sie mir etwa gar einen Antrag?»

«Höchst unwahrscheinlich. Mein Bedarf an Ehe ist gedeckt.»

«Ich würde dich auf der Stelle heiraten», sagte er, «und dabei glaube ich nicht einmal an die Ehe.» Unendlich sanft streichelte er ihren Kopf. So brutal er sich vorhin verausgabt hatte, so zärtlich war er jetzt. Was war echt, die Zärtlichkeit oder die Brutalität? Oder war am Ende beides echt? Ungezügelter Sex bringt die Extreme in uns ans Licht: Lamm *und* Wolf, Engel *und* Bestie. Sie spürte des unverkennbare Zeichen einer kosmischen Verbindung, eine winzige Sonne, die in ihrem Becken glühte, einen leuchtenden, wärmenden Strahl fünf Zentimeter unter dem Nabel, genau an der Stelle, auf welche die Zen-Meister sich bei Kontemplationsübungen konzentrieren, das Chakra zwischen Nabel und Schambein.

«Was soll ich bloß mit dir machen, Bean? Ob ich dich adoptieren muß?»

«Schh, mein Liebling, komm, wir lassen uns treiben!»

Und sie schliefen einer in des anderen Armen ein.

Isadora schlief so gut wie noch nie, seit Josh ausgezogen war. Sie schlief ohne «Valium», ohne Alkohol, ohne *dope*.

Sie erwachte in panischer Angst, spürte, wie ihr das Blut über die Schenkel strömte, und erblickte neben sich auf dem Kissen ein fremdes Gesicht. Durch die Ritzen der Jalousien vor ihren Schlafzimmerfenstern drangen die rötlichen Strahlen der aufgehenden Sonne. Die Digitaluhr zeigte fünf Uhr neunundfünfzig. Ihre Tochter wachte oft um sechs auf.

Sie sprang aus dem Wasserbett und rannte ins Bad, wo sie sich in fieberhafter Eile säuberte. Sie wusch Beine und Bauch mit dem Schwamm, spritzte sich kaltes Wasser ins Gesicht, besprühte sich von Kopf bis Fuß mit «Opium», bürstete ihr Haar, legte ein wenig Make-up auf, lief zurück ins Schlafzimmer und schüttelte den Fremden, der da in ihrem Bett gelandet war.

«Liebling», murmelte der, «Liebling.»

«Du mußt weg. Mein Kind kann jeden Moment aufwachen. Bitte, Bean, bitte!» Isadora schüttelte ihn heftig. Er blinzelte verschlafen und streckte die Arme nach ihr aus.

«Entschuldige meinen Drachenatem», sagte er.

«Macht nichts.» Sie küßte ihn zärtlich, machte sich dann von ihm los und sagte: «Du mußt jetzt wirklich gehen.» Sie brachte ihm seine Kleider. Mit trägen Bewegungen, wie ein Mann unter Wasser, zog er sich an. «Werden jetzt die Penner vertrieben?» fragte er halb verletzt und halb amüsiert.

«Meine Tochter wird jeden Moment aufwachen. Ich fand's *großartig* letzte Nacht – du bist wunderbar –, aber was soll ich machen, wenn Amanda plötzlich hier hereinspaziert?»

Sie öffnete die Tür zum Hundeauslauf, wo Malteserhündchenkot unter dem frischgefallenen Schnee hervorschimmerte.

«O Gott, der Wagen!» rief sie.

«Keine Sorge, den schieb' ich raus. Für körperliche Arbeit bin ich ganz gut zu gebrauchen. Geliebte, ich bete dich an. Vergiß das nicht, ja?»

Er lief hinaus und warf sich den roten Schal über die Schulter. «Raus in den Kot, wo ich hingehöre!» Übermütig sprang er über die gefrorene Hundescheiße.

Sie sah ihm nach. Er lief zur Einfahrt, fand den Lieferwagen (der kaleidoskopisch in einer Schneewehe leuchtete) und versuchte, ihn auf die Fahrbahn zurückzuschieben. Es schien unmöglich, aber entweder hatte er soviel Kraft oder die Macht der Göttin, die ihn erst festgehalten und dann losgelassen hatte, war mit ihm, jedenfalls gelang es ihm binnen weniger Minuten, den Wagen ein Stück zur Fahrbahn zu schieben.

Er stapfte durch den Schnee zu Isadoras Sandkiste, nahm die Schaufel, die dort lehnte wie ein phallisches Symbol, und verteilte Sand und Salz um die Räder seines Wagens. Dann stieg er in das grellbemalte Fahrzeug und brachte den Motor auf Touren. Der Wagen schaukelte vor und zurück, als Bean versuchte, wieder auf die Fahrbahn zu gelangen. Selbst sein Fahrstil war sexy! Verdammt noch mal, dachte Isadora, dieser Mann könnte mich wahnsinnig machen. Sie konnte es kaum erwarten, daß die Räder im Sand Halt fanden, daß sie griffen und ihn für immer aus ihrem Leben entführten.

Als es klappte, hätte sie beinahe Beifall geklatscht. Raus, raus, raus! Für immer raus aus meinem Leben, dachte sie, ob du nun ein Wunder, ein Dämon oder *dybuk* bist! Aber noch während sie dem

Wagen nachsah, wie er die Einfahrt hinunterfuhr, begann sie zu singen. Sie trällerte Liebeslieder vor sich hin, als sie unter die Dusche ging. «Niiiieeee war ich so verliebt...», sang sie, und dann lachte sie sich selbst aus.

Honoré de Balzac

Seltsame Litanei

Die Seneschalkin brauchte nicht allzulange darüber nachzusinnen, wie sie es anfangen wolle, den kleinen Renatus mit Sicherheit für sich zu angeln; sie verfügte über einen Köder, daß einer kein Gimpel zu sein brauchte, um anzubeißen.

Folgendes war der Hergang.

In den heißen Stunden des Tages pflegte der alte Bruyn nach Art der Sarazenen Siesta zu halten, nämlich ein Schläfchen zu tun, wie er es sich im Heidenlande angewöhnt hatte. Während dieser Zeit blieb Blancheflor allein. Sie erging sich entweder auf der Wiese oder beschäftigte sich spielend mit kleinen Arbeiten, mit Weben oder Sticken, wie Frauen zu tun pflegen oder sie sah in der Halle oder in der Weißzeugkammer nach dem Rechten, kurz, schlenderte herum, wie es ihr beliebte. Diese Zeit gedachte sie in Zukunft ausschließlich der Erziehung des Pagen zu widmen, und sie begann damit, daß er ihr aus Büchern vorlesen und die üblichen Gebete hersagen mußte.

Am andern Tag nun, als auf Schlag Mittag der Seneschalk sich seinem süßen Schlaf überließ, da rekelte die Seneschalkin sich in dem herrschaftlichen Lehnstuhl ihres Gemahls so lange zurecht, bis sie die anmutigste Lage herausgefunden hatte; und wenn der Stuhl auch etwas unbequem hoch war, sie bedauerte es nicht, weil dadurch glückliche perspektivische Zufälligkeiten nur begünstigt werden konnten. Zierlich wie eine Schwalbe in ihrem Nest, machte sie es sich so mollig wie möglich und lächelte listig, indem sie wie ein schlafendes Kind ihr Köpflein über die Lehne hängen ließ und genäschig sich einen Vorgechmack gab von den zu erwartenden Leckerheiten, den verstohlenen Keckheiten und Frechhei-

32

ten des kleinen Pagen, der zu ihren Füßen liegen werde, kaum um einen Flohsprung von ihr entfernt. Immer näher rückte sie mit ihrer Fußspitze das samtne Kissen. Darauf sollte Renatus niederknien, das arme Kind, das ihr, wie die Maus der Katze, zum Spielball dienen mußte mit Leib und Seele. So nah rückte sie das Kissen, daß er wohl gezwungen war, und wenn er auch ein steinerner Heiliger gewesen wäre, mit seinen Blicken den Falten ihres Kleides nachzugehen und die Linien zu verfolgen, mit denen der Stoff ihr feines Bein modellierte. Nein, es war nicht zu verwundern, daß ein armer kleiner Page sich in einer Falle fing, wo es der stärkste Ritter nicht als Schande erachtet haben würde, als Gefangener zu zappeln. Nachdem sie so alles aufs verfänglichste gedeichselt und ihren Körper so lange zurechtgedrückt und -gerückt hatte, bis sie die Haltung gefunden, die am sichersten dem Knaben gefährlich werden mußte, rief sie mit sanfter Stimme den Pagen, und Renatus, von dem sie wußte, daß er sich nebenan in der Halle aufhielt, streckte auch schon seinen schwarzen Lockenkopf durch den Vorhang der Tür.

«Was befiehlt meine Herrin?» fragte er. Er hielt in großer Ehrfurcht sein rotes Samtkäppchen in der Hand; aber röter als das Käppchen waren in diesem Augenblick seine frischen, allerliebsten Grübchenwangen.

«Komm näher», antwortete sie, die Worte nur so hauchend. Denn sie zitterte innerlich beim Anblick des Kindes.

Es war aber auch kein Edelstein so funkelnd und blitzend wie die Augen des kleinen Renatus, kein Seidentaffet weißer und weicher als seine Haut, kein Mädchen graziler an Formen wie er. Und sie, in gesteigerter Begierde, fand ihn leckerer als je; und ihr könnt euch denken, wie so viel Jugend, warme Sonne, Heimlichkeit der Stunde und alles zusammen das holde Spiel der Liebe begünstigen mußte.

«Lies mir die Litanei der Heiligen Jungfrau», sagte sie zu ihm und wies auf ein offenes Buch auf ihrem Gebetpult, «ich möchte wissen, ob du auch was lernst bei deinen Lehrern... Sag, findest du die Heilige Jungfrau schön?» fragte sie lächelnd, als er nun das Stundenbuch in der Hand hielt, worin viel heilige Figuren abgemalt und mit Gold und Blau illuminiert waren.

«Das ist nur gemalt», antwortete er schüchtern, indem sein Blick die schönheitsvolle Herrin streifte.

«Lies, lies.» – Und Renatus begann sie zu rezitieren, die Litanei voll süßer Mystik; und ihr werdet gern glauben, daß die ora pro nobis der Seneschalkin immer schwächer klangen, wie der Klang des Horns in der weiten Landschaft. «Du geheimnisvolle Rose», rezitierte der Page voll Inbrunst. Und die Schloßherrin, die wohl gehört hatte, antwortete nur mit einem leisen Seufzer. Da konnte Renatus nicht mehr zweifeln, daß die Seneschalkin eingeschlafen war. Er gab also seinen erstaunten Blicken freien Lauf und dachte an keine andre Litanei mehr als die der Liebe; dem Armen drohte das Herz stillzustehen vor heißem Glück; und wer es gesehen hätte, wie hier zwei Jungfernschaften aneinander und füreinander entbrannten, würde sich wohl hüten, je so was zusammenzubringen.

Die Augen des glücklichen Renatus lustwandelten sozusagen im Garten des Paradieses, er sah über sich die verbotene Frucht, das Wasser lief ihm im Munde zusammen. So sehr geriet er in Verzückung, daß das Stundenbuch seiner Hand entfiel, worüber er verlegen wurde wie eine Nonne, die in ihrem Schoß plötzlich sich etwas regen fühlt. Er gewann aber daraus die Gewißheit, daß Blancheflor fest und sicher schlief; sie rührte sich nicht. Die listige Evastochter hätte auch bei einem ernsteren Fall oder Unfall die Augen nicht geöffnet, sie rechnete darauf, daß noch andres fallen werde als Stundenbücher, denn heftiger als das unberechenbare und kapriziöse Verlangen einer Schwangeren ist das einer solchen, die es erst werden will. Unterdessen betrachtete der Edelknabe den Fuß seiner Dame, der in einem gar zierlichen Pantöffelchen von hellblauer Seide stak und recht auffällig auf einem Schemel ruhte, da der Sessel des Seneschalken, worin die Dame die Schlafende spielte, ungewöhnlich hoch war. Und ach, was war das für ein Fuß! Schmal war er und war reizvoll geschwungen, nicht länger als ein Hänfling, den Schwanz mit eingerechnet, kurz, ein Fuß zum Entzücken, ein jungfräulicher Fuß; er verdiente geküßt zu werden, wie ein Dieb verdient gehängt zu werden. Ein feenhafter Fuß war's, ein wollüstiger Fuß, ein Fuß, über den ein Erzengel gestrauchelt wäre, ein verhängnisvoller Fuß, ein herausfordernder

Fuß, ein Fuß, in dem der Teufel stak, so weiß und unschuldig er aussah, ein Fuß, der dazu aufforderte, zwei neue, ganz gleiche zu machen, um ein so schönes und vollkommenes Werk Gottes nicht aussterben zu lassen. Renatus hätte am liebsten den unglückseligen oder vielmehr ganz glückseligen Fuß aller seiner Hüllen entkleidet. Von diesem wonnigen Fuß gingen seine trunkenen Augen, darinnen alles Feuer seiner ersten Jugend flammte, hinauf nach dem schlafenden Antlitz seiner Frau und Herrin, er lauschte auf ihren Schlummer, er trank ihren süßen Atem. Und so hin und zurück. Er konnte sich nicht entscheiden, was süßer zu küssen wäre, die frischen, feuchtroten Lippen der Seneschalkin oder dieser vermaledeite, vielmehr gebenedeite Fuß. Er entschied sich dennoch endlich, und aus ehrfürchtiger Angst, vielleicht auch aus übergroßer Liebe wählte er den Fuß und küßte ihn, küßte ihn hastig, wie ein Jungfräulein, das gern möchte und doch nicht wagt. Dann griff er nach seinem Stundenbuch, und während das Rot seiner Wangen noch röter wurde: «Janua coeli, du Pforte des Himmels», schrie er wie ein Blinder vor der Kirchentür.

Aber kein ora pro nobis antwortete...

Blancheflor erwachte nicht; sie rechnete darauf, daß der Page vom Fuß bis zum Knie hinaufstiege und so weiter die Leiter. Sie war darum sehr enttäuscht, daß die Litanei ohne weiteren Fall und Unfall zu Ende ging und Renatus, dem sein Glück schon zu groß schien für einen einzigen Tag, auf den Zehen aus dem Saal schlich, sich reicher dünkend von dem kühn geraubten Kuß als ein Dieb, der den Opferstock erbrochen hat.

Die Seneschalkin blieb allein zurück. Sie dachte in ihrer Seele, wie lange wohl dieser Page brauchen werde, um vom Präludium zum Introito zu gelangen. Sie faßte den Entschluß, am nächsten Tag den Fuß noch ein wenig höher zu stellen, um auf diese Weise ein kleines weißes Zipfelchen von jener Schönheit hervorblicken zu lassen, von der man bei uns zu Haus sagt, daß ihr die Luft nicht schadet, weil sie trotzdem immer frisch und geschlacht bleibt.

Wie der Page die Nacht zubrachte, könnt ihr euch denken. Er schlief auf seiner Begierde wie auf einem glühenden Rost, und mit einem erhitzten Gehirn voll Bildern und Phantasien erwartete er mit brennender Ungeduld die Stunde des verliebten Brevierbetens. Er wurde gerufen und die seltsamliche Litanei mit «Du elfenbeinerner Turm», «Du Arche Noä», «Du göttliches Gefäß» begann von neuem. Blancheflor verfehlte nicht einzuschlafen; und Renatus, unterdessen kühner geworden, tastete mit zitternder Hand über das hochgestellte Bein, er wagte sich so weit vor, um sich zu überzeugen, daß das Knie glatt und rund und etwas anders weich war wie Seide; aber so gebieterisch richtete sich seine Angst auf und stellte sich seinem verwegenen Wunsch in den Weg, daß er nur ganz flüchtige Devotionen und Liebkosungen wagte, kaum einen hingehauchten Kuß, worauf er sich sofort wieder in die Haltung des frommen Beters warf, als ob nichts geschehen wäre. Die Seneschalkin, deren sensitiver Seele und intelligentem Körper nichts entging und die sich mit aller Gewalt zurückhielt, um sich auch nicht um ein Härlein zu rühren, verzweifelte fast.

«Was ist denn, Renatus», lispelte sie, «ich schlafe ja.»

Als der Page diese Worte hörte, von denen er gaubte daß sie ein schwerer Vorwurf seien, ergriff er, das Buch und alles zurücklassend, mit Entsetzen die Flucht. Da fügte die Seneschalkin der berühmten Litanei eine neue Strophe hinzu:

«O allerheiligste Jungfrau», seufzte sie, «eine wie schwere Sache ist doch das Kinderkriegen.»

Beim Essen mußte der Page seinem Herrn und seiner Herrin aufwarten. Der kalte Schweiß stand ihm auf der Stirne. Aber wie groß war seine Überraschung, als ihm Blancheflor statt bitterer Worte süße Blicke gab, verliebte Blicke, so verliebt, als Frauenblicke nur sein könnnen, und voll geheimnisvoller Allmacht; denn sie verwandelten mit einem Schlag das schüchterne und ängstliche Kind in einen mutigen Mann.

Als darum der gute Herr Bruyn an diesem Abend sich etwas länger, als er sonst zu tun pflegte, in seiner Seneschalkerei zu schaffen mache, suchte Renatus die schöne junge Herrin, die wieder schlief, und ließ über sie einen Traum kommen, mit dem sie zufrieden war, nahm ihr kurzerhand, was ihr so lang zur Last gewesen, und gab ihr, wonach sie so lange und so viel geseufzt. Er tat sogar etwas mehr, als zu diesem löblichen Zweck nötig gewesen wäre, also daß das übrige gut zu zwei weiteren Kindern

gereicht hätte. Auch fühlte er sich plötzlich an den Haaren gepackt und eng an eine weiche Brust gedrückt.

«Oh, Renatus», rief das verschmitzte Weibchen, «nun hast du
mich aufgeweckt.»

Sie hatte wahrlich so gut geschlafen, als es ihr nur möglich war,
aber es gibt Dinge, die stärker sind als der stärkste Schlaf. In dieser
Stunde, und es war weiter gar kein Wunder dazu nötig, geschah
es, daß auf dem kahlen Schädel des guten Bruyn, ohne daß er, wie
alle seinesgleichen, auch nur das geringste davon merkte, ganz
sänftiglich jenes Gewächs aufsproßte, das ich euch nicht näher zu
beschreiben brauche. – Seit diesem Tag, der rot gedruckt war in
ihrem Kalender, machte die Seneschalkin alltäglich ihren Mittags-
schlummer, wie man so sagt, auf französische Art, der Seneschalk
aber blieb der sarazenischen Mode treu. Die schöne Frau machte
dabei die Erfahrung, daß nicht ganz reife Früchte einen besseren
Geruch haben als überreife, an denen die Fäulnis schon ihr Werk
begonnen hat; sie wickelte sich darum des Nachts fest in ihre
Tücher und rückte so weit weg als möglich von ihrem Herrn
Gemahl, den sie stinkend fand wie einen alten Bock. – Und siehe,
mit lauter Einschlafen und Aufwachen am glockenhellen Tag, mit
Mittagsruhehalten und Litaneienbeten kam die Seneschalkin mit
Gottes Hilfe glücklich so weit, daß auch in ihr etwas wuchs und
sproßte. Sie hatte sich so lange danach gesehnt, aber nun auf
einmal waren ihr die Mühen der Fabrikation lieber als das Fabri-
kat.

Renatus, wie ihr wißt, konnte lesen, und nicht nur in Büchern,
sondern auch in den Augen seiner schönen «Dienstherrin», für die
er durchs Feuer gegangen wäre, wenn sie es nur im leisesten
gewünscht hätte. Er las aber in den gedachten Augen, während
beide sich immer tiefer in die verliebte Andacht hineinbeteten und
bald an die hundert Litaneien hinter sich hatten, daß immer mehr
eine schwarze Sorge sich der schönen Frau bemächtigte; die Sorge
um Seele und Zukunft des geliebten Pagen; und einmal, an einem
regnerischen Tage, nachdem sie wieder über dem beliebten Ma-
gnetspiel sich selber vergessen hatten, wie nur zwei unschuldige
Kinder sich in ihrem Spiel vergessen können:

«Mein lieber Renatus», sagte Blancheflor, «weißt du auch, du

Armer, daß du immer eine Todsünde begangen hast, wo ich, weil ich schlief, nur läßlich gesündigt habe?»

«Aber schöne Frau», antwortete er, «wenn das Sünde ist, wo will denn der liebe Gott hin mit all den Verdammten?»

Blancheflor mußte lachen. Sie küßte ihn auf die Stirn.

«Schweig, du Bösewicht, es geht um das Heil deiner Seele, und ich möchte dich doch an meiner Seite haben, durch alle Ewigkeiten.»

«Eure Liebe ist meine ewige Seligkeit.»

«Lassen wir das», sagte sie, «Ihr seid ein Ungläubiger, ein böser Mensch, Ihr wollt nichts hören von dem, was ich liebe. Das seid Ihr. Wisse aber, mein Schatz, daß mir ein Kind von dir im Schoße wächst, das ich über kurzem so wenig werde verbergen können wie meine Nase. Was wird der Abt von Marienmünster dazu sagen? Und was mein Herr und Gemahl? Er wird dich vernichten in seinem Zorn. Und also ist es meine Meinung, Kleiner, daß du den Abt aufsuchst, ihm deine Sünden beichtest und seinen Rat einholst, wie du dem Zorn des Seneschalken schicklich zuvorkommen magst.»

«Aber wird nicht der Alte», antwortete der listige Page, «wenn ich ihm unser Glück verrate, über unsere Liebe das Interdikt verhängen?»

«Wahrscheinlich», sagte sie; «aber dein ewiges Seelenheil geht mir jetzt über alles.»

«Ihr wollt es also, Geliebte?»

«Ich will es!» antwortete sie mit schwacher Stimme.

«So werde ich hingehen!» rief er entsagungsvoll. «Aber vorher schlaft noch einmal ein, mir schwant, daß es das letztemal ist.»

Betete also das schöne Paar seine Abschiedslitanei, und eins wie's andre hatte das Gefühl, daß der kurze Lenz ihrer Liebe sich zum Ende neige. Am andern Tag aber machte sich Renatus auf den Weg nach Marienmünster, mehr um seiner Herrin Ruhe willen als zu seiner eigenen Rettung, vor allem aber aus Gehorsam gegen seine Gebieterin.

Henry Miller

Lotus

Ernest hat von seinem Fenster aus eine herrliche Aussicht. Er sieht in eine echte Kunstakademie, in der die Studenten abwechselnd füreinander Modell stehen, weil sie zu arm sind, um sich ein professionelles Modell leisten zu können. Wenn ich ihn besuche, sitzen wir immer eine Weile da und schauen ihnen zu. Ich mag die Ausstrahlung dieser Leute. Wenn die anderen am Modell vorbeigehen, geilen sie es auf, tätscheln ihre Titten, kitzeln sie zwischen den Beinen – sie ist eine nette, feste junge Blondine mit einem breiten Becken, der das alles nichts ausmacht. Ernest erzählt mir, daß neulich einmal ein junger Mann posiert hat, den die Mädchen so gepiesackt haben, daß er auf allen ihren Zeichnungen – so sie naturgetreu waren – mit einem Ständer dargestellt gewesen sein muß.

Es ist schön, zu beobachten, wie Kunst zum Leben erweckt wird. In New York gab es nur diese sterilen Zeichenklassen, in denen irgendwelche Typen herumhingen, die mehr Muskelschmalz als Hirn haben, solche, die sonst nur in Tingel-Tangel-Etablissements lungerten. Man zahlte beim Eingang 50 Cents und durfte dafür eine halbe Stunde eine nackte Fut anstarren. Das alles, versteht sich, unter dem Vorwand, daß du nicht wirklich die Fut anglotzt, sondern etwas, das sich Kunst nennt. Aber diese jungen Leute da drüben – alle sind sie jung, sogar die Lehrer –, die wissen, was sie suchen; das Mädchen auf der Seifenkiste ist nackt, mit einem Busch um ihre Fut und Saft zwischen ihren Beinen! Sie ist voll Leben, sie zieht deine Hände an und deinen Schwanz in sich, und auch wenn die Jungen sie zwischendurch mal rasch betatschen, wenn sie ihr in den Hintern kneifen und mit einem

Steifen weiterarbeiten – dann kann das ihrer Arbeit und der Welt nur nützen.

Ernest erzählt mir, daß er immer einen guten Ausblick hatte – immer, bis auf einmal. Da schaute er in die Wohnung eines Schwulenpaares; es waren ganz offensichtliche Schwule, von der Sorte, die sogar deine Großmutter auf der Straße erkennen würde. Ernest sagt, es wäre gar nicht so übel gewesen, ihnen zuzuschauen, wenn sie sich selbst oder ihren Jungen einen runterholten; nur schleppten sie dauernd Matrosen mit nach Hause und wurden dann am nächsten Morgen zusammengeschlagen. Am Morgen war der Ausblick furchtbar, sagt er mir, und außerdem trieben sie diesen Waschkult mit ihren Seidenunterhosen, die sie vors Fenster hängten.

Die schönste Aussicht genoß er, als er mit einer Nutte namens Lucienne zusammen wohnte. Das Haus, in dem sie arbeitete, war gleich gegenüber, und Ernest konnte ihr zusehen, wie sie mit ihren Kunden ins Bett ging. Es sei sehr beruhigend gewesen, erklärt Ernest, hinüberzuschauen, seine Lucienne bei der Arbeit zu sehen und zu wissen, daß für die Miete gesorgt war.

Das führt zu einem Gespräch über die Frauen, mit denen Ernest da und dort zusammen gelebt hat. Seine Aufzählung erstaunt mich, bis ich entdecke, daß er schummelt. Denn er zählt jede Frau, mit der er länger als zehn Minuten zusammen war, als eine, mit der er zusammen gelebt hat.

«Scheiße!» sagt er, als ich bezweifle, daß er eine gewisse Person zu Recht auf seiner Liste führt. «Ich hab sie zum Essen eingeladen, oder? Und hat sie dann nicht auch die Nacht in meinem Bett verbracht? Tisch und Bett, wenn du das mit einer teilst, dann lebt sie mit dir.»

Ernest ist erstaunt, als er erfährt, daß ich noch nie mit einer Chinesin geschlafen habe. Ich bin selbst erstaunt. Bei den vielen Chop-Suey-Kneipen in New York könnte man wirklich meinen, ich müßte doch wenigstens einer von den Kellnerinnen näher gekommen sein. Nun sind wir beim Rassenthema, und Ernest erteilt mir gründlich Rat. Nie eine Japanerin oder eine Chinesin in einem Bordell ausprobieren, warnt er. Sie sind rasiert, gebadet und parfümiert bis dorthinaus, aber zwischen den Beinen tragen sie gekreuzte Knochen und einen Totenschädel. Sie nehmen jeden, der daherkommt und – wums – Syphilis! Noch dazu die rasche Variante, die dich in sechs Monaten umbringt, nicht die, die du wie eine üble Erkältung übergehen kannst. Die fernöstliche Form der Syph, erklärt Ernest, ist für die westliche Rasse besonders tödlich. Klingt alles wie Blödsinn, aber Ernest schafft es, mich für immer von Asiatinnen abzuschrecken.

Und dann, als er mich völlig verängstigt hat, erklärt mir Ernest, daß er eine nette kleine Möse kennt, die absolut sicher ist; keine Nutte, nur eine nette Kleine mit Schlitzaugen, die er kennt – nicht die geringste Gefahr, sich bei ihr etwas einzufangen. Der Vater besitzt ein Geschäft für Kunstramsch, eines von denen, wo man den Kram kaufen kann, den die Leute in den Palästen vor hundert Jahren wahrscheinlich auf den Müll befördert haben – Buddhas, Wandschirme, klappernde Koffer usw.; das Mädchen hilft ihm dort aus und bedient die jungen Typen, die hinkommen und nach einer Jadekette fragen.

Ernest schreibt mir die Adresse auf einen Briefumschlag und gibt ihn mir. Er sagt, um den Schein zu wahren, müßte ich dort etwas kaufen, aber es wäre auf jeden Fall ein sicherer Fick, wenn ich es richtig anstelle. Er selbst kommt nicht mit, er hat mit irgendeinem malenden Weib eine Verabredung, er will versuchen, ihr ein Porträt von sich abzuluchsen, indem er sie fickt; aber er versichert mir, daß nichts schiefgehen könne.

Nachdem ich meine zwei Stunden im Büro abgesessen habe, spaziere ich, mit der Adresse bewaffnet, zu dem Laden. Auf dem Weg dorthin ändere ich sicher ein dutzendmal meine Meinung und wäre schon fast mit einem schwarzen Mädchen abgezogen, die mir von einer Parkbank aus zuwinkte.

Ich weiß nie, wie diese Dinge ablaufen. Wenn ich sturzbetrunken bin, kann ich jedes Weib auf der Straße ansprechen, kann ohne mit der Wimper zu zucken die unsittlichsten Anträge machen; aber ganz nüchtern in diesen Laden gehen und eine kleine Rede zu halten – das ist zuviel für mich. Besonders, wenn sich herausstellt, daß sie eine von diesen kühlen, gelassenen Ziegen ist, die perfekt Französisch sprechen. Ich war darauf gefaßt, daß ich Schwierigkeiten hätte, ihren Akzent zu verstehen, aber statt dessen läßt sie mich spüren, daß ich Französisch spreche wie ein amerikanischer Tourist.

Da weiß ich doch verflucht nicht, was ich sagen soll. Ich habe nicht einmal die geringste Ahnung, was ich möchte, wenn überhaupt. Hübsch ist sie ja, das muß ich zugeben, und so geduldig wie gutaussehend. Sie zeigt mir alles, was es in dem verdammten Laden gibt.

Ich mag ihr Aussehen, besonders die seltsame Art, in der ihre Nase am Gesicht anliegt und ihr die Oberlippe schürzt. Sie hat auch einen netten Hintern und sogar Brüste – was ich nicht erwartet hätte. Ich habe festgestellt, daß die meisten chinesischen Frauen, die ich bis jetzt gesehen habe, überhaupt keine Titten zu haben scheinen. Aber dieses Wesen hier ist gut ausgestattet. Freilich nicht gerade das richtige Thema, um eine Konversation zu beginnen.

Es nützt mir nicht einmal, daß ich Ernest erwähne. Ich erkläre ihr, daß mich ein Freund schickt, und nenne seinen Namen, aber sie kennt ihn nicht! So viele Leute kämen jeden Tag ins Geschäft, deutet sie höflich an. Endlich habe ich etwas gekauft, ein prachtvolles Ding mit einem Drachen, das ich mir an die Wand hängen kann. Das Mädchen lächelt und bietet mir eine Tasse Tee an; ihr alter Herr kommt aus dem Hinterzimmer geschlurft und schnappt den Wandteppich vor meiner Nase weg – er will ihn einpacken.

Ich mag keinen Tee, erkläre ich ihr. Ich würde lieber ums Eck einen Pernod trinken gehen und wäre entzückt, wenn sie mitkäme. Sie nimmt die Einladung an! Mir fehlen die Worte – ich schnappe wie ein Fisch nach Luft, während sie ins Hinterzimmer trottet.

Als sie zurückkommt, trägt sie ein raffiniertes Hütchen, das sie pariserischer aussehen läßt als jede Pariserin, und sie trägt das Paket unterm Arm. Mir ist immer noch nichts Intelligentes eingefallen, worüber ich mit ihr sprechen könnte; wir verlassen das Geschäft auf noch weniger elegante Weise, denn irgend so ein kleiner Bastard von Straßenbengel wirft vom Rinnstein mit Pferdeäpfeln nach uns. Aber das Weib hat eine wunderbare Gelassenheit... höchst vornehm gehen wir die Straße hinunter, und ich fühle mich bald ganz entspannt.

Fragen! Sie will wissen, wer ich bin, was ich bin, meine ganze Geschichte. Wir sprechen auch über mein Einkommen. Ich verstehe nicht, worauf sie hinaus will, aber sie beginnt über Jade zu plaudern. Es gibt da einen Klunker, sagt sie mir vertraulich, der gerade eingeschmuggelt wurde, ein echtes kaiserliches Geschmeide, das für einen Bruchteil seines Wertes verkauft werden muß... und sie nennt als Preis bis fast auf den Sou genau mein Monatseinkommen.

Ich bin neugierig. Da ist offensichtlich etwas faul, und ich gewinne den Eindruck, sie möchte mir zu verstehen geben, daß sie mich bescheißt. Ich frage, wo ich den Stein ansehen könnte. Ah, dann kommt alles ans Licht! Es sei zu riskant, ihn im Geschäft liegen zu haben, sagt sie; deshalb trägt sie ihn an einer Silberkette um ihre Hüfte, wo sie die Kühle auf ihrer Haut dauernd seines Vorhandenseins versichert. Der Kauf müßte an einem sicheren Ort, weit entfernt vom Geschäft abgewickelt werden...

Sobald ich die Regeln begriffen habe, finde ich das Spiel wunderbar. Dieses Weib verkauft ihren Körper mit Phantasie. Aber der geforderte Preis! Ich beginne mit ihr zu handeln, und nach dem dritten Pernod einigen wir uns, daß ein Wochenlohn für dieses Stück Jade genug sei. Ich werde bis zum nächsten Zahltag auf Kredit leben müssen, bis wieder Mäuse hereinkommen... Ich habe niemals so viel für eine Möse bezahlt, aber die hier scheint es wert zu sein.

Zweifellos hat sie einen französischen Namen wie Marie oder Jeanne, aber als wir im Taxi zu mir fahren, gurrt sie etwas, das wie ein Flötenton klingt – Lotusknospe, übersetzt sie es, also nenne ich sie Lotus. Das alles ist ein zauberhafter Schwindel.

Ich leiste meinen Beitrag zur Show. Sobald ich sie bei mir untergebracht habe, laufe ich nochmals runter und kaufe bei der Concierge Wein, serviere ihn in kleinen grünen Gläsern, die mir Alexandra gekauft hat. Dann, als Lotus bereit ist, mir den Stein zu zeigen, breite ich den herrlichen alten Wandteppich für sie auf dem Boden aus, damit sie sich daraufstellen kann.

Sie muß mindestens ein Jahr in einem Cabaret aufgetreten sein, um so einen Strip, wie sie ihn mir vorführte, gelernt zu haben. Kunstgerecht läßt sie ihre Schuhe und Strümpfe noch an, als sie

bereits alles andere abgeworfen hat. Und da ist ein rotes Seiden-
band um ihren Bauch, woran ein Stück Jade über ihrem Busch
hängt. Es sieht sehr niedlich aus, dieses kleine grüne Steinchen,
das sich an das schwarze Fleckchen schmiegt. Sie läßt ihre Kleider
auf dem Drachenteppich liegen und präsentiert es mir zur Begut-
achtung...

Natürlich ist der Stein das billigste Stück Ramsch, aber mich
interessiert das, was darunter ist. Lotus macht es nichts aus, wenn
ich dem Ding keine Aufmerksamkeit widme... sie lächelt eilig,
als ich sie in die Schenkel zwicke und mit einem Finger zwischen
ihren Beinen entlangfahre. Es umgibt sie ein Geruch, der mich an
die kleinen parfümierten Zigaretten erinnert, die Tania immer
rauchte... sie lächelt zu mir herunter, während ich auf dem
Stuhlrand sitze und meinen Finger in ihre Vagina stecke. Sie sagt
etwas auf chinesisch, und es klingt faszinierend ordinär.

Nun habe ich jede von Ernests gräßlichen Warnungen vergessen. Mit dem Steifen, den ich bekommen habe, würde ich sie
wahrscheinlich auch mit einem Tripper ficken und auf eine rasche
Heilung vertrauen; aber sie riecht so frisch und alles ist so rosa,
daß ich sicher bin, daß alles in Ordnung ist... sie läßt mich ihre
Feige öffnen und daran schnuppern... dann bewegt sie sich wieder von mir weg. Sie zerreißt die Schnur um ihren Bauch und läßt
den Stein in meine Hand gleiten.

Ich ficke sie auf dem Boden, genau dort, wo mein neuer Wand-
teppich liegt und ein Kissen, das ich ihr unter den Kopf schiebe.
Ich lasse sie weder ihre Strümpfe noch ihre Schuhe ausziehen.
Zum Teufel mit dem gestickten Drachen – wenn sie ihm mit ihren
Absätzen seine schwarzen Augen aussticht, wenn wir auch einen
Fleck hinterlassen, der nicht mehr herausgeht, dann desto besser.
Ich nehme sie brutal... eine französische Nutte hätte sich gegen
eine solche Brutalität gewehrt, gegen das Beißen, das Zwicken,
aber Lotus lächelt und ergibt sich.

Ob ich es genieße, ihre Titten rauh anzufassen? Sehr gut, sie
drückt sie mir in die Hände. Und wenn ich sie mit dem Mund
verletze... sie gibt mir ihre Brustwarzen zum Beißen. Ich lege
ihre Hand auf meinen Schwanz und beobachte ihre langen man-
delfarbenen Finger, die sich um ihn legen. Ununterbrochen mur-

44

melt sie – auf chinesisch. Ah, sie versteht ihr Geschäft. Ihre Kunden zahlen für diesen würzigen Duft des Orients gut; und sie weiß, was sie dafür bekommen.

Ihre Beine und ihr Bauch sind ganz unbehaart... nur an einer Stelle bedeckt sie das wohlgepflegte Bärtchen. Selbst ihr Arsch, ihre feuchte Haut um ihren weichen Hintern ist nackt. Sie spreizt die Beine, als ich ihr Arschloch berühre. Ihre Schenkel werden heiß, und oben bei ihrer Feige fühlt sie sich schlüpfrig an.

John Thursday interessiert sie. Sie drückt seinen Hals und zieht an seinem Bart. Ich beende meine Fummelei, und sie setzt sich mit überkreuzten Beinen zwischen meine Knie, um mit ihm zu spielen. Ihre Fut öffnet sich wie eine reife, volle Frucht, und ihre bestrumpften Schenkel drücken gegen meine Knie. Die Strümpfe und Schuhe geben allem einen perversen Hauch, den ich mag.

Ich hätte bei ihrem Anblick nicht sagen können, ob sie erregt war oder nicht. Aber dieser feuchte Fleck um ihren seidigen Muff verrät sie. Er breitet sich aus und glänzt zwischen ihren Schenkeln, und langsam überlagert der Duft ihrer Fut ihr Parfum. Sie tätschelt John Thursdays Kopf und kitzelt meine Eier. Dann streckt sie sich in ihrer ganzen Länge zwischen meine Schenkel und drückt ihre Nase gegen meinen Schwanz und meinen Busch... ihr Haar ist blauschwarz, glatt und glänzend...

Ich weiß nicht, was sie den Weibern im Orient beibringen – vielleicht wird dort das Blasen vernachlässigt, aber Lotus hat ihre Ausbildung in Frankreich genossen. Ihre Zunge kräuselt sich um meine Haare und legt sich an meine Eier. Sie schleckt meinen Schwanz, küßt mit ihren schmalen Lippen meinen Bauch... ihre schrägen Augenbrauen stoßen zusammen, wenn sie den Mund öffnet, sich über John Thursday beugt und ihn seinen Kopf hineinstecken läßt... ihre Augen sind wilde Schlitze. Sie schlingt den Arm um mich, während sie mir einen bläst, und ihre Brüste fühlen sich warm an auf meinen Eiern.

Ich krabble auf sie... sie setzt sich auf, immer noch mit meinem Schwanz im Mund, immer noch saugend, aber ich drücke sie flach auf den Boden und krieche zu ihrer offenen Muschi. Ich reibe meine Wange und mein Kinn an ihrem Busch und geile ihren feuchten Mund mit meiner Zunge auf. Ich schlecke ihre Schenkel

und sogar den flachen Spalt zwischen ihnen... ich möchte nur
ihre Schenkel ganz nahe fühlen, so daß sie meinen Mund an diese
tief gespaltene Feige ziehen. Ich schlinge meine Arme um ihre
Hüften und zwicke ihren Hintern, während ich den Saft von ihrer
Haut lecke und von dem geöffneten Mund, aus dem er kommt.
Schnell wirft sie sich auf mich. Ihr Kitzler drückt sich an meine
Lippen, und ihre Beine sind zittrig und gespreizt. Ihre Säfte
tropfen in meinen Mund, während ich die haarige Muschi aus-
sauge.

Sie scheint zu zittern, wenn sie meine Zunge in ihrer Fut spürt.
Sie kann sich gar nicht genug Dinge ausdenken, die sie mit meinem
Schwanz tun könnte, um sich zu revanchieren... sie beißt ihn,
schleckt meine Eier, macht alles, außer ihn ganz zu verschlingen.
Sie zieht sogar ihre Schamlippen mit den Fingern weiter auseinander, bis ich meine Zunge so tief in ihr habe, daß ich sie wohl am
Muttermund kitzle. Plötzlich löst sich eine Sturzflut. Sie ist gekommen, und fast beißt sie meinen Schwanz entzwei. Ich lasse sie
meinen Mund ficken mit ihrem saftigen Ding...

Ich will sehen, wie sie aussieht, was sie macht, wenn John
Thursday zwischen ihren Zähnen explodiert... Ich lege mich
wieder auf den Rücken und schaue ihr bei der Arbeit zu. Ihr Kopf
senkt und hebt sich langsam. Der Blick der Überraschung – sie
bemerkt, daß etwas Warmes in ihren Mund strömt. Dann schließen sich ihre schrägen Augen. Sie schluckt und saugt, schluckt
und saugt...

Die Chinesen, wurde mir einmal gesagt, oder habe ich das
irgendwo gelesen, messen einen Fick nach Tagen statt nach Stunden. Als ich Lotus danach frage, lacht sie... Wenn ich das will,
bleibt sie die ganze Nacht. Ob sie jetzt bitte ihre Strümpfe ausziehen könnte?

Ich bin hungrig und schlage vor, etwas essen zu gehen, aber
Lotus weist mich zurecht. Wenn ein Mann eine Chinesin kauft,
sagt sie, hat er eine Frau gekauft und nicht etwas zum Ficken wie
ein Schaf. Sie gibt sich ihm mit all ihren Talenten hin... und Lotus
kann kochen. Mir gefällt diese Idee, also ziehen wir uns an und
gehen einkaufen.

Sobald wir wieder zu Hause sind, ziehen wir uns nackt aus, und

Lotus beginnt zu kochen, sie hat ein Handtuch um ihre Hüften geknüpft, so daß ihre Vorderseite bedeckt ist, ihr Hintern aber frei bleibt. Ich liege auf der Couch, und jedesmal, wenn sie an mir vorbeikommt, küßt sie meinen Schwanz ... sie ist ein angenehmes Weib, und es macht ihr nichts aus, wenn ein Topf anbrennt, während ich sie befingere.

Nach dem Essen probieren wir das Bett aus. Lotus fände es nett, wenn wir noch einmal den 69er machten, aber ich will sie ficken ... ich springe nach ihr ins Bett und ramme ihr meinen Schwanz sofort hinten hinein.

Für Johnny ist es ganz egal, welche Farbe sie hat. Sie ist warm und feucht und haarig um die Lippen, und das ist alles, was er will. Er breitet sich richtig aus. Er bedeckt alle Vorsprünge und Höhlen, und wenn er drinnen ist, streckt er seine Fühler aus, um die Ecken auszufüllen. Nach ein paar Stößen glüht das Mädchen ... sie wackelt mit ihrem runden gelben Arsch und fleht mich an, ihr Jucken zu stillen ... es macht gar nichts, daß sie die meiste Zeit Chinesisch plappert, wir verstehen einander hervorragend. Ihre kleinen Füße schlingen sich um meine Knie ... ihre weichen, nackten Schenkel sind stärker, als ich dachte ...

Sie ist eine angenehme Erscheinung! Wenn ich an Tania denke, mich an diesen Buchhalter mit seiner Tochter erinnere, muß ich lachen. Die weiße Welt ist verkehrt ... ein Mann muß erst eine Chinesin finden, um so etwas Einfaches und Ruhiges wie einen normalen Fick zu erleben. Lotus lacht mit, ohne daß sie weiß, warum wir lachen ... vielleicht hätte sie mich ausgelacht, wenn sie gewußt hätte, warum. Sie ist gut. Ich beginne, den Teufel aus ihr herauszuvögeln. Es ist großartig, eine Hure zu haben, die lachen kann, während sie fickt.

Aber sie ist keine Hure, eher eine Konkubine. Lotus hat sowohl Leidenschaft als auch Talent zum Kochen ... daß auch Geld eine Rolle spielt ist rein zufällig. Mit Geld kauft man einfach einen Jadeanhänger ... wenn sie in dein Ohr keucht, ist das echt, wenn sie leise stöhnt, kannst du sicher sein, daß sie wirklich fühlt. Sie hat das Leben in ihrem Körper, Saft, um den Fick zu ölen, und sie spendet großzügig davon.

Ich spiele mit ihren Titten, und sie will, daß ich wieder daran

sauge. Ich entdecke, daß die Brustwarzen von einem zitronengelben Ring umgeben sind, der wie ein chinesischer Mond aussieht... Ah, Lotus, bald wirst du ein chinesisches Feuerwerk in
deiner Muschi entdecken... ich werde deine Eierstöcke mit Wun-
derkerzen versengen, und Leuchtraketen werden durch deinen
Bauch schießen... der Funke springt über...

Mag sein, daß Lotus auf chinesisch fickt, aber sie kommt auf
französisch, auf pariserisch.

Im Laufe der Nacht werden wir sehr fröhlich vom Wein, und
Lotus lehrt mich ein paar schmutzige chinesische Ausdrücke, die
ich nacheinander gleich wieder vergesse, sobald ich einen neuen
höre. Ich ficke sie immer wieder, und am Morgen stelle ich fest,
daß sie gegangen ist, einen billigen Jadeanhänger an einem Seiden-
band zurücklassend, das sie um meinen müden Schwanz gebunden hat.

Penelope Ashe

Marvin der Große

Marvin Goodman ging zögernden Schrittes zum Briefkasten, einem Produkt des dänischen Kunstgewerbes, das attraktiv und kühn von den rohbehauenen Schindeln herunterhing, die den Dachvorsprung seines Zweifamilienhauses bildeten. Er entnahm dem Kasten ein Dutzend Briefe von verschiedener Größe, Form und Farbe. Der Anblick der Zellophanfenster auf den Umschlägen genügte, um seine schlimmsten Erwartungen zu bestätigen und ihm auch an diesem Morgen den gleichen sich ständig wiederholenden Alptraum zu bescheren.

Marvin durchquerte geräuschlos die Diele und betrat den Wohnraum, ohne sich bewußt zu sein, daß der dicke Teppich unter ihm 22,50 Dollar pro Quadratmeter gekostet hatte. Er ignorierte auch die Klimaanlage, die sonst zur Hebung seines Wohlbefindens beitrug, die Schnitzereien aus Tanganjika, die präkolumbischen Statuetten, die abstrakten Expressionisten in Öl und die in limitierten Auflagen edierten Kunstbände, die seinem ästhetischen Empfinden schmeichelten und ihn stimulierten.

«Scheiß-kram», stieß er gedehnt hervor, während ein Dutzend mauvefarbener, parfümierter Kassenzettel aus dem ersten Umschlag fielen, den er aufriß. Die Rechnung, die Marvin zwischen Daumen und Zeigefinger hielt, belegte, daß im Laufe des letzten Monats Ware im Werte von 249,89 Dollar aus dem Warenhaus Saks in das Haus Goodman gewandert und noch unbezahlt war. Zählte man frühere Lieferungen hinzu, die ebenfalls noch nicht bezahlt waren, so überstieg die Gesamtsumme der Saks'schen Forderungen nunmehr das gemeinschaftliche Bankguthaben der Eheleute Goodman um annäherend siebenhundert Dollar. Mar-

49

vin hatte nicht die Kraft, die Summe bis auf den Cent genau zu errechnen.

Mit Röntgenaugen und mit der Geschwindigkeit eines Computers registrierte Marvin den Inhalt der restlichen Umschläge. Die Absender auf jedem von ihnen tickten eine Antwort mit einer Ziffer zum Rechnungsstrang in Marvins Gehirn. Long-Island-Elektrizitätswerke (44 Dollar)... Fleischerei (52 Dollar)... Gemüsehändler (35 Dollar)... New Yorker Telefongesellschaft (32 Dollar)... Dr. Hetterton (übertriebene 145 Dollar)... und so weiter.

«Helene!» schrie Marvin. «Helene!»

«Was möchtest du, Schatz?»

«Beweg mal deinen Arsch hierher.»

Während mehr als zehn Jahren Ehe mit Marvin hatten Helene Goodmans Gehirnzellen sich an stereotype Reaktionen gewöhnt. In den seltenen Fällen, in denen sie Haß zu verspüren glaubte, spielte sie die hilflos Ausgelieferte. Marvins häufigster Gemütsverfassung, Zorn, begegnete sie mit kreischender Zärtlichkeit, Einsicht und dem für den Augenblick ernst gemeinten Versprechen, sich zu bessern und es im nächsten Monat mit Gottes Hilfe wirklich zu versuchen. Anfälle von Schwäche auf Marvins Seite hingegen benutzte sie unweigerlich dazu, kleinere Forderungen durchzusetzen. Das war eine von den Methoden, mit denen Helene schon auf dem Gymnasium Erfolg gehabt hatte.

Obwohl inzwischen in den Dreißigern, hatte Helene sich nicht auffallend verändert. Ihre Brüste waren nun etwas voller, aber noch immer gefühllos. Ihr Einsatz derselben, mit der Zeit zwar verfeinert, soweit es ums Methodische ging, hatte noch immer in erster Linie den Zweck, Marvin zu veranlassen, ihre Wünsche zu erfüllen. Denn sowohl rein äußerlich als auch wörtlich genommen, diente ihr Busen im Grunde als Beruhigungsmittel. Helene öffnete daher, als sie so barsch gerufen wurde, sogleich instinktiv den dritten Knopf ihrer Bluse, wodurch der Brustansatz stärker hervortrat. Sie setzte eine gutgelaunte Miene auf und fügte, während sie die kurze Treppe heruntergeschritten kam, ihrer Erscheinung ein letztes Glanzlicht hinzu: Sie schwang ihre Hüften ausladender als gewöhnlich.

«Was ist los, Schatz?» fragte sie. In diesem Moment bemerkte sie auf dem Fußboden die zerknüllte Rechnung von Saks. «Hat Saks wieder einen Fehler gemacht?»

Marvins Kopf zuckte merklich, was ihm vorübergehend das Aussehen eines Boxers verlieh, der einem linken Haken ausweicht. Seine Attacke war nun durch Helenes Frage gefährdet. Aber diesmal gab es kein Pardon. Sie mußte bestraft werden. Marvin fühlte sich hintergangen, und unter diesem Aspekt würde er über ihr Schicksal entscheiden.

Die Möglichkeit eines Buchungsfehlers hatte er nicht bedacht. Mochte Helenes Einwurf noch so abwegig sein, er mußte ihn entkräften, um sich ihr nicht völlig preiszugeben – und dann wieder einmal der Verlierer zu sein.

«Was, zum Teufel, meinst du mit ‹wieder einen Fehler?›?»

«Ach, Schatz» – ihre Stimme klang jetzt gequält – «du erinnerst dich doch an damals, als du auch so ärgerlich warst und so schrecklich durcheinander. Du hast mich bei der Gelegenheit ein ‹verdammtes Aas› genannt. Und wie niedlich du danach ausgesehen hast, als du dich bei mir entschuldigen mußtest, du weißt doch noch? Saks hatte uns aus Versehen die Rechnung deiner Mutter geschickt. Du erinnerst dich, nicht wahr?»

Das war seinerzeit tatsächlich passiert. Vor sechs Jahren, wie ihm einfiel. Helenes Erklärungen hatten sich damals so absurd angehört, daß er nahe daran gewesen war, sie zu verprügeln. Und dann hatte Saks den Irrtum eingestanden – ein peinlicher Irrtum: Marvin hatte danach, um seiner Frau eine Chance zu geben, ihr angeknackstes Selbstvertrauen wiederzugewinnen, gequält lächelnd ihrem bisher größten Einkaufscoup beigewohnt.

Eingedenk dieser Erinnerung überprüfte er seine Strategie jetzt sorgfältig. War denn nicht, wie die Dinge lagen, Nonchalance das kleinere Übel?

«Willst du mir weismachen, sie hätten wieder eine falsche Rechnung geschickt?»

Helene strich mit einer kalkuliert zufälligen Bewegung ihr frischgefärbtes schwarzes Haar aus der Stirn und beugte sich vor, um die Rechnung von Saks zu studieren. Gleichzeitig atmete sie tief ein und gestattete ihm dadurch einen tiefen Blick in ihre Bluse.

Flüchtig ließ sie einen Einkaufsbon nach dem anderen durch die Finger gleiten und hielt beim fünften inne.

«Hier ist er», sagte sie. «Ich wußte doch, daß sie uns wieder was untergeschoben haben.»

Marvin betrachtete den Bon genau. Er machte keinen außergewöhnlichen Eindruck. Es war der Bon für ein am 27. November telefonisch bestelltes Kleid. Als Preis dafür war die Summe von 125 Dollar angegeben.

«Und was ist daran falsch?» fragte er.

«Das Kleid, Schatz», sagte Helene. «Kein Kleid, kein Bon. Es darf einfach keinen solchen Bon geben, denn ich habe das Kleid niemals bestellt, und Saks hat es auch niemals geliefert.»

«Bist du sicher?» Marvin blieb skeptisch. «Ich meine, das ist doch ein ziemlich unwahrscheinlicher Fehler. Dein Name und deine Adresse sind hier richtig angegeben.»

«Was hat das schon für eine Bedeutung?» Helene rückte näher an ihn heran, dicht genug, damit der Bizeps seines linken Armes ihre rechte Brust berühren konnte. Dann verstärkte sie den Druck. «Irgend so ein blöder Angestellter schreibt eine falsche Adresse – und schon geht die Rechnung ab. Denkst du etwa, Mr. Saks kontrolliert diese Dinge persönlich?»

«Aber darum geht es ja nicht», meinte Marvin. «Es ist doch nicht einfach ein Fehler. Hier wird behauptet, du habest ein bestimmtes Kleid bestellt und erhalten. Denkst du denn, die bei Saks akzeptieren mein Ehrenwort, wenn ich ihnen sage, es stimmt nicht?»

«Tja, was können wir tun? Das Kleid zurücktragen, das ich niemals bekommen habe? Bitte, Marvin. Du warst dabei, mir eine Szene zu machen – warum jetzt nicht den Ärger zu Saks tragen und ihnen zeigen, was für ein Kerl du bist?»

Marvin setzte sich ans Steuer seines weißen Cadillac-Kabrios. Als er über den Kiesweg spurtete, stand Helene wieder in ihrem Schlafzimmer und schaute sich versonnen das Kleid von Saks an, das 125 Dollar gekostet hatte. Sie hatte einmal sagen hören, daß ein guter Rechtsanwalt, wenn er weiß, daß sein Klient schuldig ist, den Prozeß so lange wie möglich hinauszuzögern versucht. Zeugen können sterben, Opfer können ihre Meinung ändern, Klienten können plötzlich erkranken. Erst einmal Zeit gewinnen; inzwischen kann alles mögliche passieren. Sie zuckte mit den Schultern und schloß die Schranktür. Dann kehrte sie zurück zu ihrer *Vogue*, in der sie zuvor gelesen hatte.

Es dauerte nicht einmal eine halbe Minute, bis der Chef der Versandabteilung von Saks die Quittung mit Helenes unverwechselbarer Unterschrift herbeigeschafft hatte. Marvins Entsetzen über Helenes Infamie wurde noch durch die ihm widerfahrene Demütigung übertroffen, die wiederum von seiner Dankbarkeit dafür überragt wurde, daß die Auseinandersetzung im Büro des Managers stattgefunden hatte und nicht vor Publikum. In der Öffentlichkeit, und das tröstete ihn, war sein Ruf noch gewahrt. Aber wie lange noch? fragte er sich zerknirscht. Zwölf Tage, einen Monat, vielleicht sechs Monate? Sicher war, daß eines Tages Männer kommen würden, um den Cadillac zu pfänden, die Möbel, die elektrischen Geräte, das Haus... den Ruf.

Während er einen Moment vor dem Büro des Chefs der Versandabteilung verweilte, sagte eine Stimme: «Marv Goodman.»

Er wandte sich um und blickte in die schönsten grünen Augen, die ihm je begegnet waren.

«Na los», fuhr die Stimme fort. «Ich weiß, daß Sie Marvin Goodman sind.»

Er starrte die Augen an, die ziemlich schmalen Lippen, die kleinen weißen Zähne und die flinke Zunge, die feucht über sie hinstrich.

«Ich bin Gillian», sagte die Stimme. «Gillian Blake.»

Marvin war fasziniert von der Zunge und der Art, wie sie sich bei jeder Silbe aus dem Mund heraus- und wieder hineinschlängelte.

«Ich bin gekränkt», sagte Gillian. «Wirklich gekränkt. Es war doch erst in der letzten Woche beim Treffen der ‹Vereinigung der Hausbesitzer von King's Neck›. Erinnern Sie sich nicht? Ich saß ganz in Ihrer Nähe. Sie erzählten mir die ganze Zeit über, daß man eine Kreditgenossenschaft gründen sollte, falls die Verpflichtungen weiterhin so rapide steigen würden.»

«Natürlich», rief Marvin, sich erholend. «Wie ist es Ihnen ergangen, Mrs. Blake? Und wie geht es... hmm... Ihrem Mann?»

«Er heißt Bill, und es geht ihm wie immer», sagte sie. «Ich mußte Sie einfach fragen, warum Sie hier stehen und so schrecklich ernst dreinschauen. Ich sah Sie vor ein paar Minuten dort im Büro und war sehr beeindruckt. Ich wußte ja gar nicht, daß Sie so... energisch sein können. Sicherlich haben Sie denen eine Menge Aufregung verschafft.»

«Oh, das –» Ein gequältes Lachen. «Man kann diese Buchhalter nicht oft genug überprüfen.»

In den letzten zehn Jahren hatte er sich abgewöhnt, sich für energisch zu halten, und es gefiel ihm ausnehmend, daß jemand anders es tat. Aber warum auch nicht? Er war jung, erst sechsunddreißig Jahre alt, Ski und Tennis hatten ihn gut in Form gehalten. Er hatte sich selbst immer für einigermaßen attraktiv gehalten, und jetzt, in der Gegenwart von Gillian, fühlte er sich besonders jung und stark. Mehr als das, er spürte ihr Interesse an ihm.

Gillians Interesse an ihm war tatsächlich erwacht – allerdings aus einem anderen Grund. Denn wenn ihr jemand Marvin als «einigermaßen attraktiv» beschrieben hätte, wäre das in ihren Augen schiere Bosheit, wenn nicht gar Zynismus gewesen. Sie hatte Marvin Goodman zum erstenmal am Tage ihrer Übersiedlung nach King's Neck bemerkt. Er hatte gerade in der Security National Bank zu tun, als sie und Bill dort ein Konto eröffneten. Er war nicht zu übersehen gewesen, denn er hatte mit einem Angestellten der Bank eine heftige Auseinandersetzung, offenbar wegen eines überzogenen Kontos. Das nächste Mal hatte sie ihn auf einer Party gesehen. Bei jener Gelegenheit hatte er seiner Frau klargemacht, daß keine der anderen anwesenden Frauen es sich leisten könnte, 75 Dollar pro Woche allein für Lebensmittel auszugeben. (Seine Frau, erinnerte sich Gillian, hatten diese Vorhaltungen völlig kaltgelassen, und es schien, als kenne sie den Einsatz von Sex als Waffe sehr gut.) Und dann waren sie sich beim Treffen der Hausbesitzer wiederbegegnet. Somit war dies also das vierte Mal, daß das Schicksal ihre Wege sich kreuzen ließ. Und von Mal zu Mal war Marvin Goodman für Gillian zu einem Gegenstand von wachsender Bedeutung geworden.

Gillian sah an Marvin vorbei auf die Fensterscheibe und bemerkte Regentropfen auf ihr.

«Verdammt!» rief sie aus. «Das verdirbt natürlich alles.»

«Was ist los?» fragte Marvin.

«Der Regen», erwiderte sie. «Ich hatte mir eingebildet, ich könnte ein paar Häuserblocks mit Ihnen gehen und Sie eventuell dazu überreden, mich zu einem Drink einzuladen. So ein verdammter Regen!»

«Aber gar nichts muß dadurch verdorben sein», sagte Marvin.

Aus längst vergangenen Tagen fühlte Marvin eine gewisse Erregung in sich aufsteigen, die er kurz nach der Hochzeitsnacht stillschweigend bis auf weiteres unterdrückt hatte. Nicht einfach die Tatsache, daß diese Frau ihm begehrenswert schien, fesselte ihn. Auch nicht, daß sie offenbar zu haben war. Ihn begeisterte vielmehr, daß er, Marvin, *sie* aufregte, daß *sie ihn* haben wollte. Schuldgefühle? Ach was, davon konnte nicht die Rede sein, zog man Helenes Falschheit in Betracht. Jawohl, Helene mußte einen Denkzettel bekommen. Und er hatte alle Trümpfe in der Hand.

«Es ist jetzt dreiviertel eins», sagte er. «Warum springen wir nicht in meinen Kombi – er steht unten –und genehmigen uns einen kleinen Ausflug? Wir könnten irgendwo zu Mittag essen... Ich, für meinen Teil, bin frei für den Rest des Tages. Und gerade hatte ich mir gedacht, ich könnte eine kleine Abwechslung ganz gut gebrauchen.»

«Ich weiß, was Sie meinen.»

Sie legte ihre Hand um seinen Ellbogen und drückte ihn. Marvin blickte sich verstohlen im Geschäft um. Die Filiale von Saks, in der sie sich befanden, lag in der Wohngegend und dem Einkaufszentrum der oberen Mittelklasse, fünfundvierzig Autominuten von King's Neck entfernt. Man konnte hier durchaus einem Nachbarn begegnen. Na und? Er führte Gillian gelassen zum Parkplatz, wo sie sein dezentes weißes Kabrio bestiegen und losfuhren. Marvin fühlte den leichten Druck von Gillians linkem Schenkel und wußte in diesem Augenblick, daß sein Glück im Wachsen begriffen war.

Sie waren nicht lange unterwegs, als er sah, daß die Nadel der Benzinuhr auf L wie leer stand. Er biß sich auf die Lippen und nahm den Fuß vom Gaspedal, bis die Geschwindigkeit auf 55 Meilen pro Stunde heruntergegangen war. Als er endlich eine Tankstelle gefunden hatte, war der Zeiger der Benzinuhr schon unterhalb von L angekommen. Marvin ließ volltanken. Fast vierzig Liter gingen rein.

«Sie hätten es beinahe nicht mehr geschafft», sagte der Tankwart.

«Stimmt», erwiderte Marvin. «Aber ich habe so das Gefühl, daß heute mein Glückstag ist.»

Die Tankstelle war eine der wenigen im Nordosten der Vereinigten Staaten, für die Marvin keine Kreditkarte besaß. Nachdem er bezahlt hatte, waren in seiner Brieftasche etwa noch fünfzig Dollar. Fünfzig in der Brieftasche und nicht viel mehr insgesamt. Gillian saß schweigend neben ihm. Sie fuhren weiter und bogen dann ab in Richtung Throg's-Neck-Brücke.

«Wie geht es Ihnen, Gillian?»

«Ein wenig nervös, Marvin», sagte sie, und sie meinte es ehrlich. «Ich möchte nicht, daß Sie glauben, ich mache derartige Spritztouren mit jedem.»

«Ich glaube es auch nicht», sagte er. Und er hatte tatsächlich keinen Grund, das anzunehmen. Zweifellos machte sie es wegen seiner – speziellen Qualitäten. «Aber was würden Sie zum Beispiel jetzt gern machen? Wo fehlt's denn?»

«Ich fühle mich durstig, hungrig und – sexy. Und nicht notwendigerweise in dieser Reihenfolge.»

«Wir können Ihre Liste Punkt für Punkt durchgehen», murmelte er. «Und nicht notwendigerweise in dieser Reihenfolge.»

An der Throg's-Neck-Brücke durchsuchte Marvin seine Taschen nach einem Fünfundzwanzigcentstück, fand aber keins.

«Tut mir leid», sagte Gillian. «Ich kann Ihnen leider nicht helfen. Ich habe nur meine Kreditkarte von Saks und meinen guten Namen bei mir. Wenn ich Ihnen einen Rat geben darf: Nehmen Sie die Kreditkarte, wenn Sie jemals vor die Wahl gestellt sein sollten.»

Er wechselte einen Zehndollarschein, bezahlte das Brückengeld, und weiter ging es in Richtung Norden. Er entrichtete die Maut für den Hutchinson River Parkway, nahm dann die nächste Abfahrt und parkte den Wagen vor dem Country Inn. Das Lokal war im Stil französischer Provinzrestaurants aufgemacht, ein Umstand, der den größten Teil der finanzstarken Gäste fernhielt. Marvin führte Gillian an die schwere Eichenbar.

«Zuerst», sagte er, «lassen Sie uns was gegen den Durst tun.»

«Martini», sagte Gillian.

«Zwei Martini», rief er dem Barkeeper zu. «Knochentrocken.»

«Mit Eis oder gespritzt?» fragte der Barkeeper zurück.

Marvin sah Gillian an, die mit ihrem aufgerichteten Daumen «Eiswürfel» signalisierte. Marvin tat dasselbe, und Gillian benutzte die Gelegenheit, ihre Hand zärtlich um seinen Daumen zu legen.

«Da habe ich einen Lover gefunden», sagte sie mit leiser Stimme. Marvin begann als Antwort auf ihre Worte, seinen Daumen in ihrer Hand langsam auf und ab zu bewegen.

«Hmmm. Ich wette, man nennt Sie Marvin den Großen.»

«Nein», sagte er. «Nein. Das hat bisher noch niemand getan.»

«Vielleicht hat noch niemand gesehen, was ich sehe», gab Gillian zu bedenken.

«Vielleicht», sagte er. «Und vielleicht ist es das, was mich ärgert. Derartige Dinge passieren mir nicht. Sie passieren mir *niemals*. Warum auch mir? Warum sollte mir so etwas plötzlich passieren?»

«Trinken Sie aus, Marvin der Große», sagte sie. «Vielleicht haben Sie etwas, was ich haben möchte. Vielleicht ist mir so etwas ja auch noch nie passiert.»

Sie blieben noch auf einen zweiten Martini. Marvin, euphorischer Stimmung durch die Kombination von Alkohol und der Aussicht auf Gillian, gab dem grinsenden Barkeeper einen Dollar Trinkgeld. Sie stiegen wieder in den Cadillac und setzten ihren Weg in Richtung Norden auf dem Hutchinson River Parkway fort. Als Marvin zwischendurch auf seine Uhr mit dem goldenen Armband blickte, war es kurz vor drei, und ihm fiel ein, daß sie noch gar nicht zu Mittag gegessen hatten. Sie verließen zum zweitenmal den Parkway und fuhren bis zum Restaurant «La

Cremaillière» weiter, das in irgendeinem Snob-Magazin als «distinguiert» bezeichnet worden war. Helene hatte ihn oft gebeten, mal mit ihr hinzufahren. Zum Teufel mit Helene.

Das Essen, obgleich zu große Portionen, war wirklich «distinguiert». Nach der Flasche Chablis, die seine Sinne eingelullt hatte, vergaß Marvin, die Rechnung nachzuprüfen, die –wie er benommen registrierte – etwa 25 Dollar ausmachte. Und fünf Dollar für die junge Dame, deren Service ohne Fehl gewesen war. Und einen weiteren Schein für den netten jungen Mann, der ihnen den Wagen holte.

«Wie fühlen Sie sich jetzt?» fragte er Gillian.

«Ich bin nicht mehr durstig», sagte sie. «Und ich bin auch nicht mehr hungrig. War denn da nicht noch was?»

«Ich werde zu dir kommen.» Marvin strich ihr mit der freien Hand über die Seite und ließ sie dann auf ihrer Hüfte ruhen. «Was du brauchst, ist eine nette Atmosphäre. Ich glaube, wir sind an etwas in der Art vorbeigefahren.»

«War es das mit dem Schild ‹Zimmer frei›?»

«Das war es.»

Die Sache läuft ja unglaublich gut, fand Marvin. Fast zu gut. Für einen Augenblick überkam ihn Panik, als er daran dachte. Irgend etwas mußte doch schiefgehen. Irgend etwas würde bestimmt schiefgehen. Hör auf damit. Hör auf, wie ein Verlierer zu denken. Das ist jetzt vorbei. Alles hat geklappt, und es wird weiterhin klappen.

Die Panik klang ab, als Gillian ihren Kopf an seine Schulter legte und mit den Fingern an seinen Bügelfalten entlangfuhr. Sie begann an den Knien und setzte beharrlich ihren Weg aufwärts fort. Die Berührung erregte Marvin augenblicklich. Gillian zeichnete die anschwellende Erhebung nach, zart, ganz zart, bis Marvin fühlte, wie ihm das Blut in den Schläfen hämmerte.

«Marvin der Große», sagte sie. «So voller Überraschungen.»

Als sie am Motel ankamen, bemerkte Marvin dankbar, daß er, um sich anzumelden, den Wagen nicht zu verlassen brauchte. Das wäre im Augenblick unter gar keinen Umständen möglich gewesen. Seine Hose war noch immer ausgebeult von Gillians zarter, gewandter und beharrlicher Manipulation. Der Eigentümer des

Motels, ein leisesprechender Landbewohner mit Lederflecken an den Ellenbogen seiner Tweedjacke, warf nur einen kurzen Blick auf die Wagenpapiere, die auf den Namen «Milton Silver» ausgestellt waren.

«Macht zwanzig Dollar für ein Doppelzimmer», sagte er. Marvin griff zur Brieftasche, entnahm ihr die einzige noch darin verbliebene Banknote und gab sie ihm.

«Und noch zehn, junger Mann», sagte der Eigentümer.

Marvin starrte auf den Geldschein und erbleichte. Es war eine Zehndollarnote. Er hatte dem jungen Mann auf dem Parkplatz zehn Dollar gegeben und nicht einen! Mein Gott – das mußte ja passieren!

«Ich habe anscheinend kein Geld mehr bei mir», sagte er. «Sie haben nicht zufällig auch ein Zimmer für zehn Dollar?»

«Für Sie allein schon», sagte der Mann. «Aber das Billigste, was ich Ihnen und Ihrer Freundin anbieten kann, kostet sechzehn Dollar.»

Marvin nahm ihm den Geldschein wortlos wieder ab, setzte den Wagen zurück und raste aus der kiesbestreuten Parkzone heraus.

«Verdammt», sagte er. «Verdammt – ich *wußte* es!»

«Sei doch nicht so, Marvin», sagte Gillian. Ihre Finger nahmen ihre sanfte, erregende Tätigkeit wieder auf, aber es rührte sich nichts bei ihm. Die Sache mit dem Zehndollarschein hatte ihn frustriert.

«Wir können es ja woanders versuchen, wo du mit einem Scheck bezahlen kannst», schlug Gillian vor.

«Jeder Scheck, den ich einzulösen versuchte», sagte Marvin bitter, «würde von hier bis nach King's Neck sausen und als Bumerang wieder zurückkommen.»

«Aber du könntest am Montag zur Bank gehen und ihn decken.»

«Du verstehst mich nicht, Gillian», sagte er gefaßt. «Ich kann als Gegenwert allenfalls einen Haufen unbezahlter Rechnungen vorweisen. Ich bin pleite. Ich bin wirklich vollkommen pleite.»

Jetzt, nachdem es passiert war, wollte Marvin es nicht akzeptieren. Seine Eroberungsfahrt, die so zufällig begonnen und sich so großartig entwickelt hatte, schien wie ein Ballon, aus dem die Luft entwich, in sich zusammenzufallen. Wieder einmal war Marvin ein Verlierer, *der* Verlierer schlechthin, die Nummer eins aller Verlierer der Welt. Aber was zu akzeptieren ihm im Augenblick die größte Schwierigkeit machte, war die Tatsache, daß Gillian Blake sich nicht mehr in der Gewalt hatte und sich unter einem Anfall wilder Lachkrämpfe wand.

«Du bist pleite?» prustete sie schließlich.

«Ich fahre von hier aus direkt ins nächste Armenhaus», sagte er.

«Aber der Wagen?»

«Ich besitze von ihm genau 1350 Dollar. Bei den heutigen Preisen sind das etwa die vier Räder und die Windschutz-scheibe.»

«Und das Haus?»

«Es wird mir gehören, wenn ich in den nächsten achtund-zwanzig Jahren weiterhin monatlich 325 Dollar zahle.»

«Armer Marvin», sagte Gillian. «Armer Marv.»

Sie fuhren schweigend weiter, jeder dachte über sein persönliches Mißgeschick nach. Endlich, mehr um die Luft zu klären als aus irgendeinem anderen Grund, erzählte Gillian ihm, daß sie die Absicht gehabt hatte, ihn anzupumpen. Um genau 1500 Dollar.

«Du wolltest Geld von mir?» fragte Marvin irritiert.

«Versteh mich nicht falsch», sagte sie. «Ich wollte natürlich dich, Marvin. Aber das hätte mich nicht davon zurückgehalten, gleichzeitig auch dein Geld zu wollen. Aber nicht geschenkt, ich wollte es nur leihen. Und, ehrlich, ich hätte das jetzt nicht einmal erwähnt. Aber es handelt sich um einen sehr dringenden Fall.»

«Wir haben alle unsere dringenden Fälle», sagte Marvin.

«Armer Marvin», wiederholte Gillian.

Sie näherten sich einer Mautstelle. Marvin kramte wieder in seinen Taschen nach einer Münze. Er fand zwei Fünfzigcent-stücke und ein Zehncentstück. Verzweifelt suchte er weiter und fand schließlich doch noch ein Fünfundzwanzigcentstück. «Damit wir weiterkommen», sagte er. Seine Worte gingen unter, denn Gillian küßte gerade sein rechtes Ohr.

«Armer, armer Marvin», murmelte sie.

Dann steckte sie ihre Hände in sein Hemd und fuhr an seinen

Rippen ıtlang. Marvin zuckte zusammen. Langsam und methodisch öffnete sie den Hosengürtel und zog den Reißverschluß auf. Der Verkehr wurde dichter.

«Vielleicht bist du doch nicht so arm», fuhr Gillian in ihrer Betrachtung fort und streichelte ihn in eine volle Erektion.

«Um Himmels willen, Gillian», rief Marvin. «Man kann es von den anderen Autos aus sehen.»

«Laß sie, Marvin. Es gibt nichts, weshalb du dich schämen müßtest. Laß sie doch gucken. Laß die ganze Welt zuschauen.»

«O Gott», stöhnte er. «O Gott, das tut gut.»

In der Ferne tauchte die Throg's-Neck-Brücke auf. Alle Fahrspuren zur Mautstelle waren stark befahren. Marvin hielt sein letztes Fünfundzwanzigcentstück in der Hand, und Gillian legte ihren Kopf in seinen Schoß. Marvin begann auf seinem Sitz auf und ab zu hüpfen und rief «Mein Gott, o mein Gott!» Plötzlich unterbrach Gillian ihre Bemühungen für einen Moment und strich sich das Haar aus der Stirn.

Marvin keuchte. «Nein, bitte!» flehte er. «Hör jetzt bitte nicht auf!»

«Marvin», sagte sie. «Du könntest mir das Geld immer noch leihen.»

«Wie denn?» rief er. «Ich habe doch nichts.»

«Du könntest es beschaffen», sagte sie. «Du kannst alles beschaffen, Marvin.»

«Hör bitte jetzt nicht auf!» bettelte er.

Gillian beugte sich wieder über seinen Schoß. Ein Lastwagenfahrer auf der Nebenfahrbahn blickte in stummer Faszination auf sie herunter. Auf der anderen Fahrbahn hopste ein kleiner Junge auf seinem Sitz herum und deutete mit dem Finger auf sie. Seine Eltern verstanden nicht. Sie sahen nur einen Mann hinter seinem Steuer seltsam lächeln. Wieder legte Gillian eine Pause ein.

«Bitte», stöhnte Marvin. «Bitte!»

«Tausend», erwiderte sie. «Du könntest wenigstens tausend auftreiben.»

«Fünfhundert höchstens.»

Oh, oh, oh, oh, oh, oh! Der Fahrer hinter ihnen hupte wütend, weil der Abstand zwischen dem Kabrio vor ihm und dem Wagen davor ständig größer wurde. Marvin trat kräftig aufs Gaspedal. Auf der Nachbarfahrbahn raste der Lastwagenfahrer, in der Absicht, mit dem interessanten Cadillac auf einer Höhe zu bleiben, in einen Chevrolet, in dem eine Horde Jungen und eine Art Herbergsmutter saßen.

«Siebenhundertfünfzig», seufzte Marvin.

Er fühlte, wie er in einen Abgrund stürzte. Die Muskeln, eben noch aufs äußerste gespannt, erschlafften. Er fürchtete, in Ohnmacht zu fallen, und klammerte sich mit beiden Händen verzweifelt ans Lenkrad. Zum Glück befand er sich auf der richtigen Fahrspur. Er brauchte an der Brücke nicht auszusteigen, denn die Abfertigung erfolgte auf dieser Bahn automatisch.

Neben ihm klopfte jemand ans Fenster. Es war die Herbergsmutter, die fragte, ob er gesehen hätte, was da draußen geschehen war. Doch nun sah sie, was drinnen geschehen war, und wandte sich schnell wieder ab.

Endlich waren sie am Mauthaus. Der Fahrer hinter ihnen hupte nervös. Marvin ließ das Fenster herunter. «O Gillian, Gillian –» Mit zittrigem Arm warf er die Fünfundzwanzigcentmünze in Richtung Zahlkorb. Sie verfehlte ihn, fiel zu Boden, beschrieb, auf der Kante rollend, einen großen Bogen und blieb schließlich unter dem linken Vorderrad des Wagens liegen.

Der Mautwart bemerkte das Durcheinander. Er rief einen Streifenfahrer herbei, der mit seinem Motorrad herangebraust kam. Die Tür auf der Beifahrerseite war offen. Der einzige Insasse des Wagens schien betäubt. Über sein Gesicht zog sich schief ein verklärtes Lächeln. «Hallo, Sie!» rief der Polizist, und mit «Heiliger Jesus!» wandte er sich erschrocken ab.

Der Mann am Steuer schien erfüllt von überirdischer Seligkeit, umstrahlt von einer seltsamen Aura. Im Augenblick wenigstens war Marvin Goodman ein Sieger.

Anonymus

Umarmungen

Ich traf sie bei strömendem Regen, am Abend, unter den Bäumen. Damals küßte ich sie zum erstenmal. Wir gingen unter dem Regenschirm, um uns herum die sprühende Nässe wie ein schützendes Haus. Ihre Hand unter meinem Ellbogen hielt uns zusammen. Ein Auto spritzte durch die nasse Straße und ließ uns allein. Es war noch nicht spät, doch bei dem Wetter wagte sich kaum eine Menschenseele heraus. Naß waren meine Schuhe, naß meine Hosenaufschläge, die mir feucht um die Fußknöchel klatschten. Aber nicht die Nässe bereitete mir Unbehagen: Was mich beklommen machte, war *ihre* Nähe und Wärme.

Sie trug einen buntgeblümten Regenmantel, eine undurchdringliche Hülle, die ihre Körperwärme von mir fernhielt, ganz wie meine eigene Körperwärme durch meinen Mantel von ihr abgetrennt war. Was einzig ein Gefühl der Nähe zwischen uns aufkommen ließ, war die Wärme ihrer Hand auf meinem Arm. Und selbst die spürte ich nicht richtig durch meinen Mantel hindurch, sondern empfand lediglich einen leichten Druck.

Nachdem das Auto verschwunden war, blieb ich auf dem Trottoir stehen. Auch sie stand still und blickte mich fragend an. Weiter vorne lag die Helle der Straßenlaternen, und in ihrem Widerschein sah ich ihre feucht glänzenden Wangen.

Ich nahm sie in die Arme und küßte sie. Bereitwillig beugte sie den Kopf zurück und preßte die Handflächen gegen meine Schulterblätter. Es war ein guter und eher besinnlicher Kuß, die erste eigentliche Berührung zwischen uns.

Ich ließ meine Lippen auf ihrem Mund, bis ich fühlte, daß sie sacht beiseite wich. Wir hatten Bier getrunken, und ich schmeckte

63

bei ihr einen Hauch davon und wußte, daß es ihr bei mir nicht anders erging. Fader Biergeschmack erinnert mich immer an durchfeierte Nächte: Man hat zuviel getrunken, zuviel geredet, und für die Liebe ist eigentlich nichts mehr übrig. Aber ausgerechnet dann beginnt man meist mit Sex, wenn man sich schon für anderes vorausgabt hat.

Ich sah zu ihr hinab. Ihr Gesicht war sehr nah. Im schwachen Straßenlicht erschien darin, unter schimmernder Nässe, ein grübelnder Zug.

«Ich möchte mit dir schlafen», sagte ich.

Ohne Überlegung war es mir herausgerutscht. Ich war mir nicht einmal sicher, ob ich's überhaupt wollte. Zweimal schon hatte ich in der Eile den kürzeren gezogen, und ich hatte nicht die geringste Lust, je wieder etwas Ernstes anzufangen. Genau darauf aber würde eine solche Geschichte mit ihr hinauslaufen.

Ihr Gesicht war bei meinen Worten unbewegt geblieben, höchstens daß der grübelnde Zug sich noch vertieft hatte. Sie blickte mir nicht in die Augen, sondern auf den Mund.

«Ich hasse diese Umschreibungen», sagte sie. «Sag doch nicht, daß du mit mir schlafen willst. Sag doch, daß du mich ficken möchtest.»

Das verpönte Wort aus dem Mund dieser Frau, die ich doch noch gar nicht kannte – unwillkürlich erregte es mich. Und schokkierte auch ein wenig, wie ich gestehen muß. Umschreibungen dienen ja keinem anderen Zweck als diesem: die harten, konkreten Wörter aus der Sprache der Liebe zu verbannen. Natürlich wissen beide Teile, wovon die Rede ist; nur ausgesprochen wird es nicht.

«Du genießt das wohl?» fragte ich leichthin.

Jetzt veränderte sich ihr Gesichtsausdruck, und ich wußte, daß sie sich, ohne auch nur eine Bewegung gemacht zu haben, einen Schritt von mir zurückgezogen hatte.

«Du hast doch gehört», sagte sie, «daß ich diese Umschreibungen hasse. Sie wirken auf mich... schmutziger..., als die richtigen, die unverfälschten Wörter, nicht wahr?»

«Also gut», sagte ich. «Ich möchte dich ficken.»

Meine Hände zogen sie zu mir, Unterleib gegen Unterleib, und tief in mir flackerte der Gedanke, daß sie, willens, auf diese Weise davon zu sprechen, auch dazu bereit war. Erregung wurde wach. Dennoch hoffte etwas in mir, daß sie mich abweisen würde, jener Teil meines Wesens, der mich nie vergessen ließ, daß ich mit meinen zweiundzwanzig Jahren bereits zweimal in der Ehe Schiffbruch erlitten hatte. Sträubte sie sich, konnte ich die Geschichte in ein oder zwei Tagen vergessen haben, wenn nämlich das verletzte Selbstwertgefühl erst wieder intakt war.

«Möchtest du ficken, oder möchtest du *mich* ficken?» fragte sie. «Das ist ja nicht ganz dasselbe.»

«Was glaubst du wohl»? fragte ich dagegen, ihren willigen Körper immer noch an mich pressend.

Sie krauste die Stirn. «Ich möchte mich nicht so zwischen Tür und Angel entscheiden», sagte sie.

«Wie meinst du das?»

Ihre linke Hand lag auf meinem rechten Oberarm. Wieder spürte ich nichts als den sachten Druck. Durch den Regenmantel drang auch nicht ein Hauch von Wärme.

«So spät abends, im Regen, nach all dem Bier», sagte sie. «Und nachdem du mich gerade zum erstenmal geküßt hast.»

«Ich bin eben etwas stürmisch», sagte ich.

Wieder fuhr ein Auto vorbei. Ich sah, wie ihre Augen dem Wagen folgten. Müßig drehte der Mann hinter dem Steuerrad den Kopf und musterte flüchtig die beiden nassen Gestalten unter den Bäumen. Aus dem Geäst troff Regen auf uns, mächtige Tropfen.

«Laß mir Zeit zum Überlegen», sagte sie.

«Wenn wir zusammen schla..., wenn wir ficken wollen», sagte ich, «dann wären wir hier ganz in der Nähe meiner Wohnung.»

Kein Kopfschütteln von ihrer Seite, eher ein Wegwenden des Gesichts. «Auf diese Weise lieber nicht», sagte sie.

«Du haßt doch Umschreibungen», sagte ich. «Warum raffst du dich dann nicht zu einem klaren Nein auf? Schließlich müssen wir's ja nicht tun. Ein Naturgesetz, daß wir beide miteinander ins Bett *müssen*, gibt es nicht. Ich fand es bloß eine recht reizvolle Vorstellung.»

«Ich sage ja nicht nein», sagte sie. «Ich brauche nur etwas Zeit zum... Überlegen.»

«Also gut», sagte ich. «Überleg dir's. Ich bin ja kein Steinzeitmensch, der dich in seine Höhle abschleppen will. Außerdem habe ich nicht einmal einen Schluck Whisky oder Gin zu Hause.»

Sie lächelte leise. «Ich werd's mir überlegen, aber nicht hier und nicht jetzt, sondern heute abend, wenn ich im Bett liege.»

«Wärst du wohl so nett, mir danach eine Karte zu schicken?» sagte ich.

Irgend etwas in mir trieb mich dazu, sie wütend zu machen. Ursprünglich hatte ich nicht im entferntesten daran gedacht, die Sache in Gang zu bringen. Jetzt, wo es passiert war, wollte ich da gern wieder raus. *Ich brauche dich nicht,* sagte ich leise für mich. *Ich brauche dich ebensowenig wie du mich. Eine flüchtige Gier, weiter nichts, und damit kennen wir uns wohl beide aus, oder nicht?*

«Jetzt hab ich dich gekränkt», sagte sie ruhig. «Stimmt's?»

«Also, ich bin schließlich keine sechzehn mehr», sagte ich. «Und es ist mir auch früher schon mal passiert, daß ich abgeblitzt wurde – wenn auch nicht gerade oft, um ganz ehrlich zu sein.»

«Möchtest du denn wirlich *mich* ficken?» fragte sie.

«Ja», sagte ich, heißwürgenden Atem in der Kehle.

«Und wann hast du dich dazu entschlossen?»

«Überhaupt nicht», sagte ich. «Ich meine, ich hatte gar nicht die Absicht. Bis ich dich eben küßte. Dann war es plötzlich da.»

Sie nickte, als bestätigte meine Antwort nur, was sie bereits vermutet hatte. Und dann lachte sie kehlig.

«Du bist zweiundvierzig, genau wie ich», sagte sie. «Mein Alter hatte ich dir ja wohl noch nicht verraten, nicht? Und da stehen wir beide im Regen auf der Straße, wie so ein paar geile Rotzgören mit einem Steifen.»

Was sie sagte, traf mich mehrfach. Ihre mir noch immer ungewohnte Ausdrucksweise: ‹geil› und ‹Steifer›. Aber die eigentliche Überraschung war für mich ihr Alter. Ich hatte bis jetzt keinen Gedanken daran verschwendet. Daß sie gegen Ende Dreißig sein mußte, war mir klar. Aber so alt wie ich? Im selben Jahr geboren? Eine eigentümliche Vorstellung, daß wir unser Leben weitgehend synchron durchlebt hatten, Abitur, Abgang vom College... Ob wir wohl auch im selben Jahr oder in denselben Jahren geheiratet hatten?

«Nicht zu glauben», sagte ich. «Ich hätte dich auf höchstens fünfunddreißig geschätzt.»

«Spar dir die Komplimente», sagte sie wie zerstreut. «Wir machen jetzt doch nicht in Konversation.»

«Ist wirklich etwas albern», sagte ich. «Dieses Herumstehen im Regen, meine ich. Komm. Meine Wohnung liegt nur ein paar Schritte entfernt.»

«Nein», sagte sie.

Einen Augenblick musterte ich sie stumm. «Ist das dein endgültiges Nein?» fragte ich schließlich.

«Jetzt hör mal zu», sagte sie. «Haben wir schon jemals miteinander gefrühstückt?»

«Nein.»

«Nun», sagte sie, «Entscheidungen trifft man am besten beim Frühstück. Nicht abends oder nachts mit all dem Bier und den Küssen...»

«Ein einziger Kuß», sagte ich. «Und der scheint dich nicht gerade überwältigt zu haben.»

«Treffen wir uns also morgen zum Frühstück», sagte sie. «Bis dahin... werde ich's wissen.»

Natürlich suchte sie bloß einen diplomatischen Ausweg. Im Grunde war ich froh darüber. Ich brauchte sie ja nicht, das stand für mich fest. Und wie es schien, brauchte sie mich noch weniger.

«Und wenn du mich versetzt?» fragte ich.

Sie hob die Schultern. «Dann bedeutet das eben nein.»

«Ich würd's eher eine Umschreibung für nein nennen», sagte ich. «Soll ich etwa die ganze Nacht wach liegen und mir an den Knöpfen abzählen: *Sie liebt mich, sie liebt mich nicht?*»

Sie lachte kurz auf. «Du wirst schon schlafen können.»

«Und du?«

«Desgleichen. Aber bis morgen früh habe ich mir bestimmt alles überlegt.»

«Und wenn du nun kommst, heißt das dann...?» Ich weiß nicht warum, aber aus irgendeinem Grund trieb es mich, die Geschichte unter Dach und Fach zu bringen wie einen Vertrag.

Ihre Augen glitten über mein Gesicht. «Das heißt dann, ja, auch ich will dich ficken», sagte sie. Es war wohl die Art, wie sie es sagte: Warm und beengend stieg es wieder in mir auf. Ich zog sie mit beiden Armen an mich und küßte sie.

«Hör mal», sagte ich, «wir sind beide zweiundvierzig, und wir haben's doch wirklich nicht nötig, uns hier draußen ... Ich meine, wir ...»

Sie erwiderte meinen Kuß. Ihre Lippen waren warm. Doch dann schob sie mich zurück. «Im Augenblick geht's nicht anders», sagte sie, sehr beherrscht, sehr sachlich. «Siehst du denn das nicht ein?»

Ich gab es auf, eigentlich erleichtert. «Also gut», sagte ich. «Wo wollen wir uns zum Frühstück treffen?»

«Wo ißt du gewöhnlich?»

«Etwa einen Häuserblock von hier», sagte ich, mit der Hand in die Richtung weisend. «Wir kommen daran vorbei.»

«Nun, dann frühstücken wir eben dort.»

«Falls du dich überhaupt entschließt, mit mir zu frühstücken», sagte ich.

Sie lachte. «Meine Güte, wenn *das* kein Euphemismus ist.»

Ich begleitete sie nach Hause, wollte sie zum Abschied küssen, hielt mich jedoch zurück. Und weil sie vermutlich einen letzten Versuch von mir erwartete, mit ihr hinaufzugehen, unterließ ich's. Das Ganze kam mir langsam ziemlich verschroben vor. Für eine Frau, die Umschreibungen nicht ausstehen konnte, machte sie sich's bequem ... jedenfalls, solange sie nicht interessiert war. Ich wußte, daß sie, genau wie ich, zwei gescheiterte Ehen hinter sich hatte. Das hatte sie mir selbst bei irgendeiner Gelegenheit erzählt.

Eier, Toast und Kaffee kamen, und ich begann zu essen. Unwillkürlich warf ich einen Blick zur Straße, vielleicht in einer Art Instinkt. Denn im Eingang stand sie in ihrem geblümten Regenmantel, Regenschirm in der Hand. Um nicht zu zeigen, daß ich sie gesehen hatte, blickte ich rasch wieder auf meinen Teller.

«Wegen des Regens wollte ich schon fast nicht kommen», sagte sie

Ich hob den Kopf. Sie stand auf der anderen Seite des Tisches, ein wirklich reizender Anblick. Doch vielleicht fand ich das nur, weil ich jetzt ja wußte, daß ich sie bald lieben würde.

Sie schälte sich aus dem Regenmantel, hängte ihn und den Schirm an einen Haken und nahm mir gegenüber Platz. Sie trug ein Strickkleid, sehr braun und sehr einfach und doch unverkennbar raffiniert, denn darunter zeichneten sich recht deutlich die Rundungen ihres Körpers ab.

«Du hast nicht auf mich gewartet», sagte sie mit einem Blick auf meinen Teller.

Ich lächelte. «Ein großer Optimist war ich nie», sagte ich.

«Hast's mir wohl nicht geglaubt», sagte sie. «Daß ich's mir erst überlegen müßte, meine ich.»

«Ich hielt's für ein höfliches Nein.»

«Ich habe Hunger wie ein Wolf», sagte sie und lachte. «Dabei frühstücke ich sonst nur selten.»

«Dann bleibst du wenigstens bei Kräften.» Ich winkte die Kellnerin heran.

Während sie bestellte, betrachtete ich sie. Hatte ich sie bisher reizvoll gefunden, so wirkte sie auf einmal schön. Flächen und Rundungen ihres Fleisches schienen von verlockender Wärme – mir urplötzlich zugänglich. Und dennoch: Obwohl ich wußte, daß ich mit ihr in kurzer Zeit ins Bett gehen würde, vorstellen konnte ich es mir nicht. Liebe am frühen Morgen, beim erstenmal jedenfalls, schien gar nicht so ideal.

Sonntagmorgen mit Helen, meiner ersten Frau. Wie von ungefähr fiel es mir ein. Sonntagmorgen wurde bei uns zum Ritual, weil es der einzige Tag war, wo ich ausschlafen konnte. Wir blieben im Bett, lasen Zeitung und liebten uns. Durch den Nachtschlaf wirkte sie wärmer und weicher als sonst, und Liebe war dann weniger ein Akt der Leidenschaft als der Zärtlichkeit. Wir waren beide noch so jung gewesen. Marcia, meine zweite Frau, hatte für Morgenliebe wenig übrig. Sie bevorzugte den Abend oder die Nacht, bei abgedrehtem Licht.

Albern, hier meiner zukünftigen Geliebten gegenüberzusitzen und mich in Gedanken für meine früheren Frauen zu erwärmen. Aber vielleicht war das nur ein Schutzmechanismus. Denn nach wie vor war ich mir gar nicht sicher ob ich diese neue Bindung überhaupt wollte. Meine Gefühle zu analysieren, versuche ich schon lange nicht mehr. Das macht alles nur noch komplizierter. Ich hatte da so meine Erfahrungen, und davor scheute ich zurück.

Um den Strom der Gedanken und Gefühle abzustoppen, sagte ich: «Was hat dich denn nun zu dem Entschluß gebracht?»

Sie war ganz mit den Eiern beschäftigt, die inzwischen vor ihr standen. «Ich wollte ja schon gestern abend», sagte sie. «Aber es war mir einfach ein bißchen zu plötzlich, das ist alles.»

Ich sah mich im schäbigen Restaurant um. Es war fast voll besetzt, mit Studenten zumeist. Junge Menschen, voll sprühender Vitalität schon am Morgen.

«Jetzt und hier fällt es dir also leichter?» fragte ich.

Sie warf mir einen Blick zu. «Fühlst du dich unbehaglich?»

«Ein bißchen», sagte ich.

«Dann iß deine Eier auf», sagte sie mit einem Anflug von Mütterlichkeit. «Damit wir gehen können.»

Ihr Ton gefiel mir nicht. Den kannte ich von Marcia her nur allzu gut. Marcia hatte sich für eine Art Urmutter gehalten... mehr Mutter als Weib jedenfalls, und das schon vor Geburt der Kinder.

«Hab keinen Appetit mehr», sagte ich und schob den Teller zurück.

«Dann wirst du auf mich warten müssen», sagte sie ruhig und aß weiter.

Ich steckte mir eine Zigarette an und beobachtete sie. Irgendwie löste ihr Appetit in mir einen leichten Unwillen aus. Diesem Tag in seiner Besonderheit für uns schien ihr Heißhunger wenig angemessen.

Sie aß auf und zündete sich eine Zigarette an.

«Möchtest du noch Kaffee?» fragte ich.

Sie nickte, und ich winkte der Kellnerin. Frischer Kaffee kam, und wir tranken und rauchten und schwiegen. Es schien nichts zu geben, worüber wir sprechen konnten. Ich beobachtete sie und fragte mich, was sie empfinden mochte. Gesicht und Körperhaltung verrieten mir nichts.

Sie drückte die Zigarette im Teller aus. «Fertig?» fragte sie. Ich nickte, und wir erhoben uns gleichzeitig und schlüpften in unsere Regenmäntel. Wir hatten zwei Schirme, und so hängte ich mir ihren über den Unterarm und öffnete draußen vorm Eingang meinen eigenen.

«Regnet immer noch», sagte sie, schon halb auf der Straße.

«Scheint auch nicht nachlassen zu wollen», sagte ich. «Warten hat keinen Zweck.»

Sie warf mir einen kurzen Blick zu und schaute wieder weg. «Nein», sagte sie. «Warten hat keinen Zweck.»

Ich hob den Schirm empor, und dicht nebeneinander unter dem notdürftig schützenden Dach traten wir in den trüben Tag hinaus. Um uns schloß sich der Regen wie eine neue Welt, die Erinnerungen an den vergangenen Abend mit sich brachte, nur daß statt der fernen Helle der Straßenlaternen um uns das graue Regenlicht sanft und offen schimmerte. Um ihr näher zu sein, schob ich meine Hand unter ihren Arm; sie preßte sie eng an ihren Körper. Und jetzt begann ich zu glauben, daß wir uns wirklich lieben würden.

Giovanni Giacomo Casanova

Die keusche Lia

Als ich nach Hause kam, fand ich Mardochai im Kreise seiner zahlreichen Familie bei Tisch sitzen. Diese bestand aus elf oder zwölf Personen, unter denen sich auch seine neunzigjährige und noch sehr rüstige Mutter befand. Ich bemerkte noch einen anderen Mann von mittlerem Alter; er war der Gatte der älteren Tochter, die mir nicht hübsch vorkam. Die jüngere dagegen, die mit einem Mann von Pesaro verlobt war, den sie niemals gesehen hatte, fesselte meine ganze Aufmerksamkeit. Ich sagte ihr: Wenn sie ihren künftigen Gatten niemals gesehen hätte, könnte sie nicht in ihn verliebt sein. Sie antwortete mir darauf in sehr ernstem Tone, man brauche durchaus nicht verliebt zu sein, um sich zu verheiraten. Die Alte lobte höchlichst den klugen Sinn ihrer Enkelin, und die Mutter bemerkte, sie sei erst nach ihrem ersten Kindbett in ihren Gatten verliebt geworden.

Ich will sie Lia nennen, da ich meine Gründe habe, sie nicht mit ihrem wirklichen Namen zu bezeichnen.

Während die Familie aß, setzte ich mich neben Lia und gab mir die größte Mühe, ihr allerlei Angenehmes zu sagen, um sie zum Lachen zu bringen; aber es war verlorene Mühe, denn sie würdigte mich nicht einmal eines Blickes.

Ich fand für mich selbst ein auserlesenes Abendessen, dem ich alle Ehre antat, und nachher ein vorzügliches Bett.

Am anderen Morgen kam mein Wirt zu mir herein und sagte mir, ich könne der Magd meine Wäsche geben; Lia werde sie mir besorgen.

Ich sagte ihm, ich hätte das Abendessen von Fastenspeisen sehr gut gefunden; da ich jedoch vom Papst die Erlaubnis erhalten hätte, alle Tage Fleisch und Fisch zu essen, so bäte ich ihn, die Gänseleber nicht zu vergessen.

«Sie werden morgen welche erhalten; aber in meiner Familie ißt nur Lia sie.»

«Dann wird also Lia mit mir essen. Sagen Sie ihr bitte, daß ich sie mit sehr reinem Zyperwein bewirten werde.»

Ich hatte meine Wäsche der Magd gegeben. Am nächsten Morgen sah ich Lia eintreten, die sich erkundigte, wie ich meine Spitzen von ihr gewaschen zu haben wünschte.

Als Lia mit ihren achtzehn Jahren so plötzlich vor mir erschien, ohne Busentuch, in einem einfachen, sehr niedrigen Mieder, das ihre herrlichen Brüste sehen ließ, geriet ich in eine lebhafte Erregung, die sie bemerkt haben würde, hätte sie mich angesehen.

Nachdem ich mich etwas beruhigt hatte, sagte ich ihr, ich überließe alles ihr; sie möchte meine ganze Wäsche besorgen und überzeugt sein, daß es mir auf billige Preise nicht ankäme.

«Ich bin mit allem zufrieden», fuhr ich fort, «ausgenommen mit der Schokolade; diese liebe ich gut geschlagen und recht schaumig.»

«Ich werde sie selbst zubereiten, damit Sie zufrieden sind.»

«In diesem Fall, liebenswürdige Lia, werde ich Ihnen eine doppelte Portion geben, und wir werden sie zusammen trinken.»

«Ich liebe Schokolade nicht.»

«Das tut mir leid, aber Sie essen doch gerne Gänseleber?»

«Sehr! Heute werde ich welche mit Ihnen essen, wie mein Vater mir gesagt hat.»

«Das macht mir viel Vergnügen.»

«Sie fürchten ohne Zweifel, vergiftet zu werden.»

«Im Gegenteil! Ich fürchte es nicht nur, sondern ich wünsche, daß wir zusammen sterben.»

Die Spitzbübin tat, wie wenn sie nichts verstände, entfernte sich und ließ mich voller Begierden zurück. Die schöne Lia hatte meine Sinne zu heller Glut entfacht, und ich fühlte, daß ich entweder mich schleunigst ihrer noch am selben Tage bemächtigen oder daß ich ihrem Vater sagen müßte, er möchte sie nicht mehr in mein Zimmer schicken.

Man setzte mir ein ausgezeichnet zubereitetes Mittagessen vor; Lia brachte mir selbst eine herrliche Gänseleber herein und setzte sich mir gegenüber. Ihr schöner Busen war jetzt mit einem Musselintuch verhüllt.

Wir speisten also zusammen. Bald versetzte der Wein sie in Heiterkeit. Der Scopolo ist wegen seines Teergeschmacks sehr harntreibend und zur Liebe reizend. Ich sagte ihr, ihre Augen entflammten mich und sie müßte mir erlauben, sie zu küssen.

«Meine Pflicht verbietet mir, Ihnen dies zu erlauben. Keinen Kuß, keine Berührung! Lassen Sie uns zusammen essen und trinken. Mein Vergnügen wird dem Ihrigen gleichkommen.»

«Sie sind grausam.»

«Ich hänge von meinem Vater ab und habe selbst gar nichts zu sagen.»

«Muß ich Ihren Vater bitten, Ihnen zu erlauben, daß Sie gefällig sein dürfen?»

«Das wäre, wie mir scheint, nicht anständig. Es könnte wohl sein, daß mein Vater sich beleidigt fände und mir nicht mehr erlaubte, zu Ihnen zu gehen.»

«Und wenn er Ihnen nun sagte, daß Sie in diesen Kleinigkeiten es nicht so genau nehmen dürften?»

«Dann würde ich nicht auf ihn hören, sondern fortfahren, meine Pflicht zu tun.»

Diese deutliche Erklärung macht mir begreiflich, daß Lia nicht leicht zu haben sein würde. Wenn ich auf meiner Absicht verharrte, konnte ich in einen Liebeshandel hineingeraten, den ich vielleicht nicht zu Ende geführt haben würde; dies würde mich dann vielleicht geärgert haben. Ferner bedachte ich, daß ich in Gefahr geriet, meine Hauptangelegenheit zu vernachlässigen; diese erlaubte mir durchaus keinen langen Aufenthalt in Ancona.

Alle diese Gedanken schossen mir in einer Sekunde durch den Kopf. Ich sagte Lia kein Wort mehr von Liebe. Als der Nachtisch aufgetragen war, schenkte ich ihr Zyper-Muskateller ein, den sie für den köstlichsten Nektar erklärte, welchen sie in ihrem Leben getrunken hätte.

Da ich sie von dem Getränk erhitzt sah, so schien es mir unmöglich zu sein, daß Venus nicht ebensoviel Macht über ihre

Sinne ausübte wie Bacchus; aber ihr Kopf war stark: Ihr Blut geriet in Flammen, doch ihre Vernunft blieb kalt.

Trotzdem veranlaßte nach dem Kaffee ihre Lustigkeit mich, ihre Hand zu ergreifen, um sie zu küssen. Unmöglich! Ihre Weigerung war jedoch derart, daß sie mir nicht mißfallen konnte; denn sie sagte zu mir: «Für die Ehre ist das zuviel und für die Liebe zuwenig.»

Die witzige Bemerkung machte mir um so mehr Vergnügen, da sie mir zeigte, daß Lia nicht mehr unerfahren war.

Ich verschob die Ausführung meines Planes auf den nächsten Tag und sagte ihr, ich würde beim venezianischen Konsul zu Abend essen; man möchte also nichts für mich zurechtmachen.

Es war Mitternacht, als ich nach Hause kam. Alles im Hause schlief schon, mit Ausnahme der Magd, die auf mich wartete. Ich gab ihr eine solche Belohnung, daß sie jedenfalls wünschte, ich möchte alle Abende so spät nach Hause kommen.

Da ich etwas über Lias Lebenswandel zu hören wünschte, so brachte ich die Magd darauf zu sprechen; sie sagte jedoch nur Gutes von ihr. Nach ihrer Schilderung war Lia ein gutes Mädchen, das immer fleißig arbeitete, von der ganzen Familie geliebt wurde und niemals einen Liebhaber erhört hatte. Wenn Lia sie bezahlt hätte, hätte die Magd nicht mehr zu ihrem Lobe sagen können.

Am Morgen brachte Lia mir meine Schokolade und setzte sich auf mein Bett; sie saß vor mir in demselben Anzug wie am Tage vorher, und die beiden halbnackten Halbkugeln ihres Busens brachten mich zur Verzweiflung.

«Sie wissen wohl nicht», sagte ich zu ihr, «daß Sie einen herrlichen Busen haben?»

«Aber alle jungen Mädchen haben doch eben so einen Busen wie ich!»

«Können Sie sich vorstellen, daß ich beim Anblick desselben ein außerordentliches Vergnügen empfinde?»

«Wenn dies der Fall ist, freue ich mich sehr; denn ich habe mir keinen Vorwurf zu machen, wenn ich Sie dieses Vergnügen genießen lasse. Übrigens verhüllt ein Mädchen ihren Busen so wenig wie ihr Gesicht, außer wenn sie in großer Gesellschaft ist.»

Später speisten wir sehr fröhlich zu Mittag. Man setzte mir Muscheln vor, die nach der mosaischen Glaubensvorschrift verboten sind. In Gegenwart der Magd forderte ich Lia auf, mit mir davon zu essen, sie wies jedoch meine Einladung mit Abscheu zurück; sobald das Mädchen hinausgegangen war, nahm sie aus eigenem Antrieb von den Muscheln und aß dieselben mit einer überraschenden Begierde, indem sie mir versicherte, es wäre das erste Mal in ihrem Leben, daß sie diesen Genuß kostete.

Dieses Mädchen, sagte ich zu mir selber, dieses Mädchen, diese Lia, die die Vorschriften ihrer Religion so unbedenklich übertritt, die über alles das Vergnügen liebt und mir gar nicht zu verhehlen sucht, mit welcher Wonne sie sich demselben hingibt – diese Lia will mich glauben machen, sie sei unempfindlich gegen die Wonne der Liebe oder könne sich darüber hinwegsetzen wie über eine Bagatelle? Das ist nicht möglich. Sie liebt mich nicht oder sie liebt mich nur, um sich einen Spaß zu machen, indem sie meine Liebe entflammt. Sie muß Hilfsmittel haben, um ihr Temperament zu beschwichtigen, das ich für sehr wollüstig halte. Ich will einmal sehen, ob ich nicht heute abend mit Hilfe meines ausgezeichneten Muskatellers zum Ziele kommen kann.

Am Abend entschuldigte sie sich jedoch und lehnte sowohl Essen wie Trinken ab, indem sie sagte, dies verhindere sie zu schlafen.

Am anderen Morgen brachte sie mir meine Schokolade, aber sie hatte ihre schöne Brust mit einem weißen Halstuch bedeckt. Wie gewöhnlich setzte sie sich auf mein Bett. Es fiel mir nicht ein, zu dem abgedroschenen Mittel zu greifen und mich zu stellen, wie wenn ich nichts bemerkte; ich sagte ihr vielmehr, sie sei nur darum mit bedeckter Brust gekommen, weil ich ihr gesagt habe, ich sähe sie mit Vergnügen.

Sie antwortete mir mit liebenswürdiger Nachlässigkeit, daran habe sie nicht gedacht; sie habe nur deshalb ein Tuch umgebunden, weil sie keine Zeit gehabt habe, ihr Mieder anzuziehen.

«Darin haben Sie recht getan», sagte ich lachend, «denn vielleicht hätte ich Ihren Busen nicht so schön gefunden, wenn ich ihn ganz gesehen hätte.»

Sie antwortete nicht, und ich trank meine Schokolade aus.

Mir fielen die galanten Bilder und Zeichnungen ein, die ich in meiner Kassette hatte. Ich bat Lia, mir diese zu geben, und sagte ihr, ich wollte ihr Abbildungen von den schönsten Busen der Welt zeigen.

«Das wird mich nicht interessieren», sagte sie; trotzdem gab sie mir meine Kassette und setzte sich wieder auf mein Bett.

Ich nahm eine Abbildung von einem nackten Weibe, das, auf dem Rücken liegend, sich selbst eine Illusion erregt, bedeckte sie mit meinem Taschentuch bis zum Unterleib und zeigte ihr das Bild, ohne es aus der Hand zu geben.

»Aber das ist ja ein Busen wie alle anderen; Sie können ruhig Ihr Schnupftuch wegnehmen.»

«Meinetwegen, nehmen Sie es, mir ist so etwas ekelhaft!»

«Es ist gut gemalt», sagte sie lauf auflachend; «aber das ist nichts Neues für mich.»

«Wie? Das ist nichts Neues für Sie?»

«Nein, natürlich nicht; das machen ja alle jungen Mädchen.»

«Sie also auch?»

«Sooft ich Lust dazu bekomme.»

«Machen Sie es doch jetzt!»

«Ein wohlerzogenes Mädchen tut das nur im verborgenen.»

«Und was machen Sie nachher?»

«Wenn es im Bett geschieht, schlafe ich ein.»

«Meine liebe Lia, Ihre Aufrichtigkeit entzückt mich und bringt mich zugleich außer mir. Sie sind zu klug, als daß Sie dies nicht wissen sollten. Seien Sie also gut und gefällig, oder kommen Sie nicht mehr zu mir.»

«Sie sind also sehr schwach?»

«Ja, weil ich stark bin.»

«In Zukunft werden wir uns also nur noch beim Mittagessen sehen. Aber zeigen Sie mir doch einige andere Zeichnungen.»

«Ich habe Kupferstiche, die Ihnen nicht gefallen werden.»

«Zeigen Sie sie nur her.»

Ich gab ihr die Sammlung der Figuren zum Aretin und bewunderte, mit welcher ruhigen, aber aufmerksamen Miene sie sie prüfte, von einer zur anderen ging und solche, die sie bereits angesehen hatte, noch einmal betrachtete.

«Finden Sie das interessant?» fragte ich sie.

«Sehr! Die Zeichnungen sind sehr natürlich. Aber ein anständiges Mädchen darf diese Bilder nicht zu lange ansehen; denn Sie begreifen wohl, daß diese wollüstigen Stellungen sie in große Aufregung versetzen.»

«Ich glaube es, schöne Lia, und empfinde es wie Sie. Sehen Sie!»

Sie lächelte, stand auf und ging mit dem Buch nach dem Fenster, um es dort weiter zu betrachten. Sie drehte mir den Rücken zu und kümmerte sich nicht um mein Rufen.

Nachdem ich mich wie ein armer Schüler beruhigt hatte, kleidete ich mich an. Ich schämte mich beinahe. Da der Friseur kam, ging Lia hinaus, indem sie mir sagte, sie würde mir mein Buch beim Mittagessen wiedergeben.

Ich zitterte vor Freude; denn ich glaubte, nun würde ich sie, wenn nicht am gleichen Tage, spätestens am anderen Morgen besitzen. Der erste Schritt war getan; aber ich war noch weit vom Ziel.

Wir aßen gut und tranken noch besser. Nach dem Essen zog Lia das Buch aus der Tasche und brachte mich ganz in Feuer, indem sie Erklärungen von mir verlangte; leider verhinderte sie aber durch die Drohung, daß sie sonst gehen würde, die praktische Vorführung, die meine Glossen belebt haben würde und die ich wahrscheinlich noch nötiger hatte als sie.

Ärgerlich nahm ich ihr schließlich das Buch weg und ging spazieren.

Ich rechnete auf die Stunde des Schokoladenfrühstücks; als sie aber am Morgen kam, sagte sie mir, sie bedürfe einiger Erklärungen; wenn ich ihr jedoch ein Vergnügen machen wollte, so sollte ich ihr diese nur an Hand der Abbildungen geben und alles Lebendige aus dem Spiel lassen.

«Gern; aber nur unter der Bedingung, daß Sie mir alle Fragen beantworten, die Ihr Geschlecht betreffen.»

«Ich verspreche es Ihnen, aber ebenfalls nur unter einer Bedingung: daß unsere Bemerkungen sich nur auf das beziehen, was wir auf den Bildern sehen werden.»

Unser Anschauungsunterricht dauerte zwei Stunden. Während

desselben verfluchte ich hundertmal den Aretino und meinen verrückten Gedanken, sie neugierig darauf zu machen; denn das unbarmherzige Frauenzimmer drohte mir, sie würde fortgehen, sooft ich auch nur den bescheidensten Versuch machte. Wahre Folterqualen aber bereitete sie mir mit dem, was sie mir über ihr Geschlecht sagte. Ich stellte mich unwissend und veranlaßte sie dadurch zu den schlüpfrigsten Schilderungen. Die äußeren und inneren Bewegungen, die sich bei der Ausübung der Begattungs- akte, die wir im Bilde vor Augen hatten, vollziehen mußten, beschrieb sie mir so lebhaft, daß es mir unmöglich schien, die Theorie allein könnte ihr so richtige Begriffe beigebracht haben. Was mich vollends verführte, war, daß kein Schleier von Scham das helle Licht ihrer Wissenschaft umhüllte. Ihr Geist befand sich mit ihrem Körper so wohl im Einklang, daß sich eine vollkom- mene Harmonie hieraus ergab. Ich hätte ihr gern alles gegeben, was ich besaß, um ihren wunderbaren Talenten Gelegenheit zu geben, sich beim großen Werk zu entfalten.

Sie schwor, sie wisse nichts aus der Praxis, und ich fand sie glaubwürdig, als sie mir anvertraute, daß sie sich nach der Heirat sehnte, um endlich zu erfahren, was an ihren Ahnungen richtig wäre. Sie wurde traurig oder tat wenigstens so, als ich mich erkühnte, ihr zu sagen: Der Gatte, den ihr Vater für sie ausgesucht hätte, wäre vielleicht von der Natur so schlecht ausgestattet, daß er ihr die Gattenpflicht nicht mehr als einmal in der Woche erwei- sen könnte.

«Wie?» sagte sie mit beunruhigter Miene; «die Männer sind also nicht alle untereinander gleich, wie die Frauen es sind?»

«Was verstehen Sie unter ‹gleich›?»

«Können Sie denn nicht jeden Tag und in jedem Augenblick verliebt sein, wie sie jeden Tag essen, trinken und schlafen müs- sen?»

«Nein, meine liebe Lia, die Männer, die jeden Tag verliebt sein können, sind selten.»

Da ich jeden Tag so fürchterlich erregt wurde, so ärgerte ich mich, daß es in ganz Ancona kein anständiges Haus gab, wo ein anständiger Mann sich für sein Geld sicheren Genuß verschaffen konnte. Ich zitterte, denn ich sah, daß ich mich allen Ernstes in Lia verliebte. Oh, die tugendhafte Lia! Jeden Tag setzte sie sich der Niederlage aus und verhinderte diese durch das einfache Mittel, daß sie niemals den ersten Schritt tat.

Nichts sehen lassen, nichts anrühren lassen! Das war ihr Schild und Schirm.

Man wird sehen, worauf alle diese Tugend hinauslief, die mein aufgeregter Geist ihr beilegte.

Nach neun oder zehn Tagen begann ich, gegen Lia heftig zu werden, allerdings nicht in Tätlichkeit, sondern nur in Worten. Sie war traurig, gab zu, daß ich recht hätte, sagte mir, sie wüßte nicht, was sie antworten sollte, und schloß mit der Bemerkung, daß ich wohl daran tun würde, wenn ich ihr verböte, am Morgen zu mir zu kommen. Beim Mittagessen liefen wir nach ihrer Meinung keine Gefahr.

Ich entschloß mich, sie zu bitten, zwar nach wie vor zu kommen, aber mit verhüllter Brust und ohne über die Liebe und dergleichen zu sprechen.

«Recht gern!» rief die Spitzbübin; «aber», setzte sie lachend hinzu, «ich werde nicht die erste sein, die die Bedingungen bricht.»

Ich wollte dies ebensowenig; denn drei Tage darauf sagte ich, des Leidens müde, dem Konsul, ich würde mit der ersten Gelegenheit absegeln; mein Entschluß war vollkommen aufrichtig; ich glaubte, Lia zu kennen, und ihre Lustigkeit raubte mir den Appetit. So sollte ich also auch auf mein zweites Glück verzichten, nämlich das Essen, ohne Aussicht zu haben, das erste Glück, die Liebe, zu genießen.

Da meine dem Konsul gegenüber abgegebene Willensäußerung mich gewissermaßen band, ging ich ruhig zu Bett. Gegen meine sonstige Gewohnheit verspürte ich gegen zwei Uhr morgens das Bedürfnis, der Göttin Cloacina ein Opfer zu bringen, und verließ ohne Licht mein Zimmer, da ich mich im Hause auch so zurechtfinden konnte.

Der Tempel befand sich im Erdgeschoß. Da ich niemand stören wollte, ging ich in sehr leichten Pantoffeln hinunter und machte nicht das geringste Geräusch.

Als ich wieder hinaufging, sah ich auf dem ersten Treppenabsatz durch eine schmale Ritze einen Lichtschimmer aus einer kleinen Kammer dringen, die, wie ich wußte, nicht bewohnt war.

Ich legte mein Auge an die Türspalte, ohne im geringsten daran zu denken, daß Lia zu solcher Stunde in der Kammer sein könnte. Man denke sich meine Überraschung, als mein Auge auf ein Bett fiel und Lia, völlig nackt, in Gesellschaft eines ebenfalls nackten jungen Mannes bemerkte, mit welchem sie eifrig beschäftigt war, die Stellungen des Aretino auszuführen. Sie sprachen dabei im Flüsterton und gaben mir alle vier oder fünf Minuten das Schauspiel einer neuen Gruppe.

Bei diesen verschiedenen Stellungen konnte ich alle Schönheiten Lias sehen, und dieses Vergnügen milderte die Wut, die mir der Gedanke verursachte, daß ich eine abgefeimte Dirne für ein tugendhaftes Mädchen hatte halten können.

Es war nicht schwer zu bemerken, daß sie jedesmal, wenn sie sich der Krisis näherten, innehielten und das Werk mit Hilfe ihrer Hände vollendeten.

Bei der Gruppe des *arbre droit*, die nach meiner Meinung die wollüstigste aller Stellungen ist, die das unzüchtige Genie Aretinos hat ersinnen können, betrug Lia sich wie eine richtige Lesbierin; denn während der Jüngling ihre geile Wut entflammte, bemächtigte sie sich seines Gliedes, nahm es ganz in den Mund und magnetisierte es, bis die Opfergabe dargebracht war. Da ich sie nicht ausspucken sah, so konnte ich nicht daran zweifeln, daß sie sich mit dem Nektar meines glücklichen Nebenbuhlers genährt hatte. Der Adonis zeigte ihr hierauf sein geschwächtes Werkzeug; sie aber machte ein halb glückliches, halb trauriges Gesicht und schien den Tod ihrer Hoffnungen zu beklagen. Bald darauf bemühte sie sich von neuem, ihn ins Leben zurückzurufen; aber der Kerl sah auf seine Uhr, stieß Lia von sich und zog sein Hemd an.

Lia war offenbar außer sich. Sie suchte ihn durch die wollüstige Stellung einer schönen Venus zu verführen, deckte sich aber endlich wieder zu, nachdem sie ihm einige Worte gesagt hatte, die mir Vorwürfe zu sein schienen.

Als ich sah, daß die beiden beinahe angekleidet waren, ging ich leise auf mein Zimmer und sah aus dem Fenster hinaus, von wo aus ich die Haustüre erblicken konnte.

Ich stand kaum einige Minuten auf der Lauer, als ich den glücklichen Liebhaber das Haus verlassen sah.

Ich ging wieder zu Bett. Ich hätte mich freuen sollen, daß mir meine Täuschung benommen war; dies war jedoch nicht der Fall, sondern ich war entrüstet und fühlte mich gedemütigt.

Mit dem Glauben an Lias Tugend war es nun natürlich vorbei; ich sah in ihr nur noch eine schamlose Prostituierte, die ich haßte.

Ich schlief endlich mit der Absicht ein, ihr am nächsten Morgen die schlüpfrige Szene zu beschreiben, die ich zufällig mit angesehen hatte, und sie dann aus dem Zimmer zu jagen.

Aber die Entschlüsse, die man im Zorn oder auch nur in einem Augenblick des Verdrusses faßt, halten meistens einem Schlaf von einigen Stunden nicht stand.

Als ich Lia listig und liebenswürdig mit meiner Schokolade eintreten sah, gab ich meinem Gesicht ebenfalls einen freundlichen Ausdruck und beschrieb ihr mit großer Ruhe ihre nächtlichen Arbeiten oder vielmehr die letzte Stunde ihrer Orgie, im besonderen die Gruppe des *arbre droit* und das Verschlucken des Saftes. Zum Schluß sprach ich meine Hoffnung aus, daß sie mir in der nächsten Nacht dasselbe bewilligen werde, nicht nur um meine Liebe zu belohnen, sondern auch um sich meine Verschwiegenheit zu sichern.

Sie antwortete mir mit furchtloser Miene: «Erhoffen Sie von mir keine Gefälligkeit! Ich liebe Sie nicht. Wenn Sie aus Rachsucht mein Geheimnis verraten wollen, so mögen Sie es tun. Ich bin überzeugt, Sie sind einer solchen schlechten Handlung nicht fähig.»

Mit diesen Worten drehte sie mir den Rücken zu und ging hinaus. Über den eigentümlichen Charakter des Mädchens nachdenkend, mußte ich mir selbst gestehen, daß sie recht hatte. Ich fühlte, daß ich wirklich einen häßlichen Streich begehen würde, wenn ich sie verriet; aber ich war weit entfernt davon, einen solchen zu begehen, und dachte bereits nicht mehr daran.

Sie hatte mich mit den Worten «Ich liebe Sie nicht» zur Vernunft gebracht. Hierauf ließ sich nichts erwidern. Wenn sie mich nicht liebte, hatte sie keine Verpflichtungen gegen mich, und ich konnte keine Ansprüche machen.

Bei Tische setzte Lia sich zu mir, wie wenn gar nichts los wäre. Sie unterhielt sich mit mir wie sonst und fragte mich, ob ich dies gut fände oder ob jenes nach meinem Geschmack sei; meine einsilbigen Antworten brachten sie nicht im geringsten aus der Fassung, aber ihre Blicke wichen beständig meinen Augen aus.

Nachdem sie ein Glas Scopolo geschlürft hatte, sagte sie mir, es seien von diesem Wein und von dem Muskateller noch etliche Flaschen vorhanden.

«Ich schenke sie Ihnen; Sie können sie benützen, um sich auf Ihre nächtlichen Arbeiten vorzubereiten.»

Sie erwiderte lächelnd, ich hätte umsonst einen Anblick gehabt, für den ich gewiß mehrere Goldstücke bezahlt hätte, und ihr selbst hätte die Sache so viel Vergnügen gemacht, daß sie mir diesen Anblick gern noch einmal verschafft hätte, wenn ich nicht so schnell abreiste.

Diese Frechheit ärgerte mich so, daß ich Lust bekam, ihr die vor mir stehende Karaffe an den Kopf zu werfen. Offenbar merkte sie meine Absicht, als ich nach der Flasche griff. Aber sie sah mir so ruhig und mutig ins Gesicht, daß ich nicht imstande war, diese schändliche Handlung zu begehen. Ich sagte ihr daher nur, sie sei die schamloseste Spitzbübin, die mir jemals begegnet sei, und goß mir hierauf mein Glas voll, wie wenn ich die Flasche nur zu diesem Zwecke ergriffen hätte.

Ich stand auf und ging in mein anderes Zimmer, denn ich konnte es nicht mehr aushalten.

Am anderen Morgen kam Lia wie gewöhnlich und verlangte von mir Schokolade, um mein Frühstück zurechtzumachen; ihr Gesicht trug jedoch nicht mehr den Ausdruck von Zufriedenheit und Ruhe, der ihr so natürlich stand oder den sie so gut zu heucheln wußte.

«Ich werde Kaffee trinken, mein Fräulein, und da ich keine Gänseleber mehr zu essen wünsche, so werde ich allein speisen. Außerdem werde ich von jetzt an nur noch Orvietowein trinken.»

«Sie haben noch vier Flaschen Scopolo- und Zyperwein.»

«Ich nehme niemals wieder, was ich einmal gegeben habe; diese Flaschen gehören Ihnen. Sie tun mir einen Gefallen, wenn Sie sich entfernen und wenn Sie so wenig wie möglich in mein Zimmer kommen. Denn Ihre Gefühle und Ihre Bemerkungen sind danach angetan, die Geduld eines Sokrates zu erschöpfen, und ich bin kein Sokrates. Außerdem empört Ihr Anblick mich. Ihr Äußeres hat nicht mehr die Macht, meine Augen zu blenden, und Ihr schöner Leib vermag nicht, mir den Gedanken fernzuhalten, daß er die Seele eines Ungeheuers umschließt.»

Da das Wetter schlecht war, brachte ich den Rest des Tages mit Schreiben zu; nachdem ich zu Abend gegessen hatte, wobei mich die Magd bediente, legte ich mich zu Bett und schlief ein.

Ich lag im ersten Schlummer, als ich von einem kleinen Geräusch geweckt wurde.

«Wer ist da?» rief ich.

«Ich», sagte Lia leise; «ich will Sie nicht beunruhigen, sondern möchte mich nur eine halbe Stunde mit Ihnen unterhalten, um mich zu rechtfertigen.»

Mit diesen Worten legte sie sich neben mich, aber auf die Bettdecke.

Dieser unerwartete Besuch, der so wenig zu dem Charakter des eigentümlichen Mädchens zu passen schien, freute mich; denn da ich nur Gefühle der Rache gegen sie hegte, fühlte ich mich sicher, daß ich nicht den Listen erliegen würde, die sie vielleicht aufbieten würde, um einen Sieg davonzutragen, den sie gewiß nur anstrebte, um sich für meine Kälte zu rächen. Weit entfernt, sie schroff zurückzuweisen, sagte ich ihr ziemlich freundlich, ich hielte sie für gerechtfertigt und bäte sie, sich zu entfernen, da ich der Ruhe bedürftig wäre.

«Ich werde mich erst entfernen, wenn Sie mich angehört haben.»

«So sprechen Sie denn; ich höre.»

Hierauf begann sie eine Rede, die eine gute Stunde dauerte und die ich nicht ein einziges Mal unterbrach.

War es nun die Kunst der Beredsamkeit oder war es Macht des Gefühls, das sie mit einer herrlichen Stimme zum Ausdruck brachte – genug, ihre Rede machte Eindruck auf mich. Zunächst gestand sie all ihr Unrecht ein; dann aber sagte sie, in meinem Alter und mit meiner Erfahrung müßte ich einem achtzehnjährigen jungen Mädchen verzeihen, daß es, von einem glühenden

Temperament und von einer unwiderstehlichen Neigung zu den Freuden der Liebe fortgerissen, nicht imstande gewesen wäre, auf die Stimme der Vernunft zu hören.

«Ich schwöre Ihnen, daß ich Sie liebe!» rief sie. «Ich würde Ihnen dieses auf die unzweideutigste Weise bewiesen haben, wenn ich nicht unglücklicherweise in einen jungen Christen verliebt wäre, eben jenen, den Sie bei mir gesehen haben; er ist ein armer Schlucker, ein Wüstling, liebt mich nicht und läßt sich von mir bezahlen. Trotz meiner Liebe und meiner glühenden Leidenschaft habe ich ihm niemals bewilligt, was ein Mädchen nur einmal verlieren kann. Seit sechs Monaten hatte ich ihn nicht gesehen, und Sie sind schuld daran, daß ich ihn in jener Nacht kommen ließ; denn Sie hatten mit Ihren Bildern und Ihren Likörweinen meinen Leib in Flammen gesetzt.»

Der Schluß dieser ganzen Verteidigungsrede lief darauf hinaus, daß ich ihr ihren Seelenfrieden wiedergeben müsse, indem ich ihr während der leider nur zu wenigen Tage, die ich noch bei ihr bleiben würde, meine ganze Neigung wiederschenkte.

Als sie ausgeredet hatte, gestattete ich mir nicht den geringsten Einwurf. Ich tat, wie wenn ich überzeugt wäre, versicherte ihr, daß ich anerkennen müßte, unrecht getan zu haben, indem ich ihr die geilen Bilder zum Aretino gezeigt hätte, und sagte, es täte mir sehr leid, daß sie das Unglück hätte, ihrem Temperament nicht widerstehen zu können.

Ich sah wohl, worauf sie hinaus wollte, und es galt nun, ihren vorauszusehenden Angriff abzuwarten, um sie durch dessen Zurückweisung auf das tiefste zu demütigen. Dieser Angriff, den ich so nahe geglaubt hatte, kam jedoch nicht. Wider mein Erwarten ging sie plötzlich hinaus, indem sie mir gute Nacht wünschte.

Als sie fort war, wünschte ich mir Glück, daß ihre Verführungsversuche nicht über Worte hinausgegangen waren; denn sie hatte mich in einen solchen Zustand versetzt, daß ein körperlicher Angriff ihr vielleicht einen vollständigen Sieg verschafft hätte, obwohl wir im Dunkeln waren. Gerade ein sehr starker Mann ist in solchen Fällen außerordentlich schwach.

Am anderen Morgen kam sie in aller Frühe, um eine Tafel Schokolade zu holen. Sie war äußerst mangelhaft bekleidet und ging auf den Fußspitzen, wie wenn sie mich aufzuwecken befürchtete. Sie hätte aber bloß einen Blick nach meinem Bett zu werfen brauchen, um zu sehen, daß ich nicht schlief.

Als sie mir meine Schokolade brachte, sah ich, daß sie ein Kleid angezogen hatte und den Busen bedeckt trug, während sie eine halbe Stunde vorher in Hemd und Unterrock mit völlig nackter Brust gekommen war.

Je mehr ich aber sah, daß sie mich durch ihre Reize ködern wollte, desto fester wurde mein Entschluß, sie durch Gleichgültigkeit zu demütigen.

Wenn ich nicht siegte, so war dies für mich eine große Schande, und bei dem Gedanken daran verspürte ich einen eisig kalten Schauder.

Nachdem ich allein, wie immer, zu Abend gegessen hatte, schloß ich meine Tür zu, was ich bis dahin nur zweimal getan hatte, und begann, mich auszuziehen.

Diese Vorsicht war jedoch zwecklos.

Wenige Augenblicke später klopfte Lia an meine Tür unter dem Vorwande, daß ich vergessen hätte, ihr die Schokolade zu geben.

Ich öffnete und gab ihr die Schokolade; hierauf bat sie mich, meine Türe offen zu lassen: «Ich habe Ihnen Wichtiges zu sagen, und es wird das letzte Mal sein.»

«Sie können mir jetzt sagen, was Sie von mir wünschen.»

«Nein, es ist ein bißchen lang, was ich Ihnen zu sagen habe, und ich kann erst kommen, wenn alle Leute im Hause eingeschlafen sind. Aber Sie haben nichts zu befürchten, denn Sie wissen sich ja zu beherrschen. Sie können sich ruhig zu Bett legen, da ich Ihnen ja nicht mehr gefährlich bin.»

«Nein, gefährlich sind Sie ganz gewiß nicht, und um Ihnen dies zu beweisen, werde ich meine Türe offen lassen.»

Ich war fester denn je entschlossen, alle ihre Listen zuschanden zu machen; deshalb ließ ich meine Kerzen brennen, denn wenn ich sie ausgelöscht hätte, so hätte sie vielleicht glauben können, daß ich mich vor ihr fürchtete, und das wollte ich nicht. Übrigens mußte bei Licht mein Triumph und ihre Niederlage um so vollkommener sein. Ich legte mich zu Bett.

Um elf Uhr kündigte ein leises Geräusch mir an, daß der

Augenblick des Kampfes da war. Ich sah Lia eintreten. Sie war nur mit ihrem Hemd und einem dünnen Unterröckchen bekleidet. Leise schob sie den Riegel vor die Tür, und als ich sie fragte: «Nun? Was wollen Sie mir denn sagen?» kam sie in das Bettgäßchen, ließ Unterrock und Hemd fallen, hob meine Decke auf und legte sich, wie eine Venus, die eben aus dem Bade kommt, an meine Seite.

Ich war zu überrascht und zu aufgeregt, um sie zurückstoßen zu können.

Lia, ihrer Sache sicher, sprach keinen Ton, warf sich auf mich, drückte mich gegen ihren Busen und preßte ihren Mund auf meine Lippen. Augenblicklich waren alle meine Kräfte gelähmt mit Ausnahme gerade jener, die ich hatte schlummern lassen wollen.

In einem kurzen Augenblick, den ihre heißen Liebkosungen mir zum Nachdenken frei ließen, erkannte ich, daß ich ein anmaßender Tor war, daß Lia sehr klug war und daß sie die menschliche Natur unendlich besser kannte als ich.

Sofort wurden meine Liebkosungen ebenso stürmisch wie die ihrigen; ich verschlang mit meinen Küssen ihre beiden Halbkugeln von Alabaster und Rosen und verhauchte mein Leben am Eingang zum Heiligtum der Liebe, das ich zu meiner großen Überraschung unverletzt fand. Ich war überzeugt, daß ich das Schloß nur mit Gewalt sprengen konnte.

Ich ging ans Werk. Sanft wie ein Lamm half sie mir nach besten Kräften. Ich sprengte das Schloß und konnte auf Lias schönem Gesicht eine seltsame Mischung von heftigem Schmerz und vollständiger Wollust beobachten. Ich fühlte, wie in der ersten Ekstase ihr ganzer Leib von Lust und Wonne zitterte.

Der Genuß, der mir zuteil wurde, erschien mir völlig neu. Ich fühlte mich wieder kräftig wie vor zwanzig Jahren, aber ich besaß das verständige Zartgefühl meines Alters und beschloß daher, meinen Genuß erst dann den Höhepunkt erreichen zu lassen, wenn ich es durchaus nicht länger zurückhalten könnte. So sparte ich meine Kräfte, indem ich Lia schonte, die ich bis morgens drei Uhr an mich gepreßt hielt. Als ich sie losließ, war sie von Wollust überströmt und völlig erschöpft, und auch ich konnte nicht mehr.

Sie verließ mich voller Dankbarkeit und nahm die vom Opferblut besprengten Bettücher mit. Ich aber schlief in einem Zuge bis zu Mittag.

Als ich sie bei meinem Erwachen mit dem süßen Ausdruck befriedigter Liebe auf dem Gesicht vor mir erscheinen sah, betrübte mich der Gedanke an meine baldige Abreise; ich sprach ihr meine Gefühle aus, und sie bat mich, meine Abreise so lange wie möglich hinauszuschieben.

Wie dankbar, wie zärtlich war sie, als ich ihr später sagte, daß ich noch einen ganzen Monat bei ihr bleiben würde! Wir schliefen alle Nächte beieinander.

Xaviera Hollander

Schnappschüsse

Das Geschäft blühte, und ich verdiente ein Vermögen. Carmens Pension war jetzt nicht mehr der rechte Aufenthaltsort für mich. Ganz abgesehen von der Tatsache, daß sie ein bißchen zu weit von der City entfernt lag, vermutete ich auch, daß man dort langsam mitbekam, womit ich mein Geld verdiente. In so einem kleinen Nest macht jeder Klatsch schnell die Runde. Ich wollte deshalb ausziehen.

Ein paar Tage darauf lernte ich am Strand David kennen. Er war ungefähr achtundzwanzig – also viel älter als meine sonstigen Gratis-Knaben. Zur Abwechslung war er es, der mich anquatschte. Er fragte, ob ich nicht mit seinem Schlauchboot eine kleine Spritztour machen wollte.

Das Komische war, daß ich an diesem Tage eine Einladung zum Segeln hatte, auf einer großen Luxus-Jacht. Aber irgendwie schien mir Davids Vorschlag verlockender.

Wir paddelten ziemlich weit raus, unterhielten uns, fielen ins Wasser, kletterten wieder an Bord, und als ich an seinen starken, braunen Schultern hing, fing ich wirklich Feuer.

Er sah nicht besonders gut aus, besaß aber ein interessantes Gesicht, so in der Art von Jean-Paul Belmondo. Außerdem hatte er eine große Nase. Es gibt einen Spruch in Deutschland: «An der Nase eines Mannes erkennt man seinen Johannes.» Ich glaube übrigens auch, daß die Hände sehr aufschlußreich sind. Wer lange, dünne Finger hat, hat auch meistens einen langen, dünnen Schwanz. Kurze, dicke Finger weisen auf einen ebensolchen Schwanz hin. Hat ein Mann fette, fleischige Finger wie ein Schlächter, dann wird er wahrscheinlich auch einen flapsigen,

89

fleischigen Schwanz haben. Bitte halten Sie das nicht für Vorurteile. Ich habe genügend Schwänze in meinem Leben gesehen, um mich als Expertin auf diesem Gebiet zu bezeichnen.

Nachdem wir eine Weile herumgepaddelt waren, kehrten David und ich an den Strand zurück, ließen das Boot im Schatten trocknen und gingen an die Bar, draußen vor dem Hotel. Dort gab es Pina Colada, ein Fruchtpunsch, der mein Lieblingsgetränk war. An der Bar trafen wir auch Davids Zimmergenossen Ricky, Hood und Brian. Den Rest des Nachmittags verbrachten wir alle zusammen, rannten den Strand entlang, blödelten rum und kamen natürlich irgendwann auch auf das Thema Sex zu sprechen.

Die jungen Männer – sie waren alle zwischen 28 und 32 Jahren – beschwerten sich darüber, wie spießig sich die New Yorker Mädchen in den Ferien anstellten, wie unerfahren und blöde sie seien. «Was wir brauchen, ist eine Frau wie dich», sagte David, und die anderen fanden das auch. Und als dann einer vorschlug, daß ich in ihr Apartment ziehen sollte, flog ich sofort auf diese Idee.

Warum eigentlich nicht? Sie wohnten zentral, direkt am Strand, und was mehr konnte ich mir wünschen, als vier starke, geile junge Männer für meine Freizeit?

Wir marschierten also zu dem kleinen, weißen, zweistöckigen Holzhaus, in dem sie wohnten. Dort trafen wir auch die Besitzerin der Pension, eine reizende alte Dame deutscher Herkunft. Sie sprengte im Garten ihre Blumen.

Ich fragte sie auf deutsch nach einem Zimmer. Darüber war sie so entzückt, daß sie mir sofort das beste Zimmer auf dem Stockwerk der Jungen anbot. Es hatte eine Klimaanlage und ein separates Badezimmer.

Die Pension war bescheiden, aber sauber und unglaublich billig für Portorico – nur zehn Dollar pro Tag.

«Okay, ich ziehe sofort ein», sagte ich zu den Jungen, «kommt ihr mit rüber und holt meine Sachen?»

Sie kamen mit. Mein Gepäck hatte sich übrigens seit meiner Ankunft um etliches vermehrt. Dann gingen die Männer in ihr Zimmer, um sich zu duschen und sich ein bißchen auszuruhen. Ich packte meine Koffer aus.

Eine halbe Stunde später besuchte ich sie in ihrem Zimmer, das sehr groß war und mehrere Einzelbetten hatte. Meine Spielgefährten waren frisch geduscht und trugen Handtücher um die Hüften geschlungen.

Nur David lief splitternackt herum und bestätigte meine Große-Nasen-Theorie.

Im Zimmer schwebte eine Wolke von Haschrauch. Meine neuen Freunde ließen den Joint kreisen, von irgendwo kam laute Rockmusik, und einer schlug vor, wir sollten eine Orgie veranstalten, um meinen Einzug zu feiern.

Dazu mußte keiner lange überredet werden – bald lagen wir alle nackt auf dem Fußboden und wälzten uns zwischen den Betten. Wir saugten, leckten, küßten, bliesen und hatten zahlreiche Orgasmen. Es war schön und harmonisch. Weil keine Klimaanlage im Zimmer war, schwitzten wir alle wie die Teufel. Das Problem war schnell gelöst, wir gingen einfach unter die Brause und fingen dann wieder von vorne an.

Ich ging so in dem Treiben auf, daß ich meinen Schwur vergaß, nie wieder Aktfotos machen zu lassen. Einer holte plötzlich eine Polaroid-Kamera von irgendwo her, und wir machten ein paar Schnappschüsse, von denen einer wirklich ein Meisterstück war – das Fremdenverkehrsamt hätte ihn für seine Plakate verwenden sollen! Es zeigte mich auf Davids Schwanz sitzend mit einem spanischen Matadorhut auf dem Kopf. Rick stand an meiner rechten Seite und bekam einen geblasen, während Brian an der linken Seite mit der Hand bearbeitet wurde.

Hood, der das Foto machte, hatte noch keine Erfahrung beim Gruppensex. Er war so verlegen, daß er keinen hochbekam. Ich entschädigte ihn später in meinem Zimmer.

Als wir so rumhopsten, beschlich mich plötzlich das Gefühl, daß wir beobachtet würden. Niemand außer mir schien das zu bemerken, aber die Kerle waren jetzt so bekifft, daß es ihnen auch nichts ausgemacht hätte, in einer Live-Sendung im Fernsehen aufzutreten. Ich wurde aber dieses komische Gefühl nicht los.

Als ich zum Fenster blickte, das zur Veranda ging, sah ich, wie sich fast unmerklich die Jalousien bewegten. Ohne ein Wort zu sagen, stieg ich so beiläufig wie möglich von Davids Schwanz und ging zur Kommode unter dem Fenster. Ich tat so, als ob ich etwas aus der Schublade holen wollte.

Als meine Hand nicht gesehen werden konnte, griff ich zur Schnur und klappte blitzschnell die Jalousie hoch. Und in mein Gesicht starrten – die erschrockenen Augen der unverheirateten, 45 jährigen Tochter der Vermieterin. Ihr superblondes Haar klebte schweißverklebt auf der Stirn, sie wurde knallrot und war mehr als verlegen.

«Gnädige Frau», sagte ich zu ihr, «würden Sie bitte Ihre Nase aus unserer privaten Angelegenheit lassen! Sie sind zu dieser Party nicht eingeladen. Außerdem wäre ich Ihnen auch noch sehr verbunden, wenn Sie unserer netten alten Dame verschweigen würden, was Sie gesehen haben, damit sie keinen Schock bekommt!»

Wortlos rannte sie von der Veranda, und wir konnten uns vor Lachen kaum halten.

Und genau das war der Lebensstil in den nächsten Wochen, die ich mit dieser Vagabunden-Bande verbrachte.

Die Jungen hatten ihre Ferien auf eigene Faust verlängert und schlugen sich so gut wie möglich durch. Allerdings auf eine Art, die ihre ahnungslosen Eltern nicht unbedingt gebilligt haben würden. Sie hatten alle ein abgeschlossenes Jura-Studium, außer David, der das Studium abgebrochen hatte. Er war übrigens der geilste Ficker von allen. Hood mochte ich gefühlsmäßig am liebsten. Er war sensibel und intelligent, stammte aus einer adligen Familie in New Jersey. Wir lebten frei wie die Vögel, wild und manchmal kindisch, aber für mich war das ein guter Ausgleich zu meiner Arbeit, der ich zweimal am Tage nachging.

Morgens gingen wir alle zum Strand, klauten uns ein paar Liegestühle und alberten rum. So gegen vier Uhr besorgte ich mein Nachmittagsgeschäft und gesellte mich dann später zwecks Entspannungsorgie und Schönheitsschlaf wieder zu meinen Jungen.

Ob die neugierige Tochter unserer Vermieterin immer noch an unseren Aktivitäten interessiert war, wußte ich nicht. Jedenfalls zeigte sie es nicht mehr. Jedesmal, wenn die «ausgeflippten Hippies» auftauchten, machte sie, daß sie wegkam.

Gegen unsere Gewohnheit kamen wir jedoch eines Morgens

noch einmal nach Hause zurück, weil ich mein Sonnenöl vergessen hatte. Und da entdeckte ich, daß ich mich geirrt hatte. Schon als ich die hölzerne Treppe hinaufging, konnte ich die in Sandalen steckenden Füße der altjüngferlichen Tochter sehen. Reglos stand sie neben meinem Bett.

«Oh, mein Gott», dachte ich, «diese alte Schnüfflerin hat die Fotos von der Orgie gefunden!» Dann fiel mir ein, daß sie ohnehin die Vorstellung im Original gesehen hatte. Und warum sollte sie nicht ein bißchen Spaß daran haben – jedenfalls, solange die nette alte Dame damit nicht schockiert würde. Als ich aber barfuß und auf Zehenspitzen in das Zimmer schlich, sah ich, daß auch die alte Vermieterin höchstpersönlich im Zimmer war. Sie hielt prüfend die Fotos gegen das Licht und diskutierte mit ihrer Tochter die verschiedenen Stellungen. Die beiden wirkten wie professionelle Sexforscher.

Sie waren so sehr in die Pornobilder vertieft, daß sie mich zunächst gar nicht reinkommen hörten.

«Guten Morgen, meine Damen», sagte ich. «Nette Fotos, was?»

Sie fuhren herum, rissen die Mäuler auf, ließen die Bilder wie heiße Kohlen in die Schublade fallen und schoben sie hastig zu.

«Meine Dame», ich wandte mich an die Tochter, «ist es nicht schon genug, daß Sie Ihre Nase in Sachen stecken, die Sie nichts angehen? Müssen Sie nun auch noch eine unverdorbene alte Dame mit reinziehen? Sie sollten sich schämen!»

Sie warteten nicht darauf, noch mehr zu hören. Sie zogen nur die Köpfe ein und stürmten aus dem Zimmer.

Walter

Eine rätselhafte Frau

An einem Sommertag war ich gegen Mittag in der City. Es hatte geregnet, und die Straßen waren schmutzig. Vor mir sah ich eine gutgewachsene Frau mit jenem sicheren, kräftigen lebhaften Schritt, von dem ich schon damals wußte, daß er üppige Glieder und ein rundes Hinterteil anzeigte. Sie raffte ihre Unterröcke vor dem Straßenschmutz, damals eine Gewohnheit auch anständiger Frauen. (Bei Prostituierten war es üblich, sie ein wenig höher zu halten.) Ich sah in hübschen Stiefeln ein Paar Füße, die wundervoll aussahen. Ich wurde sofort ganz aufgeregt. Bei der B–d Street blieb sie stehen und blickte in eine Auslage. Ist sie eine Dirne? fragte ich mich. Nein. Ich folgte ihr weiter, überholte sie, wandte mich dann um und sah ihr ins Gesicht. Sie blickte mich an, doch war ihr Blick so fest, gleichgültig und besaß im Ausdruck so wenig von einer Dirne, daß ich mich nicht zu entscheiden vermochte, ob sie eine anständige Frau war oder nicht.

Sie drehte sich um und ging weiter, ohne sich umzudrehen. Beim Überqueren der Titchborne Street hob sie die Röcke höher, denn dort war es sehr schmutzig. Da sah ich mehr von ihren Beinen. Ich folgte ihr schnell und sagte, als ich nah bei ihr war: «Wollen Sie mit mir kommen?» Sie gab keine Antwort, und ich blieb hinter ihr. Bald blieb sie wieder vor einer Auslage stehen, sah hinein und ich sagte wieder: «Darf ich mit Ihnen kommen?» – «Ja, wohin?» antwortete sie. «Wohin Sie wollen, ich folge Ihnen.»

Ohne ein weiteres Wort, ohne mich anzusehen, ging sie ruhig weiter bis zum Haus Nummer dreizehn, James Street, und trat ein; ich betrat das Haus an jenem Tag zum erstenmal, bin jedoch seither hundertmal dort gewesen. Ihre Gelassenheit und die Art, wie sie ab und zu stehenblieb, um sich die Läden anzusehen, erstaunte mich: sie schien keine Eile zu haben, ebensowenig daran zu denken, daß ich knapp hinter ihr war, obgleich sie es wußte.

Innerhalb des Hauses blieb sie am Fuß der Treppe stehen, wandte sich um und sagte leise: «Wieviel werden Sie mir geben?» – «Zehn Shilling.» – «Dann gehe ich gar nicht hinauf, das sage ich Ihnen sofort.» – «Wieviel wollen Sie?» – «Ich lasse niemanden mit mir gehen, wenn er mir nicht zumindest einen Sovereign gibt.» – «Ich werde Ihnen soviel geben.» Dann ging sie die Treppe hinauf, es wurde sonst nichts gesprochen. Ich war über ihre Frage am Fuß der Treppe erstaunt. Ich war schon oft im Zimmer vorher gefragt worden, und auf der Straße; doch am Fuß der Treppe – noch nie.

Wir traten in ein schönes Schlafzimmer. Nachdem ich bezahlt hatte, schloß ich die Tür ab und sah sie mit dem Rücken zum Licht stehen (die Vorhänge waren herabgezogen, doch das Zimmer war dennoch hell), mit einem Arm auf dem Kamin. Sie blickte mich starr an, ich sie ebenso. Ich erinnerte mich, bemerkt zu haben, daß ihr Mund leicht geöffnet war, daß sie mich scheinbar ausdruckslos ansah (das war immer so), daß sie ein schwarzes Seidenkleid trug und einen dunkelgefärbten Hut.

Dann drängte mich die Begierde; ich trat zu ihr und begann ihre Kleider hochzuheben. Sie schob sie herrisch nach unten und sagte: «Nein, damit ist es nichts.»

«Oh! Hier ist dein Geld», sagte ich und legte einen Sovereign auf den Kamin. Sie brach in lautloses Lachen aus. «So habe ich es nicht gemeint», bemerkte sie. «Laß mich dich anfassen.» – «Geh weg», war ihre ungeduldige Antwort, sie wandte sich um und nahm ihren Hut ab. Dann sah ich, daß sie dichtes, nicht ganz schwarzes Haar hatte, ich erinnere mich an alles der Reihe nach, wie ich es hier erzähle. Dann legte sie ihren Arm wieder auf den Kamin, sah mich ruhig an, den Mund ein wenig geöffnet, während ich sie wortlos ansah, leicht verlegen, fast eingeschüchtert durch ihr kühles Benehmen – so verschieden von der Art, der ich gewöhnlich bei Prostituierten begegnete.

«Du hast schöne Beine.» – «So sagt man.» – «Laß mich sie ansehen.» Sie legte sich aufs Sofa, mit dem Rücken zum Licht, ohne ein Wort zu sagen. Ich legte Rock und Weste ab, setzte mich ans Ende des Sofas und schob ihr Kleid bis zu den Knien hoch; ich versuchte es höherzuschieben, doch sie widerstand. Dann betastete ich sie, und das Vergnügen des Streichelns und Betrachtens ihrer wunderschönen Glieder überwältigte mich. «Zieh dich aus – laß mich dich nackt sehen – du mußt entzückend sein.» Meine Hände streichelten sie überall, ich sah nur das Fleisch oberhalb ihrer Strumpfbänder und fiel nieder, um es zu küssen; ich küßte weiter nach oben, bis ihr Duft meine Nase erfüllte. Ich kniete neben ihr, küßte sie, streichelte und roch sie; doch sie hielt ihre Schenkel fest geschlossen und schob ihre Unterröcke über meinen Kopf, während ich sie küßte, so daß ich nur wenig von ihren Reizen sah. Dann stand ich auf, fast bis zur Tollheit erregt. «Oh! Komm ins Bett – komm.» Sie blieb ruhig liegen.

«Nein – ich tue es hier – laß mich in Frieden. Ich lasse mir nicht die Kleider herumzerren. Ich lasse an mir nicht herumtappen. Wenn du willst, dann nimm mich und mach ein Ende.» – «Gut, dann komm ins Bett.» – «Nein.» – «Auf dem Sofa tu ich es nicht.» – «Dann gehe ich eben.» – «Nicht bevor ich dich gehabt habe. Laß mich nur deine Schenkel sehen.» – «Also gut.» Und ihre Kleider wurden hinaufgeschoben. «Höher!» – «Höher nicht.» Nun war mein Glied draußen. «Leg dich aufs Bett.» – «Ich will nicht; tu es hier.» – «Zieh dich aus.» – «Nein.» – «Du mußt!» Sie sagte alles in bestimmtem Ton, ohne eine Spur von Aufregung.

Sie stand auf, ohne ein weiteres Wort. Ich glaube jetzt beim Schreiben ihre vollendeten Beine in wunderschönen Seidenstrümpfen zu sehen, wie sie beim Aufstehen vom Sofa sichtbar waren, und wie sie zum Bett ging. «Aber ich will, daß du die Kleider ausziehst.» – «Ich ziehe sie nicht aus, ich bin in Eile. Ich tue es nie.» – «Oh! Du mußt.» – «Nein. Nun komm und tu, was du willst. Ich bin in Eile.» Sie hob ihre Kleider gerade genug hoch, um mir ihre Formen zu zeigen, und öffnete ihre Schenkel ein wenig. Lüsterne Glut durchfuhr mich, als ich sie sah; ich bestieg sie, und es kam mir sofort.

«Oh, bleib still, Liebste, ich war ja kaum eine Sekunde in dir.» – «Nein, steh auf und laß mich waschen.» Ich wehrte mich, doch sie stieß mich beiseite und stand schnell auf. «Nein, komm mir nicht in die Nähe, während ich mich wasche, ich kann es nicht leiden, wenn mir ein Mann beim Waschen zusieht.» Ich bestand darauf, denn ich wollte ihre Formen sehen, auf die ich kaum einen Blick geworfen hatte. Sie stellte die Waschschüssel hin und zog die Bettvorhänge zu, um sich während des Waschens zu verbergen. Ich wollte nicht grob sein und sah nichts. Dann setzte sie ihren Hut auf. «Gehst du zuerst oder ich?» fragte sie. «Ich werde so lange warten, wie du willst.» – «Dann gehe ich zuerst!» Sie wollte gehen, ich hielt sie auf.

«Wann treffen wir einander wieder?» – «Oh, wenn ich überhaupt ausgehe, bin ich um ein Uhr in der Regent Street.» Und damit war sie fort. Ich blieb allein im Zimmer.

Ich aß zu Mittag in meinem Club und war den ganzen Tag in wollüstigem Fieber. Wird sie kommen? Denn sie hatte es nur halb zugesagt. Ich war eine halbe Stunde vor der verabredeten Zeit in dem Haus und nahm wieder dasselbe Zimmer. Es war vielleicht das besteingerichtete, behaglichste Schlafzimmer in einem Absteigequartier, das ich je gehabt hatte, obwohl es keineswegs groß war. Der Preis war siebeneinhalb Shilling für die Benützung, und zwanzig Shilling für die Nacht. Ich habe beide Summen unzählige Male bezahlt.

Sie kam nicht pünktlich. Ich horchte und lugte hinaus, sobald ich Schritte vernahm, sah Paare auf dem Weg zu sexuellen Vergnügungen die Treppe hochsteigen und hörte sie über mir umhergehen. Das und die Erregung bei der Erinnerung an meinen sofortigen Orgasmus zwischen ihren prachtvollen Schenkeln versetzte mich in einen solchen Zustand der Lüsternheit, daß ich mich kaum vom Onanieren zurückzuhalten vermochte. Ein Dienstmädchen, das mein Hinauslugen bemerkt hatte, kam herein und bat mich, nicht hinauszublicken, die Kunden mochten das nicht gern. Ob man wüßte, wo meine Dame wohnte? Und ob man nach ihr schicken könnte? Man wußte es nicht. Dann kam das Mädchen herein und sagte, ich sei nun schon seit einer Stunde im Zimmer. Ob ich die Absicht habe, weiter zu warten? Ich wußte, was das hieß, und wollte eben sagen, ich würde zweimal für das Zimmer bezahlen, da hörte ich einen schweren langsamen Schritt, und die Dame erschien.

Ich murrte über ihre Verspätung. Sie nahm meine Beschwerde

gelassen auf. Sie habe nicht früher kommen können, war alles, was sie sagte. Sie nahm ihren Hut ab, legte ihn auf einen Stuhl, wandte sich um, lehnte sich mit dem Arm an den Kamin und starrte mich wieder mit jenem halb geistesabwesenden Blick an, den Mund leicht geöffnet wie am Morgen. Ich ließ ihr wenig Zeit zum Starren, denn ich hatte meine Hand sofort an ihrer Spalte. Sie versuchte das gleiche Spiel. Sie lasse nicht an sich herumtappen. Sie lasse ihr Ding nicht ansehen. Wenn ich die Absicht habe, es mit ihr zu tun, dann vorwärts, und ich solle ein Ende machen. Mein Blut kam in Wallung. Hol mich der Teufel, ich würde es nicht tun, noch zahlen noch sonst etwas, wenn sie nicht ihr Kleid auszöge. Sie zog es lachend aus und legte sich aufs Sofa. «Geh ins Bett.» Nein, das würde sie nicht. Dann hol mich der Teufel, wenn ich's tun würde (obwohl ich schier platzte). Wieder lachte sie und legte sich dann auf das Bett. Ich sah ihre makellosen, wundervoll geformten Brüste aus dem Korsett platzen, warf ihre Röcke nach oben und sah das dunkle Haar an ihrem Unterleib. Im nächsten Augenblick ein Stoß, einige schwere Atemzüge, dann Ruhe; noch ein Stoß, ein Seufzer – und wieder endete ich nach noch nicht einer Minute völliger sexueller Lust.

«Steh auf.» – «Ich will nicht.» – «Laß mich waschen.» – «Nein.» Ich zog sie nieder, umklammerte ihren Unterleib und faßte nach ihren Hinterbacken. «Es ist mir nicht gekommen.» – «Doch, ich weiß es.» Ein Schlängeln und ein Ruck, ich war draußen und fluchte. Sie setzte sich auf die Waschschüssel. Ich riß die Vorhänge auseinander und griff mit der Hand an ihre Punze. Sie versuchte aufzustehen und gab mir einen Stoß. Ich stieß sie wieder nieder. Sie wich zur Seite aus, ihr Hinterteil stieß an den Rand der Waschschüssel, das Wasser floß aus.

«Hol dich der Teufel!» sagte sie, lachte und stand auf. Ich drückte sie gegen den Rand des Bettes und steckte ihr meine Finger wieder hinein. «Du gehörst also zu den gewissen Biestern, nicht wahr?» sagte sie.

«Ich habe dich noch nie ordentlich angefaßt, und ich werde es tun.» – «Also laß mich waschen, dann kannst du es machen.» Sie wusch sich, dann streichelte ich sie und bat nachher um ein zweites Mal.

«Du hast es nicht eilig.» – «Doch.» – «Du hast gesagt, du bleibst eineinhalb Stunden.» – «Ja, aber du hast mir's gemacht, und welchen Sinn soll es haben, mich zurückzuhalten?» – «Ich muß es nochmals tun.» – «Doppelte Fahrt, doppelter Preis.» – «Unsinn, du hast mich so aufgeregt, daß ich dich nicht ordentlich vögeln konnte.» – «Das ist nicht meine Schuld.» Sie lachte und fragte nun ihrerseits: «Nimmst du oft Frauen von der Regent Street?» – «Ja.» – «Kennst du viele?» – «Ja.» – «Ah, du liebst die Abwechslung. Das dachte ich mir.» Danach wurde sie redselig.

Inzwischen weidete ich mich an ihren Reizen, ihren schönen Armen, reizvollen Brüsten und hübschen Beinen, die ich jetzt besser sah, denn sie hatte sich in einer höchst verführerischen Stellung niedergesetzt, mit der Fessel des einen Fußes auf dem Knie des anderen Beines. Ich wollte ihre Röcke höherschieben, doch sie wehrte sich. Ich sah aber ihre schönen Knöchel, die winzigen Stiefel und Füße, oberhalb der Strumpfbänder das milchweiße Fleisch ihrer Schenkel, die sich aneinanderpreßten und ihr Ding vor meinem Blick verbargen.

Ich hatte mein Glied versteckt. Wieder hatte mich die Furcht überkommen, sie könnte es für zu klein halten, und das hinderte es daran, steif zu werden. Eine Stunde verging. «Jetzt gehe ich», sagte sie und stand auf. Sofort war mein Schwanz steif. «Laß mich zu dir!» – «Dann beeile dich aber.» Während sie dastand, schob ich meine Hand unter ihre Röcke. Sie fuhr mit der Hand nach unten und versetzte meinem Schwanz einen scharfen Kniff. Ich schrie auf. Sie lachte.

«Ich hätte gute Lust, dich nicht zu lassen. Es hat so lang gedauert; aber du kannst es tun.» Sie ging zum Bettrand. «Oh! Rühr dich nicht. Diese Stellung ist wundervoll.» Ein Bein war auf dem Bett, die Röcke waren hochgezogen und das Bein auf dem Fußboden war vom Stiefelabsatz bis etwa zehn Zentimeter über dem Strumpfband sichtbar. Sie drehte sich halb um, ihre bezaubernden Brüste, oder vielmehr eine davon, zeigte sich im Halbprofil, und ihr mir zugewandter Kopf, während sie sich bewegte, ergaben zusammen ein hinreißend lüsternes Bild. Ich schob von hinten meine Hand zwischen ihre Schenkel. Das brach den Bann, sie legte sich sofort aufs Bett und ich mich auf sie.

«Oh! Du bist himmlisch, bezaubernd! Oh! Liebling, ah!» Es kam mir wieder zu schnell, während ich sie küßte; die Geilheit raubte mir fast mein Vergnügen, nach einem Dutzend Stöße entleerte ich meinen Samen, alles war vorbei.

«Wie ruhig du in dieser Stellung gestanden hast», sagte ich. »Ich kann fast fünf Minuten lang in einer Stellung bleiben, ohne mich zu rühren, fast ohne sehen zu lassen, daß ich atme, ohne mit einer Wimper zu zucken.» Damals fiel mir das nicht auf, ich hielt es für bloße Aufschneiderei.

«Gib mir fünf Shilling, denn ich war lange Zeit mit dir. Ich habe Gründe, ich werde es nicht wieder verlangen.» Ich gab sie ihr. «Kommst du morgen vormittag in die Regent Street?» – «Ja.»

Ich war in der Regent Street, traf sie, fickte sie und wiederholte diese Begegnungen eine Woche lang täglich, und manchmal sogar zweimal am Tag.

Doch immer blieb sie nur ganz kurze Zeit mit mir zusammen. Es kam ihr nie mit mir, sie zeigte keinerlei Spuren von Genuß, gab sich kaum die Mühe, ihren Körper zu bewegen, wollte sich nicht ausziehen, ebensowenig ließ sie mich ihr Ding ansehen. Ich fügte mich, denn es hatte mich erwischt, ich wußte es jedoch damals noch immer nicht. Sie wußte es, das heißt, sie wußte, daß sie mich verdammt geil machte, und benutzte dieses Wissen für ihren Vorteil. Ich hätte sie unter diesen Bedingungen nicht zu nehmen brauchen, wenn ich es nicht gern getan hätte. Doch ich tat es. Schließlich murrte ich, und wir hatten fast Streit. «Ich will dich nicht wieder sehen», sagte ich. «Niemand hat dich darum gebeten», war ihre Antwort.

Da meine Mittel nicht ausreichten und meine Börse ziemlich leer wurde, war ich froh, ein paar Tage fortzubleiben. Dann sah ich sie wieder in der Regent Street, und nachdem ich ihr zugewinkt hatte, folgte ich ihr. Sie ging weiter, anstatt jedoch zu dem Haus zu gehen, spazierte sie zum Ende der Straße. Sie setzte ihren Weg fort, ich war knapp hinter ihr. Es war das zweite Mal, daß ich sie auf der Straße angesprochen hatte. «Oh, ich hab dich nicht verstanden», sagte sie. «Überdies bin ich in Eile.» – «Oh, komm doch.» – «Also gut, aber nur für fünf Minuten.» – «Unsinn.» – «Na schön, ich kann nicht», und sie ging weiter. Meine Begierde war stärker als mein Ärger. «Also, komm zurück.» Sie wandte sich um und ging in Richtung James Street. «Gehen wir nicht zusammen hinein», sagte sie.

Kaum im Zimmer, legte sie sich sofort aufs Bett. Ich nahm sie, und sie war in weniger als zehn Minuten wieder aus dem Hause. Ich blieb ganz wütend zurück, doch sie versprach mir, mich am nächsten Abend zu treffen, wenn sie könne, und länger bei mir zu bleiben.

Sie kam um eine Stunde zu spät und fand mich schäumend vor Zorn. Jetzt trieb man mich in dem Haus nicht mehr zur Eile und gab mir, da ich dort schon bekannt war, wann immer es möglich war, dasselbe Zimmer. «Ich bin sehr in Eile», waren ihre ersten Worte. «Du hast mir doch gesagt, du wirst länger bleiben.» – «Ja, aber ich kann nicht, es tut mir leid.» – «Du kannst ja nie, aber zieh dich aus.» – «Ich kann wirklich nicht – nimm mich am Bettrand. Du wolltest das doch letzthin so sehr.» – «Nein, ich will nicht.» – «Also gut, ich lege mich ins Bett.» Ich suchte ihre Beine auseinanderzubringen und sie umzudrehen, um ihr Hinterteil zu betrachten. (Ich hatte es noch nie richtig gesehen.) Nein, sie wollte sich nicht ausziehen, sie wollte nichts tun. Ich solle sie so nehmen oder aufhören und gehen.

Ich verlor meine Geduld, denn mein Genuß lag in ihrer reizvollen Gestalt, ihrer physischen Schönheit, während sie zu glauben schien, mein einziges Vergnügen bestände darin, so schnell als möglich in ihr zu spritzen. «Ich nehme dich überhaupt nicht», sagte ich, endlich entschlossen. «Na schön», sagte sie und stand auf. «Ich bin wirklich in Eile. An einem anderen Abend vielleicht.» – «Der Teufel hole einen anderen Abend! Du bist nichts als eine bloße Betrügerin!» Ich warf den Sovereign auf den Tisch und setzte meinen Hut auf. «Du gehst?» – «Ja, ich nehme mir eine Frau, die sich ihres Dings nicht schämt.» – «Dann gehst du eben.» Ich eilte hinaus. Auf halbem Weg die Treppe hinunter hörte ich sie rufen, ich solle zurückkommen, ich aber war wütend und ging fort.

Voll Zorn über sie und auch über mich, weil ich mein Vergnügen nicht gehabt hatte, ging ich durch die Regent Street. Geil wie ein Bock, sah ich an der Ecke des Circus eine Frau und sprach sie an. Sie wandte sich ab, und ich sprach sie nochmals an. «Wollen Sie mitkommen?» – «Ja, wenn Sie Lust haben.» – «Kennen Sie hier in der Gegend ein Haus?» – «Nein, ich bin fremd hier.» Dann nahm ich sie zur James Street mit, fickte sie zwei- oder dreimal und spielte lange Zeit mit ihr, ich hörte auf, als sie nicht länger bleiben wollte und sagte, sie würde ausgesperrt werden, wenn sie nicht fortginge. Sie war nur eine Halbseidene, glaube ich, und wollte sich ficken lassen. Ich hatte mich gerade zur richtigen Zeit angeboten.

Ich dachte viel an meine schöngliedrige Sarah Mavis, doch im Zorn. Ein Fick für zehn Shilling war ganz in Ordnung, wenn ich geil war, aber auch wenn ich es eilig hatte, war ich nie zufrieden, ehe ich die Geschlechtsteile einer Frau gründlich untersucht hatte, obgleich es da oft nur eine rasche Besichtigung war. Wenn ich dieselbe Frau an einem anderen Tag nochmals nahm, so war es deshalb, weil sie mir gefallen hatte und ich gern mit ihr sprach, denn ich fand die Frauen immer um so angenehmer, je länger ich sie kannte. Doch hier hatte ich eine Frau jeden Tag gehabt, manchmal sogar zweimal täglich, hauptsächlich weil sie so wundervoll gebaut war (denn ich bildete mir damals sogar ein, daß ihre Scheide nicht richtig zu meinem Glied paßte), daher beschloß ich, sie nicht mehr zu nehmen und sie mir aus dem Sinn zu schlagen. Aber ich war ihr verfallen.

Etwa zwei Wochen später sah ich meine Venus wieder und ging wieder mit ihr auf das Zimmer. Ich konnte meinem Verlangen nach ihr nicht länger widerstehen, denn ich hatte nie aufgehört, an sie zu denken, auch wenn ich andere Frauen vögelte. Sie war ebenso gelassen, doch lag ein wenig stille Bosheit in ihr.

Als sie ihr Barett abgenommen hatte, sah sie mich wie gewöhnlich einen Augenblick mit geöffnetem Mund an und sagte: «Ich nehme an, du hast andre Frauen gehabt.» Ich kann nicht sagen, weshalb ich es tat, aber ich log und sagte: «Nein!» – «Wozu bist du dann mit einer nach oben gegangen?» sagte sie, «in jener Nacht, nachdem du mich verlassen hattest. Ich war in der Toilette und blickte durch die Tür hinaus, da sah ich dich mit einer Frau, die am Fuß der Treppe stolperte» (was tatsächlich stimmte). «Nun ja, es ist richtig, und ich habe ihr Ding gesehen und das ist mehr, als du mir je geboten hast.» – «Mehr als das, was du gesehen hast, wirst du auch nie zu sehen kriegen.» Wütend setzte ich meinen Hut auf und sagte: «Dann kann ich ebensogut gehen, hier ist dein Geld», und ich wandte mich zur Tür. «Sei kein Narr», sagte sie. «Was willst du? Was wollt ihr Männer alle? Ihr seid alle die gleichen Biester; nie seid ihr zufrieden.» Sie war verärgert. «Laß mir Zeit und sehen wir uns deine kostbare Punze an.» (Ich erinnere mich ganz deutlich, das gesagt zu haben, ich war wütend – und doch war ich bis dahin mit meinen Bemerkungen anständig gewesen.)

Sie lachte. «Also gut, einverstanden. Aber laß mich nicht aus-ziehen. Ich bin in Eile.» – «Natürlich, das bist du ja immer.» Sie ging zum Sofa und hob ihre Kleider hoch. «Nein, komm her.» Sie kam und legte sich auf das Bett. Endlich sah ich diese herrlichen Schenkel sich weiter öffnen, die dunkel beschattete Spalte mit den schwellenden Schamlippen zeigte sich voller, als ich sie je gesehen hatte. Ich sank auf die Knie, ergriff einer ihrer Füße mit meiner Hand und hob das Bein, so daß die Schenkel sich öffneten und ein großes Stück der roten Schamlippen sichtbar wurde... Während sie dort lag, drang ich in sie ein, und es kam mir so schnell wie immer bei ihr, bevor ich eigentlich richtig begonnen hatte. «Bist du zufrieden?» fragte sie, während sie vom Waschbecken neben mir aufblickte. «Nein, es war so schnell. Bei dir kommt es mir so rasch.» – «Das ist nicht meine Schuld.» Das hatte sie schon oft gesagt.

«Ich tue es gern mit dir», sagte ich, «aber ich will weder mit dir noch einer anderen Frau zusammensein, die mich ihre Reize nicht ansehen läßt und die es immer so eilig hat. Alles wäre ganz in Ordnung, wenn ich dich zum erstenmal träfe. Aber für einen regelmäßigen Freund wie mich ist das einfach untragbar.»

Dann fiel mir auf, daß sie ein neues Kleid trug. «Na, du hast ja ein neues schwarzes Seidenkleid an.» – «Ja, ich habe es mit deinem Geld gekauft.»

Später sagte ich ihr, ich würde vielleicht an einem bestimmten Tag in die Regent Street kommen, ging jedoch dann schließlich nicht hin. Sie sagte, sie sei gegen ihren Willen ausgegangen, um mich zu treffen. Ob ich ihr schreiben könne, wann sie mich treffen solle? Nein – aber ich könne an das Absteigequartier schreiben, sie

103

würden den Brief weiterleiten. Ich ging an einem Morgen hin und ließ einen Brief dort. Die Madame war eine kleingewachsene, blondhaarige Frau von etwa dreißig Jahren mit weißem Teint. Sie blickte mich ganz starr an und lächelte. Sie würde den Brief an Miss Sarah Mavis weiterleiten, das war der Name, unter dem sie bekannt war; doch Sarah kam auf meinen Brief nicht, und ich bezahlte das Zimmer umsonst. Dann ließ ich Madame kommen (sie hieß Hannah) und trank mit ihr eine Flasche Champagner. Sie wurde bald ungezwungener und öffnete ein wenig ihr Herz; sie erzählte mir folgendes:

Sie kannte Miss Mavis nicht sehr lang – nur seit einem Monat etwa, bevor sie mit mir gekommen war. Sie sah sie jetzt nicht häufig, außer mit mir. Sarah hatte gefragt, ob man mich mit einer anderen Frau im Hause gesehen habe. «Und selbstverständlich habe ich ihr nichts gesagt», erklärte Hannah. Sie hielt sie für eine nette Frau und war mit ihr näher bekannt geworden. Sie kam nun öfters zu ihr in den Salon, um zu plaudern, wenn ich fortgegangen war oder bevor sie zu mir hinaufging.

Die Sache ging noch eine Zeitlang so weiter, Sarah tat meist, was ihr gefiel, doch wurde sie entgegenkommender. Sie blieb länger, und wir begannen, uns zu unterhalten. Selbstverständlich war ich neugierig, etwas von ihr zu erfahren, und sie ebenso, was mich anging. Ich muß sagen, daß sie aus mir eine Menge herausbekam, ich aber nur wenig aus ihr. Hauptsächlich erfuhr ich, daß sie nur gelegentlich auf die Straße kam, von etwa elf bis ein Uhr mittags, niemals später, und wenn sie genug Geld hatte, «um auszukommen», wie sie sagte, kam sie gar nicht hinaus. «Ich brauche es», sagte sie; «ich hasse euch Männer. Ihr seid alle widerwärtig. Nie seid ihr zufrieden, außer ihr könnt eine Frau in jeder Weise hin und her schubsen.» – «Das gefällt uns», sagte ich. «Wir bewundern euch so.» – «Nun, mir gefällt es nicht. Ich will, daß sie tun, was sie vorhaben, und mich gehen lassen.» – «Weshalb gehst du nicht nachmittags oder abends aus?» – «Nein, ich verdiene mein Geld am Vormittag und habe in der übrigen Zeit anderes zu tun.»

Sie tat es noch nicht lang für Geld, nicht mehr als einen Monat, bevor ich sie kennengelernt hatte; damals war sie von dem ersten Mann, der sie auf der Straße angesprochen hatte, in das Haus in der James Street geführt worden und war seither oftmals dort gewesen. Nein, sie war vorher nie Prostituierte gewesen, schwor sie, und wünschte oft, sie wäre lieber tot, als ausgehen zu müssen und sich von Männern betapsen zu lassen und ihr «ekelhaftes» Zeug in sie zu ergießen. «Ekelhaftes Zeug», das war immer die nette Art, wie sie vom männlichen Samen sprach. «Man würde annehmen, dir liegt gar nichts am Ficken. Ich möchte wissen, wie oft es dir kommt.» – «Oh! Es ist mir gleich, ob ich mit einem Mann schlafe oder nicht. Wenn ich es einmal in zwei Wochen tue, genügt mir das vollauf. Ihr widerlichen Männer scheint an sonst nichts zu denken und überlaßt uns arme Frauen den Unannehmlichkeiten, die dadurch entstehen, daß ihr euer ekelhaftes Zeug in uns ergießt.» – «Woran liegt dir überhaupt etwas?» fragte ich. «Oh! Eigentlich an gar nichts», antwortete sie.

An einem anderen Tag sagte sie: «Ich habe gern ein gutes Mittagessen, dann lese ich in einem Armsessel, bis ich einschlafe, oder ich verzehre ein gutes Abendessen und gehe dann schlafen. Ich bin abends immer so müde, ich gehe gern früh zu Bett, wenn ich kann.» Dann sprachen wir weiter über Essen und Trinken; sie schilderte mir liebevoll im Detail, was sie gern hatte und was nicht. «Ich lade dich auf ein gutes Abendessen ein», sagte ich, «und dann kommen wir hierher.» – «Wirklich?» – «Ja, aber nur, wenn ich dich nachher drei Stunden hier habe.» – «Unmöglich, nach halb zehn kann ich nicht ausgehen.» – «Komm früh.» – «Ich kann nicht sehr früh kommen, denn ich muß am Nachmittag zu Hause sein.» Es gab allerlei Hindernisse, so viele, daß ich es aufgab, denn ich wollte mich nicht beschwindeln lassen. Doch schließlich wurde verabredet, wenn sie am Abend frei wäre, würde sie mich um sechs treffen und bis zehn bleiben – ein gewaltiges Zugeständnis. Das Abendessen war es, das den Ausschlag gab. Ich sah, daß sie für ihren Magen einiges übrig hatte, und deshalb verwendete ich das Abendessen als Köder.

Sie wollte nicht nach mir in das Restaurant kommen. Ich sollte sie an der Ecke von St. Martin's Lane in einer Droschke erwarten und mit ihr hinfahren. Und so geschah es. Wir fuhren zum Café de P--b--e auf dem Leicester Square. Ich hatte bereits ein Chambre séparée und ein gutes Diner bestellt. Mein Gott, wie sie es genoß!

«Es ist lang her, seit ich so gut gegessen habe», sagte sie. «Doch es macht nichts, es kommen wieder bessere Zeiten für mich, da bin ich sicher.» Sie aß reichlich, trank nicht wenig, und als ich aufstand, um sie zu küssen, erwiderte sie zu meinem Erstaunen den Kuß und gab meinem Stachel einen winzigen Kniff von außen an der Hose. «Laß dich streicheln», sagte ich, und war noch mehr überrascht, als sie sagte: «Verriegle die Tür, der Kellner könnte hereinkommen», sich betasten ließ und meinen Schwanz streichelte. «Gehen wir, gehen wir. Ich brenne nach dir.» Arm in Arm gingen wir fort. Sobald wir ein Stück von dem Café entfernt waren, ließ sie meinen Arm los. «Geh voran, ich folge dir.» Ich dachte, sie wolle mich bemogeln. «Ich will mich nicht Arm in Arm mit einem Mann sehen lassen. Aber ich komme dir nach.» Fünf Minuten später waren wir zusammen im Zimmer. Sarah Mavis war ein ganz klein wenig gehobener Stimmung und vielleicht mehr als ein wenig geil.

Meine Kleider abzustreifen, ihr dabei zu helfen, war das Werk einer Minute. «Zuerst muß ich pinkeln. Champagner hat immer diese Wirkung auf mich», sagte sie. «Macht er dich geil?» – «Ja, manchmal; aber es ist so lange her, seit ich ihn das letzte Mal getrunken habe, ich habe es fast vergessen.» – «Bist du jetzt geil?» – «Oh, ich weiß nicht. Komm aufs Bett», sagte sie. Sie öffnete weit ihre Schenkel, ließ mich herumtasten, küssen und sehen. «Komm doch, komm», sagte ich, mein Instinkt sagte mir, sie wollte es. Ich umarmte sie, genoß sie, als sie mich plötzlich fest umklammerte; sie saugte an meinem Mund, es kam ihr, sie schrie, und mir kam es gleichzeitig. Es war das erste Mal, daß es ihr je mit mir gekommen war.

Wir lagen in himmlischer Ruhe dort, während das sanfte Wollustgefühl durch unsere Glieder, Körper und Sinne lief. Diesmal hatte sie keine Eile, doch nach einer Weile sagte sie: «Oh! Ich ersticke, geh doch hinunter.» – «Nein.» – «Oh, bitte! Mein Korsett nimmt mir den Atem, wenn ich mich nach dem Essen hinlege. Ich bekomme fast keine Luft.» Ich blieb liegen. «Wenn ich runtergehe, läßt du es mich nicht nochmals tun.» – «Doch, doch, ich lasse dich.»

Sie setzte sich auf und wollte aus dem Bett steigen, da hielt ich sie zurück, und wir öffneten gemeinsam ihr Korsett und nahmen es ab. «Laß mich jetzt waschen.» – «Nein, du darfst nicht. Ich habe dich noch nie gefickt, wenn noch mein erster Erguß in dir war. Laß mich jetzt, sei so süß.» Sie lachte und ließ sich zurückfallen; dann küßten und spielten wir einige Minuten miteinander. Ihre herrlichen Brüste lagen jetzt frei. ich begrub mein Gesicht dazwischen und küßte sie voll Begeisterung. Ich bestieg sie wieder, heftete meinen Mund auf ihren, und bald waren wir von neuem im Elysium. Sarah genoß das Vögeln in einer Weise, deren ich sie nach ihrem früheren kaltblütigen Benehmen nicht für fähig gehalten hätte. Da lagen wir nun aneinandergeschmiegt, bis ein leichter Schlummer uns beide übermannte.

Kurz darauf sprang Sarah auf und eilte zur Waschschüssel. Ich blieb liegen und beobachtete sie. Nachdem sie sich gewaschen hatte, legte sie sich an meine Seite. «Schlafen wir ein wenig», sagte sie. Der Wein schien ihr immer mehr zu Kopf zu steigen, obwohl sie nur ganz wenig beschwipst war.

Ich konnte nicht schlafen. Der Anblick ihrer Brüste, befreit von ihrem Korsett, die freie Art, mit der sie ihre Unterröcke bis zu den halben Oberschenkeln hinaufgeschoben hatte, die Freude, zu sehen, welchen Genuß meine Umarmungen ihr bereiteten, erregten mich über alle Maßen. Ich machte Spaß und kitzelte sie. «Laß mich dich nackt sehen.» – «Das kannst du nicht.» – «Dann steh auf und laß mich deine Beine nackt sehen. Zieh deine Unterröcke aus und behalte eben dein Hemd an.» Sie zog die Unterröcke aus, wollte aber nicht mehr tun. Ich hatte schon mehr gesehen als sonst irgendein Mann, und sie würde nicht mehr tun, sagte sie. Die Wirkung des Weines war verflogen und ihr früheres Selbst zurückgekehrt.

Toll vor Begierde sagte ich: «Ich geb dir einen Sovereign, wenn du das Hemd ausziehst.» – «Wirklich?» – «Ja.» – «Nein, ich will nicht.» – «Ich gebe dir zwei.» – «Weshalb willst du mich denn sehen?» – «Zum Teufel, nimm das Geld und laß mich's sehen, sonst reiß ich es dir vom Leib, ohne zu zahlen.» Ich warf mich auf sie, rang mit ihr, zog ihr das Hemd über dem Hintern hoch und unter den Brüsten nach unten, zerriß es. «Nein, nicht, ich erlaube es nicht», sagte sie wütend. «Es wird dir nicht gefallen, wenn ich es tue. Du wirst mich nachher nicht halb so gern sehen wollen, sag ich dir.» – «Doch. Hier ist das Geld, jetzt laß mich dich nackt sehen. Ich geb dir drei Sovereigns.»

Sie stieß mich fort und setzte sich. «Wo ist das Geld?» sagte sie. Ich gab es ihr. «Ich habe eine häßliche Narbe. Ich will sie nicht zeigen.» – «Das macht nichts. Zeig sie her.» Langsam ließ sie ihr Hemd fallen, stand nun in all ihrer Schönheit da und zeigte auf eine Narbe knapp unter ihrer Brust, etwa zehn Zentimeter über dem Nabel. «Hier», sagte sie, «ist sie nicht häßlich? Verunziert sie mich nicht? Wie ich sie hasse!»

Ich sagte ihr, es sei nicht wahr; sie sei so schön, daß es nichts ausmachte, obwohl die Narbe häßlich war. Eine Naht, die aussah wie ein Stück Pergament, das man ans Feuer gehalten hatte, faltig und dann abgeschürft, sternförmig, weiß und so groß wie ein Ei. Es war der einzige Fehler an einer der vollkommensten, schönsten Gestalten, die Gott je geschaffen hatte.

«Nun», sagte sie und bedeckte sich, «du wirst mich nicht wieder nackt wollen. Jetzt bin ich sicher, du hast mich nicht mehr so gern.» – «Doch, genauso gern», sagte ich ihr. «Wirklich?» – «Ja.» Sie kam zu mir und küßte mich. Danach besaß ich sie oftmals in vollkommener Nacktheit.

«Wieviel Uhr ist es?» – «Zehn Uhr.» – «Ich muß gehen.» – «Noch einmal.» – «Dann beeile dich.» Wir fickten. «Oh! Jetzt halte mich nicht mehr auf; wenn ich bis halb elf nicht zu Hause bin, wird man mich halb umbringen.» Sie hatte mehr als einmal solche Bemerkungen fallenlassen; ich bekam jedoch keine Erklärung, außer daß sie bei Vater und Mutter wohnte, und damals glaubte ich das.

Bei unserem nächsten Zusammentreffen hatte sie wieder ihr altes distanziertes Benehmen, doch war es unmöglich, daran festzuhalten. Eine Frau muß immer so weit nachgeben, als sie schon einmal nachgegeben hat, das kann sie nicht vermeiden.

Dann kamen andere Abendessen, doch gab sie jetzt mehr auf das acht, was sie aß oder trank, und war weniger sorglos bei ihren Umarmungen; aber wir waren uns nähergekommen als je vorher. Sie ließ mich freier mit ihr umgehen, wusch sich ganz selbstverständlich, ohne sich dabei zu verstecken, und so weiter. Doch immer noch hielt sie mich auf große Distanz und blieb zurückhaltend.

Sie machte tatsächlich mit mir fast alles, was sie wollte, traf mich, wann es ihr gefiel, blieb bei mir so lange, als sie es für richtig hielt, ließ mich nur so oft ficken, als es ihr gefiel und nicht mehr (und es war schon viel, wenn sie es mich mehr als einmal am Tag tun ließ), sie nur bis zu den Knien oder bis zu ihrem Ding nackt sehen und gerade so viel mit ihr spielen, als sie eben zu erlauben für richtig hielt. Ich murrte, sagte, ich würde mir entgegenkommendere Frauen nehmen und so weiter. Nun, wenn es mir gefiele, so solle ich es nur tun, pflegte sie zu sagen, aber ich tat es nicht. Ihre Gleichgültigkeit gegenüber sexueller Lust ärgerte mich und kühlte mich ab, und ihre Scheide schien mir aus einem Grund, den ich nie ganz verstand, nicht ganz zu mir zu passen, dennoch kam es mir bei ihr mit dem gleichen Genuß wie bei anderen, die viel besser zu mir paßten.

Drei Jahre lang traf ich sie fast ausschließlich. Und wenn sie sich mit mir dem Genuß hingab, war mein Entzücken grenzenlos. Im ganzen genommen setzte sie bei mir ihren Willen auf eine Weise durch, wie ich das seither nicht erlebt und erst viel später verstanden habe.

Nach Ablauf einiger Monate ersuchte mich Sarah, ihr fünf Pfund zu geben, und bald danach verlangte sie zehn Pfund. Sie wolle eine Summe aufbringen, um ihrem Vater ein Geschäft zu kaufen. Sie hatte sehr schäbige Kleider getragen, wie ich bemerkte, doch sie sagte, mir mache das nichts aus, und alles geschehe nur, weil sie Geld sparen wolle. Sie tue es nur, «um dieses Leben loszuwerden», wie sie hoffte, und ich glaubte es.

Ich konnte sie mehrere Tage nicht erreichen, hätte aber schwören können, an einem Tag, als ich oben auf sie wartete, ihre Stimme in einem lauten Wortwechsel mit einem Mann im Salon gehört zu haben. Ich läutete und verlangte nach ihr. Das Hausmädchen kam und erklärte, Miss Mavis sei nicht da. Ich bekam Sarah an jenem Abend nicht zu Gesicht.

Am nächsten Tag traf ich (durch Hannah) eine Verabredung für elf Uhr vormittags und wartete lange Zeit, bis sie heraufkam. Sie sah krank aus. «Du hast geweint.» – «Nein, das stimmt nicht.» –

«Doch, ich sehe es, deine Augen sind rot. Ja, und jetzt auch feucht.» Sie versicherte, sie habe nicht geweint, brach dann in Schluchzen aus und sagte, sie fühle sich nicht wohl. Ich war traurig und ließ Wein bringen. Hannah kam herauf und beruhigte sie. (Ich sah, daß Hannah alles wußte.) Dann blieben wir allein. «Ich war die ganze Nacht wach», sagte Sarah. «Komm jetzt ins Bett», antwortete ich. Zu meiner höchsten Überraschung kam sie ins Bett, nachdem sie mich tiefernst angeblickt hatte. (Ich hatte sie vorher oft gebeten, mit mir zusammen zu schlafen doch sie wollte es nie tun, sie habe nur mit einem Mann die ganze Nacht geschlafen und wolle es mit niemand anderem tun.)

Ich war entzückt, zog mich nackt aus und drückte bald jeden Teil ihres Körpers an mich. Sie ergab sich mir völlig. Sogar als es uns kam, war ihr Ton liebevoll. «Wirf mich jetzt nicht hinaus, Liebste», bat ich. «Also gut.» Ein Wunder! dachte ich, und wir blieben so liegen, bis wir wieder vögelten; dann schlief sie in meinen Armen ein. Wir schliefen mehr als zwei Stunden, dann weckten sie meine Finger. Ich sagte ihr, wie spät es war. Sie seufzte: «Macht nichts, es geschieht ihm recht.» Es war wirklich ein Wunder.

Wochenlang danach war Sarah verändert. Sie tat bereitwillig alles, was ich wollte, nur daß sie nachts nicht bei mir blieb und sich nicht völlig entkleidete. Sie blieb länger, ging aber nachts fort.

Zum Ende des Monats schenkte ich ihr zwanzig Pfund, um die Summe voll zu machen, die sie brauchte, wie sie sagte. Dann wurde sie noch anspruchsvoller, was Geld betraf. «Oh, ich war lange Zeit mit dir zusammen. Gib mir mehr Geld» – und so fort, und dann kam selbstverständlich eine Lüge. Schließlich sagte sie: «Du wirst mich nicht mehr oft sehen. Ich fahre ins Ausland.»

Es gab mir einen Riß. «Du? Unsinn. Niemals!» – «Doch, wirklich. Ich habe genug von diesem Leben und würde überall hingehen, alles tun, um hinauszukommen.»

Ich sank schluchzend auf das Sofa nieder. Plötzlich wurde mir klar, daß ich sie toll liebte. Ich war über meine Entdeckung verstört. Ich, verliebt in eine Prostituierte! Eine Frau, in deren Scheide vielleicht tausend Schwänze gesteckt hatten! Die von irgendeinem Misthaufen entsprungen sein mochte! Unmöglich!

Ich war wütend auf mich selbst. Entwürdigt! Undenkbar! Für eine Zeitlang bezwang ich mich. Dann versuchte ich, sie auszuhorchen. Sinnlos. Ihre ruhige Art, in der sie behauptete, sie gehe fort, überzeugte mich, daß sie die Wahrheit sprach. Als mir das schließlich klar war, legte ich mich aufs Sofa und schluchzte eine halbe Stunde. «Oh! Du wirst bald eine andere Freundin finden», sagte sie. «Nein, nein – ich kann eine Frau bekommen, aber keine wird mir gefallen. Sarah, ich liebe dich, ich bin vernarrt in dich. Um Gottes willen, fahre nicht fort. Komm mit mir. Du brauchst dieses Leben nicht zu führen. Wir gehen zusammmen ins Ausland.»

Das war unmöglich. «Wenn ich es täte, würdest du mich verlassen, und was sollte ich dann tun? Wieder zu diesem Leben zurückkehren? Nein.» – «Du gehst mit jemand anderem. Wer ist es?» – «Das kann ich nicht sagen. Ich werde es dir sagen, wenn ich fort bin.» – «Wann fährst du?» – «Vielleicht in zwei Wochen, vielleicht etwas später.»

Sie beugte sich über mich und küßte mich. Ich wandte mich um. Und wie seltsam, daß ich es in meiner Verzweiflung bemerkte – jetzt entsinne ich mich dessen –, während sie sich bückte, öffnete sich ihr Hemd; ich legte einen Arm um sie, ihre Brüste berührten mein Gesicht, und während ich sie küßte, sah ich die ganze wundervolle Gestalt bis zu ihren Füßen – das dunkle Haar an ihrer Scham, die weiße Narbe, und alles in dem sanft gedämpften Licht, in dem der Körper einer Frau steht, wenn er von einem dünnen Hemd verhüllt ist. Mein Schwanz stand steif, während ich sie schluchzend küßte und sie mich beruhigte.

«Es hat keinen Sinn, mich zu lieben», sagte sie. «Und es hat für mich keinen Sinn, wenn ich dich liebe; führ dich nicht so auf. Vielleicht wirst du, wenn ich fort bin, zu Hause glücklich sein. Ich kann dich nicht lieben, obwohl ich dich sehr gern mag, denn du warst sehr gut und freundlich zu mir. Wenn ich mit dir lebte, würde ich dich sicher lieben. Aber es hat keinen Zweck, denn ich bin verheiratet und habe zwei Kinder. Ich fahre mit ihnen und meinem Mann fort.»

Ich war überrascht und zweifelte an ihren Worten. «Ich werde dir meine Kinder bringen, damit du sie siehst», sagte sie. «Ich habe dich immer zu bestimmten Zeiten verlassen, weil ich ihnen Mittagessen und Tee geben mußte.»

«Und abends?» – «Ich gehe immer nach Hause, bevor er heimkommt.» – «Du gehst immer zu deinem Mann nach Hause?» – «Ja.» Sie überließ mich meinem Schmerz und ging.

Ich aß des öfteren mit Sarah vor ihrer Abreise. Sie war häufig niedergeschlagen und trank sehr viel Champagner. Dann vögelte sie mit einer Leidenschaft und Ausdauer, die bei ihr nicht natürlich schien, denn nach ihrem Aussehen und ihrem allgemeinen Verhalten hätte man geschworen, daß sie gelassen und nicht sehr leidenschaftlich war. Hatte ich das nicht selbst erfahren?

Eines Abends schien sie ganz wild vor Lust zu sein. Ich weiß nicht, was mit mir los war, aber ich hatte kein Verlangen nach ihr und vermochte kaum, mein Glied steif zu bekommen. Dennoch war sie ganz entzückt, als ich sie vögelte: «Tu es nochmals», sagte sie. «Ich kann nicht.» – «Du mußt es tun, ich habe mich nicht gewaschen.» – «Ich kann nicht.» – «Ich bin toll nach dir», sagte sie, und wir fickten weiter bis zum nächsten Morgen. Nach dieser Nacht überredete sie mich, es nicht in ihr kommen zu lassen, sondern kurz vor dem Erguß herauszuziehen. «Es würde alle meine Pläne vernichten, wenn ich schwanger wäre», sagte sie, «alles, was ich getan habe, wäre nutzlos, wenn ich nicht spielen kann.» – «Spielen?» – «Ja, ich bin Schauspielerin.»

«Du, eine Schauspielerin!» – «Ja – hast du nie die *Poses Plastiques* von Madame W--t--n gesehen? Ich gehörte zu ihrer Truppe.» – «Mein Gott! Und was machst du jetzt?» – «Nichts. Aber wir haben eine Truppe, die auf den Kontinent fährt. Ich bin jetzt Madame W--t--n.»

Dann erzählte sie mir, daß sie in ihrer Jugend Künstlermodell gewesen war, für Etty und Frost gesessen hatte und daß ihre Gestalt auf vielen ihrer Bilder zu sehen war – dann wollte sie nichts mehr sagen. Sie fuhr früher fort, als sie gesagt hatte. Ich war eines Vormittags mit ihr verabredet und kam, wie gewöhnlich, früher. Hannah trat aus dem Salon. «Ist Sarah schon da?» Sie führte mich in den Salon. «Sie sind doch alle heute früh abgefahren! Meine Schwester hat sie begleitet. Wußten Sie das nicht?»

Mehrere Tage lang war ich geistig völlig danieder und körperlich nicht weniger. Dann hatte ich eines Sonntags den ganzen Tag hindurch Erektionen. Nach dem Mittagessen trieb mich die Geilheit fast zum Wahnsinn, ich ging also in mein Zimmer und onanierte. Dann weinte ich, weil ich nicht in der Vagina meiner süßen Sarah steckte, und schluchzte voll Verzweiflung, Eifersucht und Bedauern, denn ich dachte daran, daß jemand anderer sie vögelte, wenn ich es nicht tat, und das würde ihr hassenswerter Mann sein, den sie mit meinem Geld erhalten hatte.

Nach diesem Sonntag konnte ich der James Street nicht mehr fernbleiben. «Ich nehme nicht an, daß sie Ihnen schreiben wird, auch wenn sie Ihnen gesagt hat, sie würde es tun», meinte Hannah. «Wozu sollte es gut sein? Es würde Sie nur unglücklich machen.» Aber ich war sicher, sie würde schreiben, und hielt mich noch eine Zeitlang nachher von Frauen fern. Dann begann ich nachts ungewollte Ergüsse zu haben, was mir noch widerwärtiger war als das Onanieren; so ging ich eines Abends aus, um mir eine billige Frau zu besorgen. Nachdem ich wieder einmal in der James Street gewesen war, ging ich immer häufiger hin. Hannah war fast immer betrunken, am liebsten hatte sie Champagner und Cognac. In diesem Zustand erzählte sie nach und nach vieles, das sie wußte, und eines Tages platzte sie heraus:

«Pah! Ihr Mann, oder was! Sie ist nicht verheiratet. Er hat noch eine Frau daneben, und Sarah weiß es. Sie ist wirklich eine gute Seele, daß sie den faulen Kerl erhält. Sie erhält sie alle, das arme Ding, seit er kein Engagement mehr bekommen hat; ihre Kinder und ihre Schwester wohnen bei ihnen, außerdem ihre eigene Mutter, die sie erhält, und seine Frau noch dazu. Sie hat genug zu tun, die Arme.»

Und jetzt noch mehr über Sarahs Vorleben. Einige Jahre vor jener Zeit war eine neue Art von Unterhaltung modern geworden; sie hieß *Poses Plastiques*, dabei stellten sich Männer und Frauen, in Seide gekleidet, die eng an den nackten Gliedern lag und ganz weiß war, in klassischen Gruppen auf der Bühne auf, dazu erklang Musik. In diesen Gruppen gab es Frauen und Männer von großer körperlicher Schönheit; es waren tatsächlich Schauspieler. Madame W--t--n, berühmt als herrliches Modell, stellte sie zuerst zusammen. Ihr Mann war ein erstaunlicher Mensch. Sarah war ihre Nichte und besaß auch die in der Familie übliche schöne Gestalt. Sie war arm, und Madame W--t--n nahm sie zu sich in die Wohnung; Sarah erschien mit siebzehn Jahren als Venus auf der Bühne.

Mit neunzehn bekam sie von Madame W--t--ns Ehemann ein Kind; mit zwanzig ein zweites. Madame W--t--n entdeckte, wer der Vater war, und warf Sarah hinaus. Darauf warf Mr. W--t--n Madame hinaus und lebte mit Sarah. Es kam zu wilden Auftritten, andere Gesellschaften mit *Poses Plastiques* traten als Konkurrenten auf, bald gab es zuviel davon, und Mr. W--t--n konnte sein Leben nicht mehr auf diese Weise verdienen. Er hatte einen Beruf, war aber wahrscheinlich zu faul zur Arbeit; so stand Sarah Modell, und da das schlecht bezahlt wurde, verkaufte sie ihren Körper, um ihr Brot zu verdienen. Als ich sie kennenlernte, hatte sie soeben damit begonnen. Während eines Jahres scheinen sie alles, was sie besaßen, verkauft zu haben, bevor sie sich entschloß, aus ihrem Unterleib Kapital zu schlagen.

Selbstverständlich hatte eine so schöne Gestalt Erfolg, und für einige Zeit wurde ich die hauptsächliche Melkkuh. Dann bekam sie einen Antrag, eine Truppe auf eine Tournee auf dem Kontinent zu bilden. Bald sollte die große Premiere stattfinden, und mit Sarahs Geld (der größte Teil kam von mir) wurden Geräte, Kostüme, Requisiten und die Truppe beschafft. Dann waren sie abgereist. Sie und ihr ‹Mann› waren die Manager, Unternehmer und Hauptdarsteller.

Ich ging immer wieder in die James Street, in der Erwartung, von Sarah zu hören. Eines Tages erzählte Hannah, sie habe Nachricht von Sarah, die nach mir gefragt habe. «Es geht ihnen (Sarah und der Truppe) gut», sagte Hannah. «Wenn sie es sagt, stimmt es wohl, aber wir wollen abwarten.»

Obwohl ich damals nur mit Schmerz an Sarah dachte, fragte ich immer wieder nach ihr. Eines Morgens kam ich in die James Street. Als ich die Tür öffnete, blickte Hannah aus der Salontür, lächelte, zog den Kopf zurück, schloß dann die Tür, blickte nochmals lächelnd heraus, schloß wieder die Tür, öffnete sie endlich und sagte: «Sie können kommen.» Ich ging hinein, und da stand, einen Arm auf dem Kamin, Sarah Mavis.

«Guten Morgen», sagte sie in ihrer ruhigen Art, als hätte ich sie am Tag vorher gesehen. Mit einem entzückten Schrei stürzte ich auf sie zu, mein Herz schlug zum Zerspringen. Meine ganze Liebe kehrte wieder, während ich sie an mich drückte. «O mein Liebling, meine geliebte Sarah, wie froh ich bin, dich wiederzusehen, meine Geliebte, Süße!»

Nachdem ich sie geküßt hatte, bis, wie sie sagte, von ihrem Gesicht fast nichts übrigblieb, wollte ich, sie solle hinaufkommen, denn mein Schwanz juckte vor Begierde. Sie wollte nicht. «Unmöglich, ich bin schmutzig, fast in Lumpen. Ich bin vor einer Stunde mit dem Dampfer gelandet.» – «Geh nur», sagte Hannah, «ich werde dir Strümpfe und ein Hemd leihen. Gehen Sie nach oben, Sir, ins Vorderzimmr. In zehn Minuten ist sie bei Ihnen.»

Ich stieg hinauf. Zehn Minuten später kam Sarah, nur in Hemd und Strümpfen, ihr langes schwarzes Haar hing über ihren Nakken hinunter. Sie trug einen Mantel, den ihr Hannah geliehen hatte. Ich warf sie auf das Bett, küßte sie vom Kopf bis zu den Füßen. Wie sie mit mir vögelte! Wie sie mich genoß! Nach langem wollüstigem Schweigen sprachen wir endlich miteinander. «Seit einem Monat bin ich nicht gefickt worden. Nein, sechs Wochen. Wir haben alles verkauft, um leben zu können. Er ist im Gefängnis.» Sarah war von Sorgen zermürbt, gebrochen. Kummer und Sorgen bringen jedermann soweit. Nachdem ich sie ein zweites Mal gevögelt hatte, gab ich ihr alles Geld, das ich hatte, und sie ging fort.

Am nächsten Tag traf ich sie, und nachher wochenlang jeden Tag. Sie berichtete über die Geschehnisse folgendes: Anfangs ging alles gut. Sie verdienten Geld, dann wurden einige Mitglieder der Truppe unzufrieden, es kam zu einem Krach, und zwei gingen fort, was die Bilder beeinträchtigte. Mr. Mavis wurde zu Sarahs Schwester allzu freundlich. Die Truppe kam wieder in Ordnung, aber ausländische Herren wollten mit Sarah schlafen. Ihr Mann hätte es erlaubt, sie wollte jedoch nicht. Wenn sie ihr Leben als Hure verdienen wollte, so hätte sie ebensogut zu Hause bleiben können, sagte sie.

Dann wurde es immer schlimmer. Ihre Bühne und die Requisiten wurden beschlagnahmt, damit waren ihre Vorführungen beendet. Er wurde wegen Schulden ins Gefängnis gesetzt. Sie wartete, in der Hoffnung, er werde freikommen, versetzte und verkaufte alles, was sie besaß, und kam schließlich mit ihren beiden Kindern nach England, um zu sehen, was sie hier tun könne, wo sie Verbindungen hatte.

Wir feierten Flitterwochen und vögelten Tag und Nacht. Ich bezahlte ihre Wohnung, Kleider und Essen, holte mit Hilfe eines Agenten zahlreiche Dinge aus dem Versatzamt in Brüssel und gab ihr sogar Geld, um ihren Mann freizubekommen. Nach etwa acht Wochen kam er nach London. Dann änderte Sarah sich, verfiel weitgehend in ihre alten Gewohnheiten, wollte das und jenes nicht tun, mich nur zu der oder jener Zeit treffen, wie es ihr gefiel. Dann traf sie mich volle zwei Wochen nicht, ich konnte nicht erfahren, weshalb. Ich wurde böse, wollte sie überhaupt nicht mehr sehen; dann versöhnten wir uns, und sie benahm sich besser. Nach einiger Zeit stellte ich fest, daß sie gelegentlich in die Regent Street ging. Sie begann geile Reden zu führen und trank wie ein Fisch. Ich war schockiert, sie regelmäßig auf der Straße zu sehen. Nun, sie müsse zu etwas Geld kommen, sagte sie. Wenn sie eine bestimmte Summe erspart hätte, würde sie ein Geschäft übernehmen. Mr. Mavis war jetzt entschlossen, seinem Beruf nachzugehen und einen Laden zum Verkauf seiner Waren zu eröffnen. Sie würde sich um den Laden kümmern. Ich gab ihr eine Menge Geld unter der Bedingung, daß sie sich nicht wieder auf den Straßen herumtreibe. Wenn sie Freunde besuche oder solche, die ihr vorgestellt wurden, konnte ich nichts dagegen tun, aber ich hatte Abscheu vor dem Trottoir und davor, daß sie mit jedem beliebigen Mann ins Bett ging. Wenn sie sich geheim mit mir und, wenn sie wollte, ein paar ausgesuchten Männern als Hure betätigte – damit war ich einverstanden. Sie verschwand von der Straße, soweit mir bekannt ist.

Der Laden wurde eröffnet und hatte Erfolg. Die arme Sarah war monatelang in einem solchen Zustand der Freude, daß sie kaum zu mir kam. Nein, es ging ihnen gut, sie verdienten ihren Lebensunterhalt anständig – nicht so viel, wie sie als Prostituierte verdient hatte, aber genügend. Es war besser und angenehmer als das Geld, das sie mit dem Schlängeln ihrer Hinterbacken verdient hatte. Sie kochte alle Mahlzeiten und war immer zu Hause, kam aber gelegentlich zu mir. Das bedeutete für kurze Zeit eine Erholung für meine Tasche wie auch für meine Eier, und ich schätzte sie wegen ihres Entschlusses, konnte aber ihre ständigen Weigerungen nicht ertragen. Ich war unglücklich, denn ich war in Sarah vernarrt. Ich hatte die Absicht, ins Ausland zu fahren, um von allem loszukommen.

Wahrscheinlich war Sarahs Mann ihre Gesellschaft zuviel, oder die Versuchung, Geld zu verdienen, war zu stark; als ich Sarah ganz verärgert erzählte, ich sei entschlossen, ins Ausland zu fahren, war sie entweder von dem, was ich sagte, beeindruckt oder von der Furcht, mich zu verlieren. Sie sagte, sie würde mich öfter treffen und auch mit mir essen, was sie fast überhaupt nicht mehr tat.

Dann aßen wir öfters miteinander. «Komm um sieben Uhr.» – «Ich kann erst um halb acht.» – «Dann bleib bis zwölf bei mir.» – «Du weißt, ich muß um zehn zu Hause sein.» – «Dann bist du kaum eine Stunde mit mir.» – «Aber du kannst in einer Stunde alles tun, was du willst.» Das begann mich zu empören. Sie meinte, mein einziges Ziel, wenn ich sie sehen wollte, war es, mit ihr zu schlafen, und das stand in krassem Gegensatz zu dem, was ich für sie fühlte. Doch ich fügte mich.

Eines Abends kam sie zu spät zum Essen. «Ich muß heute früher zu Hause sein.» – «Wann?» – «Um halb zehn.» – «Ja, aber es ist doch schon acht.» – «Dann gehe ich nicht hinein.» (Wir waren vor dem Café.) «Unsinn, komm doch.» – «Da soll dich eher der Teufel holen – gute Nacht!» Ich ging zum Droschkenplatz. Sie blieb einen Augenblick stehen, dann kam sie mir schnell nach. «Sei doch nicht böse. Bitte komm, Liebster; ich kann dich nicht so fortgehen lassen. Gehen wir sogleich in die James Street. Ich muß dich haben. Du darfst nicht fortgehen, ohne daß wir uns geküßt haben.» – «Bleibst du bis zehn?» – «Nein.» – «Verdammt, ich lasse mich nicht länger an der Nase herumführen», sagte ich und rief eine Droschke. «Du kannst doch so nicht fortgehen?» Doch ich fuhr ab, und so gingen wir auseinander.

Susanna Kubelka

Feuerwerk

Es wird die schönste Nacht meines Lebens.

Sie ragt aus dem Meer anderer Nächte wie ein sonnenbestrahlter Berggipfel aus einem Wolkenfeld. Eigentlich meinte ich alles zu wissen über Liebe und Leidenschaft, ja, mit meinen einundvierzig Jahren und dreiundvierzig Liebhabern (Paris nicht inbegriffen) hielt ich mich für eine Expertin. Doch man lernt nie aus.

Die Begegnung mit Tristan an meinem dreißigsten Geburtstag war bahnbrechend. Nichts, so dachte ich lange Zeit, kann diese Erfahrung übertreffen. Prosper Davis aber schenkte mir eine weitere Sternstunde, führte mich um eine ganze Stufe höher. Mit ihm erreichte ich die Spitze dessen, was Mann und Frau einander geben können: absolute Ekstase! Doch ich will nicht vorgreifen, alles der Reihe nach.

Als ich den Hörer auflege, weiß ich, daß mir nicht viel Zeit bleibt. Um sechs Uhr früh ist Paris menschenleer. Höchstens zwanzig Minuten braucht man von der Porte Maillot zum Panthéon. Es ist zu spät, ein Bad zu nehmen oder große Toilette zu machen. Also wasche ich mich schnell an den taktisch wichtigen Stellen (zwischen den Zehen, den Beinen, und unter den Armen), lege flauschige Handtücher und neue, nach Nelken duftende Seife auf und kann gerade noch mein Bett frisch beziehen, mit der schönsten Wäsche, die ich in den Schränken meines Operndirektors finde. Sie ist blaßrosa, aus weichfließendem, glänzendem Seidensatin. Die Kissen haben breite, plissierte Ränder, die Laken bestickte Borten.

Als ich fertig bin, streiche ich die Decke glatt und blicke kurz hinauf in den prachtvollen Baldachin aus indischen Stoffen, der

118

vom Plafond aus das Bett umhüllt. Als ich zum erstenmal hier schlief, träumte ich von romantischen Abenteuern. Und was geschah? Nichts. Heute erst, nach drei ganzen Monaten, wird das Grand Lit eingeweiht! Wer hätte gedacht, daß es so lange dauert?

Ich ziehe die schweren, gefütterten Vorhänge zu (draußen ist bereits Tag), tupfe etwas Rosenöl hinter die Ohren und gehe barfuß zurück in den Salon. Kaum bin ich dort, höre ich die Türglocke. Prosper! Er ist da! Mein Herz beginnt wie rasend zu klopfen, ich fühle einen Stich im Magen, alle Kraft verläßt mich, ich bin unfähig, einen einzigen Schritt zu tun. Wieder läutet es, lang, eindringlich, zweimal hintereinander. «Ophelia», höre ich seine dunkle, schwere Stimme, «ich bin's. Mach auf!»

Die Stimme ruft mich ins Leben zurück. Ich laufe zur Tür, öffne, schon steht er vor mir, ein dunkler Hüne, ein bißchen verlegen. Noch schöner, als ich ihn in Erinnerung habe, noch eleganter als nach dem Konzert. Er hat sich umgezogen, trägt einen hellen Leinenanzug, ein frisches Hemd mit roten Streifen und ein rotes Halstuch anstelle einer Krawatte. Ich dagegen bin nur in einen weißen Bademantel gehüllt. Was soll's, dachte ich mir, ich werde ohnehin bald ausgezogen!

«Entschuldige», sagt Prosper, «es hat doch länger gedauert als zehn Minuten.»

«Das macht nichts. Komm herein!»

«Ist das deine Wohnung?» fragt er erstaunt. «Das ist großartig!» Er geht quer durch den Salon, öffnet den Konzerflügel, klimpert ein paar Töne. «Gutes Klavier. Spielst du?»

«Leider nicht.» Ich stehe noch immer an der Tür und beobachte ihn verzaubert. Er ist wirklich der schönste Mann, der mir je begegnet ist. Da dreht er sich um, ist mit ein paar schnellen Schritten bei mir.

«O Baby!» Er nimmt mein Gesicht in seine Hände, blickt mich zärtlich an, legt kurz seine Stirn auf meine, sucht dann meinen Mund. Ein langer, heißer Kuß, der kein Ende nimmt.

«Ophelia», er nimmt meine beiden Hände und sieht mich an, «bist du böse, daß ich gekommen bin?»

«Nein! Froh! Hast du Hunger?» Dumme Frage. «Oder willst du was trinken?»

«Nein danke» – er sieht an mir hinunter – «*das* genügt mir.»
Mein Bademantel hat sich durch den wilden Kuß geöffnet und
meine Brust entblößt. Ich lasse den Mantel zu Boden fallen.
Diesmal stimmt alles. Ich geniere mich nicht im mindesten. Nackt
stehe ich vor ihm. «Wenn dir das genügt», sage ich lächelnd,
«zeige ich dir jetzt mein Schlafzimmer.»

Sekunden später liegen wir auf dem breiten, frischgemachten
Bett. Prosper hat einen herrlichen Körper. Stark, fest, muskulös,
doch mit samtweicher Haut. Er hält mich umschlungen; lange
liegen wir bewegungslos nebeneinander. Mir gefallen seine kraft-
vollen Arme, seine dichtbehaarte Brust. Nur sein Kopfhaar
schreckt mich anfangs. Es ist hart, drahtig, fremd. Ich streiche mit
der Hand darüber, zögere. Er spürt es sofort.

«Hast du schon einen schwarzen Liebhaber gehabt?» fragt er.

«Nein. Noch nie. Und du? Kennst du viele weiße Frauen?»

«*Nur* weiße. Meine Mutter ist weiß. Sie kommt aus Dänemark.
Ich habe zwei Cousinen in Kopenhagen, die sind genauso weiß
wie du.»

«Was macht deine Mutter?»

«Sie ist Fotografin. Sehr erfolgreich.»

«Und dein Vater?»

«Religionslehrer. Methodist. Aber sie leben getrennt. Er in
Philadelphia, sie in Boston.»

«Magst du sie?»

«Sehr. Wir sehen uns oft.» Er lächelt mich an, beginnt mich
sanft zu streicheln. «So ein schöner, fester Busen», meint er dann
und legt seinen Kopf auf meine Brust. «O Baby, du bist meine
Rettung, weißt du das? Ich war wochenlang allein. Ich war so
einsam, ich habe geglaubt, ich muß sterben!»

Wir halten uns eng umschlungen. Meine helle Haut schimmert
wie Elfenbein an seinem mächtigen goldbraunen Körper. Eine
Lilie bin ich, und er ein prächtiger tropischer Baum. Die Wandge-
mälde Kretas fallen mir ein, die lieblichen weißen Frauen und ihre
stolzen braunen Männer.

«Du gehst nie in die Sonne», stellt Prosper fest, «das ist gut.»
Und nach einer Weile: «Hast du eine Kerze? Kerzen sind so
romantisch.»

Lächelnd stehe ich auf, hole einen großen Silberleuchter aus dem Eßzimmer. Fünf blaue Kerzen stecken oben, aus duftendem Bienenwachs. Ich zünde sie an und stelle sie neben das Bett.

«Schön», meint Prosper aus tiefster Seele. «O Baby! Baby! Let's make love!» Dann streichelt er meine Haare und kommt zur Sache.

Prosper Davis ist ein Naturtalent. Er nimmt mich langsam in Besitz, Stück für Stück, Zentimeter für Zentimeter. Er stützt sich auf, bewundert mich lächelnd, neigt sich vor und küßt mich dann bedächtig vom Hals abwärts. Ich fühle seine Lippen, seine Zunge, seinen Atem. Ich vergehe vor Begehren! Mir wird heiß und kalt, ich *will diesen Mann!*

Doch er hat es nicht eilig. In aller Ruhe nimmt er meine Füße in die Hand, küßt die Zehen. Ich werde wahnsinnig! Ich will ihn *in mir* spüren! «Küß mich hier», sage ich und zeige auf meinen Mund.

Da lacht er und zieht mich an sich, sucht meine Lippen, bedeckt mich mit Küssen. Ich kann kaum mehr atmen, mein Herzschlag stockt. Ich habe sein Glied gesehen, es erscheint mir riesig. Viel zu groß für mich, auf jeden Fall zu groß für die Verhütungsmittel, die ich (um nichts zu verschweigen) gestern gekauft habe. Oder soll ich einen Versuch wagen? Warum eigentlich nicht?

«Darling», sage ich zögernd, «ich weiß nicht, ob du das magst, aber wenn es dir nichts ausmacht, könnten wir vielleicht...»

«Natürlich!» Er versteht sofort. «Gib her.» Er streckt die Hand aus, nimmt den kleinen gerollten Schutz in Empfang. Er geniert sich nicht vor mir. Zwischen uns ist alles klar. Doch was ich befürchtet habe, tritt ein. Prosper ist zu groß gebaut. Er ist lang, dick, gebogen, natürlich auch beschnitten, wie die meisten Amerikaner, die nach dem Zweiten Weltkrieg geboren wurden. Und so sehr wir uns auch bemühen (zuerst er, dann ich, dann beide zusammen), das Ding läßt sich nicht verhüllen! Die Hütchen sind zu klein. Zwei zerreißen sofort, das dritte will und will nicht halten, angewidert werfe ich es schließlich zu Boden.

«Weißt du was?» meint Prosper und küßt mich auf den Mund. «Ich bin gesund, ich kann aufpassen. Sorge dich nicht!» Dann legt er sich hinter mich und dringt sanft in mich ein. Es ist phantastisch! Langsam und vorsichtig, um mir mit seinem großen Glied nicht weh zu tun, drängt er sich in meinen Körper. Nicht zu tief, gerade richtig, um innen meine empfindlichste Stelle zu treffen.

«Ohhhh...» Er stöhnt lustvoll auf, umschlingt mich mit beiden Armen, preßt mich an sich, und ich öffne mich seinem Willen, versinke in seiner Wärme, fühle seinen großen dunklen Körper um mich herum. Es ist anders. Neu. Doch ich habe mein Leben lang darauf gewartet. Wir lieben uns zwei volle Stunden.

Und das Beste: Der hünenhafte Mann ist zärtlich wie ein Kind. Er bewegt sich leicht, sanft, regelmäßig. Er ist geschmeidig. Er liebt so gut, wie er spielt. Mein Instinkt hatte recht. Das ist ein Mann, der etwas ordentlich macht oder gar nicht. Der sich Zeit nimmt für das, was er tut. Das ist *mein* Mann!

Welche Lust! Ich werde unten ganz eng. Was passiert jetzt? Verliert er die Beherrschung? Nein! Er wird nicht schneller. Doch sein heißer Atem ist an meinem Ohr. «Komm, Baby! Komm!» Ich werde einen Höhepunkt haben. Ich weiß es ganz sicher, und Prosper weiß es auch.

Schon beginnt er mich zu streicheln. Sanft, langsam, genau an der richtigen Stelle. Und plötzlich sehe ich bunte Lichter, höre Töne, die es sonst nicht gibt. Manchmal, kurz vor Schluß, laufen ganze Farbfilme hinter meinen Augen ab. Diesmal habe ich eine seltsame Vision. Wir lieben uns in einer lauten, grellen Spielhalle. Mein Körper verwandelt sich in eine weiße Flippermaschine. Prosper hat die Hebel in der Hand. Jeder Stoß ein Treffer! Die silberne Kugel schießt nach oben, bringt Lämpchen zum Leuchten, rollt ab, wird von neuem hochgeschleudert.

Jeder Stoß ein Treffer! Ständig flammen neue Lichter auf. Ich zittere vor Lust. Ich flimmere unter der gläsernen Scheibe. Ich zucke und strahle. Die Zahlen blitzen rot, gelb, blau. Jeder Stoß ein Treffer! Schon sind die wichtigsten Punkte erleuchtet. Ich bestehe aus gleißendem Licht. Jetzt ist es soweit. Noch ein einziger Stoß. Die letzte Silberkugel fliegt nach oben! Das Ziel ist erreicht!

Jetzt! Jetzt! Jetzt! *O darling!* Ich löse mich auf in ein Feuerwerk. Farben explodieren, Funken stieben durch meine Adern, prickeln in den Fingerspitzen, es klingt in meinen Ohren. Halb ohnmächtig tauche ich in ein Meer von Wollust.

«*Sweetheart, did you come?*»

«Ja! Ja! Ja!»

«Muß ich aufpassen?» stöhnt Prosper mit versagender Stimme.

«Nein! Komm, Liebster, komm!»

Die blauen Kerzen sind tief heruntergebrannt, duften nach Wachs. Prosper dreht sich auf den Rücken, ohne sich von mir zu lösen, hebt mich mit sich hoch. Ich liege auf seinem Bauch, meine Schultern an seiner Brust, er hält mich eng umschlungen.

Jetzt kommt das Beste. Die Belohnung!

Ich liebe diese letzten Momente vor dem Höhepunkt eines Mannes. Da sind die Bewegungen anders. Ehrlicher! Intensiver! Jetzt, da er sich nicht mehr zu beherrschen braucht, da er an sich denken kann, nur an *seine* Lust, offenbart sich die Naturgewalt.

Zum erstenmal dringt er ganz tief in mich ein. Dieses riesige dunkle Glied, das mir anfangs angst machte, erfüllt plötzlich mein Innerstes. Doch es tut nicht weh! Ich bin offen, gelöst, nehme es auf in seiner ganzen Größe, es dringt bis zu meinem Herzen, öffnet die letzte, verborgene Tür. Noch ein Stoß! Jetzt hebt er von der Erde ab. Noch ein Stoß! Der letzte! Schönste!

«*I love you, Baby!*» Schon ist er am Ziel!

Der mächtige dunkle Mann bäumt sich auf, stöhnt, beginnt in mir zu zucken. Es ist phantastisch! Wahnsinn! Es ist so aufregend wie meine eigene Geburt. Dann liegen wir lange still; glücklich, entspannt, erlöst, erschöpft.

Prosper preßt seine Nase in meinen Hals, küßt mich zart am Ohr. Noch miteinander verbunden, schlafen wir ein.

Kurz nach Mittag wachen wir auf. Es ist dunkel im Raum.

«Wie spät ist es?» Prosper sucht seine Uhr. «Um Gottes Himmels willen. Ich muß zurück ins Hotel. Um zwei werden wir abgeholt. Wir fahren in ein Studio, irgendwo in einem Vorort. Plattenaufnahmen.» Er springt aus dem Bett. «Was machst du heute abend?»

«Nichts.» Ich gähne, strecke mich wohlig.

«Wir haben heute frei. Gehn wir essen? Ich hol dich ab. Soll ich um acht bei dir sein? Gut. Um acht bin ich da. Falls es später wird, rufe ich an. Aber ich komme auf jeden Fall. Warte auf mich, mein schönes Mädchen.»

«Was soll ich anziehen? Hast du Sonderwünsche?»

«Irgendwas Enges. Du hast so eine hübsche Figur!»

«Nicht zu kurvig?»

«Zu kurvig?» Er lacht. «Nie im Leben. Von mir aus kannst du zehn Kilo zunehmen. Je mehr Kurven, desto besser!»

Nackt begleite ich Prosper zur Tür, dann schlafe ich weiter. Um fünf erst stehe ich auf, mache mir eine herrliche Tasse Tee und trinke sie mit Genuß vor dem offenen Fenster in meiner großen, holzgetäfelten Küche. Ich verspüre nicht die geringste Lust, aus dem Haus zu gehen, um unter Menschen zu sein.

Ich wasche meine Haare, bade lange, und während ich im warmen Wasser liege, gehe ich frohlockend die letzte Nacht noch einmal durch. Gott segne alle Musiker, sie bewahren einen vor dem Untergang. Schon in Kanada hat mir einmal ein Hornist unschätzbare Dienste erwiesen, obwohl die Bläser im allgemeinen Streichern nicht das Wasser reichen können.

Bläser produzieren laute, hohe Töne. Sie schmettern, preschen, stechen in die Luft, und das geht aufs Gemüt! Geiger, Cellisten, Bassisten aber schmeicheln, streicheln, schwirren und flirren. Zärtlich ertasten sie ihre Noten. Ein Millimeter zu hoch oder zu tief gegriffen – schon klingt alles falsch. Nicht umsonst hängt für Verliebte der Himmel voller Geigen und nicht voll Trompeten. Ja, Streicher sind die Krone! Wärmstens zu empfehlen!

Doch Bassisten sind unübertrefflich. Der Baß, meine Lieben, bestimmt die Musik. Er ist das Fundament, auf das die andern ihr Klanggebäude stellen. Er ist weich, voll, dunkel, warm, er steht nicht im Vordergrund, nein, er läßt die andern brillieren. Und sieht er nicht aus wie ein Frauenleib? Absolut! Ein Mann, der dieses Riesending bändigt, der den dicken Stahlsaiten süße, vibrierende Töne entlockt, der sie mit einem feinen Bogen streicht und nicht zum Kratzen, sondern zum Klingen und Schwingen bringt, dieser Mann – doch was rede ich, es ist ohnehin schon alles gesagt.

Anaïs Nin

Die verschleierte Frau

Eines Tages war George in eine schwedische Bar gegangen, die er gerne besuchte, und hatte sich in der Erwartung, einen angenehmen Abend zu verbringen, an einen Tisch gesetzt. Am Nebentisch saß ein sehr elegantes, gutaussehendes Paar; der Mann war höflich und war sehr sorgfältig gekleidet, die Frau ganz in Schwarz, mit einem Schleier über ihrem blühenden Gesicht und viel buntem Schmuck. Beide lächelten ihm zu. Sie wechselten kein Wort miteinander, es war, als seien sie sehr alte Bekannte und hätten sich schon alles gesagt.

Die drei Gäste konzentrierten sich auf das, was sich an der Bar abspielte: Paare, die einander zuprosteten, eine einsame Frau, ein Mann, der Bekanntschaften suchte. Und alle drei schienen dasselbe zu denken.

Schließlich sprach der elegant gekleidete Mann George an, der nun Gelegenheit hatte, die Frau in Ruhe zu betrachten; er fand sie noch anziehender. Aber gerade als er hoffte, sie würde sich an der Unterhaltung beteiligen, flüsterte sie ihrem Begleiter etwas ins Ohr, lächelte und verschwand.

George war niedergeschlagen: Der Abend war ihm verdorben worden. Außerdem hatte er nur ein paar Dollar in der Tasche, er konnte den Mann nicht zu einem Drink einladen, um vielleicht etwas über die geheimnisvolle Frau zu erfahren. Aber zu seiner Überraschung wandte sich der Mann an ihn und fragte: «Darf ich Sie zu einem Drink einladen?»

George nahm an. Die Unterhaltung bewegte sich an Erfahrungen mit Hotels an der Riviera und endete dann mit Georges Geständnis, daß er dringend Geld brauchte, worauf der Mann meinte, es sei nicht schwer, zu Geld zu kommen. Aber wie dies zu machen sei, verriet er nicht. Statt dessen fragte er George aus.

George hatte, wie viele Männer, eine Schwäche: Wenn er in guter Stimmung war, erzählte er gerne von seinen Liebesabenteuern. Er war dabei sehr überzeugend und ließ durchblicken, daß er, sobald er nur den Fuß auf die Straße setzte, ein Abenteuer erleben könnte. Es würde immer einen interessanten Abend, eine interessante Frau geben.

Sein Gesprächspartner hörte ihm lächelnd zu.

Als George eine Pause einlegte, sagte der Mann: «Ich habe Sie richtig eingeschätzt. Als ich Sie sah, sagte ich mir: Dort sitzt mein Mann. Ich habe nämlich ein sehr kniffliges Problem, etwas absolut Einmaliges. Ich weiß nicht, ob Sie Erfahrungen mit schwierigen, neurotischen Frauen haben – nein? Nun gut, Ihre Erzählungen bestätigen es. Aber ich, ich habe solche Probleme. Vielleicht bin ich dazu vorbestimmt. Jedenfalls befinde ich mich gerade jetzt in einer sehr komplizierten Situation, ich weiß nicht, wie ich da überhaupt herauskommen kann. Deshalb brauche ich Ihre Hilfe. Sie sagen, Sie brauchen Geld. Lassen Sie mich Ihnen einen Vorschlag machen, ja? Sie können sich auf sehr angenehme Weise Geld beschaffen. Also hören Sie mir genau zu. Es gibt da eine Frau, die nicht nur reich, sondern auch unglaublich schön ist – in der Tat von einer einmaligen Schönheit. Sie könnte von jedem Menschen, der ihr gefällt, angebetet werden, könnte mit jedem, der ihr gefällt, glücklich verheiratet sein. Aber in einer Hinsicht ist sie pervers: Sie liebt nur das Unbekannte.»

«Liebt nicht jeder von uns das Unbekannte?» fragte George.

«Bei ihr ist es anders. Sie interessiert sich nur für einen Mann, den sie nie zuvor gesehen hat und den sie nie wiedersehen wird. Für diesen Mann wird sie alles tun.»

George brannte darauf, zu fragen, ob es die schöne Unbekannte war, die mit ihnen am Tisch gesessen hatte, aber er wagte es nicht. Der Mann schien nur widerwillig seine Geschichte zum besten geben zu wollen; nichtsdestoweniger hatte George den Eindruck, als dränget es ihn dazu. Er fuhr fort: «Das Glück dieser Frau ist in meinen Händen. Ich würde alles für sie tun. Ich habe mich geopfert, um ihre Launen zu befriedigen.»

«Ich verstehe», entgegnete George. «Mir würde es nicht anders gehen.»

«Nun», sagte der elegante Unbekannte, «wenn Sie die Güte hätten, mit mir zu kommen, könnte Ihnen dies mindestens für eine Woche aus Ihren Geldnöten helfen und außerdem noch Ihre Abenteuerlust befriedigen.»

George errötete vor Begeisterung. Zusammen verließen sie die Bar. Der Mann holte ein Taxi. Unterwegs gab er George fünfzig Dollar und erklärte ihm, er müsse ihm die Augen verbinden, denn George dürfte weder das Wohnhaus noch die Straße, in der es stand, erkennen, da er seine Erfahrung ja niemals wiederholen sollte.

George brannte vor Neugier und stellte sich die Frau, die er in der Bar getroffen hatte, vor: ihren roten Mund, die brennenden, vom Schleier halb verhüllten Augen. Was ihn besonders reizte, war ihr Haar; er liebte üppiges Haar, das zu schwer schien für ein Gesicht, er liebte diese anmutige, duftende, reiche Last. Haar gehörte zu seinen Leidenschaften.

Bereitwillig ließ er sich die Augen verbinden. Die Taxifahrt war kurz. Ehe er aus dem Wagen stieg, wurde ihm die Binde abgenommen, denn er sollte weder dem Fahrer noch dem Portier auffallen. Der Unbekannte hatte damit gerechnet, daß die Lichter im Foyer des Hauses ihn sowieso blenden würden. George konnte nur grelle Lampen und Spiegel erkennen.

Dann wurde er in eines der luxuriösesten Interieurs geführt, die er je gesehen hatte: ganz in Weiß, mit Spiegeln, exotischen Pflanzen, erlesenen, mit Damast überzogenen Möbeln und einem so dichten Teppich, daß man seine eigenen Schritte nicht hörte.

Sein Begleiter führte ihn durch eine Flucht von Räumen, von denen jeder in einem anderen Farbton gehalten war. Alle hingen voller Spiegel. Die Folge davon war, daß George jedes Gefühl für Perspektive verlor. Schließlich kamen sie in das letzte Zimmer. Ihm stockte der Atem. Er befand sich in einem Boudoir mit einem auf einer Estrade stehenden Himmelbett. Der Boden war mit Fellen ausgelegt, vor den Fenstern hingen duftig-weiße Gardinen, und überall nichts als Spiegel, Spiegel, Spiegel. Er war froh, daß er diese endlose Wiederholung seiner selbst ertragen konnte, das

Bild eines stattlichen Mannes, den das Geheimnisvolle der Situation mit einer nie gespürten, prickelnden Vorfreude und Spannung erfüllte. Was konnte dies alles bedeuten? Ihm blieb keine Zeit, sich diese Frage wirklich zu stellen.

Die Tür tat sich auf, und die Frau aus der Bar trat herein. Gleichzeitig verschwand der Mann, der ihn zu ihr geführt hatte. Sie hatte sich inzwischen umgezogen und trug jetzt ein elegantes, enganliegendes Seidenkleid, das die Schultern frei ließ. George schien es, als könnte sie das Kleid mit einer einzigen Bewegung wie eine schimmernde Hülse abstreifen und daß darunter ihre schimmernde Haut, ebenso weich und glatt wie Seide, zum Vorschein käme.

Er mußte sich beherrschen, er konnte es nicht fassen, daß diese schöne Frau nur für ihn da war, für einen ganz und gar Unbekannten. Außerdem war er verlegen. Was erwartete sie von ihm? Was suchte sie? Hatte sie einen Wunsch, der unerfüllt geblieben war? In einer Nacht müßte er ihr alles geben. Er würde sie nie mehr wiedersehen. Was wäre, wenn er den Schlüssel zu ihr fände und sie mehr als nur einmal besitzen könnte? Wie viele Männer waren wohl in dieses Zimmer gekommen?

Sie war außergewöhnlich reizvoll. Ihre Augen waren dunkel und feucht, ihr Mund glühte, die Haut reflektierte das Licht. Ihr Körper war völlig ebenmäßig. Sie besaß die geschwungenen Linien einer schlanken Frau und zugleich eine herausfordernde Fülle. Die Taille war schmal, was die Form ihrer Brüste um so wirkungsvoller hervorhob. Ihr Rücken war wie der einer Tänzerin; jede Bewegung unterstrich ihre vollen Hüften. Sie lächelte ihm zu, die Lippen halb geöffnet. George ging auf sie zu und berührte ihre bloßen Schultern mit dem Mund. Ihre Haut war von unglaublicher Zartheit. Welche Versuchung, das dünne Kleid ganz herunterzustreifen und ihre die Seide spannenden Brüste zu befreien! Welche Versuchung, sie auf der Stelle auszuziehen!

Aber George hielt sich zurück und dachte: Hier habe ich eine Frau, die man nicht wie gewöhnlich behandelt, eine Frau, bei der man subtil und raffiniert sein mußte. Noch niemals hatte er sich jede seiner Gesten so gründlich überlegt. Er war entschlossen, die Festung erst einmal eine Zeitlang zu belagern. Da die Frau offenbar auch keine Eile hatte, widmete er sich erst einmal ausführlich ihren nackten Schultern und atmete den schwachen, aber betäubenden Duft ein, den ihr Körper ausströmte.

Gewiß, er hätte sie auf der Stelle nehmen können, so unwiderstehlich war ihr Zauber, aber er wartete lieber auf ein Zeichen von ihr. Er wollte sie erregt wissen und nicht nur weich und schmiegsam wie Wachs unter seinen Händen.

Sie schien kühl, sie schien bereit, aber sie zeigte keinerlei Gefühl. Kein Zittern auf ihrer Haut, und obwohl ihr Mund geöffnet war und geküßt werden wollte, erwiderte er nichts.

Sie standen nahe bei dem Bett, stumm. Er zeichnete mit den Händen die seidigen Kurven ihres Körpers nach, als wollte er sich ganz damit vertraut machen. Dann ließ er sich langsam auf die Knie fallen und küßte und streichelte ihren Körper. Seine Finger spürten, daß sie unter dem Kleid nackt war. Er führte sie bis an die Bettkante. Sie setzte sich aufs Bett. Er zog ihr die Schuhe aus. Dann hielt er ihre Füße mit den Händen umspannt. Sie lächelte sanft und einladend. Er küßte ihre Füße, seine Hände griffen unter das lange Kleid und streichelten die nackten Beine bis hinauf zu den Oberschenkeln.

Sie überließ ihm ihre Füße, sie stemmte sie ihm gegen die Brust, während seine Hände unter dem Kleid ihre Beine liebkosten. Die Haut war unglaublich weich; wie zart würde sie ganz oben, nahe der Scham sein? Aber die Frau hielt die Schenkel zusammengepreßt, er konnte seine Entdeckungsreise nicht fortsetzen. Er erhob sich, beugte sich über sie und drückte sie sanft aufs Bett. Sie legte sich zurück und öffnete ein wenig die Beine.

Er fuhr mit den Händen wieder über ihren ganzen Körper, als wollte er auch den kleinsten Teil mit seiner Berührung entflammen. Er liebkoste sie nochmals von den Schultern bis zu den Füßen. Dann schob er erneut seine Hand zwischen ihre Beine, die sie jetzt leicht geöffnet hatte. Fast kam er bis an ihre Spalte. Unter seinen Küssen hatte sich ihre Frisur gelöst, das Kleid war von den Schultern gerutscht, die Brüste nur noch halb verdeckt. Mit seinem Mund schob er das Kleid vollends herunter und enthüllte die Brüste: Sie waren genauso, wie er vermutet hatte – verführerisch, straff, mit einer wunderbar zarten Haut und rosafarbenen Spitzen, wie die eines jungen Mädchens.

Ihre Passivität reizte ihn; er wollte ihr weh tun, nur, um überhaupt eine Reaktion zu erreichen. Die Liebkosungen erregten ihn, aber sie blieb völlig abwartend. Als er ihre Schamlippen sanft streichelte, fühlten sie sich weich an, beinahe kühl, sie pulsierten nicht.

George glaubte nun, der Schlüssel zu dieser Frau sei ihre Gefühlskälte. Aber andererseits konnte es auch wieder nicht so sein, dafür war ihr Körper viel zu sinnlich, die Haut zu sensitiv, der Mund zu üppig. Unmöglich, daß sie nichts empfand. Er streichelte sie jetzt unentwegt, fast wie im Traum, als hätte auch er unendlich viel Zeit und könnte warten, bis das Feuer in ihr aufloderte.

Die Spiegel warfen das Bild der Frau zurück: Das Kleid, das ihre Brüste frei ließ, die schönen nackten Füße, die über den Bettrand hingen, die Beine, die unter dem Kleid geöffnet waren.

Er mußte ihr das Kleid ausziehen, mußte sich zu ihr legen, mußte ihren ganzen Körper gegen seinen pressen. Sie half ihm, das Kleid ganz abzustreifen. Ihr Körper tauchte aus den seidenen Falten auf wie der der schaumgeborenen Venus aus den Wellen. Er hob sie hoch, damit sie sich flach auf das Bett legen konnte. Sein Mund regnete Küsse auf ihren Körper.

Dann aber geschah etwas Merkwürdiges. Als er sich vornüber beugte, um sich an der Schönheit ihrer rosigen Frucht satt zu sehen, bebte sie. George schrie fast vor Freude.

Sie flüsterte: «Zieh dich aus.»

Er tat es. Nackt fühlte er sich stark. Er fühlte sich wohler, denn er besaß einen durchtrainierten Körper, er war ein glänzender Schwimmer, Läufer und Bergsteiger. Er wußte, daß sie an ihm Gefallen finden würde. Sie blickte ihn an.

Gefiel er ihr? Würde es sie zugänglicher machen, wenn er sich über sie beugte? Er begehrte sie jetzt so sehr, daß er nicht länger warten konnte, sie mit der Spitze seines Gliedes zu berühren. Aber sie unterbrach ihn, sie wollte seinen Schwanz küssen und streicheln. Sie tat es mit einer solchen Hingabe, daß sie sich plötzlich mit ihrer vollen Rückseite vor seinem Gesicht befand und er sie nach Herzenslust küssen und züngeln konnte.

Ihn erfüllte ein Verlangen, jeden Winkel ihres Körpers zu erforschen, zu berühren. Mit zwei Fingern öffnete er ihre Schamlippen und konnte sich nicht satt sehen an der strahlenden Haut, dem zarten Honigfluß, dem Haar, das sich um seine Finger lockte. Sein Mund wurde immer gieriger, als wäre er selbst zum Sexorgan geworden und imstande, sie so zu genießen, daß er ungeahnte Wonnen erleben könnte, würde er noch länger ihr Fleisch mit seiner Zunge liebkosen. Als er sie ganz zart ins Fleisch biß, spürte er wieder einen Lustschauder. Jetzt drängte er sie weg von seinem Diener der Lust, denn er befürchtete, sie könnte sich nur mit den Küssen befriedigen und er würde um ihren Schoß, den er fühlen wollte, betrogen. Es war, als wären beide gierig nach dem Geschmack des Fleisches. Ihre Münder schmolzen zusammen und suchten die behenden Zungen.

Ihr Blut stand jetzt in Flammen. Endlich hatte er es geschafft. Warum? Weil er sich Zeit gelassen hatte. Ihre Augen funkelten, ihr Mund blieb auf seinem Körper. Schließlich nahm er sie, wie sie sich ihm bot: Ihre wunderbaren Finger öffneten ihm selbst die Stätte letzter Ekstase, als könnte sie nicht länger warten. Aber selbst dann hielten sie sich zurück: Sie fühlte ihn, ruhig und eng umschlossen, und hielt ihn in sich.

Dann zeigte sie auf den Spiegel und lachte. «Schau hin, sieht es nicht so aus, als liebten wir uns nicht, als säße ich nur auf deinen Knien? Und in Wahrheit, du Schuft, hattest du ihn die ganze Zeit über in mir, du bebst sogar! Ah, ich kann es nicht länger aushalten, ich kann nicht länger so tun, als hätte ich nichts in mir. Ich verbrenne! Stoß jetzt zu!»

Sie warf sich über ihn, spießte sich auf seinen glühenden Schwanz, bewegte ihr Becken, umkreiste ihn und verschaffte sich bei diesem Tanz eine derartige Wonne, daß sie laut aufschrie. Im selben Augenblick fuhr ein Blitzstrahl der Ekstase durch Georges Körper.

Trotz der Intensität ihres Liebensspiels wollte sie beim Abschied Georges Namen nicht wissen; auch bat sie ihn nicht, wiederzukommen. Statt dessen gab sie ihm einen flüchtigen Kuß auf seine schmerzenden Lippen und schickte ihn weg. Monatelang verfolgte ihn die Erinnerung an diesen Abend; mit keiner anderen Frau vermochte er eine ähnliche Erfahrung zu wiederholen.

Eines Tages traf er einen Bekannten, der gerade sehr großzügig für einen Artikel honoriert worden war und ihn zu einem Drink einlud. Er berichtete George von einer außergewöhnlichen Szene, bei der er Zeuge gewesen war. Er hatte gerade viel Geld in einer Bar ausgegeben, als ein sehr distinguiert aussehender Mann ihn ansprach und ihm eine ungewöhnliche Form von Amüsement versprach: Er könne eine leidenschaftliche Liebesszene beobachten. Zufällig war Georges Bekannter ein eingefleischter Voyeur. Also sagte er sofort zu. Er wurde in ein geheimnisvolles Haus geführt und dann in ein prunkvoll ausgestattetes Appartement. Man verbarg ihn in einem verdunkelten Zimmer, von wo aus er beobachten und zusehen konnte, wie eine Nymphomanin sich mit einem sehr liebeskundigen, potenten Mann vergnügte.

George glaubte, sein Herz stünde still. «Beschreibe sie», sagte er.

Sein Bekannter beschrieb die Frau, die George geliebt hatte. Er schilderte jedes Detail, das seidige Kleid, das Himmelbett, die Spiegel, alles. Georges Bekannter hatte einhundert Dollar für die Vorstellung bezahlt. Es hätte sich gelohnt, meinte er, denn es hätte stundenlang gedauert.

Armer George. Monatelang rührte er keine Frau an. Er konnte es einfach nicht fassen – diese Niederträchtigkeit, diese Verstellung! Die fixe Idee setzte sich bei ihm fest, daß Frauen, die ihn zu sich in die Wohnung baten, immer einen Zuschauer mit eingeladen hatten, der sich hinter dem Vorhang verbarg.

Henry Miller

Mademoiselle Claude

Als ich diese Erzählung zu schreiben begann, fing ich mit der Bemerkung an, daß Mademoiselle Claude eine *Hure* war. Natürlich ist sie eine Hure, ich versuchte gar nicht, das abzuleugnen, nur sage ich jetzt: Wenn Mademoiselle Claude eine Hure ist, welchen Namen soll ich dann für die anderen Frauen finden, die ich kenne? Irgendwie reicht das Wort Hure nicht aus. Mademoiselle Claude ist mehr als eine Hure. Ich weiß nicht, wie ich sie nennen soll. Vielleicht nur Mademoiselle Claude.

Da war die Tante, die jeden Abend auf sie wartete. Offen gestanden, ich konnte diese Geschichte nicht recht glauben. Zum Teufel mit der Tante. Es war wohl eher ihr *Zuhälter*. Aber schließlich ging das ja niemand etwas an als sie selbst. Trotzdem wurmte es mich – dieser Kerl, der auf sie wartete und sie vielleicht kurzerhand verprügelte, wenn sie nicht rechtzeitig kam. Und wie gut sie sich auch auf die Liebe verstand (ich meine damit, daß Mademoiselle Claude wirklich zu lieben wußte), im Hintergrund meines Denkens stand immer das Bild jenes blutsaugerischen Burschen mit niedriger Stirn, der den ganzen Rahm abschöpfte. Es hat keinen Zweck, eine Hure ernst zu nehmen – selbst wenn sie noch so freigebig und bereitwillig ist, selbst wenn man ihr eine Tausend-Franc-Note zugesteckt hat (wer würde das schon tun?) – immer ist da ein Kerl, der irgendwo auf sie wartet, und was du gehabt hast, war nur eine Kostprobe, er schöpft den Rahm ab, da kannst du sicher sein.

Aber all das war, wie ich später herausfand, eine reine Gefühlsverschwendung. Da gab es keinen Zuhälter – jedenfalls nicht in Claudes Fall. Ich bin der erste Zuhälter, den Claude jemals gehabt hat. Und ich bezeichne mich gleichfalls nicht als Zuhälter. Vielleicht ist Kuppler das richtige Wort. Ich bin jetzt ihr Kuppler. Auch recht!

Ich erinnere mich genau an das erste Mal, als ich sie auf mein Zimmer nahm, wie närrisch ich mich benahm. Wo Frauen im Spiel sind, da benehme ich mich immer wie ein Narr. Das Schlimme ist, daß ich sie vergöttere, und Frauen wollen nicht vergöttert werden. Sie wollen ... nun, jedenfalls in der ersten Nacht – ob ihr's glaubt oder nicht – benahm ich mich, als hätte ich nie zuvor mit einer Frau geschlafen. Bis zum heutigen Tage begreife ich nicht, wie das kam. Aber es war so.

Ehe sie sich anschickte, ihre Sachen abzulegen, erinnere ich mich, daß sie neben dem Bett stand, mich ansah und vermutlich wartete, daß ich etwas unternahm. Ich zitterte. Seitdem wir aus dem Café gegangen waren, hatte ich schon gezittert. Ich gab ihr einen flüchtigen Kuß – auf die Lippen, glaube ich. Ich weiß nicht – vielleicht küßte ich sie auch auf die Braue – ich gehöre zu den Männern, die so etwas tun ... bei einer Frau, die ich nicht kenne. Irgendwie hatte ich das Gefühl, als ob sie mir einen riesigen Gefallen erweise. Selbst eine Hure kann einen Mann so etwas manchmal fühlen lassen. Aber Claude ist nicht nur eine Hure, wie ich schon sagte.

Bevor sie nur ihren Hut abnahm, ging sie zum Fenster, schloß es und zog die Vorhänge zu. Dann sah sie mich von der Seite an, lächelte und murmelte etwas von ausziehen wollen. Während sie mit dem Bidet herumfuhrwerkte, begann auch ich mich auszukleiden. Ich war wirklich nervös. Ich dachte, vielleicht wäre es ihr peinlich, wenn ich ihr zusähe, ich machte mir daher mit den Papieren auf meinem Tisch zu schaffen, kritzelte ein paar bedeutungslose Notizen und stülpte den Deckel über die Schreibmaschine. Als ich mich umwandte, stand sie im Hemd neben dem Ausguß und trocknete sich die Beine ab.

«Mach zu! Geh ins Bett!» sagte sie. «Wärme es an!» und dabei tupfte sie sich noch ein paarmal mit dem Handtuch ab.

Alles war so verdammt natürlich, daß ich mein Unbehagen und meine Nervosität zu verlieren begann. Ich bemerkte, daß ihre Strümpfe sorgfältig heruntergerollt waren, und um ihre Hüfte baumelte eine Art Harnisch, den sie jetzt über die Stuhllehne warf.

Im Zimmer war es recht kalt. Wir kuschelten uns zusammen und lagen eine Zeitlang schweigend da, eine lange Zeit, und wärmten einander. Ich hatte den einen Arm um ihren Hals gelegt, mit dem anderen hielt ich sie an mich gepreßt. Sie sah mir immer noch in die Augen mit dem gleichen erwartungsvollen Blick, den ich zum ersten Mal bemerkt hatte, als wir das Zimmer betraten. Ich fing wieder zu zittern an. Mein Französisch ließ mich im Stich.

Ich erinnere mich jetzt nicht mehr, ob ich ihr damals und bei jener Gelegenheit sagte, daß ich sie liebe. Wahrscheinlich tat ich das. Jedenfalls, wenn ich es tat, so vergaß sie es vermutlich augenblicklich wieder. Als sie ging, gab ich ihr das Buch «Aphrodite», von dem sie sagte, daß sie es nie gelesen hätte, und ein Paar Seidenstrümpfe, die ich für jemand anderen gekauft hatte. Ich konnte sehen, daß sie sich über die Strümpfe freute.

Als ich sie das nächste Mal traf, hatte ich mein Hotel gewechselt. Sie sah sich in ihrer raschen, alles umfassenden Art im Zimmer um und erkannte auf den ersten Blick, daß es mir nicht zum Besten ging. Sehr naiv fragte sie mich, ob ich genug zu essen bekäme. «Du mußt hier nicht lange bleiben», sagte sie. «Es ist sehr traurig hier.» Vielleicht sagte sie nicht «traurig», das war es aber, was sie meinte, das weiß ich genau.

Es war wirklich traurig. Die Möbel fielen auseinander, die Fensterscheiben waren zerbrochen, der Teppich war fadenscheinig und schmutzig, und es gab kein laufendes Wasser. Auch das Licht war düster – ein düsteres, gelbes Licht, das der Bettdecke ein grelles, schimmeliges Aussehen gab.

An jenem Abend behauptete sie aus irgendeinem Grunde, eifersüchtig zu sein. «Da ist jemand anderes, den du liebst», meinte sie.

«Nein, es gibt niemand anderes», antwortete ich.

«Dann küß mich», sagte sie und schmiegte sich eng an mich; ihr Körper war warm und kribbelnd. Mir schien es, als würde ich in der Wärme ihres Fleisches schwimmen – nicht schwimmen, sondern ertrinken, in Wonne ertrinken.

Nachher unterhielten wir uns über Pierre Loti und über Stambul. Sie sagte, sie würde gerne eines Tages nach Stambul gehen, ich sagte, auch ich würde gerne dort hingehen. Und dann plötzlich sagte sie – ich glaube, das war es, was sie sagte: «Du bist ein Mann mit einer Seele.» Ich versuchte nicht, es abzuleugnen – ich war zu glücklich, glaube ich. Wenn man von einer Hure gesagt bekommt, man habe eine Seele, so bedeutet das irgendwie mehr. Huren sprechen im allgemeinen nicht von der Seele.

Dann geschah noch etwas Seltsames. Sie weigerte sich, Geld anzunehmen. «Du mußt nicht an Geld denken», meinte sie. «Wir sind jetzt Freunde. Und du bist sehr arm...»

Sie ließ es nicht zu, daß ich vom Bett aufstand, um sie beim Abschied hinauszubegleiten. Sie nahm ein paar Zigaretten aus ihrer Handtasche und legte sie auf den Tisch neben dem Bett; eine davon steckte sie mir in den Mund und zündete sie mir mit einem kleinen bronzenen Feuerzeug an, das man ihr geschenkt hatte. Sie beugte sich herunter, um mich zum Abschied zu küssen.

Ich hielt sie am Arm fest. «Claude», sagte ich, «du bist beinahe ein Engel.»

«Ah non!» erwiderte sie rasch, und es lag fast ein Ausdruck des Schmerzes oder des Schreckens in ihren Augen.

Dieses «beinahe» war wirklich Claudes ganzer Kummer. Ich fühlte es sofort. Und dann der Brief, den ich ihr bald darauf gab – der beste Brief, den ich in meinem ganzen Leben geschrieben habe, obwohl das Französisch abscheulich war. Wir lasen ihn zusammen in dem Café, in dem wir uns gewöhnlich trafen. Wie gesagt, das Französisch war schauderhaft, ausgenommen eine oder zwei Stellen, die ich bei Paul Valéry entlehnt hatte. Sie hielt einen Augenblick inne, als sie an diese Stelle kam. «Sehr gut ausgedrückt!» rief sie aus. «Wirklich sehr gut!» Und dann blickte sie mich recht vielsagend an und las weiter. Oh, es war nicht Valéry, der es ihr angetan hatte. Durchaus nicht. Ich hätte auch ohne ihn auskommen können. Nein, es war die Sache mit dem Engel. Ich hatte sie wieder eingeflochten – und diesmal schmückte ich sie aus, so zart und eindrucksvoll, wie ich es nur konnte. Doch als wir an den Schluß kamen, fühlte ich mich ziemlich unbehaglich. Es war recht billig, ihre Unwissenheit so zu mißbrauchen. Ich will nicht behaupten, daß es nicht ernst gemeint war, was ich schrieb, aber nach der ersten spontanen Geste – ich weiß nicht, es war eben doch nur Literatur. Und dann erschien er mir noch schäbiger denn je, als Claude ein wenig später, da wir zusammen auf dem Bettrand saßen, den Brief nochmals lesen wollte, wobei sie mich diesmal auf die Grammatikfehler aufmerksam machte. Ich verlor ein wenig die Geduld mit ihr, und sie war gekränkt. Aber sie war trotzdem sehr glücklich. Sie sagte, sie würde den Brief immer aufheben.

Beim Morgengrauen ging sie fort. Wieder die Tante. Ich hatte mich jetzt mit dieser Geschichte abgefunden. Überdies, wenn es nicht die Tante war, würde ich es jetzt bald herausfinden. Claude konnte sich schlecht verstellen – und dann die Sache mit dem Engel... das hatte sie tief beeindruckt.

Ich lag wach da und dachte über sie nach, aber nicht lange. Sie war wirklich fabelhaft zu mir gewesen. Der Zuhälter! Ich dachte auch an ihn, aber nicht lange. Ich ließ mir seinetwegen kein graues Haar mehr wachsen. Claude – ich dachte nur an sie und wie ich sie glücklich machen konnte. Spanien... Capri... Stambul... ich konnte sie vor mir sehen, wie sie gemächlich im Sonnenschein dahinschlenderte, den Tauben Brotkrumen zuwarf oder sie beim Baden beobachtete, oder wie sie in einer Hängematte lag mit einem Buch in der Hand, einem Buch, das ich ihr empfohlen hatte. Das arme Mädchen, wahrscheinlich war sie in ihrem ganzen Leben nie weiter als bis nach Versailles gekommen. Ich konnte den Ausdruck in ihrem Gesicht sehen, wenn wir in den Zug einstiegen und später, wie sie neben einem Brunnen stand irgendwo in Madrid oder Sevilla. Ich konnte sie fühlen, wie sie neben mir herging, ganz nahe, immer ganz nahe, weil sie mit sich allein nichts anzufangen wußte, und selbst wenn wir stumm blieben, hatte ich es gerne. Lieber jemanden wie Claude neben sich haben als eine gottverdammte Plapperliese oder ein leichtes, kleines Geschöpf, das es immer nur darauf anlegt, etwas aus einem herauszuholen, selbst wenn sie mit einem im Bett liegt. Nein, bei Claude konnte ich mich geborgen fühlen. Später würde es vielleicht langweilig werden – später... später. Ich war froh, an eine Hure geraten zu sein. Eine treue Hure! Jesus, ich kenne Leute, die sich krank lachen würden, wenn ich jemals so etwas sagte.

Ich habe Claude gebeten, zu mir zu ziehen, und sie hat es

abgelehnt. Das ist ein Schlag. Ich weiß, nicht weil ich arm bin –
Claude weiß alles über meine Geldverhältnisse, über das Buch,
das ich schreibe usw. Nein, da muß es einen anderen, tieferen
Grund geben. Aber sie will nicht damit herausrücken.

Und dann ist da noch etwas: Ich habe angefangen, wie ein
Heiliger zu handeln. Ich mache allein lange Spaziergänge, und was
ich jetzt schreibe, hat nichts mit meinem Buch zu tun. Es scheint,
als wäre ich allein im Universum, als wäre mein Leben in sich
abgeschlossen und abgesondert wie das einer Statue. Ich habe
sogar den Namen meines Schöpfers vergessen. Und ich habe das
Gefühl, als seien mir alle meine Handlungen eingegeben, als sollte
ich nur Gutes tun auf dieser Welt. Ich verlange von niemandem
Zustimmung.

Ich weigere mich, von Claude noch irgendwelche Wohltaten
anzunehmen. Ich merke mir alles, was ich ihr schulde. Sie schaut
jetzt traurig drein, Claude. Manchmal, wenn ich sie vor einem
Café sitzend antreffe, könnte ich schwören, daß Tränen in ihren
Augen stehen. Sie liebt mich jetzt, ich weiß es. Sie liebt mich
hoffnungslos. Stunden um Stunden sitzt sie dort auf der Caféterrasse. Manchmal gehe ich mit ihr, weil ich es nicht ertragen kann,
sie so unglücklich zu sehen, sie warten zu sehen, warten, warten... Ich habe sogar zu einigen meiner Freunde von ihr gesprochen, sie auf Claude aufmerksam gemacht. Ja, alles ist besser, als
Claude wartend dasitzen zu sehen, immer wartend. Was denkt
sie, wenn sie so allein dasitzt?

Ich frage mich, was sie wohl sagen würde, wenn ich eines Tages
zu ihr hinginge und ihr eine Tausend-Franc-Note zusteckte. Einfach zu ihr hinginge, wenn sie jenen melancholischen Blick in den
Augen hat, und sagen würde: «Hier ist etwas, das ich neulich
vergessen habe.» Manchmal, wenn wir Seite an Seite liegen, und es
kommt jenes lange, lastende Schweigen, sagt sie zu mir: «Woran
denkst du jetzt?» Und ich antworte jedesmal: «An nichts!» Aber
was ich wirklich bei mir denke, ist: «Hier ist etwas, das...» Das
ist die schöne Seite der *amour à crédit*.

Wenn sie sich von mir verabschiedet, ertönen die Glocken
silberhell. Sie rückt alles zurecht in mir. Ich lege mich in mein
Kissen zurück und genieße wollüstig die schwache Zigarette, die

sie mir dagelassen hat. Ich brauche mich um nichts zu kümmern. Hätte ich eine Gaumenplatte im Munde, so bin ich sicher, sie würde nicht vergessen, sie in ein Wasserglas auf dem Tisch neben meinem Bett zu legen, zusammen mit den Streichhölzern und dem Wecker und all dem anderen Kram. Meine Hose ist sorgfältig in Falten gelegt, und mein Hut und Mantel hängen an einem Kleiderrechen bei der Tür. Alles ist an seinem Platz. Wundervoll! Wenn man eine Hure hat, besitzt man ein Juwel.

Das Beste daran ist, daß das schöne Gefühl andauert. Ein mystisches Gefühl ist es, und um mystisch zu werden, muß man die Einheit des Lebens fühlen. Ich mache mir nicht viel daraus, ob ich ein Heiliger bin oder nicht. Ein Heiliger kämpft zuviel. Aber in mir ist kein Kampf mehr. Ich bin zu einem Mystiker geworden. Aus mir spricht Güte, Friede und Heiterkeit. Ich stöbere mehr und mehr Kunden für Claude auf, und sie hat nicht länger diesen traurigen Blick in den Augen, wenn ich ihr begegne. Wir essen fast jeden Tag zusammen, sie besteht darauf, mich in teuere Lokale zu führen, und ich habe keine Bedenken mehr. Ich genieße jede Phase des Lebens – die teueren Lokale sowohl als auch die billigen. Wenn es Claude glücklich macht...

Und doch denke ich an etwas. Eine Nichtigkeit, gewiß, aber in letzter Zeit wird diese Nichtigkeit immer gewichtiger in meinem Denken. Das erste Mal erwähnte ich nichts davon. Eine ungewollte Anwandlung von Zartgefühl, dachte ich bei mir. Eigentlich bezaubernd. Das zweite Mal – war es Zartgefühl oder nur Achtlosigkeit? Doch *rien à dire*. Zwischen dem zweiten und dritten Mal wurde ich sozusagen untreu. Ja, eines Abends ging ich die Grands Boulevards hinauf, ein bißchen betrunken. Nachdem ich von der Place de la République bis zum Le Matin Spießruten gelaufen war, griff mich eine große, grindige Schlampe auf, die ich sonst nicht einmal angepißt hätte. Eine komische Geschichte! Alle paar Minuten klopften neue Kunden an unserer Türe. Arme kleine ehemalige Tänzerinnen aus den Folies-Bergère bettelten den guten Monsieur um ein kleines Trinkgeld an – dreißig Francs ungefähr. Für was bitten sie? *Pour rien – pour le plaisir.* Ein höchst seltsamer und höchst komischer Abend. Ein oder zwei Tage später eine Reizung. Beunruhigung. Eiliger Gang zum amerikanischen Krankenhaus. Visionen von Ehrlich und seinen schwarzen Zigarren. Aber alles in Ordnung. Unnötige Beunruhigung.

Als ich die Sache bei Claude zur Sprache bringe, blickt sie mich erstaunt an. «Ich weiß, daß du alles Vertrauen in mich hast, Claude, aber...» Claude weigert sich, an die Angelegenheit Zeit zu verschwenden. Ein Mann, der wissentlich und nach reiflicher Überlegung eine Frau ansteckt, ist ein Verbrecher. Das ist Claudes Standpunkt. *«C'est vrai, n'est-ce pas?»* fragt sie. Es stimmt allerdings. Jedoch... Doch wir sprechen nicht mehr darüber. Jeder Mann, der so etwas tun würde, ist ein Verbrecher.

Allmorgendlich jetzt, wenn ich mein Paraffinöl einnehme – ich nehme es immer mit einer Orange –, muß ich an diese Verbrecher denken, die eine Frau anstecken. Das Paraffinöl macht den Löffel sehr klebrig. Man muß ihn gut abwaschen. Ich wasche das Messer und den Löffel sehr sorgfältig ab. Ich tue alles sorgfältig – das liegt in meiner Natur. Nachdem ich mir das Gesicht gewaschen habe, schaue ich das Handtuch an. Die Wirtin gibt nie mehr als drei Handtücher in der Woche heraus, am Dienstag sind sie bereits alle schmutzig. Ich trockne das Messer und den Löffel mit einem Handtuch ab; für das Gesicht benütze ich die Bettdecke – ich reibe es leicht mit einer Ecke des Fußendes der Bettdecke ab.

Die Rue Hippolyte Maindron kommt mir gemein vor. Ich verabscheue alle die schmutzigen, engen, gekrümmten Straßen mit romantischer Umgebung. Paris erscheint mir wie ein großes, häßliches Schankergeschwür. Die Straßen sind wie vom Brand befallen. Jedermann hat ihn – wenn es kein Tripper ist, dann ist es Syphilis. Ganz Europa ist verseucht, und Frankreich ist's, das es verseucht hat. Das kommt davon, wenn man Rabelais und Voltaire bewundert! Ich hätte nach Moskau gehen sollen, wie ich es vorhatte. Auch wenn es keine Sonntage in Rußland gibt, was macht das schon aus? Der Sonntag ist jetzt wie jeder andere Tag, nur die Straßen sind bevölkerter, mehr Opfer gehen herum, die einander anstecken.

Beachtet bitte, daß es nicht Claude ist, von der ich schwärme. Claude ist ein Juwel, ein Engel, und da gibt es kein «beinahe». Da ist der Vogelkäfig, der vor dem Fenster hängt, und da sind auch Blumen – obwohl es nicht Madrid oder Sevilla ist, es keine Brunnen gibt, keine Tauben. Nein, sondern jeden Tag die Klinik. Claude geht durch die eine Tür und ich durch die andere. Keine teuren Restaurants mehr. Jeden Abend wird ins Kino gegangen und versucht, den Kopf hochzuhalten. Kann den Anblick des Café du Dome und der Coupole nicht mehr ertragen... Diese Männer, die auf der Caféterrasse herumsitzen, so sauber und gesund aussehend mit ihrer Sonnenbräune, ihren gestärkten Hemden und ihrem Eau-de-Cologne. Es war nicht Claudes Schuld. Ich versuchte sie vor diesen bieder aussehenden Burschen zu warnen. Sie hatte ein so verdammtes Selbstvertrauen – die Einspritzungen und alles Drum und Dran. Und dann: Jeder Mann, der so etwas tun würde... Nun, genau so trug es sich zu. Mit einer Hure zu leben – selbst mit der besten Hure der Welt – bedeutet nicht, daß man auf Rosen gebettet ist. Es ist nicht die Zahl der Männer, obwohl einem auch das manchmal auf die Nerven geht – es ist die immerwährende Hygiene, die Vorsichtsmaßregeln, die Irrigatoren, die Untersuchungen, die Beunruhigung, die Angst. Und dann, trotz allem... ich sagte Claude... ich sagte ihr zu wiederholten Malen: «Nimm dich in acht vor diesen hübschen Burschen.»

Nein, ich mache mir selbst Vorwürfe wegen allem, was passiert ist. Nicht zufrieden damit, ein Heiliger zu sein, wollte ich es auch beweisen. Sobald ein Mann erkennt, daß er ein Heiliger ist, sollte er es dabei bewenden lassen. Zu versuchen, den Heiligen bei einer kleinen Hure zu spielen, ist genau so, wie wenn man über die Hintertreppe in den Himmel klettern wollte. Wenn Claude mich umarmt – sie liebt mich jetzt mehr denn je – scheint es mir, als sei ich nur eine verdammte Mikrobe, die sich ihren Weg in Claudes Seele gebahnt hat. Ich fühle, daß, wenn ich auch mit einem Engel lebe, ich doch versuchen sollte, einen Mann aus mir zu machen. Wir sollten aus diesem schmutzigen Loch herauskommen und irgendwo im Sonnenschein leben, in einem Zimmer mit einem Balkon und einem Blick auf den Fluß, mit Vögeln, Blumen, das Leben strömt vorbei – nur sie und ich und sonst nichts.

Lynn Keefe

Party in Hollywood

Jede mit Hollywood und seinen lieben Menschen bekannte Hure weiß zumindest eine Geschichte über jene Einrichtung zu erzählen, die sich ganz schlicht «Party» nennt. Ich wähle dieses Wort mit Bedacht – es sagt etwas ganz Bestimmtes. Aber nicht das, was man sonst darunter versteht. In Hollywood heißt Party Orgie.

Eine Party dieser Art gibt den Rahmen ab, in dem die Insassen der Heilstätte Hollywood Geschäft mit Beschäftigung verbinden – das heißt Geldverdienen mit sexuellem Leistungsbeweis. Die Gästezahl schwankt zwischen zwei und zweihundert. Anlaß kann alles sein, vom Geburtstag bis zur Scheidung, aber auch ein langweiliger Abend, einer, an dem nichts los ist (für Hollywood eine glatte Provokation, die das allgemeine Bettgelüsten auf den Siedepunkt treibt).

Eine Party dauert zwischen einem und fünf Tagen, manchmal aber auch länger. Es wäre da vor allem eine neuntägige Party zu erwähnen, die unter Mitwirkung einiger Spitzenstars der Branche in einem Stil abgezogen wurde, der Neros wüsteste Gastmähler zur englischen Teestunde verbleichen läßt.

Manche Nutten nahmen an so was als Gäste der Hausfrau oder des Hausherrn teil und starben fast vor Stolz, daß sich die Filmgiganten überhaupt zu dieser Einladung herabgelassen hatten. Ich sah das anders. Ich wollte meine kostbaren Fähigkeiten nicht an Leute verschwenden, an denen ich möglicherweise später mal was verdiente. Wenn ich auf eine Party ging, dann entweder als Begleiterin eines Kunden, der mir dafür zweihundert Dollar zahlte, oder als vom Gastgeber engagierte Dame, die fünfhundert für die Nacht bekam.

Meine Politik hat sich als sehr erfolgreich erwiesen. Manche meiner Kolleginnen machten sich auf solchen Partys mit Gratisdienstleistungen fertig; sie mußten später, da man sie bald überbekam, hinter den billigsten Kerlen herlaufen. Ich hielt mich schön zurück, ging nicht unter mein (Preis-)Niveau und blieb populär. Und es gibt kaum etwas Aufbauenderes für das Selbstgefühl einer Prostituierten als eine solche Entwicklung.

Daß ich so beliebt und gesucht war, brachte mich aber nicht um den Verstand. Ich behielt klaren Kopf. Bis zu jenem Nachmittag, an dem mich Drehbuchautor Tommy Carson anrief. Da wäre ich fast übergeschnappt.

In einer Stadt wie Hollywood, in der das Anomale als Regel gilt und das Außerordentliche als selbstverständlich hingenommen wird, wirkte dieser Tommy Carson wie ein echter Saubermann, wie einer der Pilgerväter, kurz, wie ein Charakter. Warum? Sein Liebesleben war absolut ungewöhnlich – er schien nämlich keines zu haben. In Hollywood wissen alle über alle Bescheid, keine Affäre bleibt verborgen, kein Schritt bleibt geheim – und da war es um so auffallender, daß keiner etwas Näheres über Tommys erotische Gewohnheiten wußte.

Tommy hätte sich unter einem halben Dutzend Stars eine aussuchen können – attraktiv genug war er. Aber er behandelte sie alle kühl, wenn nicht geringschätzig, was besonders zwei Damen auf die Palme brachte, die sich schrecklich um ihn bemühten und nie zum Ziel kamen. Das nun hätte an und für sich auf Homosexualität Tommys schließen lassen – aber als sich zwei Tunten an ihn heranmachten, ließ er auch die kalt abfahren. Ein ältlicher Schwuler, überzeugt von Tommys latenter Neigung zum gleichen Geschlecht, mietete einen der beliebtesten und teuersten Strichjungen an. Wenn irgendeiner, so glaubte der alte Zuckerjunge, Tommys Widerstand zu brechen vermochte, dann dieser herrliche Knabe. Er bezahlte ihm hundert Dollar auf die Hand und garantierte weitere neunhundert, falls er Tommy schaffte. Es wurde ein Reinfall.

Die Klatschmäuler Hollywoods ratterten ratlos und erhoben Tommy zum Fetischisten, zum Sadisten, zum Voyeur. Er müsse unvorstellbar abnorm sein, hieß es. Aber alle diese Gerüchte verstummten, sobald jemand versuchte, Tommy in eine Situation hineinzumanövrieren, in der sich seine wahre Art herausstellen sollte.

Ein Komiker hatte großen Erfolg mit der Bemerkung, er habe Tommy endlich völlig durchschaut. «Tommy ist ein Solosexueller», gluckste der Bühnenmann. «Er macht es ganz allein.»

Jedenfalls blieb Tommys Geschlechtsleben das größte und meistbequatschte Geheimnis seit dem Auftreten der Dame in Schwarz, die jedes Jahr Blumen auf Rudolph Valentinos Grab streute. Sie können sich also meine Aufregung vorstellen, als mich Tommy telefonisch fragte, ob ich in der kommenden Woche für die Party eines prominenten Produzenten verfügbar sei. Für meine Verhältnisse war das wie ein «Oscar» – ich sagte begeistert zu. Tommy fragte mich nach meiner Gebühr für den Abend.

«Zweihundert, wie üblich.»

«Und was ist da inbegriffen?» Es war sehr geschäftsmäßig.

«Was Sie wollen, außer Sadistik.»

Mit der nächsten Frage zögerte er etwas. «Angenommen», sagte er schließlich, «ich wollte Sie mit einem Freund teilen?»

Doppelbesetzung hätte für mich hundert Dollar zusätzlich bedeutet. Aber weil ich so gespannt auf Tommy war, verzichtete ich auf den Preisaufschlag. Unter diesen Umständen hätte ich es auch umsonst gemacht.

«Das liegt bei Ihnen», antwortete ich. «Freund oder nicht – Sie können über mich verfügen.»

«Ausgezeichnet», sagte er. «Ich rufe Sie gegen sieben an.»

In den nächsten Tagen versuchte ich alles über Tommy in Erfahrung zu bringen, was nur herauszubekommen war. Es ergab sich, daß sein Berufsleben nicht weniger geheimnisvoll war als sein Liebesleben.

Er war aus New York gekommen, wo er für eine Frauenzeitschrift gearbeitet und in literarischen Magazinen einige Erzählungen veröffentlicht hatte. Am meisten verdiente er aber als Ghostwriter für Berühmtheiten, die ihre Memoiren abfassen wollten. Eines dieser Bücher kam auf die Bestsellerliste, und daraufhin bot man ihm einen Studiovertrag für Hollywood. Seitdem lebte er hier.

Wie jeder andere in dieser Stadt sind auch die Drehbuchautoren Hollywoods völlig vernarrt in Ruhm, Beliebtheit und Anerkennung. Keiner von ihnen erreicht je die Beliebtheit eines Filmstars; dennoch dreht sich ihre ganze Existenz um den einen Moment, da auf der Leinwand im Kino die Zeile aufblitzt: Drehbuch – Soundso. (Meist fragt der Kinobesucher gerade in dem Augenblick seinen Freund, ob er Popcorn will.)

Auch in dieser Hinsicht war Tommy die große Ausnahme. Er hatte wohl eine ganze Reihe erstklassiger Filme geschrieben, gab sich aber auch zufrieden, wenn statt seiner oder zusammen mit ihm andere Autoren genannt wurden. Ihm ging es offenbar nur um das Geld, um die Freude an einer gutgemachten Sache.

Die Drehbuchschreiber «mit Namen» sind ebenso wichtig wie die Stars – wenn nicht noch wichtiger als sie. Und sie erweisen sich dieser Bedeutung würdig, wohnen in luxuriösen Häusern, fahren teure Wagen und zeigen die üblichen Beweisstücke für gehobenes Prestige vor. Tommy hingegen wohnte in Santa Monica, was völlig aus der Mode war, gondelte in einem Volkswagen umher und hielt sich aus dem gesellschaftlichen Leben heraus. Obgleich er nun allem zuwiderhandelte und alles ablehnte, was man von den Großen der Branche verlangte, konzentrierte sich das allgemeine Interesse auf seine Person. Vielleicht war das seine eigentliche Absicht – wollte er diese ganzen Schleimer mit ihren eigenen Waffen schlagen?

Die Party rückte näher, und Hollywood war schon fast krank vor Spannung. Man sah es als die Veranstaltung des Jahres; alles, was Rang und Namen hatte, würde kommen. Wer eingeladen worden war, posaunte diese gewaltige Nachricht in der ganzen Stadt aus, und wer nicht eingeladen war, tat so, als ob. Wer später auf diese Party zu sprechen kam und zugeben mußte, daß man ihn nicht hinzugebeten hatte, wußte die eindrucksvollsten Entschuldigungen für dieses Fernbleiben geltend zu machen. Das war typisch Hollywood.

Ich sprach nicht über meine Einladung. Es ist stets eines meiner Grundprinzipien als Prostituierte gewesen, über meine Verabredungen strengstes Stillschweigen zu bewahren. Wenn der Kunde es jemanden wissen lassen wollte, konnte er das tun. Da Tommy offensichtlich keinem ein Wort gesagt hatte, hielt auch ich meinen Mund.

Als er mich am Großen Tag tatsächlich wieder anrief, fühlte ich mich wie ein Teenager, der zu seinem ersten Ball geht. Mir zitterten buchstäblich die Hände, als er mich abholte und zu seinem VW begleitete, und als wir im Haus des Gastgebers eintrafen, war ich vor Aufregung völlig überzeugt, daß mein ganzes Make-up verschmiert, meine Garderobe eine einzige Knautschfalte und meine Frisur restlos durcheinander war. Gottlob konnte ich mich auf die Macht der Gewohnheit verlassen. Sobald ich mich unter die Gäste gemischt und ein paar Martinis getrunken hatte, kehrte mein seelisches Gleichgewicht zurück.

Nach den äußeren Anzeichen zu urteilen, sollte diese Party eine echte Sause werden. Die vor uns eingetroffenen Gäste hatten anscheinend keine Sekunde versäumt und sich gleich einen deftigen Korken angeschuckert.

Ein Jüngelchen – ehemaliger Fernseh-Kinderstar, dann zum Vollfilm übergewechselt – lümmelte sich mit einer Sexbombe älterer Bauart in einem Sessel. Sicher würden sich die beiden bald in eine verschwiegene Ecke zurückziehen. Aber wenn sie noch eine knappe Stunde warteten, würden sie auch darauf verzichten können. Die Leute waren dann wahrscheinlich schon so voll, daß sie nicht einmal mehr zuschauten, wenn die zwei ihren Sessel zum Bett machten.

Eine führende Persönlichkeit der Branche, ein Herr, dessen Appetit auf kleine Jungs bekannt war (wenn auch die Presse seine homosexuellen Neigungen bislang nicht aufgegriffen hatte), hielt an einem kleinen Kaffeetisch hof. Um ihn herum wieselten drei Bubis – professionelle Strichjungs, wie ich sehr wohl wußte. Aber der Herr hielt wohl den Knaben im Sessel für den begehrenswertesten – unablässig wanderten seine Blicke zwischen ihm und den anderen drei Anbetern hin und her.

Eine ehemalige Naive, die ihre jugendlichen Rollen ausgewachsen, in neuen Fächern aber noch keinen Starruhm errungen hatte, quakelte mit einer gealterten Leinwand-Loreley, die eigentlich nur noch als Loreleys Mutter einzusetzen war.

Alles schaute auf, als Tommy und ich hereinkamen. Nachdem

das übliche Hallo erklungen war, zog man sich grüppchenweise zurück und diskutierte aufgeregt über Tommys nebuloses Liebesleben und darüber, was meine Anwesenheit in diesem Zusammenhang wohl bedeutete. Tommy schien das völlig kaltzulassen. Er machte die Runde, begrüßte Bekannte und nickte anderen, die ihn erkannten, freundlich zu.

Ein Butler, prächtig ausstaffiert mit Frack und Querbinder, reichte Horsd'œuvres, von denen kaum genommen wurde. Die meisten Gäste hielten es wohl für zu gefährlich, gleich auf nüchternen Magen was zu essen. Der Butler entschwand denn auch bald wieder in die Küche.

Die Schar der Gäste wuchs zusehends. Es erschienen zwei Warner-Autoren, eine MGM-Naive, ein Fernsehkomiker, der angeblich diesen Sommer noch seinen großen Durchbruch erzielen sollte, ein Regisseur, der gerade zwei schauerliche Reinfälle hinter sich hatte, ein Ex-Boxer, der ins Schaugeschäft einsteigen wollte, zwei Charakterdarsteller, deren letzte große Auftritte im Arbeitsvermittlungsbüro erfolgt waren, und viele andere. Das Dienstpersonal mußte eilen, die Gläser immer rechtzeitig nachzufüllen.

Jean Marberry, die mit ihrem letzten Film gräßlich abgeblitzt war, kam ganz allein, ließ das Auge gelangweilt über die Menge schweifen und steuerte schnurstracks an die Bar. Mit zwei Martinis in Händen gesellte sie sich dann zu Tommy und mir.

«Ahhh!» sagte sie mit branchenüblicher Natürlichkeit, «aahhh – das Fest aller Feste, wie? Denn siehe da, auch der Eunuch ist anwesend. Ahh.» Sie blickte Tommy irrsinnig lockungsvoll an.

«Hallo, Jean», sagte der ungerührt. «Ich sehe schon, deine Krallen sind so scharf wie eh und je.»

«Ahh, Lieber», erwiderte sie mit bebenden Nüstern, «du bist immer so garstig. Sei doch nett zu den Menschen, dann sind sie auch nett zu dir. Du bist doch gar nicht so unattraktiv, Lieber.»

«Das weiß ich», sagte Tommy kühl.

Jean starrte ihn überrascht an. «Mein Gott, vielleicht ist das dein Geheimnis?» rief sie, als hätte sie das größte Rätsel des Jahrhunderts gelöst. «Ja, ich bin ganz sicher, du bist nur ein garstiger kleiner Junge, der sich nicht zu fragen traut, weil er Angst hat, daß die liebe Tante ihn stehenläßt. Spielst du deshalb den Mysteriösen, Tommy?

Hast du Angst, daß dich die bösen kleinen Mädchen stehenlassen?»

Tommy lachte kurz. «Schmeichle dir man nicht selber, Jean. Du denkst doch wohl nicht im Ernst, deine Psychosen seien so populär, daß alle Welt sie auch haben müßte!»

Sie blitzte ihn wütend an. «Ich kann hier jeden Mann haben», zischte sie. Und dann mit krampfhaft geblähten Nüstern: «Außer Eunuchen natürlich!»

Tommy trank seinen Martini und sagte grinsend: «Wirklich, Jean? Heute noch? Sehr schön, daß wenigstens du an dich glaubst, wenn es schon die anderen nicht mehr tun.»

Jeans Haltung veränderte sich urplötzlich. Mit klingendem Lachen erwiderte sie: «Ich glaube, der kleine Tommy will mich aufziehen.»

«Niemand will dich aufziehen, Jean», sagte er ruhig. «Du bist fertig, merkst du das nicht? Du könntest nicht mal den geilsten Siebzehnjährigen mehr verführen, und wenn deine ganze Karriere davon abhinge. Und» – mit einer Geste verhinderte er jeden Einwand ihrerseits – «darauf würde ich echte harte Dollars wetten, meine liebe Jean.»

Ich konnte mir gut vorstellen, daß ihr hinter der frivolen Fassade speiübel wurde. Aber sie brach das gefährliche Spiel nicht ab. «Lieber Tommy, du redest vom Geld, wie wenn du wirklich was hättest!»

Tommy schoß sofort zurück. «Ich habe, liebe Jean, ich habe. Und das würde ich für unsere Wette glatt riskieren. Aber du? Setzt du auch? Oder bluffst du nur?»

«Lieber», sagte sie, «ich gebe mehr Trinkgeld, als du in einer ganzen Woche verdienst.»

Tommy griff in die Tasche und zog ein Bündel Dollarscheine hervor. Wie eine Skathand hielt er sie hoch.

«Würde das reichen, Jean?» fragte er.

Mir quollen die Augen aus den Höhlen – es waren zehn Tausenddollarnoten.

«Lausekröte», sagte Jean und goß den zweiten Martini hinter. «Und nun entschuldige mich, ich brauche Nachschub. War nett, unser kleines Duell, Tommy.»

Als sie ging, steckte Tommy die Scheine wieder ein.

«Ich wußte gar nicht, daß Sie Glücksspieler sind», sagte ich.

Er lächelte. «Das bin ich auch nicht. Ich setze immer nur auf Nummer Sicher, und das ist keine Frage des Glücksspiels, Lynn.»

«Ich nehme an, daß Sie Jean schon sehr lange kennen?»

Tommy nippte am Glas. «Kennen ist in diesem Falle gleichbedeutend mit verabscheuen.»

Der Butler schritt mit einem Tablett Gabelbissen vorüber. Ich haschte mir was mit Oliven, Tommy ein Stück Gorgonzola.

«Jean Marberry ist von Grund auf verlogen und falsch», antwortete er. «Es gibt kein dreckigeres Miststück als sie.»

«Ist hier denn nicht jeder mehr oder minder verlogen?»

«Ja, jeder. Aber Jean ist noch schlimmer als die anderen. Ich zum Beispiel habe gar nichts gegen Masken, die die Leute aufsetzen. Nicht in den meisten Fällen. Aber gegen ihre habe ich was.»

Er erzählte mir eine Geschichte, die sich ein Jahr zuvor ereignet hatte, als er in Europa an einem Film arbeitete, in dem Jean die Hauptrolle spielte. Eines Abends nach Drehschluß setzte sich Tom mit ein paar leitenden Herren von der Produktion zu einem Whisky zusammen. Man unterhielt sich über römische Literatur, vornehmlich über Petronius, der in seinem *Satiricon* Moral und Gesellschaft des Zeitalters Neros unter die Lupe genommen hatte. Da tauchte Jean auf.

«Nun stellen Sie sich das mal vor, Lynn», sagte er. «Wir alle hatten zumindest eine Vorstellung von der klassischen Literatur, und Jean kann Doktor Faust nicht von Doktor Doolittle unterscheiden. Das machte ihr aber gar nichts aus. Gleich steigt sie in unser Gespräch groß ein, gibt die lachhaftesten Ansichten zum besten, entlarvt sich mit zwei Worten als totale Idiotin und hat noch die Nerven, mich als Lügner zu beschimpfen, als ich ihr deutlich sagte, daß sie doch wohl nicht die leiseste Ahnung habe. Eine Woche später zog sie an ein paar Schlafzimmerdrähten, und ich war entlassen.»

«Nette Dame», sagte ich.

«Sie kriegt noch ihr Fett», meinte er. «Unter Umständen schon heute abend.»

Die Party war mittlerweile in vollem Gange. Ein schwarzer

Musiker, der für seinen seelenvollen Trompeten-Stil bekannt war, hockte am Klavier und klimperte was Rhythmisch-Trübsinniges vor sich hin. Die kleine Gruppe um ihn herum hörte gebannt zu, wie er über einige Mollakkorde eine traurige Melodie aufbaute. Nach und nach wurde sein Tempo schneller, und das Staccato seiner rechten Hand begann die Leute zu hypnotisieren. Sie klatschten den Takt; einer machte improvisierte Tanzschritte wie jemand, der die Füße einfach nicht stillhalten kann.

Ein Mezzosopran, der vor Jahrzehnten in Musicals aufgetreten war, stieg ein und versuchte sich zur peinlichsten Beklemmung der Zuhörer in einem Blues. Rasch drückte man der Dame ein Glas in die Hand und gab ihr zu verstehen, daß diese Bühne ihr nicht gehörte. Da ging sie wieder an die Bar zu Bruder Flaschentrost.

Der Pianist legte sich rhythmisch jetzt mächtig ins Zeug. Ein bekannter Fernsehschauspieler, stockschwul, wogte in die Mitte des Raumes und begann einen gefühlsträchtigen Bauchtanz. Die Händeklatscher ermunterten ihn durch Zurufe, und allmählich ging die Tucke zu einem richtigen Strip-tease über. Als die Shorts an der Reihe waren, schlich die Mezzosopranistin mit einem Eimer Wasser herbei und kippte ihm die ganze Ladung über den Kopf. Daraufhin spuckte er sie an. Die Frau langte aus. Aber andere Gäste trennten die beiden, ehe es zu Gewalttätigkeiten kam. Der Pianist hatte die ganze Zeit völlig unbeteiligt dagesessen und weitergespielt.

Tommy entschuldigte sich bei mir auf eine halbe Stunde. Ich ging auf die Toilette. Dort traf ich zwei Kolleginnen. Sie waren beide in der Begleitung von Schwulen hier, die einen normalen Eindruck hinterlassen wollten. Sie wollten erst gar nicht glauben, daß ich mit Tommy Carson gekommen war.

«Sag doch mal, was hat Tommy denn nun für eine Macke?»

«Ich habe es noch nicht rausgekriegt», antwortete ich.

Aber langsam kam mir die Sache selber komisch vor. Wir waren jetzt schon zwei Stunden auf diesem Fest, und noch immer hatte ich nicht die blasseste Ahnung, weshalb er mich mitgenommen hatte.

Ich ging hinaus zum Swimming-pool, wo bereits frohes Leben herrschte. Man hatte Jacketts und Krawatten abgelegt, manche

Herren trabten auch schon in Unterhosen herum. Man stritt sich, ob man gleich baden oder lieber warten sollte, bis alle noch besoffener waren. Die Lösung des Problems war eine Warner-Schauspielerin, die sich hinter einen fettlichen Regisseur schlich, ihm die Hosen halb herunterzog und ihn ins Becken schubste. Ei lustig, der Bann war gebrochen, alle zogen sich aus und hopsten in die kühlen Fluten. Die inzwischen splitternackte Warner-Dame war unter den ersten.

Ich ging wieder ins Haus. Tommy stand am anderen Ende des Raumes mit Jean Marberry zusammen. Wahrscheinlich setzten sie ihr Duell fort. Dann wurde meine Aufmerksamkeit vom Eintreten eines Gastes gefangengenommen, der nach Erroll Flynns Tod den verwaisten Hollywood-Thron als Frauenheld eingenommen hatte und auf den sich jetzt aber wirklich alle Blicke richteten.

«Das ist Mark Benson», flüsterte die Kollegin neben mir. «Mein Gott, wer hätte gedacht, daß der auch noch kommt!»

Ihr Kunde, ein Regisseur, kommentierte fassungslos: «Das ist die Party des Jahrzehnts!»

Benson wanderte umher, prüfte das weibliche Angebot und trat dann erst mal an die Bar. Nach einer kurzen Flüsterunterredung mit dem Barkeeper hatte er eine volle Flasche Whisky in Händen. Er trollte sich, öffnete die Bottel und nahm einen heldenmäßigen Zug. Hinfort rannte er mit dieser Flasche herum, bis sie leer war.

Gegen Mitternacht stolperte Tommy, Mark Benson mit sich ziehend, auf mich zu – Tommy schien sehr betrunken zu sein. Es war jetzt nicht mehr so voll im Raum; die völlig Besoffenen hatten sich von den weniger Besoffenen getrennt, und die hatten ihrerseits kleine Gruppen gebildet. Irgendwie lag eine Sensation in der Luft.

«Mark und ich haben eine kleine Auseinandersetzung gehabt», sagte Tommy. «Er behauptet, er ist besser im Bett als ich, und ich behaupte, es ist genau umgekehrt. Du sollst entscheiden.»

Ich blickte erst Tommy an, dann Mark. «Tommy, ich bin hier als deine Begleiterin. Glaubst du nicht, daß ich mich für dich entscheiden würde?»

Benson kicherte. «Ehrliche Antwort. Aber wenn Tommy dir nun sagen würde, du sollst das mal alles vergessen, würdest du uns dann deine wirkliche Meinung verraten?»

«Also, vergiß das, Lynn», lallte Tommy. «Ich befehle dir als meiner Angestellten, du sollst ein gerechtes Urteil sagen.»

«Ich fürchte, das kann ich nicht», erwiderte ich ihm. «Für mich ist das alles viel zu vage.»

«Hör zu, Kleine», sagte Benson. «Wir haben um tausend Dollar gewettet. Die Sache muß also geklärt werden, verstehst du?»

«Will euch mal was sagen», brabbelte Tommy. «Entschieden wird danach, wer öfter kann. Rein nach Menge.»

«Einverstanden», meinte Benson. «Das wird gehen. Du kannst doch sicher zählen, wie oft jeder von uns antritt, was, Lynn?»

«Gut, ich mache mit. Sagt, wann.»

«Wir suchen ein leeres Zimmer», sagte Tommy. «Sind gleich wieder da.»

Ich barst fast vor Neugier. Tommy schien schwer bezecht, Benson war der anerkannte Bettkönig von Hollywood. Tommy mußte doch verrückt sein, Benson jetzt herauszufordern!

Fünf Minuten später waren sie wieder bei mir.

«In Anbetracht von Bensons Alter und seinen großen früheren Siegen lasse ich ihm den Vortritt», sagte Tommy.

Benson faßte meine Hand und zog mich fort.

«Es wird eine Weile dauern, Tommy», rief er. «Wenn du inzwischen einpennst, wecke ich dich dann.»

Wir gingen ins Schlafzimmer. Benson machte sich sofort über mich her. Es war geschafft, ehe ich's recht begriffen hatte. Mark legte eine Zigarettenpause ein. Während er dann die Kippe im Aschenbecher ausdrückte, griff er nach meiner Hand.

«Zweite Runde», sagte er.

Ich ließ meine kunstreichen Finger spielen und wartete auf das Ergebnis. Es stellte sich bald ein. Wir schafften auch die zweite Runde mühelos.

«Wie wäre es mit einer Dusche», sagte Benson. «Das regt an.»

Das Zimmer hatte einen Waschraum. Benson stellte die Dusche auf sehr warm und zog mich dann unter den Regen. Die prickelnden Nadelstiche des herabspritzenden Wassers brachten ihn schnell wieder in Stimmung. Nummer drei zogen wir gleich unter der Dusche ab. Danach seiften wir uns gegenseitig ein und schauten zu, wie uns das Wasser den Schaum von den Körpern spülte.

«Ich muß was trinken», sagte er, nachdem wir uns mit großen türkischen Badetüchern abgerubbelt hatten. »Moment mal.»

Er schlang sich ein Handtuch um die Lenden und verschwand. Durch die Türöffnung konnte ich sehen, daß unser Zwischenspiel, der Wettkampf zwischen Tommy und Mark, der Aufmerksamkeit der Menge nicht entgangen war. Als Benson in der Tür erschien, jubelten ihm die Gäste begeistert zu.

«Laß das nächstemal die Tür auf», schrie einer. «Wir wollen zusehen, Mark!»

Ein anderer wollte wissen, wie das Rennen stand.

«Drei», sagte Mark und ging hinüber zur Bar.

«Lieber, mit mir würdest du's sicher noch viel öfter schaffen», quakte ein schwuler Schauspieler. «Wenn du mich bloß ranlassen würdest!»

«Du solltest mich besser kennen», sagte Mark lachend. «Ich bin nur für Frauen zu haben.»

«Ich bin doch eine Frau», sagte der Schwule süß.

Benson kam zurück, schloß die Tür und nahm einen tüchtigen Schluck aus der Flasche.

«Wieviel schafft Tommy?» fragte er, als er sich aufs Bett setzte.

«Ich weiß nicht», antwortete ich. «Das ist das erstemal, daß ich mit Tommy ausgehe.»

Benson schien meine Antwort nachdenklich zu stimmen. «Er sieht so verdammt siegessicher aus», meinte er. «Donnerwetter, daß auch keiner über ihn genauer Bescheid weiß! Ich hätte mich nicht auf diese Sache einlassen sollen.»

«Wenn ich dir doch was sagen könnte, was dir weiterhilft, Mark!» sagte ich. «Aber ich tappe bei dieser Wette genauso im dunkeln wie du.»

Ich wurde aus Tommy nicht schlau, das mußte ich zugeben. Erst setzte er gegen Jean Marberry zehntausend Dollar und dann gegen Mark Benson noch mal tausend. War er vielleicht doch ein Wettsüchtiger?

«Also», sagte Benson. «Zurück an die Arbeit. Vielleicht hilfst du mir ein bißchen?»

Ich nahm ihm das Badetuch ab und legte meinen Kopf in seinen Schoß. Bald war er bereit, willens und fähig. Die vierte Runde zog sich etwas in die Länge, konnte aber doch befriedigend abgeschlossen werden.

Benson kippte Whisky.

«Donner, ich wüßte zu gerne, wie oft Tommy kann», rief er. «Ich würde die Wette sofort rückgängig machen, wenn ich könnte. Der Schweinehund hat mich sicher reingelegt, ich lasse mich vollaufen, dann kommt er und macht mir diesen Vorschlag. Ich konnte doch nicht ablehnen, mit all den Leuten drumrum.»

Ich steckte mir eine Zigarette an.

«Jetzt hat Les das Geld in Verwahrung. Alle Türen sind zu. Wenn er mich schlägt, kann ich abdanken. Dann darf ich mich vor den Leuten weder mit erhobenem Kopf noch mit erhobenem Sonstwas sehen lassen. Dann bin ich unten durch.»

«Ruf Tommy doch einfach rein», sagte ich. «Vielleicht kriegst du ihn so weit, daß er aufgibt.»

Er schien meinen Vorschlag zu erwägen.

«Warum eigentlich nicht? Genau das werde ich machen.»

Die Versammlung vor der Tür hatte sich mächtig erweitert. Als Benson hinaustrat, empfing ihn donnernder Applaus.

«Wie steht's, Mark?» grölte einer.

«He, Lynn!» – ein anderer – «Verrate mal was!»

«Schnauze!» brüllte Benson, die Menge mit hocherhobenen Armen beschwichtigend. Als sie zu brüllen aufhörten, sprach er wieder in seiner gewohnten Lautstärke.

«Wenn einer von euch Tommy sieht – er soll mal herkommen. Ich muß ihn sprechen.»

«Er ist an der Bar», piepste der Schwule.

«Tommy – Tommy – komm mal hierher!» schrie der Haufen.

Tommy erschien an der Tür. Benson zog ihn ins Zimmer.

«Sag mal, Tommy, wollen wir's nicht aufstecken?» fragte er ihn. «Du schiebst auch vier mit Lynn, und dann sind wir auf unentschieden. Ich gebe dir auch dein Geld wieder.»

«Was – viermal hast du schon, Mark?» fragte Tommy erstaunt.

«Ja, wieso?»

«Gott, du hast mich geschlagen. Mein Rekord, mein absoluter, ist drei.»

Benson blieb mißtrauisch. «Du willst bloß, daß ich jetzt bei vier aufgebe, und dann kommst du mit fünfen hinterher groß raus. Oder was?»

«Nein, darauf bin ich nicht aus, Mark, wirklich nicht. Sag mir nur, wie viele schaffst du deiner Ansicht nach noch?»

«Wetten wir nun, oder wetten wir nicht?» fragte Mark ablenkend. «Ich sage, wir hören auf, und du behältst deinen Zaster. Einverstanden, Tommy?»

«Hör mir mal genau zu», sagte der. «Zieh noch eine Nummer ab, dann sind es fünf für dich. Ich gebe mich dann geschlagen, und du kriegst das Geld und den Titel.»

Benson zögerte und dachte nach.

«Ehrenwort, Tommy?»

«Ich schwöre es!»

«Einverstanden.»

Die fünfte Nummer fiel Mark ziemlich schwer. Ich unterstützte ihn mit allen Kräften, aber es dauerte doch eine gute Dreiviertelstunde, während der wir zweimal unterbrechen und die ganze Sache von vorn beginnen mußten. Als er es endlich geschafft hatte, war er völlig ausgepumpt und fiel schlapp aufs Bett zurück.

«Hol den Schuft her und sag ihm, daß er seine tausend verloren hat», keuchte er.

Ich machte mich etwas zurecht, hüllte mich in ein großes Badetuch und öffnete die Tür. Die Menge begrüßte mich mit einer tosenden Ovation.

«Hoch, Lynn, hoch, Lynn!» schrien sie. «Fabelhafte Arbeit! Bravo!»

Tommy erschien und brachte Les mit, der das Geld hatte. Die Menge machte bereitwillig Platz.

«Hat er Nummer fünf auch geschafft, Lynn?» fragte Tommy, als wir wieder im Zimmer saßen.

«Ja», antwortete ich mit Entschiedenheit.

«Glaubst du, er hat noch eine drauf?»

«Das bezweifle ich ernsthaft.»

«Was hat denn das damit zu tun!» schrie Benson. «Tommy – du hast gesagt, du gibst auf, wenn ich fünf schaffe!»

«Das stimmt, Tommy», sagte Les.

«Gut», meinte Tommy. «Ich gebe mich geschlagen.»

Les überreichte Mark das Geld, und Tommy ging zu den Leuten hinaus.

«Meine Damen und Herren», rief er. Die Völker pfiffen und johlten. «Meine Damen und Herren – und ich wähle diese Anrede im Geiste der Toleranz –» Das Gebuhe wurde stärker. – «Ich –»

«Ruhe», schrie einer. «Hört doch mal, was Tommy sagen will!»

«Leute – Mark Benson hat mich eindeutig geschlagen.»

Wüstes Gebrüll. Manche trampelten mit den Füßen.

«Tommy ist ein Schlappschwanz», kreischte einer. Und der Schwule keifte: «Gib nicht auf, Tommy, mit mir kannst du jederzeit!»

«Ruhe», rief Tommy. «Ich bin noch nicht fertig.»

Der Lärm legte sich.

«Ich finde, die Gewinner verdienen ein herzliches Lebehoch!»

Benson stand auf und hinkte zur Tür. Beifall.

«Und nun», sagte Tommy, «wollen wir hören, was uns unsere so wunderbar ehrliche und aufrichtige Leinwandkönigin zu sagen hat, unsere allseits verehrte Jean Marberry.»

Tödliches Schweigen. Die Leute waren starr vor Überraschung.

Jean Marberry stand neben dem Produzenten Andy Jacobson. Sie wollte sich verdrücken, aber Andy erwischte sie beim Arm und führte sie an die Schlafzimmertür, vor der Tommy hofhielt. Auf halbem Wege ergab sie sich in ihr Schicksal und folgte Andy ganz gehorsam, wenn sie auch aussah, als ginge sie zu ihrer eigenen Hinrichtung.

Die Menge verhielt sich jetzt mucksmäuschenstill. Es war das Ereignis des Jahres, keiner wollte auch nur eine halbe Silbe verpassen.

Als Tommy mit ganz natürlicher Stimme und in seinem gewöhnlichen Tonfall weitersprach, hingen sie alle gebannt an seinen Lippen.

«Hört mir gut zu. Als wir in Spanien waren, saßen Andy Jacobson und ich mit ein paar Freunden zusammen. Wir unterhielten uns über Petronius Arbiter und sein *Satiricon*.» Andy nickte zustimmend. «Ungebeten erschien Miß Marberry in unserer Runde und mischte sich ins Gespräch. Sie tat so, als kennte sie das Werk des Petronius in- und auswendig. Heute abend nun hat sich Miß Marberry ihrer erotischen Zauberkräfte gerühmt und mit mir um zehntausend Dollar gewettet, daß sie Mark Benson vor sechs Uhr morgens verführen könne. Andy hier ist Zeuge; er hat das Geld.»

«Mich verführt in den nächsten sechs Tagen keiner mehr», sagte Benson, schwer gegen den Türpfosten gelehnt.

Jean Marberry versuchte, sich Andys Griff zu entwinden. «Behalte die gottverfluchten zehntausend», zischte sie. Andy hielt sie eisern fest.

«Moment», sagte Tommy. «Der Witz der ganzen Sache ist nun, daß Miß Marberry ihre zehntausend Dollar durch einen ganz ordinären, obszönen Trick losgeworden ist.»

«Aber genau!» schrie die Marberry. «Hoffentlich hast du deinen Spaß gehabt!»

«Aber Miß Marberry begreift wohl nicht», fuhr Tommy ungerührt fort, «daß der gleiche Trick unter ähnlichen Umständen vor nunmehr fast zweitausend Jahren in Rom angewendet worden ist. Und wenn sie Einzelheiten darüber in Erfahrung bringen will, weil sie ihr offenbar unbekannt sind, braucht sie sich nur das *Satiricon* des Petronius zu beschaffen. Dort wird der Hergang ganz genau geschildert.»

Von da an war die Party ein einziger unüberbietbarer Erfolg. Weniges macht den Einwohnern Hollywoods mehr Freude als die Kreuzigung einer Filmgottheit. Tommy war der Held des Abends; sie hoben ihn auf die Schultern und trugen ihn wie einen Triumphator durch das ganze Haus. Eine andere Truppe schleppte Mark Benson umher, dessen Leistung ebenfalls hohes Lob verdiente. Aber der eigentliche Sieger hieß doch Tommy Carson – ein schlauer, brillant eingefädelter Witz dieser Art ist an der Westküste doch seltener als sexuelles Leistungsvermögen.

Während man das Ergebnis des Wettkampfes abgewartet hatte, war man mit dem vorhandenen Schnaps sehr freigiebig umgegangen. Die Gäste waren schwer in Fahrt, und Tommys Meisterstück wirkte wie das Signal zu einer allgemeinen Orgie.

Der Schwule riß Mark Benson das Handtuch vom Leibe, schwenkte es wie eine Fahne hoch in der Luft und schlich Mark

auf Schritt und Tritt nach, quiekende Töne der Begeisterung aus-
stoßend. Andere Gäste gaben ebenfalls Gas, zogen sich aus und
jagten einander quer durch Haus und Garten. Die Dienstboten
hatten sich längst verzogen, aber ein Gast entdeckte den Schnaps-
schrank des Gastgebers und schleppte neue Getränke heran.

Als mich Tommy am nächsten Mittag aus dem Saal führte, war
die Party noch in vollem Gange.

«Lynn, du hast dein Geld wirklich verdient», sagte er.

«Das hat gesessen, das mit der Marberry!»

«Ich hatte schon lange darauf gewartet», erwiderte Tommy
aufrichtig.

Wir kletterten in den VW und fuhren ab.

«Übrigens, Tommy, ich stehe dir gern noch zur Verfügung – ich
meine, wenn du für dein Geld –»

Er lächelte. «Nein, danke schön. Es reicht wirklich.»

Ich konnte mir die Frage nicht verkneifen, was denn nun wirklich mit ihm los sei.

«Gar nichts», antwortete er. «Tatsächlich, gar nichts.»

Ich zündete mir eine Zigarette an. «Ich möchte aber doch gerne
wissen, warum du den Geheimnisvollen spielst, Tommy.»

«Ich bin überhaupt nicht geheimnisvoll», entgegnete er. «Ich
lebe mein Leben so, wie ich es für richtig halte, und mit diesem
verlogenen Filmpack möchte ich sowenig wie möglich zu tun
haben. Deshalb halte ich mich schön abseits. Weiter nichts.»

«Und welche Art Leben hältst du für richtig?»

Er lächelte wieder. «Mein Leben, wie ich es draußen in Santa
Monica führe, mit meiner Frau und meinen sechs Kindern.»

Das also war's! Und weil Tommy nur allzugut wußte, daß man
ihm nicht glauben würde, hatte er nie davon gesprochen. Eine
Frau und sechs Kinder? In Hollywood?

Normal – das war er, der geheimnisvolle Tommy.

Johann Christoph Spielnagel

Das tapfere Schneiderlein

An einem Sonntagmorgen ging ein Schneiderlein ins Feld, und da
begegnete ihm ein junges Mädchen, das warf er ins Gras und fickte
es, daß der Himmel einzustürzen drohte. Es war ein ganz besonders glücklicher Tag, und das Schneiderlein brachte es dreimal
hintereinander zusammen. Im Nachhausegehen wunderte er sich
über sich selber und sagte: «Was bist du für ein Held!» Und nach
jeder Viertelmeile dichtete er eine Nummer dazu, so daß es sieben
waren, als er zu Hause anlangte. Da schnitt er sich in der Eile einen
Gürtel zurecht, auf den schrieb er mit eingestickten Goldbuchsta-
ben: «Sieben Nummern in einer Nacht!»

«Ei was, Stadt», sprach er zu sich, «die ganze Welt soll's erfahren!» Und sein Schweif wackelte ihm vor Freude wie ein Lämmer-
schwänzchen.

Der Schneider band sich den Gürtel um den Leib und wollte in
die Welt hinaus, weil er meinte, die Werkstätte sei zu klein für
seine Tapferkeit. Er nahm den Weg gut zwischen die Beine, und
weil er leicht und behend war, fühlte er keine Müdigkeit. Der Weg
führte ihn auf einen Berg, und als er den höchsten Gipfel erreicht
hatte, so saß ein gewaltiger Riese mit seiner Frau und schaute sich
ganz gemächlich um. Das Schneiderlein ging beherzt auf das
Riesenweib zu und fragte: «Seid Ihr mit Eurem Mann zufrieden?»

Der Riese sah den Schneider verächtlich an und sprach: «Du
Lump, du miserabler Kerl!»

«Das wäre!» antwortete das Schneiderlein, knöpfte den Rock
auf und zeigte dem Riesen den Gürtel. «Da kannst du lesen, was
ich für ein Mann bin.»

Der Riese las: «Sieben Nummern in einer Nacht», und kriegte

ein wenig Respekt vor dem kleinen Kerl. Doch wollte er ihn erst prüfen, zog seinen riesigen Schweif aus dem Hosenlatz, ließ ihn von der Frau aufkitzeln und hängte sein Wehrgehänge dran auf.

«Das ist weiter kein Kunststück», sagte der Schneider, ließ seine Elle weit beim Hosenlatz herausstehen und hängte das Bügeleisen daran. Da erschrak der Riese und stellte sich geschwind vor seine Frau, damit sie nicht sähe, zu was das winzige Schneiderlein imstande war. Das Schneiderlein merkte aber, wieviel es geschlagen hatte, ließ das Bügeleisen an der Elle hin- und herbaumeln und sagte ganz laut, damit es die Riesenfrau höre: «Das ist noch gar nichts. Mich solltest du einmal bei der Arbeit sehen. Ich packe die Weiber bei allen ihren Sachen zugleich. Und ich hör nicht eher auf, als bis das Weib um Gnade fleht. Ich fick sie sonst in der Mitte auseinander.»

Da nahm der Riese das Schneiderlein beiseite und sprach: «Steck doch den ungeheuren Schweif wieder ein, sonst quält mich mein Weib zu Tod, daß ich dir's nachmachen soll, und das ist nicht jedermanns Sache.»

«Kommst du mir so», entgegnete der Schneider, «dann zahl mir erst eine Handvoll Goldstücke. Wer das Ficken nicht versteht, muß zahlen.»

Der Riese zahlte und war froh, daß er den unbequemen Gast los wurde. Das Schneiderlein aber zog weiter, immer seiner spitzen Nase nach. Er kam abends in ein Wirtshaus, da tat er sehr groß, zeigte seinen Gürtel und warf die Goldfüchse auf den Tisch, daß es klirrte. «Sieben Nummern oder neun oder elf, das gilt mir gleich, nur muß mir das Weib gefallen.» Danach ging er zu Bett.

Die Männer aber kamen nach Hause und erzählten ihren Ehefrauen von dem gewaltigen Mann, der sieben Nummern machte oder mehr. Nicht lange, so kam die Tochter des Wirts in die Kammer geschlichen, wo der Schneider lag, und wollte sich zu ihm legen. Sie klinkte lange im Finstern an der Tür herum, der Schneider hörte es und sprang behend aus dem Bett und kroch darunter, also daß das Bett leerstand, aber noch ganz warm war von seinem Körper. Die Wirtstochter kam ins Zimmer und legte sich in das Bett des Schneiders, denn sieben Nummern schienen ihr schon der Mühe wert. Sie wunderte sich, daß sie den Schneider darinnen nicht fand, weil das Bett aber noch warm war, so dachte sie, es könnte nicht gar lange dauern, bis der schöne Mann von einem kleinen Gange wieder zurückkehre, und blieb ruhig liegen. Nicht lange, so machte sich auch die Köchin auf die Strümpfe und kletterte leise über die Holzstiege zu des Schneiderleins Kammer, um von der seltenen Speise zu kosten. Sie klinkte auf und legte sich in der Stockdunkelheit zur Wirtstochter ins Bett, die erst vermeinte, der Schneider komme zurück und der Spaß könne losgehen. Deshalb griff sie geschwinde dorthin, wo Männer eine Stange haben, und fand ein Nichts und eine Vertiefung. Da merkte sie, was es mit diesem Gaste für eine Bewandtnis habe, und war in Sorge, daß ihr nächtlicher Ausflug ans Tageslicht kommen könnte. Darum stellte sie sich, als ob sie der Schneider wäre, ließ sich von der Köchin stürmisch umarmen und gab nur acht, daß die ihr nicht zwischen die Beine griff, wo sie nicht viel Brauchbares aufzuweisen hatte. Sie steckte der Köchin zwei Finger vorne und rückwärts den Daumen hinein und arbeitete, daß die nicht wußte, wie ihr geschah.

Es war aber eine warme Sommernacht, der Mond ging auf und schien ins offene Fenster, da kam ein Weib aus dem Dorf über das Spalier geklettert und dann noch eins, die wollten auch des Schneiders froh werden. Die Köchin sah das und stieg aus dem Bett, um andere auch was erreichen zu lassen, setzte sich auf einen Sessel und schaute zu. So bekam die Wirtstochter in dieser Nacht viel unverhoffte Arbeit und wenig Lohn. Als das so eine Weile gedauert hatte, öffnete sich wiederum die Tür, und die Wirtin kam herein. Sie hatte ihren Mann ganz ausgeschöpft und doch nicht mehr als zwei Spritzer aus ihm herausbringen können. Jetzt wollte sie sich's beim Schneider gut sein lassen. In diesem Augenblick sprang der Schneider unter dem Bette hervor und rief: «Jetzt ist es aber genug. Vier Weiber hab ich schon befriedigt. Die fünfte mag noch hingehn, aber keine mehr.» Damit jagte er die vier zur Tür und zum Fenster hinaus und behielt die Wirtin bis zum Morgen. Er machte nicht viel mit ihr, aber sie gab sich zufrieden; denn sie hatte mit eigenen Augen vier andere Weiber gesehen, die vor ihr befriedigt worden waren. Einen solchen Mann hatte sie ihr Lebtag nicht gesehen.

Am andern Morgen tat das Schneiderlein sehr groß und sagte, daß zwei Dutzend Weiber diese Nacht bei ihm geschlafen hätten. Hier gefalle es ihm, und er werde nicht früher abreisen, als bis er das ganze Dorf durchgefickt habe. Da kamen die Ehemänner und brachten ihm jeder zwei Goldstücke, er möge nur gleich abreisen, einen so gewaltigen Mann und Störenfried könne man hier nicht brauchen. «Das ist etwas anderes», sagte das Schneiderlein, packte sein Felleisen und reiste.

Nachdem er lange gewandert war, kam er in den Hof eines königlichen Palastes, und da er Müdigkeit empfand, so legte er sich ins Gras und schlief ein. Während er da lag, kam die Prinzessin, die im Hofe Ball spielte, heran und las die Inschrift auf seinem Gürtel: «Sieben Nummern in einer Nacht!»

Das gefiel ihr mächtig wohl, sie lief gleich in den Thronsaal zu ihrem Vater und sagte: «Drunten im Hof liegt ein Mann und schläft, der und kein anderer wird mein Mann. Denkt Euch, Vater, er macht sieben Nummern in jeder Nacht!»

Der König sagte: «Sachte, sachte, wir wollen das Ding erst besehen», ging mit seiner Tochter in den Hof und sah das Schneiderlein an.

«Der sieht mir nicht gerade nach sieben Nummern aus», sagte er, «wir wollen's aber versuchen.»

Da wurde der Schneider aufgeweckt, gut aufgenommen, und als es Abend wurde, mußte eine Kammerjungfer der Prinzessin mit ihm schlafen gehen, an der sollte des Schneiders Kraft ausprobiert werden. Die Jungfer war aber wirklich eine Jungfer und wollte es gerne noch eine Zeitlang bleiben. Deshalb bat sie den Schneider, neben dem sie lag, er solle ihrer schonen.

«Ha, freilich», sagte der, «sieben Nummern und noch eine als Draufgabe.» Aber sie bat so viel, daß der Schneider sich erweichen ließ und sagte: «Aber morgen mußt du erzählen, daß dir's siebenmal gekommen ist.»

«Von Herzen gern», erwiderte die Jungfer, und in ihrer Freude wichste sie dem Schneider mit der Hand eins herunter, daß es bis zur Decke schoß. Aufs Leintuch spritzten sie rote Tinte, und am andern Morgen gab die Jungfer Kopfschmerzen vor, weil der Mann auf ihr ohne Unterlaß in sie gestoßen habe vom Abend bis zum Morgen, sie könne gar nicht zählen, wie viele Nummern das gewesen seien.

«Da siehst du, was für ein Mann das ist», sprach die Königstochter entzückt zu ihrem Vater. «Ich will ihn noch heute heiraten, denn es ist schade um jede Nacht.»

«Hab nur Geduld», sprach der König, dem das Schneiderlein zum Eidam gar nicht passen wollte, «eine Nacht ist herum. Aber wir müssen erst sehen, ob er Ausdauer hat.»

Da wurde der Schneider mit der zweiten Kammerjungfer schlafen geschickt. Die aber war keine Jungfrau, sondern hatte schon zwei Kinder gehabt und fürchtete sehr, daß der Schneider das merken würde. Darum gestand sie's lieber selbst und bat den Schneider, nichts davon laut werden zu lassen.

«Gut», sprach der Schneider, «ich will schweigen. Aber ficken werde ich dich auch nicht. Du mußt aber morgen dennoch sprechen wie die Kammerjungfer von gestern.»

Das war die zweite wohl zufrieden und konnte am andern Tag nicht Worte genug finden, um die herrliche Nacht zu loben, die sie mit dem Schneiderlein verbracht hatte. Jetzt konnte der König auch nichts mehr dagegen sagen, die Hochzeit ward mit großer Pracht und kleiner Freude gehalten und aus einem Schneiderlein ein König gemacht.

In der Nacht hielt sich der Schneider wacker, und da er mit Zunge und Finger kräftig nachhalf, auch jede Nummer lang ausdehnte und sich's erst spät kommen ließ, war die Königstochter weidlich zufrieden. Die Herren vom Hofe waren aber sehr erzürnt, daß ein Schneider ihr König werden sollte. Sie beschlossen, ihm in der Nacht aufzulauern, ihn zu binden und auf ein Schiff zu tragen, das ihn in die weite Welt führen sollte. Einer aber war dem jungen Herrn gewogen und hinterbrachte ihm den Anschlag.

«Dem Ding will ich einen Riegel vorschieben», sagte das Schneiderlein.

Abends legte es sich zu gewöhnlicher Zeit mit seiner Frau zu Bett. Als es nun dachte, die Mordbuben stünden schon draußen, fing es mit heller Stimme zu seiner Frau zu sprechen an: «Ich will ihnen allen Hörner aufsetzen, aber denen, die draußen stehen, hab ich's schon getan. Ich will dir nur erzählen, was ich von ihren

Frauen erfuhr. Der eine hat das Schwänzlein zu kurz, daß seine Frau nichts von ihm hat, dem andern kommt's zu früh, der dritte macht nur eine Nummer in der Woche...»

Als das die Herren vor der Türe hörten, schämten sie sich einer vor dem andern und eilten von hinnen, um nicht noch mehr bloßgestellt zu werden. Also war und blieb das Schneiderlein sein Lebtag ein König.

Anne-Marie Villefranche

Marie-Claires Spiegelkabinett

In Marie-Claire Fénéons großer, eleganter Wohnung gab es einen Raum, den niemand außer ihr jemals betreten hatte. Nur ihre persönliche Dienerin säuberte ihn natürlich von Zeit zu Zeit, wenn der Raum nicht benutzt wurde, aber das zählte nicht; und von der übrigen Dienerschaft wurde niemand hineingelassen. Der Raum grenzte direkt an Marie-Claires Schlafzimmer, wo man unter normalen Umständen ein Ankleidezimmer erwarten würde. In einem gewissen Sinne war es das ja vielleicht auch, aber mit einem bedeutenden Unterschied.

Marie-Claire hatte die Wände ihres Geheimzimmers vollkommen mit Spiegeln verkleiden lassen, sogar die Innenseiten der Türen und der hohen Fenster zum Balkon, von dem aus man die Avenue George V. überblicken konnte – und natürlich auch die Decke! Nur der Fußboden war aus glänzendem Parkett, auf dem jedoch keine Teppiche lagen. Wenn man sich in diesem Raum befand, fühlte man sich wie in einem gläsernen Würfel und von jedem Kontakt mit der Außenwelt abgeschnitten. Das einzige Möbelstück im Zimmer war ein niedriger, breiter Diwan, mit blaßgelbem Damast bezogen, und darauf lagen große aprikosenfarbene Seidenkissen.

Dies war Marie-Claires «Spiegelkabinett», wenngleich sie dieses Wort niemals in den Mund nahm und mit niemandem darüber sprach, noch nicht einmal mit ihren engsten Freunden. Denn für sie war es ein fast heiliger Ort, eine Art Gebetsstätte, an der Gebete ohne Worte verrichtet wurden.

Wenn die mit Spiegeln verkleideten Fensterladen und Türen fest geschlossen waren, fand sich Marie-Claire in ein Universum ihrer eigenen Schöpfung versetzt, in dem ihre Launen und Ideen unumstößliches Gesetz waren. Hier wurden ihre geheimsten Träume wahr, und in diesen Träumen trieb ihre Phantasie höchst erstaunliche Blüten. Als sie zum Beispiel von einem ihrer zahlreichen Bewunderer, die einer so begehrenswerten Erbin wie ihr eifrig den Hof machten, in das Casino de Paris und den Lido ausgeführt wurde, zeigte sie sich sehr von der starken Ausstrahlung der jungen Frauen beeindruckt, die als Komparsen über die Bühne liefen oder den Hauptdarstellern als lebende Kulisse im Hintergrund dienten. Eine von ihnen zu sein, das war eine köstliche Vorstellung! In diesen knappen, ziemlich gewagten Kostümen dort zu stehen, wo einen jeder sehen konnte! Es muß ein herrliches Gefühl sein, seinen eigenen Körper so frei zur Schau zu stellen! Und so ein Traum ließ sich ohne Mühe in Marie-Claires Spiegelkabinett wahrmachen, denn hinter einer spiegelverkleideten Wand befand sich eine geräumige Garderobe, vollgestopft mit Kleidern in den grellsten Farben, die Marie-Claire bei verschiedenen Theaterausstattern erstanden hatte.

Wenn sie in der entsprechenden Laune war, schminkte Marie-Claire ihr Gesicht mit besonderer Sorgfalt und plünderte dann die Garderobe, um sich im ausgefallensten Stil zu kleiden. Zum Beispiel mit einem Kopfschmuck aus großen weißen Straußenfedern, hochhackigen Silberschuhen und Netzstrümpfen, die in der Mitte ihres Oberschenkels von Strumpfbändern aus gerüschten Spitzen festgehalten wurden! Und dazu lange weiße Handschuhe, die von ihren Fingerspitzen bis hoch über ihre Ellbogen reichten! Zwischen Strumpfbändern und Kopfschmuck aber trug sie nichts weiter als ein kleines silberfarbenes Lederdreieck über dem Haarbüschel zwischen ihren Beinen. Auch ihre Brüste blieben nackt, wie sie es bei den Showgirls auf der Bühne gesehen hatte. In dieser Verkleidung stolzierte sie aufreizend im Zimmer hin und her, summte mit ausgestreckten Armen ein Lied und war völlig von der Wirkung ihres Spiegelbilds fasziniert. Die Spiegel an den sich gegenüberliegenden Wänden warfen ihr Bild in sich ständig verkleinernder Perspektive hin und her, so daß es für Marie-Claire so aussah, als sei sie die Anführerin einer endlosen Reihe von Revuemädchen. Alle anderen folgten jeder ihrer kleinsten Bewegungen und Gesten, während sie auf und ab schritt und sich in den Hüften wiegte. Der Anblick war so großartig, daß es ihr fast den Atem verschlug. Wer sonst konnte seine eigene Show produzieren, dirigieren und choreographieren und in ihr als Star auftreten, wann immer er es wünschte?

An einem anderen Tag trug sie eine hautenge Hose aus Gold-lamé, die gerade ihre Hüften bedeckte und ihren übrigen Körper bis einen Fingerbreit über dem kleinen Haarbüschel, das ihr ge-heimstes Körperteil bedeckte, vollkommen nackt ließ. An der Seite hatte sie lange Bahnen aus demselben Stoff drapiert, der bis zu ihren Knöcheln reichte und leicht über ihre weit ausgebreiteten Arme fiel. Zwei oder drei Goldketten baumelten um ihren Hals und reichten fast bis zu ihren entblößten Brüsten. Auf dem Kopf trug sie einen engsitzenden kleinen Hut, auf den sie eine einzige Feder von einem halben Meter Länge gesteckt hatte. Oder wenn sie eine andere Laune packte, kleidete sie sich noch kühner in eine riesige spanische Mantilla aus schwarzer Spitze, die an ihrem Hinterkopf durch einen Kamm aus Elfenbein festgehalten wurde und in schwingenden Falten elegant an ihr herunterfiel. Dazu trug sie nichts weiter als schwarze Schuhe, wie sie es einmal in den Folies-Bergère gesehen hatte. Und während sie mit wiegenden Schritten durch den Raum ging, verursachte ihr der Anblick ihrer nackten Haut, die durch das Spitzengewebe schimmerte, eine so große Lust, daß ihr nach einer Weile schwindlig wurde und sie sich erst einmal auf dem Diwan ausruhen mußte, bis sie sich wieder erholt hatte. Doch selbst in dieser Position mußte sie nicht auf das Vergnügen verzichten, sich selbst in voller Größe wider-gespiegelt zu sehen: In dem großen Spiegel an der Decke sah sie ihre Haut rosa und weiß durch die Spitze leuchten. Und in diesem Anblick ihrer wunderbaren Schönheit konnte sie lange Zeit ver-harren, ohne sich dabei im geringsten zu langweilen.

Doch nicht immer, wenn sich Marie-Claire in ihrem Spiegel-kabinett aufhielt, richtete sich ihre Phantasie auf die Bühne. Manchmal zog sie sich zum Beispiel so an, als wolle sie ausgehen, um Besuche zu machen oder einzukaufen. Sie wählte dann viel-leicht einen kleinen pfauenblauen Hut, einen farblich dazu pas-senden Sommermantel, feine Seidenstrümpfe und schwarze Lackschuhe. Darin bot sie einen unvorstellbar schicken Anblick. Sie ließ den Mantel absichtlich aufgeknöpft, und während sie im Zimmer herumging und ein Paar Handschuhe auswählte oder den Inhalt ihrer Handtasche überprüfte, beobachtete sie ihr verführerisches Spiegelbild, das ihr immer wieder kleine Seufzer der Bewunderung entlockte, denn unter dem eleganten Mantel war sie vollkommen nackt. Schon eine kleine Bewegung ihres Arms bewirkte, daß der Mantel sich ein wenig öffnete und kurz die zartrosa Knospe einer Brust hervorluken ließ. Und eine halbe Drehung erlaubte einen flüchtigen Blick auf ein Strumpfband und einen ihrer herrlich glatten Schenkel. Marie-Claire kannte sich selbst zu genau, um in diesen Momenten richtig hinzuschauen. Sie verhielt sich ganz natürlich, rückte sorgfältig ihren Hut zurecht, beugte sich, um den tadellosen Sitz ihrer Strümpfe zu prüfen, und ergötzte sich an schelmischen kurzen Seitenblicken auf einen ihrer vollkommenen Körperteile. Sie konnte dieses Spiel, sich zum Ausgehen anzukleiden, mindestens eine Stunde lang fortführen, ohne es satt zu werden.

Wie lange Marie-Claire ihre ausgefallenen Vergnügungen auch immer ausdehnte, letzten Endes bildeten sie nur das Vorspiel zu ihrer wahren Absicht: der Huldigung ihres eigenen nackten Körpers. Wie sehr sie ihre Gefühle beherrschte und jeden Augenblick auskostete, je näher dieser zentrale Akt ihrer Verehrung rückte! Sie stellte sich vor eine der Wände und betrachtete verzückt ihr lebensgroßes Spiegelbild. Ihr Blick blieb ruhig und fest, während sie langsam ein Kleidungsstück nach dem andern auszog, bis die ganze Pracht ihres geliebten Körpers endlich enthüllt war.

Die Zeit schien für sie stehenzubleiben. Aufmerksam studierte sie sich selbst von Kopf bis Fuß. Zuerst ihre kastanienbraunen, meisterhaft geschnittenen Haare, die in weichen Wellen ihr Gesicht umrahmten und unter denen die Läppchen ihrer kleinen Ohren hervorlugten! Um ihre Frisur nicht in Unordnung zu bringen, fuhr sie nur sehr leicht mit den Fingerspitzen darüber und genoß ihre weiche Beschaffenheit. Wie gut diese Haarfarbe ihre makellose Gesichtshaut zur Geltung brachte und zu den seidenbraunen Augen unter ihren elegant geschwungenen, in eine vollkommene Form gezupften Brauen paßte! Und erst ihr Gesicht! Es zeigte die Züge klassischer Schönheit, hohe Backenknochen und eine kleine, sehr gerade Nase. Darunter lag ihr unvergleichlich ausdrucksvoller Mund. Ihre sinnlichen roten Lippen waren leicht geöffnet, um den Blick auf ihre kleinen weißen Zähne freizugeben. Es war ein Gesicht, in das man sich auf den ersten Blick verlieben konnte, und genau das hatten auch schon viele Männer getan – keiner von ihnen allerdings mit so vollkommener, leidenschaftlicher Hingabe wie Marie-Claire selbst.

Marie-Claires Augen wanderten nun weiter zu ihrem makellosen Hals. Er war weder zu kurz noch zu lang, und nicht einmal das kleinste Fältchen war an ihm zu entdecken. Sowohl das milchweiße Schimmern von Perlen als auch das helle, kalte Feuer von Diamanten sah an diesem Hals wunderbar aus. Und was ihre Schultern betraf, so wäre die nach ihrem Bild geformte Statue solch inspirierter Künstler wie Jean-Antoine Houdon oder Antonio Canova sofort als Meisterwerk verehrt worden.

Nach Marie-Claires persönlicher Meinung zeigte Canovas vielbewunderte Skulptur der Schwester des Kaisers Napoleon längst nicht so schöne Schultern wie die ihren. Aber sicherlich hatte der Künstler sein Modell treu nachgebildet, und wenn Pauline Bonapartes Schultern nicht so vollkommen waren wie Marie-Claires, so war das schließlich nicht Canovas Schuld.

Jetzt kreuzte Marie-Claire die Arme über ihren Brüsten, so daß sie ihre herrlichen Schultern sanft streicheln konnte. Was für ein Glück, daß die derzeitige Mode Abendkleider bevorzugte, die die Schultern frei ließen und Marie-Claire die Gelegenheit gaben, einen so reizvollen Anblick in den Restaurants und Theatern von ganz Paris zur Schau zu stellen! Sie bemühte sich jedoch, nicht direkt auf ihre Hände zu schauen, denn wenn es irgend etwas an ihr gab, das nicht als absolut vollkommen gelten konnte, dann waren es ihre Hände. Sie wurden natürlich sorgfältig gepflegt. Und doch mangelte es ihren Händen ein wenig, wenn man an sie die gleichen Schönheitsmaßstäbe anlegte wie an ihren übrigen Körper. Die Finger waren gerade ein bißchen zu kurz und die Handflächen gerade ein bißchen zu breit. Nachdem sie sich jedoch genug darüber geärgert hatte, übersah sie nun einfach diesen kleinen Makel.

Schließlich drehte sie sich ein wenig zur Seite, um über ihre Schultern in dem Spiegel an der Wand hinter ihr die erlesene Eleganz ihres Rückens zu betrachten. Er war lang und schlank, verengte sich an der Taille, um sich dann zu den sanften Kurven ihrer Hüften und den makellosen Rundungen ihrer Hinterbacken wieder zu weiten. Wie das wohl auch nicht anders zu erwarten war, verharrte sie lange ehrfürchtig bei dieser Rückenansicht, denn sie war davon überzeugt, daß nicht einmal die alten Statuen der griechischen Göttinnen im Louvre damit zu vergleichen waren. Wenn es ihr nur einmal gelingen könnte, sich zu einer Zeit, wo das Museum leer war, mit einem langen Spiegel einzuschleichen, sich dann auszuziehen und ihren eigenen Rücken im Spiegel mit dem Anblick dieser viel zu hoch geschätzten Statuen zu vergleichen!

Wenn sie ihre Schultern lange genug gestreichelt und ihren eleganten Rücken bewundert hatte, löste Marie-Claire ihre gekreuzten Arme voneinander und betrachtete verzückt ihre Brüste. Dieser Anblick verfehlte es nie, ihren Lippen einen kleinen Seufzer tiefster Zufriedenheit zu entlocken. In Größe und Form stellten sie ein solches Wunder der Symmetrie dar, daß ihr keine passenden Worte einfielen, sie zu preisen. Das zarte Rosa der kleinen Brustwarzen auf ihrer satinweichen Haut hätte jeden bezaubert, und kein Mann, der jemals die große Gunst genossen hatte, diese Brüste bewundern zu dürfen, hatte sich zurückhalten können, sie sofort mit seinen Händen zu berühren.

Auch Marie-Claire war es unmöglich, ihre Hände nicht über ihre Brüste gleiten zu lassen, während sie sie voller Bewunderung im Spiegel studierte. So leicht wie ein Schmetterling über eine schöne Blüte glitten ihre Finger zärtlich über ihre rosa Knospen, und selbst eine so leichte Berührung bewirkte schon, daß sie vor Lust heftig bebte. Ihre Brustwarzen bekamen durch die sanfte Erregung einen dunkleren, noch verführerischeren Farbton und wurden fest und hart.

Doch wer wäre jemals in der Lage, die Schönheit von Marie-Claires Bauch zu beschreiben? Daß er weich, sanft und äußerst anmutig gerundet war, mit einem reizenden Nabelgrübchen in der Mitte – diese Worte besagen gar nichts! Nur das Auge eines wahren Connoisseurs wüßte die erlesene Schönheit dieses Bauchs zu würdigen – und dies würde ihn gewiß dazu inspirieren, mit vor Ehrfurcht zitternden Fingerspitzen den sanften Kurven zu folgen, wie es auch Marie-Claire in diesem Moment tat. Langsam glitten ihre Hände zu ihren tadellos geformten Lenden hinunter, in deren Mitte sich ihr herzförmiges Vlies von dunkelbraunem Haar befand. Dieses herrliche Haar war so seidig wie das auf ihrem Kopf und von dem gleichen kastanienbraunen Ton. Marie-Claires Finger spielten ausgiebig mit diesen weichen Locken, bis sie schließlich die warmen, kleinen Lippen berührten, die darunter verborgen lagen. Sie spreizte ihre Beine so weit, daß sie im Spiegel die zartrosa Falten sehen konnte, die ihre Finger so vorsichtig gespreizt hatten wie die Blütenblätter einer kostbaren Rose. Inzwischen war ihr vor Lust schon so schwindlig, daß sie nicht mehr tun konnte als völlig verzückt in den Spiegel zu starren. Sie wirkte wie hypnotisiert und – wenn dieser Vergleich erlaubt ist – wie eine Heilige im Zustand mystischer Versenkung in das Göttliche.

Wenn ihre lustvollen Schwindelgefühle etwas nachließen und Marie-Claire zumindest in der Lage war, ein paar Schritte zu gehen, ohne dabei zu stolpern, tastete sie sich vorsichtig zu dem Diwan in der Mitte des Spiegelkabinetts hinüber und ruhte sich auf den aprikosenfarbenen Seidenkissen aus. Sie lag auf dem Rükken, die Beine angezogen und weit gespreizt. Diese Position gewährte ihr im Spiegel über ihr den bestmöglichen Blick auf die bezaubernde, geheime Schatzkammer zwischen ihren Beinen. Voller Liebe und Hingabe schaute sie hinauf an die Decke, und ihr Herz begann heftig zu schlagen. Zwischen ihren gespreizten Schenkeln hatten sich die zarten Schamlippen leicht auseinandergezogen und erlaubten einen Blick in ihr rosa Inneres, das zu dem Dunkelbraun der weichen Haare einen reizvollen Kontrast bot. Dieser Anblick war wirklich atemberaubend!

Wenn ihre Hände schließlich zwischen die Schenkel glitten und ihren warmen Schrein der Liebe berührten, stellte die liebevolle Berührung der kleinen, erregten Knospe inmitten dieser übervollen Lippen einen tief empfundenen Tribut an ihre eigene vollkommene Schönheit dar.

Selbstverständlich wäre jede Eile oder Anstrengung in einem

solchen Moment der Selbsthuldigung völlig fehl am Platze gewesen. Während Marie-Claires Finger langsam und vorsichtig ihre empfindlichste Stelle reizten, erforschten ihre Augen die ganze Zeit an der Decke das Spiegelbild ihres nackten Körpers. Seufzer der Hingabe entschlüpften ihr, während sie beobachtete, wie ihr Körper auf ihre eigene zärtliche Verehrung mit kleinen Schauern der Leidenschaft reagierte. «*Je t'aime... je t'aime...*» murmelte sie immer und immer wieder.

Als die kleinen Schauer sich in lange, rhythmische Zuckungen verwandelten, die das Nahen des natürlichen Höhepunkts ankündigten, war Marie-Claire nicht versucht, die Augen zu schließen und sich von ihrer eigenen Erregung hinreißen zu lassen. Mit festem Blick schaute sie an die Spiegeldecke und bewunderte jeden Zoll ihres Körpers, den sie sehen konnte, bis ihr Rücken sich plötzlich aufbäumte und ihr Körper zitternd und bebend die Gaben ihrer Verehrung annahm und ihr den Segen eines lustvollen Gipfels gewährte.

Aus alldem sollte man jedoch nicht den übereilten Schluß ziehen, daß Marie-Claire in ihrem Leben keinen Platz hatte für Gedanken an Männer und deren Liebe. Im Gegenteil, sie hegte seit langem die Absicht, eines Tages einen passenden Mann zu heiraten. Aber er sollte *passend* sein – und genau darin lag das Problem.

Um überhaupt in die engere Wahl zu kommen, mußte er selbstverständlich einen gewissen Status in der Gesellschaft vorweisen können. Außerdem mußte er außergewöhnlich gut aussehen, denn Marie-Claire würde nichts Unvollkommenes in unmittelbarer Nähe ihrer eigenen Schönheit dulden. Zwar hatte Marie-Claire, reiche Erbin und außerordentliche Schönheit, die sie war, Verehrer im Überfluß, und die vielversprechendsten unter ihnen nahm sie sich, um sie einer letzten Prüfung zu unterziehen, als Liebhaber. Spätestens an diesem Punkt aber erwiesen sich ihre wählerischen Ansprüche als eine so unüberwindliche Hürde, daß bisher noch keiner der Kandidaten ihre Maßstäbe erfüllt hatte.

Immer öfter stellte sie fest, daß die Männer, die in jeder anderen Hinsicht akzeptabel waren, sich im wichtigsten aller Punkte als unpassend erwiesen: sie wußten nicht die ungeheure Ehre zu schätzen, die damit verbunden war, daß sie ihren wunderbaren Körper erblicken und berühren durften. Tatsächlich waren sie in der Regel so erschreckend unsensibel, Marie-Claire irrtümlicherweise für eine ganz normale, schöne Frau zu halten, deren Reize nur dafür da waren, ihren eigenen sinnlichen Appetit zu entflammen. Sie verehrten ihren Körper nicht wirklich, nein, sie *gebrauchten* ihn nur. Wenn sie in sie eindrangen, quetschten sie ihre herrlichen kleinen Brüste unter ihrem Gewicht ein und schlugen ihre Bäuche mit unbeherrschten Stößen grob gegen ihre zarte Haut. In solchen Momenten der Enttäuschung fühlte sich Marie-Claire ganz und gar abgestoßen. Marie-Claires Körper war für sie nicht mehr als eine warme Matratze mit einem passenden Loch.

Durch einen glücklichen Zufall lernte Marie-Claire jedoch kurz nach ihrem 30. Geburtstag einen Mann kennen, der nur ein Jahr älter war als sie und der in jeder Hinsicht ihren anspruchsvollen Wünschen zu entsprechen schien. Sein Name war Gilles Saint-Amand Mont-Royal. Sie fand ihn sehr charmant. Seine Kleidung war tadellos, und darunter schien er einen kräftigen, athletischen Körper zu haben. Seine Komplimente waren wohlformuliert, und er wirkte zugleich offen und höflich.

Da der erste Eindruck zu ihrer Zufriedenheit ausfiel, nahm Marie-Claire seine Einladung zum Abendessen an. Von da an arrangierte er eine Reihe von gemeinsamen Unternehmungen, die jede auf ihre Art erfreulich waren. Er ritt mit ihr im Bois de Boulogne aus und besorgte die besten Pferde für sie, die überhaupt zu bekommen waren. Er war ein großartiger Reiter, und Marie-Claire, die in ihrem neuen Reitkostüm blendend aussah, war insgeheim stolz darauf, mit ihm gesehen zu werden – ein Gefühl, das für sie neu war und sie überraschte. In bezug auf das Theater galt Gilles' Vorliebe der romantischen Komödie, und das entsprach auch Marie-Claires Geschmack, denn sie fand ernste Dramen meistens ziemlich langweilig. Er führte sie nur in die besten Restaurants und erwies sich in der Auswahl der Speisen und Getränke als äußerst anspruchsvoll, obwohl er nur mäßig aß und trank. Und auch dies fand ihre Zustimmung, denn nichts ruiniert die Schönheit schneller als übermäßiger Genuß bei Tisch.

Nachdem sie sich auf diese Weise rückversichert hatte, ließ

Marie-Claire zu, daß Gilles ihr Geliebter wurde, und es stellte sich heraus, daß er in jeder Hinsicht geeignet war. Ein verstohlener Blick auf seinen Körper, als er sich das erste Mal in ihrer Gegenwart auszog, zeigte ihr, daß er sehr gut proportioniert war, einen breiten Brustkorb und eine schmale Taille hatte. Sein Brusthaar war spärlich und weich – kein Bärenpelz, der gegen ihre empfindlichen Brüste kratzte. Sein Glied war weder zu groß noch zu klein.

Doch vor allem war es sein Verhalten beim Liebesspiel, mit dem Gilles Marie-Claires Herz gewann. Er war stark, kräftig und führend, doch zugleich rücksichtsvoll und äußerst aufmerksam. Wenn die Liebkosungen seiner Hände und Lippen sie fast zum Gipfel der Lust gebracht hatten, stieg er *nicht* auf sie, als wäre sie eine lebendige Matratze. Bei ihrer ersten gemeinsamen Begegnung drehte er sie sanft auf die Seite, so daß sie ihm ihr Gesicht zuwandte, und steckte behutsam Kissen hinter sie, damit sie sich gut abstützen konnte. Dann schmiegte er sich eng an sie, und sein steifer Verehrer glitt zärtlich in ihr warmes Heiligtum. In dieser Position konnte er mit der ehrfurchtsvollen Liebkosung ihrer Brüste fortfahren, während er ihr seine Huldigung erwies. Und was noch wichtiger war: Marie-Claire konnte an ihrem eigenen wunderbaren Körper herunterschauen, während ihm gehuldigt wurde. Seine leidenschaftliche Erlösung schien ihr wie ein Gebet vor dem Altar der Lust zu sein – ein Gebet, das im gleichen Moment von ihrem eigenen Höhepunkt der Ekstase beantwortet wurde.

Als sich ihre Liaison weiter entwickelte, erfuhr sie, daß er noch viele andere Positionen lustvoller Verehrung kannte. Manchmal bat er sie, sich mit gespreizten Beinen auf die Bettkante zu setzen, und während er ihr seine leidenschaftliche Opfergabe schenkte, betrachtete er liebevoll den Tempel der Liebe, in dessen Allerheiligstes er so zärtlich eingelassen worden war. Oder er legte sich auf den Rücken und ließ sie auf seinem Schoß sitzen, so daß sie beide ihren Körper bewundern konnten, wenn er tief in ihr steckte. Obgleich dies für Marie-Claire einerseits sehr reizvoll war, weil sie ihren eigenen Körper in den zarten Wehen der Leidenschaft beobachten konnte, gefiel ihr andererseits diese Position nicht besonders, denn sie war es, die sich bewegen mußte, um den

Moment süßester Lust herbeizuführen. Sie war jedoch davon überzeugt, daß eigentlich Gilles alles dazu Notwendige tun müsse. Sie selbst wollte sich damit begnügen, ihn zu inspirieren. Sobald Gilles dies verstanden hatte, gab er ihr weitere Beispiele seiner Einfühlsamkeit, indem er ihr andere, für sie befriedigendere Möglichkeiten zeigte.

Ihre Liebesaffäre war in jeder Hinsicht so vollkommen, daß Marie-Claire schließlich ernsthaft in Erwägung zog, Gilles in ihr größtes und streng gehütetes Geheimnis einzuweihen: das Spiegelkabinett. Zu diesem Zeitpunkt waren sie schon drei Monate zusammen, und ihre Erfahrungen mit ihm waren durch und durch erfreulich gewesen. In der ganzen Zeit war kein einziges böses Wort gefallen, und es hatte keinen einzigen Augenblick der Verstimmung gegeben. Sie fing bereits an zu glauben, in Gilles eine Liebe für das ganze Leben gefunden zu haben, einen Mann, der vollkommen zu ihr paßte, sowohl innerhalb als auch außerhalb des Bettes. Er hatte jedoch bisher nicht die leiseste Andeutung dahingehend gemacht, daß er eine dauerhaftere Beziehung zu ihr wünschte. Schließlich konnte ein Mann mit seinen Tugenden und Qualitäten zweifellos jede zur Ehefrau bekommen, sollte er sich zur Heirat entschließen. Und das war ein Gedanke, der bei Marie-Claire ein leichtes Stirnrunzeln hervorrief.

Andererseits war er ihr gegenüber so aufmerksam und versicherte ihr so oft, wie ergeben er ihr sei, daß Marie-Claire davon überzeugt war, daß in seinem Herzen eine gewisse Liebe für sie erwacht sein mußte. Wenn sie ihn nur ein bißchen mehr ermutigte, würde er ihr sicherlich bald einen Heiratsantrag machen. Es war ihr zwar noch nicht ganz klar, ob sie ihn wirklich annehmen würde oder nicht, aber es war eher wahrscheinlich, daß sie ihm zustimmen würde – wenn auch nur, um ihn enger an sich zu binden.

Doch bevor dieser entscheidende Moment gekommen war, wollte sie seine Reaktion auf ihr Geheimnis kennenlernen. Denn selbst wenn sie heiraten sollten, hatte sie keineswegs die Absicht, auf die Freuden ihres Spiegelkabinetts zu verzichten. Im Gegenteil, sie wünschte sich von Herzen, daß ihr Geliebter diese Freuden mit ihr teilte. Sie ging lange Zeit mit sich selbst zu Rate, was ihr wohl auch niemand zum Vorwurf machen konnte, denn bisher war niemand jemals mit ihr in diesem Zimmer gewesen. Doch trotz aller Bedenken kam der Tag, an dem sie eine positive Entscheidung traf und Gilles in ihrem Spiegelkabinett empfing.

Gilles trat ein und sah sich überrascht um, während die Tür hinter ihm ins Schloß fiel. Er befand sich in einem Zimmer, das vollständig mit Spiegeln ausgekleidet war! Sein eigenes Spiegelbild sah ihn erstaunt von der gegenüberliegenden Wand an.

Marie-Claire hatte den halben Tag damit verbracht, sich für diesen bedeutungsvollen Besuch anzukleiden. Auf ihrem Kopf hatte sie mit Perlenschnüren eine große, weite Toque befestigt, die ihre Haare völlig bedeckte. Um ihren makellosen Hals trug sie eine glitzernde Diamantenkette. Ein langer weißer Rock wurde an der Taille von einem breiten Gürtel aus glänzendem schwarzem Leder zusammengehalten. Er hatte eine fast einen Meter lange Schleppe und war vorne so hoch geschlitzt, daß ihre herrlichen Beine in voller Länge entblößt wurden, als sie auf Gilles zuging und ihm zur Begrüßung die Hände entgegenstreckte. Abgesehen von den Diamanten war sie zwischen Toque und Rock vollkommen nackt. Sie hatte es nicht über sich bringen können, in einem so erhabenen Augenblick ihres Lebens ihre wundervollen Brüste zu verbergen.

Was Gilles betraf, so stellte er sich nach einem ersten Augenblick verblüfften Staunens sofort ganz auf die neue Situation ein. Er kniete nieder, um Marie-Claires Hand zu ergreifen und sie zu küssen, als wäre er ein Edelmann vergangener Zeiten, der einer Königin seine Aufwartung macht. Er hob seine Augen zu ihren nackten Brüsten, sah ihr dann ins Gesicht und sagte ihr, daß sie göttlich sei und daß er sie wahnsinnig liebe.

Ein Lächeln der Genugtuung und des Triumphs zeigte sich auf Marie-Claires Gesicht. Gilles hatte sie verstanden! Sobald er das Spiegelkabinett betreten und sie in ihrer dramatischen Kostümierung erblickt hatte, hatte er sofort ihr Geheimnis erfaßt und freute sich über dieses neue Wissen um ihre Seele. Sie hatte eine gute Wahl getroffen – Gilles war der Mann, mit dem sie ihr Leben in nicht enden wollender Verehrung ihrer eigenen Schönheit verbringen wollte.

Neben dem Diwan standen eine Flasche Champagner und zwei Gläser bereit. Marie-Claire goß selbst ein und reichte ihrem Geliebten ein Glas, während er sich von seinen Knien erhob. Sie stießen auf ihr gegenseitiges Wohl an, dann auf ihre gemeinsame Zukunft und ihr unbeschreibliches Glück, denn beide waren völlig davon überzeugt, daß niemals zuvor in der Geschichte der Menschheit zwei Liebende solche glücklichen Freuden miteinander genossen hatten. Die ganze Situation war so gefühlsgeladen, daß Gilles' Stimme zitterte und Marie-Claire fast Tränen der Freude vergossen hätte – wenn diese nicht ihr sorgfältiges Makeup zerstört hätten.

«Verehrst du mich wirklich, Gilles?» fragte sie.

«Ich bete dich an, wie keine andere Frau jemals angebetet worden ist – ich schwöre es dir.»

«Dann zeige mir, wie sich deine Verehrung ausdrückt.»

Gilles setzte sein Glas ab, löste ehrfurchtsvoll ihren Gürtel und seufzte tief, als er das herrliche Grübchen ihres Nabels entblößte. Er öffnete die Knöpfe ihres langen weißen Rocks und ließ ihn an ihrer Seite auf den Boden gleiten. Vorsichtig, als wäre sie ein wertvolles Heiligtum, hob er sie auf, küßte die rosa Spitzen ihrer Brüste und bettete sie auf die seidenen Kissen des Diwans. Im Deckenspiegel konnte Marie-Claire beobachten, wie sein dunkelhaariger Kopf liebevoll über ihren Brüsten kreiste, während er sie wohl hundertmal küßte und sie die vertrauten Schwindelgefühle der Lust herannahen fühlte. Dann liebkosten seine Lippen ihren weichen Bauch, und seine heiße Zungenspitze erforschte ihr bezauberndes Nabelgrübchen. Wie gut er es verstand, die Lust hinauszuzögern! Wie geschickt und feinfühlig er war! Schließlich konnte sie im Spiegel über sich beobachten, wie er ihr kleines silberfarbenes Caché-Sexe herunterzog, und spürte, daß seine Lippen nun das herzförmige dunkelbraune Haar küßten, das ihren Liebeshügel bedeckte.

Auch er mußte nackt sein! Gern ließ sie zu, daß seine zärtlichen Aufmerksamkeiten für die kurze Zeit unterbrochen wurden, die er brauchte, um sich auszuziehen. Schließlich lag er neben ihr auf dem Diwan, murmelte unaufhörlich Liebeserklärungen und war dabei offensichtlich so von seinen Gefühlen ergriffen, daß es fast unmöglich war, seine Worte zu verstehen. Marie-Claires Hand griff nach dem harten Kavalier zwischen seinen Schenkeln. Es war nicht nur eine reine Freude, ihn zu betrachten, sondern auch, ihn zu halten und dabei seine unverwüstliche Stärke und den Pulsschlag des Lebens in ihm zu spüren. Dennoch gab ihr dieser feste Griff weniger eigenen körperlichen Genuß als ein Gefühl großen Stolzes darauf, daß er ihr ganz allein gehören sollte.

Wenn auch die vielen vorherigen erotischen Begegnungen zwischen Marie-Claire und Gilles wunderbar und sehr befriedigend gewesen waren, konnten sie doch mit dem nun folgenden großen Ereignis in ihrem Spiegelkabinett keinem Vergleich standhalten. Beiden war klar, daß ihnen ein außergewöhnlich wichtiges Erlebnis bevorstand, und dieses Bewußtsein erhob das bloße Liebesspiel zu einem Akt reinster Huldigung. Mit aller Phantasie und Erfahrung, die ihm zu Gebote stand, widmete er sich ihr in zärtlicher Aufmerksamkeit, mit unvergleichbarer, doch beherrschter Begeisterung.

In dem erhabenen Moment, in dem sie danach verlangte, ihn in sich zu spüren und ihren Körper beobachten zu können, während er ihn verwöhnte, zeigte Gilles ein solch tiefes Verständnis für ihre Bedürfnisse und einen solchen Erfindungsgeist, daß sie fast schon zum Höhepunkt der Leidenschaft gebracht wurde. Mit einem heftigen Schwung hob er sie vom Diwan und stellte sie nur ein paar Handbreit von der nächsten Spiegelwand entfernt auf ihre Füße. Völlig fasziniert starrte sie ihren eigenen schönen, nackten Körper an, und ihr Herz war erfüllt von der Liebe zu Gilles, der ihr so einen wunderbaren Anblick ermöglichte.

Sie fühlte, wie seine Hände ihre Beine von den Hüften abwärts bis zu den Knöcheln liebkosten, während er neben ihr kniete und ihre herrlichen Hinterbacken mit Küssen bedeckte. Er drückte sanft ihre Beine auseinander, bis er zwischen sie greifen konnte, und setzte sich dann so auf den Boden, daß seine Knie den Spiegel berührten. Marie-Claires Herz schlug heftig vor Freude, als sie seine Absicht erkannte, ihr einen vollen Blick auf ihren eigenen Körper zu gewähren, während er sie liebte. Seine Hände zogen sie an den Hüften langsam nach unten, bis sie mit dem Rücken zu ihm über seinen gekreuzten Beinen kniete und sich sein Mund gegen ihre Schultern und ihren Nacken preßte. Marie-Claire war lange Zeit ganz von ihrem eigenen schönen Spiegelbild gefangen. Dann wanderte ihr Blick langsam tiefer, und sie konnte im Spiegel den steifen Pilgerer sehen, der bereit war, in ihr Heiligtum der Liebe einzutreten.

Eine von Gilles' Händen glitt leicht an ihrem Bauch hoch, während die andere zwischen ihren Schenkeln die weichen Lippen unter dem herzförmigen braunen Pelz auseinanderdrückte. Die Hand auf ihrem Bauch drängte sie weiter nach unten, bis sie die heiße Spitze seines aufgerichteten Glieds an ihrem Portal fühlen konnte. Das war mehr, als Marie-Claire aushalten konnte! Dieses Gefühl war atemberaubend. Ihre Augen flatterten, als wilde Wogen der Ekstase sie durchzuckten, aber sie zwang sich, sie offenzuhalten, um zu sehen, mit welch köstlichem Beben sich ihr Körper dieser unbeschreiblichen Lust hingab.

Gilles hielt inne und stützte sie an den Hüften ab, so daß nur die Spitze seiner bebenden Männlichkeit in ihr steckte. Auch er war von ihrer schnellen Reaktion überrascht und wartete geduldig, bis die Wehen ihrer Lust abgeklungen waren und Marie-Claire leise *«Je t'aime»* flüsterte. Ob sie damit wirklich ihn meinte oder vielleicht eher sich selbst, diese Frage kam ihm nicht einmal in den Sinn.

Schon nach kurzer Zeit war sie dazu bereit, dieses aufregende Erlebnis zu erneuern, so erhitzt war sie von dem Anblick ihres eigenen Körpers mit der Spitze seines steifen Schwanzes am Portal ihrer heiligen Stätten. Sie ließ sich ganz auf Gilles' Schoß sinken, und seine Geduld wurde durch diese sanfte Umarmung seines aufgerichteten Kavaliers belohnt. Über ihren Schultern konnte er die Vereinigung ihrer intimsten Körperteile mit vor Erstaunen weit aufgerissenen Augen im Spiegel beobachten. Ohne noch etwas zu sagen – denn jedes Wort hätte in dieser tiefen Begegnung ihrer Seelen unvorstellbar banal geklungen – nahm Gilles ihre Handgelenke, breitete ihre Arme auseinander und zeigte ihr, wie sie sich nach vorne lehnen sollte, bis ihre Handflächen sich flach gegen das Spiegelglas drückten. Dies hob ihr Gewicht ein wenig von seinen Schenkeln und gab ihm die nötige Bewegungsfreiheit für ein langsames, rhythmisches Hinundhergleiten, das beide vor Lust heftig erbeben ließ.

Einen Moment lang liebkoste er ihre unvergleichlich schönen Brüste, dann kehrten seine Hände wieder zu ihren Hüften zurück, so daß nichts den freien Blick auf ihren Körper stören konnte. Er griff etwas fester zu, als seine Stöße länger und heftiger wurden. Marie-Claires Blick wanderte von ihrem eigenen göttlichen Körper zu dem Spiegelbild seines Gesichts, und sie sah, daß seine Augen auf den herzförmigen Schatz geheftet waren, in den er eingetaucht war. Der köstliche Anblick dieser geöffneten rosa Lippen rief fast einen zweiten Höhepunkt der Ekstase in ihr hervor. Und etwas tiefer konnte sie ein paar Zentimeter des harten Riegels sehen, der den Eingang ihrer Schatzkammer ausfüllte.

Marie-Claire fühlte sich wie im Paradies – alles war genauso, wie sie es sich immer gewünscht hatte. Endlich konnte sie die unvorstellbare Lust der Verehrung ihres eigenen Körpers mit einem anderen Menschen teilen. Oh, wenn doch dieser köstliche Moment ewig dauern könnte! Aber wie sehr man auch versucht, sie hinauszuzögern, eine solch große Intensität der Gefühle ist notwendigerweise von kurzer Dauer. Und doch tröstete sich Marie-Claire mit dem Gedanken – soweit sie überhaupt dazu in der Lage war –, daß sie diese himmlische Erfahrung immer und immer wieder neu machen könnte, Tag für Tag, mit dem lieben, wunderbaren Gilles.

Innerlich spürte Marie-Claire mit absoluter Sicherheit, daß sie gleich den erhabensten Moment ihres bisherigen Lebens erfahren würde, einen bisher unerreichten Gipfel der Leidenschaft, den gewöhnliche Frauen nicht einmal im entferntesten erahnen konnten. Diese Sicherheit wuchs mit den göttlichen Empfindungen, die Gilles in ihr hervorrief. Völlig fasziniert blickte sie auf das Spiegelbild ihres zarten Körperteils, von dem diese unvorstellbaren Empfindungen ausgingen. Ihre samtbraunen Augen weit aufgerissen, sah sie den aufgerichteten Anbeter ihres geheimen Schreins mit seiner Huldigung am Altar der Liebe selbst beschäftigt... Die Flutwelle der Ekstase, die sie nun überwältigte, war etwas völlig anderes als die sanften Wogen der Befriedigung, die sie bisher gekannt hatte. Es war wie ein reißender Strom, ein mächtiger Sturzbach, der sie mitriß und mit einemmal ihr ganzes Bewußtsein auszulöschen schien. Ihre Augen waren fest geschlos-

sen, ihr Mund hatte sich weit geöffnet, und sie stieß einen durchdringenden Schrei ungehemmter Leidenschaft aus.

Die Macht ihrer Erlösung brachte auch Gilles sofort auf den
Höhepunkt. Sein starker Schwanz pulsierte heftig in Marie-Claires zuckendem Körper und stieß seine heiße Opfergabe aus. Seine
grauen Augen blieben jedoch geöffnet und schauten über ihre
bebenden Schultern hinweg voller Liebe und Verehrung auf das
Spiegelbild – seines eigenen schönen Gesichts!

Emmanuelle Arsan

Die Freuden des Mädchens Miette

Franz beantwortete Francescas Frage ziemlich kühl:

«Ich hatte es vorher noch nie mit jemandem getrieben und danach auch nicht mehr.»

«Erzähl mir: wie hieß sie? Wie alt wart ihr? War deine Geliebte ebenfalls noch unberührt?»

«Ja... Nein... Nein, sie war es nicht. Ich traue mich gar nicht, es zuzugeben.»

«Hättest du denn ein unschuldiges Mädchen vorgezogen?»

«Ich weiß nicht. Ich frage mich, ob die Liebespraktiken, die sie mir beigebracht hat, normal sind.»

«Es gibt keine normale Art zu lieben. Und vor allem gibt es keine unnormale Art. Alles, was man aus Liebe macht, ist Liebe. Und in dem Fall ist es auch gut.»

«Trotzdem kann man nicht ständig die Natur herausfordern.»

«Oh! Aber natürlich doch! Man tut sogar nichts anderes als genau dies! Würdest du dich etwa damit begnügen, es wie ein Rhesusaffe zu treiben?»

«Sie machen es doch gar nicht so schlecht.»

«Selbst als vollkommen Unerfahrener hast du es besser gemacht als sie. Du hast es nicht einzig und allein zu dem Zweck getrieben, um dich fortzupflanzen.»

Franz lachte: «Mit Miette lief ich deswegen keine Gefahr!»

«Warum? War sie steril?»

«Eben gerade nicht. Sie war geradezu besessen von der Furcht, schwanger zu werden.»

«Das ist durchaus zu verstehen.»

«Sie hatte Angst, von der Pille dick zu werden, glaubte, eine

Spirale verursache Blutungen, ein Diaphragma mache frigide, ein Präservativ würde mich impotent machen...»

«...und die Methode Ogino sie zur Mutter? Blieb nur noch das Glas Wasser. Ihr habt euch also auf harmlose Zärtlichkeiten beschränkt?»

«Ich glaube nicht, daß das Wort ‹harmlos› hier wirklich am Platz ist... Ich habe Miettes Eltern dazu bewegt, mich mit ihr auf Reisen gehen zu lassen. Nach dem augenblicklich geltenden Gesetz war sie gerade volljährig geworden. Kaum waren wir unterwegs, suchten wir ein Hotel. Wir genierten uns ein wenig. Ich nahm zwei getrennte Zimmer. Sie selbst meinte, es sei vielleicht besser, nicht gleich in der ersten Nacht miteinander zu schlafen. Ich fühlte mich eigentlich eher erleichtert. Aber ich schlief nicht. Ich stellte mir sie in ihrem Bett vor. Was machte sie? Woran dachte sie? Schlief sie im Pyjama, im Slip, im T-Shirt, im Nachthemd? Um drei Uhr morgens öffnete sie meine Tür und fragte, ob sie mich geweckt hätte. Sie war über den Flur gekommen, nackt wie ein Wurm.»

«War sie schön?»

«Sehr schmächtig und blaß; lange, glatte Haare; noch längere Beine.»

«Kleine spitze Brüste?»

«Sehr klein, sehr spitz. Sie setzte sich auf mein Bett und sagte, sie habe Angst vor dem Alleinsein. Sie schlug vor, wir sollten zusammen wie Bruder und Schwester schlafen. Sie streckte sich in einiger Entfernung von mir auf dem Rücken aus. Wir sagten, ich weiß nicht wie lange, kein Wort. Mindestens eine Stunde, glaube ich. Dann legte ich einen Arm um ihre Taille. Sie küßte mich auf die Wange und sagte:

‹Schlaf, mein großer Bruder.› Ich habe mich auf den Bauch gelegt, damit sie nichts von meinem heftigen Verlangen merkt. Später lehnte ich mein Glied an ihre Hüfte. Das war unbequem für mich. Bei jedem Atemzug hob ihr Bauch meinen Arm in die Höhe. Ich habe bis zum Morgen kein Auge zugemacht. Den ganzen Tag über haben wir von anderen Dingen gesprochen. Am darauffolgenden Abend, im nächsten Hotel, riet sie mir, ein Doppelzimmer zu verlangen, um unsere Ersparnisse nicht zu verschwenden.

‹Mit einem Doppelbett oder mit zwei Betten?› erkundigte sich der Mann an der Rezeption. Miette setzte eine entrüstete Miene auf und antwortete als erste:

‹Zwei natürlich!› Mein einziger Gedanke war, daß ich diesmal wenigstens würde schlafen können. Und ich schlief tatsächlich schlecht und recht, während sie eine unendlich lange Zeit im Badezimmer zubrachte. Als ich aufwachte, lag sie ausgestreckt auf ihrem Bett, auf der Bettdecke, immer noch nackt, steif und ohne sich zu bewegen, wie die Figur auf einem Grabdenkmal, eine Brust in jeder Hand, mit weit offenen Augen starrte sie an die Decke. Ich überlegte, ob ich einen Fehler gemacht hätte und sie mir böse sei. Ich rief sie beim Namen. Ob ihr nicht gut sei? Nein, antwortete sie, sie fühle sich ausgezeichnet. Sie drehte sich zur Seite. ‹Es ist eng›, sagte sie, ‹aber ich werde dir Platz machen. Ich kann unmöglich einschlafen, wenn du nicht deinen Arm um mich legst.› Ich legte mich zu ihr. Diesmal klemmte ich, ohne daran zu denken, mein Glied zwischen ihren und meinen Bauch. Sie umarmte mich, küßte mich, genau wie am vorhergehenden Abend, aber ihre Scham preßte sich gegen mein Glied. Sie drückte mich so stark, daß ich dachte:

‹Macht sie das, um mich daran zu hindern, mich zu bewegen?› Ich hatte Lust, mich ein wenig an ihr zu reiben, ich konnte es nicht. Plötzlich stöhnte sie, seufzte, schrie. Sie sagte: ‹Ich bin gekommen; siehst du, wir haben es nicht geschafft, keusch zu bleiben. Jetzt bist du dran.› Wieder einmal wußte ich nicht, was ich tun sollte: ich verspürte kein Verlangen mehr, mich an ihrem Bauch zu reiben. Sie muß es wohl gemerkt haben, sie sagte: ‹Komm rein in mich.› Sie drehte sich auf den Rücken, zog mich auf sich rauf, führte mein Glied in ihre Scheide. Ich drang in sie ein und spürte nichts. Zweifellos war ich durch diese aufeinanderfolgenden Überraschungen und dieses für mich neue Erlebnis zu sehr beeindruckt. Dann sagte sie: ‹Ist es auch richtig weich in mir? So sollte es sein: weich und angenehm wie Crème. Aber ich bin trotzdem stark: spürst du, wie ich dich festhalte, beinahe wie mit einer Hand? Dring ganz tief in mich ein, und dann rühr dich nicht mehr. Stütz deinen Bauch auf meinen und beweg dich von rechts nach links, ja, so. Geh nicht aus mir raus. Du bist so steif und hart, daß ich gleich noch einmal kommen werde. Und dann wirst du kommen, aber nicht in mir, nicht wahr? Du wirst ihn rausziehen, bevor du kommst: du wirst auf meinen Bauch spritzen. Fasse meine Brüste an, während ich komme: ich werde noch lauter schreien.› Und ganz plötzlich schrie sie. Dann sagte sie: ‹Beweg dich jetzt hin und her; aber nicht zu schnell; bis du spürst, daß du abspritzen wirst.› In einer heißen Welle schoß mir das Blut ins Hirn. Ich beschloß: ‹Ich werde so tief wie nur irgend möglich in ihrer Scheide abspritzen, wovor auch immer sie Angst haben mag.› In diesem Augenblick war es mir ziemlich gleichgültig, ob ich sie schwängerte oder nicht, ich wollte unbedingt wissen, was das für ein Gefühl ist. Aber sie erriet meine Absicht, klammerte sich an meine Hüften und glitt schneller als ich denken konnte unter mir weg. Ich überschwemmte ihren Bauch, und sie schloß mich leidenschaftlich in ihre Arme und murmelte: ‹Mein Liebling, mein Liebling! So ist es am schönsten, so ist es am besten. Das ist die einzige Art, die ich mag.› Mit der gleichen Geschicklichkeit, die sie soeben bewiesen hatte, drehte sie mich auf die Seite, beugte sich über mich und leckte ausführlich meinen Bauch ab, wobei sie sorgfältig darauf achtete, nichts von dem Sperma übrig zu lassen, mit dem er beschmiert war. ‹Es gibt nichts Köstlicheres auf der Welt›, murmelte sie. ‹Laß mich alles abschlecken, bis zu deinen Schamhaaren.› Dann befahl sie mir mit versagender Stimme: ‹Jetzt leck meinen Bauch ab, damit du deinen Anteil bekommst. Du bekommst ebensoviel wie ich.› Ich war so erstaunt, daß ich ihr ohne groß zu überlegen gehorchte. Ich hatte gar nicht Zeit genug, mich zu ekeln. Während ich sie ableckte, fand ich Geschmack an dem, was ich da tat, und auch an dem, was ich da aufschleckte. Ich gab ihr recht und war voller Dankbarkeit. Ich schuldete ihr eine Erfahrung, von der ich eine Minute zuvor noch nicht einmal wußte, daß es sie überhaupt gab. Wenn mir das jemand erzählt hätte, hätte mir davor gegraust. Aber als ich es jetzt selbst machte, fand ich es phantastisch, vollkommen, letzten Endes normal. Danach war ich mir nicht mehr so ganz sicher. Ich schämte mich.»

«Was konnte denn Schlechtes daran sein, Spaß daran zu haben, woran deine Geliebte Spaß hatte?» protestierte Francesca. «Wie ging eure Nacht zu Ende?»

«Jeder schlief in seinem eigenen Bett. Am Morgen fingen wir

noch einmal von vorne an, genauso wie am Abend zuvor; und so ging es weiter, jeden Tag, mehrmals am Tag. Ich dachte nicht mehr daran, in ihr abzuspritzen; ich vermied es sogar sorgfältig. Es war mein einziger Wunsch, zwischen unseren beiden Körpern zu kommen, dann ihren Körper abzulecken und sie meinen ablecken zu lassen. Ich war jetzt der erste, der sie ableckte, um sicher zu gehen, daß mir nichts verlorenging. Ich lernte, im allerletzten Moment einen winzigen Abstand zwischen ihr und mir zu schaffen, so daß mehr Flüssigkeit auf ihren Bauch gelangte als auf meinen. Ich wurde zum Egoisten. Sie merkte es und drohte, sie würde mich – falls ich noch einmal schummeln würde – direkt in ihren Mund abspritzen lassen und mir nur so viel von meinem Sperma abgeben, wie sie wollte. Sie brüstete sich damit, dann mehr herunterschlucken zu wollen, als nur ihren Anteil. Ich hatte Lust, sie auf die Probe zu stellen, dann verzichtete ich darauf, ich glaube aus Trägheit. Wir änderten unsere Methode nicht mehr.»

«Hattest du wirklich keine Lust mehr auf eine andere?»

«Nein. Sie auch nicht. Ich wußte inzwischen, daß sie es treiben wollte, wenn sie nackt war. Fast immer spielte sich dies nach der folgenden Spielregel ab: Zuerst ging sie im Zimmer auf und ab, beugte sich aus dem Fenster oder öffnete die Tür, so, als wisse sie nicht, daß sie gar nichts anhatte. Mit gerunzelter Stirn blieb sie im Türrahmen stehen und schien zu versuchen, sich daran zu erinnern, was sie da eigentlich wollte, bis jemand im Flur vorbeikam und sie anstarrte, erstaunt, erregt oder vorwurfsvoll, je nachdem. Dann tat sie so, als komme sie plötzlich wieder zu sich und kam zu mir, vergaß allerdings trotzdem, die Tür zu schließen. Ich mußte mich darum kümmern. Dann fiel sie mir um den Hals und sagte: ‹Komm, besteig mich: jag mir deinen Schwanz tief rein.› Ich war meistens noch gar nicht soweit. Sie machte keine Anstalten, mir dabei zu helfen, mich hochzubringen, aber sie flüsterte in mein Ohr: ‹Wie werden wir es uns schmecken lassen! Du wirst mir diesmal gefälligst die Hälfte übrig lassen, nicht wahr? Und du wirst nichts in meinen Nabel laufen lassen? Dann kannst du dir dort viel zu leicht eine heimliche Reserve anlegen und sie mit einem großen Zug ausschlecken. Du mußt es so wie ich machen: Tropfen nach Tropfen, ganz langsam mit deinen Lippen aufsaugen. Wenn du dir genug Zeit läßt und alles ordentlich ableckst, wirst du schon wieder einen Steifen kriegen, bevor es alle ist. Dann werden wir gleich wieder von vorn anfangen können.› Sie hatte recht. Schon die Aussicht auf die neuen Genüsse hatte eine neue Erektion bei mir bewirkt, eine Erektion, die von Sekunde zu Sekunde stärker wurde, je tiefer ich in sie hineinstieß, und noch einmal hineinstieß, mit aller Kraft, nicht, um sie kommen zu lassen, noch um dieses Eindringen selbst auszukosten, sondern um so früh wie irgend möglich den herrlichen Augenblick zu erreichen, da ich mein Glied aus ihr herauszog. Über meinen Körper war ich mir bewußt, welche Menge Sperma ich uns da schenkte: sie schien mir riesengroß zu sein. Und ich war mir dessen nicht nur in meinem Schwanz bewußt, sondern auch in meinem Kopf, so als kämen diese dickflüssigen weißen, köstlichen Ergüsse aus meinem Hirn. Beinahe bedauerte ich die Dauer des Höhepunkts: die größte Lust stand uns noch bevor, und wir sollten wirklich solange schmachten, Miette und ich.»

«Hast du niemals Lust gehabt, ihre Vagina und ihre Klitoris auszulecken?» fragte Francesca verwundert.

«Ich wollte es schon, aber sie weigerte sich. Sie meinte lachend, sie wolle schließlich nicht lesbisch werden durch mich.»

«Und hat es dich nicht gereizt, sie von hinten zu nehmen?»

«Man hat beinahe den Eindruck, du legst Wert darauf, daß ich homosexuell werde.»

«Mit einem Mädchen? Offfensichtlich kann ich noch etwas dazulernen! Das ist gut. Das Leben liegt noch vor uns.»

«Ich glaube nicht, daß ich noch etwas dazulernen könnte, und auch nicht, daß das Leben noch vor mir liegt.»

«Miette fehlt dir, und du hast an niemand anderem Interesse: das ist alles. Habt ihr darüber gesprochen, warum sie es so erregend fand, sich Unbekannten gegenüber nackt zu zeigen?»

«Ja. Ich fragte sie, ob sie Lust habe, es auch noch mit anderen zu treiben. Sie antwortete mir, sie wolle nur, daß sich diejenigen, denen sie sich zeigte, selbst einen runterholten und dabei an sie dächten. Auch sie masturbierte und dachte dabei an diejenigen, die sich wegen ihr masturbierten. Aber das erzählte sie mir erst viel später, als wir uns schon dazu entschlossen hatten, uns zu trennen. Bis dahin hatte sie immer nur heimlich masturbiert: sie schickte mich weg, zum Spazierengehen oder um irgendwelche Besorgungen zu machen, und verbot mir, in weniger als einer Stunde zurückzukommen. Ich dachte, sie benutze die Zeit, um mit irgend jemandem zu schlafen, den sie während des Tages entdeckt hatte. Es scheint aber nicht so gewesen zu sein.»

«Wärst du nicht eifersüchtig gewesen, wenn sie es getan hätte?»

«Im Gegenteil. Ich wollte, daß sie es tut. Vielleicht tat sie es nur deshalb nicht, um mich zu ärgern.»

«Bis wohin führte euch eure Reise?»

«Bis ans Meer. Das übliche. Wir mieteten uns ein Zelt, um es näher zum Strand zu haben. Wir hatten Glück und teilten eine Pinienschonung mit nur vier anderen Paaren, die ebenfalls campten. Unsere Zelte standen zwei oder drei Meter voneinander entfernt. Als es dunkel war, ließ Miette eine Lampe in dem unseren brennen: Ich dachte zuerst, sie habe Angst. Doch als ich sah, wie sie sich auszog, verstand ich, daß sie unseren Nachbarn ein Schattenspiel bieten wollte. Am nächsten Morgen gestand sie mir, sie habe schon seit langem Lust, daß uns jemand zusieht, während wir es treiben: noch intensiver und direkter zusieht, als es in der vergangenen Nacht durch die beleuchtete Zeltwand hindurch möglich war. Sie wollte, daß wir eine Stelle am Strand ausfindig machten, wo sie diesen Traum verwirklichen könne, ohne den Anschein zu erwecken, sich allzu offen zur Schau zu stellen. Es war nicht schwierig, eine Mulde mit wilden Dornbüschen ringsherum zu finden, wo wir so tun konnten, als versteckten wir uns. Die anderen Camper würden früher oder später über uns stolpern. Alles lief so ab, wie wir gehofft hatten. Miette blieb lange genug nackt auf der Düne sitzen, um die Aufmerksamkeit von zwei Pärchen zu erregen, die ungefähr in unserem Alter waren. Die beiden Jungen sahen besser aus als die Mädchen. Sie streckten sich auf dem Bauch aus, weit genug weg, um uns zu erlauben, so zu tun, als hätten wir sie nicht gesehen, nahe genug, um uns nach Belieben beobachten zu können. Noch bevor Miette mich mit ihrem Gerede aufreizte, hatte ich eine Erektion. Zum erstenmal sagte sie mir, ich solle auf dem Rücken liegenbleiben. Offensichtlich wollte sie, daß meine Erregung gut zu sehen war. Zum erstenmal auch bearbeitete sie mich lange und ausführlich mit ihren Händen, dann mit ihrem Mund. Sie tat es sehr sanft, ihre Lippen und auch ihre Hände berührten meinen Schwanz nur ganz leicht, damit keine Gefahr bestand, daß ich in ihrem Mund komme. Erst als ich anfing zu stöhnen, stieg sie auf mich drauf und führte mein Glied in ihre Scheide ein. Sie war es auch, die die Bewegungen dirigierte: besser, als ich es bis dahin gelernt hatte. Ich war so begeistert, daß ich nicht mehr an den üblichen Schluß unseres Liebesspiels dachte. Sie wollte sicherlich, daß ich so tief wie möglich in ihr abspritzte. Aber den Bruchteil einer Sekunde bevor ich kam, riß sie sich mit einem einzigen Schwung ihrer Hüften von mir los, stürzte sich wie ein Peitschenhieb auf meinen Schwanz, der bereits kräftig spritzte und lenkte seine Stöße bis zum Schluß mit ihren zarten und geübten Bauchmuskeln. Die Sonne blendete mich. Trotzdem konnte ich ganz deutlich sehen, wie die Zeugen näher kamen, während ich die feuchte Haut Miettes ableckte und anschließend sie meine. Wir kosteten diese herrliche Prozedur so lange aus, bis die vier anderen ganz nahe waren, kurz davor, uns zu berühren. Als wir uns aufrichteten, hielt jedes der Mädchen den Schwanz ihres Gefährten in der Hand, die alle beide noch länger, noch dicker, noch steifer waren, als es der meine gewesen war. Jede wichste ihn auf die gleiche Weise und zielte mit ihm auf Miettes Körper. Diese betrachtete die Rute, die von rechts auf sie zeigte, dann diejenige, die sie von links bedrohte: sie lächelte ihr bezauberndstes Lächeln, legte sich auf den Rücken, streckte die Arme weit von sich und spreizte die Beine, so weit sie sie überhaupt spreizen konnte. Die beiden langgezogenen Spritzer erreichten sie gleichzeitig und mit bewundernswerter Präzision, und zwar genau an der Stelle ihres Bauchs, auf der sie das Sperma besonders gerne hatte: zwischen der oberen Begrenzung ihrer Schamhaare und ihrem Nabel. Ich hatte den Eindruck, als seien die beiden Jungen auch darin besser als ich: Ihre Samenergüsse waren verschwenderischer, das Sperma dicker, eher wie Perlmutt schimmernd. Es bildete einen einzigen großen Platschen, der auf Miettes Haut nicht auseinanderfloß, sondern seine fest umrissene Form beibehielt, die zu atmen, ja beinahe anzuschwellen schien. Alle vier betrachteten ihn mit demselben glücklichen Ausdruck. Das blondere der beiden Mädchen bückte sich als erste und schleckte mit einem einzigen Hervorschnellen ihrer Zunge sehr vorsichtig genau die Menge auf, die mir ein Viertel dieser lebenden Geleemasse darzustellen schien. Sie richtete sich wieder auf, um es mit einem verzückten Gurren herunterzuschlucken, und senkte die Wimpern unter dem schrecklich grellen Licht. Einer der Jungen, und zwar derjenige, der neben dem anderen Mädchen stand, leckte ein weiteres Viertel auf, dann zwinkerte er mir zufrieden zu. Seine Partnerin und der zweite Junge teilten sich den Rest. Ich warte eigentlich darauf, daß du mich fragst, ob ich es gerne gesehen hätte, wenn sie mir einen Teil übriggelassen hätten. Nein, ich hätte es gerne gesehen, wenn sie noch einmal von vorne angefangen hätten. Aber ich traute mich nicht, es zu sagen. Miette strahlte und schien viel zu befriedigt, um überhaupt etwas zu tun. Die beiden Paare gingen schwimmen. Am Abend hoffte ich so inständig, sie kämen in unser Zelt, daß ich Miette nicht zuhören, ja sie nicht einmal anschauen und es noch weniger mit ihr treiben konnte. Erst als die Lampen in den beiden benachbarten Zelten angezündet wurden, fand ich ein wenig Ruhe. Miette und ich konnten sehen, wie vier Schatten unsere Gesten vom vorhergehenden Abend wiederholten, ohne irgend etwas an der Prozedur zu ändern. Wir hatten den Eindruck, uns im Film wiederzusehen. Erschöpft schliefen wir ein, ohne uns berührt zu haben. Am Morgen schliefen wir lange. Mit pochendem Herzen warfen wir einen verstohlenen Blick auf die benachbarten Zelte, sie waren nicht mehr dort. Ihre Bewohner waren abgereist. Wir kannten nicht einmal ihre Namen. Enttäuscht marschierten wir lange kreuz und quer über die Felsen, bis wir die beiden anderen Paare trafen, die nicht ganz so jung wie die verschwundenen waren, die jedoch auch nicht länger fackelten als jene. Ich fragte mich ängstlich, ob die Schwänze der Männer so groß sein würden wie die Schwänze der gestrigen. Miette zog sich hastig aus. Die anderen blieben gar nicht erst in einer bestimmten Entfernung stehen, sie nahmen sofort zu beiden Seiten von uns Aufstellung. Miette ließ mich sehr schnell kommen, wir leckten uns gegenseitig gierig ab, dann bot sie sich, genau wie am vorhergehenden Tag an. Die Männer kamen näher: sie waren kräftiger gebaut als die vom vorhergehenden Tage, ihre Schwänze waren sogar noch eindrucksvoller. Ihre Frauen berührten sie nicht: sie streichelten und liebkosten sich alle beide selbst, den Blick starr auf Miette gerichtet. Ich begriff, daß sie sie vor meinen Augen nehmen würden, einer nach dem anderen, vielleicht sogar beide gleichzeitig. Aber im letzten Moment schienen sie sich eines anderen zu besinnen. Sie tauschten einen fragenden Blick aus, dann fing der eine an, sich über dem Gesicht meiner Freundin einen runterzuholen. Er spritzte ihre Haare, ihre Augen und ihren Mund voll. Der zweite entleerte sich direkt über ihren Lippen: Miettes Zunge stieß sofort vor, um sie sich abzulecken. Ich drang von neuem in sie ein, und blieb so lange wie nötig in ihr, dann zog ich meinen Schwanz heraus und spritzte ihr Gesicht ebenfalls voll, schließlich leckte ich es sorgsam ab. Jetzt, da mein Sperma sich mit demjenigen vermischt hatte, das von den beiden Männern übriggeblieben war, hatte es einen anderen Geschmack, einen besseren Geschmack: das mußte ich zugeben. In den nächsten Tagen wären sie gerne in ihre Vagina und in ihren Mund eingedrungen, aber Miette konnte sie überzeugen, daß sie nur auf ihr Gesicht herunterspritzten. Auch ich trieb es nach wie vor auf diese Weise mit ihr; ich fand es noch schöner, als auf ihren Bauch zu spritzen. Sie bat mich nur darum, ihr die Hälfte des Spermas zurückzugeben, das ich von ihren Wangen, ihrer Stirn, ihrer Nase leckte und das sie dann aus meinem Mund schlürfte. Ich hatte keine Lust auf die beiden anderen Frauen, und sie versuchten nicht, mich zu verführen. Als diese vier ebenfalls abreisten, verließen wir diesen Ort. Wir fanden niemals wieder andere Männer und Frauen, denen Miette ihre Nacktheit anbieten konnte. Nach einem Jahr verließ ich sie.»

«Weil es dich langweilte, es ganz allein mit ihr zu treiben, oder weil du es satt hattest, dein Sperma von ihrem Körper zu lecken?»

«Wenn wir es die ganze Zeit hätten treiben können, hätte ich es zweifellos sehr lange ausgehalten. Aber die Leere ihres Geistes machte mich beinahe wahnsinnig. Sind wirklich neunundneunzig von hundert Frauen so wie sie? Ich will es lieber nicht wissen! Ich verabscheue es, immer alles wissen zu wollen.»

«Bist du das, der da spricht, mein schöner Sohn?»

«Ja, und ich habe in der Tat viel zuviel gesprochen.»

«Nicht mehr, als an dem Tag, an dem du deinen ersten Schrei ausgestoßen hast. Ich habe soeben geglaubt, ihn noch einmal zu hören, so wie er heute nacht vor 21 Jahren meinen Körper und mein Herz durchdrang. Es ist heute auch nicht leichter für dich als an jenem Tag, zu entscheiden, ob du gut daran getan hast, geboren zu werden. Und dennoch, welche Freude hat mir dieser erste Schrei von dir bereitet! Der Schrei des Lebens genügt einer Mutter; um den Schrei des Glücks zu hören, muß sie warten, bis sie wieder Frau geworden ist.»

«Was willst du damit sagen?» fragte Franz.

«Gar nichts», antwortete Francesca. «Ich will mich nur an dich erinnern, so weit zurück wie irgend möglich. Weiter zurück als bis zu deiner Geburt... Ich war achtzehn, wie Miette. Auch ich verabscheute Verhütungsmittel. Da kann man natürlich nichts machen, wenn du das bedauerst! Ich bedauere meinen Treffer in diesem Lotteriespiel jedenfalls nicht...»

Charles Bukowski

Morgengrauen

Es war letzten Montag. Ich hatte Nachtschicht geschoben bis
Mitternacht und fuhr anschließend zu so ner Party. Ich brachte ein
Six-Pack mit, das brachte die Leute wieder in Stimmung, und
jemand ging weg und holte mehr.

«Letzte Woche hättet ihr Bukowski erleben sollen», sagte einer.
«Er tanzte mit dem Bügelbrett, und dann hat er sogar versucht,
das Bügelbrett zu pimpern.»

«Yeah?»

«Yeah. Dann fing er an, uns seine Gedichte vorzulesen. Wir
mußten ihm das Buch wegnehmen, sonst hätte er nicht mehr
damit aufgehört.»

Ich sagte, da sei so ein jungfräuliches Wesen gesessen, das mich
dauernd ansah, und deshalb hätte ich es nicht übers Herz gebracht
aufzuhören.

«Mal sehen», sagte ich, «wir haben jetzt Mitte Juli, und ich hab
dieses Jahr noch keine Frau umgelegt.»

Sie lachten. Sie fanden das lustig. Leute, die solche Probleme
nicht kennen, finden das anscheinend immer lustig. Dann sprachen sie über diesen blonden Götterjüngling, der es mit drei
Miezen zugleich trieb. Ich wandte ein, daß der Junge mit 33 in
einer Fabrik als Pförtner enden würde. Die jüngeren Gäste
schlafften langsam ab, und schließlich saß ich mit einem Oldtimer
allein, er war ungefähr im gleichen Alter wie ich. Und darauf
geeicht, die Nächte durchzumachen. Als das Bier alle war, fanden
wir noch ne kleine Flasche Whisky. Er war Herausgeber einer
großen Lokalzeitung irgendwo im Osten. Wir unterhielten uns
also gut. Zwei alte Knacker, die zu viel miteinander gemeinsam

193

hatten. Es wurde hell. Kurz nach sechs stand ich auf. Ich beschloß, meinen Wagen dazulassen. Ich hatte ungefähr acht Blocks zu gehen. Der Oldtimer begleitete mich bis zur Kegelbahn am Hollywood Boulevard. Dann trennten wir uns mit einem altmodischen Händedruck.

Ich war vielleicht zwei Blocks von meiner Wohnung entfernt, als ich eine Frau sah, die sich vergeblich bemühte, ihren Wagen anzulassen. Sie stellte sich an wie der letzte Mensch. Der Wagen, ein älteres Modell, ruckelte ein paar Schritte vor und bockte. Sie drückte sofort wieder auf den Anlasser. Ich stand an der Ecke und sah ihr zu. Sie kam näher geruckelt, und schließlich stand sie mit ihrer Karre direkt vor mir. Ich sah eine Frau mit hochhackigen Schuhen an den Füßen, schwarze Netzstrümpfe, Bluse, Ohrringe, Ehering und Schlüpfer. Kein Rock, nur solche dünnen rosa Schlüpfer. Ich atmete tief ein. Sie hatte ein altes Gesicht und den Körper eines jungen Mädchens. Der Wagen machte wieder einen Sprung, und wieder verreckte ihr der Motor. Ich beugte mich herunter und steckte meinen Kopf durchs Seitenfenster.

«Lady, ich glaub, es ist besser, wenn Sie das Ding hier parken. Die Bullen sind um diese Tageszeit besonders auf Draht. Sie könnten Trouble kriegen.»

«Na schön.»

Sie manövrierte den Wagen an den Straßenrand und stieg aus. Der Busen unter der Bluse sah auch noch ziemlich jung und griffig aus. Da stand sie also in ihren Pumps und schwarzen Netzstrümpfen und ihrem rosa Schlüpfer um 6 Uhr 25 an einem Morgen in Los Angeles. Das Gesicht einer 55jährigen und der Körper einer 18jährigen.

«Sind Sie sich sicher, daß Ihnen nichts fehlt?» fragte ich.

«Klar, mir fehlt nichts», sagte sie.

«Sind Sie sich auch *ganz* sicher?»

«Aber ja, selbstverständlich.» Sie drehte sich um und ging weg. Ich stand da und beobachtete das Schaukeln ihres Hinterns unter diesem straff gespannten dünnen rosa glänzenden Zeug. Da ging das gute Stück, die Straße runter, und niemand zu sehen, keine Bullen, keine Menschenseele. Nichts als diese wiegenden jungen rosa Hinterbacken, die sich von mir entfernten. Ich war zu bematscht, um mir ein Stöhnen abzuringen; ich fühlte nur, wie der wilde Kummer über diesen Verlust an mir fraß. Ich hatte nicht die richtigen Worte gesagt. Nicht die richtige Kombination gefunden. Ich hatte es nicht einmal versucht. Das mit dem Bügelbrett geschah mir recht. Na ja, zum Teufel damit, doch bloß eine Irre, die um sechs in der Früh in rosa Schlüpfern rumrannte.

Ich stand da und sah ihr nach. Das würden mir die Jungs nicht glauben, wenn ich es ihnen erzählte. Und dann drehte sie plötzlich um und kam zurück. Auf die Entfernung sah sie auch von vorn ganz gut aus. Tatsache ist, je näher sie kam, desto besser sah sie aus – wenn man das Gesicht dabei ausließ. Aber schließlich mußte man auch mein Gesicht außer Betracht lassen. Das Gesicht muß man immer als erstes abschreiben, wenn einen das Glück zu verlassen beginnt.

Sie kam dicht an mich ran; und immer noch war kein Mensch auf der Straße zu sehen. Es gibt Augenblicke, wo der Wahnsinn so real und selbstverständlich wird, daß es schon kein Wahnsinn mehr ist. Da atmeten mir also die rosa Schlüpfer ins Fell, und kein Streifenwagen bog um die Ecke, kein Mensch war zu sehen.

«Schön, Sie sind also zurückgekommen», sagte ich.

«Ich wollte mich nur vergewissern, daß der Wagen hier keine Einfahrt versperrt.»

Sie bückte sich; ich konnte mich nicht mehr beherrschen. Ich packte sie am Arm.

«Komm, gehn wir zu mir. Es ist grad um die Ecke. Genehmigen wir uns 'n paar Drinks und machen wir, daß wir von der Straße runterkommen.»

Sie wandte mir ihr zerfallenes Gesicht zu. Ich konnte dieses Gesicht einfach nicht mit dem Körper zusammenbringen. Ich war so geil, daß ich stank. Dann sagte sie: «OK. Gehn wir.»

Also gingen wir um die Ecke. Ich faßte sie nicht an. Ich fischte eine Zigarette aus meiner Hemdtasche und bot sie ihr an. Während ich ihr Feuer gab, war ich darauf gefaßt, daß sich in der Nachbarschaft jeden Augenblick ein Fenster öffnete und jemand herausschrie: «He, Alte, mach, daß du hier verschwindest mit deiner verdammten Reizwäsche, oder ich hetz dir die Bullen aufn Hals!» Aber es regte sich nichts. Es macht sich eben doch bezahlt, wenn man am Rand von Hollywood wohnt. Vermutlich linsten drei oder vier Kerle in diesem Augenblick durch die Vorhänge und holten sich einen runter, während hinter ihnen ihre Frauen den Frühstückstisch richteten.

Wir gingen rein, ich rückte ihr einen Stuhl zurecht und holte eine halbe Karaffe Rotwein, die irgendein Hippie zurückgelassen hatte. Wir tranken schweigend. Sie schien doch einigermaßen bei Trost zu sein – wenigstens fing sie nicht gleich an, ihre Familienfotos hervorzukramen. Nur über ihren Alten mußte natürlich gelästert werden, in der Beziehung war sie genau wie alle anderen.

«Frank macht mich einfach krank. Er gönnt mir nicht die kleinste Freude.»

«Yeh?»

«Er sperrt mich dauernd ein. Ich hab's satt, dauernd eingesperrt zu sein. Er hat meine ganzen Röcke versteckt, meine ganzen Kleider, alles weggeschlossen. Das macht er immer, wenn ich am Trinken bin.»

«Yeh?»

«Er hält mich wie eine Sklavin. Findest du es richtig, daß ein Mann seine Frau wie eine Sklavin behandelt?»

«Oh, *selbstverständlich* nicht!»

«Also heut hab ich's einfach nicht mehr ausgehalten, ich hab gewartet, bis Frank besoffen war, und dann bin ich abgehauen, so wie ich bin.»

«Frank ist wahrscheinlich trotz allem ein guter Kerl», sagte ich. «Du solltest auf Frank nicht dauernd rumhacken, verstehst du, was ich meine?»

Alter professioneller Trick. Immer so tun, als ob man Verständnis hat, selbst wenn es nicht stimmt.

«Ich finde, Frank ist ein Untier. Bist du vielleicht nicht froh, daß ich hier bin?»

Na ja, hätte ich beinah gesagt, auf jeden Fall besser als 'n Bügelbrett. Ich kippte mein Glas vollends runter, langte rüber und griff mir dieses alte Gesicht und küßte es – wobei ich mir Mühe gab, an ihren Körper zu denken – hängte meine Zunge rein, und sie fing an zu saugen und zu schmatzen, während ich diese festen Mädchenbeine und Titten befummelte.

Wir kamen gleichzeitig wieder hoch und schnappten nach Luft. Ich goß die Gläser wieder voll.

«Was machst du eigentlich so?» fragte sie.

«Ich bin Innenarchitekt», sagte ich.

«Ach, fick dich doch nicht ins Knie..!»

«Hey, du merkst aber auch alles.»

«Bin schließlich aufs College gegangen.»

«Ah ja, du bist aufs College gegangen...»

«Na ja, nicht allzu lange...» Dann griff sie mir plötzlich an die Eier. Ich war überhaupt nicht darauf gefaßt. Ich wollte sie eigentlich gerade zu ihrem Wagen zurückbringen. Na ja, es war nicht schlecht. Es tat sogar ganz gut. Wie sie mich so anfaßte. Und es half wenigstens über das blöde Gerede hinweg.

Wir tranken noch ein paar auf die schnelle, und dann bugsierte ich sie in Richtung Schlafzimmer. Oder sie mich. Ist ja auch unwichtig. Ich bestand darauf, daß sie ihre Schuhe und Netzstrümpfe anbehielt. Schließlich bin ich pervers. Oder was weiß ich, was die Psychiater für einen Spezialausdruck dafür haben. Jedenfalls hab ich auch ein paar Spezialausdrücke für die Psychiater.

Es war wirklich gut. Als wir das Badezimmer hinter uns hatten, gingen wir wieder nach vorn und gaben der Karaffe den Rest. Ich kann mich nicht erinnern, wie ich wieder ins Bett gelangte. Jedenfalls, als ich aufwachte, glotzte mich dieses 55jährige Gesicht an, völlig irre, die reine *dementia praecox*. Ich mußte lachen. Sie hatte mir einen Steifen hinmassiert, während ich schlief.

«Go, Baby, go!» sagte ich zu ihr.

Ich faßte rüber und zog sie an den Backen zu mir herunter. Das alte Gesicht sackte auf mich herunter und küßte mich. Es war schauderhaft, aber der 18jährige Körper war fest wie eine pralle Zitze, knisterte und schlängelte sich – es war, als ob sich sämtliche Tapeten von den Wänden kringelten und lebendig wurden. Wir schoben noch eine Nummer. Dann schlief ich endgültig ein.

Irgendwann weckte mich etwas auf. Der rosa Schlüpfer geisterte durchs Zimmer. Ich sah, wie sie sich anschickte, in ein Paar alte ausgebeulte Hosen von mir zu klettern. Es tat mir leid zuzusehen, wie dieser prächtige Hintern in einem Paar viel zu weiten schlottrigen Hosen verschwand. Es war traurig und mies, und es war lachhaft, aber als alter Professioneller tat ich so, als ob ich schlief. Ich beobachtete, wie sie in einer leeren Zigarettenpackung stocherte. Ich sah aus den Augenwinkeln, wie sie auf mich herunterschaute – und für einen Augenblick hatte ich das Gefühl, daß etwas Bewunderndes in ihrem Blick lag. Na, scheiß drauf...

Sie stelzte aus dem Schlafzimmer. Als sie weg war, sprang ich mit einem Satz aus dem Bett und durchsuchte meine Klamotten. Ich fand die Brieftasche. Ich fand 7 Dollar drin. Anscheinend hatte sie mich doch nicht beklaut. Und mit einem kleinen peinlichen Grinsen im Gesicht ließ ich mich wieder in die Federn fallen und pennte.

Anonyma

Feigen in Venedig

Das Flugzeug hob sich von der Startbahn. Tonnen von Plastik, Kolben, Passagieren und Pässen dröhnten in Richtung Paris. Wozu? Heimkehrende Touristen, die Plastiktüten aus Disneyland zur Schau tragen, New Yorker, die die Bücher ihrer Berlitz-Schnellkurse in den Händen halten und den Weg zur Toilette im Louvre auswendig lernen, Geschäftsleute, die die Litanei der Tiefstpreise für Zementfirmen aufsagen oder die Wechselkurse studieren, und ich. Ich floh den Sommer in New York City, weil ich mich sterbenselend fühlte.

Zu viele Liebhaber. Zu viele Wahlmöglichkeiten. Ich hatte meinen Job aufgegeben, um einen Sommer zum «Denken» Zeit zu haben. Ich hatte meinen Job aufgegeben, um einen Sommer zum «Ficken» Zeit zu haben. Die Erquickung war irgendwie nicht dieselbe. Die Augustnächte waren länger, die Stellung der Sterne verändert. Das Eintreffen der ersten Herbstgemüse sagte mir, daß der Sommer seinem Ende zuging. Mir blieb für das, was ich geplant hatte, nicht mehr viel Zeit.

Mein *deus ex machina* war in Gestalt einer alten Freundin erschienen. Eine reiche Studentin, die in Südfrankreich den Freuden der Pastellmalerei nachging. Sie fiel beinahe über mich, als ich am Strand von East Hampton lag und dem schwindenden Sommer und der schwindenden Flut nachsann. Ihr Strohhut à la Monet hatte ihr die Sicht genommen. Zweifellos komponierte sie gerade das perfekte östliche Stilleben, um es mit zurück nach Belmont, Frankreich, zu nehmen.

Wir tauschten die entscheidenden Statistiken der letzten vier Jahre aus, und sie sagte: «Du mußt mich besuchen.» Ihre Dach-

199

stube war in einem alten Kloster. Es lag hoch auf einem Hügel zwischen zwei Tälern und war, wie sie stolz sagte, zu «einer Art Zuflucht für Frauen, die sich in der Welt umsehen» geworden. In einer Woche reiste sie zurück. Mein Besuch war willkommen. Ich ließ mir ihre Telefonnummer geben und sagte, ich würde es mir überlegen.

Dreist rief ich sie am Montagnachmittag an. Ich kannte den Typ. Diese ganze Erziehung! Sie zwingt sie, Angebote zu machen, die nicht dazu gedacht sind, angenommen zu werden. Sie konnte jetzt keinen Rückzieher mehr machen. Ich brauchte einen Platz, an dem ich schreiben und denken und der Parade von Schwänzen entgehen konnte, die in den letzten drei Monaten zwischen meinen Beinen durchmarschiert waren.

Da war ich also, auf dem Flug nach Paris. Dann ein Abend mit Weinbergschnecken, ein Tag in Beaubourg, und der Frühzug von der Gare St. Lazare über Brive nach Bretenoux. Meine Freundin hatte mir die Zeit und die Strecke genannt; nach sechsstündiger Fahrt zwischen Märchenfeldern und Bauernhäusern würde ich ankommen, ein Fahrer würde mich abholen, das Abendessen mich erwarten.

Belmont liegt direkt auf einem Hügel, der sich zwischen St.-Ceré und Bretenoux in Südfrankreich erhebt. Die Gegend ist bekannt für ihre *pâtés*, ihre Höhlen, ihre Kühe und ihren Wein. Das Presbyterium, 1608 erbaut, war ein großer, von Mauern umgebener Komplex. Weißgetünchte Steinwände, Kreuzgang, ehemalige Altardecken als Vorhänge, große Holzbetten, weiträumige Stockwerke mit Dielenböden, marmorne Badewannen und Kamine in allen Zimmern. Es war bildschön. Friedvoll. Ein Wunder.

Zwei andere Frauen wohnten ebenfalls dort, Mary, Fotografin aus Afrika, und eine weitere Malerin, Zoe aus Paris. Wir vier aßen jeden Abend zusammen und verglichen unsere Arbeit und unsere Abenteuer. Ich verbrachte die Tage, indem ich auf dem Fahrrad die Gegend durchstreifte und Pflaumen, Brombeeren, Walnüsse, Feigen und Äpfel aß, die am Wegrand wuchsen. Abends schrieb ich, aß, ging im Sternenlicht spazieren und schlief.

Das Feuer zwischen meinen Beinen kühlte ab. Die heißen

Träume, die mich in New York geplagt hatten, wichen. Mein Schoß weckte mich nicht mehr mitten in der Nacht auf, im Orgasmus pulsierend. Binnen drei Tagen hatte ich keine Träume mehr von glühenden Küssen oder Sex auf dem Fußboden mit einem großen Blonden. Nach drei Wochen war ich zufrieden, eine Naturnonne zu sein.

Meine Zeit im Himmel ging dem Ende zu. Ich hatte versprochen, zwei schwule Freunde zu treffen. Beide waren Künstler und stellten auf der Biennale aus. Als ich ihnen gegenüber meine spontane Europareise erwähnt hatte, überredeten sie mich, sie in Venedig zu besuchen. Das Schlüsselwort für meine Reiseroute lautete: «Warum nicht?»

Am Morgen meiner Abreise wachte ich abrupt auf. Meine Nacht war von Träumen zerrissen gewesen. Der große Blonde war wiedergekommen; er stand neben meinem hohen, hölzernen Bett. Er öffnete die Vorhänge und schob meine Decken beiseite. Er drang in meinen Kokon ein. Ich regte mich nicht. Ans Bett gefesselt durch die Arme Morpheus' und die Träumereien, in die der Gott des Schlafes mich getrieben hatte.

Er schob mein weißes Baumwollnachthemd über meine Brüste hoch und zog mit seinen langen, flachen Fingern die Muskellinie nach, die sich von meinem Magen bis zum Dreieck meiner schwarzen Schamhaare erstreckte. Er trug keine Kleider in unserem ummauerten Paradies; meine Haut war braun; die winzigen Härchen auf meinem Bauch und meinen Armen glänzten golden. Fast so golden wie der Mann, dessen Finger auf meinem Körper auf und ab wanderten.

An den Schenkeln herunter, an den Innenseiten wieder hoch, genau da, wo sich die Schamlippen öffnen, und dann wieder herunter. An den Seiten hoch zu den rosigen Brüsten und den dunkleren Brustwarzen. Er hielt inne, nahm sie zwischen die Finger und rollte sie hin und her, wie man eine Zigarette dreht. Hin und her. Ich fühlte, wie er mich anstarrte mit seinen vollkommenen, eisblauen Augen, wie sein Blick durch meine Lider brannte, die fest geschlossen waren. Er beugte sich über mich. Ich spürte den Druck seines Gewichts auf meinen Brüsten und den heißen Atem, der einen warmen Kreis über meinen Brüsten beschrieb, enger und enger wurde und sich dann auf meine Lippen konzentrierte. Ein Kolibri mit Flügeln und Herz, der fieberhaft herumflattert und nicht landen will. Er streifte meine Lippen. Ich bewegte mich, und er kam zurück und berührte die weichen Innenseiten meines Mundes. Zuerst vorsichtig, dann forschend und suchend. Ich küßte zurück. Unfähig, mich zu bewegen – seinen Nacken zu berühren oder ihn enger an mich zu ziehen. Er war so sanft in meinem Mund, doch der Druck seiner Hände verstärkte sich. Er wanderte herunter von meinem Mund zum Kinn, dann zum Hals, saugte an meinen Ohren, und ich wußte, wo seine Mahlzeit enden würde. Sein Kopf bewegte sich über meinen Schultern vor und zurück. Er saugte über meinen Brüsten an den steinharten Brustwarzen und strich mit seinen großen Händen über meinen Magen. Ich versuchte aufzuwachen, teilzunehmen, seinen Kopf zu berühren, doch meine Arme lagen neben meinem Kopf wie gefesselt. Ich konnte mich nicht rühren. Er bewegte sich zu den Innenseiten meiner Oberschenkel und küßte sie ganz zart – wie die Flügel eines Vogels berührte er mich. Mein Blonder, mein Peiniger... dann stand er auf. Ich fühlte, wie der Schild von Hitze mich verließ, ersetzt wurde durch die Schichten von Leinen und Wolle. Er zog den Vorhang um das Bett zu und ging fort.

Dieser Traum hielt mich fest, ließ mich nicht erwachen. Morgens war ich verdammt heiß. Mein ruhiger, enthaltsamer Kern war erschüttert. Der Zug kam, und ich reiste ab nach Brive; ich wollte nach Nizza. Mir gegenüber saß ein Junge, vielleicht achtzehn Jahre alt. Er starrte dauernd mich und dann den Fußboden an. Er bekam einen Ständer, der während der Fahrt noch wuchs. Ich wußte, daß «es» jetzt wieder da war. Dieses gewisse, ungreifbare Etwas, das ich bekomme, wie ein Tier brünstig wird. Sobald es anfängt, aus mir herauszukommen, zieht es die Männer in Scharen an. Es ist mein Kern, der sich nach ihnen sehnt. Ich habe den Geruch und das Aussehen von Zugänglichkeit. Verflucht sei der Blonde, der all das aufgewühlt hat! Gerade, als ich dachte, ich hätte es so schön überwunden.

Wir hielten an. Der Junge und ich wurden getrennt, da ich umstieg. Der Sonnenuntergang warf Strahlen von Grau und Rosa in die große, offene Bahnstation. Ich ging auf dem Bahnsteig auf und ab, beäugte die Fahrgäste und den Fahrplan. Ein Schaffner bemerkte meinen suchenden Blick und fragte, wohin ich führe. Ja, dieser Zug würde jeden Augenblick auf dem Bahnsteig einlaufen.

Das tat er. Als ich meine Taschen und neuen Körbe zusammengesucht hatte und mich anschickte einzusteigen, erschien auf einmal derselbe Schaffner und half mir. *«A droite»*, sagte er. Alle anderen Reisenden gingen nach links. Ich folgte ihm, und er führte mich in ein leeres Abteil. Er stellte meine Tasche ins Gepäcknetz und schaltete die Leselampe über meinem Platz ein. *«Bonsoir»*, sagte er und ging.

Er war keine Schönheit, dunkel, dicklich und klein. Er hatte glänzende, schwarze Knopfaugen. Er ähnelte einem ausgestopften Bären. Ich dachte über das nach, was gerade geschehen war. Es war meine Phantasie. Er war hilfreich. Ich war hübsch und hatte einen *accent américain*. Einigen Franzosen gefiel das. Ich versuchte, mich in Proust zu verlieren, doch er war mir zu hochgeistig. Dauernd verließ ich Combray und dachte wieder an meine Decken in Belmont und meinen unvollendeten Traum.

Rollend und schaukelnd fuhr der Zug nach Süden. Ich fing an, schläfrig zu werden. Ich schaltete das Hauptlicht aus und ließ nur die kleinen Lampen brennen, die den Rand des Fensters erhellten. Ich drückte meine Nase an die Scheibe und sah hinaus in die Nacht. Nichts. Keine Stadtlichter. Schwärze.

Die Tür glitt auf, und da stand der Teddybär-Schaffner. Er setzte sich zu mir; wir begannen eine langweilige, begrenzte französische Unterhaltung. Wäre mein Französisch besser gewesen, dann hätte ich mich vielleicht nicht von ihm küssen lassen. Wenigstens nicht so schnell. Er küßte mich hart, und Proust fiel auf den Fußboden. Ich dachte einen Augenblick darüber nach, ob ich das fortsetzen würde oder nicht. Wir hatten nur eine Stunde bis zur Ankunft in Toulouse. Dort würde es keinen Anschluß geben, keinen Morgenkaffee und keine Konversation; außerdem hatte der große Blonde starke Vorarbeit geleistet, von der sein Gegner nur profitierte. Wir küßten uns weiter, und seine Hände glitten über meine Brüste. *«Quelle poitrine formidable!»* Ein so weicher Mund. Er liebte meinen Körper – und meine Hände bewegten sich unter seiner Jacke nach unten, an den Fahrkarten vorbei, zu seiner Haut. Seinen Rücken herauf und herunter, während er stöhnte und meine Hände zu seinem Schwanz herunterdrückte. Ich rieb ihn, und er biß in meinen Hals und küßte mich zart ins Ohr, während er wunderbare, heiße Sachen auf Französisch flüsterte.

Er stand auf und verschloß die Tür. Dann kam er zurück zu mir, knöpfte seine Hose auf. Im Dämmerlicht sah ich den Kopf seines Schwanzes über dem Rand seiner Unterhose hervorgucken. Ein Tropfen Samen glänzte darauf. Zuerst legte ich mich hin und überließ mich ihm. Ich ließ ihn mich küssen und meine Bluse und meinen Büstenhalter wegschieben; er versank in meinen Brüsten. Er stöhnte und schnurrte jedesmal, wenn seine Lippen die Haut berührten oder von meinen großen Brüsten eingehüllt wurden. Er küßte an meinem Bauch herunter und hielt inne. Ich hielt inne. Mühsam standen wir auf, verheddert in Kleidungsstücke und Gliedmaßen. Endlich standen wir nackt da, zwei Fremde in einem fahrenden Zug. Er kam zu mir und ließ seine Zunge in meinen Mund zurückkehren. Keine Fragen. Er saugte nur und strich mit den Händen an meinem Körper auf und ab. Er berührte meine Brüste, umfaßte sie, wog sie, dann sank er auf die Knie. Ich fiel zurück auf den Sitz, und er tauchte tief zwischen meine Beine. Ich war sehr naß. Er schob die Ränder beiseite und suchte die weiche, saftige Mitte. Er hörte nicht auf zu lecken und zu schmecken, während er auf den Sitz kletterte und seinen Körper so drehte, daß sein Schwanz in meinen Mund kam. Ich erwiderte seine Saugbewegungen, bis ich fühlte, daß meine Vagina sich zusammenzog und ein heißer Strom mich von den Zehen bis zu den Wangen durchfuhr. *«Plus vite»*, sagte ich, und er verstärkte seine Bewegungen, bis sich in meinen Ohren ein hohles Echo bildete. Ich keuchte, der Zug dröhnte. Meine Ohren und mein Schoß explodierten. Er war erfreut. *«Tu es contente.»* Ich konnte nur schnurren und ihn zu mir hochwinken.

Als er stand, zog ich ihn so herunter, daß sein Schwanz zwischen meinen Brüsten lag. Er war noch naß und glitt leicht vor und zurück, während ich meine Brüste über ihm fest zusammenpreßte. Sein Kopf rollte von einer Seite zur anderen, er klammerte sich an meine Schultern und pumpte in mein Fleisch. Der Zug zog an, und ich fühlte süße Schauer, während mein Körper auf dem Ledersitz schaukelte. Er versteifte sich, sein Gewicht fiel auf meine Arme. Er stöhnte nach mehr. Dann war Stille, während er sich heiß zwischen meine Brüste, auf meinen Hals und unter mein Kinn ergoß. *«Tu es formidable. Je jouis.»*

Wir küßten oder umarmten uns nicht. Wir waren Fremde. Er fand ein Taschentuch und rieb mich trocken. Ich sagte ihm, ich fühle mich wie ein Kind, das saubergemacht wird – ein sehr schönes Kind. *«Une très belle enfant»*, fügte er hinzu und küßte mich auf die Stirn. Er ging weg, um den Zug aufs Abstellgleis zu fahren; ich ging und wusch mich in dem winzigen Metallbecken. Mein Haar klebte mir im Nacken, mein Schoß war noch immer tropfnaß. Ich glaube, er hieß Jacques.

In Toulouse lächelte ich, als ich den Zug verließ. Das war wirklich ein Abenteuer und rechtfertigte meinen heißen nächtlichen Traum. Der Anschlußzug stand schon bereit. Ich fand meine *couchette* und krabbelte in die Hülle aus Leintuch und Decke. Das Abteil war leer. Merkwürdig, weil sich meistens drei bis fünf andere Leute auf die schmalen Liegen zwängen. Ich döste am Rand des Schlafes dahin, als der Zug anfuhr und sich zu funkelnden südlichen Stränden in Bewegung setzte. Bald kam ein anderer Schaffner herein, sah meine Fahrkarte an und begann mit ernsten Augen zu flirten und Vorschläge zu machen. Ich konnte es nicht glauben. Er war blond, hatte einen Schnurrbart und bohrende, gelbbraune Augen. «Nicht schon wieder», dachte ich. *Nein.* Ich machte ihm klar, daß ich schlafen wollte – nur schlafen –, und er ging. Mein Gott, drei Wochen Zölibat hatten Bündel sexueller Energie zurückgelassen, die nun überall hervorkrochen.

Ich schlief ein und erwachte zu kaltem Kaffee und dem Anblick der felsigen Küste. Ich mußte einfach an diesen Strand! In Nizza ergriff ich meinen Mantel und stieg aus.

Ich fand ein kleines Zimmer mit Frühstück, das billig und nur einen Steinwurf vom Strand entfernt war. Mit dem Korb in der Hand, der Proust und Pfirsiche enthielt, machte ich mich auf zum Strand. Die Kieselsteine schienen sich in alle Ecken und Winkel meines Rückens zu drücken, die fehlenden Glieder zu ersetzen und mich zu massieren. Die Sonne briet meine Vorderseite. Ich lag dicht an dicht mit anderen barbusig Badenden. Die Sprachen waren Französisch, Deutsch, Italienisch und Englisch.

Drei junge Leute, die Englisch sprachen, zwei Männer und eine Frau, ließen sich auf dem winzigen Raum nieder, der noch übrig war. Die Untergrundbahn zur Stoßzeit war eine gute Übung für diese Strandszene. Harsche, nasale Töne verrieten mir, daß die Leute keine Briten aus England waren; vielleicht Australier. Es war Sydney, um genau zu sein, und der einzelne Mann begann eine Unterhaltung.

«Sie sprechen Englisch.»

«Ja, ich glaube, ich kann es noch», antwortete ich.

«Gewöhnlich sieht man Amerikanerinnen nicht oben ohne an den Stränden; daran kann man sie ziemlich sicher erkennen. Warum tun Sie es?»

«Das ist meine Verkleidung!» gab ich zurück.

Er lachte. Er war sehr hübsch. Wirklich hübsch mit schulterlangen blonden Locken und eckigen Zügen. Ungefähr einen Meter achtzig groß, ein Maurer und Surfer mit dünner gewordenen Muskeln und so zarter, feiner und brauner Haut, daß sie aussah, als stamme sie aus eines Buchbinders geheimem Versteck für marokkanisches Kalbsleder. Und dazu wiesen seine Augen die verschiedensten Blautöne auf. Kleine Schalenstücke von Rotkehlcheneiern, zerbrochen und auf einer heißen Marmorplatte verschmolzen. Er war schön.

Wir verglichen unsere Reiserouten. Er reiste am selben Abend nach Rom ab. «Warum nicht erst morgen früh?» fragte ich. Die *couchettes* waren reserviert, und da er mit seinem Bruder und seiner Schwägerin reiste, mußten sie zusammenbleiben.

Gegen Mittag wollten wir den Strand verlassen und schlenderten in mein Hotel zurück, angetrieben von meinem Angebot eines Joints. Wir versuchten, beide ins Hotel zu schlüpfen, doch die scharfäugige Frau an der Tür ermahnte mich: *«Mademoiselle, c'est une chambre pour une personne. Vous!»* Wir versuchten, sie zu überreden, aber die Franzosen sind trotz der romantischen Vermarktung ziemlich hartgesotten. Ich ging nach oben, holte den Joint und kam zu ihm zurück. Er wartete an der Eingangstür.

Lange, tiefe Züge des Rauchs füllten meine Lungen; mein Gefühl für die reale Zeit begann zu verblassen. Wir rauchten und gingen. Er hatte sich aus seinem Hotel schon abgemeldet. Also blieben uns die Straßen und der Strand. An Häuser gelehnt, küßten wir uns und drückten unsere Becken gegeneinander. Ich fingerte in seinen Locken und leckte etwas Salz von seinem Hals. Am Strand tranken wir Wein und aßen Himbeersorbet. Ich war zufrieden, daß dieser Augenblick nicht zu einem Höhepunkt zwang. Eine kleine, leichte Romanze nach der raschen Krise der vergangenen Nacht.

Zeit für den Zug. Wir gingen zum Bahnhof wie zwei Jungverliebte. Er zog in den Krieg. Ich würde bleiben und ein oder zwei Stunden warten, ehe ich jemand anderen fände. Verrückte, tiefe Küsse, erregter Applaus der Menge. Ich errötete, und er stieg in den Zug nach Rom. Ich glaube, er hieß Alister.

Es war jetzt ganz dunkel; die Stadt hatte ein urbanes Aussehen bekommen. Neonlicht in gewölbten Passagen, Kinos, Bars, Austern und Parfüms zum Verkauf. Nach einem langen Spaziergang durch die Stadt in mein Hotel, vorbei an Meer und Strandpromenade, war ich bereit für eine Nacht allein. Morgen würde ich in Venedig sein.

Wieder im Zug, wieder mit Proust auf einem Fensterplatz. Blaugraue Felsbuchten wichen bald einer endlosen, trockenen, gelben Landschaft. Felder und Fabriken wechselten einander ab; ich war wie betäubt von den Bildern, die an mir vorbeizogen. Gegen Sonnenuntergang erschien ein ganz unglaubliches Bild. Das gelbe Land verschwand in grauem Wasser. Wir erreichten den venezianischen Bahnhof, und ich stellte mein Gepäck an der Tür bereit. Boote jeder Art schaukelten auf dem Wasser, das den Zug umgab. Ich wußte, daß wir angekommen waren. Die Sonne versank im Wasser; ich glaubte, den roten Ball zischen zu hören, als er hinter dem Horizont verschwand und einen glühenden Schein verbreitete. Ich nahm ein Taxiboot. Es wurde mein Liebhaber, der mich bei der Hand nimmt und an Orte führt, an denen ich noch nie gewesen bin.

Das Boot fuhr dem Glanz nach. Die Stadt erschien, funkelnd im Flitter der Nacht. Als ich am Kai ausstieg, war Venedig in Abendkleidung. Ich war in Jeans und schmutzig. Ich beäugte die Diamanten von San Marco und drückte mir die Nase platt an all der Eleganz. Ich wirbelte in einem einsamen Walzer über den leuchtenden Platz.

Venedig bei Tag war weniger magisch, aber voller Sehenswürdigkeiten. Meine beiden Freunde hatten Parties, Vernissagen und Shows eingeplant. Dazwischen natürlich immer Essen. Nach ein paar Tagen ereignisloser Besichtigungen traf ich meine Freunde zum Frühstück in der *pensione*. «Na, was plant ihr Tolles für die letzte Nacht, Kinder?» fragte ich. Es gab eine Dinnerparty in der Villa irgendeines venezianischen Kunsthändlers. Das hörte sich langweilig und organisiert an. «Vielleicht ziehe ich alleine los. Könnte ja sein, daß ich Glück habe.»

«O nein, wir haben gesagt, daß wir dich mitbringen. Wir brauchen eine Frau. Außerdem ist unser Gastgeber unglaublich gutaussehend, reich, jung und verrückt.»

«Um welche Zeit?» Sie wußten, wie man mich überredet.

Ich warf mich in Schale. Weiße Leinenbluse und türkisfarbener Seidenrock, Perlen, offene Sandaletten, ein heißer Lippenstift und ein neues Parfüm. Die Jungen fanden, ich sähe großartig aus. Arm in Arm machten wir uns auf zum Canale Grande.

Die Villa, ein riesiger, eckiger Steinbau, war eindrucksvoll – sogar von außen. Der Portier übergab uns dem Butler, und dieser führte uns nach oben, wo uns an der Tür unser Gastgeber begrüßte. Mein Mund und meine Vagina öffneten sich gleichzeitig. Vor mir stand ein großer, schlanker, lächelnder Jean Paul Belmondo mit kupferfarbenem Haar, ein paar Sommersprossen, schimmernd weißen Zähnen, braunen Samtaugen und so großen, starken Händen, daß meine Hand bis zum Ellenbogen darin zu verschwinden schien, als er sie schüttelte.

Es zog uns sofort zueinander hin wie Motten zu einem Scheiterhaufen. Ich wäre am liebsten sofort zum Opfer geschritten, aber er mußte der gute Gastgeber sein. Drinks für alle aus ausgesucht schönen Murano-Gläsern. Die Kunst war atemberaubend. Ich schwöre, das echte Kreuz und der Trinkbecher des hl. Petrus befanden sich hinter Glas im Wohnzimmer. Auch alles andere war hinter Glas. Wirklich Sonderklasse. Und er war erstaunlich sorglos. Er trug verblichene Jeans, ein nach Maß gefertigtes, blaugestreiftes Hemd, Mokassins, keine Socken und eine Rolex-Uhr für sechstausend Dollar. Ein europäischer Snob. Ich war im Himmel. Ich redete mit allen Gästen und benutzte mein bestes Schul-Italienisch. Ich fand heraus, daß wir um zwölf ein kleines Dinner nehmen würden. Das letzte Essen in Venedig.

Das Restaurant war direkt um die Ecke, und man kannte ihn dort gut. Tisch und Wein waren bereit. Ich schaffte es, mich so hinzusetzen, daß nur eine einzige Person zwischen uns saß. Im Laufe des Essens würde diese Person von der Glut unserer Unterhaltung angesengt werden. Man trug einen Gang nach dem anderen auf. Wir begrüßten jeden mit einem anderen Wein und wurden allmählich sehr betrunken. Unser Gastgeber war der Anführer. Der Braten wurde präsentiert, und er stand auf, um ihn zu tranchieren. Er machte es lausig, und ich tadelte ihn. «Keine Finesse.» Überaus feierlich händigte er mir die Geräte aus. Ich stand auf. Makellos, beflissen und strahlend ging ich zum Kopfende der Tafel und schnitt entschlossen und frech das ganze Fleisch von den Knochen. Es war ein märchenhafter Flirt.

Das Dinner ging ins Dessert über, die formelle Struktur brach zusammen, die Gäste wimmelten herum, und er ging an die Bar, um die Digestifs auszuwählen. Ich folgte ihm. Ich war verdammt heiß an Geist und Körper. Ich mußte ins Freie. Ich blieb an der Bar stehen, um einen Schluck aus seinem Glas zu nehmen. «Gut gewählt», sagte ich und ging direkt auf die Tür zu. Er folgte mir.

Ich hockte mich auf die Mauer am Kanal; er setzte sich neben mich. Ich nahm sein Gesicht in die Hand und drehte es zu mir. Ich küßte ihn. Er reagierte darauf mit einer Art Explosion. Wie eine dieser komischen, trompetenförmigen gelben Blumen, die im Sommer ihre Samen herausschießen, wenn man sie auch nur streift. Sie warten am Wegrand, laden dazu ein, sie zu berühren, und dann schießen gelockte grüne Zungen hervor. Er hob mich von der Mauer, küßte mich und trug mich dabei in die Gasse neben dem Restaurant. Ich war noch nie mit jemandem zusammengewesen, der so stark war, so verrückt. *«Sono caldo tremendo»*, murmelte er, und binnen einer Minute schwitzten wir unsere Hemden durch. Beißend, grabschend, seine Hände unter meinen Armen; meine Füße berührten nicht einmal den Boden. «Ich bin der Gastgeber; ich muß wieder hinein», stammelte er. «Okay. Gehen wir. Keine Angst.» Ich versuchte, ihn sanft zu küssen, doch jede Berührung machte ihn verrückt. Irgendwie machte ich mich los, kam endlich mit den Füßen auf den Boden und bemühte mich, meine Klamotten wieder glattzukriegen. Leinen und Seide knittern teuflisch. Aber was soll's, die Sache war es wert. Sollten die Jungen doch was zum Kichern haben.

Wir gingen zurück. Er schafsähnlich, ich triumphierend. Wir beendeten das Dinner und kehrten zurück in die Villa zu weiteren Drinks. Ich wurde zum Kanal, so voller Flüssigkeit war ich. Er war wirklich durchgedreht, ganz außer sich. Es war herrlich. Ich kam in die Küche, um zu helfen; der Butler war gegangen. Er ergriff mich, und seine vollen Filmstar-Lippen schlossen mich ein. Wir küßten uns und versanken ineinander.

Die Gäste begannen zu gehen, und meine Freunde beäugten mich. Würde ich bleiben? «O ja», sagte ich unschuldig, «wir machen noch eine Fahrt im Rennboot.» Sie tappten hinaus in die Dunkelheit, um ein Taxiboot zu finden, nicht ohne mich vorher zu warnen: «Der Zug nach Paris geht mittags!» Jetzt mußte sich der Gastgeber nicht mehr um die Gäste kümmern. Wir wandten uns einander zu. «O ja, die Bootsfahrt, wie versprochen», sagte er mit seinem reichen, herrlichen italienischen Akzent. Der Portier brachte das niedrige Rennboot vor die Tür, und wir stiegen ein. Er raste los, sauste mit halsbrecherischer Geschwindigkeit durch die Kanäle. Er wandte sich zu mir. «Kannst du steuern?»

«Klar», gab ich zurück. Ich hatte in meinem ganzen Leben kein Boot gelenkt, doch er war sehr betrunken, ich war es nicht, und ich dachte: «Scheiße! Amerikanische Mädchen können alles.» Ich hatte mehr Vertrauen zu mir selbst als zu ihm. Wir tauschten die Plätze, und er begann mich einzuweisen und zu küssen und an mir herumzugrabschen. «Paß auf, fahr nicht gegen eines dieser Dinger, sie sind sehr schwer», neckte er mich. Ich hatte den Gashebel auf volles Tempo gestellt, und so rasten und hüpften wir aus Venedig heraus. «Wohin fahren wir? Ich frage nur so.»

210

Wie Graf Dracula röhrte er: «Aufs Meer.» Mein Herz klopfte, sprang, hüpfte, drehte sich, alles auf einmal.

Er griff herüber und stellte den Gashebel zurück. Das Boot lag nun still im Wasser. Wir hatten gelacht und geredet, und der Motor hatte die ganze Zeit gedröhnt. Jetzt wurde alles still. Wir zögerten eine Sekunde, ehe wir einander verschlangen. Sein offener Mund verzehrte mein Gesicht ungefähr so, wie seine Hand meine Hand genommen hatte, als der Abend gerade begann. Wir griffen und küßten und faßten nacheinander. Es war verzweifelt und heftig. Wir hatten kaum begonnen. Kleidungsstücke flogen im Boot herum. Er legte die Kissen so aus, daß der Boden bedeckt war. Es gab genug, um seine ganze Länge von mehr als einem Meter achtzig aufzunehmen.

Er zog seine Hose aus. Er trug eine dieser winzigen Bikinihosen, von denen man meint, daß die Klischee-Italiener sie tragen. Sie tun es tatsächlich. Sein Schwanz war gigantisch. Er biß mich kräftig, drückte mich auf den Boden und kam zu mir. Ich konnte ihn drücken, umarmen und in ihm versinken, so heftig ich wollte, und er küßte zurück, ließ seine dicken Finger unter meiner Wirbelsäule, meinem Hintern und zwischen meinen Beinen spazieren. Er streichelte an meinen Beinen auf und ab, blieb einen Moment in meiner Vagina, umkreiste die Hautfalten und lief dann herunter zu meinem Knie. Ich wand mich. Unser Vorspiel hatte stundenlang gedauert, und jetzt wollte ich ihn, wollte ihn ganz, in mir.

Das Boot schaukelte unter uns, und mit jeder Wellenbewegung öffnete ich mich weiter. Er stand auf und hob mich auf sein hartes Glied, wie man ein Kind auf ein Pferd setzt. Behaglich und sicher schaukelten wir ganz leise. Er spürte den Teer des Bootes und die Botschaft meines Schoßes und steuerte uns beide perfekt. Er ließ seine Finger zwischen meine Beine schlüpfen und rieb zart an meiner Klitoris. Druck ringsum und Lockern und Druck, während er mich mit einer Hand unter dem Hintern festhielt. Ich hatte aufgehört, über seine herkulischen Kräfte zu staunen. Ich war ganz verloren in dem purpurnen Nebel, der mich einzuhüllen begann. Zuerst umgab mich die Farbe nur leicht, doch dann füllten ihr Ton und ihr Geruch meine Nase und meinen Mund,

211

während mein Schoß elektrische Ströme durch meinen Körper schickte. Ich konnte nicht mehr. «*Vieni!*» schrie ich in den klaren Sternenhimmel, und er kam, während ein purpurnes Pulsieren meinen Schoß heftig auf seinen riesigen Schwanz herunterdrückte. Unsere Kontraktionen wetteiferten miteinander, während seine Hitze durch mein Rückgrat schoß.

Erschöpft brachen wir zusammen. Das Mondlicht lag auf uns und wärmte uns. Unser Schweiß begann in der kühlen Brise zu trocknen, während wir unsere Kleider wieder vom Boden aufsammelten. Ich war in den Sternen, auf dem Mars oder im Himmel. Erregt von diesem lebendigen Märchen. Der Prinz nahm mich in die Arme, hielt mich fest und seufzte.

«Kannst du uns zurückfahren? Ich zeige dir den Weg.»

Buntes Himmelslicht breitete sich auf dem Silber aus und funkelte in meinen schläfrigen, schläfrigen Augen. Ich fuhr vorsichtig. Mein Kopilot umarmte mich und warf meine Hände hoch in die Luft, fing sie wieder und sang: «Der beste Fahrer auf dem Canale Grande. Der beste. Der beste.» Ich war es.

Doch obwohl ich der beste Fahrer war, hielt uns die verrückte venezianische Polizei auf dem Rückweg dreimal an. «Das ist, weil du schön bist und sie mit dir sprechen wollen. Die Polizei liebt schöne Frauen spät in der Nacht. Ich übrigens auch.» Er küßte meinen Nacken.

Wir kamen heil nach Hause. Ich brauchte zwei Anläufe, ehe ich mit dem verfluchten Boot anlegen konnte, aber ich gab nicht auf. Eine Hand hob mich aus dem Boot und ins Schlafzimmer.

Das Schlafzimmer war im obersten Stock, unter einem Glasdach, hoch über der Stadt. Rote Dächer, graues Wasser, lange, flache Gondeln und marmorne Kirchtürme waren der Schmuck des Raumes. Nur ganz Venedig, ein riesiges Bett und ein kleiner Tisch. Darauf standen ein Teller mit Feigen und Mineralwasser. «Das sind die letzten der Saison», sagte er. «Wir sollten sie alle aufessen.»

Er brach eine purpurne Feige auf. Die ledrige Haut öffnete sich und enthüllte eine Mischung aus Zinnober, Rosa und Lachsrot – faltig und von Samenkörnern durchsetzt. Die weiche Mitte hob und öffnete sich unter dem Druck seiner beiden Daumen. Er hielt mir die Köstlichkeit hin. Ich legte den Kopf zurück und nahm alles an. Ließ es im Mund zergehen und schmeckte mit der Zunge, ehe ich schluckte. Im Italienischen ist das Jargonwort für Vagina Feige. Die Metapher war nicht verloren.

Wir saßen nackt da, aßen die reifsten der Früchte, schlürften alle möglichen Säfte und redeten, als seien wir seit Ewigkeiten zusammmen. In anderen Galaxien hatten wir gelacht über unsere Väter, unser Zaudern, unsere Angst vor Versagen, unsere Liebe zum Meer, die Exaltation und die Lähmung der Wahl. Ich wollte aus der Tür hinaus direkt zum Mond fliegen und ihn anhalten. Die Zeit anhalten und ein Jahr mit diesen Feigen und diesem Mann verbringen, so frisch und reif, wie sie jetzt waren.

Wir legten uns eng umschlungen hin, um zu schlafen, doch sobald meine weichen Brüste seine harte Brust berührten, begann die ruhelose Nacht von neuem. Die Küsse waren jetzt tiefer, voller Seufzer und Süße. Das Drängende war in dem Ritual auf dem Meer erledigt worden; jetzt gurrten und küßten wir. Er glitt an meinem Körper entlang und küßte jeden Fleck; wir kicherten. Ich tippte mit den Fingern auf seine Sommersprossen und rollte mich in Ekstase. «Nur noch eine ganz vollkommene Feige», sagte er.

Sein Daumen und seine Finger öffneten meine Vagina und hielten die Lippen genauso auf, wie er mir die erste Feige dieses Morgens angeboten hatte. Dann wurde mein Hirn leer, während sein großer, weicher Mund mir den Sauerstoff aussaugte. Kein erstes Lecken, keine Berührungen. Nur seine vollen, nassen inneren Lippen auf meine gepreßt. Er saugte jede Falte, die erigierten Ränder, die hilflose Klitoris, alles auf einmal in seinen Mund. Er rollte und küßte und schaukelte und legte dann seine Hände unter meinen Hintern, um das Mahl zu servieren. Kurze Stöße von Orgasmus kamen aus mir heraus. Blitze und Licht wie ein Sommergewitter. Mir wurde hell und dunkel vor Augen. Meine Ohren fühlten sich heiß an und pochten. Ich spürte jeden Ruck. Ich spürte seine Hinrichtung.

Er hörte auf zu saugen und bewegte seine Zunge wild um meine Vagina herum, eine Silberkugel, abgeschossen von einer Flipper-Maschine. Sie saust durch den Irrgarten, berührt alle Stops, läßt alle Glöckchen klingen; er hält die verdammte Maschine fest, schüttelt sie, so daß der Ball immer wieder durchläuft und überall anstößt. Das Klirren, Läuten und Klingeln war fast mehr, als ich ertragen konnte. Er beendete das Spiel, indem er seinen Finger in meiner Vagina auf und ab fahren ließ und mich dabei heftig küßte und saugte. Im letzten Augenblick zog er seinen Finger heraus und steckte ihn mir in den After. Der Gong erklang. Die Sterne fielen vom Himmel, und als ich den Mund aufmachte, um zu schreien, steckte er mir den Ballen seiner anderen Hand zwischen die Zähne.

Ich rollte mich zu einer Kugel zusammen, und er wölbte sich darum. Wir konnten nur noch wenige Stunden schlafen.

Der helle Morgen kam mit *caffè latte* und Brioches auf dem Tisch, auf dem die Feigen gestanden hatten. Wir starrten einander mit großen, dunkel geränderten Augen an, aßen, duschten und zogen uns an. «Wir müssen in Kontakt bleiben», sagte er, als wir vom Canale Grande abfuhren. Ich weiß, daß er Vittorio hieß!

Meine Freunde saßen beim Morgenkaffee an «unserem Tisch». War ich ein Geist? Sie sahen mich an, als habe ich durch irgendeine mystische Kraft zu Fuß den Canale Grande überschritten.

«Wir hatten nicht geglaubt, daß du den Zug nach Paris noch kriegen würdest. Ehrlich gesagt hatten wir sogar bezweifelt, daß wir dich je wieder in New York City sehen würden.»

«Er mußte geschäftlich nach Mailand, und ich muß in Paris Leute treffen. He, Kinder, es ist spät. Nehmt eure Taschen!»

Der Vaporetto und Venedig bei hellem, geschäftigen Tag waren weniger angenehm als meine sanfte Ankunft. *Fable finito*. Ich war unterwegs nach Paris und zu einem anderen Flugzeug.

D. H. Lawrence

John Thomas und Lady Jane

Als sie zum Parktor kam, hörte sie das Klicken des Schlosses. Er war also da, im Dunkel des Waldes, und hatte sie gesehen!

«Lieb von dir, daß du so früh kommst», sagte er aus dem Dunkel.

«Ging alles glatt?»

«Ganz einfach!»

Ruhig schloß er das Tor hinter ihr und warf einen Lichtkegel auf die dunkle Erde, in dem die blassen, noch geöffneten Blumen aus der Nacht hervortraten. Sie gingen schweigend nebeneinander her.

Nach einer Weile sah sie in der Ferne ein gelbes Licht. Sie blieb stehen.

«Da ist ein Licht», sagte sie.

«Ich lasse immer Licht im Haus brennen», erwiderte er.

Sie ging weiter an seiner Seite, ohne ihn zu berühren. Und sie fragte sich, warum sie überhaupt mit ihm ging.

Er schloß auf, und sie traten ein, und er riegelte hinter ihnen die Tür zu. Wie ein Gefängnis, dachte sie. Der Kessel summte über dem roten Feuer, und Tassen standen auf dem Tisch.

Sie setzte sich in den hölzernen Lehnstuhl neben dem Herd. Es war warm hier nach der Kühle draußen.

«Ich werde meine Schuhe ausziehen, sie sind naß», sagte sie.

Sie saß da, die bestrumpften Füße auf dem blanken Herdgitter. Er ging in die Speisekammer und holte etwas zu essen: Brot und Butter und Pökelzunge. Ihr wurde warm; sie zog ihren Mantel aus. Er hing ihn an die Tür.

Er sah blaß aus, und seine Stirn war düster.

«Und warst du traurig, als ich kam?» fragte sie.

«Ich war traurig und froh.»

«Und was bist du jetzt?»

«Traurig – wegen all dem Äußeren: die ganzen Komplikationen und all das Häßliche und das elende Gerede, das unweigerlich kommt – früher oder später. Daran denke ich, wenn meine Lebensgeister herunter sind und ich niedergeschlagen bin. Aber wenn sie sich wieder aufrichten, dann bin ich froh. Dann juble ich sogar. Ich wurde schon ganz verbittert. Ich dachte schon, es gibt gar keinen wirklichen Sexus mehr, keine Frau mehr, die auf natürliche Art mit dem Mann kommen kann, außer den Schwarzen, aber irgendwie – na, also, wir sind Weiße, und Schwarze sind ein bißchen wie Schlamm.»

«Und jetzt – bist du jetzt froh über mich?» fragte Connie.

«Ja. Wenn ich alles übrige vergessen kann. Wenn ich es nicht vergessen kann, möchte ich unter 'n Tisch kriechen und sterben.»

«Warum unter den Tisch?»

«Warum?» Er lachte. «Mich verstecken wahrscheinlich. Kindisch.»

«Du scheinst tatsächlich schreckliche Erfahrungen mit Frauen gemacht zu haben», sagte sie.

«Verstehst du, ich konnte mir nichts vormachen. Die meisten Männer tun das und kommen so zu Rande. Sie nehmen's wie's ist und belügen sich halt. Ich hab mir nie was vorgemacht, wußte immer, was ich mit einer Frau wollte, und konnte mir nie weismachen, daß ich es bekommen habe, wenn es nicht stimmte.»

«Aber hast du es jetzt bekommen?»

«Sieht so aus.»

«Warum bist du aber dann so blaß und düster?»

«Bauch voller Erinnerungen und vielleicht Angst vor mir selbst.»

Sie schwieg. Es wurde spät.

«Und du glaubst, es ist wichtig, ein Mann und eine Frau?»

«Für mich ja. Für mich ist das der Sinn des Lebens: 'ne richtige Beziehung mit einer Frau.»

«Und wenn du das nicht erreichtest?»

«Dann muß es auch so gehn.»

Sie dachte wieder nach und fragte dann:

«Und glaubst du, daß du dich Frauen gegenüber immer richtig verhalten hast?»

«Gott, nein! Ich habe meine Frau zu dem gemacht, was sie war: meine Schuld zum großen Teil. Ich habe sie verdorben. Und ich bin sehr mißtrauisch. Damit mußt du rechnen. Es braucht viel, bis ich irgend jemandem innerlich vertraue. Kann sein, ich bin selbst ein Schwindler. Ich bin mißtrauisch. Aber Zärtlichkeit erkenne ich sofort.»

Sie sah ihn an.

«Mit deinem Körper bist du nicht mißtrauisch, wenn dir das Blut hochsteigt», sagte sie. «Dann mißtraust du nicht, oder?»

«Nein – leider! Gerade deswegen bin ich ja in all die Unannehmlichkeiten gekommen. Und darum ist mein Kopf ja auch so mißtrauisch.»

«Laß deinen Kopf nur mißtrauisch sein! Was macht das schon!»

Der Hund auf der Matte japste unbehaglich. Das veraschte Feuer sank zusammen.

«Wir zwei sind schon ein Paar arg mitgenommener Kämpfer», sagte Connie.

«Bist du auch mitgenommen?» fragte er lachend. «Und jetzt stürzen wir uns schon wieder ins Getümmel!»

«Ja! Ich habe richtig Angst.»

«Hm.»

Er stand auf und stellte ihre Schuhe zum Trocknen hin und wischte seine eigenen ab und stellte sie auch ans Feuer. Am Morgen würde er sie einfetten. Dann holte er Holzscheite herein und legte sie für den Morgen auf dem Herdblech bereit. Dann ging er mit dem Hund eine Weile hinaus.

Als er zurückkam, sagte Connie: «Ich möchte auch noch für eine Minute hinausgehen.»

Allein ging sie hinaus ins Dunkel. Sterne standen über ihr. Sie roch den Blumenduft in der nächtlichen Luft. Und sie fühlte, wie ihre nassen Schuhe noch nasser wurden. Doch ihr war zumut, als müsse sie weggehen, weit weg von ihm und jedermann.

Es war kühl. Sie erschauerte und kehrte ins Haus zurück. Er saß vor dem herabgebrannten Feuer.

«Huuhh! Kalt!» Sie schüttelte sich.

Er legte die Scheite auf die Glut und holte mehr, bis das Feuer gut und prasselnd den Kaminabzug hinauflöderte. Die züngelnden, leckenden gelben Flammen machten sie beide fröhlich, beschienen ihre Gesichter und ihre Seelen.

«Mach dir nicht soviel draus!» sagte sie und nahm seine Hand, und stumm und weit weg saß er da. «Jeder tut sein Bestes.»

«Hm» – er seufzte, mit einem schiefen Lächeln.

Sie rutschte zu ihm hinüber und schmiegte sich in seine Arme, wie er da so vorm Feuer saß.

«Vergiß doch!» flüsterte sie. «Vergiß!»

Er hielt sie fest, in der züngelnden Wärme des Feuers. Das Lodern selbst war wie ein Vergessen. Und ihre weiche, warme, reife Schwere! Langsam kreiste das Blut in ihm und brachte zurückflutend neue Kraft und furchtlosen Lebenswillen.

«Und vielleicht wollten die Frauen *wirklich* dasein und dich richtig lieben – vielleicht konnten sie nur nicht. Vielleicht war nicht alles nur ihre Schuld.»

«Das weiß ich. Glaubst du, ich weiß nicht, daß ich selber nur 'n Wurm war, auf dem sie rumgetrampelt haben?»

Sie klammerte sich plötzlich an ihn. Sie hatte dies alles nicht wieder aufrühren wollen. Doch irgendein unseliger Einfall hatte sie dazu getrieben.

«Aber jetzt bist du das nicht», sagte sie, «jetzt bist du das nicht: ein Wurm, auf dem sie rumgetrampelt haben.»

«Ich weiß nicht, was ich bin. Dunkle Tage stehen uns bevor», sagte er mit düsterer Prophetie.

«Nein! Du sollst das nicht sagen!»

Er schwieg. Doch sie konnte die schwarze Leere der Verzweiflung in ihm spüren. Das war der Tod aller Begierde, der Tod aller Liebe: diese Verzweiflung, die wie eine dunkle Höhle in den Menschen war, eine Höhle, in der ihr Geist sich verlor.

«Und du sprichst so kalt über das Geschlechtliche», sagte sie. «Du sprichst, wie wenn du nur dein eigenes Vergnügen und deine eigene Befriedigung gewollt hättest.»

Nervös lehnte sie sich gegen ihn auf.

«Nein!» sagte er. «Ich wollte mein Vergnügen und meine Befriedigung von einer Frau haben, und beides habe ich nie bekommen: weil ich nie Vergnügen und Befriedigung von *ihr* haben konnte, wenn sie nicht zur gleichen Zeit beides von *mir* hatte. Und das war nie so. Es braucht zwei dazu.»

«Aber du hast nie an deine Frauen geglaubt. Du glaubst noch nicht einmal richtig an *mich*», sagte sie.

«Ich weiß nicht, was das ist: an eine Frau glauben.»

«Das ist es eben, siehst du!»

Sie saß noch immer zusammengekuschelt auf seinem Schoß. Doch sein Geist war grau, fortgetrieben, er war nicht da für sie. Und alles, was sie sagte, trieb ihn weiter weg.

«Aber woran *glaubst* du denn?» fragte sie hartnäckig.

«Ich weiß es nicht.»

«An nichts, wie alle Männer, die ich je gekannt habe», sagte sie.

Sie schwiegen beide. Dann riß er sich zusammen und sagte:

«Ja, ich glaube an etwas. Ich glaube an Warmherzigkeit. Ich glaube ganz besonders an Warmherzigkeit in der Liebe, ans Ficken mit warmem Herzen. Ich glaube, wenn die Männer mit warmem Herzen ficken und die Frauen es mit warmem Herzen hinnehmen, wäre alles gut. Diese kaltherzige Fickerei – das ist mörderisch und verrückt.»

«Aber du fickst mich nicht kaltherzig!» protestierte sie.

«Ich will dich überhaupt nicht ficken. Mein Herz ist gerade jetzt so kalt wie kalte Kartoffeln.»

«Oh!» machte sie und küßte ihn mit leisem Spott, «wir wollen sie lieber *sautées* haben.» Er lachte und setzte sich aufrecht.

«Es ist tatsächlich so», sagte er. «Alles kommt auf ein bißchen Warmherzigkeit an. Aber die Weiber wollen es nicht. Sogar du willst es nicht wirklich. Du willst eine gute, scharfe, zügige, kaltherzige Fickerei und dann so tun, als sei alles Zucker. Wo ist deine Zärtlichkeit? Du stehst genauso argwöhnisch vor mir wie 'ne Katze vorm Hund. Du kannst mir glauben, sogar zum Zärtlich- und Warmherzigsein gehören zwei. Du findest Ficken schon ganz in Ordnung, aber du willst, daß es etwas Großes, Geheimnisvolles sein soll, nur um deiner eigenen Wichtigkeit zu schmeicheln. Du bist dir selber viel wichtiger als jeder Mann oder das Zusammensein mit einem Mann.»

«Aber das wollte ich ja gerade von *dir* sagen: Du bist dir selber alles!»

«Na schön, dann eben», sagte er und machte eine Bewegung, als wolle er aufstehen. «Dann laß uns auseinandergehen. Lieber sterben als noch einmal kaltherzig ficken.»

Sie rutschte weg von ihm, und er stand auf.

«Und glaubst du, *ich* will das?» fragte sie.

«Hoffentlich nicht», entgegnete er. «Aber jedenfalls geh du jetzt ins Bett – ich schlafe hier unten.»

Sie sah ihn an. Er war blaß, seine Stirn war umwölkt, und er wich so weit von ihr zurück – war so fern wie der kalte Pol. Die Männer waren sich alle gleich.

«Ich kann nicht vor morgen früh nach Haus gehen», sagte sie.

«Nein. Geh zu Bett. Es ist Viertel vor eins.»

«Das will ich ganz bestimmt nicht», sagte sie.

Er ging durchs Zimmer und nahm seine Stiefel.

«Dann gehe ich hinaus!» sagte er.

Er fing an, sich die Stiefel anzuziehen. Sie starrte ihn an.

«Warte!» stammelte sie, «warte! Was ist nur zwischen uns gekommen?»

Er saß vornübergebeugt, schnürte den einen Stiefel zu und antwortete ihr nicht. Augenblicke verstrichen. Eine Dumpfheit kam über sie – wie eine Ohnmacht war es. Ihr ganzes Bewußtsein erstarb, und sie stand dort, weitäugig, und starrte ihn aus dem Unbekannten an und wußte nichts mehr.

Er sah auf, weil es so still war, und sah sie mit weiten Augen und verloren dastehen. Und wie wenn ein Wind ihn zu ihr wehte, stand er auf und humpelte hin zu ihr, nur einen Schuh an, und nahm sie in die Arme, preßte sie gegen seinen Leib, der sich so tief verwundet fühlte. Und da hielt er sie, und da blieb sie.

Bis seine Hände blind hinuntertasteten und nach ihr suchten, unter den Kleidern nach ihr suchten, dort, wo sie weich und warm war.

«Mein Mädchen!» murmelte er, «mein kleines Mädchen! Laß uns nicht miteinander zanken! Laß uns nie mehr miteinander zanken! Ich lieb dich, und ich berühr dich so gern. Zank nicht mit mir! Tu's nicht! Tu's nicht! Laß uns zusammensein!»

Sie hob das Gesicht und sah ihn an.

«Reg dich nicht auf», sagte sie gefaßt, «es hat doch keinen Sinn, sich aufzuregen. Willst du wirklich mit mir zusammensein?»

Mit großen, ruhigen Augen sah sie ihm ins Gesicht. Er hielt inne und wurde plötzlich still, drehte das Gesicht zur Seite. Sein ganzer Körper wurde still, vollkommen still, doch er zog sich nicht zurück.

Dann hob er den Kopf und sah ihr in die Augen, und mit einem sonderbaren, leicht spöttischen Grinsen sagte er: «Doch, doch! Laß uns zusammensein, bis daß der Tod uns scheide.»

«Aber wirklich?» fragte sie, und ihre Augen füllten sich mit Tränen.

«Ja, wirklich. Mit Herz und Bauch und Schwanz.»

Er lächelte noch immer auf sie herab – mit einem spöttischen Flackern in den Augen und einer leisen Bitterkeit.

Sie weinte still, und er legte sich zu ihr und kam in sie, auf dem Teppich vor dem Herd, und so gewannen sie ein wenig ihren Gleichmut zurück. Dann gingen sie schnell zu Bett, denn es wurde kalt, und sie hatten einander müde gemacht. Und sie schmiegte sich an ihn, fühlte sich klein und ganz umschlossen, und sie schliefen beide zusammen ein, schliefen *einen* tiefen Schlaf. So lagen sie und rührten sich nicht mehr, bis die Sonne überm Wald aufstieg und der Tag begann.

Da wachte er auf und sah ins Licht. Die Vorhänge waren zugezogen. Er lauschte den wilden, lauten Rufen der Amseln und Drosseln im Wald. Es mußte ein strahlender Morgen sein, halb sechs ungefähr, seine Aufstehzeit. Er hatte so tief geschlafen! Der Tag war so jung! Die Frau lag noch immer zärtlich in Schlaf gerollt da. Seine Hand strich über sie hin, und sie öffnete ihre blauen, staunenden Augen und lächelte unbewußt in sein Gesicht.

«Bist du wach?» fragte sie.

Er sah in ihre Augen. Er lächelte und küßte sie. Und plötzlich fiel der Schlaf von ihr, und sie setzte sich auf.

«Stell dir vor: ich bin hier!» sagte sie.

Sie sah sich um in dem weißgetünchten kleinen Schlafzimmer mit seiner abfallenden Decke und dem Giebelfenster, dessen weiße Vorhänge zugezogen waren. Das Zimmer war leer bis auf eine kleine, gelbgestrichene Kommode und einen Stuhl und das schmale weiße Bett, in dem sie lag.

«Stell dir vor: *wir* sind hier!» sagte sie und sah auf ihn nieder. Er lag neben ihr und betrachtete sie und streichelte mit seinen Fingern ihre Brüste unter dem dünnen Nachthemd. Wenn er so warm war und ausgeruht, sah er jung und hübsch aus. Seine Augen konnten so warm sein! Und sie war frisch und jung wie eine Blume.

«Ich möchte dir dies ausziehn», sagte er, raffte das dünne Batistnachthemd zusammen und streifte es ihr über den Kopf. Mit bloßen Schultern saß sie da und länglichen, golden überhauchten Brüsten. Er liebte es, ihre Brüste leise schwingen zu lassen, wie Glocken.

«Du mußt auch deinen Pyjama ausziehen!» sagte sie.

«Ach, nein.»

«Doch, doch!» befahl sie.

Und er zog die alte Baumwolljacke aus und streifte die Hose hinunter. Außer an seinen Händen, seinen Handgelenken und im Gesicht und am Hals war er weiß wie Milch, von zartem, knappem, muskulösem Fleisch. Für Connies Augen war er plötzlich wieder durchdringend schön – so, wie sie ihn an jenem Nachmittag gesehen hatte, als er sich wusch.

Goldene Sonne rührte an die geschlossenen weißen Vorhänge. Connie fühlte, sie wollte herein.

«Oh, laß uns doch die Gardinen zurückziehen! Die Vögel singen so. Laß die Sonne herein!» sagte sie.

Er verließ das Bett, den Rücken ihr zugekehrt, nackt und weiß und mager, und ging zum Fenster hinüber, ein wenig gebeugt, und zog die Vorhänge beiseite und sah einen Augenblick lang hinaus. Sein Rücken war weiß und schmal, der kleine Hintern schön und von erlesener, zarter Männlichkeit, sein Nacken rötlich und fein und doch kräftig.

Eine innerliche, nicht eine äußerliche Kraft lag in dem zarten, doch kräftigen Körper.

«Du bist so schön!» rief sie, «so rein und zart! Komm!» Sie streckte die Arme nach ihm aus.

Er schämte sich seiner erregten Nacktheit wegen.

Er nahm sein Hemd vom Fußboden auf, hielt es vor sich und ging zu ihr.

«Nein!» sagte sie und streckte noch immer ihre schönen Arme von den hängenden Brüsten fort, «ich will dich sehen!»

Er ließ das Hemd fallen und stand still und sah ihr entgegen. Die Sonne schoß einen hellen Strahl durchs niedrige Fenster und traf seine Schenkel und seinen schlanken Bauch und den aufgerichteten Phallus, der sich dunkel und heiß aus der kleinen Wolke lebhaften goldroten Haars erhob. Sie erschrak ein wenig und fürchtete sich.

«Wie seltsam!» sagte sie langsam. «Wie seltsam er da steht! So groß! Und so dunkel und so anmaßend! Ist er so?»

Der Mann sah an seinem schlanken, weißen Körper hinunter und lachte. Das Haar auf seiner sehnigen Brust war dunkel, fast schwarz. Aber an der Wurzel des Bauches, wo der Phallus dick und gekrümmt sich erhob, war es goldrot, eine helle, kleine Wolke.

«So stolz», murmelte sie ängstlich, «und so gebieterisch. Jetzt weiß ich, warum Männer so anmaßend sind. Aber er ist herrlich, *wirklich!* Wie ein anderes Wesen! Ein bißchen zum Fürchten. Aber so schön, wirklich! Und er kommt zu *mir!* –» Sie zog die Unterlippe zwischen die Zähne, so ängstlich und aufgeregt war sie.

Schweigend sah der Mann auf den gestrafften Phallus hinab, der sich nicht regte. – «Ja», sagte er endlich, mit leiser Stimme. «Ja, mein Kleiner. Du stehst ganz schön da. Ja, du kannst dich sehen lassen! Stehst für dich allein ein, nicht? Brauchst dich um niemand zu kümmern. Du machst dir nichts aus mir, John Thomas. Bist du der Herr? Von mir? Weiß Gott, du hast mehr Pfiff als ich, und du sprichst weniger. John Thomas! Willst du sie? Willst du Lady Jane? Du hast mich wieder reingerissen. Ja, und du tauchst wieder auf und lachst dir eins. – Frag sie doch! Frag Lady Jane! Sag: Macht hoch die Tür, die Tor' macht weit, es kommt der Herr der Herrlichkeit! Ja, und wie frech du bist! Fud, das willst du haben. Sag Lady Jane, du willst ihre Fud. John Thomas und die Fud von Lady Jane!»

«Oh, zieh ihn nicht auf!» rief Connie und rutschte auf Knien über das Bett zu ihm hin und schlang die Arme um seine weißen, schmalen Hüften und zog ihn an sich, daß ihre hängenden, schwingenden Brüste die Spitze des sich regenden, stehenden Phallus berührten und den Tropfen Feuchtigkeit auffingen. Sie hielt den Mann fest.

«Leg dich hin!» sagte er, «leg dich hin! Laß mich zu dir!» Er hatte es eilig jetzt.

Und danach, als sie ganz still dalagen, mußte die Frau den Mann wieder aufdecken und das Mysterium des Phallus betrachten.

«Und jetzt ist er ganz winzig und weich wie eine kleine Knospe Leben!» sagte sie und nahm den weichen kleinen Penis in die Hand. «Ist er nicht wunderschön. So ganz eigenständig, so seltsam! Und so unschuldig! Und er kommt so weit in mich hinein! Du darfst ihn *nie* kränken, hörst du! Er gehört mir auch. Er gehört nicht nur dir. Er gehört mir! Und er ist so schön und so unschuldig!» Und sie hielt den Penis sanft in ihrer Hand.

Er lachte.

«Gesegnet sei das Band, das unsere Herzen in *einer* Liebe bindet», zitierte er.

«Natürlich!» erwiderte sie. «Auch wenn er weich und klein ist, fühle ich, daß mein Herz an ihn gebunden ist. Und wie hübsch dein Haar hier ist! Ganz, ganz anders!»

«Das ist das Haar von John Thomas, nicht meins», sagte er.

«John Thomas, John Thomas!», und rasch küßte sie den weichen Penis, der sich schon wieder regte.

«Ja!» sagte der Mann und streckte seinen Körper fast schmerzhaft. «Er hat seine Wurzeln in meiner Seele, dieser Herr! Und manchmal weiß ich nicht, was ich mit ihm machen soll. Ja, ja, der hat seinen eignen Willen, und es ist schwer, es ihm recht zu machen. Aber ich will trotzdem beileibe nicht, daß man ihn mir totmacht.»

«Kein Wunder, daß die Menschen immer Angst vor ihm gehabt haben!» sagte Connie. «Er ist wirklich ziemlich schrecklich.»

Ein Schauer rann durch den Körper des Mannes, als der Bewußtseinsstrom wieder die Richtung änderte und abwärts kreiste. Und er war hilflos, als der Penis sich in langsamen weichen Wellenstößen füllte und schwoll und sich erhob und hart wurde und hart und herrisch dastand in seiner sonderbar ragenden Art. Die Frau erbebte auch, als sie ihm zusah.

«Da! Nimm ihn dir! Er gehört dir», sagte der Mann.

Und sie zitterte, und ihr Bewußtsein löste sich auf. Scharfe, weiche Wellen unaussprechlicher Lust spülten über sie hin, als er in sie eindrang und die seltsame, geschmolzene Erregung in ihr weckte, die sich ausbreitete und ausbreitete, bis sie mitgerissen wurde von der letzten, blinden Woge der Leidenschaft.

Er hörte das ferne Sieben-Uhr-Geheul der Stacks-Gate-Sirenen. Es war Montag morgen. Er zuckte zusammen und barg sein Gesicht zwischen ihren Brüsten und drückte ihre weichen Brüste gegen seine Ohren, um sie taub zu machen.

Sie hatte die Sirenen nicht einmal gehört. Sie lag ganz still, mit durchsichtig gespülter Seele.

«Du mußt wohl aufstehen?» murmelte er.

«Wie spät ist es?» kam ihre farblose Stimme.

«Es hat grad sieben getutet.»

«Dann muß ich wohl.»

Sie haßte dies Hineindrängen der Außenwelt – wie immer haßte sie es.

Er richtete sich auf und sah, ohne zu sehen, aus dem Fenster.

«Du liebst mich, nicht wahr?» fragte sie ruhig.

Er sah auf sie hinab.

«Du weißt, was du weißt. Warum fragst du mich!» sagte er ein wenig verdrießlich.

«Ich will, daß du mich hältst, daß du mich nicht gehen läßt», sagte sie.

Seine Augen schienen voll einer warmen, weichen Dunkelheit, die keinen Gedanken fassen konnten.

«Wann? Jetzt?»

«Jetzt, in deinem Herzen. Und dann will ich zu dir kommen und mit dir leben, für immer, bald.»

Er saß auf dem Bettrand, mit gesenktem Kopf, unfähig zu denken.

«Willst du das nicht?» fragte sie.

«Ja», sagte er.

Dann sah er sie wieder an, mit Augen, die noch immer verdunkelt waren, aber von einer anderen Flamme des Bewußtseins, fast wie von Schlaf.

«Frag mich jetzt nicht», sagte er, «laß mich sein. Ich mag dich, ich lieb dich, wenn du da so liegst. Eine Frau ist was Schönes, wenn man sie tief ficken kann und sie eine gute Fud hat. Ich liebe dich und deine Beine und deine Figur und das Weib an dir. Ich liebe das Weib, das du bist. Ich liebe dich mit meinen Eiern und genau so mit meinem Herzen. Aber frag mich jetzt nicht. Zwing mich nicht zum Reden. Laß mich so, wie ich bin, solange ich kann. Nachher kannst du mich alles fragen. Aber jetzt laß mich, laß mich!»

Und sanft legte er die Hand über ihren Venusberg, auf das weiche braune Jungfernhaar, und saß ganz still und nackt auf dem Bettrand, sein Gesicht reglos in physischer Entrücktheit, fast wie das Gesicht Buddhas. Reglos und umlodert von der unsichtbaren Flamme eines anderen Bewußtseins, saß er da, mit der Hand auf ihr, und wartete, bis es vorüber war.

Nach einer Weile langte er nach seinem Hemd und zog es an, zog sich schnell und schweigend an, sah einmal zu ihr hin, wie sie da noch immer nackt und goldenschimmernd auf dem Bett lag, wie eine Gloire-de-Dijon-Rose, und dann ging er hinaus. Sie hörte, wie er unten die Tür öffnete.

Und sie lag da und dachte nach. Es war so schwer zu gehen, aus diesem Haus zu gehen. Vom Fuß der Treppe aus rief er: «Halb acht!» Und sie seufzte und stieg aus dem Bett. Das kahle, kleine Zimmer! Nichts als die kleine Kommode und das schmale Bett. Aber der Bretterboden war sauber gescheuert. Und in der Ecke beim Fenstergiebel stand ein Bord mit ein paar Büchern – einige davon aus einer Leihbibliothek. Sie besah sie: Bücher über das bolschewistische Rußland, Reisebeschreibungen, ein Band über Atome und Elektronen, einer über die Zusammensetzung des Erdinnern und die Ursache von Erdbeben, dann ein paar Romane und schließlich drei Bücher über Indien. So! Er las also!

Die Sonne fiel durch das Giebelfenster auf ihre nackten Glieder. Sie sah die Hündin Flossie draußen umherstreifen. Das Haseldikkicht war grün verschleiert, und dunkelgrünes Bingelkraut stand darunter. Es war ein heller, klarer Morgen, und Vögel flogen umher und jubilierten. Wenn sie nur bleiben könnte! Wenn nur nicht die andere Welt wäre, die schreckliche aus Rauch und Eisen! Wenn doch nur *er* ihr eine Welt machen würde.

Sie ging die Stiege hinunter, die steile, enge Holzstiege hinunter. Ja, sie würde zufrieden sein mit diesem kleinen Haus, wenn es nur in einer Welt für sich allein stünde.

Er war gewaschen und frisch, und das Feuer brannte.

«Willst du etwas essen?» fragte er.

«Nein. Leih mir nur einen Kamm.»

Sie folgte ihm in die Waschküche und kämmte sich das Haar vor dem handbreiten Spiegel neben der Hintertür. Dann war sie fertig zum Aufbruch.

Sie stand im kleinen Vorgarten und sah auf die betauten Blumen hinab, auf das silbergraue Nelkenbeet, das schon in Knospen stand.

«Ich wollte, daß die ganze übrige Welt verschwände», sagte sie, «und daß ich mit dir hier leben könnte.»

«Sie wird nicht verschwinden», erwiderte er.

Fast ohne ein Wort zu sprechen, gingen sie durch den schönen, taunassen Wald. Doch sie waren beieinander in einer eigenen Welt.

Es war bitter für sie, nach Wragby zurückgehen zu müssen.

«Ich möchte bald kommen und ganz mit dir leben», sagte sie, als sie sich von ihm trennte. Er lächelte und sagte nichts.

Leise und unbemerkt kam sie ins Haus und ging in ihr Zimmer hinauf.

Erica Jong

Adrian

Ich hatte gehofft, nach dem Meeting mit Adrian sprechen zu können, doch Bennett zerrte mich mit sich, bevor es Adrian gelungen war, sich aus dem Gedränge rund um das Podium zu befreien. Wir bildeten bereits ein recht barockes Trio. Bennett spürte meine explosiven Gefühle und setzte alles daran, mich so rasch wie möglich fortzubekommen. Adrian spürte meine explosiven Gefühle und sah Bennett immer wieder an, um festzustellen, wieviel er wußte. Und mir kam es bereits so vor, als würden die beiden mich in zwei Teile reißen. Dafür konnten sie natürlich nichts. Sie symbolisierten lediglich den Kampf, der sich in mir abspielte. Bennetts rechtschaffene, zwanghafte, langweilige Beständigkeit stand für meine eigene Panik vor Veränderungen, für meine Angst vor dem Alleinsein, für mein Verlangen nach Sicherheit. Adrians bizarres Benehmen, seine Hinterntätschelei stand für den Teil von mir, den es vor allem nach zügelloser Ungebundenheit verlangte. Es war mir nie gelungen, diese beiden Teile meines Wesens miteinander zu versöhnen. Mir war nicht mehr gelungen, als den einen Teil (zeitweise) zu unterdrücken – auf Kosten des anderen. Die bürgerlichen Tugenden: Ehe, Sicherheit, Arbeit gehen vor Vergnügen, hatten mich nie zufriedengestellt. Ich war zu neugierig und abenteuerlustig, um mich nicht an diesen Beschränkungen wund zu scheuern. Doch ich litt auch an nächtlichen Angstanfällen, die sich bis zur Panik steigern konnten – ausgelöst durch die Tatsache, daß ich so allein war. Und so endete es immer damit, daß ich mit jemandem zusammenlebte – oder heiratete.

Doch abgesehen davon glaubte ich wirklich, daß eine dauerhafte, innige Beziehung zu *einem* Menschen das Erstrebenswerte sei. Es entging mir keineswegs, daß es *à la longue* zu nichts führte, von einem Bett ins andere zu hüpfen und eine Menge seichter Affären mit einer Menge seichter Leute zu haben. Ich hatte die unaussprechlich trostlose Erfahrung gemacht, neben einem Mann aufzuwachen, mit dem ich unmöglich auch nur ein Wort hätte wechseln können – und das war schließlich auch kein sehr befreiendes Gefühl. Leider gab es wohl keinen Weg, die Vorzüge der Ungebundenheit mit denen der Dauerhaftigkeit in *einem* Leben zu vereinen. Die Tatsache, daß schon klügere Köpfe als ich über dieses Problem nachgegrübelt haben, ohne eine schlüssige Antwort darauf zu finden, tröstete mich auch nicht sonderlich; es gab mir lediglich das Gefühl, daß meine Sorgen banal und alltäglich waren. Wenn ich wirklich etwas Besonderes wäre, dachte ich, würde ich mir nicht stundenlang den Kopf über Ehe und Fhebruch zerbrechen. Ich würde losziehen und das Leben mit beiden Händen packen und, was immer ich täte, weder Reue noch Schuldgefühl empfinden. Daß ich mich mit diesen alten Hüten herumschlug, bewies mir nur, wie durchschnittlich ich war.

Am Abend begannen die vorgesehenen Festivitäten mit einem ‹geselligen Beisammensein› aller Kongreßteilnehmer in einem Lokal in Grinzing. Es war eine höchst unelegante Angelegenheit. Große phallische Knackwürste mit Sauerkraut bildeten das Freudsche Hauptgericht. Adrian sah ich nirgends.

Bennett sprach mit jemand vom Londoner Institut über die Ausbildung von Psychoanalytikern, und schließlich stürzte ich mich in eine Unterhaltung mit meinem Gegenüber, einem chilenischen Analytiker, der in London studierte. Als ich gerade etwas über Borges und seine *Labyrinthe* hervorsprudelte, tippte Adrian mir auf die Schulter. Wenn man vom Minotaurus spricht... Dort stand er, dicht hinter mir – von Kopf bis Fuß gehörnt. Mein Herz machte einen Sprung – bis hinauf in die Nase.

Ob ich tanzen wolle? Natürlich wollte ich tanzen, und nicht nur das.

«Ich hab' Sie den ganzen Nachmittag gesucht», sagte er. «Wo haben Sie gesteckt?»

«Bei meinem Mann.»

«Er sieht ziemlich angeschlagen aus, wie? Womit haben Sie ihn unglücklich gemacht?»

«Mit Ihnen, nehme ich an.»

«Vorsicht», sagte er. «Lassen Sie nicht die Eifersucht ihr grauses Haupt erheben.»

«Das ist schon geschehen.»

Wir sprachen miteinander, als wären wir bereits ein Liebespaar, und in gewissem Sinne waren wir das auch. Wenn der Vorsatz so schwer wiegt wie die Tat, war das Urteil schon gefällt – wie bei Paolo und Francesca. Aber wo hätten wir hingehen sollen? Außerdem gab es keine Möglichkeit, sich zu verdrücken, fort von den Leuten, die uns beobachteten. Also tanzten wir.

«Ich tanze nicht besonders gut», sagte er.

Das stimmte. Doch er machte es dadurch wett, daß er lächelte wie Pan. Er scharrte mit seinen kleinen gespaltenen Hufen. Ich lachte – eine Spur zu schrill. «Tanzen ist wie ficken», sagte ich, «es kommt nicht darauf an, wie es aussieht – Hauptsache, wie einem dabei ist.» Einfach toll, wie ich mir kein Blatt vor den Mund nahm! Und wozu diese Show einer weltgewandten Dame?

Ich schloß die Augen und überließ mich wollüstig dem Rhythmus. Ich wand mich wie eine Schlange, ließ mein Becken kreisen und stieß es immer wieder gegen das seine. Irgendwann, in den längst vergangenen Tagen des Twist, war mir plötzlich aufgegangen, daß *niemand* wußte, wie das eigentlich geht – also wozu Hemmungen? *Chuzpe* ist alles – sowohl beim Gesellschaftstanz wie im gesellschaftlichen Leben. Von da an wurde ich eine ‹gute Tänzerin› – oder das Tanzen machte mir zumindest Spaß. Es war wirklich wie ficken: Rhythmus und Schweiß.

Adrian tanzte auch die nächsten fünf oder sechs Tänze mit mir, bis wir – total erschöpft und tropfnaß – soweit gewesen wären, miteinander ins Bett zu fallen. Dann tanzte ich mit einem der österreichischen Teilnehmer – um den Anschein zu wahren, was ohnehin immer schwieriger wurde. Und dann tanzte ich mit Bennett, der ein fabelhafter Tänzer ist. Ich genoß es, daß Adrian mir zusah, während ich mit meinem Mann tanzte. Bennett tanzte um so vieles besser als Adrian, und er tat es genau mit der Eleganz und Grazie, die Adrian abging. Wenn Adrian beim Tanzen ein hoffnungsloser Oldtimer war, so war Bennett ein stromliniger Jaguar XKE. Und Bennett war so verdammt *lieb* zu mir. Seit Adrian auf der Bildfläche erschienen war, war Bennett wieder so galant und dazu unablässig um mich bemüht. Er machte mir von neuem den Hof. Das gestaltete das Ganze *noch* viel schwieriger. Wenn er doch bloß ein Ekel gewesen wäre, wie einer von diesen Ehemännern in Romanen – gemein und tyrannisch, ein Mann, der es *verdient*, daß man ihm Hörner aufsetzt! Statt dessen war er einfach entzückend. Und das Teuflische daran war, daß das meine Begierde nach Adrian um keinen Deut verringerte.

Meine Begierde hatte wahrscheinlich mit Bennett gar nichts zu tun. Warum mußte es immer ‹entweder oder› sein? Ich wollte sie einfach beide haben. Die *Wahl* war das Unmögliche.

Adrian brachte uns in seinem Wagen ins Hotel zurück. Während der Fahrt, die gewundene, abfallende, von Grinzig stadteinwärts führende Straße hinunter, sprach er über seine Kinder – zehn und zwölf Jahre alt – die poetischerweise Anaïs und Nikolai hießen und bei ihm lebten. Die anderen beiden, Mädchen, und zwar Zwillinge, deren Namen er nicht nannte, lebten bei ihrer Mutter in Liverpool.

«Es ist arg für meine zwei, daß sie keine Mutter haben», sagte er, «aber andererseits bin ich ihnen eine ganz gute Mama. Ich koche sogar recht gern. Mein Curry-Reis ist nicht von schlechten Eltern.»

Daß er so stolz darauf war, eine gute Hausfrau zu sein, entzückte und amüsierte mich. Ich saß in Adrians *Triumph* vorne auf dem Beifahrersitz, Bennett auf dem Notsitz hinter uns. Wenn er doch bloß verschwinden, sich auflösen, aus dem offenen Sportwagen hinausschweben und sich im Wald verlieren würde. Und natürlich haßte ich mich auch dafür, *daß* ich das wünschte. Warum bloß war alles so kompliziert? Warum konnten wir nicht freundschaftlich und offen darüber reden. ‹Du nimmst es mir doch nicht übel, Schatz, aber ich muß jetzt mit diesem schönen Fremden vögeln.› Warum konnte es nicht einfach und aufrichtig und ohne tierischen Ernst vor sich gehen? Warum mußte man sein ganzes Leben aufs Spiel setzen – für einen lumpigen Spontanfick.

Am Hotel angekommen, sagten wir einander auf Wiedersehen. Welche Heuchelei, mit einem Mann aufs Zimmer zu gehen, mit dem man *nicht* ficken möchte, und den, mit dem man möchte, allein und einsam zurückzulassen, und sich dann, im Zustand großer Erregung, von *dem* ficken zu lassen, mit dem man *nicht* ficken möchte, und sich dabei vorzustellen, er sei derjenige, mit dem man möchte. Das nennt man eheliche Treue. Das nennt man Monogamie. Das nennt man das Unbehagen in der Kultur.

Am nächsten Abend fand die offizielle Eröffnung des Kongresses statt, der, im Dämmerlicht des scheidenden Tages, ein Cocktail-Empfang im großen Innenhof der Hofburg voranging.

Wir erschienen zur blauen Stunde – acht Uhr abends spät im Juli. Lange Tische säumten den Innenhof. Kellner, Tabletts mit Champagnergläsern (die leider, wie sich herausstellte, süßlichen deutschen Sekt enthielten) über ihren Köpfen balancierend, wanden sich durch die Menge. Bennett und ich schoben uns durch die Menge, auf der Suche nach jemand, den wir kannten. Wir wanderten ziellos umher, bis einer der Kellner uns zuvorkommend sein Tablett mit Champagnergläsern hinhielt und uns etwas zu tun gab. Ich trank schnell und hastig, in der Hoffnung, in Windeseile betrunken zu sein – was mir meistens mühelos gelingt. Nach etwa zehn Minuten schwebte ich durch purpurnen Nebel dahin; in den Augenwinkeln sah ich Sektperlen spielen. Ich tat, als sei ich auf der Suche nach der Damentoilette (während ich in Wirklichkeit natürlich auf der Suche nach Adrian war). Ich fand Tausende von ihm; sie erstreckten sich in der langen barocken Spiegelgalerie (in deren Nähe sich die Damentoilette befand) bis ins Unendliche.

«Hallo, Schätzchen», sagt er, sich nach mir umwendend.

«Ich hab was für Sie», sage ich und überreiche ihm das Buch mit Widmung, das ich den ganzen Tag mit mir herumgetragen habe. Die Ränder der Seiten werden schon unansehnlich von meinen feuchten Handflächen.

«Wie süß von dir!» Er nimmt das Buch. Arm in Arm gehen wir durch die Spiegelgalerie. ›Galeotto fu il libro e chi lo scrisse›, wie mein alter Kumpel Dante gesagt hätte. Die Gedichte hurten um Liebe, wie ihre Autorin. Das Buch meines Leibes war aufgeschlagen und der zweite Kreis der Hölle nicht fern.

«Weißt du», sage ich, «wir werden uns wahrscheinlich nie wiedersehen.»

«Vielleicht tun wir es deshalb?» sagt er.

Wir gehen hinaus in einen anderen Innenhof, der jetzt hauptsächlich als Parkplatz dient. Inmitten dunkler Schatten von Opels, Volkswagen und Peugeots umarmen wir einander. Mund an Mund und Leib an Leib. Sein Kuß ist zweifellos der nasseste Kuß in der Geschichte der Menschheit. Seine Zunge ist überall wie das Weltmeer. Wir segeln davon. Sein Penis (der sich in seiner Cordhose aufbäumt) ist der hochaufragende rote Schornstein eines Ozeandampfers. Und ich streiche an ihm entlang, ächzend und stöhnend wie der Meereswind. Und ich sag all die törichten Dinge, die man sagt, wenn man sich auf einem Parkplatz abknutscht und versucht, ein Verlangen, eine Sehnsucht in Worte zu fassen, die nicht in Worte zu fassen ist – außer vielleicht im Gedicht. Und alles klingt so lahm. Ich liebe deinen Mund. Ich liebe dein Haar. Ich liebe deine Ohren. Ich muß dich haben. Ich muß dich haben. Alles, um nicht zu sagen: Ich liebe dich. Denn das hier ist fast zu schön, um Liebe zu sein. Zu prickelnd und köstlich für etwas so Ernsthaftes und Nüchternes wie Liebe. Mein ganzer Mund hat sich verflüssigt. Sein Mund schmeckt köstlicher, als die Brustwarze einem Baby schmeckt. (Und komm mir jetzt nicht mit deinen psychiatrischen Interpretationen, Bennett, ich schlag sofort zurück. Infantil. Regressiv. Zutiefst inzestuös. Zweifellos. Doch ich gäbe mein Leben dafür, wenn ich ihn nur immer weiter so küssen könnte, und wie willst du *das* analysieren?) Inzwischen hat er beide Hände in meinen Hintern geschlagen. Mein Buch hat er auf dem Kotflügel eines Volkswagens abgelegt und dafür meinen Hintern gepackt. Schreibe ich denn nicht deswegen? Um geliebt zu werden? Ich weiß es nicht mehr. Ich weiß nicht einmal mehr, wie ich heiße.

«Ich kenne keinen Arsch wie deinen», sagt er. Und das macht mich glücklicher, als wenn ich soeben den *National Book Award* verliehen bekommen hätte. Den *National* Arsch *Award* – den will ich haben! Den transatlantischen Arschpreis 1971.

«Ich komme mir vor wie Mrs. Amerika auf dem Kongreß der Träume», sage ich.

«Du *bist* Mrs. Amerika auf dem Kongreß der Träume», sagte er, «und ich will dich lieben, so intensiv ich kann, und dann verschwinden.»

Gewarnt ist gewappnet, heißt es. Doch wer achtet schon darauf? Alles, was ich hörte, war das dumpfe Hämmern meines Herzens.

Der Rest des Abends war ein Traum aus Spiegelbildern und Sektkelchen und angetrunkenem Psychiatrie-Geschwätz. Wir gingen durch die Spiegelgalerie zurück zur Gesellschaft. Wir waren so erregt, daß wir uns kaum die Mühe machten, eine neue Verabredung zu treffen.

Ich sah Bennett. Die rothaarige Argentinierin hatte ihn untergehakt, und er lächelte sie an. Ich trank noch ein Glas Sekt und machte mit Adrian einen Rundgang. Er stellte mich allen anwesenden Analytikern aus London vor und schwatzte eine Menge Zeug über meinen bis dato noch ungeschriebenen Artikel. Ob sie bereit wären, sich von mir interviewen zu lassen? Ob sie sich für meine journalistische Arbeit interessierten? Und die ganze Zeit lag sein Arm um meine Taille und seine Hand hin und wieder auf meinem Hintern. Sehr diskret benahmen wir uns nicht gerade. Jeder konnte es mitkriegen. Sein Analytiker. Mein Ex-Analytiker. Der Analytiker seines Sohnes. Der Analytiker seiner Tochter. Der frühere Analytiker meines Mannes. Mein Mann.

«Die Frau Gemahlin?» fragte einer der älteren Herren aus London.

«Nein», erwiderte Adrian, «aber ich wünschte, sie wäre es. Wenn ich ganz großes Glück habe, wird sie es vielleicht noch.»

Alle meine Fantasien drehten sich um Heirat. Kaum war ich im Geist dabei, dem einen Mann davonzulaufen, da sah ich mich bereits an einen anderen gebunden. Ich war wie ein Schiff, das immer einen Anlaufhafen braucht. Ich konnte mir mich selbst ohne Mann einfach nicht vorstellen. Ohne Mann kam ich mir vor wie ein Hund ohne Herr, wurzellos, gesichtslos, konturlos.

Aber was war denn eigentlich an der Ehe so großartig? Ich war ja nun bereits zum zweiten Male verheiratet. Es hatte seine guten, aber auch seine schlechten Seiten. Die sogenannten Vorzüge der

Ehe standen zumeist unter negativem Vorzeichen. Unverheiratet in einer Männerwelt zu leben, bedeutete eine solche Mühsal, daß *alles* andere besser sein mußte als das. Die Ehe *war* besser. Aber nicht viel. Ziemlich raffiniert, wie die Männer ledigen Frauen das Leben so unerträglich zu machen gewußt haben, daß die meisten mit Freuden sogar eine schlechte Ehe vorziehen würden. Fast alles bedeutete eine Verbesserung, verglichen mit der Strampelei, sich mit einem schlecht bezahlten Job durchschlagen zu müssen und sich in seiner Freizeit unattraktive Männer vom Leibe zu halten, während man verzweifelt bemüht ist, sich einen attraktiven zu angeln. Obwohl ich nicht daran zweifle, daß ledig zu sein für einen Mann die gleiche Einsamkeit bedeutet, so fällt bei ihm immerhin die zusätzliche Erschwerung der Lebensgefahr fort, die das Alleinsein für eine Frau darstellt, und es hat nicht automatisch Armut und unweigerlich den Status eines sozialen Parias zur Folge.

Wir waren alle blau (ich dunkelblau), als wir uns in Adrians grünen *Triumph* quetschten und losfuhren, in irgendein Nachtlokal. Wir waren zu fünft: Bennett, Marie Winkleman (eine vollbusige Studiengenossin von mir, inzwischen Psychologin, die Bennett auf dem Fest aufgerissen hatte), Adrian (der uns fuhr, wenn man es so nennen kann), ich (mit zurückgelegtem Kopf, wie die erste Isadora nach ihrer Strangulation) und Robin Phipps-Smith (ein farbloser, krausköpfiger englischer Doktorand mit einem deutschen Brillengestell, der ununterbrochen davon redete, wie sehr er ‹Ronnie› Laing verabscheue – was ihn Bennett teurer machte). Adrian dagegen war ein Laing-Anhänger; er hatte bei ihm studiert und konnte seinen schottischen Akzent wunderbar nachahmen – allerdings wußte ich damals noch nicht, wie Laing sprach.

Wir zickzackten durch die Straßen von Wien, über Kopfsteinpflaster und Straßenbahngeleise, und überquerten die schöne, schmutzigbraune Donau.

Wie die Diskothek hieß oder die Straße oder sonstwas, weiß ich nicht mehr. Ich habe Zustände, in denen ich meine Umgebung nicht mehr zur Kenntnis nehme, ausgenommen die Männer darin und die Vibrationen, die sie in meinen verschiedenen Körperteilen

(Herz, Bauch, Brustwarzen, Möse) auslösen. Das Lokal flirrte von Silber. Chromfarbene Tapeten. Grellweißes Licht. Überall Spiegel. Gläserne Tische auf Gestellen aus Chrom. Mit weißem Leder bezogene Stühle. Ohrenbetäubende Rock-Musik. Nennen Sie das Beisl, wie Sie wollen: *The Mirrored Room, The Seventh Circle, The Silvermine, The Glass Balloon*. Ich weiß nur noch, daß es ein englischer Name war. Sehr schick und ebenso leicht zu vergessen.

Bennett, Marie und Robin sagten, sie wollten sich an einen Tisch setzen und Drinks bestellen. Adrian und ich begannen zu tanzen; unsere trunkenen Windungen wiederholten sich in den endlosen Spiegeln. Schließlich suchten wir uns einen toten Winkel zwischen zwei Spiegeln, wo wir uns küssen konnten, beobachtet einzig und allein von uns selbst in zahllosen Exemplaren. Ich hatte das deutliche Gefühl, meinen eigenen Mund zu küssen – wie damals, als ich, mit neun Jahren, mein Kopfkissen mit Speichel befeuchtete und die Stelle dann küßte, um eine Vorstellung davon zu bekommen, wie ein ‹Zungenkuß› wohl schmecke.

Als wir uns auf die Suche nach dem Tisch mit Bennett und den anderen machten, befanden wir uns unversehens in einem Irrgarten von ineinander übergehenden Nischen und abgeteilten Sitzekken. Immer wieder traten wir uns selbst entgegen. Wie in einem Traum, gehörte keines der Gesichter an den Tischen jemandem, den wir kannten. Wir suchten und suchten, in zunehmender Panik. Mir war, als sei ich in eine Spiegelwelt versetzt, wo ich, wie die *Rote Königin,* laufen und laufen mußte, bis sich herausstellte, daß ich rückwärts lief. Und nirgends eine Spur von Bennett.

Blitzartig ging mir auf, daß er Marie nach Hause gebracht hatte, um mit ihr ins Bett zu gehen. Entsetzen überfiel mich. *Ich* hatte ihn soweit gebracht. Das war das Ende. Ich würde den Rest meines einsamen Lebens ohne Mann, ohne Kinder, ohne menschliche Anteilnahme zubringen.

«Gehn wir», sagte Adrian. «Sie sind nirgends zu sehen. Sicher sind sie fortgegangen.»

«Vielleicht konnten sie keinen freien Tisch finden und warten draußen auf uns.»

«Schon möglich», sagte er.

Doch ich kannte die Wahrheit. Bennett hatte mich verlassen.

Für immer. Jetzt, in diesem Augenblick, umfaßte er mit beiden Händen Maries gewaltigen kellerbleichen Arsch und vögelte ihr Freudsches Gemüt. Plötzlich begehrte ich Bennett so heftig, wie ich vor wenigen Minuten Adrian begehrt hatte. Und Bennett war fort. Wir gingen hinaus und stiegen in Adrians Wagen.

Auf dem Weg zu seiner Pension geschah etwas Sonderbares. Oder, besser gesagt: es geschah zehnmal etwas Sonderbares. Wir verfuhren uns zehnmal. Und jedes Mal war einzig in seiner Art – nicht, daß wir etwa immerzu in der Runde gefahren wären. Und nun, da wir einander bis in alle Ewigkeit auf dem Halse hatten, schien das Bett im Augenblick an Dringlichkeit verloren zu haben.

«Ich habe nicht vor, dir von all den anderen Männern zu erzählen, mit denen ich im Bett war», sagte ich. Ich kam mir recht kühn vor.

«Das ist recht», sagte er und tätschelte mir mein Knie. Statt dessen fing er an, mir von all den Frauen zu erzählen, die *er* aufs Kreuz gelegt hatte. Das hatte ich nun davon.

Zunächst mal war da May Pei, die junge Chinesin, an die Bennett ihn erinnerte.

«May Pei – erst HI-FI und dann *bye-bye.*»

«Sehr witzig.»

«Witzig oder nicht – wie ging es denn aus?»

«Ich hab' schwer dafür büßen müssen. Ich habe noch Jahre daran geknabbert.»

«Du meinst, nachdem Schluß war, hast du immer noch an ihr geknabbert? Nicht schlecht. Der Spukfick. Den könntest du dir patentieren lassen. Leute von historischen Berühmtheiten ficken lassen: von Napoleon, Karl II., Ludwig XIV. ... so ähnlich, wie Dr. Faustus die schöne Helena fickt...» Ich alberte zu gern mit ihm herum.

«Halt den Mund, Votze – laß mich zu Ende erzählen, von May...», und dann, während die Bremsen aufkreischten, drehte er sich zu mir: «Mein Gott, bist du schön...»

«Sieh vor dich, auf die Straße, du Spinner», sagte ich – verzückt.

Wieso hatte May Pei Adrians Leben durcheinandergebracht?

«Sie ließ mich sitzen und ging zurück nach Singapur. Sie hatte ein Kind dort, das lebte bei seinem Vater, und das Kind hatte einen Autounfall gehabt. Sie *mußte* wohl zurück, aber sie hätte wenigstens schreiben können. Monatelang bin ich herumgegangen und hatte das Gefühl, daß es nur noch Roboter auf der Welt gibt. So deprimiert wie damals war ich nie. Das Aas heiratete dann zum Schluß den Kinderarzt, der das Kind behandelte – irgend so 'n amerikanisches Rindvieh.»

«Und warum bist du ihr nicht nachgereist, wenn sie dir so viel bedeutete?» Er sah mich an, als sei ich verrückt – als wäre ihm so etwas nie in den Sinn gekommen.

«Ihr nachreisen? Wieso?» (Er bog mit rauchenden Reifen um eine Ecke. Es war wieder mal die verkehrte Ecke.)

«Weil du sie liebtest.»

«Das Wort habe ich nie ausgesprochen.»

«Aber du hast es doch so empfunden, warum also nicht?»

«Meine Arbeit ist wie Hühnerhalten», sagte er. «Es muß doch jemand da sein, der den Dreck wegmacht und die Körner streut.»

«Das ist Bockmist», sagte ich. «Ärzte benutzen ihre Arbeit immer als Entschuldigung dafür, sich unmenschlich zu verhalten. *Die* Tour kenne ich.»

«Nicht Bockmist – Hühnermist», sagte er. «Und welche Tour kennst du noch nicht?»

Ich lachte.

Nach May Pei kam eine ganze UN-Vollversammlung von Damen aus Thailand, Indonesien und Nepal. Dann gab es eine Afrikanerin aus Botswana und ein paar französische Psychoanalytikerinnen und eine französische Schauspielerin, die «eine Zeitlang in der Klapsmühle» war.

«Und deine Frau – wie war die?» (Inzwischen hatten wir uns so hoffnungslos verfahren, daß wir einfach irgendwo an einem Randstein stehenblieben.)

«Katholisch», sagte er, «eine Papistin aus Liverpool.»

«Hatte sie einen Beruf?»

«Sie war Hebamme.»

Eine eigenartige Kurzinformation. Ich wußte nicht genau, wie ich darauf reagieren sollte.

«Er war mit einer katholischen Hebamme aus Liverpool verheiratet», sah ich mich schreiben. (In meinem Roman würde ich Adrian einen exotischeren Namen geben und ihn ein gutes Stück größer sein lassen.)

«Warum hast du sie geheiratet?»

«Weil ich ihr gegenüber Schuldgefühle hatte.»

«Auch ein Grund.»

«Doch, es ist einer. Als Medizinstudent hatte ich irgendwie dauernd ein schlechtes Gewissen. Puritanisch bis in die Knochen. Ich meine, es gab schon Mädchen, mit denen ich mich wohl fühlte – aber gerade das machte mir Angst. Eine war dabei, die mietete eine riesige Scheune, lud dann Gott und die Welt ein und jeder sollte mit jedem ficken. Bei ihr war mir wohl – also mißtraute ich ihr natürlich. Und bei meiner späteren Frau fühlte ich mich schuldig – also heiratete ich sie. Ich war wie du. Ich traute dem Genuß und meinen eigenen Impulsen nicht. Ich hatte Todesangst, wenn ich mich glücklich fühlte. Und als die Angst übermächtig wurde, habe ich geheiratet. Genau wie du, Schätzchen.»

«Wie kommst du darauf, daß ich aus Angst geheiratet habe?» Ich ärgerte mich, weil er recht hatte.

«Ach, wahrscheinlich fandest du, daß du zuviel rumvögelst, einfach nicht nein sagen konntest, und manchmal machte es dir sogar Spaß, und dann fühltest du dich schuldig. *Weil* es dir Spaß machte. Wir sind für das Leiden programmiert, nicht für den Genuß. Der Masochismus wird uns schon sehr früh eingepflanzt. Arbeiten mußt du und leiden – und das Schlimme daran ist, daß man es auch noch glaubt. Nun, das ist auch Bockmist. Ich habe sechsunddreißig Jahre gebraucht, bis ich begriffen habe, was für'n *Haufen* Bockmist das ist, und wenn es etwas gibt, das ich für dich tun möchte, dann ist es folgendes: ich möchte dich dazu bekehren, daß auch du das begreifst.»

«Du hast allerlei mit mir vor, wie? Du willst mich lehren, was Freiheit ist, was Genuß ist, du willst Bücher mit mir schreiben, mich bekehren... Warum wollen Männer mich immer zu irgend etwas bekehren? Sehe ich so bekehrungsbedürftig aus?»

«Du siehst *rettungs*bedürftig aus, Schatz, in hohem Maße rettungsbedürftig. Du schlägst deine großen kurzsichtigen Augen zu mir auf, als wäre ich Big Daddy, der Große Psychotherapeut. Du bist ständig auf der Suche nach einem Mentor, und wenn du ihn gefunden hast, wirst du so abhängig von ihm, daß du anfängst, ihn zu hassen. Oder du wartest, bis er seine Schwächen zeigt, und dann verachtest du ihn, weil auch er nur ein Mensch ist. Du sitzt da und beobachtest, machst dir im Kopf Notizen, siehst die Menschen als Romanfiguren oder ‹Fälle› – ich kenn' das Spielchen. Du redest dir ein, daß du Material sammelst. Du redest dir ein, daß du die ‹menschliche Natur› studierst. Die Kunst kommt vor dem Leben, wie auch immer. Eine andere Version von diesem puritanischen Bockmist. Nur, daß du noch 'n zusätzlichen Schlenker drin hast. Du hältst dich für eine Hedonistin, weil du abhaust und dich mit mir rumtreibst. Aber es ist und bleibt doch die gute alte Arbeitsmoral, denn im Grunde willst du nur über mich *schreiben*. Also ist es *doch* Arbeit, *n'est-ce pas?* Du kannst mit mir ficken und es Poesie nennen. Gar nicht so dumm. Auf diese Weise betrügst du dich selbst mit Erfolg.»

«Und du bist ganz groß darin, Analysen wie für 'ne Illustrierte loszulassen. Wie so 'n Fernsehpsychiater.»

Adrian lachte. «Ich kenne all das von mir selbst. Psychoanalytiker spielen nämlich genau dasselbe Spielchen. Sie sind darin wie Schriftsteller. Alles wird mit Abstand betrachtet, als Fall, als Studienobjekt. Auch sie haben gräßlichen Bammel vor dem Sterben – genau wie die Dichter. Ärzte hassen den Tod – deshalb werden sie Arzt. Und sie müssen dauernd Wirbel machen und immer auf'm Trab sein, um sich selbst zu beweisen, daß sie noch leben. Ich kenn' dein Spielchen, weil ich es besser spiele. Es ist kein solches Mysterium, wie du glaubst. Du bist ziemlich leicht zu durchschauen, weißt du.»

Es machte mich wütend, daß er mich noch zynischer sah als ich selbst. Ich glaube immer, mich am besten vor den Ansichten anderer Menschen über mich zu schützen, indem ich mich selbst möglichst negativ betrachte. Und dann stelle ich plötzlich fest, daß selbst dieses negative Bild noch geschmeichelt ist. Wenn ich verletzt bin, verfalle ich in mein Schul-Französisch: *«Vous vous moquez de moi.»*

«Da hast du verdammt recht. Paß auf – du sitzt in diesem

Augenblick neben wir, weil dein Leben unehrlich und deine Ehe tot ist – oder sie liegt, von Lügen vergiftet, in den letzten Zügen. Und diese Lügen sind dein Werk. Und nun mußt du dich irgendwie retten. Aber es ist *dein* Leben, das du verpfuschst, nicht meines.»

«Ich dachte, du sagtest, ich wollte, daß *du* mich rettest?»

«Stimmt. Aber in *die* Falle gehe ich nicht. Irgendwann werde ich dich enttäuschen, und zwar nachhaltig, und dann wirst du mich noch mehr hassen, als du deinen Mann haßt...»

«Ich hasse meinen Mann nicht.»

«Kann sein. Aber er langweilt dich – und das ist schlimmer, nicht wahr?»

Ich gab keine Antwort. Nun war ich wirklich deprimiert. Die Wirkung des Sekts begann nachzulassen.

«Warum versuchst du jetzt schon, mich zu bekehren? Du hast mich ja noch nicht mal umgelegt.»

«Weil dir das das Wichtigste ist.»

«Dummes Zeug, Adrian. Das Wichtigste ist mir im Augenblick, daß du mich aufs Kreuz legst. Und kümmere dich nicht um mein Innenleben.» Doch ich wußte, daß ich log.

«Wenn Sie umgelegt werden wollen, Gnädigste, werden Sie umgelegt.» Er ließ den Wagen anspringen. «‹Gnädigste› ist eigentlich gut. Werd' ich jetzt immer zu dir sagen.»

Doch ich hatte kein Pessar und er keine Erektion, und als wir endlich in seiner Pension ankamen, waren wir von der langen Herumfahrerei beide zu Tode erschöpft.

Wir lagen auf seinem Bett und hielten uns umschlungen. Zärtlich und mit belustigtem Staunen betrachteten wir gegenseitig unsere Nacktheit. Das beste daran, nach so vielen Ehejahren mit einem anderen Mann zu schlafen, war die Wiederentdeckung des männlichen Körpers. Der Körper des eigenen Mannes ist eines Tages praktisch wie der eigene Körper. Man kennt alle Einzelheiten, alle Gerüche, den Geschmack, jede Falte, die Behaarung, die Muttermale. Adrian jedoch war wie ein fremdes Land. Meine Zunge begann, es zielstrebig zu erkunden. Ich fing bei seinem Mund an und glitt langsam abwärts. Sein sonnengebräunter kräftiger Hals. Seine Brust mit den rötlichen Löckchen. Sein Bauch, ein wenig dicklich – so anders als Bennetts bräunlich-magere Straffheit. Sein schlaffer, rosafarbener Penis, der leicht nach Urin schmeckte und sich in meinem Mund nicht aufrichten wollte. Seine rosigen, stark behaarten Hoden, die ich, einen nach dem anderen, in den Mund nahm. Seine muskulösen Schenkel. Seine sonnenverbrannten Knie. Seine Füße. (Die ich nicht küßte.) Seine schmutzigen Zehennägel. (Dito.) Dann fing ich wieder von oben an. Bei seinem wunderbar feuchten Mund.

«Wieso hast du so kleine, spitze Zähne?»

«Meine Mutter war ein Frettchen.»

«Was war sie?»

«Ein Frettchen.»

«Ach so.» Ich wußte nicht, was das ist, es war mir aber auch egal. Wir kosteten einander. Wir lagen Kopf bei Fuß, und seine Zunge machte Musik in meiner Möse.

«Du hast eine wunderbare Möse», sagte er, «und den herrlichsten Arsch, der mir je untergekommen ist. Nur schade, daß du keine Titten hast.»

«Danke.»

Ich hielt mich dran mit Saugen, aber kaum war sein Schwanz steif, wurde er auch schon wieder schlaff.

«Ich hab' eigentlich keine Lust, dich zu ficken.»

«Warum nicht?»

«Ich weiß nicht – mir ist einfach nicht danach.»

Adrian wollte um seiner selbst willen geliebt werden und nicht wegen seiner blonden Haare (oder wegen seines rosafarbenen Pimmels). Das hatte irgendwie etwas Rührendes. Er wollte keine Fickmaschine sein. «Ich kann die schönsten Weiber ganz prima durchziehen, wenn mir so ist», sagte er herausfordernd.

«Natürlich kannst du das.»

«Jetzt klingst du wie so 'ne beschissene Fürsorgerin.»

Ich hatte schon ein paarmal im Bett die Fürsorgerin spielen müssen. Zunächst mal bei Brian, nach seiner Entlassung aus der Heil- und Pflegeanstalt, als er zu vollgepumpt mit Thoracin (und zu schizoid) war, um überhaupt vögeln zu können. Einen Monat lang lagen wir im Bett und hielten Händchen. «Wie Hänsel und Gretel», sagte er. Das war eigentlich auch rührend. Wie man sich

Dodgson und Alice in einem Boot auf der Themse vorstellt. Es war aber auch irgendwie eine Erleichterung, nach Brians manischer Phase, in der er mich um ein Haar erwürgt hätte. Allerdings waren Brians sexuelle Vorlieben schon vor seinem Nervenzusammenbruch ein wenig merkwürdig. Er stand ausschließlich auf Blasen, am Ficken lag ihm nichts. Damals war ich noch zu unerfahren, um zu wissen, daß nicht alle Männer so sind. Ich war einundzwanzig und Brian fünfundzwanzig, und da ich immer davon gehört hatte, daß Männer sich mit sechzehn auf ihrem sexuellen Höhepunkt befinden, Frauen aber erst mit dreißig, so nahm ich an, daß Brians *Alter* daran schuld sei. Er baute bereits ab. Auf dem absteigenden Ast, dachte ich. Aber immerhin wurde ich dadurch eine Expertin auf diesem Gebiet.

Auch bei Charlie Fielding, dem Dirigenten, dessen Taktstock ebenfalls immer wieder den Kopf hängen ließ, hatte ich Fürsorgerin gespielt. Er wußte sich vor Dankbarkeit nicht zu lassen. «Du bist wirklich einmalig», sagte er in jener ersten Nacht immer wieder (womit er meinte, daß er erwartet habe, ich würde ihn vor die Tür setzen, in die Kälte, was ich nicht tat). Er machte es später wieder gut. Den Kopf hängen ließ sein Taktstock nur bei Premieren.

Aber Adrian? Adrian, die Sexbombe? Er sollte mein Spontanfick werden. Was war los? Das Merkwürdigste daran war, daß es mir eigentlich nichts ausmachte. Er war so schön, wie er da lag, und sein Körper roch so gut. Ich dachte daran, wie die Männer nun schon viele Jahrhunderte lang die Frauen um ihres Körpers willen angebetet, ihre Seele jedoch mißachtet hatten. Damals, als ich noch die Woolfs und die Webbs verehrte, war das für mich unfaßbar, doch jetzt verstand ich es. Weil es genau das war, was ich so oft über die Männer dachte. Ihr Innenleben war ein hoffnungsloses Durcheinander, aber ihre Körper waren *so* reizvoll, ihre Ansichten und Meinungen schier unerträglich, doch ihr Penis war seidig. Ich war mein Lebtag eine Feministin gewesen (meine ‹Radikalisierung› datiert meiner Meinung nach aus dem Jahr 1955, als der beknackte Horace Mann [17], mit dem ich an jenem Abend ausgewesen war, mich in der U-Bahn fragte, ob ich vorhabe, Sekretärin zu werden), doch das große Problem dabei war, wie der

Feminismus mit dem unstillbaren Hunger nach Männerkörpern zu vereinbaren ist. Das war nicht so einfach. Außerdem, je älter man wurde, desto deutlicher trat zutage, daß Männer eine tiefverwurzelte Angst vor Frauen haben. Die einen im geheimen, die anderen, ohne es zu verbergen. Was konnte bitterer sein als eine emanzipierte Frau Auge in Auge mit einem schlaffen Schwanz? Die schwerwiegendsten Probleme in der Geschichte der Menschheit verblaßten neben diesen zwei Kernpunkten: die ewige Frau und der ewig schlaffe Schwanz.

«Mach ich dir angst?» fragte ich Adrian.

«*Du*?»

«Nun ja, manche Männer behaupten, sie hätten Angst vor mir.»

Adrian lachte. «Du bist ein Schatz», sagte er, «eine ‹pussycat› – wie ihr Amerikaner sagt. Aber das ist es *nicht.*»

«Passiert dir das öfters?»

«Nein, Frau Doktor, und ich will jetzt nicht weiter verhört werden. Das ist einfach lächerlich. Ich *habe* kein Potenzproblem – ich bin bloß so *überwältigt* von deinem phantastischen Arsch, daß mir nicht nach ficken ist.»

Das letzte Mittel, den Gegner zu demütigen: der Schwanz, der einem (wem? ihm oder mir?) den Dienst verweigert. Die tödliche Waffe im Kampf der Geschlechter: der schlaffe Schwanz. Das Banner des feindlichen Lagers: der Schwanz auf halbmast. Das Symbol der Apokalypse: Der Atomsprengkopf-Schwanz, der sich selbst vernichtet. *Das* ist die fundamentale Ungerechtigkeit, die nie aus der Welt geschafft werden kann: nicht, daß das Männchen eine einmalige zusätzliche Attraktion, genannt Penis, besitzt, sondern daß das Weibchen eine einmalige Allwetter-Möse ihr eigen nennt. Weder Sturm noch Hagel noch das Dunkel der Nacht können ihr etwas anhaben. Sie ist immer da, immer bereit.

Ziemlich beängstigend, wenn man darüber nachdenkt. Kein Wunder, daß Männer die Frauen hassen. Kein Wunder, daß sie das Märchen von der weiblichen Unzulänglichkeit erfunden haben.

«Ich weigere mich, aufgespießt zu werden wie ein Schmetterling», sagte Adrian, ohne daran zu denken, welche Assoziation das sofort in mir auslöste. «Ich weigere mich, rubriziert zu werden. Wenn du dich dann schließlich hinsetzt, um über mich zu schreiben, wirst du nicht wissen, ob ich ein Held oder ein Anti-Held, ein Schuft oder ein Heiliger bin. Es wird dir nicht gelingen, mich in eine Kategorie einzuordnen.»

Und in diesem Augenblick verliebte ich mich leidenschaftlich in ihn. Sein schlaffer Schwanz hatte an Dinge gerührt, zu denen der prächtigste Ständer nie vorgedrungen wäre.

Alberto Moravia

Verkauft und gekauft

Ich bin eine hübsche junge Frau, verheiratet mit einem reichen jungen Mann. Einmal in der Woche setze ich mich in meinen Wagen, verlasse die Stadt und biege in eine bestimmte Landstraße ein. Ich parke den Wagen in einem Hohlweg und gehe rund hundert Meter weiter bis zu einem freien Platz vor einem ländlichen Gatter, das durch eine rostige Kette mit einem genauso rostigen Vorhängeschloß versperrt ist. Hinter dem Staketenzaun breitet sich ein verwahrlostes Grundstück aus: überall Unkraut und Gestrüpp, Obstbäume, deren Früchte auf dem Boden verstreut faulen, hohe Laubbäume mit gelichteten Kronen, verdorrte Zweige und Blätter zwischen saftigen und grünen. Ich sitze auf dem Zaun, lasse ein Bein in der Luft baumeln, das andere stütze ich mit dem Fuß etwas höher auf einen Querbalken. Wie immer habe ich einen Minirock an, aber keine Strumpfhose und vor allem keinen Slip. Unten herum bin ich also nackt, und ich habe berechnet, daß bei dieser Stellung jeder Autofahrer, der vor mir aus der Kurve kommt, genau zwischen meine Beine und bis ins Dunkel des Schoßes blicken kann. Ich warte niemals lange, denn, um zu zeigen, was für eine Person ich bin oder vielmehr zu sein vorgebe, tue ich auch, als rauchte ich eine Zigarette. Und tatsächlich vergehen nie mehr als zehn Minuten, bevor ein Auto stoppt und sich ein erregtes Gesicht aus dem Fenster beugt. Er fragt mich, was ich verlange; ich sage es; fast alle sind einverstanden; das Auto wird auf meinen Rat hin am Straßenrand geparkt; dann nehme ich den Kunden an der Hand und führe ihn an der Holunderhecke entlang bis zu einem Durchschlupf, den ich mir selbst gebahnt habe. Der Rain ist abschüssig, ich bin dem Mann beim Hinuntersteigen behilflich, dann gehe ich ihm voran auf einem Pfad, auf dem das dichte Gras (wir haben Mai, und da ist das Gras besonders üppig) die Spur meiner früheren Schritte bewahrt. Wir kommen zu einem hohen Baum, und ich lege mich gleich hin. Er will sich auf mich stürzen, aber ich schiebe ihn weg und erkläre ihm, daß ich das Geld im voraus will. «Entschuldige schon, aber neulich hab ich was Häßliches erlebt, da ist einer abgehauen, ohne zu bezahlen, natürlich würdest du das nie tun, aber was macht es dir aus, gib es mir jetzt, dann brauchst du nachher nicht dran zu denken.» Wenn die Männer von uns das wollen, dann sind sie gutmütig und fügsam. Nicht einen einzigen gibt es, der nicht die Brieftasche zöge und mir den verlangten Betrag in die Hand drückte. Dann wirft er sich auf mich, und genau in diesem Augenblick tue ich, als sei ich krank. Ich schreie auf, wälze mich im Gras und presse eine Hand aufs Herz. Der Mann weicht bestürzt zurück und beobachtet mich. Während ich stöhne und die eine Hand aufs Herz drücke, ziehe ich mit der anderen das Geld aus dem noch offenen Portemonnaie, gebe es ihm wieder und stammele: «Ich bin herzkrank. Aber geh ruhig. Das packt mich manchmal, das ist bald vorüber. Natürlich kann von Lieben keine Rede mehr sein. Hier ist dein Geld, entschuldige, aber laß mich, geh.» Man stelle sich den Mann vor, der einen Augenblick gefürchtet hat, eine Sterbende in den Armen zu halten. Keiner, der nicht das Geld nähme und machte, daß er davonkommt. Sobald ich dann sicher bin, daß er wirklich fort ist, stehe ich auf, gehe zur Straße, zu meinem Wagen, steige ein und fahre nach Hause, nach Rom. Diesen Ritus zelebriere ich einmal wöchentlich. Noch nie ist es vorgekommen, daß ich einen Kunden ein zweites Mal getroffen habe. Falls es aber je passiert, treibt ihm die Erinnerung an meine Krankheit gewiß jedes Verlangen aus, sich mir von neuem zu nähern. Und sollte ich doch auf einen stoßen, der ganz versessen darauf ist, es noch mal zu versuchen, dann bin ich fest entschlossen, die Komödie mit der plötzlichen Unpäßlichkeit zu wiederholen.

Dieses symbolische Ritual, mit dessen Hilfe ich mich verkaufen kann, ohne mich hinzugeben, hat natürlich einen ganz bestimmten Ursprung, den ich klar erkannt habe. Als ich vor fünf Jahren Siro, meinen Mann, heiratete, bildete ich mir nämlich ein, er liebe mich ebenso, wie ich ihn liebte: leidenschaftlich, ausschließlich. Aber diese Illusion dauerte nicht lange, nicht länger als ein kleines Abenteuer. Knapp zwei Wochen nach unserer Hochzeit bekam ich heraus, daß er mich betrog; obendrein – das war für mich besonders demütigend – ohne einen eigentlichen gefühlsbedingten oder auch erotischen Grund, so wie vielerlei immer wieder aus Gewohnheit getan wird, ganz mechanisch. Siro war daran gewöhnt, zur gleichen Zeit mehrere Betthäschen zu haben, und anscheinend betrachtete er die Eheschließung nicht als ausreichenden Anlaß, auf seine Gewohnheit zu verzichten.

Natürlich habe ich dann doch darunter gelitten, denn wie ich bereits sagte, liebte ich meinen Mann aufrichtig, leidenschaftlich und ausschließlich. Ich wußte, daß ich betrogen wurde, und mehrmals dachte ich daran, mich zu rächen, ihn meinerseits zu betrügen. Doch wie es scheint, bin ich nicht fähig zur Untreue. Natürlich hätte ich ihn verlassen können. Zu meinem Unglück aber liebte ich Siro trotz seiner Seitensprünge nach wie vor.

Mein Leiden hatte einen methodischen Rhythmus oder nahm ihn vielmehr im Laufe der Zeit an. Vor allem litt ich in den frühen Nachmittagsstunden. Das war nämlich der Teil des Tages, an dem ich nichts zu tun hatte; nichts, außer an meinen Mann und seine Untreue zu denken.

Ich verspürte nicht den Wunsch, andere Menschen zu sehen, ich wollte mich weder zerstreuen noch beschäftigen – ich wußte einfach nichts mit mir anzufangen. Nachdem ich vergebens versucht hatte, ein Buch zu lesen, das ich im nächsten Augenblick wieder beiseite warf, oder eine Schallplatte anzuhören, die ich nach den ersten Umdrehungen anhielt, oder dem Fernsehen zuzuschauen, das ich nach den ersten Bildern ausschaltete, warf ich mir kurz entschlossen einen Mantel über und ging aus dem Haus. Ich stieg ins Auto und fuhr ins Stadtzentrum. Was zog mich dorthin, in das Gewühl aus Menschen und dichtem Verkehr? Anfangs glaubte ich, es sei das strömende Leben, von dem ich mich ausgeschlossen fühlte; dann bemerkte ich, daß mich eigentlich ein recht konkretes Objekt reizte: Die Geschäfte lockten mich an, vor allem die Bekleidungsgeschäfte, mit ihren Schaufenstern voller Waren, die zum Kauf angepriesen wurden.

Ich stellte den Wagen ab und schlenderte von Laden zu Laden durch die Innenstadt. Ich muß gestehen, daß ich früher für diese Geschäfte nie etwas anderes als Überdruß und Widerwillen empfunden habe. Ich bin eine von den in meinen Kreisen seltenen Frauen, die sich einfach anziehen, so wie es gerade kommt, nur um keine Zeit zu vertrödeln und nicht dem ärgerlichen Zwang ausgesetzt zu sein, eine Wahl zu treffen. Außerdem ist mir der Sprung vom Notwendigen zum Überflüssigen, vom Praktischen zum Eleganten, vom Maßvollen zum Luxuriösen nie geglückt. Statt mich zu kleiden, habe ich mich immer damit begnügt, mich zu bedecken. Schließlich gewann ich die alten Kleider immer lieber, vielleicht weil es mir lästig war, neue zu kaufen. Jetzt aber entdeckte ich plötzlich bei mir, wer weiß weshalb, eine Anlage zur besessenen Konsumentin. Diese Anlage hat sich mir durch meine äußere Erscheinung selbst offenbart. Als ich mich eines Tages im Spiegel eines Ladens betrachtete, sah ich überrascht und fast entsetzt, wie sehr sich mein Gesicht verändert hatte: Ich bin braun und sehr schlank, aber mein Gesicht ist oder war vielmehr ein gleichmäßiges Oval, das heißt, zwischen dem oberen und dem unteren Teil bestand kein auffälliges Mißverhältnis. Nun, jetzt schien mir der untere Teil meines Gesichts spitz und dürr. Der Mund wirkte breiter, die Nase länger, und die Augen hatten mir geradezu das Gesicht «aufgefressen». Sie waren groß gewesen, doch nun waren sie riesig, mit einem Ausdruck, wie ich ihn meines Wissens nie gehabt hatte: gierig, lüstern, gefräßig.

Mit diesen übergroßen Augen musterte ich hingerissen und eingehend das Schaufenster; dann betrat ich entschlossen den Laden und kaufte ein. Ich kaufte nicht nur einen Gegenstand, etwa einen Minirock, sondern fünf, zehn völlig gleiche Dinge: fünf, zehn Miniröcke. Ich versuchte mich wie eine normale Käuferin zu benehmen, aufrecht vor dem Ladentisch, beide Hände auf der Tasche, die Blicke auf den Waren, die mir die Verkäuferinnen nach und nach vorlegten. Aber plötzlich schnappte in mir etwas ein wie ein Mechanismus. Ich streckte die Hand aus und sagte: «Ich kaufe dies und dies und dies. Aber von dem hier nehme ich vier Stück. Und von dem da sechs.» Meine gebieterische und zugleich unsichere Stimme tönte aggressiv in dem Geschwätz und dem Hin und Her der Angestellten; mehr als einmal habe ich die Verkäuferinnen dabei ertappt, daß sie einander verstohlen ironische Blicke zuwarfen, während sie sich beeilten, mich zu bedienen.

In Wirklichkeit war dieses Einkaufen, wie ich sehr wohl spürte, die Explosion der allzu lange unterdrückten und verdrängten Angst. Als ich einmal einen Laden betrat, hörte ich gerade zwei Verkäuferinnen leise und hastig miteinander reden. «Da kommt die Verrückte», sagte die eine. Sie irrten sich, wie es häufig in solchen Fällen ist. Ich war nicht nur keineswegs verrückt, sondern ich machte sogar all diese scheinbar sinnlosen und chaotischen Einkäufe, um nicht ernstlich verrückt zu werden, in der festen und bewußten Absicht, die fast unerträgliche Spannung in mir zu mildern.

Ich muß allerdings sagen, daß trotz der unterschiedslosen Raffgier bei meinem beängstigenden Einkaufen eine gewisse Auswahl zu erkennen war: Ich kaufte nämlich nicht irgend etwas; ich kaufte ausschließlich Kleidungsstücke. Ich hatte eine Vorliebe für ganz persönliche Dinge, für das, was unter den Kleidern unmittelbar auf der Haut getragen wird: Strümpfe, Büstenhalter, Strumpfhaltergürtel, Slips, Strumpfhosen, Handschuhe, Unterröcke. Meine Schubladen quollen über von Strümpfen, die noch in ihren Cellophanbeuteln steckten, von Strumpfhaltern, bündelweise, in allen Farben, von unzähligen Büstenhaltern in verschiedenen Ausführungen. Aber die bei weitem zahlreichsten Stücke in der Sammlung waren die schwarzen, rosa, zartgrünen, zartblauen, durchbrochenen, durchsichtigen, undurchsichtigen, spitzenbesetzten, geblümten, einfachen oder raffinierten, für Schulmädchen oder für Kurtisanen gedachten Höschen und Slips. Der nächstkleinere Posten waren Strumpfhosen, dann folgten Strümpfe und Büstenhalter. Man stelle sich nun diese Kleidungsstücke im Raum schwebend vor, so angeordnet, wie sie normalerweise angezogen werden – dann hat man die leere Hülle des Frauenkörpers, vielmehr den Körper selbst, wie er den Männern in dem kurzen und für sie berauschenden Augenblick erscheint, der zwischen der bereits erfolgten Eroberung und der unmittelbar bevorstehenden Umarmung liegt. Aber was bedeuteten mir diese

Einkäufe wirklich? Ich wußte es noch nicht. Ich spürte nur dunkel, daß ich in einem befreienden Ritus die ungewisse und zufällige Situation veränderte, die der Ausgangspunkt meiner Angst war.

Leider gab es einen Tag, an dem ich nicht einkaufen und mich deshalb auch nicht von der Angst befreien konnte – den Sonntag. Und das bestätigte die therapeutische Kraft des Einkaufens: Der Sonntag war tatsächlich für mich ein entsetzlicher Tag, der schlimmste der Woche. Ich war allein zu Hause, denn Siro, der mich an den Werktagen betrog, widmete den Sonntag dem Fußballspiel; und ich wußte nicht, was ich anfangen sollte. Ich konnte nicht still sitzen, lief ruhelos durch die Zimmer, die Gänge, über die Terrasse; dabei zerbiß ich mir die Lippen, rang die Hände; ich hätte schreien, mit dem Kopf gegen die Wände rennen mögen, mir die Haare ausraufen und mich am Boden wälzen. Immer wieder ging ich in das Ankleidezimmer, öffnete die Schränke, schaute mir die Wäschestücke an, die aus den Schubladen quollen, als wollte ich beim Betrachten des geheimnisvollen Überflusses die für mich noch dunkle Verbindung zwischen der Untreue meines Mannes und meiner Konsum-Raserei entdecken. Aber die Dinge gaben mir nicht die Antwort, die ich suchte. Mein Mann betrog mich: das war eine Tatsache; ich war eine Verrückte, die zehn Büstenhalter auf einmal kaufte: das war eine andere Tatsache. Der Zusammenhang zwischen den beiden Tatsachen enthüllte sich noch nicht.

Eines Sonntags war Siro wie üblich ins Stadion gegangen, und ich fühlte mich geradezu am Rande des Wahnsinns. Da sagte ich mir plötzlich, daß Verkaufen mir vielleicht dieselbe wohltuende Wirkung verschaffen würde wie Kaufen. Wie ich auf diesen Gedanken gekommen bin, weiß ich nicht; wahrscheinlich durch die Überlegung, daß uns durch Verkaufen ebenso wie durch Kaufen die Gegenstände teuer werden, nämlich die unbelebten Dinge, über die man mit Hilfe des Geldes frei verfügt. Bisher hatte ich gekauft; warum sollte ich nicht versuchen zu verkaufen? Ich stürzte ans Telefon und wählte die Nummer einer Trödlerin, die mir einige Zeit zuvor angeboten hatte, mir alle Kleider und sonstigen Kleidungsstücke, die ich nicht mehr benötigte, abzunehmen.

Sie war zu Hause; und sie zeigte plötzlich großes Interesse, als sie mich hektisch die unzähligen Stücke meines Neurotikervorrats aufzählen hörte. Aber ich wurde bitter enttäuscht, denn die Frau sagte, heute, am Sonntag, rühre sie sich nicht aus dem Hause.

Da war also nichts zu machen. Ich konnte nichts kaufen und nichts verkaufen. In einem Wirbel der Verzweiflung zog ich den Mantel an und fuhr mit dem Wagen in die Innenstadt, wie ich es an den anderen Tagen tat. Ich parkte das Auto und schlenderte an den Geschäften in einer der elegantesten Straßen der Stadt entlang. Die Läden waren geschlossen, aber vor den üppigen Auslagen konnte man lange betrachtend verweilen. Nur wenige Leute kamen vorbei, es war ein früher Herbstnachmittag, und die Oktobersonne schien, die in Rom so mild ist. Während ich entzückt ein Schaufenster voller Blusen anschaute, fühlte ich eine Berührung am Arm. Ich wandte mich um und erblickte einen Mann, weder häßlich noch schön, weder jung noch alt, eben einen beliebigen Mann mittleren Alters, der mit einer einladenden Geste auf ein in der Nähe haltendes Auto wies. Ich beachtete ihn kaum, ich hatte nur Augen für das Auto; darum stimmte ich mit der gleichen Hast, mit der ich sonst in den Läden meine Einkäufe machte, wortlos zu und ging mit. Wir stiegen in den Wagen und fuhren los.

Wir sprachen kein Wort miteinander, bevor wir die Stadt verlassen hatten. Dann sagte er plötzlich: «Die Blusen gefallen dir, was? Heute ist Sonntag; aber morgen kannst du dir mit dem Geld, das ich dir nachher geben werde, mehr als eine davon kaufen.» Dieser Satz zeigte mir endlich, wie ein plötzliches grelles Licht, die Verbindung zwischen der Untreue meines Mannes und meiner Kaufsucht. Während mein, sagen wir, «Kunde» schweigend weiterfuhr, machte ich mir klar, daß ich für meinen Mann von Anfang an nur ein Gegenstand gewesen war, dazu bestimmt, «gebraucht» oder, wenn man das vorzieht, «konsumiert» zu werden. In unserem Fall waren die Liebkosungen, die Küsse, die Umarmungen, die Orgasmen der Gebrauch, der Konsum. Aber mein Mann hatte kaum zwei Wochen nach der Hochzeit fast ganz aufgehört, mich zu «gebrauchen», mich zu «konsumieren», kurz, sein Vergnügen mit mir zu haben. Und nachdem ich mir eingebildet hatte, für ihn die Frau zu sein, die man liebt, entdeckte ich, daß ich in Wirklichkeit nur ein Gegenstand war, den man gebrauchen kann oder nicht, ein Besitz, den man konsumieren kann oder nicht und der über den Gebrauch und den Konsum hinaus keine eigene Existenz hat.

Aber der Gegenstände wird man überdrüssig, und dann werden sie beiseite gestellt oder weggeräumt. So hatte es Siro mit mir gemacht: Er hatte mich nicht mehr gebraucht; und ich war nicht sicher, ob er in mir nun die zerbrochene Vase sah, die man in den Mülleimer wirft, oder die unversehrte Vase, deren Muster man sich übergesehen hat und die man in den Schrank verbannt.

Natürlich war das alles außerhalb meines Bewußtseins vor sich gegangen, ohne daß ich es wahrnahm. Um mich von der Angst zu befreien, hatte ich mir selbst gegenüber unbewußt so gehandelt, als wäre ich mein Mann; ich hatte Kleidungsstücke zum Verbrauch erworben, die auf gewisse Weise – entweder durch den Zweck, für den sie bestimmt waren, oder durch ihre Form – meinen verschmähten Körper symbolisieren konnten. Mit einem Wort, ich war Konsumentin geworden, da ich mich nicht konsumiert gefühlt hatte. So hatte mein Mann mich zum Beispiel nie mehr, wie in den ersten Zeiten unserer Liebe, nach dem Frühstück aufs Bett geworfen, mir den Slip heruntergezerrt und mich geliebt, ohne mich auszuziehen; und ich hatte Dutzende von Slips gekauft. Aber jetzt, in diesem Auto, das auf der Via Flaminia dahinrollte und mich dorthin brachte, wo ich wie eine beliebige, in einem Laden gekaufte Ware von meinem unbekannten Käufer konsumiert werden würde, war ich wieder der Gegenstand, der ich in der ersten Zeit meiner Ehe gewesen. Ich identifizierte mich nicht mehr mit meinem Mann als Konsumentin von Kleidungsstücken, die meinen Körper symbolisierten. Ich bot vielmehr unmittelbar den Körper in Fleisch und Blut einem wirklichen und ganz und gar symbolischen Käufer an. Doch da ich nicht das Vergnügen suchte und kein Geld brauchte, denn wahrscheinlich liebte ich meinen Mann noch immer, ließ ich es dabei bewenden, den Verkauf vorzutäuschen, wie bei einem Ritual.

Plötzlich bemerkte ich etwas Beunruhigendes und Drohendes an meinem Begleiter, der nach seiner Bemerkung über die Blusen den Mund nicht wieder aufgemacht hatte. Ich hatte mich halb umgewendet und ihn angesehen, um ihn besser beobachten zu können. Er fuhr, möchte ich sagen, wie ein Wilder, den Kopf vorgestreckt, die gierigen Augen auf den Asphalt gerichtet; er trieb den Wagen zu hoher Geschwindigkeit und jagte ihn in die Kurven, als wären es meine gespreizten Beine. Dann sagte er, ohne sich umzudrehen, in einer Art geballter Wut: «Du bist doch die, die mich neulich mit ihrem Anfall gefoppt hat. Erkennst du mich nicht? Aber diesmal mußt du ran, egal, was mit dir ist. Tot oder lebendig.»

Anaïs Nin

Die schlafende Maja

Der Maler Novalis war jung verheiratet mit María, einer Spanierin, in die er sich verliebt hatte, weil sie dem Gemälde glich, das
ihm von allen am liebsten war: der «Nackten Maja» von Goya.

Sie zogen nach Rom. Als María das Schlafzimmer sah, klatschte
sie voll kindlicher Freude in die Hände und bewunderte die luxuriösen venezianischen Möbel mit ihrer wundervollen Einlegear-
beit in Perlmutt und Elfenbein.

In jener ersten Nacht auf dem monumentalen Bett, für die Frau
eines Dogen gemacht, bebte María vor Lust und streckte die
Glieder, bevor sie sie unter den feinen Laken verbarg. Die rosigen Zehen ihrer zierlichen Füßchen bewegten sich, als riefen sie
nach Novalis.

Doch nicht ein einziges Mal zeigte sie sich ihrem Ehemann
vollständig entkleidet. Denn erstens war sie Spanierin, zweitens
Katholikin und drittens durch und durch spießbürgerlich. Bevor
miteinander geschlafen wurde, mußte das Licht gelöscht werden.

Novalis, der vor dem Bett stand, betrachtete sie mit zusammen-
gezogenen Brauen, beherrscht von einem Wunsch, den auszu-
sprechen er sich scheute: Er wollte sie sehen, sie bewundern.
Trotz jener Nächte im Hotel, in denen sie auf der anderen Seite der
dünnen Wände fremde Stimmen hören konnten, kannte er sie
noch immer nicht ganz. Was er erbat, war nicht die Laune eines
Liebenden, sondern der Wunsch eines Malers, eines Künstlers.
Seine Augen hungerten nach ihrer Schönheit. María weigerte sich
errötend, ein wenig böse, weil ihre zutiefst eingewurzelten Vorurteile verletzt wurden.

«Sei nicht dumm, liebster Novalis», sagte sie. «Komm zu Bett.»

Aber er ließ sich nicht abweisen. Sie müsse ihre kleinbürgerlichen Skrupel überwinden, erklärte er. Die Kunst spotte über solche Schamhaftigkeit, die menschliche Schönheit sei dazu bestimmt, in all ihrer Majestät offen gezeigt und nicht versteckt, verachtet zu werden.

Seine Hände, gehemmt von der Furcht, ihr wehzutun, zerrten sanft an ihren schwachen Armen, die sie vor der Brust gekreuzt hatte.

Sie lachte. «Du Dummer! Du kitzelst mich. Du tust mir weh.»

Aber allmählich, in ihrem weiblichen Stolz geschmeichelt durch die Bewunderung, die er ihrem Körper zollte, gab sie ihm nach, duldete, daß er sie behandelte wie ein Kind, mit sanften Ermahnungen, als erleide sie eine angenehme Folter.

Befreit von seinen Hüllen, schimmerte ihr Körper weiß wie Perlmutt. María schloß die Augen, als wolle sie vor der Scham ihrer Nacktheit fliehen. Ihre graziöse Gestalt auf dem glatten Laken machte die Augen des Künstlers trunken.

«Du bist Goyas faszinierende kleine Maja», sagte er.

In den darauffolgenden Wochen wollte sie ihm weder Modell stehen noch dulden, daß er andere Modelle benutzte. Sie erschien unerwartet im Atelier und plauderte mit ihm, während er malte. Als sie eines Nachmittags plötzlich sein Atelier betrat, sah sie auf dem Podest, von ein paar Pelzen kaum verhüllt, eine nackte Frau liegen, die die Kurven ihres elfenbeinweißen Rückens zeigte.

Später machte María ihm eine Szene. Novalis bat sie, ihm Modell zu stehen; sie kapitulierte. Von der Hitze ermattet, schlief sie ein. Er arbeitete drei Stunden lang ohne Pause.

Mit freimütiger Unbescheidenheit bewunderte sie sich auf der Leinwand wie sonst in dem großen Schlafzimmerspiegel. Geblendet von der Schönheit ihres Körpers, verlor sie einen Moment ihre Hemmungen. Außerdem hatte Novalis dem Körper ein anderes Gesicht gegeben, so daß niemand sie erkennen würde.

Danach jedoch verfiel María wieder in ihre alten Denkgewohnheiten und weigerte sich, Modell zu stehen. Jedesmal, wenn Novalis ein Modell engagierte, machte sie eine Szene, beobachtete ihn, lauschte an Türen und stritt unablässig mit ihm herum.

Vor Unruhe und morbiden Ängsten wurde sie sogar krank und

litt an Schlaflosigkeit. Der Arzt gab ihr Pillen, die ihr zu tiefem Schlaf verhalfen.

Wie Novalis feststellte, hörte sie nichts, wenn sie diese Pillen genommen hatte – nicht, wenn er aufstand und umherging, ja nicht einmal, wenn er etwas fallen ließ. Eines Morgens erwachte er früh, weil er arbeiten wollte, und beobachtete sie im Schlaf, der so tief war, daß sie sich kaum regte. Da kam ihm eine seltsame Idee.

Er schlug die Laken zurück, die sie bedeckten, und hob ganz langsam ihr seidenes Nachthemd. Er konnte es über ihre Brüste hinaufschieben, ohne daß sie erwachte. Jetzt lag ihr Körper offen da, und er konnte ihn studieren, so lange er wollte. Die Arme hatte sie seitlich ausgestreckt; ihre Brüste ruhten wie eine Opfergabe vor seinen Augen. Er war erregt vor Sehnsucht nach ihr und wagte es dennoch nicht, sie zu berühren. Statt dessen holte er Zeichenpapier und -stifte, setzte sich ans Bett und skizzierte sie. Beim Arbeiten hatte er das Gefühl, jede vollkommene Linie ihres Körpers zu streicheln.

Zwei Stunden lang konnte er ungestört arbeiten. Als er bemerkte, daß die Wirkung der Schlaftabletten nachließ, zog er das Nachthemd wieder herab, bedeckte sie mit dem Laken und verließ das Zimmer.

Später bemerkte María zu ihrem Erstaunen an ihrem Mann eine ganz neue Begeisterung für die Arbeit. Tagelang schloß er sich im Atelier ein und malte nach den Bleistiftskizzen, die er am Morgen angefertigt hatte.

Auf diese Weise schuf er mehrere Gemälde von ihr, immer liegend, immer im Schlaf, genau wie am ersten Tag, als sie für ihn posiert hatte. María war verblüfft über diese Besessenheit. Sie hielt die Bilder für Wiederholungen ihres ersten Posierens. Jedesmal gab er ihr ein fremdes Gesicht. Und da ihr Ausdruck normalerweise ernst und streng war, kam niemand, der diese Gemälde sah, auch nur entfernt auf die Idee, dieser so sinnliche Körper könne der ihre sein.

Novalis begehrte seine Frau nicht mehr, wenn sie wach war, mit ihrer puritanischen Miene und dem harten Blick. Er begehrte sie nur, wenn sie schlief, selbstvergessen, üppig und weich.

Er malte sie ununterbrochen. Wenn er mit einem neuen Bild

allein im Atelier war, legte er sich davor auf die Couch, und wenn sein Blick auf Majas Brüsten ruhte, auf dem Tal ihres Bauches, auf dem Haar zwischen ihren Beinen, durchdrang ihn ein Gefühl der Wärme. Er spürte, wie sich eine Erektion ankündigte. Und staunte über die intensive Wirkung des Bildes. Ohne den Blick von dem Gemälde zu lösen, stellte er sich vor, die Maja berührte ihn mit ihren schönen Händen; er öffnete seine Hose und begann sich langsam zu liebkosen ... Nach dem Genuß lag er erschöpft vor seinem Bild.

Am nächsten Morgen stand er vor dem Bett mit der schlafenden María. Es war ihm gelungen, ihre Beine ein wenig zu spreizen, so daß er die Linie dazwischen sah. Während er ihre ungezwungene Pose, ihre geöffneten Beine betrachtete, befingerte er sein Geschlecht – abermals in der Vorstellung, sie liebkose ihn. Wie oft hatte er ihre Hand an seinen Penis geführt, hatte versucht, ihr diese Zärtlichkeit abzuringen, und jedesmal war sie angewidert gewesen und hatte ihre Hand zurückgezogen. Jetzt umschloß er den Penis mit seiner eigenen starken Hand.

María merkte schon bald, daß sie seine Liebe verloren hatte. Und wußte nicht, wie sie sie zurückgewinnen sollte. Ihr wurde klar, daß er ihren Körper nur liebte, wie er ihn malte.

Dann wandte er sich einer Kunstform zu, die er bisher noch nicht erprobt hatte. Er machte eine Skulptur von ihr, lebensgroß und verblüffend ähnlich. Die Gestalt lag schlafend da.

María fuhr für eine Woche zu Freunden aufs Land. Nach ein paar Tagen jedoch fühlte sie sich krank und kehrte heim, um ihren Arzt aufzusuchen. Als sie das Haus betrat, wirkte es unbewohnt. Auf Zehenspitzen schlich sie zum Atelier. Kein Laut. Nun redete sie sich ein, Novalis schlafe mit einer anderen Frau. Sie näherte sich der Tür. Langsam, lautlos wie ein Dieb öffnete sie die Tür. Und sah folgendes: mitten im Atelier eine Statue von ihr: und darauf, sich an ihr reibend, ihr Mann, nackt, mit wirrem Haar, wie sie es nie an ihm gesehen hatte, und mit erigiertem Penis.

Wollüstig rieb er sich an der Statue, küßte sie, liebkoste sie zwischen den Beinen. Er lag auf ihr, wie er auf María noch nie gelegen hatte. Die Statue schien ihn rasend zu machen, und überall um ihn herum standen Bilder von ihr: nackt, üppig, schön. Er warf den Bildern leidenschaftliche Blicke zu und fuhr fort, die Statue zu umarmen. Er feierte eine Orgie mit ihr, mit einer Ehefrau, die er in Wirklichkeit nicht kannte. Bei diesem Anblick flammte Marías sonst unterdrückte Sinnlichkeit auf – zum allererstenmal befreit. Als sie ihre Kleider abwarf, entdeckte sich ihm eine neue María, die ihren Körper ohne Scham, ohne Zögern all seinen Umarmungen darbot und die Bilder, die Statue aus seinem Gefühl zu verdrängen, sie zu übertrumpfen suchte.

Edward Limonow

Das Mädchen aus der Provinz

Eines Tages ging ich zu einer Party bei dem einzigen Menschen, der mich noch in seiner Wohnung empfängt, ein Fotograf oder, richtiger gesagt, ein Verrückter, ich habe schon von ihm gesprochen; ein Arschloch ersten Ranges, ein kleiner Phantast, dessen Träume sich, wie die seiner Kumpane, um ein einziges Ziel drehen: ohne Arbeit Geld zu verdienen. Mit einem Wort, ich war bei Sascha Jigulin eingeladen. Sein Problem ist zweifellos vielschichtiger, aber was ich eben gesagt habe, kennzeichnet ihn ganz gut.

Er wohnt in einem großen düsteren Apartment in der 58. Straße, und er strampelt sich unglaublich ab, um bis zum nächsten Monatsersten die dreihundert Dollar Miete aufzutreiben, weil man ihn sonst rausschmeißt.

Meiner – für einen Russen übrigens recht sonderbaren – Gewohnheit entsprechend, traf ich pünktlich um acht Uhr ein. Mit meinem Spitzenhemd, meiner weißen Hose, meiner lila Jacke und meiner wunderschönen weißen Weste stolzierte ich wie ein Idiot zwischen den Leuten auf und ab, die Sascha hatte früher kommen lassen, damit sie für ihn Möbel verrückten, Konservendosen und Flaschen öffneten. Da ich mich langweilte, ging ich Zigaretten holen, genoß die Abenddämmerung, atmete tief die herrlich nach frischem Grün duftende Luft ein.

Es war Mai und der nahegelegene Central Park lockte, aber ich kehrte doch zu Jigulin zurück. Die Helfer waren inzwischen gegangen, um sich umzuziehen, und es waren nur noch Sascha da, der sich gerade ins Badezimmer begab, und ein Mädchen von ich weiß nicht wo, klein, mit Locken und einer merkwürdigen Art zu reden. Manchmal dehnte sie die Sätze unendlich, um sie dann wieder viel zu schnell herunterzuhaspeln – fast wie eine Schauspielerin, die ihren Text schlecht einstudiert hat. Wie ich später erfuhr, hatte sie daheim tatsächlich bei einer Theatergruppe mitgewirkt, in Odessa, und dort als sehr begabt gegolten. Ich werde magisch von allem angezogen, was aus der Rolle fällt. So trat Sonja in mein Leben.

Dieses Mädchen aus Odessa war schockiert über die rückhaltlose und zugleich doch zeremonielle Art des Sichbekanntmachens in diesem Kreis. «Das ist Jean-Pierre, der Exgeliebte meiner Frau», stellte ich vor. «Und das ist Susanne, seine derzeitige Geliebte.» Die betrunkene, aber angenehm duftende Susanne küßte mich zum Dank, als gehörten wir durch diese Überkreuzbeziehung zur selben Familie. Ich hatte Mitleid mit Susanne, aber ich verachtete Jean-Pierre, was mir die Kraft gab, gelassen mit ihm zu reden. Außerdem verstand ich mich von jeher darauf, kleine Stiche zu versetzen, Öl ins Feuer zu gießen. Während ich dieses kleine provinzielle Mädchen meiner «Verwandtschaft» vorstellte, wurde mir klar, daß sie sich tatsächlich kaum voneinander unterschieden. Und dann ritt mich der Teufel, und ich erteilte der kleinen Sonja aus Odessa eine Lektion in Moskauer Lebensart und in der für eine jede Metropole typischen Überspanntheit. «Du siehst, es hat sich nichts geändert. Wir sind in New York noch genauso pervers, wie wir es in Moskau waren.»

Zugegeben, es war ein billiges Spiel, aber weil sie mich interessierte, dieses schüchterne provinzielle Mädchen, wollte ich ihr zu verstehen geben, daß ich meine besonderen Fähigkeiten schon in Moskau erworben hatte. Es schmeichelte mir, daß sie mich für grundverdorben hielt, weil ich mit solchen Leuten wie Jean-Pierre und Susanne befreundet war. Und dann erzählte ich ihr ohne Übergang von meinen Beziehungen zu Männern, was natürlich ein noch größerer Schock für sie war, aber es ging vorüber. Tatsache ist, daß ich noch nie einen Menschen kennengelernt habe, der vor etwas Interessantem die Ohren verschließt, selbst dann nicht, wenn es etwas sehr «Verdorbenes» ist. Da sie an jenem Abend eine ganze Menge davon zu hören bekam, ging sie früh, gegen elf. Wenn sie das Bedürfnis hatte nachzudenken, sollte sie ruhig nachdenken. Ich brachte sie zum Bus und sagte ihr, daß sie mir gefalle, bemerkte aber unmittelbar darauf, daß sie eine häßliche Oberlippe hatte.

Als wir einige Tage später miteinander telefonierten, lud ich sie zum Geburtstag meines Freundes Katschaturian ein, jenes modernistischen Malers, dessen Bilder mein Winslow-Verlies aufwerteten. Ich nahm eine Flasche Krimsekt zu zehn Dollar mit, und wir gingen hin. Es waren etwa zehn Gäste anwesend, die hier aufzuzählen nicht lohnt, obgleich sie alle auf diese oder jene Weise zu meinem Leben gehörten, *sogar mein Leben sind!* Sonja gab an jenem Abend einen Haufen Mist von sich, provinzielle Dummheiten, aber ich hörte nicht hin. Ich fühlte mich wohl, man machte mir Komplimente, es gab viel zu trinken, und in angenehmer Gesellschaft bin ich immer gut gelaunt.

Später, als das Fest vorbei war, schlug ich Sonja vor – oder sie mir, ich erinnere mich nicht mehr, jedenfalls faßten wir den Entschluß –, noch ein paar Bars aufzusuchen. Ich hatte etwas Geld bei mir. Wir tranken Wodka in einer Kneipe an der East Side und nach einer Weile schwenkten wir zur West Side, Richtung Eighth Avenue, die ich wie meine Westentasche kenne. Ich zeigte Sonja die Nutten, die auf Freier warteten, und dann zog ich sie plötzlich mitten auf der Straße an mich, griff in ihre Jeans und fing an, ihre Möse zu streicheln. Sie war feucht und weich wie alle Mösen.

Ich wollte mich eigentlich nur vergewissern, daß es überhaupt noch Mösen gab. Alles war noch an seinem Platz, stellte ich beruhigt fest, und als ich die Augen schloß, war es genauso wie bei Helena. Sie wand sich geniert hin und her, und wie ich ihr den Slip herunterstreifte und mit einem Finger in sie eindrang, tat sie furchtbar erschrocken. Es mußte ihr wie ein widernatürlicher Akt erscheinen. In Kasachstan hat eine ukrainische Frau ihren lettischen Mann nur deswegen umgebracht, weil er sie gezwungen hatte, ihm, nach zwei Jahren Ehe, einen zu blasen. Sie hat ihn mit dem Beil erschlagen. Und Marina, die Lebensgefährtin des avantgardistischen Moskauer Malers Tschitscherin, erlaubte ihm nach vielen Jahren des Zusammenlebens immer noch nicht, sie auch mal von hinten zu nehmen. Dabei ist sie eine Frau, die Teilhard de Chardin gelesen hat!

Ich wünschte mir brennend, daß es Sonja in dieser unbequemen Stellung dennoch kam: an eine Hausmauer gelehnt, Hose und Slip bis zu den Knöcheln heruntergezogen, vor Scham und Verständnislosigkeit am ganzen Leib zitternd. Und wißt ihr, was geschah? Sie schaffte es, alles zu verderben, indem sie mir aufgeregt ins Ohr flüsterte: «Edik, was tust du da? O Edik, was soll das?»

Erstens ertrage ich es nicht mehr, Edik genannt zu werden; zweitens wußte sie sehr genau, was ich tat. «Du merkst doch, daß ich dir etwas Gutes tue, ich verschaffe dir Lust!» sagte ich mit mühsam zurückgehaltener Wut.

Sie blieb wie angeschmiedet reglos an der Mauer stehen, Hose und Slip immer noch am Boden. Da langte es mir plötzlich. Ich zog ihr die Fetzen wieder hoch und zerrte sie weiter.

Es wurde schon Tag, und ich hatte Hunger. Weil es inzwischen vier Uhr war, hatten die Restaurants und Bars in der Eighth Avenue zwar gerade geschlossen, aber ihr kennt mich, ich gebe nicht so schnell auf. Also klopfte ich an die Tür eines kleinen Lokals, in dem ich noch Licht sah, und zwinkerte dem schwarzen Kellner zu. Wo ich gelernt habe, auf diese Art zu zwinkern, weiß ich nicht mehr; jedenfalls öffnete der Schwarze sofort und ließ uns eintreten. Ich bestellte zweimal kalten Braten mit Chips. Es machte zusammen zehn Dollar.

«Hast du denn genug Geld, Edik?» fragte Sonja.

«Ja, natürlich. Aber sag bitte nicht Edik zu mir, ich kann das nicht leiden.»

Ich wurde allmählich nüchtern, nein, das ist nicht das richtige Wort, denn ich war in dieser Nacht keinen Augenblick richtig betrunken gewesen. Die Dämmerung, die mich umgab, löste sich einfach langsam auf. Ich sah dieses fünfundzwanzigjährige häßliche Mädchen mit dem müden, für ihre Jahre zu alten Gesicht, diese Provinzschnepfe, die jetzt noch provinzieller wirkte als zuvor. Eine angeborene sexuelle Frustriertheit und eine Menge anderer Gebrechen spiegelten sich in ihrem gelben und schlaffen Gesicht. All das ging mir langsam auf den Wecker. Wenn ich diese Frau trotzdem unbedingt brauchte, warum verlor ich dann Zeit? Ich mußte die Komödie hinter mich bringen.

«Gehen wir zu mir?» sagte ich.

«Ich kann nicht», sagte sie, «ich liebe Andrej.»

Andrej war einer der jungen Männer, die Sascha beim Vorbereiten seiner Party geholfen hatten. Ich glaube, er lernte Buchhaltung. Würde zu ihm passen.

«Was tut es zur Sache, wen du liebst, ob Andrej oder einen anderen? Ich habe dir doch gesagt, daß ich nicht vorhabe, dich in deiner Freiheit einzuschränken. Du kannst Andrej lieben, so viel du willst, aber jetzt gehen wir zu mir.»

Sie sagte nichts, sondern schlang ihren Braten und ihre Chips hinunter, obgleich sie vorher behauptet hatte, sie habe keinen Hunger. Sie log und aß und zitterte vor Angst. Alles zur gleichen Zeit. Meine Geduld war ziemlich erschöpft.

Der schwarze Kellner brachte uns Getränke. Er war sehr sympathisch und lächelte mir zu. Offensichtlich gefiel ich ihm.

Der Kellner stellte die Gläser hin, und ohne den Blick von der armen blockierten Närrin neben mir zu wenden, streichelte ich über seine Hand. Er lächelte und entfernte sich.

«Gehen wir», sagte Sonja. Sie hatte wohl Angst, ich würde sie gleich hier bumsen. Vielleicht hinter der Theke, vielleicht in der Küche, was weiß ich?

Ich zahlte, und der Kellner begleitete mich mit einem verständnisvollen – und bedauernden – Lächeln bis zur Tür.

Wir gingen die Eighth Avenue entlang. Die Zeitungen kamen bereits, und die Leute eilten zur Arbeit; bestimmte Coffee Shops machten auf. Ich sah mich nach Straßenmädchen um; es waren keine zu sehen. Diejenigen, die Nachtschicht hatten, waren schlafen gegangen, und die anderen waren noch nicht eingetroffen.

«Beeil dich», sagte Sonja auf einmal. «Ich muß dringend aufs Klo.»

Vermeiden Sie es möglichst, eine Frau, die Sie nicht lieben, in so einem Augenblick zu sehen! Es gibt nichts Abstoßenderes und Erbärmlicheres, und all das im brutalen Licht des Morgens. Es war wie eine Verfolgungsjagd, wie ein Amoklauf, schlimmer als ein Mord auf menschenleerer Straße. Man könnte es sich als eine Filmszene vorstellen: Anfangs liefen wir noch einigermaßen normal die 42. Straße zwischen Eighth Avenue und Broadway hinunter. Dann wurde Sonja schneller und hatte Mühe, Balance zu halten, wenn wir um eine Ecke bogen. Ihr zarter Körper spiegelte unerträgliche Pein wider. Sie kann noch nicht mal zur richtigen Zeit pissen und scheißen, dachte ich wütend. Vielleicht hatte sie nur deshalb nicht gleich mit mir gewollt, weil sie mal mußte. Aber glaubt ihr, sie hätte was gesagt?

Ich schlug ihr vor, sich in den dunklen und verlassenen U-Bahn-Eingang zu setzen, doch sie war wie besessen, wie ein gehetztes Tier. Sie knirschte mit den Zähnen, und als ich sie an der Hand zu dem Subwaytor ziehen wollte, hätte nicht viel gefehlt und sie hätte mich gebissen.

Gutmütig, wie ich bin, bot ich ihr noch eine zweite Gelegenheit, dort, wo meine geliebte Helena am Anfang gearbeitet hatte: Broadway Nr. 1457. Meint ihr, ich könnte diese Adresse vergessen? Alle ihre Adressen bleiben für alle Zeit in mein Gedächtnis eingeprägt. Nebenan, nur zwei oder drei Meter weiter, sah ich eine offene Haustür, und obwohl sie sich wehrte, zerrte ich Sonja hinein. Der Flur war schmutzig wie ein Müllabladeplatz. Offenbar wurde umgebaut.

«So, mach es hier», sagte ich. «Ich warte draußen.»

Und ich ging hinaus.

Puh! Das wäre geschafft. Wieder draußen, erschien mir der Frühlingsmorgen reiner: einer jener Morgen, an denen man an die Zukunft denkt, an denen man sich, wenn man jung und gesund ist, seine Erfolgschancen aufzählt, an denen man seine schlafende Frau und seine schlafenden Kinder betrachtet. In der Nähe war ein Brunnen, und ich machte mir Hände und Gesicht naß.

Ich hatte schon eine ganze Zeit auf sie gewartet, und sie kam nicht. Allmählich glaubte ich, es müsse ihr etwas zugestoßen sein. Menschen wie sie werden doch immer vom Pech verfolgt. Ich war schon einige Male zwischen der Tür, hinter der sie sich ausscheißen sollte, und dem Brunnen hin und her gegangen, aber sie ließ sich immer noch nicht blicken. Das Schlimmste vermutend – ein solches Mädchen ist zu allem fähig –, öffnete ich die Tür. Sonja stand, das Gesicht mit den Händen bedeckend, in dem stinkenden Flur. Ich näherte mich ihr und sagte freundlich: «Gehen wir, worauf wartest du noch?»

«Ich schäme mich so!» sagte sie, ohne die Hände vom Gesicht zu nehmen.

«Dummes Ding, gehen wir!» sagte ich. «Herrje, wie kann man sich wegen einer so natürlichen Sache schämen!» Aber sie rührte sich nicht. Ich zog sie an der Hand. Sie wehrte sich. Ich fing an, sie zu beschimpfen. Der Krach lockte von ich weiß nicht woher einen Mann an, einen typischen, gut fünfzigjährigen Amerikaner. Er trug selbstverständlich eine karierte Hose.

«Kennen Sie ihn?» fragte er Sonja, natürlich auf englisch.

«Es ist alles okay», antwortete ich statt ihrer. «Entschuldigen Sie.»

Zu ihr sagte ich auf russisch: «Blöde Gans, hör endlich auf mit dem Quatsch und komm, sonst haben wir gleich den ganzen Broadway auf dem Hals!»

Widerwillig kam sie mit. Wir trabten auf der 42. Straße zur East Side. Man hätte uns gut für einen Zuhälter und seine puertorikanische Nutte halten können, die sich nach einem Streit halbwegs wieder versöhnt haben. Dann und wann faßte ich sie um die Taille, und ich dachte, in dieser Welt sind wir fehl am Platz und deshalb unglücklich. Viel zu viele Dinge sind einfach überflüssig, zum Beispiel die Angst. Ich dachte, du darfst jetzt nicht in Wut geraten, du mußt zu allen Leuten nett sein, was du leider dauernd vergißt. Du solltest Sonja nicht für eine häßliche Provinzlerin halten, die ein bißchen zurückgeblieben ist, es steht dir nicht zu, sie zu verachten... Du widerlicher Ästhet! Das hielt ich mir vor, ja, ich ging noch weiter, ich bezeichnete mich selbst als armen Irren und als Schwein. Ich hielt Sonja an und küßte sie so zärtlich wie möglich auf die Stirn, registrierte dabei jedoch ihre Runzeln. Für die konnte ich nun wirklich nichts. Mittlerweile hatten wir die Madison Avenue erreicht und näherten uns dem Winslow-Hotel.

Dort passierte nichts Besonderes, das heißt, ich bumste sie natürlich. Es war keine sexuelle Heldentat, es war ein schäbiger Sieg über ein schwächeres Wesen als ich, nichts, worauf ich mir etwas einbilden konnte. Außerdem war ich trotz meiner Abneigung gegen Frauen unzufrieden mit mir. Mein Schwanz wollte nicht so richtig. Im Grunde aber lag das an ihr. Es ärgerte mich, daß sie sich so lange wusch und auch noch ihre Sachen. Wie es aussah, hatte sie ihre Kacke doch nicht halten können, denn sie spülte ihre Jeans und ihren Slip. Alles, was geschah, hatte so etwas schrecklich Erbärmliches, und das kann ich auf den Tod nicht ertragen. Sie spielte Waschfrau, während ich, Wut im Bauch, auf dem Bett lag und wartete. Kleinbürgerliche Leute! dachte ich, bei denen geht immer alles schief. Helena hätte einfach irgendwohin geschissen, hätte danach laut gelacht und mich mit ihrer feuchten Möse und ihrem kleinen Hintern noch mehr erregt. Vielleicht hätte ich zum Spaß sogar die Hand unter ihren kleinen Bach gehalten. Dann erinnerte ich mich vergnügt daran, wie ich meiner Jugendfreundin Anna in den Büschen mein Glied zeigte, wenn wir als Kinder auf dem Friedhof herumtobten, und wie wir es das erstemal miteinander trieben: auf einer von der Sonne erwärmten Grabsteinplatte.

Und die hier ...? Aber dann fiel mir wieder ein, daß man seinen Nächsten lieben und aller Welt verzeihen muß. Ich verzieh ihr also, daß sie stundenlang ihre Klamotten wusch, doch als sie sich dann neben mich legte, mochte ich nicht mehr. Sie hatte für meinen Geschmack zuviel Haar, und am falschen Platz. Auf dem Kopf waren sie angebracht. Aber sie hatte auch unter den Armen einen Wald und einen kitzelnden Flaum auf der Stirn, ja, sie hatte selbst auf ihren fetten Brüsten, dicht bei den Warzen, ein Gebüsch aus drahtigen Borsten. Sieh nicht hin, sagte ich mir, während ich versuchte, für den bevorstehenden Akt etwas Hitze in mich und in sie zu bringen.

Ich schaffte es schließlich doch, in sie einzudringen, fühlte mich in ihr allerdings nicht so wohl, wie ich gehofft hatte. Als ich die übliche Stellung zwischen ihren Schenkeln eingenommen hatte, klammerte sie sofort die Beine um meinen Rücken, was mir jede Bewegung erschwerte. Außerdem führte sie sich auf, wie sich eine leidenschaftliche Frau ihrer Meinung nach aufzuführen hatte: Sie zog mich mit ihren Armen so heftig an sich, daß mir die Luft wegblieb. An vernünftiges Bumsen war gar nicht zu denken. So eine ungeschickte Person hatte ich noch nie kennengelernt.

«Sonja, verkrampf dich nicht so, öffne dich, oder ich hau dir eine runter», röchelte ich.

Sie roch nicht nach Parfüm, nicht einmal nach Seife; ihr Körpergeruch war zwar nicht ausgesprochen unangenehm, aber ich liebe Parfüms über alles, und ihre Ausdünstung erinnerte mich, ich weiß nicht warum, an den Geruch der mit Teppichen austapezierten Wohnzimmer in Charkow. Es fehlte nur noch ein staubschwerer Sonnenstrahl schräg durch den Raum und die Fliegen. Endlich gelang es mir, mich so weit von ihr zu befreien, daß ich sie mit meinen Stößen beglücken konnte, wie es sich gehört. Doch nun verzerrte sie plöztlich vor Schmerz das Gesicht. Dabei bin ich gewiß kein Superman. Nicht die Größe meines Glieds – es ist normal groß – bereitete ihr Pein, sondern ihre eigene Verkrampfung, ihr innerer Widerstand, diese kleine dumme Gans.

«Oh, jetzt bist du gekommen, und ich hab vergessen, dir zu sagen, daß ich nichts nehme. Alle sagen, wenn man die Pille nimmt, kann man keine Kinder mehr kriegen», jammerte sie los.

«Wie kommst du auf die Idee, ich sei gekommen? Ich wäre froh, wenn es so wäre!» sagte ich ihr.

«Dann bist du also nicht gekommen?» sagte sie und fing an, mich dankbar abzuküssen.

Ihr Götter! Ich registrierte wieder ihre Oberlippe. Sie war genauso verformt wie die von Tolik, einem Klassenkameraden, der neben mir gesessen hatte. Der Ärmste hatte auch noch einen Buckel. Kein Wunder, sein Vater war Alkoholiker. «Hör auf, du Schwein!» unterbrach mich meine innere Stimme. «Schämst du dich denn nicht! Du bist ein Drecksкerl, während sie sanft und gütig ist.»

Sie war in der Tat lieb und gut. Später kaufte sie mir oft Wein und Wodka, sie lud mich ins Kino und ins Theater ein, und ich glaube, wenn ich sie darum gebeten hätte, hätte sie mir alles Geld gegeben, das sie besaß. Aber im Bett war sie eine Katastrophe.

Ja, wirklich. Wie sehr ich mich auch bemühte, es war alles umsonst. Zum Schluß schaffte ich es unter allen möglichen Verrenkungen, mich rechtzeitig ihrer ängstlichen Umklammerung zu entziehen. Ich nahm mit dem Laken vorlieb. Welch klägliche Lust, dachte ich entnervt. Danach wollte sie unbedingt schlafen, aber ich ließ ihr keine Ruhe, ich wollte sie kommen sehen. Sie würde bestimmt eine tolle Grimasse schneiden. Es war mir eine Ehrensache, sie zu befriedigen, und ich quälte mich ab bis zu dem

Augenblick, als ich sie erschöpft fragte: «Bist du überhaupt schon mal in deinem Leben gekommen?»

«Ja, einmal», antwortete sie aufrichtig.

«Ich werde dir einen Gummischwanz kaufen und dich so lange damit bumsen, bis du aus dem Bett fällst, bis du einen Orgasmus nach dem anderen hast. Genau das werde ich tun. Und ich hoffe, du siehst ein, daß das notwendig ist. Du mußt viel gebumst werden, sonst wirst du nie eine richtige Frau.»

Ich hielt mein Versprechen nicht, obgleich ich überzeugt war, daß ich auf diese Weise eine glückliche Frau aus ihr gemacht hätte. Ich kaufte ihr keinen künstlichen Schwanz, denn ich hörte sehr schnell auf, mich für sie zu interessieren. Die Gründe haben etwas mit Klassenbewußtsein zu tun, das mag verwunderlich erscheinen, aber es stimmt. Sie war nun mal eine unverbesserliche Kleinbürgerin, und das konnte ich ihr nicht verzeihen. Es genügte ihr, ein bescheidenes Leben zu führen, sie hatte keinerlei Ehrgeiz.

Wenn ich mit ihr schlief, durfte ich nie richtig zustoßen, und stellt euch vor, sie bettelte immer, daß ich sie auf den Hals küsse, das errege sie so. Andererseits immer dieses Gejammere. Zuletzt hatte ich wirklich die Nase voll, und als wir einmal in Saschas Wohnung miteinander schliefen, zeigte ich ihr, was die wahre Wollust ist, indem ich ihr ohne Vorwarnung vier Finger gleichzeitig reinsteckte. Das wunderbare Ergebnis: Ihre Scheide erweiterte sich zu unglaublichen Dimensionen, ich konnte beinahe die ganze Faust hineinstecken. Es kam ihr, und wie es ihr kam!

Danach hätte ich ein willfähriges Werkzeug aus ihr machen können, aber, wie ich schon sagte, ihr kleinbürgerliches Gehabe ging mir auf die Nerven.

Ich war bei ihren Eltern zum Essen eingeladen und viel zu spät zu ihrer Einladung gekommen, weil ich mich in dem ruhigen, grünen Viertel, wo ihre Eltern lebten, nicht auskannte. Sie führte mich in eine Wohnung, die keinerlei Ähnlichkeit mit amerikanischen Wohnungen hatte. Die Tür schloß sich hinter mir, und ich war in Odessa. Sonja bot mir Brathähnchen an, Salat von Gurken und Tomaten, dazu eine Bouillon – kurz, eine typische Mahlzeit der südlichen Ukraine. Auch in Charkow hatten wir so gegessen.

Ihre Mutter sah aus wie die Mütter aller meiner Freunde aus der russischen Provinz. Ihr Vater lief im Pyjama rum, ließ sich aber nur ab und zu blicken, er installierte gerade eine Klimaanlage. Auch die Väter aller meiner Freunde sahen aus wie er. Sicher trug er sonst nur eine lange Unterhose, wenn er in der Wohnung herumsaß, und seine Frau hatte ihm befohlen, wegen des Gastes ihrer Tochter einen Pyjama anzuziehen. Vielleicht war er Buchhalter, wie Andrej. Die Mutter bot Obst an, Pfirsiche und Melonen. Artig lehnte ich es ab, Wodka und Wein zu trinken.

Anschließend gingen ihre Eltern eine Tante im Krankenhaus besuchen, und ich legte mich aufs Sofa, um auszuruhen. In der russischen Provinz ist es üblich, sich nach dem Essen ein wenig hinzulegen. Ich fing, wie gesagt, gerade an, mich als normaler Mensch zu fühlen, da legte Sonja eine Platte der «Hanswurste von Odessa» auf. Der Name dieser Gruppe war mir kein Begriff, was Sonja fast den Verstand raubte. «Tut mir leid», sagte ich, «ich kenne sie eben nicht.» Diese Hanswurste waren sterbenslangweilig. Trotzdem lauschte ich ihnen geduldig. Ein Tag in Odessa – na und? Er wird vorübergehen. Erst hier in Amerika habe ich die gewaltige Entfernung ermessen können, die Moskau von der russischen Provinz trennt.

«Wir könnten im Park spazierengehen», sagte Sonja, «da steht ein Schloß aus Europa, man hat die einzelnen Steine mit dem Schiff hergebracht und es hier wiederaufgebaut.»

«Gut», sagte ich. «Sehen wir uns das Ding an. Alles, was hier schön ist, kommt aus Europa.»

Wir gingen, und ich war friedlich und gelassen. Der Abend brach an. Schweigend spazierten wir die menschenleeren Wege entlang. Ich war ihr dankbar, daß sie schwieg, auch als wir uns auf eine Bank setzten.

Das Schloß war längst nicht so imposant wie beispielsweise das von Frau Diavolo, das ich in Italien besichtigt hatte. Es war ein langweiliges amerikanisches Schloß wie aus einem Versandhaus und kaum zu glauben, daß man es aus Europa hergebracht hatte. Das konnte nur eine Fälschung sein. Aber die Luft roch nach Wald und Meer, und man mußte sich einfach wohlfühlen. Wenn ich in meine Begleiterin auch nur noch ein ganz klein wenig verliebt gewesen wäre, dann wäre ich restlos glücklich gewesen. Zum erstenmal spürte ich einen solchen inneren Frieden. Es war, als ob ich bis jetzt durch dieses Land gehetzt wäre, ohne nach links und rechts zu schauen, und nun erst, ermattet, anhielte und dabei gewahr würde, daß die Zeit das Land schöner gemacht und geläutert hatte.

«Ich danke dir, Sonja», sagte ich leise und aufrichtig zu ihr.

Dann fuhren wir mit dem Bus zu mir. An diesem Abend bumste ich sie voll Dankbarkeit und gab mir große Mühe mit ihr.

Nach ihrem Geburtstag, den wir zuerst in einem kleinen Restaurant im Village feierten, um dann nach Chinatown zu fahren und uns zuletzt in der Subway über politische Fragen einschließlch Che Guevara und das jüdische Problem zu zanken, sah ich sie jedoch nicht wieder.

Rosanne war soeben in mein Leben getreten, und sie markiert die nächste Etappe in meinem amerikanischen Dasein: Sie war nämlich die erste Yankeefrau, die ich gebumst habe. Ich sah Sonja nur noch ein einziges Mal, als ich von Helena zurückkam, der ich etwas, das sie brauchte, in ihre Absteige gebracht hatte. Aus dem Lift tretend, bemerkte ich meine kleine Exfreundin, die zweifellos an meiner Zimmertür gelauscht hatte und, als sie mich kommen hörte, davonhuschte, schwupp, die Treppe hinauf. Ich kam nicht einmal auf den Gedanken, ihr nachzulaufen.

Junichiro Tanizaki

Der Schlüssel

Am Neujahrstag

Ich habe mich entschlossen, von nun an alle Dinge, auch solche, die ich noch nie meinen Tagebüchern anvertraut habe, aufzuzeichnen. Bisher habe ich nie etwas Genaueres über mein intimes Leben, über das Verhältnis zwischen meiner Frau und mir, in meinem Tagebuch berichtet. Ich fürchtete nämlich, daß meine Frau dieses Tagebuch lesen und ungehalten darüber werden könnte, aber von diesem neuen Jahr an habe ich mir vorgenommen, mich nicht mehr vor ihrem Zorn zu fürchten. Ich bin sicher, daß meine Frau weiß, wo und in welchem Fach meines Arbeitszimmers dieses Tagebuch liegt.

In eine der ältesten Familien Kyotos hineingeboren und in einer feudalen Atmosphäre erzogen, legt sie noch heute in vielem Wert auf überkommene Moral und neigt sogar dazu, noch stolz darauf zu sein. Ich glaube zwar kaum, daß sie heimlich in den Tagebüchern ihres Mannes schnüffelt, aber ganz sicher bin ich nicht; es gibt genug Gründe, darüber im Zweifel zu sein. Könnte sie wohl der Versuchung widerstehen, die Geheimnisse ihres Mannes zu erfahren, nachdem ich meinen bisherigen Gewohnheiten untreu geworden bin und vieles über unser Eheleben aufschreibe? Sie ist verschlossen und liebt das Geheime. Oft gibt sie sich den Anschein, nicht zu wissen, obwohl sie weiß, und sie verrät nicht leicht, was in ihrem Herzen vorgeht. Obendrein glaubte sie, dies gehöre zur Tugend einer ehrsamen Frau; das aber ist das Schlimmste.

Den Schlüssel zu dem Fach, in dem ich mein Tagebuch aufbewahre, habe ich an einem bestimmten Ort versteckt, und von Zeit zu Zeit ändere ich das Versteck; aber bei ihrer Neugier und Findigkeit könnte es wohl sein, daß sie alle meine bisherigen Schlüsselgeheimnisse kennt. Natürlich könnte sie es sich leichter machen, wenn sie sich einfach einen Dietrich beschaffte.

Selbstverständlich bin ich nicht gesonnen, nur bei den Dingen zu verweilen, die ihr gefallen werden. Es gibt auch Tatsachen, die ihr unangenehm sind, die ihren Ohren weh tun werden. Ihre Geheimnistuerei hat den Wunsch in mir wach werden lassen, dergleichen aufzuschreiben. Ob sie wohl glaubt, das sei sie ihrer Vornehmheit schuldig? Jedenfalls findet sie es sogar zwischen Eheleuten unanständig, sich über Schlafzimmerprobleme zu unterhalten, und wenn es mich einmal reizt, heikle Geschichten zu erzählen, hält sie sich die Ohren zu.

Diese vorgebliche ‹Sittsamkeit›, diese scheinheilige ‹Fraulichkeit›, diese gekünstelte ‹Vornehmheit› – sie sind an allem schuld. Zwanzig Jahre ist sie mit mir verheiratet und besitzt sogar eine heiratsfähige Tochter, und doch haben wir noch nie ein vertrautes Liebesgespräch geführt. Wir gehen zusammen zu Bett und verrichten schweigend unsere ehelichen Pflichten – aber kann man uns ernstlich ein Ehepaar nennen?

Ich schreibe dies nieder, weil ich es nicht mehr ertrage, nicht direkt mit ihr über die Intimitäten unseres Schlafzimmers sprechen zu können. Von nun an werde ich ohne Rücksicht darauf, ob sie es heimlich lesen wird, so schreiben, als spräche ich zu ihr.

Zunächst möchte ich nicht unterlassen zu sagen, daß ich sie von Herzen liebe. Ich habe das schon öfter geschrieben, es ist aber keine Phrase, mit der ich ihr schmeicheln will, und ich glaube, sie weiß das auch. Doch mein physisches Verlangen ist nun einmal nicht so stark wie das ihre, in diesem Punkt kann ich mich nicht mit ihr messen. Ich werde in diesem Jahr sechsundfünfzig (sie muß jetzt fünfundvierzig Jahre alt sein), und das ist noch kein Alter, um schwach zu werden; aber, ich weiß nicht warum, in letzter Zeit strengt es mich sehr an. Ehrlich gesagt, wäre es für mich besser, wenn wir einmal in der Woche, sagen wir, einmal in zehn Tagen miteinander schliefen. Dagegen ist sie, obwohl skrofulös und herzschwach, in dieser Sache fast krankhaft stark. (Über

273

dergleichen offen zu schreiben oder zu reden, verabscheut sie besonders.) Gerade dies aber verwirrt mich augenblicklich am meisten. Es bedrückt und bekümmert mich, daß ich die Pflichten eines guten Ehegatten nicht besser erfüllen kann; doch angenommen – ich sage nur ‹angenommen› – sie wird sicher sehr böse sein und sagen ‹hältst du mich für ein so liederliches Frauenzimmer?› –, angenommen also, sie hielte Ausschau nach einem anderen Mann, um dem Mangel abzuhelfen, ich könnte es nie und nimmer ertragen. Allein die Vorstellung macht mich eifersüchtig. Außerdem scheint es mir auch aus Rücksicht auf ihre Gesundheit angebracht, daß sie ihre krankhaft starke Begierde zähmt... Was mir Sorgen macht, ist die Kraft... daß die Kraft meines Körpers von Jahr zu Jahr mehr dahinschwindet. In letzter Zeit bin ich jedesmal sehr erschöpft, und an den folgenden Tagen fühle ich mich so matt und müde, daß ich außerstande bin, über wichtige Sachen nachzudenken.

... Würde man mich aber fragen ‹bist du denn der Liebe mit ihr abgeneigt?›, so müßte ich es verneinen und das Gegenteil behaupten. Auf keinen Fall ist es so, daß nur der Begriff der ehelichen Pflicht mich treibt und meine Sinne schürt und daß ich ungern ihrem Begehren antworte. Ich weiß nicht, ob es ein großes Glück oder ein großes Unglück ist, aber ich liebe sie heiß und innig.

Hier muß ich wieder etwas enthüllen, das für sie tabu ist. Sie besitzt eine vorzügliche Eigenschaft, eine Eigenschaft, von der sie selbst keine Ahnung hat. Hätte ich nicht in der Vergangenheit andere Frauen gekannt, würde ich diesen Vorzug kaum bemerkt haben. Aber da ich in meinen jungen Jahren einiges erlebt habe, weiß ich, daß sie einen selten zarten Orgasmus besitzt, der sogar unter Frauen nicht oft zu finden ist. Hätte man sie in alter Zeit in ein Freudenviertel wie Shimabara verkauft, sie wäre sicher eine berühmte Kurtisane geworden, von den Männern umworben, von den Frauen beneidet. Sie hätte mit ihren Reizen jeden Kenner bezaubert, und die erfahrensten hätten nur nach ihr verlangt. (Vielleicht ist es besser, wenn sie dies nicht erfährt. Es könnte nur negative Folgen für mich haben... Würde sie sich denn darüber freuen oder würde sie sich schämen? Oder würde es gar eine Beleidigung für sie sein? Wahrscheinlich wird sie so tun, als sei sie sehr entrüstet, aber in ihrem Herzen wird sie einen gewissen Stolz kaum unterdrücken können.) Der bloße Gedanke an ihre Vorzüge macht mich eifersüchtig. Genösse nun ein anderer Mann als ich ihre Vorzüge und meine Frau erführe dabei, daß ich dem vom Himmel geschenkten Glück nicht voll habe entsprechen können, was geschähe dann?

Der Gedanke beunruhigt mich. Ich fühle, daß ich im Unrecht bin, und ich verdamme mich selbst.

So versuche ich denn, mir auf jede erdenkliche Weise zu helfen und mich mit den verschiedensten Mitteln zu reizen. Zum Beispiel bitte ich sie, mich an der erregbarsten Stelle meines Körpers – und keine Lust ist aufreizender für mich, als wenn ich die Augen schließe und sie meine Lider küßt – zu berühren. Oder umgekehrt, ich reize sie an ihrem empfindlichsten Punkt: sie liebt es, unter der Achselhöhle geküßt zu werden. Um so mehr schmerzt es mich, daß sie meinen Wünschen nur widerwillig nachgibt. Ihr mißfallen solche ‹unnatürlichen Spiele›, und sie besteht darauf, uns auf die orthodoxe Methode zu beschränken. Wenn sie nur begreifen wollte, daß dieses Spiel für mich die notwendige Vorbereitung ist, um zum eigentlichen zu gelangen! Davon will sie nichts wissen; sie beharrt auf ihrem ‹fraulichen Anstand› und weigert sich, dagegen zu verstoßen.

Obwohl sie weiß, daß ich ein Fußfetischist bin, und auch, daß sie ungewöhnlich wohlgeformte Füße besitzt (fast scheint es mir unmöglich, daß es die einer fünfundvierzigjährigen Frau sind), nein, vielmehr *weil* sie es weiß, vermeidet sie, mir ihre schönen Füße zu zeigen. Auch im heißesten Sommer trägt sie weiße Tabi-Socken. Wenn ich sie bitte, mir wenigstens zu erlauben, ihre Sohle zu küssen, so meint sie ‹ach, wie unfein, wie garstig! Du darfst mich da nicht berühren›, und nur ungern gewährt sie es mir. Dies und noch vieles andere hat dazu geführt, daß ich nicht mehr weiß, was ich tun soll...

4. Januar

Heute ist etwas Merkwürdiges passiert. Seit Neujahr habe ich das Arbeitszimmer meines Mannes nicht mehr sauber gemacht, und ich wollte nun die Zeit, in der er spazierenging, dazu benutzen. Vor dem Bücherschrank, wo die schmale Vase mit einer Narzisse steht, lag ein Schlüssel. Vielleicht hat es gar nichts zu bedeuten; aber ich kann mir kaum denken, daß er den Schlüssel dort gedankenlos liegengelassen haben sollte. Er ist ein sehr vorsichtiger Mensch. Er führt schon jahrelang Tagebücher, doch ist es bis jetzt nie vorgekommen, daß er den Schlüssel dazu verloren hätte ...

Warum hat er den Schlüssel nun gerade heute hier liegenlassen? Ist irgend etwas in seinem Herzen vorgegangen, und möchte er jetzt, daß ich sein Tagebuch lese? Ahnt er, daß ich seine Aufzeichnungen nicht lesen könnte, wenn er mich geradeheraus dazu auffordern würde? Meint er damit ‹wenn du es lesen möchtest, lies es heimlich. Hier hast du den Schlüssel›?

Dann weiß er ja gar nicht, daß ich längst gemerkt habe, wo er den Schlüssel verborgen hält! Halt, nein! Er möchte vielleicht sagen, ‹ich gestatte dir im stillen, daß du mein Tagebuch heimlich liest; ich erlaube es dir, aber ich tue so, als ob ich nichts davon wüßte›.

Ich weiß nicht, warum ich mir soviel Gedanken darüber mache. Denn wie dem auch immer sei, ich werde trotzdem nicht hineinschauen. Ich habe mir selbst meine Grenzen gezogen, und darüber hinaus will ich nicht in seine Psyche eindringen. Wie ich anderen Leuten nicht zeige, was in meinem Herzen vorgeht, so mag ich auch nicht in den Herzensfalten der anderen wühlen. Wünschte er aber wirklich, daß ich sein Tagebuch lese, so wird wohl kaum alles wahr sein, was er schreibt, und sicher enthält es nicht nur Angenehmes für mich. Er mag ruhig tun und denken, was ihm beliebt; ich tue es auch. Um die Wahrheit zu sagen, auch ich führe seit Anfang dieses Jahres ein Tagebuch. Ein Mensch wie ich, der sich niemandem anvertrauen kann, soll wenigstens mit sich selber sprechen; doch werde ich niemals so ungeschickt sein und meinen Mann wissen lassen, daß ich mir ein Tagebuch zugelegt habe. Ich werde nur darin schreiben, wenn mein Mann nicht zu Hause ist, und ich werde es an einem Ort verstecken, wo er es niemals vermutet.

Ich habe es vor allem angefangen, weil es mir eine Überlegenheit ihm gegenüber gibt; denn ich weiß sogar, wo er sein Tagebuch verschließt, während er nicht einmal ahnt, daß ich ein Tagebuch führe.

Gestern nacht hielten wir zusammen den Neujahrsritus ab... Ach, wie schäme ich mich, so etwas aufs Papier zu bringen! Hat mich mein seliger Vater nicht gelehrt, ‹Anstand ist, wie man sich benimmt, wenn man allein ist›? Wie traurig würde er sein, erführe er, was ich hier schreibe! Wie heruntergekommen ich bin...

Er scheint wie immer bis zur höchsten Lust gekommen zu sein; ich war wie immer unbefriedigt. Was danach kam, war unangenehm. Jedesmal entschuldigt er sich und schämt sich seiner körperlichen Kraftlosigkeit, wirft mir dann aber vor, zu kalt zu ihm zu sein. Mit dem Wort ‹kalt› will er wohl sagen, ich sei ungewöhnlich ausdauernd auf diesem Gebiet, fast krankhaft stark, so daß er seine letzten Kräfte daran verbraucht. Meine Art, mich dabei zu geben, sei zu ‹pflichtgemäß›, zu routinemäßig und konventionell, immer nach ‹Formel I›, kurz, es gäbe bei uns keine Abwechslung. Ich sei doch auch in sonstigen Sachen viel weicher und hingebungsvoller. So passiv und zurückhaltend er mich aus dem täglichen Leben kenne, so anspruchsvoll und fordernd sei ich in dieser Beziehung, und trotzdem willfahre ich ihm nur immer in derselben Art und derselben Position...

Dennoch hat er meine stumme Aufforderung noch nie übersehen, er spürt sogleich auch die leiseste Regung meiner Wünsche und weiß sehr gut, was ich meine. Das mag allerdings seinen Grund darin haben, daß er immer in der Furcht vor meinem allzu häufigen Begehren lebt.

Ich sei nur auf meine Lust aus und im übrigen gefühllos, sagt er. «Du hast mich nicht halb so lieb wie ich dich. Ich bin für dich nur ein Gebrauchsgegenstand – noch dazu ein sehr unvollkommener. Wenn du mich wahrhaftig liebtest, müßtest du viel leidenschaftlicher sein und allen meinen Wünschen aus freien Stücken willfahren. Wenn ich dich nicht vollkommen befriedigen kann, so liegt die halbe Schuld bei dir. Würdest du nur versuchen, meine Leidenschaft zu entfachen – ich wäre nicht so kraftlos. Du gibst dir keine Mühe, es uns gemeinsam vollbringen zu lassen.»

Ein verfressenes Geschöpf sei ich, das mit gefalteten Händen darauf wartet, daß ihm ein reich beladener Tisch hingesetzt wird. Ein kaltblütiges Tier sei ich, ein boshaftes Weib!

Ich kann verstehen, daß er mich so sieht. Ich bin von meinen altmodischen Eltern so erzogen worden. Eine Frau müsse stets passiv bleiben und dürfe nie und nimmer einem Manne gegenüber aggressiv werden. Ich kann nicht sagen, daß ich leidenschaftslos bin. Aber meine Leidenschaft ist von einer tiefen, versinkenden Art, nicht steil und heiß aufleuchtend. Wenn ich mich zwinge, sie auszudrücken, ist sie im Nu verflogen. Er hat meine Gefühle nicht begriffen. Es ist kein rotes Aufflammen, sondern ein langes bläuliches Weiß.

... Seit ich jetzt darüber nachdenke, kommen mir oft Zweifel, ob unsere Heirat nicht ein Irrtum war. Bestimmt ließe sich ein Mann finden, der besser zu mir paßt, und das könnte er umgekehrt auch von mir sagen. Unser sexueller Geschmack ist zu verschieden. Ich heiratete in dieses Haus, wie meine Eltern mir befahlen, ohne mir selbst tiefere Gedanken darüber zu machen. Ich glaubte, daß eine Ehe eben so sei. Aber heute weiß ich, daß ich einen Mann habe, der im Erotischen nicht zu mir paßt.

Nur der Gedanke, daß er der mir auserwählte Gatte ist, läßt mich ihn ertragen. Aber manchmal, wenn ich ihn ansehe, steigt ich weiß nicht warum, ein Widerwille in mir auf, daß mir übel wird. Diese Übelkeit hat nicht erst gestern und heute angefangen, nein, schon in der Hochzeitsnacht. Damals, als wir das Lager zum erstenmal miteinander teilten, war sie schon da. Jahre sind vergangen seit jener Nacht auf der Hochzeitsreise, und doch ist die Erinnerung noch ganz klar. Ich lag schon im Bett. Er kam umständlich auf mich zu und nahm seine Brille ab. Da lief es mir kalt über den Rücken. Jeder Mensch, der ständig eine Brille trägt, sieht ein wenig merkwürdig aus, wenn er sie abnimmt. Sein Gesicht schien mir plötzlich ausgehöhlt und fahl wie das Gesicht einer Leiche. Er näherte sich mir und sah mir in die Augen, als wolle er mich durchbohren. Um mich zu wehren, erwiderte ich seinen Blick; aber als ich seinen Teint wahrnahm, der glatt wie Aluminium war, schauderte ich abermals. Am Tage hatte ich es nicht bemerkt, jetzt aber entdeckte ich unter seiner Nase und um seinen Mund herum den dunklen Hauch seines Bartes (er ist überhaupt sehr behaart), und davor war mir unheimlich. Vielleicht lag es daran, daß ich damals zum erstenmal dem Gesicht eines Mannes so nahe war; doch jedesmal, auch heute noch, schaudere ich, wenn ich sein Gesicht bei hellem Licht lange anschauen muß. Um ihn nicht die ganze Zeit vor mir zu haben, versuche ich meistens, die Nachttischlampe zu löschen, aber mein Mann liebt gerade bei diesen Gelegenheiten Helle. Er bemüht sich dann, meinen Körper in allen Einzelheiten genau zu betrachten. (Es geschieht zwar selten, daß ich seinem Wunsch bis zum letzten willfahre, aber meine Beine zeige ich ihm, weil er mich gar zu sehr drängt.) Ich kenne keinen andern Mann außer meinem Gatten, doch möchte ich wissen, ob wohl alle Männer so zudringlich sind wie er. Ob sie wohl alle so widerlich klebrig an einem hängen und ihr unnötiges Spiel mit uns treiben?

Elula Perrin

Eine Perle aus dem Orient

Ich bin Priesterin im *Katmandu*, dem *Mekka von Lesbos*. Ich organisiere dort, zum Vergnügen unserer Gäste, Feste, Kostümabende...

An diesem Dienstag im November fand ein «Macho-Abend» statt, mit Krawatte und langer Hose. Die Antwort des Hirten an die Hirtin des Vorabends: lange Hosen verboten. Ich, die ich inmitten der Jeans-Wüste nach den Oasen der Röcke und Kleider seufze, unaufhörlich diese uniformierende Einheitsmode verfluche, die entzückende kleine Kätzchen in suspekte Gecken verwandelt. Heute abend trage ich ein Gewand, das ich aus dem *Jagdhorn* entliehen habe: Schwalbenschwanz, steife Hemdbrust, eine zu große Hose und pomadisierte Haare. In dieser Verkleidung fühle ich mich nicht sehr wohl. Ich habe es nie gemocht, die Männer nachzuäffen, um die Frauen zu verführen. Eine verrückte Welt, Krawatten, Smoking, Gelächter, glasige Blicke, die von den tausend Gletschern des Katmandu widergespiegelt werden.

Es kommt die Zeit der Show. Ich habe zwei Stripperinnen engagiert, die glücklicherweise zwischen zwei internationalen Tourneen frei waren. Sie sind groß, blond, schön, und ich hoffe, auch gut gebaut. Wir haben in den Logen zu tun, ohne Zeit zu finden, den jeweiligen Nummern beizuwohnen. Auf der Treppe begegne ich einer meiner Künstlerinnen. Ihre Augen faszinieren mich: Jadesplitter aus Jaspisgrün, dazu eine hohe Stirn, eine Frisur im Afro-Look, eine Fülle von kleinen blonden Zöpfen, an denen farbige Perlen hängen. Zwischen zwei Zuschauerreihen, die sich an die Rampen drücken, berühren sich unsere Körper. Sie ist nackt. Automatisch umfasse ich ihre Taille. Ihre Haut ist feucht.

Unwillkürlich – Macht der Gewohnheit – wandern meine Hände von ihren Hüften zu ihrem Leib. Dieses Vlies, das ich in der Menge, der Hitze, der Aufregung leicht berühre, ist zart wie eine Liebkosung. Ich habe nicht einmal Zeit, mich zu entschuldigen.

Die Show ist beendet. Ich ziehe wieder meinen Plunder an, in dem ich mich immer noch unwohl fühle. Ich gleiche bestimmt einem Pinguin, der auf einer einsamen Eisscholle hin und her watschelt. Auch die Stripperinnen haben sich wieder angezogen. Sie trägt eine blaßblaue Seidenbluse und eine enganliegende Hose aus weißer Seide. Ich unterhalte mich nach allen Seiten. Man gratuliert mir zu den Attraktionen. Die beiden Mädchen waren sehr gut, sehr schön gewesen, sehr erotisch...

«Wie ist die mit den Zöpfen?»

«Erstklassig gebaut – göttlich – ein prächtiger Körper – irre Brüste», erzählen mir begeisterte Besucherinnen.

Ich bin frustriert, habe sie nicht gesehen, sie nicht bewundert, nur einen Augenblick lang ihre Haut berührt... Ich gehe auf die beiden zu. Sie sitzen mit ihren Freundinnen zusammen. Ihre Partnerin scheint in festen Händen zu sein, doch meine blonde Negerin sieht nach ungebunden aus. Ich danke beiden, beglückwünsche sie. Zwei oder drei banale Sätze, ein Lächeln. Ich wende mich wieder meinen Gastgeberpflichten zu. Dominique, meine Vertraute, meine Komplizin, die alles weiß, alles sieht und mir alles erzählt, flüstert mir zu, als ich mich einen Augenblick neben ihr niederlasse: «Meine Liebe, Sie haben eine Verehrerin.»

«Ah, wirklich? (blasiert, aber fragend) Wer?»

«Dort am Pfeiler.»

Immerhin packt mich die Neugier. Ich schaue, bin überrascht. Sieh da, meine schöne Stripperin Vanessa. Ich lächle und zucke die Schultern.

«Sie machen Witze. In meinem Aufzug heute abend.»

«Doch, doch», beharrt Dominique. «Sie läßt Sie nicht aus den Augen.»

«Sie glauben wirklich?» sage ich verwirrt.

Im Augenblick sind mein Herz und meine Liebschaften gestört. Ich befinde mich voll auf dem Rückzug, im ersten ernsthaften Geplänkel eines Bruchs. Anders ausgedrückt: Ich bin wieder zu haben, bereit zur heimlichen Jagd, bereit, die Schule zu schwänzen.

«Aber wenn ich es Ihnen sage», wiederholt Dominique. «Sie wissen genau, daß ich mich nie irre.»

Ah, meine graue Eminenz, du dämonischer Versucher! Sie flüstert mir ermutigende Worte zu, Versicherungen, Gewißheiten. Werde ich es wagen, aufzustehen und trotz meiner Aufmachung zu ihr zu gehen, um Dominiques Behauptung zu testen? Als ich ein kleines Mädchen war, habe ich oft bedauert: «Wie schade, daß ich kein Junge bin. Die Frauen sind so schön. Ich würde genauso ein Schürzenjäger wie Papa.»

Heute abend bin ich gekleidet wie Papa, doch noch nie fühlte ich mich so unsicher, so feige. Werde ich in diesem geliehenen Gewand das Verführungsspiel wagen? Ich reiße mich von meinem Stuhl los, gehe zu ihr, stelle mich vor sie, stütze links und rechts von ihr – sie lehnt immer noch am Pfeiler – meine Hände auf.

«Ich weiß, daß ich in diesem Kostüm nicht gerade vorteilhaft wirke. Wollen Sie trotzdem mit mir tanzen?»

Sie lächelt. Scharlachrote kleine Wolfszähne unter vollen Lippen.

«Gern.»

Ich nehme sie in den Arm. Sie ist biegsam, zart, weich. Ihr Körper paßt sich meinem an in völliger Harmonie. Wir tanzen eng, Worte sind überflüssig. Ich wiege sie in meinen Armen. Sie drückt sich an meine Hemdbrust. Langsam gleiten ihre kühlen Hände zu meinem Nacken hoch. Ihre Nägel hinterlassen kleine Spuren. Ich löse mich von diesem willigen Körper. Wir lächeln uns zu, sind Komplizinnen. Ich nehme sie an der Hand.

«Lassen Sie uns etwas trinken.»

«Ich trinke nie.»

«Sie haben recht. Um sich trunken zu fühlen, bedarf es nicht des Alkohols...»

Die Blumenverkäuferin geht an uns vorüber, den Arm voller Rosen. Ich nehme eine und reiche sie Vanessa. Sie nimmt sie, betrachtet mich und haucht lächelnd einen Kuß in die Blütenblätter. Sie lehnt sich wieder an den Pfeiler. Ich drehe mich wie ein Kreisel, lasse sie stehen und komme wieder. Ich bin unsicher, belauere sie. Sie gibt einem Gast einen Korb, als man sie zum Tanz auffordert.

«Nun, das Spiel ist gewonnen», sagt Dominique, die alles beobachtet hatte.

Ich bin immer noch im Zweifel. Und zudem liebe ich keine Abenteuer. Ich möchte, bevor ich mit jemandem schlafe, lieben: die Serenade vor dem Heldenepos. Doch hier muß ich mich entscheiden. Morgen ist Vanessa mit ihrer Partnerin über alle Berge. Heute oder nie. Ihr Körper, der Kontakt mit ihr haben mich verwirrt. Überrascht stelle ich fest, daß ich sie begehre, jetzt, sofort. Also los, wagen wir's. Ich gehe wieder zu ihr.

«Wo schlafen Sie heute abend?»

«Bei unseren Freundinnen.»

«Muß das sein? Können Sie ihnen nicht entwischen?»

«Doch, morgen reisen wir ja nach Deutschland...»

«Um wieviel Uhr?»

«Ich weiß nicht genau...»

«Damit Sie es wissen: Ich entführe Sie. Sie gehen mit mir, und morgen bringe ich Sie zurück. Das verspreche ich Ihnen.»

Sie zögert ein wenig. Ich dränge. Jetzt, da ich mich ins kalte Wasser gestürzt habe, nehme ich keinen Korb an. Der Form halber leistet sie Widerstand, doch auch sie möchte, das fühle ich. Ich beharre.

«Sie werden annehmen. Sie wissen das, und Sie wissen, daß ich es weiß. Warum das Spiel fortsetzen? Unsere Stunden sind gezählt, sollen wir sie hier vergeuden?»

Meine Stimme schmeichelt, sie ist sanft und einlullend. Sie geht zu ihrer Partnerin und spricht mit ihr. Die beiden verabreden, wann sie sich morgen treffen. Schließlich ist sie frei.

«Gute Nacht, Dominique.»

Ich versuche, diskret zu verschwinden, doch das ist schwierig. Einige Freundinnen schmettern mir einen unüberhörbaren Abschiedsgruß nach. Mein Wagen steht direkt vor der Tür. Es regnet nicht. Paris ist wie ausgestorben, schläft, wie jeden Abend, wenn ich nach Hause gehe. Ich fahre die Seine entlang. Ich betrachte gerne diesen Fluß, der ebenfalls schläft, die wenigen Kähne, dunkle Umrisse, die am Kai festgemacht sind. Diese heitere Ruhe

befreit meine Augen vom Rauch, meinen Kopf von der hämmern-
den Musik, die ich jeden Abend hören muß. Und dann ist so ein
Fluß auch recht romantisch. Von jeher widerstehe ich dem Verlangen, am Ufer anzuhalten und eine geliebte Frau zu umfangen.
Auch heute abend verspüre ich diesen Wunsch. Ich begnüge mich
damit, meine Hand auf Vanessas Schenkel zu legen. Unter ihrer
engen, glatten glänzenden Hose ist ihr Schenkel hart, nervös,
heiß.

Wir reden wenig. Wir haben kaum etwas gemeinsam... Nur
diese plötzliche Anziehungskraft, die beim Morgengrauen nachlassen würde...

Als wir bei mir sind, mache ich nur spärlich Licht. Nur eine
kleine Lichtquelle, von der wir uns instinktiv entfernen. Auf der
anderen Seite des Platzes ist die Seine viel gegenwärtiger, bildet
den Hintergrund für meine Amouren und Träume. Wie jeden
Abend, kaum daß ich ausgezogen bin, gehe ich zu ihr, dem
Herzblut der Stadt, und betrachte sie von meiner Fenstertür aus.
Ich habe Vanessa an der Hand gefaßt und mit mir gezogen.

«Ist das nicht schön?»

Sie nickt zögernd mit dem Kopf. Stille. Sie wartet, passiv. Ich
glaube, zwischen Mann und Frau stellt sich selten die Frage: «Wer
macht den ersten Schritt?» Die Rollen sind von vornherein verteilt, das Drehbuch geschrieben. Zwischen zwei Frauen ist es die
Commedia dell'arte. Keine bestimmt, keine unterwirft sich. Allein die Begegnung entscheidet. Heute bin ich Julia, morgen vielleicht Romeo. Heute abend ist es eindeutig, daß es mir obliegt,
den zarten Kampf anzuführen und die bereits kapitulierende Zita-
delle zu bezwingen.

Vanessa geht sofort auf mein Verhalten, meine kalkulierte
Langsamkeit ein. Ich hasse die Kosaken und die brutalen Drauf-
gänger, die Vergewaltigungen unter frivolen Worten, die rauhen
Gesten. Ich mag nur die gerahmten Fotos, die Petit-Point-Spit-
zen, das Lachen, das in Lächeln übergeht, die angedeuteten Liebkosungen, die Versprechungen, die langsam Wirklichkeit werden,
das Entblättern von Körper und Seele. Überraschenderweise versteht Vanessa, empfängt und erwidert meine Liebkosungen in
völliger Übereinstimmung. Ihre Seufzerkadenzen, die Rhythmen

ihres Atems, seine Beschleunigung sind das unglaublich genaue Echo von mir. Langsam entdecken wir im Laufe von Minuten, die uns wie Stunden vorkommen, unsere Lippen, Zungen, unseren Speichel. Sie schmilzt unter meinem Mund, und ich versinke in ihrem. Einmalige Küsse, lebendiges Fleisch, eine kleine heiße Möse. Meine Phantasie überschlägt sich, galoppiert wie eine trunkene Stute über die Versprechungen ihres Körpers, ihres Geschlechts. Wir ziehen uns gegenseitig aus. Vanessa prustet plötzlich los und entschuldigt sich.

«Das ist das erste Mal, daß ich es mit einem Herrenanzug zu tun habe.»

«Nun, vergiß nicht, was darinnen ist. *Cherchez la femme!*»

Wir lachen verschwörerisch, wie zwei Pensionatsschülerinnen, die in der Verschwiegenheit eines Alkovens flüstern.

Sie ist nackt. Unter meinen Handflächen erlebe ich das gleiche Gefühl, das ich heute abend schon erlebt hatte. Ihre Haut ist feinporig, fast asiatisch, von einer Wärme, die mich versengt, ein festes Fleisch, dessen Konturen ich umreiße. Ich streichle diesen vollkommenen Körper, vom Gesäß zu den Hüften, von der Schulter zu den Brüsten. Ihre Brust ist fest, rund, vollkommen, die rosigen Warzen richten sich unter meinen Fingern auf.

Vom Balkon mit Seineblick haben wir uns automatisch zum Sofa begeben. Ich zittere wie eine Konfirmandin. Du wogende Frau, der Gedanke an deine erlösenden Säfte lockt meine Zunge und meine Kehle an.

Wir haben die Schwelle meines Schlafzimmers überschritten, eine Entdeckung nach der anderen gemacht: unsere Handflächen, die Oberfläche unserer durch so viele Reibungen und zarten Druck sensibilisierten Haut, unsere Lippen, die unter soviel Speichel anschwollen. Schließlich liebten wir uns.

Ich bin über sie gebeugt, knie vor ihrer schmelzenden Vagina, diesem weichen Moos, dem Samtkissen, dieser Farngrotte. Mit geschlossenen Augen lausche ich, aufgelöst, der Musik ihrer Klagen, den betörenden Worten, die sie mir entgegenströmt. Ich halte ihre Gesäßbacken fest umklammert, trinke von ihrer Begierde, eine Biene, die nach Honig lechzt, ich berausche mich. Noch einmal. Zwischen meinen Händen halte ich eine Frau, die mir ausgeliefert ist. Eine Violine, ein Violoncello. Die Schreie, die ich ihr entlocke, machen aus mir die größte Musikerin. Harfe, Gambe, Zither und Gitarre unter meinen Lippen und Fingern. Oder bin ich vielleicht das Instrument? Bin ich die Dirigentin dieser rauschenden Symphonie, die zum Sturm, zum Unwetter anwächst? Die Wolken schieben sich zusammen, entleeren sich in einem Wolkenbruch. Ich bin erschöpft, zittere, weil ich einen solchen Orkan entfachen, weil ich eine solche Symphonie komponieren konnte.

Noch nie war ich einer Frau begegnet, die dem, was ich selbst war, so sehr glich. Als ich sie liebte, hatte ich den schrecklichen und doch berauschenden Eindruck, ich liebte mich selbst, als ich noch dreißig Jahre jünger war, denn so sehr glichen diese Gesten, Reaktionen, Worte und Klagen dem, was ich einst in anderen Armen erlebt hatte.

Ich betrachtete MICH, trunken, bezaubert. Ich hatte mit keinem Teufel einen Pakt geschlossen und sah mich wieder als Zwanzigjährige, glühend, schön, meines Körpers und seiner Anziehungskraft sicher, verstand es, ihn zu bewegen, zu wogen, mich zu winden, mich hinzugeben und zu entziehen, mich zurückzuziehen und mich einzuhüllen.

Ich war mit dieser Geliebten verschlungen, verkettet, vereinigt, dieser Geliebten, deren Beruf es war, jeden Abend mit ihrer Partnerin auf offener Bühne vor den geilen Blicken die Liebe zwischen zwei Frauen darzustellen. Jetzt war ich die andere. Wir vollführten die vollkommensten Bewegungen, die bildhaftesten Posen, die harmonischsten Verschlingungen allein für uns, zu unserm Vergnügen. War sich Vanessa des Schauspiels, das wir boten, bewußt? Ich war es für zwei, für hundert, für tausend.

Wir haben uns lange der Liebe hingegeben. Seit Stunden schon versuchte die Wintersonne die Kältewolken zu durchstoßen. Hinter den geschlossenen Fensterläden hörte ich das Gurren der Tauben. Wir tranken Milch und aßen Obst. Ich erfuhr dabei, daß meine Geliebte Vegetarierin war. Doch was interessierten mich ihr Leben, ihr Geschmack, ihre Zukunft? Ihr ging es umgekehrt genauso. Wir waren uns aus Zufall begegnet, es war wie ein Blitz gewesen. Und vielleicht ließ uns diese Gewißheit des einmaligen

Augenblicks, der nicht wiederholt werden konnte, all unsere Leidenschaft in diese Nacht einbringen, eine Leidenschaft, die wir vielleicht bei einer dauerhaften Beziehung nur auf Sparflamme gehalten hätten.

Ich habe sie am *Le Flore* abgesetzt. Wir lächelten uns ein letztes Mal zu und umarmten uns.

«Wenn du mal wieder nach Paris kommst...»

«In Ordnung.»

Sie stieg aus, sah etwas ungewöhnlich aus in ihrem seidenen Abendanzug. Sie schlug die Tür zu, beugte sich zu meinem Fenster hinunter und sagte plötzlich mit einem boshaften Funkeln im Blick: «Und nochmals vielen Dank für diesen köstlichen Abend.»

Ich lachte, die Ampel schaltete auf Grün. Wir winkten uns ein letztes Mal zu, waren glücklich, daß wir so fröhlich auseinandergehen konnten. Keine Wolke hatte den Sternenhimmel einer einzigen Nacht getrübt. Alles war ideal, wie im Traum. Kein anderes Abenteuer, keine andere Frau wird mich je wieder mit so unbeschwertem Herzen, so glücklich zurücklassen. Zu Hause packte ich meinen Koffer. In dem zerwühlten Bett fand ich eine rote Perle, die sich aus einem ihrer Zöpfe gelöst hatte. Ich nahm sie behutsam in die Hand, ließ sie über meine Handfläche rollen: ein Blutstropfen, ein Traumtropfen, das war alles, was von Vanessa übrigblieb: eine Perle aus dem Orient an der Kette meiner Liebesabenteuer.

Paul Virdell

Palazzo Fignoli

Nach Englands Kälte, Nebel und Winterregen war Italien ein Paradies. Strahlender Sonnenschein lag auf der uralten Stadt, in deren engen, winkligen Straßen sich die Menschen beim Einkaufsbummel drängten, lächelnd drauflos schnatterten, als gäbe es nicht den geringsten Anlaß zur Sorge. Außerdem stand Weihnachten vor der Tür – *Natale*. Von der Terrasse des UBC-Büros aus, das sich in einer Dachwohnung befand, die gleichzeitig dem Korrespondenten als Unterkunft diente, bot sich David ein herrlicher Ausblick über die Sieben Hügel, auf denen sich strahlend weiße Villen erhoben, beschattet von Schirmkiefern und Zypressen.

Und die Frauen – sie waren allgegenwärtig, Verkörperung sinnlicher südländischer Schönheit, Prachtexemplare, die Träumereien und Müßiggang auslösten. Wie konnten die Italiener überhaupt zu etwas kommen, wenn es diese Göttinnen zu lieben galt? Charlie Haines, Davids Kollege von International Press und sein erster Freund in Rom, verriet ihm den Grund für die hohe Geburtenziffer des Landes: Schuld war die vierstündige Siesta, wenn alles Leben und Treiben zum Stillstand kam, alle Läden schlossen, alle Beamten zu einem ausgedehnten Mittagsmahl nach Hause gingen – und wenn alles in die Federn kroch, zum Bersten gefüllt mit Pasta, Chianti und Lüsternheit. Wen sollte das wundern? Was sollte man auch sonst schon tun? Die Römerinnen stellten eine unausgesprochene Einladung zum Sex dar, mehr noch, sie bedurften keiner Worte, denn ihre Körper sprachen für sich: königlich, langbeinig, prallbrüstig, äußerst feminin, mit dunklen Schlafzimmeraugen und dichtem schwarzem Haar, das sie lang oder gelockt

trugen; es fehlte ihnen vielleicht die schicke Garderobe der Pariserin und deren kultiviertes Geplauder, aber sie bewegten sich mit
natürlicher Anmut, waren stolz und sich der Macht ihres Liebrei-
zes ganz bewußt.

Seinen ersten Bericht aus Rom gab er am Morgen des ersten
Weihnachtsfeiertages durch, nachdem er in St. Peter eine festliche
Messe gehört hatte. Auf dem Rückweg zu seiner Wohnung
schickte er vom Telegrafenamt einen Weihnachtsgruß an seine
Mutter und Schwester in New York, machte es sich dann mit
einem kräftigen Scotch in der Hand auf seiner Terrasse in der
Sonne gemütlich und genoß versonnen die Aussicht. So wie hier
hatte er sich noch nirgendwo zu Hause gefühlt. Ihm war, als hätte
Rom ihn schon lange erwartet in der Überzeugung, daß auch er,
wie schon Tausende vor ihm, seinen Weg in die Stadt am Tiber und
ein neues Leben finden würde.

Bald lernte er, daß in der Brust seines neuen Kumpans Charlie
Haines zwei Seelen wohnten, die scheinbar nicht das geringste
miteinander zu tun hatten. Im Beruf war er Charles Haines von
der IP – streng, forschend, hartnäckig, das Urbild des Aus-
landskorrespondenten, der sich seiner Aufgabe verschrieben hat.
Er arbeitete schon seit acht Jahren in Rom und wehrte sich gegen
alle Versuche, ihn anderswohin auf einen Posten zu versetzen, der
mehr Prestige bot. Wenn dieser Haines arbeitete, war alles andere
Nebensache. Anspielungen auf die Aktivitäten des anderen Haines begegnete er mit einem verständnislosen, abwehrenden oder
verwirrten Blick, als könne er sich an nichts erinnern. So wie er
aber das Büro verlassen und den Auftrag des Tages erledigt hatte,
kam ein anderer Charlie zum Vorschein. Mit einem Glas in der
Hand ließ er seinen Blick durch ein Café oder Restaurant schweifen, witterte Sex in der Luft wie ein Trüffelhund, war jedem
erotischen Vergnügen aufgeschlossen. Und auch sein Erinne-
rungsvermögen kehrte wieder zurück: Unversehens konnte er
sich verflossener Gelage bis in alle Einzelheiten entsinnen.

Charlie und David saßen entspannt beim Abendessen im *Li-
botte*, dem Lieblingslokal des Pressekorps nicht weit von der
Stampa Estera. Haines spielte mit einer kleinen Karte, auf der

Brent eine steile schwarze Frauenhandschrift entdeckte. «Ich kann mich einfach nicht entscheiden», meinte er. «Hast du Lust auf eine Party, Dave?»

«Da brauchst du mich gar nicht erst zu fragen.»

«Es ist allerdings ein ganz besonderes Fest, mit Aristokraten und Prominenten. Man weiß nie, was alles passiert und wen man dort trifft. Zufällig kenne ich aber die Gastgeberin – wir sind nämlich schon lange befreundet. Sie lädt mich jedesmal ein, und manchmal gehe ich auch hin.»

«Und als was soll ich mich ausgeben? Als Filmregisseur, Millionär, Prinz inkognito?»

Haines brach in Gelächter aus und schlug sich aufs Knie; der heitere Charlie war in bester Form. «Sei einfach du selbst. Heutzutage sind wir in Rom die gesuchtesten Gäste – du wirst schon sehen.»

Er sollte recht behalten. Sie wurden herzlich und respektvoll begrüßt. Das Fest war in einem prächtigen Palazzo an der Piazza di Spagna, und die Gastgeberin, Marchesa Fignoli, stammte aus Pittsburgh und war eine geborene Edna Johnson. Trotz ihrer zehnjährigen Ehe mit dem Marchese, der sich inzwischen hatte scheiden lassen, um eine andere reiche Amerikanerin zu heiraten, konnte sie kaum älter als dreißig sein, aber an ihrem Auftreten und ihrer Kleidung war zu erkennen, daß sie lange genug dem anspruchsvollen Klima der römischen High Society ausgesetzt gewesen war; sie sprach nun mit einem britischen Akzent und parlierte in fließendem Italienisch mit ihren Gästen, von denen sie meist Pupi genannt wurde. Wie Charlie ihm schon auf der Freitreppe an der Piazza erklärt hatte, sah man auf den ersten Blick, wer hier verkehrte: eine leichtlebige, dekadente, betitelte Clique.

Ganz offensichtlich hatte Pupi für die meisten, ein halbes Dutzend Paare, eine Dinnerparty gegeben; es waren aber auch einige Mädchen da, die, so wie Brent und Haines, später gekommen waren. Die antike Uhr in dem goldstuckverzierten Empfangsraum zeigte bei ihrem Eintreffen zehn nach elf an, früh für römische Begriffe, wie Charlie meinte. Pupi glitt ihnen entgegen, um Charlie zu umarmen, und bedachte Brent mit einem strahlenden Lächeln. Sie war groß und schlank und trug ein schimmerndes

Kleid, das seitlich bis halbwegs zur Hüfte geschlitzt war und schlanke Schenkel zur Schau stellte. «Ein neuer Rekrut aus New York, der über Paris und London zu uns gekommen ist», stellte Charlie ihn vor. Gleichzeitig bot ihnen ein livrierter Diener auf einem Tablett Scotch und Champagner an. Pupi musterte ihn mit einem raschen, kühlen Blick von Kopf bis Fuß. «Und attraktiv dazu!» murmelte sie. «Wir müssen miteinander lunchen, Mr. Brent.»

Dann aber entfernte sie sich, ohne eine Antwort auf ihre Frage zu erwarten, und setzte ihr strahlendes Lächeln für zwei weitere Gäste auf, einen ausgelaugten jungen Mann und ein sehr blondes, sehr ernstes junges Mädchen mit riesengroßen, visionären Augen und einer zerbrechlichen, aber doch irgendwie provozierenden Figur. Charlie und David gingen weiter in den Hauptsalon, in dem die Ahnengalerie der Fignolis prangte – Päpste, Kardinäle, Generale, Admirale –, das Ganze überspannt von einer mit Fresken verzierten Decke aus dem vierzehnten oder fünfzehnten Jahrhundert. Sie zogen sich in eine Ecke zurück, von der aus sich ein guter Überblick bot, und Charlie klärte David über die Gäste auf, die in der Mitte des Raumes standen und schwatzten.

«Der Riesenkerl mit dem Bart dort drüben ist Graf Andrezzi, auch Bobo genannt, in ganz Rom bekannt für seinen Mordsschwanz. Und zweifle das bloß nicht an, ich habe ihn nämlich mit eigenen Augen gesehen. Die beiden Damen, die er gerade charmiert, sind Prinzessinnen, die eine Italienerin, die andere Deutsche. Tschu von Tschurnitz hat einen Bruder, der derzeit im Vatikan heikle Besprechungen führt, über die ich gerne mehr erfahren würde.»

«Tschu-tschu, oder wie sie sonst heißen mag, sieht toll aus.»

Charlie fing einen Diener ab und schnappte sich zwei neue Gläser vom Tablett. «Soll ich mit der erkennungsdienstlichen Behandlung der Lumpengalerie fortfahren? Im Zentrum der Gruppe in der linken Ecke hält Adriana Colpuso hof, lesbische Modeschöpferin und Roms Mösenschleckerin Nummer eins. Soviel ich weiß, sind heute abend zwei ihrer Mannequins hier: die Große, Dunkle stelzt für fünfzig pro Woche übern Laufsteg und verdient sich horizontal noch fünfhundert dazu.»

«Charlie, die Lesbierin hat gemerkt, daß du über sie redest – schau jetzt nicht hin.»

«Die merken aber auch alles. Mann, versuche bloß nicht, so eine für dumm zu verkaufen.»

David sah, wie sie ihren messerscharfen Blick abwandte, bösartige schwarze Augen in bitterer Feindseligkeit halb schloß. Warum hassen sie uns so – aus Eifersucht, Neid, Verachtung? Neben ihm hatte Charlie eine neue Gruppe aufs Korn genommen. «Diverse Playboys, Schau- und Glücksspieler, Mädchen mit und ohne Begleitschutz, ein paar, die ich hier bisher noch nicht gesehen habe, im großen und ganzen aber ein repräsentativer Querschnitt der Lokalschickeria, geschart um die Hohepriesterin Pupi. Und wir halten uns am besten fürs erste den Rücken frei, bis wir sehen, was sich weiter tut. In der Zwischenzeit können wir noch einen heben, was?...»

Es blieb nicht bei einem Glas, als sie ziellos am Rand der schnatternden Gesellschaft entlangschlenderten, hier und dort ein paar höfliche Worte tauschten, sich aber auf kein längers Gespräch einließen. Gelegentlich kam Pupi vorbeigesegelt, überzeugte sich davon, daß es ihren Gästen an nichts fehlte, und ließ ihr Lächeln blitzen. Und nach und nach gewann David den Eindruck, daß sich die Atmosphäre auf fast unmerkliche Weise zu verändern begann: Die Diener bauten an einem Ende des Salons eine Bar auf, versahen sie reichlich mit Getränken und verschwanden dann diskret von der Bildfläche. Irgendwie begann auch die allgemeine Konversation gedämpfter zu klingen; das Stimmengewirr senkte sich, anstatt lauter zu werden, wie es nach vergleichbarem Alkoholkonsum in New York oder bei jeder amerikanischen Party der Fall gewesen wäre. Er warf einen Blick auf seine Uhr – es war schon fast zwei. Inzwischen fühlte er sich ein wenig unsicher auf den Beinen, wollte das vor Charlie aber nicht eingestehen; es war Zeit, daß er mit dem Trinken aufhörte, ehe ihm alles vor den Augen verschwamm; er hatte jetzt wirklich genug. Täuschte er sich, oder waren nun weniger Leute im Raum als noch vor kurzer Zeit? Er hatte jedoch niemanden in die Empfangshalle und hinausgehen sehen.

Als er seine Beobachtung bei Charlie Haines erwähnte, grinste der, versetzte ihm einen leichten Rippenstoß und wandte sich zur rückwärtigen Hälfte des Salons. Zum erstenmal fiel ihm auf, daß sich hinter ihnen eine Tür befand, im Grunde genommen weniger eine Tür als ein breites Füllbrett in der mit Gobelins behängten Wand, das einen Spalt offen stand. Gerade als sie hinschauten, stahl sich ein distinguiertes Ehepaar mittleren Alters durch die Tapetentür, um sie dann sorgsam wieder zu schließen. «Prinz und Prinzessin Puglia», merkte Charlie mit einem Grinsen an. «Tun wir's ihnen einfach nach.» Er ging voraus.

Sie standen in einem breiten, teppichbelegten Korridor, der in die Tiefen des Palazzo führte. Links und rechts erreichte man durch Bogengänge eine Reihe separater Zimmer, aus denen gedämpfte, erregte Geräusche drangen – Rascheln, Seufzer, erstickte Schreie, leise Ausrufe. Charlie tat ein paar zaghafte Schritte, blieb dann stehen und winkte ihn zum zweiten Bogengang links. Zu seiner Überraschung sah David ein riesiges, luxuriöses Badezimmer, ganz mit üppigem rotem Brokat ausgeschlagen, der wohl schalldämpfend wirken sollte, dazu einen reich ausgestatteten Toilettentisch, an beiden Längswänden körperhohe Spiegel, das Ganze beherrscht von einer gewaltigen antiken Bronzebadewanne, verziert mit einem Fries, auf dem sich Nymphen und Satyrn tummelten. Ein halbes Dutzend Menschen stand in gespanntem Schweigen erstarrt wenige Schritte von der Wanne entfernt; aller Blicke waren auf die Szene geheftet, die sich ihnen bot: Eine Frau hatte sich über den Wannenrand gebeugt und ihren Rock hochgeworfen, so daß man ihre bibbernden weißen Hinterbacken sah, und hinter ihr stand der bärtige Bobo Andrezzi, stellte seine prächtige Figur nackt zur Schau, schob seinen Schwanz langsam in die dargebotene Möse hinein und zog ihn fast bis zur Spitze wieder heraus. David erkannte die Frau erst, als er ihren spitzen, jauchzenden Schrei hohl durch die Tiefen der Bronzewanne hallen hörte – die Stimme von Pupi Fignoli. Falls Pupi oder der Graf wußten, daß man ihnen zuschaute, ließen sie sich nichts anmerken. Bobo pumpte stetig drauflos, als könnte er die ganze Nacht lang so weitermachen, was David auch nicht in Zweifel zog, ebensowenig wie die Tatsache, daß Pupi auch noch weitere Partner willkommen sein würden. Auf die Kraftanstrengung wiesen nur winzige Schweißperlen auf Andrezzis Stirn hin ...

Er spürte Charlies Hand auf seinem Arm; es war an der Zeit, den Palazzo Fignoli weiter zu erforschen. Die anderen Zuschauer, noch immer völlig in den Anblick vertieft, nahmen ihr Verschwinden überhaupt nicht zur Kenntnis. Im Korridor blieb Charlie stehen, lauschte, schritt dann leise aus, bis er einen anderen Bogengang erreicht hatte. Ein goldener Lichtstrahl von der Decke illuminierte das Schauspiel, das sich drinnen bot. Von Augenzeugen umringt, kniete die zerbrechliche, großäugige Blonde vor einem dunkelhaarigen Mann, der David schon früher am Abend aufgefallen war. Seine Hosen waren zu Boden gefallen, und das kindliche Mädchen saugte an seinem Schwanz wie ein ausgehungertes Tier. Hinter ihr kniete der ausgelaugte junge Mann, mit dem sie gekommen war, knetete ihre Brüste und feuerte sie leise flüsternd an. Seine Worte schienen sie zu noch gierigeren Anstrengungen aufzustacheln, denn sie ließ den Riemen tief in ihren Schlund eindringen und schloß verzückt die Augen. David, der einen Blick auf das verzerrte Gesicht ihrer Beute warf, erkannte plötzlich, daß er diesen Mann schon einmal gesehen hatte – es war ein Filmschauspieler, der in britischen und amerikanischen Streifen in Nebenrollen auftrat. Er bat Charlie Haines mit einem Seitenblick um Bestätigung, sah ihn leise lächeln und nicken; er wußte, daß sie beide den gleichen Gedanken hatten. Nun stöhnte der Mann auf; der Höhepunkt stand bevor; die blassen Hände des Mädchens, die seinen Sack gestreichelt hatten, legten sich um seinen Hinterbacken, packten zu, und ihre Finger drängten sich in den Spalt. Er krümmte sich, krallte die Finger in ihr dichtes blondes Haar, das ihr bis zu den Schultern fiel, biß die Zähne zusammen, versteifte sich, als die letzte, erlösende Zuckung herannahte, und sie hielt Schritt, hatte ihn tief im Mund, bewegte den Kopf immer rascher auf und ab, bis sie endlich würgte und schluckte und trank.

Den dichtgedrängten Zuschauern entfuhr ein Seufzer, der nach Erleichterung klang. Zum erstenmal bemerkte David, wie die Männer mit sichtbaren Bewegungen reagierten, als die Frauen neben ihnen sich an ihnen rieben, nach ihren Erektionen faßten, in leidenschaftliche Umarmungen fielen. Langsam und zögernd, als litte es dabei Qualen, hatte das kniende Mädchen seinen Partner endlich ausgesogen; er löste sich von ihr und schaute zärtlich auf sie hinab, als sie sich rücklings in die Arme des jungen Mannes sinken ließ, der sie noch immer von hinten umfaßt hielt. Noch immer hielt sie die Augen geschlossen, und ihre von Natur aus blasse Haut sah jetzt noch weißer aus, als hätte sie gerade ein seelenerschütterndes religiöses Erlebnis gehabt, was in ihrem Fall vielleicht auch zutraf. Sein leises Flüstern schien den Raum zu erfüllen, tröstend, beruhigend, lobend, und dann küßte er sie auf den Mund...

Und wieder standen sie im Korridor. David wartete, daß Charlie den nächsten Schritt unternahm. Er lauschte angestrengt, aber abgesehen von Stimmengemurmel am Ende des Gangs lag der Palazzo in Schweigen. Charlie forderte ihn mit einer Geste auf, ihm in diese Richtung zu folgen, und auf Zehenspitzen gingen sie vorsichtig weiter, bis sie den letzten Bogengang rechts erreicht hatten. Hier war die Beleuchtung so schwach, daß David anfangs nur einen Kreis silhouettenhafter Gestalten am entgegengesetzten Ende des Zimmers ausmachen konnte. Nach und nach wurde das Bild schärfer: Der Schein einer einsamen Lampe fiel auf einen Sessel, der ihren Blicken hinter dem Beobachterkreis verborgen blieb, bis sie näher herantraten, über die Menschen hinwegspähten und etwas sahen, das einer Vision glich: Prinzessin Tschurnitz lag völlig nackt in dem Sitzmöbel, dessen Rücklehne zurückgekippt worden war, und lächelte leise. Auf dem lila Samtbezug sah sie wie eine blonde Goya-Schönheit aus mit üppigen Brüsten, die von ihrem schlanken Oberkörper aufragten, sanft gewölbtem, goldenem Bauch und zartem, rotgoldenem Geflecht darunter. Die Pose bot jedoch mehr, als der Künstler hätte verlangen können: Tschu hatte die Schenkel weit gespreizt und ihre Beine über die samtbespannten Armlehnen geworfen in einer Haltung, die die innersten Geheimnisse ihres Körpers den lüsternen Blicken der Umstehenden offenbarten. Sie hatte ihre schmalen Hände lässig über sich ausgestreckt und verflocht träge, geschmeidig, erwartungsvoll die langen Finger.

Eine Bewegung im Schatten hinter dem Sessel nahm Davids

Blick gefangen: Das hochgewachsene, dunkelhaarige Mannequin, von Charlie als zu Adriana Colpusos Modeatelier gehörig identifiziert, schlüpfte gerade wieder in seine Kleider, hatte offensichtlich seinen Auftritt in der Komödie dieser Nacht hinter sich, und hinter dem Mädchen tauchte nun Adriana selbst im Licht auf, völlig bekleidet, aber mit schiefer Frisur und verschmiertem Lippenstift, noch immer ein wenig atemlos, als habe sie eine tüchtige Anstrengung hinter sich, deren Natur man sich recht gut vorstellen konnte. Ihre ganze Haltung jedoch verriet, daß sie noch nicht gesättigt war; barfüßig schlich sie mit funkelnden Augen und unersättlichen, geöffneten Lippen einher wie eine Pantherin, merkte inzwischen nicht mehr, daß andere sie beobachteten, über sie redeten, sondern gierte nur nach ihrer Beute, die reglos, offen, ausgebreitet dalag, weiße Beine hilflos über die Armlehnen baumeln ließ. Flugs glitt die Pantherin zur Mitte des Raumes, wandte sich dem Sessel zu. David wurde am Arm gezupft und folgte Charlie an eine Stelle, von der sich ihnen eine Seitenansicht bot. Lange blieben die beiden Frauen einander konfrontiert, die Prinzessin völlig entspannt, Adriana reglos, abgesehen vom Heben und Senken ihrer Brüste unter ihrer granatroten Hülle. Dann trafen sich ihre Blicke, bohrten sich ineinander; David sah, wie sich so etwas wie Furcht in die Augen der Prinzessin schlich, aber es war auch Faszination und Herausforderung, Angst und Verlangen zugleich angesichts dessen, was nun folgen mußte. Zugleich verhärtete sich das Gesicht ihrer Gegenspielerin, wurde länger, fast wölfisch, die Lippen schwollen, die Hände an ihren Seiten öffneten und schlossen sich ruhelos. Als sie sich jedoch über ihr Opfer beugte, senkte ihr Mund sich zuerst zu den Brüsten, eine lange, tiefrote Zunge schnellte hervor wie bei einem Tier, um Kreise um die rosa Brustwarzen zu ziehen, die sich binnen Sekunden zur doppelten Höhe aufrichteten. Tschus blasse Hände, an denen Ringe glitzerten, sanken von der Rücklehne, um der Frau, die sie so küßte, übers Haar zu streichen, und dabei schloß sie hingebungsvoll die smaragdgrünen Augen.

Wer vermochte zu sagen, wie lange sie die reizenden Brüste liebkoste? Für Akteurinnen und Zuschauer stand die Zeit still. Endlich glitt die zuckende, schlängelnde Zunge tiefer, verweilte beim Nabel, der wie ein Medaillon in den porzellanglatten Bauch eingefügt war, drang schleckend zur inneren Wölbung der makellosen Schenkel vor, kam dem goldenen Delta immer näher. Und darauf spreizten sich die Schenkel erwartungsvoll weiter, die langen Beine, zierliche Fesseln und Füße, pendelten ungeduldig von den Armlehnen, Finger packten die Schultern der hockenden Frau fester. Kein Geräusch brach die Stille im Raum, aber David sah, wie die Zuschauer, von diesem Schauspiel gebannt, schwerer atmeten. Denn nun machte Adriana den Mund weit auf, um das ganze goldene Gekräusel zu verschlingen, seine Löckchen mit schimmernden Zähnen zu packen und ganz sanft an ihnen zu zupfen. Und zum erstenmal kam der Prinzessin ein Ton über die Lippen, ein langer, hingehauchter, sehnsüchtiger Seufzer, bei dem sie ihre Hinterbacken von der samtenen Sitzfläche hob und der anderen ihre Scham entgegenreckte. Zum letztenmal erhaschten die Zuschauer einen Blick auf die Möse, die nun blaßrosa weit aufklaffte, und aus ihren Tiefen begann es schon zu fließen, als Mund und bohrende Zunge sich senkten, als das Saugen, Beißen, Verschlingen einsetzte. Auch Adriana ließ sich vernehmen, anfangs mit wildem Schmatzen und Schlürfen, bis sie die nassen Lippen mit den Fingern auseinanderzog, sich mit Lippen und Zunge auf die Klitoris konzentrierte und schleckend und saugend auf den Orgasmus hinarbeitete. Der ließ nicht lange auf sich warten; Tschu stieß ein klagendes Gewimmer aus, zappelte hilflos und verzweifelt, während unten, tief zwischen ihren Beinen, heißer Saft der drängenden Zunge entgegenschoß, die erbarmungslos weiterleckte, bis sie den letzten Tropfen geschlürft hatte.

Gerhard Zwerenz

Großer Gott Eifersucht

Mit achtzehn Jahren hatte Bea sich das erste Mal verliebt. Bis dahin war sie jemand mit einem Ziel vor Augen gewesen. Ohne sich darüber im klaren zu sein, war sie die Sklavin ihrer Eltern, der Familie und Schule gewesen. Den Blick fest aufs Abitur gerichtet, lebte sie in einer ewigen Dämmerung dahin.

Die Gesichter der anderen nahm sie schattenhaft wahr. Erst das Gesicht Berrys hellte sich zu jener Deutlichkeit auf, die ihr zusetzte und keine Ruhe ließ. Sie wußte noch nichts von ihrer besonderen Art und Weise zu lieben. Sie kannte sich zu wenig aus. Vielleicht war es eine Form von jugendlichem Selbstschutz gewesen, daß sie die Gesichter der anderen nicht deutlich genug wahrnahm. Denn jetzt, als sie es tat, trat Berry mit einem solchen Nachdruck in ihr Leben, daß es sich von einem zum andern Tag änderte.

Ihre Entjungferung ertrug sie mit Gleichmut. Es war, als gehöre das lediglich dazu. Sie mußte aufgeschlossen werden für Berry. Ihre Sinnlichkeit war auf sein Gesicht gerichtet. Sie ahnte noch nichts von ihrem Fetischismus. Sie wußte nicht, daß es dies gab, diese optische Verfallenheit. Doch sie spürte eine nicht zurückdämmbare Leidenschaft, einen Ansturm wilder Gefühle, näherte Berry sich ihr.

Ein Jahr später heirateten sie. Drei Jahre später ließen sie sich scheiden. Nein, Bea ließ sich von Berry scheiden. Dabei war es mit ihr noch immer wie zu Beginn. Sobald sie ihn sah, verfiel sie ihm in einer Liebe, die sie zugleich hinriß und erschreckte.

Das war damals die Zeit ihrer langen Vormittagsspaziergänge gewesen.

Bea verließ die gemeinsame Wohnung und trieb durch die Straßen der Stadt, ziellos, absichtslos, die Eindrücke genießend wie eine von fern herandringende lockende Musik.

Oft kam sie mittags nach Hause und wachte erst auf, wenn sie durch die Tür in die Wohnung trat.

Ein ganzer Vormittag nutzlos vertan. Sie hatte nicht das Notwendige eingekauft und mußte nochmals los. Sie verbrachte die Vormittagsstunden, als wäre es auf andere Weise ein Schlaf. Sie träumte gehend.

Später, als sie darüber nachdachte, stellte sie verwundert fest, kaum jemand ging so wie sie ohne Absicht und Ziel. Wer überhaupt zu Fuß ging, hatte immer etwas vor, war in Eile, wußte, was er wollte.

Vielleicht bin ich irre, dachte Bea, und sie begann Bücher zu lesen über Seelenkranke. Sie erfuhr, diese Kranken gefielen sich oft im ziellosen Umherschweifen. Konnten tagelang unterwegs sein und kamen nie irgendwo an. Irgendwann wurden sie aufgelesen und in geschlossene Häuser gesteckt.

Bea fühlte sich nicht krank. Weder psychisch noch physisch. Es war auch so, daß sie sich wohl fühlte bei ihren Streifzügen. Doch die Kranken fühlten sich ebenfalls wohl dabei, das war der Grund dafür, daß sie sich in Bewegung setzten.

Als Bea mit ihren Überlegungen so weit gekommen war, begann sie sich Gedanken über ihre junge Ehe zu machen. Obwohl sie in diesen Jahren mit Berry nur Glück und Liebe und keinen Schmerz empfand, begann sie sich davor zu fürchten. Mit zunehmender Dringlichkeit befragte sie sich, was es denn sei, das sie Berry gegenüber dahinschmelzen lasse und wehrlos mache. Obwohl ihr dieser Zustand behagte, erfüllte er sie auch mit einem Gefühl des Widerstrebens und endlich des Widerwillens. Ihr Gefühl und ihre Liebe kamen, sobald Berry sich näherte, mit einer, wie ihr schien, zu ausschließlichen Macht über sie, die Willenlosigkeit ihres Zustandes machte sie betroffen, und sie begann erst Berry und dann sich selbst zu beargwöhnen.

Sie liebte Berry heftig, doch die Art und Weise, in der dies geschah und wie sie dadurch in den Zustand der Sklaverei versetzt wurde, erfüllte ihre Seele mit Unruhe. Berry, der selbstsichere junge Mann, bemerkte ihre Veränderung erst spät, was Bea ein weiteres Mal unsicher werden ließ, denn sie argwöhnte nun, Berry sei ein wenig dumm. Berry also gab sich doppelte Mühe, was indessen nicht viel hieß, denn bis dahin hatte er sich nur wenig anzustrengen brauchen, schmolz seine kleine Frau doch schon hin, wenn er ihr nahekam. Ja, er hatte von den ausgesprochen männlichen Linien seines Gesichts profitiert, in dieser Liebe und Ehe, und er konnte gar nichts dafür, denn in seinen jungen Jahren war ihm das deutliche Ebenmaß geschenkt worden, das er, um es zu behalten, erst noch würde verdienen müssen. Berry profitierte vom Glück der Natur, weshalb er es auch kaum beachtete und noch weniger bedachte, er nahm Beas Liebe einfach hin. Erst als sie damit zu zögern begann, wachte er ein wenig aus dem Dämmerschlaf auf, diesem Normalzustand seines Lebens, und suchte ein aufmerksamer Liebhaber für Bea zu sein.

Da war es schon spät. Zu spät, wie sich bald darauf zeigte. Bea verfiel ihrem Mann zwar jedesmal neu, wenn er es darauf anlegte, doch während seiner Abwesenheit bohrten die Gedanken in ihr, und sie schuf sich die Kraft einer Distanz, die neu war für sie.

Eines Nachts, als sie sich geliebt hatten, sprach Bea den Wunsch nach Scheidung aus.

«Liebst du mich nicht mehr, Bea?» erkundigte sich Berry.

«Ich liebe dich, wenn wir zusammen sind, Berry, aber ich kann dich nicht mehr ertragen. Verstehst du das?»

«Nein.»

«Wenn ich dich erblicke, wirkst du auf mich wie eine Droge. Begreifst du es jetzt?»

«Ich begreife nicht, was daran schlimm sein soll.»

«Für dich ist es nicht schlimm, für mich ist es eine Unfreiheit, die ich nicht dulden darf.»

«Du bist dir vollkommen sicher?»

Sie versuchte Berry die ganze Nacht hindurch verständlich zu machen, worum es ihr ging. Sie sprach, und je mehr sie sprach und argumentierte, um so weniger begriff Berry.

Das war die Stunde, da sie sich endgültig von ihm löste. Und es war die Stunde, in der sie begriff, daß Worte nichts erklären können, wenn sie nur dem Mund entstammen und nicht dem Herzen.

Nach der Scheidung gab es ihr jedesmal einen Stich, wenn sie Berry erblickte. Sie brauchte nur sein Bild zu sehen, und es geschah. Manchmal trafen sie einander in Hotels, wo sie miteinander schliefen. Bea kostete es aus, doch blieb sie stark genug, am Morgen danach heiter und unbeschwert fortzugehen. Im Gegensatz zu Berry, den ihre Scheidung tief verletzt hatte und der diese Niederlage nicht verwinden konnte, weshalb er sich in den Nächten, die sie wieder zusammenkamen, auch ganz besondere Mühe gab. So wenig verstand er seine junge geschiedene Frau, daß er sie mit jeder anderen insgeheim gleichsetzte und meinte, er müsse nur ein ganz besonders fleißiger, einfallsreicher und phantastisch guter Liebhaber sein, und sie werde zu ihm zurückkehren. Berry hatte Bea nie begreifen können.

Sie behandelte ihn wie ein nettes kleines Kind. Sie war ihm auch als geschiedene Frau noch eine besorgte, gute und tüchtige Liebhaberin. Für die eine Nacht, die sie im Hotelbett zusammenlagen.

Am Morgen aber vergaß sie Berry in dem Moment, in dem sie ihn nicht mehr vor Augen hatte.

Bea hatte endlich begriffen, wie sehr sie ein Augenmensch war, von ihren Augen sklavisch abhängig. Ihre Blicke waren ihre Schwäche. Was sie sah, ließ sie in Abwehrstellung gehen oder in wilder, leidenschaftlicher Liebe entbrennen.

«Wissen Sie, was Gesichtsfetischismus ist?» fragte Bea ihren Begleiter Louis Wern auf der Fahrt in den Spessart.

«Es gibt Maler, die den Gesichtern ihrer Modelle verfallen sind», antwortete Louis.

«Sind Sie wirklich der Meinung, daß es lediglich die Gesichter sind?»

Die Bereitwilligkeit, mit der Louis auf ihre Worte eingegangen war, verblüffte Bea. Es schien fast, als hege dieser Mann ähnliche Gedanken wie sie selbst. Das konnte aber auch ein bloßes höfliches Entgegenkommen sein, wie es solche Männer manchmal als Trick anwandten, um die Distanz zu verringern.

Louis hatte aber offenbar tatsächlich darüber nachgedacht. «Es gibt viele Gründe für Anziehung und Abstoßung, doch der stärkste Grund ist das Gesicht. Mich wundert, daß noch nie jemand eine Geschichte der Gesichter geschrieben hat. Ich meine, in den Gesichtern der Menschen steht alles geschrieben, ihre eigene persönliche Geschichte und dazu die Geschichte der Zeit.»

«Und die Körper?» warf Bea ein.

Louis lächelte. »Körper bereiten die meisten Täuschungen, denen wir unterliegen.»

«Nein!» sagte Bea schnell. «Es gibt schöne und häßliche Körper, genau wie bei den Gesichtern. Es gibt Körper, nach denen es uns leidenschaftlich verlangt, und nach anderen verlangt es uns nicht im geringsten.»

«Das ist eine Täuschung!» beharrte Louis und lächelte noch immer mit jener Nachsicht, die Bea nicht leiden mochte. Sie kam sich zum Kind degradiert vor. So wie Louis jetzt hatten die Eltern oft gelächelt.

«Mag sein, wenn wir sehr jung sind, faszinieren uns die Körper», erklärte Louis, plötzlich ernst geworden und nicht im geringsten mehr lächelnd. Er sprach wie einer, der dabei nachdenken muß und Wert darauf legt, sich knapp und exakt auszudrükken. Keine Spur von Herablassung und keine Andeutung von Überlegenheit mehr. Louis dachte genau nach, während er sprach, und Bea empfand seinen Ernst als Zuwendung. Das freute sie. Zum ersten Male bei diesem Abenteuer fühlte sie sich bestärkt. Sie bemühte sich um keinen Unwürdigen. Mit nachtwandlerischer Sicherheit hatte sie einen Typen herausgegriffen, der es lohnte.

Die Erkenntnis verschärfte das Gefühl, dem sie folgte, weil sie beherrscht werden wollte von dieser erotischen Leidenschaftlichkeit.

«Wenn wir den Kinderschuhen entwachsen sind», fuhr Louis fort, «erkennen wir bald, daß uns die Körper bloße Zeichen von Nacktheit sind, die nur wenig bedeuten. Nacktheit ist noch keine Liebe und noch nicht einmal sexuelle Erregung. Nacktheit ist nur einfach die Abwesenheit von Verkleidung. Erst in Verbindung mit einem Gesicht beginnt uns das Nackte zu erregen.»

«Sie geben ein individuelles Psychogramm!» sagte Bea.

«Mag sein, daß ich nur von mir selbst rede. Übrigens, vielleicht verstehen Sie jetzt, daß ich nie zur Prostituierten gehen kann. Es erregt mich nicht. Es sei denn, ich fände das Gesicht der Hure interessant.»

«Ich bin eine Hure.»

«Wirklich?»

«Könnten Sie sich für mich interessieren?»

«Ich muß annehmen, Sie beabsichtigen irgendein Abenteuer. Leider gelang mir noch nicht, herauszukriegen, welch ein Abenteuer Sie vorhaben.»

«Sie kneifen vor meiner Frage, lieber Freund.»

«Ich muß Ihnen nicht erst sagen, daß Ihr Gesicht anziehend ist. Obwohl Sie offensichtlich nicht allein darauf vertrauten und mir eine andere Schönheit vorwiesen.»

«Ich wollte Sie unbedingt dazu bewegen, mitzukommen.»

«Und ich tat Ihnen den Gefallen.»

«Sie werden es nicht bereuen.»

«Falls sie mich ermorden lassen wollen, erbitte ich mir die Gnade, in meinem letzten Augenblick Ihr Gesicht anblicken zu dürfen.»

«Das sind die Worte eines Romantikers, der Sie nicht sind.»

«Immerhin war ich romantisch genug, Ihnen zu folgen und mich in Ihre Hände zu begeben. Darf ich jetzt erfahren, was Sie vorhaben mit meiner Wenigkeit?»

«Ganz einfach, ich möchte Sie beobachten!»

«Wie meinen Sie das – mich beobachten?»

«Wie ich es sagte – mir gefällt Ihr Gesicht. Ich möchte es beobachten, wenn es in Bewegung gerät.»

«In Bewegung –»

«In Erregung!»

«In Erregung?» Louis dämmerte, was gemeint war, und er lächelte wieder, doch ganz anders als vorher. Seine Eitelkeit, nicht überstark, doch auch nicht gerade sehr schwach, begann sich zu regen.

«Ich möchte Sie genau beobachten, wenn Sie lieben.» Bea gab die Erklärung bewußt beiläufig ab. So hielt sie es gern, wenn es um

303

das Wichtigste ging, um ihre Herzensangelegenheit. Je mehr sie sich dem Ziel der Fahrt näherten, um so geiler fühlte sie sich. Es war eine wunderbare und ausschwingend freie Freude in ihr.

Bea steuerte den Wagen eine schmale pappelbestandene Allee entlang, die in ein Rondell mündete, das von einem hohen eisernen Tor begrenzt wurde.

Sie ließ den Wagen nahe ans Gitter heranrollen. Das Tor öffnete sich lautlos. Die beiden Flügel schoben sich beiseite, Bea fuhr in das parkartige Grundstück ein.

Der Weg war jetzt so schmal, daß nur ein Wagen darauf Platz fand, und es ging in langen Biegungen unter mächtigen Kiefern und Tannen hindurch.

Die Zufahrt mündete auf einen großen Platz, wo viele Wagen geparkt standen. Man befand sich jetzt vor einem schloßartigen Gebäude mit unverputzten Backsteinfronten.

Sie näherten sich einer kleinen hölzernen Pforte. Es dauerte kaum länger als einen Augenblick, und die Pforte wurde nach außen geöffnet. Zuerst erblickte Louis nur die schmale Hand der Dame, die die Tür aufhielt.

«Willkommen – Bea!» sagte eine rauchige Stimme.

Louis war nicht überrascht von der Tatsache, daß seine Begleiterin hier bekannt war. Es hätte ihn überrascht, wäre es anders gewesen. Er verspürte eine anwachsende Neugier, eine Anspannung seiner Nerven. Die prickelnde Nervosität, die sich bemerkbar machte, erhöhte seine Lebenskraft und seine Bereitschaft zur Freude.

Es war doch richtig, daß ich nachgab und mitkam, dachte er. Die Empfangsdame, in ein langes weißes Seidengewand gehüllt, das vorn einen riesigen Ausschnitt hatte, in dem eine schwere goldene Kette schwang und die prallen, gänzlich freien Brüste sich wölbten, hatte Bea wie eine gute Freundin begrüßt und hielt ihrem Begleiter die schmale Hand hin. Louis antwortete mit einem Handkuß

«Bitte unterlassen Sie es, Ihren Namen zu nennen», hörte er die Dame sagen. «Der Umstand, daß Bea Sie mitbringt, ist uns Empfehlung genug.»

Sie gingen ein paar Schritte durch die kleine Halle und traten in eine größere Halle hinaus, die in eine noch größere mündete. Die zweite Halle war ohne jedes Mobiliar und mit einem blauen chinesischen Teppich ausgelegt.

Die dritte Halle enthielt viele Sitz- und Liegemöbel. In ihrer Mitte war ein großes Schwimmbecken eingelassen, dessen Wasser von bunten Scheinwerfern gemustert wurde. Hier befanden sich viele Menschen. Manche trugen lange weiße Tücher, mehr oder weniger lässig umgeworfen. Die meisten waren nackt, und manche gruppierten sich zu zweit oder zu mehreren und waren damit beschäftigt, einander zu lieben. Am hinteren Ende des Schwimmbeckens ragten zwei verspiegelte Säulen aus dem Wasser, Springbrunnen, und das Wasser stürzte in Kaskaden an ihnen herab. Das Geräusch enthielt einen trommelartigen Rhythmus, und dieses Trommelgeräusch übte auf die Anwesenden eine geheimnisvoll anfeuernde Wirkung aus.

Louis empfand die Wirkung schon nach kurzer Zeit.

«Kommen Sie, mein Freund», hörte er Bea sagen.

Sie traten zur Seite. Louis sah, daß seine Begleiterin sich auszog, und tat es ihr nach. Die Kleider kamen auf einen mattgold schimmernden Bügel, der an einer von oben herabhängenden Kette befestigt war.

«Merken Sie sich Ihre Zahl!» sagte Bea. Als Louis nicht gleich begriff, was sie meinte, nannte sie ihm seine Zahl. Er erkannte jetzt, die Zahl stand auf dem Bügel verzeichnet. Bea drückte einen Knopf, ihre beiden Bügel entschwanden nach oben. Louis blickte hinauf und sah, die Kleider der Besucher der Orgie hingen alle in Reihen oben an der Hallendecke.

«Kommen Sie!» sagte Bea. Louis spürte ihre Hand auf seinem Arm. Die Frau sagte mit einer vor andrängender Erregung vibrierenden Stimme: «Jetzt werde ich Sie beim Lieben beobachten!»

Er empfand sich bereits in einem so freudigen Zustand, daß ihm der Gedanke, er könne ihren Erwartungen nicht entsprechen, gar nicht kam.

«Sind Sie das erste Mal im Schloß ‹Spessartlust›? erkundigte sich eine Dame bei Louis, während er sich bei ihr mit geschmeidigen Bewegungen einschmeichelte.

305

Louis schätzte die Frau auf Anfang Dreißig. Ihre Haut und der Tonus ihres Fleisches signalisierten zwar weniger Jahre, doch Louis glaubte seinen Blicken mehr als seinen tastenden Fingern und den wohligen Signalen seiner eigenen Haut. Die Frau unter ihm bewgte sich mit der Gelassenheit einer jungen, durchtriebenen Hure. Louis kannte sich bei Huren zwar nicht aus, doch wußte er Bescheid. Er paarte sich mit einer Frau, deren Liebesvermögen auf langes und intensives Training schließen ließ. Die Reaktionen ihres Gesichts unterschieden sich um Bruchteile von denen ihres Körpers, es war, als bleibe das Gesicht bewußt hinter den körperlichen Aufforderungen zurück. Louis erkannte, seine Partnerin trug eine Perücke. Unter dem langen, aufgesetzten Schwarzhaar schimmerten kleine blonde Strähnen. Louis stützte sich mit den Armen ab, richtete sich auf und warf einen Blick nach unten. Kein Zweifel, seine Partnerin war eine Blondine.

«Weshalb tarnen Sie sich?» fragte er.

«Wir wohnen in einer Kleinstadt ganz in der Nähe.»

Er begriff, sie fürchtete, von Nachbarn erkannt zu werden.

«Und Sie haben eine Beobachterin mit?» fragte die Frau.

Er hatte sich ihr jetzt wieder angenähert. Sie lagen eng übereinander und schickten langsame Wellen durch ihre Körper.

«Es gefällt ihr, mich zu beobachten», stimmte Louis zu.

Er spürte, wie die Frau drängte. Sie drehten sich zur Seite, die Frau schwang weiter und lag jetzt auf Louis. Sie zog die Beine in Sitzstellung an, richtete den Oberkörper auf und stieß ungescheut einen schamlos gellenden Schrei aus.

Auf den Schrei hin wandten sich andere Anwesende den beiden zu. Manche kamen herbei und bildeten eine kleine Gruppe. Die Frau, auf Louis sitzend, lächelte ihm zu, beugte sich nach vorn und flüsterte etwas in sein Ohr. Louis war sich nicht sicher, ob er genau verstanden hatte, was sie flüsterte, Es klang wie: Ich möchte gern, daß mein Mann aufmerksam wird.

Ihm war, als suchte die Frau wiederum sein Einverständnis. Sie saß auf ihm und ritt ihn in einem nicht zu schnellen und heftigen Rhythmus. Ihr Gesicht, dessen feine Züge sich ihm jetzt in der anders einfallenden Beleuchtung enthüllten, wies die ersten erregten Spannungen auf. Jetzt befanden sich Gesicht und Körper im

Gleichklang. In den Augen der Frau saß ganz deutlich sichtbar der Wille, sich nicht gehenzulassen, sondern zu zögern und abzuwarten. Ach ja, durchfuhr es Louis, sie möchte doch, daß ihr Mann aufmerksam wird. Er warf einen forschenden Blick in die Runde. Unter denen, die nahebei standen und ihnen zusahen, waren einige Männer, keiner allerdings ließ erkennen, daß er zu der Frau gehörte.

Während er von einem zum anderen blickte, steigerte die Frau ihre Bewegungen, ihre Reize wurden kräftiger, ihr Atem keuchte, in ihren Pupillen gingen kleine Sterne auf, mit kreisenden Bewegungen. Ich habe ein Feuerrad-Mädchen aufgerissen, dachte er freudig bewegt, das war ein Wort aus seiner frühen Jugendzeit. Feuerrad-Mädchen nannten sie damals die Leidenschaftlichen. Wieder blickte er zur Seite und erkannte Bea. Sie stand Arm in Arm mit einem Mann und beobachtete mit großen, vor Erregung ganz runden Augen, was geschah. Er erkannte deutlich, sie hatte ihren Beobachterposten bezogen, es war ihre erklärte Absicht, ihm zuzusehen. Ach ja, dachte er, vor allen Dingen will sie mir ins Gesicht blicken. Er lachte freudig, doch indem er lachte, spürte er, wie sein Gesicht ihm den Gehorsam verweigerte, sein Gesicht lachte nicht, es wurde von anderen Kräften gefangengehalten und war seinem eigenen Willen entzogen. Sein Gesicht wurde, ganz wie sein Geschlecht, von dieser Frau regiert, seiner Partnerin, die auf ihm saß und sich mit allem Raffinement um ihn bemühte.

Oder aber bemühte sich diese Frau weniger um ihn und mehr um ihren eigenen Mann, mit dem sie hergekommen war und von dem sie hoffte, daß er nun in der Nähe sei und sie beobachtete? Ein kurzer Seitenblick verriet Louis, Bea stand noch immer an ihrem Ort, und der Mann, mit dem sie Arm in Arm dort stand, streichelte sanft ihre Hüften. Bea schien aus Erz gegossen zu sein und völlig ohne Bewegung. Nur ihre Augen, geweitet, rund, unnatürlich groß, enthielten Energien.

Louis wurde das Tempo der Partnerin zu heftig. Ihm schien es einfach zu früh, sich mitreißen zu lassen. Außerdem wollte er sich nicht zu schnell verausgaben. Er besaß keine Übung in solchen Veranstaltungen, ein stets vorhandenes Mißtrauen warnte ihn. So setzte er sich sachte zur Wehr, verzögerte und distanzierte, richtete sich endlich in einem passenden Moment auf, seine Partnerin umfassend, an sich drückend mit dem Oberkörper, und jetzt, da die Brüste der Frau infolge der aufrechten Sitzstellung ihre Normalform einnahmen, senkte Louis den Kopf und bedeckte sie mit leichten, kosenden Küssen. «He!» sagte die Frau, und es klang fast, als wäre darin ein Schluchzen enthalten: «Sie sind ja ein Zärtlicher!»

Louis nutzte die Gelegenheit dazu, sich zu lösen, doch indem er sich befreite, umschlang er die Frau zugleich mit seinen Armen und legte sie lang auf den Rücken. Mit einer Zärtlichkeit und einem Geschick, die ihn beide selbst überraschten, streichelte und umschmeichelte er den Leib der Frau, und seine Hände und Finger, seine Lippen, sein Kinn, seine Stirn und seine Zunge waren zugleich hier und dort und überall, so daß ihm ein langes, glückliches Stöhnen antwortete.

«Und Ihr Mann, sieht er Ihnen jetzt zu?» flüsterte er.

«Ach, mein Mann, was kümmert mich mein Mann!» antwortete sie, unbedacht und unvorsichtig laut. Und Bea, dachte Louis, was ist mit Bea? Er hob den Kopf und blickte zu der Stelle, wo sie gestanden hatte. Doch da war sie nicht mehr, und Louis verspürte einen winzigen, bohrenden Schmerz. Großer Gott, dachte er, das ist die Eifersucht.

Später entdeckte er Bea, die zusammen mit einem riesenhaften Neger den umschwärmten Mittelpunkt einer Gruppe bildete.

Louis, der schon an mehreren kleineren Gruppen vorübergekommen war, trat erst aufmerksam näher, als er eine Stimme vernahm.

Es war die Stimme der jungen Frau, die ihn hergelockt hatte. Sie klang ganz anders als beim Sprechen, und dennoch erkannte er sie sofort.

Wieder verspürte er das Bohren der Eifersucht, die er aber nicht wahrhaben wollte, denn sie signalisierte ihm die Unfreiheit seines Gefühls. Er mochte diese vielen Abhängigkeiten nicht. Ja, er bestand mit unbezähmbarer und willentlicher Wildheit auf seiner Freiheit und Autarkie. Nie in seinem Leben, abgesehen von der Schulzeit, hatte er Gefühlen gestattet, seine Gedanken und Entscheidungen zu dominieren.

Er trat näher an die Gruppe heran und schob sich zwischen die starren Leiber. Männer wie Frauen standen da und blickten fasziniert auf die Darbietung des Paares in ihrer Mitte.

Louis schob sich weiter nach vorn, und er stellte fest, es waren mehr Frauen als Männer, die die Paarung beobachteten. Frauen sind die besseren Voyeure, dachte er ironisch. Im allgemeinen galten Frauen als untauglich zum Voyeurismus. Man billigte ihnen einen starken Trieb zur Entblößung zu, nahm aber an, daß sie selbst kaum voyeuristische Bedürfnisse besäßen. Ihre Sexualität galt als zu ichbezogen. Auch nahm man an, ihr optischer Sinn, ja ihre optische Leidenschaftlichkeit seien unterentwickelt.

Die gebannt dastehenden und die Vorführung des Paares in ihrer Mitte verfolgenden Frauen straften diese Vorstellungen Lügen. Indessen war er durch die erstarrten Leiber der beobachtenden Gäste fast ganz nach vorn gedrungen.

In der Mitte der Gruppe befand sich ein großer Eichentisch.

Bea lag mit dem Rücken auf der Tischplatte. Ihr Kopf ragte ein wenig darüber hinaus und knickte im Genick leicht nach unten ab. Ihr langes Haar fiel in Kaskaden nach unten, wo die Spitzen den Teppich berührten und auf ihm hin- und herschlugen.

Die Wellen, die durch Beas Leib rollten, liefen, sich verjüngend, in ihren Haarschweif aus. Die Ähnlichkeit des fallenden Haares mit dem buschigen Schweif eines stolzen, rassigen Pferdes drängte sich Louis so stark auf, daß er den Vergleich mit einem Pferd mühelos noch weitertrieb. Beas Gesicht, auf das er von der Seite her blickte, verlängerte sich in der Perspektive über die sowieso schon vorhandene Länge hinaus, und auch hier stellte der Beobachter die rassige Schönheit fest, die ihn bei edlen Vollblütern faszinierte. Am meisten faszinierte ihn Beas Blick, der unter den etwas zu weit hervordrängenden Lidern mit einer irren Leuchtkraft hervorschoß.

Sie hat Drogen genommen, dachte Louis, verwarf den Gedanken jedoch sofort wieder.

Über Bea lag der riesige Leib eines athletisch gebauten Negers. Trotz seiner Größe und Stärke strahlte sein Körper eine grazil anmutende Formschönheit aus, wie wenn ein durchtrainierter Boxer die Meisterschaft im Ballett erreichte.

Die schmale Gestalt Beas verschwand fast unter dem Körper des Mannes, der sie bedeckte und ihr in einem rhythmischen Tanz Stöße versetzte.

Lange Zeit verharrte das Paar in der einfachen Missionarsstellung, der schwarze, schweißglänzende Arsch des Mannes hob und senkte sich wie ein maschinell getriebener Hammer, und wenn er gegen die Oberschenkel und den Unterleib der Frau stieß, sandte er eine Welle der Erschütterung durch die Frau hinauf bis in ihre Stirn und den Fall des langen, losen Haares hinab auf den Teppich.

Aus den leicht geöffneten Lippen Beas drang ein vibrierendes «Ah – ah –», unter den Lidern drängten die Pupillen hervor, in unendlichen Kreiselbewegungen verfangen, diese Augen nahmen nichts Äußeres wahr und wandten ihre Aufmerksamkeit nach innen, von wo auch die Laute kamen.

Jetzt lockerte der junge Schwarze seinen Griff, erleichterte sein auf der Frau lastendes, niederdrückendes Gewicht. Bea hob ihre Schenkel an, ihre Beine streckten sich steil nach oben, als wolle sie eine Kerze schlagen, der Schwarze ging auf die Bewegung ein, und im nächsten Moment warf Bea ihre Beine, in den Knien einknickend, über die Schultern des Partners, dessen Leib sich nun gegen die Unterseiten von Beas Schenkel preßte, und wieder begann er mit seinen mächtigen Stößen.

Wenn er auf Bea niederfuhr, drängte sein Körpergewicht die Schenkel der Frau gegen ihren Leib, daß sich ein spitzer Winkel bildete, und erreichte er seine optimale Spitze, entrang sich Beas Lippen der Lustschmerzenslaut. Danach, im Zurückfedern des kopulierenden Mannes, lockerte sich der gepreßte Zustand der Frau, und im Moment der größten Lockerung entrang sich ihren Lippen ein kaum hörbarer, leichter Seufzer.

Das Gleichmaß von Lust und weltabgewandtem Schlaf war es, das die Umstehenden festbannte. Louis hatte noch nie ein so selbstvergessen liebendes Paar gesehen, und die überraschende Wahrnehmung verbannte für eine kurze Zeit jede Regung von Neid und Eifersucht aus seinem Herzen. Er war Bea dankbar, daß sie ihn hierher mitgenommen hatte. Seine tiefe Befriedigung resultierte weniger aus dem Akt, den er sah, sondern aus dem, wie das geschah, was er jetzt beobachten durfte. Er begriff es zwar noch nicht restlos, seine Dankbarkeit speiste sich aus dem Glücksgefühl jener tiefen Seelenruhe, die ihn erfüllte, während er unter den andern stand und zusah. Auf eine seltsame Weise fühlte Louis sich gesteigert in seiner Lust und zugleich entlastet, es war ein wenig wie bei einem großen Boxkampf, nur weniger brutal und auf alle Fälle sehr viel intelligenter, schöner, leichtfüßiger, kurzum: betörender.

Als er so weit gekommen war mit seinen Überlegungen, verschlang sich die Zweiergruppe auf dem Liebestisch zu einem einzigen Gliederknoten, die fließenden Bewegungen gingen in die Starre des gebannten Augenblicks über, die rotglühenden Lippen Beas rissen auseinander zu einem lackglänzenden O, aus der Kehle der Frau entrang sich ein langgezogener, schmerzlich-jauchzender Schrei, dem der Schwarze, der reglos über der Frau lag, ein tiefes, kehliges Brummen folgen ließ.

Gemächlich begann das Paar sich wieder zu bewegen. Mit einer abgestimmten Wendung drehten die beiden sich, Bea lag auf dem Rücken, der Schwarze über ihr, die Schenkel der Frau spreizten sich weit, der stechenden Gier der Zuschauer Einblick gewährend. Alles drängte nahe herbei. Louis fühlte sich vorgeschoben, er roch die Liebe des Paares, der Duft von Schweiß, Parfüm, Sperma hüllte sie ein, gebannt gingen die Augen der Beobachter vor und zurück, den Stößen des prächtigen schwarzen Körpers folgend, der die unter ihm liegende, gegenhaltende Frau immer weiter ins Delirium trieb, aus dem sie lallende Signale gab, bis sie den Kopf hob und schrie: «Ja – mehr – stoß zu...» Der Ansporn setzte den schwarzen Hammer unter Druck, mit keuchendem Pochen sauste er auf und nieder, knallende Geräusche hervorrufend, der leuchtende Leib der Frau entschwand unter der drückenden Last, im rasenden Rhythmus peitschte der Mann die Frau voran, eine weiße Hand schlug gegen den rotierenden Arsch des Schwarzen, die Bewegungen ließen nach und verlangsamten sich, bis ein gemächliches Stampfen entstand. Es war, als gingen die beiden nebeneinander her, ihre Züge entspannten sich, der Schwarze nahm die verkrampften Hände von Beas Brüsten, deren Warzen steil aufgerichtet blieben, Mandelkerne, die sich abhoben, die Warzenhöfe, geweitet und gekörnt, unterstrichen die harte, gespannte Elastizität des Gewebes, das ganz und gar Empfindung wurde, und die genäßten Lippen der Frau bewegten sich, «Küß mich, Bob!» Der Schwarze bedeckte den verlangenden Mund mit der Fülle seiner vorgewölbten Lippen, und während sie einander beatmeten, zeigten ihre schneller ineinanderstoßenden Leiber an, daß sie sich entschlossen hatten, den Akt mit einem doppelten Höhepunkt zu beschließen.

In die Heftigkeiten ihres Ficks mischten sich die Vorläufer der Entladung, die sich mit zuckenden Muskelkontraktionen abzeichneten und eine Vielzahl keuchender Explosionen bewirkten. Es sah aus, als erschüttere ein Erdbeben die einander verschlingenden Leiber, sie hoben, stampften und prallten ineinander, der Kuß ihrer Lippen riß, beide Lippenpaare blieben durch eine erigierte Zunge verbunden, die lackglanzrot aufleuchtete, den aus Beas Kehle kommenden Schrei erstickend; die Lippen verknoteten sich erneut, die Übergabe des Samens geschah, der schweißnasse Arsch des Negers verlangsamte die Gangart, und wenn er sich vom Schoß der Frau abhob, federte die Möse nicht nach, der schwarze Schaft zog fast zur ganzen Länge heraus, die Wulste der Schamlippen aufspreizend, ein letztes Mal nahm das Glied des Mannes von der gesättigten Möse Besitz, aus der es rann und tropfte, dann brach der Liebhaber auf der Frau zusammen, und beide verharrten eng ineinandergeflochten, kaum daß sie atmeten.

Es herrschte vollkommene Stille um sie herum. Ihnen allen war, als erstürbe mit der Bewegung der beiden eine jede andere Bewegung in der Welt. Sie verhielten, als seien sie ein Bild. Der Bann des Geschehens hatte sich mit dem Bann des Zuschauens vereinigt. Gemeinsam kosteten sie die junge Schönheit des Schocks aus, den sie verweigerten und von dem sie dennoch wußten, daß er zum kulturellen Folterwerkzeug gehörte. In ihren Handlungen und mit ihnen als Darsteller und Publikum kehrte die Gesellschaft zu den Ursprüngen des Theaters zurück, zum Kult der Entfesselung.

Als einige Zeit vergangen war, löste sich der Bann, indem sich die gestockte Energie freisetzte: kaum enden wollender Applaus, glänzende Augen, knisternde Berührungen zwischen den Umstehenden, in die das eigene Leben zurückkehrte, aufgeladen durch die Energien des genossenen optischen Abenteuers.

Ein wenig später schob Bea sich im Vorübergehen kurz an Louis und fragte:

«Hat es Ihnen gefallen?»

«Sie waren wunderbar!» antwortete er mit naiver Ehrlichkeit. Sie blickte ihm forschend und sehr ernst in die Augen und schien zu finden, wonach sie suchte,

«Wir sind uns nähergekommen, mein Freund.»

«Was heißt das?» Er hielt sie, die sich schon wieder entfernen wollte, zurück.

«Ich weiß nicht, wonach Sie fragen –»

Sie nahm seine Hand von ihrer Schulter, wohin er sie besitzergreifend gelegt hatte.

«Das Ziel ist die Autarkie der Gefühle!» sagte sie, jetzt ein wenig lächelnd, und verschwand im Gewühl.

Da fühlte er sich zurückgestoßen und gab seiner Eifersucht wieder Raum.

Die Autarkie der Gefühle, dachte er bitter, besteht offenbar darin, mit einem Neger öffentlich zu bumsen.

Er war sehr unzufrieden mit sich. Auch mit seinen dummen Gedanken und feindseligen Empfindungen.

Immerhin hatte er einiges empfunden, das nicht nur feindselig gewesen war, nein, einige seiner aufrührenden Gefühle signalisierten Sympathie und Hingabe. Er war sich zwar gewiß, daß sein erster Impuls gewesen war, den Neger von Bea loszureißen und sich selbst an dessen Stelle über sie zu werfen. Da Louis aber ein Mann von nicht unbeträchtlicher Intelligenz war, überdies mit einem nie ganz unterdrückbaren Hang zur Ehrlichkeit, gelang ihm immerhin so viel an Selbstanalyse, daß er sich vor sich selbst zu schämen begann.

Es muß möglich sein, eine Liebe zu erlangen, ohne die Feindschaft eines anderen Menschen zu entfachen, sagte er sich.

Indem er sich derart weniger zur Ordnung als zur Befreiung aufrief, fühlte er sich auch viel befreiter, und die Feststellung, daß es so sei, beglückte ihn geradezu.

Um jemanden zu lieben, bedarf es nicht der vorangehenden Panzerung und des Feldzugs gegen Konkurrenten, stellte er fest. Und fügte hinzu: Neu ist meine Einsicht nicht, nur geht sie zum erstenmal unter die Haut. Bislang war sie lediglich nachgeplapperte Theorie gewesen. Welch ein riesiger Unterschied, welch klafterweite Differenz trennte das eine vom andern.

Als fiele es ihm wie Schuppen von den Augen, so sah er die Paarung wieder vor sich, und gänzlich ohne Haß und Feindseligkeit, bar aller mörderischen Eifersuchtsqualen. Was geschehen war, was er beobachtet hatte, zählte zu den köstlichsten Schönheiten, die einer genießen durfte, wenn er sich traute. Die Schönheit des optischen Genusses war an die Voraussetzung innerer Freiheit gebunden. Die Sklaven des Vorurteils reagierten mit Schreck, Haß und Feindschaft. Er würde ihnen künftig nicht mehr zugehören.

Louis traf Bea wieder an der kleinen, ein wenig ausgegrenzten Bar, hinter der ein asiatisches Mädchen im hochgeschlossenen Seidenkleid bediente. Das Mädchen lächelte höflich, und seine Maske hielt die Gäste auf Distanz.

«Sie wurde extra wegen ihrer strengen Unnahbarkeit ausgewählt», erläuterte Bea, die mit den Besitzern des Privatklubs gut bekannt war.

«Jetzt weiß ich, weshalb die Bardame hier ist», entgegnete Louis. «Und nun möchte ich gern wissen, weshalb Sie hier sind!»

Sie warf ihm einen forschenden Blick zu.

«Wissen Sie das nicht?»

«Nein.»

«Aber Sie haben es vorhin beobachtet!»

Er wußte bisher nicht, ob sie ihn gesehen hatte. Eigentlich war er davon ausgegangen, daß sie ihn nicht bemerkt haben konnte. Hingegeben, wie sie war, bei dem artistischen Akt.

«Ich bewunderte Ihre Vorführung, doch beantwortet sie nicht den Grund, weshalb es geschieht.»

«Weil ich es gern habe, und weil ich meine, die Kopulation müßte etwas von dem fatalen Charakter der Notdurft verlieren. Ich betrachte sie als das schönste Spiel des Lebens. Es gibt kein schöneres und aufregenderes. Ich weiß, nicht alle Menschen denken und fühlen so. Ja, ich fürchte, nur sehr wenige besitzen Mut und Charakter genug, dies zu bekennen. Lieber töten sie einander und lassen töten, um alles in der Welt möchten sie nicht in den Ruch der Geilheit und Sinnlichkeit kommen. Es sei denn, sie sind unter sich, und dann bilden sie eine Bande verschworener kleiner biertrinkender Übeltäter. Sage mir, wie du die Kopulation bewertest, und ich sage dir, was für ein Mensch du bist.»

Bea blickte Louis über ihr Glas hinweg wieder nachdenklich prüfend an.

«Es fällt mir schwer, so wie Sie darüber zu sprechen», antwortete er nach einer Weile des Überlegens. Er war besten Willens, genau das zu sagen, was er dachte und fühlte, doch fiel es ihm sehr schwer, sich ein genügend sicheres Urteil zu bilden. Zwar neigte er dazu, Bea zuzustimmen, und ihre Ansichten gefielen ihm, doch argwöhnte er, unter den betörenden Eindrücken des Ortes zu stehen, an dem er sich befand. Überdies beeindruckte ihn Bea.

«Wenn ich es recht verstehe, möchten Sie jetzt, daß wir es miteinander tun?» fragte sie.

«Ich weiß nicht, ob ich Ihnen so viel bieten kann, und ich muß gestehen, ich bin nach dem, was ich sah, meiner nicht sicher genug.»

«Gehen wir davon aus, daß ich Sie schon im Eisenbahnabteil von meinen Absichten in Kenntnis setzte. Beruhigt Sie das nicht?»

«Im Abteil wußte ich noch nicht, was ich jetzt weiß. Ich war um eine Erfahrung ärmer, die ich nun keinesfalls missen möchte. Doch wer sagt mir, ob sich an dieses sympathische Erlebnis nicht ein weniger schönes anschließt, wenn ich Ihre freundliche Aufforderung annehme?»

«Meine Liebe zu Ihnen sollte Sie ermutigen.»

«Woher nehmen Sie die Sicherheit, von Liebe zu sprechen?»

«Ich fuhr nie mit jemandem hierher, den ich nicht auf eine unbezähmbare Weise mochte.»

«Sie holen sich öfter jemanden nach hier?»

«Sooft ich jemanden finden kann, der mich weder abstößt noch ängstigt. Und sein Gesicht muß mir versprechen, es wird sich öffnen wie eine Blume am Morgen, wenn die Sonne über den Horizont tritt.»

Bea lächelte auf eine ermutigende Weise, und so mochte Louis nicht mehr widerstehen. Seine Zweifel waren nicht beseitigt, doch sein Lebensmut war angestachelt worden. Vor Feinden oder auch nur neutralen Beobachtern hätte er es nicht über sich gebracht.

Beas Worte und Blicke jedoch waren von einer so bestärkenden Art gewesen, daß er sich geschämt hätte, den Antrag weiterhin abzuschlagen.

Er folgte Bea zurück in den großen Saal, und nach einigen Schritten hielt er sich mit ihr gleichauf. Zwar merkte er, wie sie ihn auf ein Ziel lenkte, doch wurde es ihm erst bewußt, als sie beide einhielten und vor dem großen Eichentisch standen, auf dem der riesige schwarze Supermann und Bea gelegen hatten.

«Keine Bange», flüsterte Bea und hauchte ihm einen Kuß auf die Lippen, bevor sie sich zurücklegte und öffnete.

Louis warf einen scheuen Blick zur Seite. Beruhigt registrierte er, die anderen Gäste hatten sich miteinander verbrüdert und verschwestert, sie bildeten kleinere und größere Gruppen, innerhalb derer sie ihre Liebesvorstellungen mit Eifer zu verwirklichen trachteten.

Er legte sich, noch ein wenig befangen und ungeschickt, auf Bea, die ihn in ihren sanften Anfangsrhythmus einbezog, als wolle sie ihn in Schlaf wiegen. Da besann er sich und legte eine härtere Gangart vor.

Nichts von dem, was um sie herum geschah, drang noch zu ihm durch, während sie sich paarten.

Ganz am Anfang leistete der Rest Außenwelt in seinem Inneren hinhaltenden Widerstand. Ein wenig Erinnerung an die Pflichtverletzung, die er sich zuschulden kommen ließ, war da, und ein Schatten Unbehagen, weil er sich's so leicht machte, dann dachte er daran, daß er sich in einem Zustand gänzlich ohne Haß und Feindschaft und Konkurrenzkampf befand. Seine Gegner verloren an Schwerkraft, seine Bekannten entschwanden in die tiefen Täler des Vergessens, er besaß Zeit, viel Zeit, und die Ruhe des Genusses umgab ihn als eine zurückgewonnene Natur. Er wußte, er hatte sich schon lange danach gesehnt, dorthin zurückkehren zu können, von wo er vor langen Zeiten ausgesandt und ausgestoßen worden war.

Sein Blick senkte sich und traf auf den Blick der unter ihm

ruhenden Frau, die ihn aufnahm und mit speichelfeuchten Lippen murmelte: «Komm!»

Er tat weder eine Pflicht, noch beglich er angelaufene Schulden, noch tat er es, weil er es zu tun hatte und es von ihm verlangt wurde. Es war ganz anders und auf eine erfrischende, umstürzende Art und Weise neu.

Aus den letzten erkennbaren Tiefen seines Gewissens rief ein verborgener Mund die Worte heraus, die Bea vordem gesprochen hatte. Jaja, dachte er und sprach es wohl auch aus, rauben wir dem Leben etwas von seinem tödlichen Gewicht und dem Coitus die schwere Gewichtigkeit der Notdurft. Er fühlte sich leicht und beschwingt und wie jemand, der fliegen kann.

Kōbō Abe

Im Sandloch

Eines Nachts, als er draußen urinierte und dabei den grauweißen Mond betrachtete, der am Rand des Sandloches stand, als wollte er von ihm umarmt werden, wurde er plötzlich von einem heftigen Kälteschauer gepackt. Hatte er sich etwa erkältet? Er hatte solche Schauer schon öfter gehabt, bevor er Fieber bekam; aber dieses Mal war es anders. Er fühlte weder einen kühlen Luftzug, noch hatte er eine Gänsehaut. Er zitterte von innen heraus, aus dem Mark seiner Knochen, es war wie bei Wasserringen, die sich von einem Zentrum aus langsam vergrößerten. Ein dumpfer, anhaltender Schmerz schien wie ein Echo von Knochen zu Knochen zu springen. Ihm war, als würde eine rostige, im Winde klappernde Blechdose durch seinen Körper gezogen.

Sein Herz begann unregelmäßig zu schlagen; es kam ihm vor wie ein geplatzter Pingpong-Ball. Er sehnte sich nach Luft – nach frischer Luft, die nicht mit seinem eigenen Atem vermischt war. Wie herrlich wäre es, wenn er einmal am Tag, mochte es auch nur für eine halbe Stunde sein, hinaufklettern und aufs Meer blicken dürfte! Das sollte man ihm doch eigentlich erlauben! Die Dorfleute bewachten ihn reichlich streng; da er nun schon über drei Monate zuverlässig für sie gearbeitet hatte, sollte man ihm diese Bitte wirklich erfüllen. Sogar den Häftlingen im Gefängnis steht das Recht zu, sich täglich eine gewisse Zeit im Freien zu bewegen.

«Ich kann es einfach nicht mehr aushalten. Wenn ich meine Nase immer nur in Sand stecke, wird bald Trockengemüse aus mir werden. Ob ich die Leute nicht dazu bringen kann, mich dann und wann oben spazierengehen zu lassen?»

Sie preßte den Mund zusammen, als fühle sie sich durch seine

Worte belästigt. Sie glich in diesem Augenblick einer Mutter, die nicht weiß, was sie mit ihrem mürrischen Kind anstellen soll, das seine Bonbons verloren hat. Schließlich sagte sie: «Vielleicht ist es nicht ganz aussichtslos.»

Plötzlich erfaßte ihn Zorn. Er sprach nun sogar von der Strickleiter, die er bisher wegen der schrecklichen, damit verknüpften Erinnerung aus seinem Gedächtnis verbannt hatte.

«Als ich neulich weglief, habe ich unterwegs ganz deutlich gesehen, daß bei einigen Häusern Strickleitern hinunterhingen!»

«Das mag schon sein», erwiderte sie furchtsam, als suche sie nach einer Entschuldigung. «Aber nur bei Leuten, die schon seit Generationen hier leben!»

«Wollen Sie damit sagen, daß es für uns keinerlei Hoffnung gibt?»

Sie ließ resigniert den Kopf sinken wie ein geprügelter Hund. Selbst wenn er jetzt vor ihren Augen Zyankali eingenommen hätte, würde sie keine Miene verzogen haben.

«Gut, ich werde fragen», erbot sie sich schließlich.

Er rechnete nicht mit einem Erfolg. Schon zu sehr hatte er sich an Enttäuschungen gewöhnt. Deshalb war er überrascht und verwundert, als mit den Männern der zweiten Seilkorbmannschaft der alte Mann erschien und ihm die Antwort überbrachte. Aber sie war noch viel bestürzender als die Tatsache, daß das Dorf auf seine Bitte reagiert hatte.

«Ja, wir wollen sehen...», sagte der Alte langsam und zögernd, als ordnete er in seinem Kopf alte Schriftstücke. «Es ist nicht ganz ausgeschlossen... wenn... na, vielleicht, wenn... Sie beide aus dem Haus herauskommen und wir zusehen könnten... wenn sie uns zuschauen lassen würden... Ihr Wunsch ist nur zu verständlich, und deshalb meinen wir... es ginge schon...»

«Was sollen wir denn zeigen?»

«Das eben... was Mann und Frau miteinander tun... na ja... das eben...»

Die Seilkorbmänner um ihn herum brachen in schallendes Gelächter aus. Er war wie betäubt, als würde ihm die Kehle zugedrückt. Langsam, und dann ganz klar, begriff er, was die Leute meinten. Und langsam begriff er, daß er es begriffen hatte. Und da er es einmal begriffen hatte, kam ihm der Vorschlag gar nicht so ungewöhnlich vor...

Der Strahl einer Taschenlampe tanzte wie ein goldener Vogel um seine Füße. Wie auf ein verabredetes Zeichen gesellten sich sieben, acht Lichter hinzu. Es bildete sich eine Art Wanne von Licht, die sich auf dem Boden des Sandloches hin und her zu bewegen begann. Bevor er sich dagegen wehren konnte, sprang die klebrige Erregung der Männer oben am Rand des Sandhangs auf ihn über und zog ihn wie ein Strudel hinab.

Er wandte sich langsam der Frau zu, die bis eben noch ihre Schaufel in der Hand gehalten hatte. Aber sie war verschwunden. War sie ins Haus geflohen? Er sah auf die Tür und rief: «Was sollen wir tun?»

«Lassen Sie die doch!» antwortete sie mit belegt klingender Stimme hinter der Tür.

«Aber ich möchte hinaus! Ich werde es...»

«Das kommt nicht in Frage!»

«Nehmen Sie es doch nicht so ernst!»

«Haben Sie denn den Verstand verloren?» stieß sie plötzlich hervor. «Sie sind wohl verrückt geworden! Da mache ich nicht mit! Ich bin doch nicht pervers!»

Hatte sie recht? War er wirklich verrückt geworden? Ihre entschiedene Weigerung ließ ihn schwankend werden, aber in seinem Innern breitete sich bereits eine Blase von Verderbnis aus. Hatte er überhaupt noch etwas zu verlieren, nachdem so viel auf ihm herumgetrampelt worden war? Wenn es eine Schande war, dabei gesehen zu werden, mußte es auch eine Schande sein, zuzusehen. Zwischen Beobachteten und Beobachtern gab es keinen Unterschied. Und selbst wenn ein Unterschied bestand, würde dieser durch die kleine Zeremonie aufgehoben werden. Und wenn er erst daran dachte, was er dadurch gewann, frei sein, über die Erde dahinschreiten können, wohin man wollte, tief atmen, sein Gesicht über den Spiegel der See neigen können...

Er warf sich mit seinem ganzen Körpergewicht auf die Stelle, wo er die Frau vermutete. Ihre Schreie und der Lärm, den ihre miteinander kämpfenden, gegen die Wand torkelnden Körper verursachten, entfachten oben auf dem Rand des Sandloches eine animalische Erregung, einen geradezu irren Tumult. Man pfiff, man klatschte wild in die Hände, stieß obszöne, unartikulierte Rufe aus. Die Menge der Zuschauer war größer geworden, anscheinend befanden sich jetzt auch ein paar Frauen darunter. Die Zahl der Taschenlampen, die den Eingang des Hauses mit hellem Licht überfluteten, hatten sich zumindest verdreifacht.

Er hatte Erfolg, weil sein Angriff für die Frau völlig überraschend gekommen war. Irgendwie brachte er es fertig, sie nach draußen zu ziehen. Sie war so erschöpft, daß er sie wie einen Sack hinter sich herschleppen mußte. Von allen Seiten strahlten jetzt Taschenlampen, es sah aus wie die Illuminierung eines nächtlichen Festes. Obgleich es nicht heiß war, strömte ihm unter den Achseln der Schweiß hervor. Sein Kopfhaar war so durchnäßt, als hätte man Wasser darüber gegossen. Die Schreie der Zuschauer, die wie ein gellendes, vielfaches Echo klangen, flogen wie riesige schwarze Flügel über den Himmel.

Er hatte das Gefühl, als seien es seine eigenen Schwingen, als sei er einer der atemlos von oben herabstarrenden Dorfleute. Aber sie waren auch ein Teil von ihm, und der klebrige Speichel, der ihnen aus den Mündern floß, war nichts anderes als seine Begehrlichkeit. Ihm war, als sei ihm mehr die Rolle des Henkers als die des Opfers zugeteilt.

Die Bänder ihrer Mompei-Hose bereiteten ihm unerwartete Schwierigkeiten. Es war dunkel, und seine fiebrig zitternden Finger waren noch ungeschickter als sonst. Als er die Bänder schließlich weggerissen hatte, umklammerte er ihre schlaffen Hinterbakken mit beiden Händen. Doch im selben Augenblick, als er seinen Leib an sie herandrängte, drehte die Frau mit verzweifelter Kraftanstrengung ihren Körper weg und entwand sich ihm. Der Sand stob hoch, als er versuchte sie erneut zu packen; aber wieder wurde er mit stählerner Härte zur Seite gestoßen. Da griff er brutal nach ihr und flehte sie an:

«Bitte! Bitte! Ich kann ja sowieso nicht! Wir tun nur so!»

Es war nicht mehr nötig, sie zu verfolgen; denn sie hatte bereits jeden Gedanken an Flucht aufgegeben. Er hörte, wie Stoff zerriß, und im selben Augenblick fühlte er, wie sie ihm wutentbrannt ihre Schulter in den Unterleib stieß. Sie hatte das ganze Gewicht ihres

Körpers in diesen Stoß gelegt. Da griff er einfach nach ihren Knien und bog sie auseinander. Die Frau stand über ihm und schlug ihm mit ihren Fäusten immer wieder ins Gesicht. Ihre Bewegungen waren langsam, aber die Schläge kamen so wuchtig, als wolle sie Steinsalz zertrümmern. Aus seiner Nase schoß Blut. Das Blut vermischte sich mit Sand. Sein Gesicht wurde zu einem Klumpen Erde.

Die Erregung oben auf dem Rand des Sandlochs fiel in sich zusammen wie ein Regenschirm, in dem die Stangen zerbrechen. Eine Zeitlang verschmolzen die unzufriedenen, spöttisch lachenden und anfeuernden Stimmen zu einem Chor, aber langsam fielen sie auseinander. Die betrunkenen, obszönen Schreie konnten schließlich keine Leidenschaft mehr entfachen. Irgend jemand warf etwas ins Sandloch herunter, aber er wurde sofort von den anderen dafür gerügt. Das Ende kam dann ebenso schnell, wie das Ganze begonnen hatte. Entfernte Rufe trieben die Männer zur Arbeit, und die Lichter verschwanden eines nach dem anderen. Zurück blieb nur der dunkle Nordwind, der die letzten Reste der Erregung von dannen trieb.

Aber der Mann, verprügelt und sandverschmiert, hatte in einer Ecke seines Bewußtseins das Empfinden, daß eigentlich alles so verlaufen war, wie es verlaufen sollte. Die wie Feuer glühenden Arme der Frau lagen unter seinen Achseln, und der Geruch ihres Körpers drang in seine Nase wie ein Stachel. Er überließ sich ihren Händen und kam sich vor wie ein schlüpfriger, flacher Stein in einem Flußbett. Was von ihm noch geblieben war, verwandelte sich in etwas Flüssiges und verschmolz mit ihrem Körper.

Brigitte Blobel

Kätzchen

Sie hatte kein schlechtes Gewissen, es kam ihr, während sie es zuließ, daß Joel sie in sein Zimmer führte, nicht einmal in den Sinn, daß sie im Begriff war, etwas Verbotenes zu tun.

Daß man so etwas noch vor kurzer Zeit «Sünde» genannt hatte, wäre ihr in diesem Augenblick geradezu lächerlich vorgekommen. Vielleicht lag es daran, daß sie Joel nicht liebte, daß die Sehnsucht, mit ihm zu schlafen, nur etwas mit ihrer Oberfläche zu tun hatte, mit ihrer Haut, die sich nach der sanften Berührung seiner Fingerkuppen sehnte, mit ihren Lippen, die wieder und wieder das Kitzeln seiner kurzen Schnurrbarthaare fühlen wollten, mit ihrem Bauch, der einen anderen Bauch spüren mußte, überall wollte sie ihn fühlen, an den Füßen, den Hüften, sie wollte, daß wieder einmal jemand ihre Hüften in seine Hände nahm und sie an sich zog, sie wollte die Wärme eines männlichen Körpers spüren, die sehnige Kraft, sie wollte einmal wieder Lust spüren.

Mehr war da nicht. Keine Gefühle verletzen, keine Grundsatzdiskussionen führen, keine Geschichten von herzzerreißenden Liebesbriefen, die unter Tränen geschrieben und in aller Heimlichkeit abgeschickt würden. Keine Frage, ob sie sich je zwischen Joel und ihrem Ehemann Claus entscheiden müßte. Claus lag jetzt wahrscheinlich in der rechten Hälfte des Ehebettes, das in einem mit sonnengelber Rauhfasertapete ausgestatteten Schlafzimmer stand, ein Südost-Zimmer, wo durch das Fenster morgens, an klaren Wintertagen, manchmal die Sonne sogar bis auf das Bett schien. Ihr Mann lag jetzt – höchstwahrscheinlich allein – in diesem Ehebett in einer Wohnung im sechsten Stock des Grindelhochhauses und memorierte in Gedanken noch einmal die Verteidigungsrede, die er morgen vor dem Hamburger Staatsanwalt halten würde. Ihr Mann war 42 Jahre alt und hieß Claus, mit C. In wenigen Tagen würde sie wieder rechts von ihm liegen in dem Daunenkopfkissen, dessen Zipfel sich immer wie eine Kapuze an ihre Ohren schmiegten, sie würden sich über die Bettdecke hinweg die Hand geben, er würde sagen, «schlaf gut, mein Schatz», und sie würde das schmatzende Küßchen-Geräusch nachahmen, mit dem die Tochter Jasmin sich kurz zuvor von ihnen verabschiedet hatte. Deshalb, weil alles in ihrem Leben so klar, so überschaubar und so sicher war, hatte sie auch keine Gewissensbisse, als Joel nun die Tür zu seinem Zimmer aufschloß, «Augenblick» murmelte, in das Dunkel hineintappte und dann eine kleine Nachttischlampe anzündete, die das Bett rötlich beleuchtete.

Sie stellte innerhalb eines Atemzuges zwei Dinge fest: Erstens, er hatte eine rote Glühbirne in die Fassung geschraubt, weil er das wahrscheinlich irgendwie mondän oder verrucht fand, und zweitens, das Bett war verdammt schmal.

Für einen Mann, der einen derart phantastischen Ruf bei den weiblichen Gästen hatte, eine ziemlich miese Inszenierung. Über dem einzigen Stuhl lag noch sein Tennishemd, die blauen Shorts mit den weißen Adidas-Streifen. Die Socken, verfärbt vom rötlichen Kies, steckten in den Turnschuhen, die waren von Puma. An der Wand über dem Bett ein Poster von einem Tennisstar, weiblich. Gunda kannte sich nicht gut genug aus, um in der schummrigen Beleuchtung sofort zu erkennen, um welchen Star es sich handelte. Aber bestimmt, dachte sie mit einem amüsierten Lächeln, wird er es mir sagen, nachher. Nachher sprechen die Männer immer gern über die Dinge, die wirklich wichtig sind. Sport ist für Männer zum Beispiel wirklich wichtig. Joel kam zu ihr zurück. Schaute sie nachdenklich-prüfend an. «Bist du okay?» fragte er. Sein Akzent war reizend. Dieses rollende R, dann die sehr dunkle Stimme, die sich immer anhörte, als spreche etwas Rauhes gegen einen dunklen Vorhang aus Samt. Er war Bulgare, hatte er ihr gesagt, lebte aber schon lange im Westen. Jetzt war er Tennislehrer im Grand-Hotel. Er sagte es so, als wenn es ein Abstieg wäre, aber wenn sie ihn beobachtete, tagsüber zwischen Bar,

Swimmingpool und Tennisplatz, dann hatte sie doch das Gefühl, daß er alles genoß. Den unverhohlenen, bewundernden Blick der Frauen, die ihm nachsahen, während der ahnungslose Ehemann weiter im «Capital» blätterte, das Spiel seiner Muskeln, die krausen braunen Haare, die an den Spitzen ganz hell waren und ihm etwas Klassisch-Griechisches gaben, wenn auch seine Nase nicht ganz gerade war und sein Kinn vielleicht etwas zu vorstehend. Er trug immer sehr enge Polohemden und sehr kleine Shorts. Er war braungebrannt «all over», wie eine Amerikanerin kreischend ausrief, als sie einmal versehentlich in der Herren-Umkleidekabine gelandet war. Solche Verwechslungen kamen in diesem Hotel, in dem keine Kabine beschriftet war, häufiger vor. Gunda hatte den Verdacht, daß es vielleicht nicht ohne Absicht geschah. In keinem anderen Hotel, in dem sie bisher allein Urlaub gemacht hatte, konnte man so leicht und ungeniert Anschluß finden wie hier.

«Alles in Ordnung, mein Kätzchen?» fragte Joel. Er legte die Hände auf ihre Schultern und schaute sie an.

Sie lächelte. «Alles in Ordnung», murmelte sie.

Das hatte sie schon gehört, in den Tagen, an denen sie Joel beobachtet hatte, daß er alle Frauen, mit denen er ein lockeres Urlaubsgeplänkel veranstaltete, «mein Kätzchen» nannte. Wahrscheinlich brachte er sich dadurch nie in Verlegenheit, einen Namen nicht mehr zu wissen, oder ihn womöglich zu verwechseln mit dem Namen, der dem Mädchen der letzten Nacht gehörte.

Er hatte schon sein Hemd aufgeknöpft, zog es sich jetzt über den Kopf, das kleine, goldene Kreuz, das sich immer wieder in den krausen Brusthaaren verfing (sie hatte auch das tagsüber schon beobachtet), blitzte auf. Er zog den Hosengürtel auf, stieg aus den dunkelblauen Cordhosen, er trug keinen Slip.

Sie setzte sich auf das Bett, streifte die Sandalen ab und ließ sie auf den kleinen roten Bettvorleger fallen. Dann schob sie die Träger ihres dünnen Sommerkleides über die Schultern und ließ das Oberteil herunterrutschen. Er stand vor ihr und schaute ihr zu.

Er war sehr schön. Sie hatte lange nicht einen so schönen Körper gesehen, es war Jahre her, daß sie mit einem Mann geschlafen hatte, mit einer derart athletischen Figur. Er wirkte auf sie irgendwie elastisch, irgendwie leicht, und das hatte ihre Begierde gesteigert, nachdem sie nun einmal beschlossen hatte, Claus mit diesem Mann zu betrügen, und sei es auch nur ein einziges Mal, und sei es vielleicht auch das letzte Mal, bevor sie ganz der Lust entsagen würde. Sie fragte sich immerzu, ob ein derart geschmeidiger, kraftvoller Mann anders wäre im Bett, leichter vielleicht, ob alles, diese ganzen Übungen, ohne die es ja nun einmal nicht ging, vielleicht irgendwie selbstverständlicher, natürlicher und nicht wie Leistungssport wirken könnten. An das Keuchen und Stöhnen, mit dem Claus seine Anstrengungen begleitete, hatte sie sich zwar gewöhnt, aber richtig damit abfinden konnte sie sich nie. Als sie vollkommen nackt war, legte sie sich auf das Bett, auf die Bettdecke, die frisch wirkte. Er trat an das Bett, blickte auf sie herunter, schaute sie so aufmerksam an, und sie war froh, daß ihre Haut von der Sonne gebräunt und vom Meerwasser glatt und fest war. Sie wußte, daß es Frauen gab in ihrem Alter, die keine so feste Haut mehr hatten, und auf ihren Busen war sie stolz, auch wenn es genug Details an ihrem Körper gab, die sie sich anders gewünscht hätte.

Joel nickte. Er schaute sie an. «Du bist eine tolle Frau», sagte er in diesem bulgarischen Deutsch, und seine Stimme hüllte sie ein wie ein Cape aus Samt. «Rück mal ein Stückchen.»

Sie rückte dicht an die Wand, aber er setzte sich nur auf die Kante, mit der rechten Hand zeichnete er die Linien ihres Körpers nach, sehr aufmerksam, so wie sie es sich als junges Mädchen immer vorgestellt hatte, daß ein Maler sein Modell behandeln würde. Voller Aufmerksamkeit und voller Bewunderung für die Schöpfung. In den Augen eines Malers mußte jedes Mädchen, so hatte sie früher immer gedacht, ein Kunstwerk sein. Überhaupt war es damals das Ziel aller ihrer Wünsche gewesen, von einem solchen Mann geliebt und anschließend in Öl gemalt zu werden, als ewig während Erinnerung einer rauschenden Liebesnacht.

Sie war in ihrer Jugend sehr romantisch gewesen, inzwischen, auch dank ihres Ehemannes, der Jurist war, hatte sich das etwas gelegt. Trotzdem zog sich ihre Haut jetzt unter seinen Berührungen zusammen, trotzdem empfand sie einen wollüstigen Schock, als seine Hand sanft zum erstenmal ihre Schamlippen berührte, als sie über ihren Venushügel rieb.

Er legte sich neben sie, er hatte seinen Arm aufgestützt, er lag auf der Seite, um die rechte Hand frei zu haben, sie weiter zu streicheln, seine Lippen umkreisten ihre Brustwarzen, sie kämmte mit gespreizten Fingern durch seine krausen Haare, dabei konnte sie die Augen nicht lassen von dem Poster mit dem blonden Tennisgirl, das von der roten Glühbirne so bengalisch beleuchtet wurde. Das Schönste an diesem Zimmer war, daß es so häßlich war. Daß es wirklich genauso aussah, wie sie sich das Zimmer eines Tennislehrers in diesem Hotel vorstellte. Sicherlich war die Dusche nebenan. Das beruhigte sie, daß es in diesem Zimmer kein Waschbecken gab, sie haßte es, nachher mit ansehen zu müssen, wie die Männer sich wuschen, so als spülten sie voller Hast alles ab, für das sie sich vorher beinahe aus Begierde entleibt hätten.

Joel spreizte ihre Schenkel, er kniete zwischen ihren Beinen, er richtete sich auf und schaute sie an. «Ich habe gewußt», sagte er, «daß es schön ist mit dir. Du liebst den Sex. Das habe ich gewußt. Du magst deinen Körper, nicht wahr?»

Gunda lächelte. «Ich mag meinen Körper», sagte sie, und das war die Wahrheit.

Sein Schwanz war schöner, als sie zu hoffen gewagt hatte. Edel. Er war so wunderbar weiß und glatt, sie wünschte, er würde ganz langsam zu ihr kommen, sie hatte das lange nicht mehr gespürt, dieses Drängen, diese Hitze, es war ihr, als würden in ihr lange versperrte Schleusen geöffnet und als strömte ihm nun alles entgegen. Sie wollte das so lange wie möglich auskosten.

Er befeuchtete eine Fingerspitze mit der Zunge und legte sie dann auf ihren Mund, sofort umschlossen ihre Lippen den Finger, als wolle sie ihn in sich hineinziehen. Auf einmal spürte sie so viele Öffnungen, so viele Stellen ihres Körpers, die ihn aufnehmen konnten, die ihn in sich einschließen konnten, endlich, als das Blut schon in ihren Schläfen pochte, als sie den Kopf hin und her warf und stöhnte, kam er zu ihr, schob er seinen schönen, edlen Schwanz in sie hinein, und sie wußte, daß sie recht gehabt hatte, daß dieser Schwanz genauso war, wie ihn ihr Körper verlangte, genauso groß, genauso lang, genauso gebogen, um in sie einzutau-

chen, einzugleiten. In ihrer Vagina zuckte und sprühte es, ihre
Schamlippen reagierten auf die kleinste Bewegung. Joel beugte
sich über sie, hatte die Arme rechts und links neben ihrem Kopf
aufgestützt, er kam mit seinem Gesicht ganz dicht zu ihr herunter,
mit der Zunge streichelte er ihr Gesicht. «Ist es schön?» fragte er,
und sie lachte ihn an. «Ja», sagte sie atemlos, «schön. Es ist schön.
Schön.»

Er hob sie hoch, sie wußte nicht, wie er es machte, vielleicht
hatte er sich auf die Knie gestützt, ohne sich von ihr zu lösen,
drehte er sich auf den Rücken, so daß sie jetzt auf ihm war, er ihre
Brüste umfassen konnte, über ihren glatten Bauch streichen, sie
ansehen konnte. «Du lachst ja so», sagte er, und es stimmte, sie
lachte, sie fühlte, wie das Glück, die Freude über diesen Augenblick, über die Leichtigkeit der Liebe aus ihren Augen sprühte,
alles an ihr lachte, ihre Augen, ihre Lippen, ihre Nase lachte, das
mußte die Lust sein, von der sie immer geträumt hatte, die Lust,
die nichts mit Anstrengung und Seelenqual zu tun hatte, die Lust
an einem wunderschönen Körper, der in diesem Augenblick ihr
gehörte, die Lust an ihrer eigenen Begierde, und dann hatte sie
auch gar keine Scham. Sie lachte, weil sie glücklich war, und er
schaute sie immerzu an und murmelte: «Du bist wundervoll,
weißt du, daß es mich verrückt macht. Wie du lachst. Wahnsinn.
Das ist wirklich Wahnsinn.»

Sie lachte auch, als weder er noch sie es einen Augenblick länger
hinauszögern konnten, sie hatte ihr Gesicht in seinem Nacken
vergraben, und sie lachte immerzu und rief: «Schön, Joel, oh, das
ist so schön, o ich bin so glücklich, o herrlich, Joel, herrlich.» Als
er sie auf die Seite rollte, ganz behutsam, und seinen Kopf etwas
weiter zurückbog, schaute er sie an und sagte: «Deine Augen
lachen immer noch. Was bedeutet das? Warum?»

«Ich nehme an», sagte Gunda, «weil ich glücklich bin.»

«Ich habe so etwas noch nie erlebt», antwortete Joel kopfschüt-
telnd. «Es ist verrückt. Es ist nicht normal.»

Gunda lachte. «Was ist schon normal», sagte sie und küßte ihn.
Er drehte ihre Schamhaare zu kleinen, feuchtglänzenden Löckchen. «Da hast du recht», sagte er, «was ist schon normal.»

Am nächsten Morgen war sie immer noch voller Glück, hatte sie immer noch dieses Lachen in sich, an das sie gar keine Erinnerung mehr gehabt hatte, nur noch so ein vages Gefühl, daß es etwas mit der Kindheit zu tun hatte, mit Losgelöstheit, Ausgelassenheit. Sie saß auf ihrem Balkon und frühstückte, als es an der Tür klopfte.

«Ja bitte», sagte sie.

«Ich bin's.» Joel stand in der Tür, ein neues Polohemd, diesesmal hellblau mit weißen Streifen, neue Shorts, klein wie immer, aber rot. Er kam auf sie zu, schaute sich flüchtig neugierig in ihrem Zimmer um, schaute über die Balkonbrüstung, ob auch niemand sie sehen konnte, und gab ihr einen leichten Kuß auf die Stirn. «Ich darf eigentlich gar nicht hier sein», sagte er, «die Hotelleitung sieht es nicht gerne.»

«Aber jeder weiß doch, was du treibst, Joel», sagte Gunda amüsiert, «so heimlich mußt du auch wieder nicht tun.»

Es gefiel ihr, wie er sie küßte, wie er sie anfaßte, dieser sanfte, wissende Griff an ihren Busen, und wie er einmal flüchtig an den Innenseiten ihrer Beine entlangstreifte. Sie hätte schon wieder mit ihm schlafen können. Sie wußte es, und er wußte es auch. Er zwinkerte ihr zu.

«Das war wunderbar gestern abend», sagte er. «Wunderbar. Ich habe die ganze Nacht überlegt, wie wir es noch besser machen können.»

«Noch besser?» Verblüfft schaute sie ihn an. «Was meinst du damit?»

Er lachte. «Tu nicht so keusch, Gunda. Ich weiß, daß du nur so tust. Du bist nicht die liebe brave kleine Ehefrau. Du bist ein ganz geiles Mädchen, weißt du das?»

Gunda sagte nichts. Sie zog es vor, geheimnisvoll zu lächeln.

Joel lehnte an der Brüstung, er hatte die Hände über der Brust verschränkt, er schaute sie an.

«Es gibt da ein Mädchen», sagte er langsam, «das möchte ich dir gerne einmal zeigen.»

«Ein Mädchen?» fragte Gunda irritiert. «Was für ein Mädchen?»

«Eine kleine Französin. So ein knabenhafter Typ, ganz

schmal, ganz kleiner Busen, kurze schwarze Haare. Sie ist gestern angekommen. Mit ihren Eltern. Hast du sie nicht gesehen?»

Gunda überlegte. Sie hatte eine undeutliche Erinnerung an eine kleine Schwarzhaarige, die in abgeschnittenen Jeans und rotem Bikinioberteil gelangweilt über den Minigolfplatz geschlendert war.

«Trug sie abgeschnittene Jeans? Und so kreolische Ohrringe?»

Joel strahlte. «Ich habe es gewußt!»

«Was hast du gewußt?»

«Daß sie auffallen würde. Ich habe gewußt, daß du auf andere Frauen stehst.»

«Ich?» Gunda starrte ihn an. «Ich steh' auf Frauen? Was für ein Unsinn! Ich habe nie etwas mit einer Frau gehabt.»

Joel amüsierte sich köstlich. Gunda spürte, daß er ihr nicht glaubte. Sie wurde rot, und es ärgerte sie, daß sie rot wurde. Sie stand auf und riß dabei beinah das Frühstückstablett vom Tisch. «Du benimmst dich lächerlich», sagte sie wütend. Sie ging ins Zimmer, setzte sich vor den Spiegel und begann ihre Haare zu bürsten. Joel war sofort bei ihr. Er kniete hinter ihr, schob den Bademantel von ihren Schultern und bedeckte die Haut mit vielen kleinen Küssen.

«Was du für dummes Zeug redest», sagte sie zärtlich. «Und was für Gedanken da in deinem Kopf sind. Immer nur Sex. Und ich dachte, du würdest immer nur über Tennis reden.»

«Immer nur über Frauen», sagte Joel. «Ich liebe die Frauen, ich bin verrückt nach ihnen. Ich möchte immer zwischen Frauen sein. Bitte, mein Kätzchen, bitte tu es.»

«Was soll ich tun?» fragte Gunda.

«Geh zu dem Mädchen und frag sie, ob sie heute nacht zu dir kommen will. Und dann könnt ihr beide es machen, und ich schaue nur zu.»

«Ich weiß nicht», Gunda schüttelte den Kopf. «Ich muß es mir überlegen, Joel. Ich kann dir jetzt keine Antwort geben.»

Joel stand sofort auf. «Okay», sagte er, «überlege es dir. Wollen wir heute mittag zusammen essen? Ich finde dich schon. Ich weiß, wo du bist.»

Gunda nickte. Joel verschwand, ohne ihr einen Abschiedskuß gegeben zu haben.

Verrückt, dachte Gunda, als sie mit ihren Badesachen an den Strand ging. Ein Mädchen! Ein junges Mädchen! Und ich! Ausgerechnet ich! Wie kommt Joel nur auf diese perverse Idee? Wie kann er nur annehmen, daß ich solchen Blödsinn mitmache?

Der Tag war vielleicht ein bißchen weniger schön als die vorhergegangenen, die Sonne hatte sich hinter einem dünnen Wolkenschleier verzogen, es ging ein leichter, kühler Wind, der das Meer kräuselte und kleine, tote Seesterne ans Ufer spülte. Gunda, die sich vorgenommen hatte, einen langen Strandspaziergang zu machen, blieb angewidert stehen, als sie eine tote Maus sah, die mit ihrem Bauch nach oben, die starren Beine von sich gespreizt, zwischen zwei Liegestühlen lag.

Als sie sich von ihrem Ekel erholt hatte und aufsah, blickte sie in das Gesicht der kleinen Französin. Die Französin schien sie sofort erkannt zu haben.

«Schrecklich», sagte sie. «So ein Tier.»

«Da hinten», sagte Gunda, «wird der Strand noch dreckiger. Ich kehre lieber um.»

«Ich komme mit!» sagte die Französin in ihrem singenden Deutsch. Mit einem unsicheren Blick auf Gunda fügte sie höflich hinzu: «Wenn ich darf.»

Gunda lächelte einladend.

«Letzte Nacht gab es einen Sturm», sagte die Französin, «er hat das Meer ganz durcheinandergebracht.»

«Mich auch.» Sie mußte plötzlich lachen.

«Wie bitte?» Die Augen des Mädchens wurden, falls das überhaupt möglich war, noch ein bißchen größer.

«Ich sage, mich hat der Sturm auch ein bißchen durcheinandergebracht. Ich heiße übrigens Gunda.»

«Gabrielle.»

Sie streckten einander die Hand hin und merkten im gleichen Augenblick, wie lächerlich die Geste war. Aber ihre Hände hatten sich schon berührt, und Gunda war erstaunt, wie angenehm leicht und trocken Gabrielles Hand war. Unwillkürlich mußte sie an Schmetterlinge denken. Gunda warf ihr einen aufmerksamen

Blick zu. Dabei stellte sie fest, daß Gabrielle wunderbar geboge-
ne, dichte schwarze Wimpern hatte. Eine kleine, schmale Nase,
einen sehr festen, energischen, aber auch gleichsam melancholischen Mund. Ihre Figur (sie trug nur einen roten Bikini) war sehr
schmal, fast dünn. Die Knochen des Schlüsselbeins traten hervor,
man sah sogar die Wirbelansätze am Rücken. Ihre Beine waren
sehr schlank und glatt, die Oberschenkel berührten sich nicht wie
bei ihr, wenn sie ging. Sie hatte kleine zierliche Füße, die Nägel
waren blau lackiert.

«Blaue Nägel», sagte Gunda, »das habe ich noch nie gesehen.»

«Gefällt es Ihnen?» fragte Gabrielle.

«Nun, es ist... lustig, finde ich.»

«Ich könnte sie natürlich auch anders färben. Rot. Oder gelb.
Ich mache das immer, wenn ich mich langweile. Ich habe einen
Koffer mit lauter verschiedenen Nagellacken dabei.»

Gunda lachte. «Was es alles gibt.»

«Das ist ganz natürlich. Es hat mit meinem Beruf zu tun. Ich bin
Maskenbildnerin. Da braucht man immer mal so komische Ein-
fälle.»

Aha, dachte Gunda, Maskenbildnerin. Und auf mich wirkt sie
wie die Schülerin eines Mädchenpensionats.

«Wenn Sie Lust haben», sagte Gabrielle, «könnte ich Sie einmal
schminken. Abends, zum Beispiel, vor dem Dinner. Wenn es
Ihnen Spaß machen würde.»

Gunda sah Gabrielle verblüfft an. «Würde es Ihnen denn Spaß
machen?»

«Oh, ja, sehr sogar!» sagte Gabrielle, und es klang geradezu
sehnsüchtig. «Sie haben einen wunderschönen Mund. Ich würde
gern Ihre Lippen schminken.»

Mehr sprachen sie eigentlich nicht, bis sie den Hotelstrand
wieder erreicht hatten. Gabrielle lief davon, ohne sich zu verabschieden, ins Wasser, die Wellen spritzten um ihre Beine, als sie
mit staksigen Schritten hineinlief, dann tauchte sie unter, und
Gundas Herz setzte einen Herzschlag lang aus, als Gabrielles
Kopf nirgendwo wieder auftauchte.

Aber plötzlich war da wieder etwas Schwarzes, dann streckte
sich ein Arm, und sie rief: «Hallo? Gunda? Es ist herrlich!»

Gunda winkte zurück. Sie setzte sich in ihren Liegestuhl, cremte sich sorgfältig ein und griff dann zu dem Roman, den sie mitgebracht, in dem sie aber erst zwanzig Seiten gelesen hatte. Als Gabrielle plötzlich vor ihr stand, war die Sonne vollkommen hinter den Wolken verschwunden. Gabrielle zitterte, ihre Haut war fast blau. Gunda sprang erschreckt hoch.

«Was haben Sie denn gemacht! Sie zittern ja vor Kälte!»

Gabrielles Zähne schlugen aufeinander, aber sie lachte unbekümmert. «Ich glaube, ich bin zu weit rausgeschwommen. Darf ich schnell Ihr Handtuch nehmen?»

«Bitte. Natürlich.»

Gundas Badetuch war aus gelbem Frotteevelour und so groß, daß Gabrielle sich vollkommen darin einwickeln konnte.

In einer Art mütterlichem Impuls rubbelte Gunda Gabrielles Schultern, ihren Rücken, ihre Beine. Gabrielle sah sie dankbar an. «Das ist toll. So was machen meine Eltern nur mit einem, wenn man klein ist, dabei ist es so schön.»

Also rubbelte Gunda weiter. Gabrielle hatte wirklich sehr schöne schlanke Beine. Einen ganz festen flachen Bauch.

«Ich glaube», sagte Gabrielle, «ich zieh schnell das Bikinioberteil aus. Das ist so ein scheußliches Gefühl.»

Ihr Busen war winzig. Kleine, ganz helle Brustwarzen. Ein paar Leberfleckchen da, wo der Busen besonders weiß war. Gunda rieb jetzt etwas vorsichtiger. Sie tupfte die Brustwarzen ab, sie wagte nicht, stärker zu reiben, aus einer unerklärlichen Scheu, aber andererseits fand sie es plötzlich aufregend, den Körper dieses jungen Mädchens zu berühren, daß sie immer weitermachte. Sie sah, wie die Brustwarzen Gabrielles steif wurden. Gabrielle fuhr mit der Zunge über die Lippen.

«Sie machen das schön», sagte sie. «Ich könnte das immer weiter so haben. Jetzt ist mir schon ganz warm.»

«Soll ich aufhören?» fragte Gunda.

«O nein, bitte. Meine Beine sind noch so naß. Ich glaube, ich ziehe auch schnell den Bikini aus.» Sie streifte geschickt das winzige Höschen ab, immer noch eingehüllt in das Frotteetuch, und stellte sich dann wieder mit diesem entwaffnenden, auffordernden Lächeln vor Gunda hin.

Also rieb Gunda auch ihre Beine, rubbelte ein bißchen an der Außenseite der Oberschenkel, dann an der Innenseite, fuhr ganz schnell und flüchtig über den Bauch, etwas tiefer, Gabrielle zog plötzlich die Luft ein. «Oh», sagte sie nur.

Als ihre Augen sich begegneten, Gundas ängstlich-erschrokkene und Gabrielles blitzende Augen, da sagte Gunda plötzlich: «Wenn Sie wollen, könnten wir auch aufs Zimmer gehen. Es ist ohnehin gemütlicher. Keine Sonne mehr. Schauen Sie, die anderen Leute sind auch alle weg.»

Gabrielle nickte. «Zu Ihnen oder zu mir?» fragte sie.

«Ich weiß nicht», sagte Gunda. «Ich habe oben einen großen Bademantel, den könnte ich Ihnen leihen.»

Sie rafften hastig Gundas Sachen zusammen, Gabrielle hob nur ihren Bikini auf und knüllte ihn in der Hand zusammen.

«Welche Zimmernummer?» fragte sie.

«412», sagte Gunda.

«Gut, ich komme gleich. Ich hole nur meine Sachen.»

Gunda wartete mit klopfendem Herzen. Sie wußte nicht genau, was das Spiel bedeuten sollte, sie fragte sich jetzt, als sie allein in ihrem Zimmer stand, auf einmal, wie es überhaupt dazu kommen konnte, daß sie Gabrielle hierher eingeladen hatte. Was wollte sie eigentlich von ihr?

Aber da klopfte es schon, die Türklinke wurde heruntergedrückt, und Gabrielle stand da, immer noch nackt, immer noch in diesem zitronengelben Handtuch, das Gunda auf einmal scheußlich fand. «Was für in häßliches Handtuch», sagte sie, «für so ein schönes Mädchen.»

«Gelb steht mir auch überhaupt nicht», sagte Gabrielle. Sie warf das Handtuch achtlos auf einen Stuhl. Dann ging sie in dem Zimmer herum, nackt, mit bloßen Füßen, und sah sich alles an. «Das ist schön», sagte sie. «So hell. Und viel größer als meines. Und Sie sehen ja auch das Meer!»

Gunda sagte nichts. Sie stand wie gelähmt da zwischen Bett und geblümtem Leinensofa und betrachtete den schmalen nackten Mädchenkörper und fragte sich, wieso ihr Herz so schlug.

Gabrielle drehte sich wieder um. «Das war schön», sagte sie, «wie Sie mich da abgetrocknet haben. Ihre Hände sind so zart. Mir ist jetzt ganz warm. Schauen Sie.» Und sie hob Gundas Hände auf und legte sie an ihr Gesicht. Ihre Wangen glühten.

«Heiß, nicht?» sagte Gabrielle lächelnd.

Gunda nickte.

Sie wollte die Hände zurückziehen, aber Gabrielle hielt sie fest, zog sie herunter und legte sie plötzlich auf ihren Bauch. «Aber da ist es noch kalt», sagte sie. Und dann auf ihre kleinen Brüste. «Und da auch», sagte sie. «Ich habe immer einen eiskalten Körper und ein heißes Gesicht. Komisch, nicht?»

«Sie müssen etwas anziehen», sagte Gunda. Ihre Stimme klang rauh, unnatürlich. Gunda lief ins Badezimmer und kam mit dem Bademantel zurück. Er war weiß und aus weichem, dickem Frottee. Sie hielt den Mantel auf. «Kommen Sie», sagte Gunda. «Ziehen Sie ihn an.»

Gabrielle lächelte. Sie schlüpfte sofort hinein und kuschelte sich in den hohen Kragen. «Mhm», machte sie. «Schön.»

Dann setzte sie sich, die Knie angezogen, auf das kleine geblümte Sofa. «Wenn man jetzt eine Bar hätte», sagte sie genießerisch, «würde ich am liebsten einen Campari trinken.»

«Ich habe eine Bar», sagte Gunda, «mal sehen, ob es auch einen Campari gibt.»

Das kleine Barschränkchen stand im Flur. Sie kam zurück mit zwei Fläschchen Campari, einem Mineralwasser und einem Eiswürfelbehälter.

«Toll!» rief Gabrielle begeistert. «Soll ich mixen? Ich mache das für mein Leben gern.»

Also tranken sie. Sie saßen nebeneinander auf dem Sofa, Gabrielle erzählte aus ihrem Leben. Irgendwann legte sie ihre kleinen zierlichen Füße in Gundas Schoß, und Gunda begann ihre kleinen, runden Zehen zu massieren, mit dem Zeigefinger zwischen ihre Zehen zu gehen, ihre Fußsohle zu reiben, bis sie ganz warm wurde, sie umfaßte ihre Fesseln und stellte fest, daß sie schmaler waren als ihre Hand, sie fuhr mit den Fingerkuppen über ihre glatten Beine, an denen es kein Härchen gab. Gunda deckte den Bademantel etwas zurück, um Gabrielles Beine ganz zu sehen, von den Füßen bis zu den Schenkeln. Das Wort Lenden fiel

Gunda auf einmal ein, das Wort Schoß. Was genau war eigentlich der Schoß? War es das Stück zwischen Venushügel und Bauchnabel? Oder das kleine Dreieck, das das Bikinihöschen immer so schamhaft verborgen hatte? Was für eine zarte glatte Haut. So anders fühlte sie sich an als die Haut eines Mannes. Alles war kleiner, enger, sanfter. Joel hatte recht, sie genoß jeden Zentimeter dieses Körpers, sie streichelte die Innenseiten der Schenkel so, wie sie einem Mann nie die Schenkel gestreichelt hätte. Dieses kleine schwarze krause Dreieck faszinierte sie derart, daß ihre Finger es immer wieder umkreisten, flatternd, unruhig, auch ängstlich, auch scheu, weil sie nicht wußte, was Gabrielle dachte, weil sie sich nicht mehr konzentrieren konnte auf die Geschichten, die Gabrielle erzählte, es rauschte in ihren Ohren wie das Rauschen eines Baches, wie das Plätschern eines ewigen Regens, der über eine verstopfte Dachrinne fällt. Sie beugte sich vor und versuchte, ihren Körper zu riechen, versuchte, den Geruch ihrer Haut einzuatmen, aber ihre Haut roch nach Meer und nach Salz und nach Tang. Die Schamhaare waren ganz schwarz, darunter leuchtete die Haut kalkweiß, ein kleines weißes Dreieck. Sanft teilte Gunda die Haare auseinander, bis das Rosa der Schamlippen aufleuchtete.

Die Schamlippen fühlten sich weich an, sonderbar dick waren sie, und als Gabrielle in diesem Augenblick, sich leise räkelnd, eine neue Geschichte über eine andere Begebenheit in ihrem Leben erzählen wollte, so als gehöre das, was da unten, zwischen ihren Beinen, mit ihr geschah, gar nicht zu ihrem Körper, da sagte Gunda: «Komm. Wir legen uns auf mein Bett. Da ist es bequemer.»

Gabrielle stand sofort auf, zog den Bademantel aus und schlüpfte unter die Bettdecke. Als Gunda, jetzt auch nackt, sich neben diesen kleinen kühlen Körper legte, sagte Gabrielle plötzlich, während ihre Augen groß und erstaunt unter den dunklen, gebogenen Wimpern hindurchschauten: «Ich habe das noch nie getan, Gunda.»

«Ich auch nicht, Gabrielle», antwortete Gunda, und dann beugte sie sich über sie und küßte ihre runden, melancholischen Lippen. Wie fremd das war, diesen Körper zu streicheln, wie aufregend es war, diesen kleinen festen Busen zu fühlen, die Achselhöhlen mit den weichen Haaren, diese runden Schultern. Wie Gabrielle erschauerte, als ihre Hände über die Wirbelsäule glitten, wie Gabrielles Körper sich an sie schmiegte, wie sie auf einmal ihre Schenkel an den eigenen fühlte und wie ihre Finger ganz selbstverständlich jene wunderbar zarte, feuchte Stelle fanden, wie sie auf einmal all die Spiele wußten, alle die Zärtlichkeiten kannten, wie Gabrielles flüchtiger Atem an ihrem Hals zu spüren war, ihre kleinen kalten Finger, die sich an ihr festhielten, wie schön es war, wenn sich zwei Frauenbrüste berührten, wie schön es war, wenn zwei Frauen sich küßten, wie herrlich ihre Körper zueinander paßten, wie sie sich umschlungen hielten, wie sie eingewiegt wurden von der gleichen wunderschönen Melodie, die sie trug wie eine Welle, die sie wiegte, auf und nieder, und dann hoch hinaushob, der Sonne und dem Himmel entgegen, den gleißenden Strahlen, die manchmal wie Pfeilspitzen in die Augen fielen, da schrie Gabrielle, und Gunda flüsterte: «Ja, mein Kleines, schrei nur. Schrei nur, ich weiß, wie du dich fühlst», aber Gabrielle schrie, wieder, schrie anders, wand sich plötzlich, verkrampfte sich, ihr Körper wurde ganz starr, sie setzte sich auf und starrte auf die Tür.

Als Gunda begriffen hatte, was geschehen war, stand Joel mitten im Zimmer, der schöne Joel, der lächelte, der strahlte, der Gunda dankbar zuzwinkerte, der schöne Joel, der in wenigen Sekunden sich ausgezogen hatte und sich ihnen nun zeigte, der Mann, der schöne athletische Mann, der schönste Mann, den Gunda je gesehen hatte, der sich jetzt auf das Bett kniete, Gabrielle anschaute und sagte: «Wenn du soweit bist, mein Kätzchen, dann sag Bescheid. Wenn du willst, daß ich zu dir komme, dann gib mir ein Zeichen, ja?»

Gunda schaute zu ihrer kleinen Gabrielle herunter, sah durch die dichten, schwarzen, gebogenen Wimpern das ungläubige Staunen und auch gleichzeitig das Erschrecken in ihren Augen, aber sie machte sich trotzdem keine Illusionen.

Joel hatte sie ihr weggenommen. Joel hatte wieder gekriegt, was er haben wollte, dieser Egoist, dieser Schuft. Dieser Kerl, der sich nicht darum scherte, was die Frauen fühlten, was die Frauen

337

dachten, die er gestern in seinem Bett hatte. Gunda ließ Gabrielle los.

Gabrielle merkte es nicht, und Joel merkte es auch nicht, Joel kniete vor Gabrielle und starrte sie an.

Er war so schön, er sah so stark aus. Er war so unwiderstehlich. Gunda wußte es ja selbst. Gunda mußte sich keine Illusionen machen. Sie rückte langsam zur Seite, erlaubte, daß Joel sich zwischen sie und Gabrielle legte und daß er seine Hand genau dorthin legte, wo Gundas Wange zuvor sich so wohl gefühlt hatte.

«Mir ist ganz kalt», flüsterte Gabrielle, die kleine Schlange.

«Das haben wir gleich, mein Kätzchen», sagte Joel, «gleich wird dein schöner Körper heiß sein wie ein glühender Diamant. O bist du schön, mein Kätzchen, ich habe es gleich gesehen, als du gekommen bist, gestern, in deinen ausgeblichenen Jeans, ich habe gleich gewußt, daß du einen wunderschönen Körper hast, mein Kätzchen.»

Gunda lag auf dem Rücken, mit geschlossenen Augen. Sie lauschte auf Joels Stimme, die genau den gleichen Tonfall hatte wie gestern, sie lauschte auf den Klang seiner Worte, der genauso war wie der Klang am gestrigen Tag, auch der Name hatte sich nicht geändert, er sagte Kätzchen zu Gabrielle, wie er gestern zu ihr Kätzchen gesagt hatte. Gunda lag auf dem Rücken, legte die Hand auf ihren Busen, dort, wo sie das Herz vermutete, und sie wartete darauf, daß es langsamer schlug.

Patricia Clapton

Toy

Sang- und klanglos kam und ging mein einundzwanzigster Geburtstag. Statt einer Geburtstagsparty hatte Daddy andere Pläne für mich.

«Ich werde dich für einige Zeit nach Paris schicken. Wird dir guttun. Deinem Französisch hilft's bestimmt auf die Sprünge, und amüsieren wirst du dich auch.»

Und ob.

Er hatte bereits arrangiert, daß ich bei einer französischen Familie wohnen sollte – einer verwitweten Gräfin und ihren Kindern. «Furchtbar nette Frau. Ich kenne sie seit Jahren.»

«O ja?»

«Eine *Bekannte* von mir. Für dich bestens geeignet.»

Er drückte mir meinen Geburtstagsscheck in die Hand und kommandierte mich zum Packen ab. Am nächsten Tag saß ich im Flugzeug. In Orly erwartete mich ein Auto, an dessen Steuer der Chauffeur der Gräfin saß. Glücklich summte ich vor mich hin, während wir durch Paris fuhren, das ich von einer Schulreise her kannte. Diesmal sollte es jedoch einen anderen Pfiff haben! Mein glückliches Summen verstummte, als wir durch triste graue Straßen, flankiert von hohen, tristen, grauen Gebäuden, kutschierten. Selten mal ein Café oder ein Geschäft. Wir hielten vor einem Eckhaus. Überall Balkone und gezwirbeltes Schmiedeeisen. Ein junger Mann trat aus der Eingangstür, lächelte schlaff und reichte mir schlapp die Hand. Er stellte sich als Philippe vor.

«*Maman* wartet auf Sie.»

Maman war eine gutgekleidete Frau mittleren Alters und zäh wie Rindsleder. Während wir Höflichkeiten austauschten, ta-

339

xierte sie mich mit mißbilligendem Blick. Mit zuckenden Nasen-
flügeln ließ sie eine Bemerkung über die Kürze meines Kleides
fallen. «In zehn Minuten wird zu Abend serviert. Möchten Sie
einen *apéritif?*»

Nach einem Fingerhut voll irgend etwas Süßlichem gingen wir
zu Tisch. Ich fand mich in Gesellschaft von *Maman*, ihrem la-
schen Sohn und ihrer Tochter, einem Teenager.

«Waren Sie schon mal in London?» fragte ich die Tochter mit
munterer Stimme.

«Wie biiette?»

«Suzanne ist des Englischen noch kaum mächtig. Beim Dinner
sprechen wir Französisch, beim Lunch Englisch. *Maintenant on
parle français, s'il vous plaît. Suzanne, passez le sel.*»

Tapfer wiederholte ich meine Frage auf französisch. «*Non.
Maman* sagt, ich bin noch zu jung.»

«Swinging Longdong», bemerkte der lethargische Sohn.

Die Gräfin setzte eine tadelnde Miene auf. «Hier führen wir ein
völlig anders geartetes Leben», betonte sie. «Ich hoffe, Toy, daß
Sie an dem französischen Leben Gefallen finden.»

Ein Mädchen räumte die hauchdünnen Suppenteller ab. Etwa
drei Löffelvoll hatte ich mir einverleibt.

«Verzeihung», sagte die Gräfin, «hätten Sie gern mehr?»

«Es ist keine mehr da», stellte Philippe fest.

«Na, macht nichts. Es gibt noch genug anderes.»

Das Mädchen setzte mir einen Teller mit einer winzigen Scheibe
Lammbraten vor. Der Sohn füllte mir ein Glas zur Hälfte mit
wäßrigem Wein. Ich kaute traurig an einem Salatblatt und dachte
an das *Tour des Gourmets*. In London hatte gerade ein neues
Restaurant aufgemacht, das *Bistro de Paris*. Es tat mir leid, die
Eröffnung verpaßt zu haben. Ein Würfel Emmentaler und ein
weiterer Mundvoll Wein beschlossen das Mahl. Unbehaglich auf
einem greulichen Sofa hockend, ließen wir uns Tee mit Zitrone
servieren.

«Und Sie wohnen ganz für sich?» fragte die Gräfin ungläubig.

«O nein, mit jemandem zusammen natürlich. – Einem Mädchen», ergänzte ich rasch, ehe ihr die Tasse aus der Hand fallen
konnte. Philippe bewunderte verstohlen meine Beine.

Die Gräfin war kürzlich erst in London gewesen. «Sagen Sie, wo man bei Ihnen nicht überall Ihre Flagge sieht – den Union Jack, *oui?* Auf Wänden und Säcken. Selbst auf Kleidern. Das finde ich nicht gerade respektvoll. Wir hier respektieren unsere Flagge.»

Nachdem dieses fesselnde Gespräch ausgeklungen war, öffnete die Gräfin die Türen eines uralten Büfetts. Ein Fernsehapparat kam zum Vorschein. Sie drückte auf einen Knopf und erbaute sich an dem, was mir ein Quiz für Fünfjährige zu sein schien, nicht ohne sich gelegentlich zu erkundigen, ob ich denn auch alles verstünde. Sobald es die Höflichkeit erlaubte, verzog ich mich auf mein Schlafzimmer, öffnete die Fenster und starrte düster in die Straßenschlucht hinab. Am Nachbarfenster knallten die Läden gegen die Mauer, und ein zweiter Kopf fuhr hervor. Es war Philippe. Er grinste mich an.

«Morgen werde ich Ihnen Paris zeigen. Sehr nette Stadt, wenn auch nicht so amüsant wie England.»

«Waren Sie denn schon mal da?»

Er griente: «Hat mir prächtig gefallen. Ich war gewesen bei englischer Familie in Bournemouth.»

«Nette Leute?»

«Sehr nett.»

Er kicherte: «Ich habe sehr viel Spaß. Da war gewesen eine Tochter. Ihre Eltern gehen aus viel. Sie lassen uns beide vor Fernseher und sagen: ‹Amüsiert euch, Kinder.› Ich amüsiere mich sehr viel.» Er gluckste wie ein Schuljunge und zog seinen Kopf zurück. Einen Augenblick später streckte er ihn wieder heraus. «Morgen ich zeige Ihnen Paris, ja?»

Philippes Vorstellung von einer Sightseeing-Tour durch Paris war recht eigenwillig – um es gelinde auszudrücken. Er fuhr mich zum – wie er behauptete – Quartier Latin, führte mich in ein unglaublich schmuddeliges Haus, das an die tausend Jahre auf dem Buckel haben mußte, und schritt vor mir her durch einen engen Gang in ein rauchgeschwängertes Hinterzimmer, wo etliche Dutzend Jünglinge, Fruchtsaft trinkend und einer Musikbox lauschend, klettengleich um eine winzige Bar hingen. Mit vager Handbewegung stellte er mich vor, absolvierte einige

Spiele an einem «Flipper»-Apparat und geleitete mich wieder hinaus. «Möchten Sie das Pantheon sehen? Dort sind die berühmtesten Männer Frankreichs beigesetzt.»

«Mir sind berühmte Männer lieber, wenn sie noch leben.»

Philippe hielt das für ein gelungenes Bonmot. Er brachte mich zu einem großen, neonstrahlenden Café, wo er eine Tasse Tee für mich bestellte. Einen Augenblick druckste er verlegen herum. «Macht es Ihnen viel aus, wenn ich Sie lasse eine Weile allein?»

«Allein?»

Er beugte sich über den Tisch und flüsterte mir mit Verschwörermiene zu: «Ich habe eine Freundin. Sie erwartet mich. Ich muß zu ihr gehen, sonst sie ist böse. *Maman* darf nicht wissen.»

Ich war entzückt. Wir verabredeten, uns in drei Stunden wiederzutreffen.

Er sprang auf und eilte davon. Zwei Tische weiter ließ ein Mann eine Zeitung sinken und starrte mich an. Er hatte dichte schwarze Brauen und blitzende Augen. Mit dem kleinen Finger der linken Hand gab er mir ein Zeichen. Ich blickte eisig über ihn hinweg. Eine Sekunde später saß er neben mir. *«Anglaise?»*

»Ja.»

«Man hat Sie im Stich gelassen. Es tut mir so leid. Ich muß mich für die Manieren der heutigen französischen Jugend entschuldigen. Sie weiß gar nicht, was Manieren sind. Frankreich befindet sich in einer sehr traurigen Verfassung.»

Mit entwaffnendem Lächeln blickte er mich an.

«Was für ein törichter Knabe ist er doch! Ich finde Sie unvorstellbar schön!»

Er stellte sich als Joe vor, ein Name, der mir für einen Franzosen recht merkwürdig klang. Während er für uns beide Whisky kommen ließ, erzählte er, er sei Theaterintendant.

«Bei was für einem Theater denn?»

Er lächelte. «Ich glaube, in England Sie nennen es das Theater der Grausamkeit.»

«Oh! Das!»

Er trug eine raffiniert gearbeitete schwarze Lederjacke und sah aus wie ein hochklassiger Hippie. Durch seine Knie ging ein nervöses Zucken. Das rechte rieb sacht gegen mein Bein. «Nehmen Sie doch noch einen Scotch.» Ehe ich ein Wort sagen konnte, hatte er schon bestellt. «Was haben Sie denn für heute nachmittag vor?»

«Nichts. Was Sie im übrigen wenig angehen dürfte.»

Kaum, daß mir die Worte entschlüpft waren, bedauerte ich sie. Ich haßte es, wie eine Zierpuppe zu wirken.

«Lassen Sie es mich etwas angehen! Ich zeige Ihnen Paris – Künstler und viele interessante Menschen. Kommen Sie. Taxi!» Er warf einen Geldschein auf den Tisch, packte meine Hand und zog mich zu dem Taxi, das in der Nähe hielt.

«Das geht doch nicht», sagte ich und fand mich prompt auf dem Rücksitz verstaut.

Er betrommelte seine Knie mit den Fingern. «Pom-pom-pom-pom! Ich kann nicht anders. Sie gefallen mir, und ich bin heute in Hochform.»

«Das ist ja das reine Kidnapping.»

«Natürlich.»

Was konnte ich tun? Joe strahlte mich glücklich an und nahm meine Hand. «Kleines englisches Mädchen.»

«Ich muß um sechs Uhr zurück sein», warnte ich.

«Wir haben viel Zeit. Keine Sorge.»

Flink schlängelte sich das Taxi durch den dichten Verkehr. Mir schwirrte der Kopf. Im hellen Sonnenschein drängte man sich auf den Trottoirs. Die Boulevardcafés, die langen Reihen der Bäume, die engen Straßen mit den windschiefen alten Häusern, die blauen Straßenschilder, die bärtigen Studenten mit ihren Mädchen – ich konnte mich kaum satt sehen.

«Sehen Sie da! Eine Freilufttoilette!»

Unter der metallenen, mit bunten halbzerfetzten Plakaten beklebten Wandung konnte ich die Füße der Herren sehen.

«Davon gibt es nur noch wenige. *Pauvre* Frankreich! Diese hier wird von einem unserer berühmtesten Schriftsteller frequentiert. Er nennt sie seinen Schrein der Liebe.»

Das Taxi jagte eine schmale Straße hinab und hielt mit quietschenden Bremsen. Ich fiel fast zur Tür hinaus. Wir gingen durch einen Hof und stiegen die schmuddlige Treppe hinauf zum fünften Stock. In einem Zimmer wartete mit verdrossenem Gesicht ein

343

junger Mann, der mir einen finsteren Blick zuwarf, mit Joe einige Worte wechselte und schließlich die Tür hinter sich zuknallte.

«Mein Regisseur», sagte Joe. «Ich habe unsere Besprechung vertagt.»

Das Telefon läutete. Joe nahm den Hörer ab. *«D'accord, d'accord. D'accord. Dac. Dac. Dac.»*

«Hätten Sie nicht Lust, zu einer interessanten Party zu gehen?» fragte er.

«Ich muß zum Abendessen zu Hause sein», beteuerte ich.

«Armes kleines unschuldiges englisches Mädchen.»

Sein überlegenes Gehabe war mir unerträglich. «Ich bin kein armes kleines unschuldiges englisches Mädchen! Ich habe schon allerlei erlebt und bin ganz und gar nicht unerfahren, wenn Sie es genau wissen wollen.»

«Ihr Engländer seid doch ein bemerkenswertes Volk», murmelte er. Er stand auf und griff nach meinen Schultern. «So rosig und weiß und warm. Kleines englisches Mädchen, ich möchte abscheuliche Dinge mit dir treiben. Wie heißt du?»

«Toy. Und reden Sie doch bloß nicht so von oben herab. Rosig und weiß und warm, das mag ja sein. Aber deswegen habe ich noch lange kein Stroh im Kopf. Ich denke viel und lese auch gesellschaftskritische Romane. Über Leute wie Sie weiß ich genau Bescheid.»

Er leckte sich die Lippen wie ein Feinschmecker, dem ein köstlicher Leckerbissen vorgesetzt wird. «Toy. Ein gut gewählter Name. Du bist das archetypische weibliche Spielzeug. Das erotische Objekt schlechthin. Ich werde mit dir spielen.» Mit funkelnden Augen beugte er sich vor.

«Oder auch nicht!» Ich wich zurück und machte einen Schritt auf die Tür zu.

«Du bist mein Spielzeug, über das ich die Herrschaft des Eros und des Thanatos errichten werde», psalmodierte er.

Offenbar war er total übergeschnappt. Ich machte einen zweiten Schritt auf die Tür zu.

«Blutige Tränen wirst du weinen und in Ekstase meine Füße küssen.»

«Ich kann mich beherrschen.»

Ich war schon fast an der Tür, als er plötzlich auf mich zusprang und mein Handgelenk packte. Wütend strampelte ich und biß ihn in die Hand. Er ließ los und stürmte dann ein zweites Mal vor. Ich griff nach einem schwergewichtigen Wälzer, den ich ihm voll Schwung über den Schädel knallte. Prompt knickte er zusammen und riß im Fallen den Tisch um. Da hockte er nun, hielt sich stöhnend den Kopf und tat sich augenscheinlich sehr leid. Ich nahm den Telefonhörer ab und sah mich im Zimmer um.

«Was suchst du denn?»

«Das Telefonbuch. Ich möchte das britische Konsulat anrufen.»

«Wozu denn das?»

«Sie sind ein übler Kerl, der ins Gefängnis gehört.»

Er befühlte die Beule auf seinem Kopf. «Du hast mir weh getan.»

«Und Sie wollten *mir* weh tun.»

«Ihr Engländer seid so entsetzlich prosaisch.»

Ich legte den Telefonhörer auf und maß ihn mit strengem Blick. Ächzend schloß er die Augen.

«Mein Gott. Da habe ich wohl ganz schön hingelangt. Aber daran sind Sie selber schuld. Was machen wir nun mit Ihrem Kopf?»

«Ein bißchen Champagner wird mir schon auf die Beine helfen. Im Kühlschrank steht eine Flasche. Bring zwei Gläser mit.»

In der winzigen Küche fand ich das Gewünschte. Als ich zurückkam, saß Joe auf einer Chaiselongue. Mit dankbarem Lächeln griff er nach dem gefüllten Glas.

«Ist das nicht ein komisches Mittel gegen Kopfschmerzen?»

«Ich bin ein komischer Mann.»

«Ein bißchen zu komisch, finde ich.»

«Es tut mir leid.» Er war friedlich wie ein Lamm. «Ich wollte dir nur zeigen, wie man sich auf französisch liebt.»

«Mir?»

«Dir.»

«Das ist doch die Höhe! Für wie naiv halten Sie mich eigentlich, Sie eingebildeter Kerl!»

Er lächelte wieder. «Du könntest mir guttun.»

Ich holte ein Heftpflaster aus dem Bad und machte ihm einen Verband. Seine Lippen streiften meinen Arm. «Du bist ein Engel.»

«Schon besser.»

«Ihr Engländerinnen seid ja so charakterstark. Schade, daß ihr so wenig von der Liebe wißt.»

Das konnte ich nicht auf mir sitzenlassen. «Sei doch um Gottes willen nicht so arrogant. Dir könnte ich bestimmt noch was vormachen.»

Was hatte ich da gesagt? Aber der Würfel war gefallen. Ich war's meinem Vaterland schuldig, ihn zu verführen. Und verführt wurde er. Mit glückseligem Lächeln sank er mir in die Arme. Solch ein sanfter, zärtlicher Mann! Ich kuschelte mich gegen seinen warmen Bauch und seufzte befriedigt.

Liebevoll strich er mir übers Haar und sagte dann nach langem Schweigen: «Als Engländer würde ich jetzt eine Zigarette genießen. Als guter Franzose werde ich etwas für dich kochen.»

Er schlurfte durch den Korridor in die Miniküche. Plötzlich fiel mir die Gräfin ein. Sechs Uhr war schon lange vorbei! Ich griff zum Telefon. Ihre wütende Stimme krächzte an mein Ohr: «Kommen Sie sofort nach Hause! Philippe ist äußerst ungehalten. Er sagt, Sie seien ihm weggelaufen.»

Dieser Schuft!

Joe trat ein. Er hatte einen Morgenmantel an und rührte in einer Kupferschüssel. Flehend blickte er mich an. Ich dachte an das Abendessen bei der Gräfin. Wassersuppe. Und Brunnenkresse als Nachtisch.

«Das ist leider völlig ausgeschlossen. Ich bin zum Dinner eingeladen», sagte ich mit fester Stimme und legte auf.

Joe strahlte und begann, den Tisch zu decken. «Jetzt werden wir speisen und meiner besten Flasche Wein den Hals brechen. Anschließend fahren wir zur Party. Du wirst dich köstlich amüsieren.» Er widmete sich wieder seiner Sauce.

Durchströmt noch von zärtlichen und kundigen Liebkosungen, gestärkt durch ein göttliches Mahl und einen himmlischen Wein, fühlte ich mich zu allen Schandtaten bereit. Aufgeregt saß ich im Taxi neben Joe. Es war eine lange Fahrt. Endlich hielten wir am Ende einer stillen Straße, die von großen Häusern mit Gärten hinter hohen Mauern gesäumt war.

«Ich glaube, wir steigen hier besser aus», sagte Joe geheimnisvoll. Er wartete, bis das Taxi verschwunden war, und zog mich dann weiter. Wir kamen zu einem großen Portal. Joe drückte auf die Klingel, und das Tor öffnete sich langsam. Ein Mensch im Kostüm des 18. Jahrhunderts (mit gepuderter Perücke) erschien. Joe flüsterte ihm etwas zu. Er trat beiseite und ließ uns passieren. Durch einen wunderschönen Hof gelangten wir zu einer riesigen Eingangshalle voll Büsten und Statuen. Weitere zwei Lakaien in ähnlicher Kostümierung kamen herbei und winkten uns zu einem kleinen Nebenraum mit zwei Türen, die eine beschriftet mit *Messieurs*, die andere mit *Dames*. Zwischen den Türen, an einem kleinen Tisch, hockte ein fettes altes Weib.

«Geh nur hinein und kleide dich um», sagte Joe in väterlichem Ton.

Ich gehorchte. Das fette Weib watschelte hinter mir her, öffnete einen Schrank, entnahm ihm einen langen, schwarzen Kimono und ein Paar Pantoffeln und bedeutete mir, mich auszuziehen. «Alles», sagte sie streng. «Sie müssen alles ablegen.»

Ich schlüpfte in Kimono und Pantoffeln und trippelte, von der Alten gefolgt, wieder hinaus.

«N'oubliez pas le service, Madame.»

Joe, im Gewand eines Sultans, trat aus der anderen Tür und zückte mit pompöser Geste eine Münze, die er der Alten auf den Tisch warf. Wieder nahten Lakaien und eskortierten uns eine riesige Marmortreppe hinauf. Oben öffneten sie eine Flügeltür, die in einen weiten, hohen Saal führte, ein betäubendes Gemisch aus Farbe, Gold und Spiegeln. Zwei wunderschöne, ranke Mädchen mit lang herabwallenden Haaren traten auf uns zu. Die eine trug ein Tablett mit Gläsern. Die andere hielt etwas, das Armbändern oder Handschellen glich – Handschellen mit dünnen Silberkettchen.

Joe reichte mir ein Glas. «Trink das, Toy. Gleich auf der Stelle.»

Es schmeckte leicht süßlich und parfümiert – aber nicht unangenehm. Leise begann ein Feuer in mir zu glühen.

Das zweite Mädchen streckte uns Handschellen und Ketten

entgegen und legte sie uns mit raschem und geschicktem Griff an. Wir waren aneinandergefesselt wie Tanzbären. In der Mitte des Saals bildete sich ein Kreis. Wir nahmen den uns zugewiesenen Platz ein und wurden an unsere Nebenleute gekettet. Der ganze Kreis bildete eine einzige, vielgliedrige Kette.

«Ringel, ringel, Rosenkranz», sagte ich vergnügt. Mein Nachbar zur Linken rasselte warnend mit seiner Kette. Ich zwinkerte ihm zu. «Zeigt her eure Füßchen, zeigt her eure Schuh'.» Joe blickte mich strafend an, aber ich ließ mich nicht bremsen. «Wir sitzen unterm Holderbusch und machen alle husch! husch! husch!»

Eine Glocke ertönte, und alle kauerten auf dem kalten Marmorboden nieder. In der Mitte des Kreises, von einem großen, weißen Tuch verhüllt, stand irgendein sperriges Objekt. Ich drehte den Kopf. Durch eine entfernte Tür trat ein bärtiger Mann in roter, wallender Robe. Er näherte sich mit raschen Schritten, schlüpfte durch den Kreis und stellte sich neben das verhüllte Objekt.

Wie auf Kommando streckten die Anwesenden die Arme in die Höhe. Ketten klirrten sacht.

«Ich bin eine Galeerenbraut», summte ich beschwipst.

Joe warf mir einen wütenden Blick zu. «Sei doch still, *ma petite*. Dies ist eine heilige Minute.»

Der Mann in Rot begann zu sprechen. Heute sei ein feierlicher Tag, verkündete er. Der zweite Juni, Geburtstag des größten menschlichen Geistes, der je auf Erden geweilt habe; dem ein jeder von uns die Freiheitsbotschaft verdanke: der göttliche Marquis de Sade!

«*Liberté, Egalité, Sexualité!*» rief er mit tönender Stimme, und der Kreis sprach die Worte im Chor nach. Minutenlang redete der Rote weiter, schwieg dann pathetisch, zog mit einem Ruck das weiße Tuch beiseite und enthüllte eine gigantische Gipsbüste. Eine höchst ungewöhnliche Büste auf stabilem Postament.

Schultern und Kopf eines Mannes hinter einem gewaltigen aufgeschlagenen Buch, aus dessen Mitte ein noch gewaltigerer Gipspenis ragte. Diesen Gipspenis schmückte eine der schönen Gehilfinnen mit Blumen. Eine zweite bekränzte das Haupt. Alles erhob sich. Chorgesang ertönte. Ich blickte mich im Kreis um. Jüngere und ältere Frauen, hübsche und häßliche Männer.

Sie delirierten fast vor Erregung. Der Kreis wogte um die Statue. Schneller und schneller. Wildes Tanzen und Stampfen. Gesang aus heiseren Kehlen. Kimonos flappten auf. Hängende Brüste und schlaffe Bäuche. Ich blickte zu Joe. Er sah göttlich aus.

«Wir tanzen um den Holderbusch. Holderbusch. Holderbusch. Marquis de Sade macht husch, husch, husch», sang ich. Es war wie in frühen Kindertagen. Wir stürzten auf die Statue zu und fielen auf die Knie. Sekundenlang verharrten wir schweigend, standen dann wieder auf. Die langhaarigen Schönen kamen und befreiten uns von Schellen und Ketten.

«War das nicht herrlich?» fragte ich Joe. Die Lakaien traten ein und öffneten eine zweite Flügeltür. Dahinter lag ein düsterer Raum, der lediglich durch ein trübes, rötlich glühendes Deckenlicht erhellt wurde. Plötzlich legte eine Jazzband los. Die Menge strömte herbei, streifte vor der Tür Pantoffeln und Kimonos ab und stürzte sich ins Gewühl.

Ein tolles Bild!

Vom Genius loci unwiderstehlich angezogen, entledigte ich mich behende meiner Hülle. Drinnen tanzten Wange an Wange nackte Pärchen. Auf einem Podium spielte ein riesiger nackter Neger Saxophon.

«Komm nur, meine kleine Toy», sagte Joe.

Neben uns tanzte ein ungeschicktes Pärchen Cha-Cha-Cha. Mitten unter den Tänzern stand ein bärtiger Greis und lachte meckernd wie ein zottiger alter Ziegenbock. Lauter und wilder wurde die Musik. Alles hüpfte wie besessen. Schweiß strömte über Joes Gesicht. «Paß mal auf, was jetzt kommt, Toy!» schrie er mir zu, während wir Hand in Hand herumtollten.

Was kam, war recht unprogrammgemäß. Wildes Gebummer, Türenknallen, Stiefelgetrappel auf der Treppe, laut schrillende Trillerpfeifen: Ein halbes Dutzend Polizisten platzte durch die Flügeltür in den Festsaal. Der Saxophonist und seine Band sprangen vom Podium, Frauen kreischten, alles wirbelte in panischer Suche nach einem Fluchtweg durcheinander, während die Kette der Polizisten auf die geöffnete Tür des Tanzsaals zustrebte. Joe wurde von der Menge aufgesogen.

«Meine Kleider!» schrie ich.

Eine große Blondine im Kimono reichte mir einen Pelzmantel. «Anziehen, *vite*!» Sie zog mich zu einer Seitentür. Wir rannten eine schmale Wendeltreppe hinab, die zu einem langen Korridor führte. Ohne mein Handgelenk loszulassen, stieß sie eine Tür auf und tastete nach einem Lichtschalter. Wir befanden uns in einer Garage. An der halbgeöffneten Garagentür stand ein Auto. Sie zog die Tür auf, schob mich ins Auto und fuhr hinaus in die Nacht. Das Eingangstor stand sperrangelweit offen.

«Gut», sagte sie. «Niemand folgt uns. Die Polizei hat alle Hände voll zu tun.»

«Meine Kleider sind flöten», sagte ich, kicherte beschwipst und schlief ein.

Am nächsten Morgen erwachte ich in einem hübschen, sonnenhellen Schlafzimmer. Von den Bäumen draußen klang Vogelgezwitscher. Meine Retterin trat herein und reichte mir eine Tasse wäßrigen Tee mit einer Zitronenscheibe. «Mein Name ist Marie-Louise de Camembert», sagte sie. Sie war um die Vierzig, gut erhalten und äußerst schick gekleidet.

«Und ich bin Toy», erwiderte ich.

«Ah! C'est charmant!»

Auf einem Stuhl neben meinem Bett lag ein säuberlich zusammengefalteter Morgenrock. Ich zog ihn über und wanderte hinaus und die Treppe hinab.

Durch die geöffnete Tür gelangte ich in ein Eßzimmer. An einem Büfett lud sich ein hochgewachsener Mann in Tweed Eier und Speck auf einen Teller. «Hallooo», sagte er fröhlich. «Wo kommen *Sie* denn her?» Er kniff die Augen zusammen. «Zum Kuckuck noch mal, Sie sind ja Engländerin!» Er stieß einen leisen, anerkennenden Pfiff aus.

«Natürlich bin ich Engländerin.»

«Frühstücken Sie erst mal.» Er setzte eine Kaffeetasse und einen Teller vor mich hin.

«Eier? Wurst? Speck? Kedgeree?»

Wir setzten uns an den Tisch und aßen. Zwischen einzelnen

350

Bissen plauderte mein Gesellschafter munter drauflos. Er sah aus wie ein Ex-Pilot der Air Force. «Äußerst gescheit von den Damen, für ein gutes, kräftiges Frühstück zu sorgen. Aber sie wissen natürlich auch, daß sie es mit einer sehr gemischten Kundschaft zu tun haben.»

«Kommen Sie oft her?» fragte ich ihn.

«O ja! So oft wie möglich! Kostet ja einen Batzen, aber das ist es auch wert! Sagen Sie, Sie gehören wohl nicht zu den ... Insassinnen ... wie?»

«Insassinnen?»

Madame Camembert trat plötzlich ein, und er blickte verlegen vor sich hin.

«Hallo, Archie, du Lieber. Der Wagen wird gleich hier sein. Toy, kommen Sie doch bitte mit, sofern Sie mit Frühstücken fertig sind.»

Ergeben folgte ich ihr in einen großen Salon mit hohen Glastüren, die auf den Garten hinausführten. Vier Damen, sämtlich sehr elegant mit Kaschmirpullovern, Perlen und Tweedröcken angetan, saßen um einen niedrigen Tisch und tranken Tee. Ich wurde vorgestellt und nahm Platz.

«Sie sind nur zu Besuch in Paris?» erkundigte sich die Dame neben mir. Sie hatte leuchtend rotes Haar und war so um die Fünfzig.

«Ich werde etwa drei Monate hierbleiben.»

«Ah!»

Madame Camembert und die übrigen bekundeten Interesse.

«Ich bin hier, um mit französischer Kultur und Lebensart vertraut zu werden», erläuterte ich.

Sie blickten einander vielsagend an.

«Engländerinnen sind ja so charmant», sagte Madame Camembert.

«Sie haben soviel Stil», meinte eine andere.

«Sie ist allererste Klasse», behauptete die dritte.

«Sie wäre hier genau richtig», verkündete die vierte.

«Was tun Sie denn?» fragte ich.

Sie lächelten nachsichtig, als hätten sie es bei mir mit einem Kind zu tun.

«Nun, wir haben hier eine Art Gesellschaftsklub, wie man es nennen könnte. Und hier treffen wir uns jede Woche, um Freunde zu ergötzen.»

«Freunde?»

«Möchten Sie etwas Tee, meine Liebe?»

Ich blickte auf das wäßrige Etwas in meiner Tasse und schauderte.

Madame Camembert schien untröstlich. «Er ist Ihnen wohl nicht stark genug?»

«Ich werde Ihnen zeigen, wie's gemacht wird», erbot ich mich. «Wo ist die Küche?»

Gefügig erhoben sich alle und führten mich in eine große, gutausgerüstete Küche. Ich füllte einen elektrischen Kessel, stöpselte ein, nahm die größte Teekanne, die ich finden konnte, und riß ein Päckchen mit indischem Tee auf.

«Erst die Kanne anwärmen», erklärte ich, «dann ausleeren.»

Schweigend scharten sich alle um mich.

«Jetzt den Tee hineintun. Einen Löffel für Sie und einen für Sie und einen für Sie und einen für Sie und einen für Sie und einen für mich. Und einen für die Kanne.» Ich goß das kochende Wasser hinein und trug die Kanne in den Salon. Die Damen klatschten freundlich Beifall.

«Ah! Mais c'est formidable!»

Die Rothaarige strahlte mich an. «Für Sie gibt es hier großartige Möglichkeiten!» – «Wäre sehr einträglich», ergänzte eine andere. Madame Camembert zuckte zusammen. «Céleste, sei still. *Vous êtes vulgaire.*»

Zu mir gewandt, erklärte sie: «Wir kommen hierher, um unseren Freunden Vergnügen zu bereiten. Sie gehören alle zu den Spitzen der Gesellschaft. Hätten Sie nicht Lust, sich unserem Kreis anzuschließen? Es ist natürlich alles äußerst diskret.»

«Diskretion ist oberstes Gebot», bekräftigte eine andere Dame.

«Ich bin es gewohnt, mir meine Freunde selbst auszusuchen», sagte ich hochmütig.

«Aber das können Sie doch. Unsere Freunde sind höchst charmante und respektable Persönlichkeiten. Regierung, Diplomatie,

Geschäftswelt. Zweifellos werden Sie darunter so manchen reizenden Menschen nach Ihrem Geschmack finden.»

Ich antwortete nicht. Gütiger Gott! Bestimmt war die Gräfin aus Sorge um mich inzwischen halb verrückt. Ob sie etwa schon die Polizei verständigt hatte? Draußen fuhr ein Auto vor. Die Damen stürzten ans Fenster. *«Ah! C'est Ferdinand! Bonjour, Ferdinand.»*

«Ferdinand ist ein Schatz», erklärte Madame Camembert.

Einen Augenblick später trat Ferdinand durch die Glastür herein und verteilte rundum zeremonielle Handküsse. Madame Camembert stellte uns einander vor. «Toy ist Engländerin», erklärte sie ihm.

Er verbeugte sich tief, küßte mir zart die Hand und hielt sie noch, während sein bewundernder Blick über mich hinwegglitt. «Sehr angenehm», murmelte er.

«Ferdinand ist Militärattaché der Republik Banania», verkündete Madame Camembert stolz.

Er war klein und rundlich, hatte graue Schläfen und die traurigsten braunen Augen, die mir je begegnet waren.

«Die Republik Banania steht Ihnen zu Diensten», versicherte er feierlich.

Er entfaltete eine Zeitung, die er in der Hand hielt, und deutete auf eine Fotografie auf der Vorderseite. Es war eine amerikanische Zeitung, die in Paris erschien. Mein Blick fiel auf zwei Schlagzeilen:

PARISER POLIZEI LÄSST SEXORGIE AUFFLIEGEN

und

JUNGE ENGLÄNDERIN VERMISST

Die Abbildung zeigte mich. Mein Paßfoto, zu allem Übel.

«Sehr angenehm», wiederholte Ferdinand leise. Er lächelte mich an, und ich fühlte mich auch nicht die Spur vermißt.

Carol Conn

Der dreißigste Geburtstag

Als ich meinen Wagen vor dem hohen, schmiedeeisernen Tor
parke, wird mir ein bißchen schwach in den Knien. Meine Finger
zittern, während ich voll Nervosität noch einmal die Einladung zu
einer «Nacht zeitloser Phantasie» durchlese. Dieser Abend mit
zwei männlichen «Geishas» ist ein ganz spezielles Geschenk meiner Freundin Sharon zum dreißigsten Geburtstag – etwas, wie es
das nur in Kalifornien gibt. Obwohl ich bemüht bin, in lässiger
Haltung zur Haustür zu gelangen, werden meine Schritte von
einem heftig klopfenden Herzen begleitet, das sich irgendwo in
meiner Kehle niedergelassen hat.

Wie versprochen, haben meine anonymen Gastgeber einen
Pfad von Kerzen hinterlassen, die mir flackernd den Weg durch
einen eleganten, doch überwucherten englischen Garten weisen.
Ich mache halt, um die faszinierende Szenerie zu genießen. Gleich
hinter dem Garten ragt das majestätische Profil des Mount Tamal-
pais empor. In Kaskaden wallt der Nebel an den Bergflanken
herab, die in diesen letzten Sekunden eines herrlichen Sonnenun-
tergangs in glühenden Tönen von Pink, Orange und Purpur flammen. Irgendwie scheint dies ein passendes Omen für einen dreißigsten Geburtstag und den vor mir liegenden Abend zu sein. Was
immer geschieht – es wird keinesfalls eine gewöhnliche Feier sein.

Gleich hinter dem rustikalen Tor wirkt der Garten mit blühenden Blumen in jeder nur erdenklichen Schattierung wie eine Far-
benexplosion. Zu meinen Füßen dunkelt smaragdgrünes Moos,
das jeden zerbröckelnden Ziegel des alten, ausgetretenen Pfades
umrahmt, im schwindenden Licht zu reinem Purpur. Magnolien-
und Geißblattblüten parfümieren die leichte Brise.

Der Abend besitzt die Struktur eines kunstvoll gewebten Seidenteppichs. Der überdies ein fliegender Teppich sein muß, denn jeder tiefe Atemzug lindert die Ängste, bis mein Geist, wie von den sanften Böen getragen, frei und leicht dahinschwebt. Der Wind bewegt mein Kleid, der meine Schenkel streichelnde Stoff löst ein unwillkürliches Erschauern aus. Schwelende Funken werden von neuem entzündet, beginnen wieder an meiner Wirbelsäule auf und ab zu schießen. Der fliegende Teppich trägt mich zu einem kürzlichen Erlebnis zurück. Vor knapp einer Stunde war ich eine sexuelle Surferin, die mit Hilfe der dampfenden Lippen und unermüdlichen Zunge meines Liebhabers endlos auf einer köstlichen Woge der Lust dahinritt. Der noch anhaltende Schwung reizt meinen Schoß, und ein Tropfen erinnerter Leidenschaft sickert heraus.

Der plötzliche Flug von Fledermäusen über mir reißt mich aus meinen Sonnenuntergangsträumen, und ich gehe weiter auf ein Haus zu, das in jeder Hinsicht so malerisch und rustikal ist wie dieser Garten. Der silberne Klang der Türglocke genügt, um meine eben erworbene Gelassenheit in die erwartungsvolle Unsicherheit einer zum Opfer erkorenen Jungfrau zu verwandeln.

Die geöffnete Haustür gibt den Blick frei auf einen Raum voll brennender Kerzen, deren Licht die beiden in kurze Kimonos gehüllten Männer zu dunklen Silhouetten werden läßt.

«Hallo, Geburtstagskind!» begrüßen sie mich gedämpft.

Ich trete ein, voll zurückhaltender Abwehr gegen ihre durchdringenden Blicke. Dann erinnere ich mich an Fausto, meinen Liebhaber, und seine unausgesprochene Eifersucht, als ihm klar wurde, daß ich für diesen Abend andere Pläne hatte. Nachdem unser Verhältnis so ist, wie es ist – das heißt, keine Forderungen, keine Verpflichtungen –, hatte er nicht das Recht, mich zu fragen, warum ich den Abend meines dreißigsten Geburtstags nicht mit ihm verbringen wollte. Doch das selbstgefällige Funkeln in seinem Blick, als er meine Wohnung verließ, verriet mir, daß er so eine Ahnung hatte, was ich am Abend treiben würde.

Was er mir damit sagen wollte, war eindeutig: Ganz gleich, was ich heute abend mit einem anderen Mann erleben sollte (nicht einer, mein Liebling, zwei!), Faustos erotische Präsenz würde nicht hundertprozentig zu ersetzen sein. Seine romantische Leidenschaft bewegt mich innerlich, löst eine neu gefundene Kraftreserve aus einem bisher unentdeckten Vorrat aus.

Ich hebe den Kopf und ergreife mit majestätischer Haltung das Regiment über die beiden Geishas. Heute abend bin ich eine Göttin, die sich ihrer Macht bewußt ist, während zwei Priester mich mit allen Riten und Fanfaren uralter heidnischer Religionen anbeten werden.

Meine göttlichen Gewänder? Hauchdünne schwarze Strümpfe, die, an einem schwarzroten Strumpfhaltergürtel befestigt, meine Schenkel umspannen. Ein schwarzes Seidenhöschen, inzwischen feucht vor Erwartung, das sich unter einem lose sitzenden Kleid im Stil der dreißiger Jahre an meinen Körper schmiegt. Das Kleid hat einen tiefen Ausschnitt und ist vorn sowie an den Seiten geschlitzt. Die sinnlich wirkende schwarze Kunstseide bildet einen dramatischen Hintergrund für die überall aufgestickten roten Lippen. Der Zauber des Abends scheint diese Lipppen lebendig zu machen: Aufreizend schimmern und tanzen sie im Kerzenlicht. Angemessene Gewänder für diese beiden Sterblichen, deren Blicke nun, als jeder von ihnen eine meiner Hände an die Lippen führt, nur noch reine Bewunderung ausdrücken.

Ich sehe zu, wie sie meine Finger mit forcierter Verliebtheit küssen, und dann dämmert mir etwas. Meine Macht ist abhängig davon, wie sehr ich diese Männer aus dem Gleichgewicht zu bringen, wie gut ich mehrere Kräfte gegeneinander auszuspielen vermag. Unbewußt habe ich meinen ersten Schachzug bereits getan, indem ich zuvor einen anderen Mann geliebt habe.

Sanft entziehe ich ihnen meine Hände und gehe zur Bar, wo in einem Eiskübel eine Flasche Champagner steht. Ich halte inne, erwarte von ihnen, daß sie mir alle Wünsche von den Augen ablesen und sofort erfüllen. Ich habe nicht die Absicht, mich selbst auf einen Barhocker zu hieven. Und wie durch einen Tritt in Gang gesetzt, eilen sie beide herüber, um mir auf meinen «Thron» zu helfen. Erst dann werde ich mir der langweiligen Klänge aus der Stereo-Anlage bewußt. Die Musik ist absolut ungeeignet.

«Gentlemen, ich bin für Jazz gekleidet. Gebt mir bitte Charlie Parker oder Billie Holiday.»

Dies löst abermals hektischen Eifer aus, fördert jedoch eines von Birds Alben zutage. Zum Glück ist Lady Day im Haus, und meine Geishas verlieren nicht das Gesicht. Bald füllt ihr süßer, melancholischer Gesang das Zimmer. Meine Gastgeber seufzen erleichtert, als ich mich entspanne und endlich beginne, Champagner und die ganze gegenwärtige Situation zu genießen.

Jetzt ist es an mir, die Geishas zu taxieren. Alexander ist ein hochgewachsener, blonder Beach-Boy-Typ um die Dreißig, muskulös, aber schlank, mit aufregenden, langen Beinen. Jeremy ist ein etwa vierzigjähriger, etwas kurz geratener dunkler Künstler mit einem fast finsteren Aussehen. Er hat ein kleines Bäuchlein und drahtiges Brusthaar, das sich um das Revers seines Kimonos kraust. Beide erwidern meine musternden Blicke anerkennend und mit einer Sinnlichkeit, die mir weit eher zu einem B-Film als zu einer Geburtstagsparty zu passen scheint. Ich lache, weil ich high genug bin, um fest überzeugt zu sein, daß ihr Dialog kitschig genug sein wird, um aus dem Drehbuch stammen zu können.

«O Lady», seufzt Alexander wie auf ein Stichwort, «du bist wahrhaft schön! Du bist Fleisch gewordene Phantasie: Eine bezaubernde Fremde ist zu einem Abend erlesener Vernügungen erschienen. Ein Geschenk der Götter.»

Tor! Ich bin eine Göttin. Champagner jedoch führt mich aus dem Tempel zu einer weniger weihevollen Stätte. Billie Holiday singt noch immer den Blues, so daß ich mir vorkomme wie eine tragische, erotische, gindurchtränkte Mamma in einer schäbigen Bar der dreißiger Jahre mit zwei gehorsamen Sklaven. Gleich darauf massiert mir Jeremy Hals und Schultern; dabei streifen seine Fingerspitzen hauchzart meine Brustwarzen, die sich daraufhin steil aufrichten.

Alexander teilt meine Beine und streichelt jeden Schenkel mit seinen herrlich sensiblen Lippen. Durch das Seidenhöschen hindurch beginnt er mit seiner Zauberzunge meine Klitoris zu reizen. Ich treibe bis dahin auf dem fliegenden Teppich, von den köstlichen, durch Alexanders Zunge ausgelösten Empfindungen höher und immer höher hinaufgetragen.

Ich schließe die Augen und sitze in Gedanken wieder auf dem Sofa in meinem Wohnzimmer, wo ich zusehe, wie Fausto, mein

Liebhaber, mit beiden Händen meine Schenkel packt, während er sein Gesicht in meinem Schoß vergräbt. Seine karamelfarbene Haut schimmert seidig, duftet schwach nach Eukalyptusbäumen und süßer Meeresluft. Er brummt, als ich mich vor Wonne winde. Mein Körper steht in Flammen, während ich hin und her treibe, zwischen Fausto und diesen beiden mich bewundernden Liebhabern.

Wieder bin ich die Göttin dieses Geburtstagstempels. Die Göttin weiß, daß jene Männer, die Frauen am besten zu lieben und zu schätzen wissen, gern ihr Gesicht in den Säften ihres Schoßes baden. Und diese hingebungsvollen Priester beten meine Pussy an. Sie genießen mich als exquisite Geschmackserfahrung, ebenso hoch anzusetzen wie alter Cognac oder Beluga-Kaviar. Das schwach moschusduftende Parfüm meines Leibes ist ein hochgradiges Aphrodisiakum, und mich zu trinken versetzt sie in den Garten Eden zurück. Sie möchten in dieses Paradies zurückkriechen, können aber nur eine Zunge, einen Finger, einen Schwanz hineinschieben, aber auch das schon verheißt ihnen einen Augenblick Flucht vor der Welt.

Diese Befriedigung und Errettung der beiden Geishas entspringt ausschließlich meinem intensiven Genuß. Und es ist mir verdammt egal, wie lange es dauert. Wenn ich ihnen meinen Orgasmus vorenthalte, werden sie sich nur um so heftiger bemühen. Ich halte mich zurück und lasse die Spannung wachsen. Schließlich sind diese Sterblichen hier, mir zu gehorchen. Wenn einer von ihnen müde wird ... nun, dann ist da immer noch der andere.

Jawohl. Billie Holiday persönlich hätte dieses so intensive Liebesspiel gebilligt. Also versuche ich den Moment hinauszuzögern und klammere mich an den seidigen Strang der Ekstase, ständig auf einem erotischen Hochseil balancierend, bis ich in einen tiefen Orgasmus falle. Ich bleibe so stumm wie möglich, während Arm-, Bauch-, Waden- und Schenkelmuskeln in unterschiedlichem Rhythmus zucken, bis sie schließlich im Takt pulsieren.

Als die inneren Explosionen schließlich nachlassen, treibe ich langsam ins Zimmer zurück und spüre, wie mein Körper wieder fest wird. Da bin ich, liege praktisch auf einem Barhocker und habe die Beine über Alexanders Schultern gelegt, während er dicht vor mir kniet. Mit ungeheurer Befriedigung blickt er von seinem Platz zwischen meinen Beinen zu mir auf. Abermals vergräbt er sein Gesicht, kommt glänzend hoch, um Luft zu schnappen, und legt seine glattrasierte Wange an meinen Schenkel. Jetzt erst merke ich, daß Jeremy mir, die ich nahezu horizontal liege, Kopf und Rücken stützt.

Billie Holiday singt noch immer, mein Kleid ist bis zum Bauch hochgerutscht, das Höschen auf den oberen Rand der Strümpfe runtergezogen. Jeremy hilft mir in sitzende Stellung auf, und ich glätte lässig Kleidung und Haar. Ich leere mein Champagnerglas und sehe die beiden ausdruckslos an. Ihr verzweifelter Wunsch, zu erfahren, ob ich zufrieden bin, ist so eindeutig! Ich lasse sie im Ungewissen.

Das nächste Glas Champagner wird in einem Schaumbad getrunken. Alexander trägt mich in ein von Kerzen beleuchtetes Badezimmer und zieht mir liebevoll das wenige aus, was von meiner ursprünglichen Bekleidung noch übrig ist. Seine Hände und sein Mund sind ganz und gar auf ihre Aufgabe eingestellt. Sanft wäscht er mir Beine und Füße, bedeckt jeden Fuß mit zahllosen Küssen. Alexander scheint sich vollkommen damit zu begnügen, meine Phantasievorstellungen nachzuspielen, und ich lasse es höchst zufrieden geschehen.

Inmitten des verschwimmenden Kerzenlichts vor dem Hintergrund der Badezimmerkacheln serviert er mir abermals Champagner. Als ich aus dem himmlischen Schaumbad auftauche, wickelt er mich zärtlich in riesige Badetücher und bringt einen lila Seidenkimono für mich zum Vorschein.

Offenbar kleiden wir uns zum Dinner an.

Alexander nimmt mich auf die Arme und kehrt mit mir ins Wohnzimmer zurück. Gemeinsam kuscheln wir uns auf eine bequeme Chaiselongue. Er setzt seine Beinmassage fort, während ich bete, er möge nie aufhören. Welch ein Segen: hochgebracht, wieder heruntergeholt, und alles, ohne eine Gegenleistung erbringen zu müssen! Einen Abend lang absolut selbstsüchtig, und keinerlei Wiedergutmachung. Ein breites Grinsen verzieht mein Gesicht, als Jeremy Speisen hereinbringt und auf dem Eßtisch am anderen Ende des Zimmes abstellt. Wir setzen uns zu einer recht seltsamen Familienmahlzeit. Meine Geishas berühren kaum ihre Teller, sondern starren mich mit derselben Leidenschaft an, die ich der geeisten, leicht mit frischem Dill und Minze gewürzten Gurkensuppe zuteil werden lasse. Der saubere Gechmack der von süßem Yoghurt gemilderten, von Jeremy zubereiteten Gurken verführt meine Geschmacksknospen. Ich sehe ihn erleichtert aufseufzen und fühle mich wohler, während ich ihn und Alexander mit in Knoblauchbutter getauchten Artischockenblättern füttere. Alexander wird ganz wild, als ich ihm langsam ein zweites Blatt aus dem Mund ziehe; das sinnliche Scharren an seinen Zähnen, meint er, erinnert ihn an das Gefühl, das er hatte, als er sich kurz nach meiner Ankunft zwischen meinen Beinen vergrub.

Das Spannungsfeld baut sich weiter auf, als wir eine Lammkeule mit einer süß-scharfen Wacholdersauce verschlingen. Hingebungsvoll, mit an unser erstes Scharmützel dieses Abends erinnernder Intensität zerreißen wir das gebratene, zarte, saftige rosa Fleisch mit beiden Händen. Alexander küßt mir den meinen Arm hinablaufenden Fleischsaft von der Haut.

Beim Salat finden wir einigermaßen wieder zur Fassung zurück und kauen gelassen. Die milde Sauce und die knackige Frische wirken ernüchternd wie ein Bad in einem kühlen Gebirgsbach. Der Salat reinigt nicht nur unseren Gaumen, er reinigt uns auch Körper und Geist und schafft Raum für das folgende Ereignis, den eigentlichen Anlaß dafür, daß ich dieser Soirée zugestimmt habe.

Eine Massage von zwei Männern gleichzeitig. Schon immer habe ich vier (oder mehr) Hände wohltuend, beruhigend an meinem Körper spüren wollen. Alexander geleitet mich in ein Schlafzimmr mit so vielen Kerzen, daß die vier Wände mir in meinem derzeitigen Zustand wie eine Milchstraße *en miniature* erscheinen. Französische Chansons schaffen eine etwas unheimliche Atmosphäre, als seien die Geister uralter Liebespaare zurückgekehrt, um das Bevorstehende zu beobachten. Vielleicht repräsentiert eine jede dieser winzigen Flammen die Seele eines großen, leidenschaftlichen Liebhabers. Bald schwebe ich in den

Wolken, getragen von vier Händen, die geschickt sämtliche Spannungen lösen. So gerührt bin ich von der Zärtlichkeit meiner Geishas, daß es mir schwerfällt, meine Wonne zu verbergen.

Während Alexander mit der Massage fortfährt, erhält Jeremy nunmehr die langersehnte Chance, mich zu trinken. Trotz seiner Tolpatschigkeit weiß er die Hügel und Täler meines Schoßes mit technischem Geschick zu erkunden. Mein Körper spannt sich zu einer weiteren Explosion, diesmal jedoch ist die Göttin entschlossen, sie zu kaschieren. Jeremy wird niemals davon erfahren. Es ist eine hundertprozentig beherrschte Energie, als ich zum Höhepunkt komme – wie Feuerwerkskörper, die Funken versprühen, so lautlos wie fallender Schnee.

Jetzt bin ich verausgabt. Drei intensive Sitzungen an diesem Abend plus Massage reichen aus, mich schläfrig zu machen. Ich würde jetzt gern nach Hause gehen, doch Wein und Champagner verbieten mir das Autofahren. Wie soll ich aufstehen, mich anziehen und mich von meinen Gastgebern verabschieden können? Viel zu mühsam! Also genieße ich weiterhin die Massage. Bin jedoch noch wach genug, um zu spüren, daß Alexanders Schwanz in mich eindringt.

«Halt!» Die erotische Spannung bricht, und zwei Erektionen werden schlaff wie bei einer Dusche mit eiskaltem Wasser. «Ich muß erst mein Pessar einsetzen!»

«Ist schon okay», gibt Jeremy ein wenig überheblich zurück. «Wir sind Tantriker.»

Ungläubig starre ich ihn an.

«Wir werden nicht in dir kommen.»

Die Göttin mag auf diese Versicherung hereinfallen, nicht aber das Geburtstagskind aus Fleisch und Blut. Ich setze mein Pessar ein und mustere die beiden wartenden Geishas nachdenklich. Als ich fertig bin, fallen sie über mich her, ersticken meinen Körper mit zahllosen Küssen und langen, liebevollen Strichen der Zunge.

Aber der Bann ist gebrochen. Ich sehne mich nach den sanften, elektrisierenden Zärtlichkeiten, die ich so sehr brauche. Ich bin abgelenkt, als befinde sich eine weitere Person im Zimmer. Dieses Gefühl läßt mich erschauern, weil diese Präsenz gleichzeitig vertraut und fremd für mich ist.

Ich schließe die Augen und sehe Fausto, der sich über mich beugt. Seine Miene spricht von einer schmerzenden Mischung aus Eifersucht und Erregung. Er küßt mich heftig, und ich komme mir vor wie ein kalter, schlafender Vulkan, der plötzlich aktiv wird, ausbricht und flüssiges Feuer bis in meine Zehen hinabschickt. Mein Körper pocht und zuckt vor Verlangen. Fausto zieht sich ein wenig zurück, lächelt und streicht mir übers Haar.

Ich werfe einen Blick auf Jeremy und Alexander, die mich wieder massieren und von Faustos Gegenwart nichts zu ahnen scheinen. Abermals schließe ich die Augen, und Fausto läßt mich noch weiter dahinschmelzen mit einem Kuß, der mir tief bis in den Unterleib dringt. Ganz flüssig bin ich, und ganz empfangswillig. Er zieht sich zurück, genießt meine köstliche Agonie. Ich hebe den Kopf, will unbedingt seine Lippen halten.

Nicht aufhören, bitte!

Ein weiterer elektrisierender Kuß treibt mir das Wasser in die Augen, und ich beginne heftig zu keuchen. Sein Mund gleitet an meinem Hals hinab zu einem Fleck, den er einmal «die heiße Stelle» getauft hat. Das ist meine Achillesferse. Fausto ist der einzige Mann, der begreift, wie hilflos dieser Fleck mich macht: zur Sklavin seiner leidenschaftlichen Berührungen. Ganz behutsam beißt er mich um diesen Fleck herum, in einem sinnlichen, erregenden Tanz, der das Blut durch meine Adern rauschen, mein Herz hektisch hämmern und jeden Muskel unkontrolliert zucken läßt. Der Rhythmus seiner Lippen und Zähne an meinem Hals vereint sich mit dem von Alexanders Schwanz, der jetzt immer wieder in mich hineinstößt.

Mehr, mehr! Alles! Nur nicht aufhören!

Die Kombination des erotischen Fausto mit Alexander ist mehr, als ich ertragen kann. Der stete Rhythmus von Alexanders Schwanz, jetzt hoch und hinaus, dann wieder hinab und hinein – verbunden mit der Erinnerung an Faustos melodiöse Berührung und seine glühenden Küsse –, verwandelt mich in einen orgastischen Schmetterling. Jedes Stöhnen, jedes Aufkeuchen gleicht einem Flattern meiner Flügel, das mich höher und immer höher trägt, bis ich schließlich zwischen den Sternen dahingleite, angetrieben von anscheinend kosmischen Wellen. Schauer der Lust durchdringen jede Faser, jede Pore, jede Höhlung meines Körpers.

«Fausto!»

Sein Name hallt in meinen Gedanken wie ein Schrei und ein Gebet, als ich eine schmerzhafte Barriere durchbreche, die mich schlaff und schweißnaß zurückläßt.

Thomas H. Burton

Mrs. Nichols und ihre Nichten

Das Haus lag in bequemer Nähe zum King's College, und es gehörte einer Mrs. Nichols, zweiundfünfzig Jahre alt, Witwe, von fast maskuliner Körperlichkeit, dennoch gleichermaßen freundlich wie mütterlich wirkend. Emsig umsorgte sie ihre Gäste, bereitete anspruchsvollere Mahlzeiten sogar selber zu, während das einfachere Kochen einem dienstbaren Geist überlassen blieb, der auch in den Räumen der unteren Etage mithalf. Um die oberen Räume und um deren Bewohner hatten sich ihre zwei Nichten zu kümmern.

Als ich einzog, fand ich nur die jüngere der beiden vor. Ihre ältere Schwester hatte das gehabt, was sie ein Mißgeschick nannten, und sie befand sich derzeit auf dem Lande, um sich dieses Mißgeschicks zu entledigen. In etwa sechs Wochen wurde sie zurückerwartet. Jetzt im Winter, also außerhalb der Saison, war ich der einzige Gast – und folglich auch der einzige, um den sich die jüngere zu kümmern hatte. Sie hieß Jane, war ein eher zierliches Geschöpf, dabei jedoch wohlgestaltet mit sehr ansprechenden Rundungen. Auch ihr Gesicht wirkte recht hübsch. Die Ungeniertheit ihres Benehmens – eine Art naiv-vertrauensvoller Ungezwungenheit – bewies mir, daß sie bislang noch keinerlei Gelegenheit zu einem Mißgeschick gehabt hatte.

Im Laufe einer Woche wurden wir vertrauter miteinander, und nachdem ich mich immer wieder bewundernd über ihr hübsches Gesicht und ihre Figur geäußert hatte, begann ich, ihr dann und wann einen Kuß zu stehlen, und zunächst sträubte sie sich. Bei diesen kleinen Rangeleien fanden meine Hände Gelegenheit, die Bekanntschaft ihres Busens und ihres Hinterteils zu machen, die sich beide als herrlich fest erwiesen.

Bisher war dies für mich eher unterhaltsames Spiel gewesen, ohne präzise Zielsetzung. Doch das Bewußtsein, daß die verborgenen Reize offenbar wirklich recht verlockend waren, erweckte in mir die lustvollste Leidenschaft. Und so steigerte ich denn meine Schmeicheleien und meine Liebkosungen, drückte ihr zärtlich die Tittchen, wenn ich sie auf meine Knie zog, um sie zu küssen. Da sie sich zunächst wieder dagegen sträubte, nahm ich die Gelegenheit wahr, um mit beiden Händen voll nach ihren prallrunden Hinterbacken zu greifen; sie erwiesen sich als weitaus stärker entwickelt, als ich vermutet hatte.

Nach und nach minderte sich ihr Widerstand gegenüber den kleinen Freiheiten, die ich mir herausnahm. Ruhig blieb sie auf meinen Knien sitzen und erwiderte meinen Kuß. Ihr Kleid klaffte vorn ein wenig auf, und nachdem ich die Titten eine Weile gestreichelt hatte, liebkoste ich sie schließlich in ihrer nackten Schönheit.

Jetzt schien mir der Zeitpunkt für intimere Vertraulichkeiten gekommen. Als sie wieder einmal auf meinen Knien saß, küßte ich sie besonders innig und raffte währenddessen mit meiner freien Hand ihre Röcke hoch. Noch ehe sie sich der Bewegung recht bewußt werden konnte, berührten meine Finger ihren Venushügel, reizvoll bewaldetes Gelände. Sofort erhob sie sich, aber da ich den anderen Arm um ihre Taille geschlungen hatte, konnte sie mir nicht entkommen, und ihre neue Position machte es mir nur leichter, die Hand zwischen ihre Schenkel zu schieben und die Schmollippen ihrer Möse zu betasten.

Ich versuchte, an ihrem Kitzler zu spielen, doch entzog sie sich mir, indem sie sich vorbeugte; und der Gesichtsausdruck, mit dem sie mich ansah, hatte etwas eigentümlich Rührendes: Bei aller Beunruhigung war er so unschuldsvoll, daß es schon wieder drollig wirkte. Ohne sich der Bedeutung ihrer Worte so recht bewußt zu sein, rief sie: «Hüten Sie sich nur vor dem, was Sie da tun! Sie können ja nicht wissen, wie es einem Gast im vorigen Sommer erging, weil er mich so packte und mir sehr wehtat. Ich schrie laut, und Tante kam gerannt, und er mußte 50 Pfund bezahlen für seine Ungehörigkeit.»

Ich mußte unwillkürlich lächeln. Die Unschuld dieses Mädchens war wirklich überwältigend.

«Aber ich tu dir doch gar nicht weh», sagte ich. «Und ich habe auch wahrhaftig nicht die Absicht.»

«Das hat der damals auch gesagt. Aber dann fuhr er auf schreckliche Weise fort, und es tat mir nicht nur sehr weh, sondern ich blutete sogar.»

«Nun, mit seiner *Hand* wird er das wohl kaum getan haben, und, siehst du, ich streichle doch nur sacht dieses weiche, haarige kleine Ding. Ich bin absolut sicher, daß dir das nicht weh tut.»

«Oh, nein! Wenn es nur das wäre, hätte ich gar nichts dagegen. Es war, als er mich auf das Sofa drückte und sich auf mich preßte, daß er mir so schrecklich wehtat. Sie müssen sich wirklich vorsehen bei dem, was Sie tun, sonst werden auch Sie 50 Pfund zahlen müssen.»

Es konnte keinen Zweifel geben: Der Kerl war in sie eingedrungeen, hatte ihr Jungfernhäutchen zerrissen und war dann, durch ihre Schreie, davon abgehalten worden, den ersehnten Gipfel zu erreichen. Die naive Art, in der sie davon sprach, überzeugte mich davon, daß sie, mochte sie ihre Unschuld auch verloren haben, noch immer unschuldig war. In anderen Worten: Noch schienen ihre sexuellen Leidenschaften nicht wirklich erweckt.

«Meine liebe Jane, weder ist es meine Absicht, dir wehzutun, noch gedenke ich, in die Lage zu geraten, 50 Pfund zahlen zu müssen. Aber gewiß wirst du mir nicht das Vergnügen versagen, dieses entzückende, haarige kleine Nest zu streicheln – du siehst ja, wie behutsam ich bin.»

«Nur, wenn Sie mir nicht weiter wehtun, werde ich Ihnen Ihren Wunsch nicht abschlagen, weil Sie ein so netter und freundlicher junger Herr sind und so ganz anders als der andere – ein rauher Bursche, der niemals mit mir plauderte und mich zum Lachen brachte, wie Sie das tun – aber Sie dürfen Ihre Finger nicht dort hineinschieben. Er schob auch etwas in mich hinein, was mir dann so wehtat.»

Ich zog meinen Finger zurück. Da sie auf meine Bitte die Schenkel geöffnet hatte, konnte ich ihre Fotze ganz nach Belieben betasten und liebkosen, wobei ein Finger außerhalb ihren Kitzler streichelte. Deutlich sah ich, welche Wirkung mein Streicheln dort hatte. Sie errötete, schien zu zittern. Wohlweislich beließ ich es dabei: Nur den haarigen Hügel betastete ich, samt Kitzler. Schließlich meinte sie, wir sollten lieber aufhören, da jeden Augenblick ihre Tante heraufkommen könne.

Der erste Schritt war nunmehr getan. Allmählich gelangte ich immer weiter voran; befühlte ihren reizvollen nackten Arsch, während sie vor mir stand; durfte die Löckchen um ihre Möse betrachten, diese dann küssen; bis sie ihre Schenkel so weit öffnete, daß ich bequem mit der Zunge herangelangen konnte, was sie in einen Rausch der Verzückung versetzte. Es gelang mir, sie zum erstenmal in ihrem Leben zum Höhepunkt zu bringen; und bald war sie es, die zu mir kam, weil es sie nach mehr verlangte. Indessen wagte sich, während ich ihren Kitzler mit der Zunge liebkoste, einer meiner Finger immer tiefer in ihre Scheide. Sie war so hocherregt, daß sie das gar nicht zu bemerken schien. Ich vermehrte den einen Finger um einen weiteren. Sie gelangte zum Gipfel und ergoß sich köstlich. Jetzt ließ ich meine Finger in einer Art Imitation in ihrem Möschen pulsieren. Sie schrak zusammen und wollte wissen, was ich da täte. Ich antwortete mit einer Gegenfrage: Ob sie denn nicht spüre, daß sich meine Finger in ihrer Dose befänden?

«Aber das kann doch nicht sein! Dort hat es mir ja so weh getan!»

«Aber jetzt tut es dir dort doch wohl nicht weh?»

«Nein. Es ist zwar ein ganz sonderbares Gefühl, aber jedenfalls sehr hübsch.»

«Nun, jetzt weißt du, daß ich zwei Finger in dir habe. Ich werde mit meiner Zunge wieder deinen Kitzler liebkosen und die Finger hin und her bewegen.»

Ich tat es, und bald kam sie erneut, indes sie meinen Kopf ganz fest gegen ihre Fotze preßte und rief: «Oh! Oh! Welche Wonne, was für eine Lust!»

Als wir bei nächster Gelegenheit das Spiel wiederholten, bat sie mich, doch ja nicht den Gebrauch meiner Finger zu vergessen. Nachdem ich sie zweimal zum Gipfel gebracht hatte, nahm ich sie auf meine Knie und erklärte ihr, ich besäße ein Instrument, welches ihr weit größeres Entzücken bereiten könne als Zunge oder Finger.

«Oh, wirklich?» sagte sie. «Wie ist es denn? Ich würde es gern sehen!»

«Wirst du auch niemandem etwas verraten?»

«Oh, nein!»

Ich holte mein steifes Glied hervor, und sie starrte verblüfft darauf. Augenscheinlich hatte sie noch nie einen Männerschwanz gesehen, obschon sie von einem defloriert worden war. Ich nahm ihre Hand und legte diese auf meinen mächtigen Riemen. Doch griff sie ganz aus eigenem Antrieb zu.

«Dieses riesige Ding würde nie in meinen Körper passen. Da, schau nur, es ist ja dicker als alle deine Finger zusammen, und schon bei zwei Fingern fühlte es sich sehr stramm an.»

«Gewiß, mein Schatz. Aber dieses kleine Ding kann sich sehr dehnen, und es wurde dazu gemacht, dieses große Ding in sich aufzunehmen.»

Inzwischen war ich längst wieder dabei, ihren Kitzler mit einem Finger zu reizen, und ihre Wollust stieg, bis ich schließlich sagte: «Laß mich nur mal probieren. Wenn es dir wehtut, so werde ich aufhören. Du weißt ja, wie behutsam ich bin.»

Auf meine Bitte legte sie sich aufs Bett, zog die Beine an, spreizte die Schenkel. Ich befeuchtete mein Glied mit Speichel, zumal den oberen Teil; sodann schob ich mit zwei Fingern ihre Fotzlippen auseinander (die ich zuvor beim Lecken gleichfalls mit meinem Speichel angefeuchtet hatte) und schob mich ein Stück voran.

«Nicht zurückzucken, ich werde dir nicht wehtun.» Und ich schob die Eichel einen Zoll weiter vor.

«Halt!» rief sie. «Ich habe das Gefühl, daß es mich auseinandersprengen wird, so sehr spannt es in mir.»

«Aber es tut dir nicht weh, Liebstes?» Ich hatte sofort innegehalten.

«Nein, nicht direkt. Aber es ist, als ob – als ob irgend etwas in meiner Kehle steckte.»

«Ruh dich ein wenig aus, das geht vorbei.»

Ich begann, ihren Kitzler zu streicheln, und sie wurde von Sekunde zu Sekunde erregter, bis ihre Scheide rund um meinen Schwanz zu pulsieren begann, indes ich ohne eine andere Bewe-

368

gung als die sachten Drucks überaus langsam weiter in sie eindrang. Als ich etwa zur Hälfte in ihr war, kam sie – was nicht nur dazu beitrug, die Feuchtigkeit des Inneren zu erhöhen, sondern auch, die Muskeln zu entspannen. Ohne irgendwelche Schwierigkeiten gelangte ich jetzt voll in die Tiefe; und dann verhielt ich ganz still, bis sie wieder aus der halben Bewußtlosigkeit emportauchte, in die sie nach ihrem letzten Orgasmus versunken war. Bald schon spürte ich wieder das innere Pulsen ihrer Scheide; frische Kräfte erwuchsen ihr, gar kein Zweifel. Sie öffnete die Augen und sagte mit liebevollem Blick, ich hätte ihr große Wonnen bereitet. Allerdings habe sie irgendwie das Gefühl, daß da etwas sei, das ihr Inneres bis zum Äußersten dehne. Ob ich nun ganz in ihr drin sei?

«Ja, Liebstes, und das wird dir noch größere Wonnen bereiten als zuvor.»

Sacht begann ich mich zu bewegen, hin und her, hin und her, während ich gleichzeitig ihren Kitzler streichelte. Ihre Erregung stieg mehr und mehr, es war das Gesetz der Natur, dem sie nicht zu widerstehen vermochte; und ihr Becken hob und senkte sich, als sei sie eine alterfahrene Liebeskünstlerin und keineswegs ein Neuling. Die für sie neue Kombination von Schwanz und Finger brachte sie rasch zu einem weiteren Gipfel, und ich hielt im gleichen Schritt mit, so daß wir gemeinsam kamen, in ungeheurer Ekstase. Keuchend lagen wir, genossen die Nachwonnen.

Dann bat sie mich, ihr etwas Wasser zu holen, da sie sich doch recht schwach fühle. Ich tat es (mein ungebärdiges Glied stand noch immer), und als sie dann auf dem Sofa saß, küßte ich sie liebevoll und dankte ihr für die Freuden, welche sie mir gewährt hatte. Sie schlang die Arme um meinen Hals, und mit Tränen in den Augen versicherte sie mir, ich hätte sie die Wonnen des Himmels gelehrt, und sie werde mich bis in alle Ewigkeit lieben, und ich müsse sie meinerseits immerdar lieben, denn von nun an könne sie ohne mich nicht mehr sein. Ich küßte sie, trocknete ihr die Augen und erklärte, künftig könnten wir es noch mehr genießen, wenn sie nur erst eingewöhnt sei.

«Laß mich das wunderbare Ding sehen, welches mir so viel Lust gespendet hat.»

Ich zog ihn hervor, doch war er nicht länger steif, was sie sehr verwunderte. Ich erklärte, das müsse so sein; doch könne sie mit seiner baldigen Wiedererhebung rechnen, wenn sie ihn mit ihren Liebkosungen weiter so verwöhne.

Fast noch, bevor ich das letzte Wort gesprochen hatte, war es schon wieder soweit. Er stand, und sie beugte sich vor und küßte sein rosiges Haupt. Zweifellos hätten wir uns sofort wieder ineinander vertieft, wäre da nicht das Glockenzeichen ertönt. Dies brachte uns aus den Sinnen zu Sinnen: Es schien klüger, vorerst nichts zu riskieren. So brachte Jane denn hastig ihr Kleid und ihr Haar in Ordnung und stieg mit einem Teil des Frühstücksgeschirrs die Treppe hinunter.

Aber natürlich: nach einem so exzellenten Auftakt konnte es nur noch exzellentere Fortsetzungen geben. In der Tat gedieh Jane unter meiner Obhut schon bald zu einer erstklassigen Fickerin.

Einen Monat nachdem ich bei Mrs. Nichols Quartier bezogen hatte, traf Janes Schwester ein. Und ich muß gestehen, daß sie eine weitaus attraktivere Frau war als ihre jüngere Schwester: Ziemlich breite Schultern, ein erstaunlich voller Busen. Außerdem stark gewölbte Hüften sowie ein Prachthintern von gloriosen Dimensionen. Von Natur ungemein heißblütig, erwies sie sich, nachdem sie mit meiner Prachtwaffe erst einmal Bekanntschaft geschlossen, als eine der Allertalentiertesten, die zu ficken ich jemals die Ehre und das Vergnügen hatte.

Jane war blond, Ann war dunkel: Mit schwarzen Locken und schwarz behaarter Fotze – eine ungemein große Fotze, deren Loch allerdings klein und eng war mit einer wild überwucherten Hügelkuppe darüber. Sie besaß einen dicken, harten Kitzler, der jedoch nicht weit hervorragte. Im übrigen entwickelte sie bald eine wahre Leidenschaft, nein, eine leidenschaftliche Besessenheit, zumal wenn ich mich dort über sie ergoß.

Zunächst fürchtete Jane, ihre Schwester könne über unser Verhältnis nur allzubald im Bilde sein; folglich trafen wir alle nur denkbaren Vorkehrungen. Was mich betraf, so wünschte ich allerdings insgeheim, Ann möge möglichst bald mehr riechen als nur Lunte. Mitunter war sie es ja, die mir servierte, und ihre Reize, verhüllt oder nicht, waren von einer Art, die mir das Blut in den Ohren rauschen ließ! Warum ich nichts unternahm? Nun, Jane schwirrte unentwegt herum, und so schien mir doppelte Vorsicht am Platze.

Eines Morgens hörte ich zufällig, wie Mrs. Nichols zu Jane sagte, sie möge zur Oxford Street gehen, um dort etwas zu besorgen. Die Schlußfolgerung lag auf der Hand: Ann würde mich bedienen, und von Janes Seite war keinerlei Störung zu befürchten. Also beschloß ich, keine Zeit zu vergeuden und sofort zur Sache zu kommen.

Gesprächsweise hatten wir uns inzwischen längst angefreundet, und nachdem Ann mir das Frühstück serviert hatte, bat ich sie, mir mit meinem Rock zu helfen. Ich dankte ihr, schlang einen Arm um ihre Taille, zog sie an mich und küßte sie.

«Hallo», sagte sie, «das ist ja ganz was Neues.»

Doch machte sie nicht die geringsten Anstalten, zurückzuweichen. Und so küßte ich sie wieder und erklärte ihr, was für ein Prachtweib sie sei und wie sehr sie mich errege – sieh doch selbst! Ich nahm ihre Hand und legte sie auf meine Hose, auf den mächtigen Wulst.

Unwillkürlich begannen ihre Finger zu tasten, indes sie rief:

«Allmächtiger, was für ein Riesending ist das!»

Röte überflutete ihr Gesicht, und in ihren Augen funkelte das Feuer der Wollust. Sie versuchte, mein Glied mit ihren Fingern zu umspannen.

«Warte», sagte ich. «Ich werde ihn dir in seinem natürlichen Zustand in die Hand geben.»

Also holte ich ihn hervor, und sofort griff sie danach und drückte zart und starrte voll Wollust darauf. Ganz unverkennbar wurde sie von Sekunde zu Sekunde geiler, und so machte ich keine langen Umstände, sondern schlug unverzüglich einen Fick vor.

Sie war inzwischen so hochgeil, daß sie (wie sie mir später gestand) der Versuchung eines solchen Riesenriemens einfach nicht widerstehen konnte. Schließlich hatte sie sich nach so was schon immer gesehnt.

Sie beugte sich vor, küßte ihn gierig; erschauerte unter einem Orgasmus, den bereits der Anblick bei ihr bewirkte und die

Berührung. Sie zögerte keinen Moment länger. Schon zog sie mich zum Bett, und dort streckte sie sich auf dem Rücken aus und spreizte die Schenkel auseinander, so daß ich Gelegenheit hatte, ihre Prachtfotze in all ihrer Herrlichkeit und Haarigkeit zu bewundern. Ich sank davor auf die Knie und heftete meine Lippen auf die überfließende Öffnung. Ein wahrhaft berauschender Duft; und eigentümlich dick und klebrig war der Saft für eine Frau. Ich ließ meine Zunge an ihrem Kitzler spielen, was ihre Tollheit noch steigerte. Sie schrie:

«Steck deinen Prachtschwanz in mich rein!»

Ich ließ es mir nicht zweimal sagen. Und da ihre Fotze so großlippig war und so mächtig wirkte, hatte ich geglaubt, ohne jedwede Schwierigkeiten und sozusagen Kopf über Schulter hineingleiten zu können. Um so verblüffter war ich, als ich nunmehr entdecken mußte, daß dies eines der allerengsten Löcher war, welches mir jemals untergekommen. Guter Gott, das Problem, in sie hineinzugelangen, erwies sich unbedingt als größer denn bei ihrer jüngeren Schwester.

Aber mochte sie auch ungeheuer eng sein, so bereitete sie meinem Schwanz doch das exquisiteste Vergnügen, zumal Ann in einem Maße bei der Sache war, wie ich das kaum je bei einer Frau erlebt hatte noch jemals erleben sollte. Fickend und wichsend brachte ich sie sechsmal zum Kommen, bevor ich meinen Schwanz herauszog und mich, das Glied zwischen ihre feuchten Lippen und meinen Bauch pressend, außerhalb ihrer Scheide ergoß. Nicht allzulange darauf waren wir wieder zu Gange, und wieder brachte ich sie mehrere Male zum Kommen, denn sie schien wahrhaft unersättlich; und als ich diesmal zurückzog, stützte sie sich unter mir hoch und packte den Schaft und beugte sich vor und nahm ihn zwischen ihre Lippen, so daß sich der Samenschwall in ihren Mund ergoß. Eifrig schluckte sie und fuhr fort zu saugen.

Beide hätten wir nur allzu gern einen dritten Parcours absolviert, aber die Pflicht rief: Es schien äußerst ratsam, daß sie sich wieder hinunterbegab zu ihrer Tante.

Nach dem Frühstück läutete ich, damit abgeräumt werde. Dabei fand ich abermals Gelegenheit zu einem herrlichen Fick. Zum drittenmal ergab sich die Möglichkeit, als sie zum Bettenmachen und Geschirrausleeren kam. Und diesmal bat ich sie, sich aufs Sofa zu knien, damit ich ihren grandiosen Arsch näher in Augenschein nehmen könne. Überdies werde ich ihr, sobald für mich die unumgängliche Sekunde des Rückzugs schlug, etwas zeigen, das uns beiden allem zum Trotz die Vollendung des Genusses gewährleistete. Und so lief es denn auch ab. Ich fickte sie von hinten, brachte sie noch öfter zum Kommen als zuvor, zog ihn dann heraus und ergoß mich, während ich fortfuhr, mein Becken zu bewegen, an ihrer Klitoris vorbei über ihren Bauch.

Wie kaum anders zu erwarten, wußten die beiden Schwestern schon bald, daß sich die eine wie die andere mit mir verlustierte, bislang getrennt. So vereinten denn beide ihre Streitkraft und schlüpften von ihrer Dachkammer, wo sie im selben Bett schliefen, herab zu meinem Zimmer, wo wir uns zu dritt mit erlesenen Ficks und Lecks vergnügten.

Gar kein Zweifel: Ann gebührte der erste Rang; sie war so etwas wie die verkörperte Wollust. Aber auch die kleine Jane besaß ihre nicht zu unterschätzenden Reize – jene der Jugend und unverbrauchter Frische. Und so kam sie in meiner Gunst wahrhaftig nicht zu kurz.

Etliche Wochen trieben wir es so; bis uns die Gewohnheit schließlich sorglos – und ziemlich laut – werden ließ.

Sofern kein Gast da war, dem sie diesen Raum abtrat, schlief die Tante ganz oben, und eines Morgens hörte sie unsere Stimmen – vermutlich war sie sehr früh aufgewacht oder hatte schlaflos gelegen. Jedenfalls kam sie heruntergeschlichen und überraschte uns, während ich Ann fickte und gleichzeitig Jane leckte.

Ein lauter Ausruf der Tante ließ uns erschreckt zusammenfahren.

«Schert euch in euer Bett, ihr Flittchen.»

Sie flohen davon, ohne auch nur eine einzige Sekunde zu zögern.

Sodann begann Mrs. Nichols mir die Leviten zu lesen, wegen der Ungeheuerlichkeit meines Verhaltens. Ich näherte mich der Tür; scheinbar, um mir ein Hemd zu holen, denn ich war splitterfasernackt. In Wahrheit jedoch ging es mir darum, meine Tür zu schließen und abzusperren. Dies tat ich, und dann drehte ich mich zu Mrs. Nichols herum, welche offenbar völlig vergessen hatte, daß sie nichts trug als ein kurzes Hemdchen, welches einerseits – oben – einen recht freizügigen Blick auf ihren mächtigen und augenscheinlich erstaunlich festen Busen gestattete, sondern auch – unten – einen Blick auf ihre recht ansehnlichen Beine, welche nur bis zur Mitte der Oberschenkel bedeckt waren. Wohlgeformte Beine, ausgesprochen hübsche Knie, darüber die verheißungsvolle Verbreiterung der Oberschenkel.

Mein Schwanz war nach wie vor standhaft und steif, und in diesem Zustand konnten ihn Mrs. Nichols' so unerwartete Reize natürlich nur noch befeuern. Folglich trat ich auf sie zu, schlang von hinten einen Arm um ihre Taille, und ehe sie dessen noch recht gewahr wurde, hatte ich ihr Hemd gelüpft und Eingang gefunden in ihre Möse.

Zeter und Mordio schrie sie, aber da war niemand, der sie hätte hören können außer den Mädchen, und die hatten wahrhaftig Besseres im Sinn, als mich zu stören. So fickte ich denn schwungvoll weiter, wobei ich meine Arme so um ihren Körper schlang, daß ich bequem an ihren Kitzler herangelangen konnte. Unter meiner Fingerkuppe entwickelte er ganz erstaunliche Proportionen.

Es kam, wie es – natürlicherweise – kommen mußte: Ganz gegen ihren Willen wuchs in ihr eine wilde Lust. Deutlich spürte ich den pulsierenden Druck ihrer Scheide. Sie gab allen Widerstand auf und begann zu stöhnen. Immer heftiger wurde ihr Keuchen, und in wunderschönem Rhythmus schwenkte sie den Arsch. Als ich mich ergoß, erreichte auch sie gerade den Gipfel.

Ich verharrte, und mein Schwanz, immer noch in ihr, spürte jenes innere Massieren, wie von einer festen und doch zärtlichen Hand; und schon stand er wieder, und ich begann erneut mit langsamen Fickbewegungen, denen sie sich nicht widersetzte; doch rief sie: «O Gott! O Gott!!» – als könne sie trotz aller Gewissensbisse nun mal nicht umhin, der Fleischeslust zu frönen – weil es halt ein so ungemeines Vergnügen bereitete.

Schließlich sagte sie gar: «Was für ein Mann Sie sind, Mr. Burton. Es ist sehr unrecht von Ihnen, dies zu tun, doch kann ich dem Genuß nicht widerstehen. So manches Jahr ist es her, daß ich solche Freuden empfunden habe; doch haben Sie mich so sehr in Versuchung geführt, daß ich einer Wiederholung nicht abgeneigt bin, nur – lassen Sie uns die Position wechseln.»

«Nun gut, aber Sie müssen auch das lästige Hemd abstreifen.»

Sie willigte ein, und wir erhoben uns. In seiner Nacktheit wirkte ihr Körper noch üppiger und verführerischer, als ich geglaubt hatte.

«Meine liebe Mrs. Nichols, was für vollkommene Formen Sie haben – lassen Sie sich von mir umarmen.»

Meine Bewunderung schmeichelte ihr, wie nicht anders zu erwarten. Mit einem Arm umschlang sie mich, mit der anderen Hand packte sie meinen Schwanz – nein, umgekehrt: Zunächst packte sie meinen Schwanz. Ich meinerseits griff mit einer Hand nach ihrem Prachtarsch, während ich mit der anderen ihre Titten streichelte, die so fest und so prall waren wie die einer Achtzehn-jährigen. Unsere Lippen fanden sich zu einem verzehrenden Kuß, bei dem auch unsere Zungen ins Spiel kamen.

Sie sagte: «Ich bin ja soo verrucht. Was Sie bewirkt haben. Also geben Sie ihn mir wieder, Ihren Riesenkerl.»

Ich erklärte, zunächst müsse ich ihre Schönheit in all ihrer Pracht und aus jedem Blickwinkel betrachten. Sie entsprach meinem Wunsch und drehte sich um und um, zu meinem allergrößten Entzücken und Ergötzen.

Sodann streckte sie sich lang auf dem Rücken aus, spreizte die Schenkel auseinander und bat, ich möge sie besteigen und ihn in sie hineintun.

«Zuerst muß ich diese herrliche Fotze küssen und diesen superben Kitzler saugen.»

Ihr Venushügel war dicht mit braunen Löckchen bedeckt. Die Fotze war groß mit mächtigen, dicken Lippen. Und ihr Kitzler ragte gut drei Zoll hervor, sehr rot und sehr steif. Ich nahm ihn in den Mund, saugte daran, wichste mit zwei Fingern in ihrer Fotze; und mit dem Saugen und Wichsen fuhr ich fort, bis sie mit lauten Schreien den Höhepunkt erreichte.

Aber auch jetzt hielt ich nicht inne. Ich liebkoste sie weiter, bis sie rief: «Stoß doch schon deinen Prachtschwanz in meine Fotze.»

Ich ließ mich nicht zweimal bitten. Schon war ich tief in ihr drin. Sekundenlang hielt sie mich ganz fest und verharrte reglos. Dann jedoch legte sie los wie die allerwildeste Bacchantin, wobei sie sich mit Anfeuerungsrufen selbst noch anpeitschte.

«O ja, dein köstlicher Schwanz, fester, tiefer – ich sterbe!»

Sie war eine absolute Meisterin dieser Kunst. Das wollüstige Vergnügen, das sie mir bereitete, schien mir unvergleichlich. Im übrigen erwies sie sich später als eine Frau von unendlicher Vielfalt, und sie wurde zu einer meiner ergebensten Anbeterinnen. Unser Techtelmechtel fand über Jahre hinweg immer wieder seine Erneuerung. Sie glich einem exquisiten Wein, welcher mit zunehmendem Alter immer erlesener wird. Was ihren Gatten betraf, so hatte er sie, obschon kein schlechter Ficker, wegen seines eher klein geratenen Gliedes nie in der Weise befriedigen können, wie mir das nun, dank meines stattlichen Prügels, gelang.

Bei dieser ersten Begegnung hatten wir noch drei gute Ficks, und von Mal zu Mal genoß sie es offenbar mehr.

Da ich ja bereits an den Mädchen einige Wohltaten geübt, weigerte sich mein Schwanz schließlich, zu weiterem Dienstantritt strammzustehen. Mit dem Ficken war's daher nichts mehr, doch brachte ich nunmehr meine Zunge wieder ins Spiel, ebenso wie sie die ihre. Aber sosehr sie meinen Tapferen auch umschmeichelte, zu einem weiteren Waffengang mochte er sich nicht rüsten.

So trennten wir uns schließlich. Allerdings versprach sie mir zuvor, in der folgenden Nacht auf mein Zimmer zu kommen, und in der Tat, es wurden ausgesprochen lohnende Stunden. Um so schwieriger wurde es für mich, ihr klarzumachen, daß es sinnvoll sei, wenn wir alternierten: In der einen Nacht ihre Nichten, in der nächsten dann wieder sie. Und genauso geschah es.

Ann, wie bereits gesagt, war eine der lüsternsten Weibspersonen, welchen ich je begegnete. Und als ich den beiden Mädchen die körperlichen Schönheiten ihrer Tante schilderte und auch von ihrem Prachtkitzler sprach, den sie sich so gern von mir lutschen ließ, konnte es wohl kaum ausbleiben, daß in Ann lesbische Lüste geweckt wurden: Die Klitoris ihrer Tante würde auch sie gern mit der Zunge betrillern.

Ich sprach mit Mrs. Nichols, und sie willigte schließlich ein.

Später waren die beiden Frauen mir zutiefst dankbar für meine Unterhändleraktivität, da beide absolut zur Tribadie neigten und wechselseitig aneinander höchsten Genuß hatten. Ich indes alternierte, indem ich bald die eine, bald die andere fickte, und wir hatten alle zusammen die wildesten Orgien.

Quellenverzeichnis

Kōbō Abe, «Im Sandloch», aus: *Die Frau in den Dünen*, Eichborn Verlag, Frankfurt.

Anonyma, «Feigen in Venedig», aus: Lonnie Barbach *... und mein Verlangen ist grenzenlos*, Scherz Verlag, Bern und München.

Emmanuelle Arsan, «Die Freuden des Mädchens Miette», aus: *Auf dem Gipfel der Nacht*, Rowohlt Verlag, Reinbek.

Penelope Ashe, «Marvin der Große», aus: *Nackt kam die Fremde*, Scherz Verlag, Bern und München.

Brigitte Blobel, «Kätzchen», aus: *Nachtfalter*, Goldmann Verlag, München.

Charles Bukowski, «Eine Künstlerin» und «Morgengrauen», aus: *Aufzeichnungen eines Außenseiters*, Melzer Verlag, Hamburg.

Thomas H. Burton, «Mrs. Nichols und ihre Nichten», aus: *Lovers*, Scherz Verlag, Bern und München.

Patricia Clapton, «Toy», aus: *Komm spiel mit mir*, Scherz Verlag, Bern und München.

Carol Conn, «Der dreißigste Geburtstag», aus: Lonnie Barbach *... und mein Verlangen ist grenzenlos*, Scherz Verlag, Bern und München.

Xaviera Hollander, «Schnappschüsse», aus: *Die fröhliche Nutte*,
Olympia Press Deutschland, Frankfurt.

Erica Jong, «Hereingeschlittert», aus: *Fallschirm und Küsse*,
Droemersche Verlagsanstalt, München.

–, «Adrian», aus: *Angst vorm Fliegen*, Fischer Verlag, Frankfurt.

Lynn Keefe, «Party in Hollywood», aus: *Mir hat es immer Spaß
gemacht*, Scherz Verlag, Bern und München.

Susanna Kubelka, «Feuerwerk», aus: *Ophelia lernt schwimmen*,
Scherz Verlag, Bern und München.

D.H. Lawrence, «John Thomas und Lady Jane», aus: *Lady
Chatterley*, Rowohlt Verlag, Reinbek.

Edward Limonow, «Das Mädchen aus der Provinz», aus: *Fuck
off, Amerika*, Scherz Verlag, Bern und München.

Henry Miller, «Lotus», aus: *Opus Pistorum*, Rowohlt Verlag,
Reinbek.

–, «Mademoiselle Claude», aus: *Lachen, Liebe, Nächte*, Rowohlt
Verlag, Reinbek.

Alberto .Moravia, «Verkauft und gekauft», aus: *Das Paradies*,
Rowohlt Verlag, Reinbek.

Anaïs Nin, «Die schlafende Maja», aus: *Die verborgenen Früchte*,
Scherz Verlag, Bern und München.

–, «Die verschleierte Frau», aus: *Das Delta der Venus*, Scherz
Verlag, Bern und München.

Elula Perrin, «Eine Perle aus dem Orient», aus: *Haut-nah*, Goldmann Verlag, München.

Johann Christoph Spielnagel, «Das tapfere Schneiderlein», aus: *Zauberflöte und Honigtopf*, Scherz Verlag, Bern und München.

Junichiro Tanizaki, «Der Schlüssel», aus: *Der Schlüssel*, Rowohlt Verlag, Reinbek.

Anne-Marie Villefranche, «Marie-Claires Spiegelkabinett», aus: *Folies d'amour*, Rowohlt Verlag, Reinbek.

Paul Virdell, «Palazzo Fignoli», aus: *Lover-Man*, Scherz Verlag, Bern und München.

Gerhard Zwerenz, «Großer Gott Eifersucht», aus: *Reise unter die Haut*, Droemersche Verlagsanstalt, München.

Wir danken den genannten Rechtsinhabern für die Genehmigung zum Abdruck der Auszüge aus den obengenannten Werken.